SV

Juan Carlos Onetti
Willkommen, Bob

Gesammelte Erzählungen

Aus dem Spanischen von
Jürgen Dormagen, Wilhelm Muster
und Gerhard Poppenberg

Suhrkamp

Dieser Ausgabe liegen die *Cuentos completos* zugrunde, die 1994 – erweitert
1995 – bei Alfaguara, Madrid, erschienen sind.
© 1941, 1943, 1944, 1946, 1949, 1953,1956, 1957, 1960, 1961, 1963, 1968, 1971,
1973, 1976, 1978, 1979, 1980, 1982, 1983, 1985, 1986, 1987, 1993 Juan
Carlos Onetti

Die Erzählung »Dasein« in der Übersetzung von René Strien erschien zuerst
in der Anthologie »Der rote Mond«, Frankfurt am Main 1988; sie wurde für
diese Ausgabe neu durchgesehen.
Die Erzählungen »Willkommen, Bob«, »Das Haus in den Dünen«, »Das so
gefürchtete Inferno«, »Das Gesicht des Unglücks«, »Jacob und der andere«,
»So traurig wie sie«, »Die geraubte Braut« und »Auch für den Hund kommt
der Tag« in der Übersetzung von Wilhelm Muster (†1995) erschienen zuerst
in dem Band *So traurig wie sie*, Frankfurt am Main 1981; sie wurden für diese
Ausgabe neu durchgesehen.
Die Erzählung »Der Tod und das Mädchen« in der Übersetzung von Jürgen
Dormagen erschien zuerst 1993 in der Bibliothek Suhrkamp.
Weitere Angaben in der editorischen Notiz.

Willkommen, Bob

Ein verwirklichter Traum

Den Scherz hatte Blanes erfunden; er kam in mein Büro – zu den Zeiten, als ich ein Büro hatte, und ins Café, wenn die Dinge schlecht liefen und ich keins mehr hatte –, stand auf dem Teppich, eine Faust auf den Schreibtisch gestützt, die angenehm bunte Krawatte mit einer goldenen Spange befestigt und den Kopf – kantig, rasiert, mit dunklen Augen, die nicht länger als eine Minute aufmerksam bleiben konnten und dann sofort matt wurden, als würde Blanes auf der Stelle einschlafen oder als erinnerte er sich an einen klaren und gefühlvollen Augenblick seines Lebens, den er selbstverständlich niemals hatte haben können –, diesen Kopf ohne ein einziges überflüssiges Detail gegen die mit Porträts und Plakaten bedeckte Wand erhoben, ließ mich reden und kommentierte mit gerundetem Mund: »Natürlich, denn Sie haben sich ja mit dem *Hamlet* ruiniert.« Oder auch: »Ja, das wissen wir doch. Sie haben sich immer für die Kunst aufgeopfert, und ohne Ihre verrückte Liebe zum *Hamlet* ...«

Und ich habe diese ganze Unzahl von Jahren zugebracht, indem ich all diese elenden Leute ertragen habe, Autoren und Schauspieler und Schauspielerinnen und Theaterbesitzer und Kritiker der Tageszeitungen und die Familie, die Freunde und die jeweiligen Liebhaber und Geliebten, und habe während dieser ganzen Zeit Geld verloren und gewonnen und dann, bei Gott, das wußte ich schon vorher, notwendigerweise in der nächsten Spielzeit wieder verloren, mit dem Schweißtropfen auf dem kahlen Kopf, der Faust in der Hüfte, dem säuerlichen Aufstoßen, dem nie begriffenen Scherz von Blanes:

»Ja, klar. Die Verrücktheiten, zu denen Sie Ihre maßlose Liebe zum *Hamlet* geführt hat ...«

Wenn ich ihn gleich beim ersten Mal nach dem Sinn gefragt hätte, wenn ich ihm gestanden hätte, daß ich gerade so viel von *Hamlet* kannte, wie ich nach einer ersten Lektüre wußte, wieviel Geld ein Stück einbringen kann, dann wäre es mit dem Witz vorbei gewesen. Aber ich hatte Angst vor der Menge der noch nicht gemachten Scherze, die meine Frage hervorrufen würde, und verzog nur das Gesicht und schickte ihn hinaus. Und so kam es, daß ich die zwanzig Jahre durchleben konnte, ohne zu wissen, was der *Hamlet* war, ohne ihn gelesen zu haben, und doch wußte ich durch den Gesichtsausdruck, den ich an Blanes sah, und durch das Wiegen seines Kopfes, daß der *Hamlet* Kunst war, reine Kunst, große Kunst, und ich wußte auch, denn das habe ich nach und nach mitbekommen, ohne es recht zu merken, daß er außerdem ein Schauspieler oder eine Schauspielerin war, in diesem Fall immer eine Schauspielerin mit lächerlichen Hüften, mit schwarzen, eng anliegenden Kleidern, ein Totenschädel, ein Friedhof, Trauer, Rache, ein Mädchen, das sich ertränkt. Und auch William Shakespeare.

Wenn ich mich also jetzt, erst jetzt, mit einem in der Mitte gescheitelten blonden Toupet, das ich auch zum Schlafen nicht abnehme, mit einem Gebiß, das mir nie ganz passen wollte und das mich pfeifen und lispelnd sprechen läßt, da ich in der Bibliothek dieses Asyls für heruntergekommene Theaterleute, dem sie einen etwas annehmbareren Namen gegeben haben, das ziemlich kleine Buch gefunden hatte, mit dunkelblauem Einband, auf dem in eingeprägten goldenen Buchstaben *Hamlet* stand, in einen Sessel setzte, ohne das Buch zu öffnen, entschlossen, das Buch niemals zu öffnen und auch nicht eine einzige Zeile zu lesen, und dabei an Blanes dachte, an dem ich mich so für seinen Scherz rächte, und an die Nacht, als Blanes zu mir in das Hotel irgendeiner Provinzhauptstadt kam und, nachdem er mich hatte sprechen lassen, rauchend, die Decke und die in den Salon kommenden Leute betrachtend, mit hervorspringenden Lippen sagte, vor der armen Verrückten:

»Und überhaupt, einer wie Sie, der sich für den *Hamlet* ruiniert hat.«

Ich hatte ihn in das Hotel gebeten, denn er sollte eine Rolle in einem kurzen, irrwitzigen Stück übernehmen, das, glaube ich, *Verwirklichter Traum* hieß. Zur Besetzung des verrückten

Blödsinns gehörte ein namenloser Liebhaber, und diesen Liebhaber konnte nur Blanes spielen, denn als die Frau zu mir kam, waren bloß noch er und ich übriggeblieben; der Rest der Truppe hatte sich nach Buenos Aires absetzen können.

Die Frau war mittags im Hotel gewesen, und da ich gerade schlief, war sie zu dem Zeitpunkt zurückgekommen, als für sie und alle Welt in jener heißen Provinz die Siesta zu Ende ging und ich in der kühlsten Ecke des Speisesaals saß und ein rundes Wiener Schnitzel aß und dazu Weißwein trank, das einzig Gute, was man dort zu sich nehmen konnte. Ich will nicht sagen, daß ich auf den ersten Blick – als sie in dem Hitzehof der gardinenverhängten Tür stehenblieb, die Augen durch den Schatten des Speisesaals schweifen ließ, der Kellner ihr meinen Tisch zeigte und sie sofort und geradewegs auf mich zuging, mit wirbelndem Rock – erriet, was in der Frau vorging, noch, was es mit der Sache auf sich hatte, wie ein weiches, labberiges Band aus Verrücktheit, das sie nach und nach abgerollt hatte, indem sie wiederholt mit sanftem Ruck, als wäre es ein an einer Wunde festgeklebter Verband, an ihren einsam verbrachten Jahren zerrte, und mich schließlich damit einwickelte, wie eine Mumie, mich und einige der dort verbrachten Tage, an jenem Ort voller dicker und schlechtgekleideter Menschen. Aber es lag, ja, etwas in dem Lächeln der Frau, das mich nervös machte, und es war mir unmöglich, die Augen auf ihre kleinen unregelmäßigen Zähne gerichtet zu halten, die sie sehen ließ wie ein Kind, das schläft und mit offenem Mund atmet. Sie hatte fast graues Haar, frisiert in eingerollten Flechten, und gekleidet war sie nach einer alten Mode; aber nicht so, wie eine Dame sie zu der Zeit getragen hätte, als sie aufgekommen war, sondern, auch das, wie ein junges Mädchen sich damals angezogen hätte. Ihr Rock ging bis zu den Schuhen, solchen, die man Schnür- oder Halbstiefel nennt, er war lang, dunkel und öffnete sich, wenn sie ging, zog sich wieder zusammen und bebte erneut beim folgenden Schritt. Die Bluse war bestickt und lag eng an, mit einer großen Gemme zwischen den spitzen Mädchenbrüsten, und die Bluse und der Rock vereinten sich und waren getrennt durch eine Rose am Gürtel, vielleicht eine künstliche, wenn ich es mir jetzt überlege, eine Blume mit großem Blütenkranz und hängendem Kopf, mit dornigem Stiel, der den Magen bedrohte. Die Frau war vielleicht fünfzig Jahre alt, und was sie unvergeßlich machte, was ich jetzt spüre, wenn ich mich daran erinnere, wie sie im Speisesaal des Hotels auf mich zuging, war das Aussehen einer jugendlichen Frau aus einem anderen Jahrhundert, die lange geschlafen haben mochte und nun aufgewacht war, ein bißchen zerzaust, kaum gealtert, die aber jeden Augenblick ihr Alter erreichen konnte, mit einem Schlag, und dort lautlos zerbrechen und verfallen konnte, aufgezehrt von der stillschweigenden Arbeit der Tage. Und das Lächeln war nur schwer anzusehen, denn man dachte, daß entgegen der offenkundigen Unwissenheit der Frau über die Gefahr des Alterns und eines schlagartigen Tods, an deren Rand sie stand, jenes Lächeln wußte oder zumindest die entblößten Zähnchen ahnten, welch widerwärtiges Fiasko sie bedrohte.

All das stand jetzt aufrecht im Halbschatten des Speisesaals, und ich legte plump das Besteck neben den Teller und erhob mich. »Sie sind Herr Langman, der Betreiber des Theaters?« Ich neigte lächelnd den Kopf und forderte sie auf, sich zu setzen. Sie wollte nichts trinken; getrennt von ihr durch den Tisch, betrachtete ich unauffällig ihren unversehrten und kaum geschminkten Mund, genau dort in der Mitte, wo die Stimme, ein bißchen spanisch, trällernd durch die ungleichen Schneiden des Gebisses geschlüpft war. Den kleinen und ruhigen Augen, die sich mühten, groß zu werden, konnte ich nichts entnehmen. Ich mußte warten, bis sie spräche, und, dachte ich, jede Art Frau und Dasein, die ihre Worte erwecken mochten, würden gut zu ihrem seltsamen Aussehen passen, und das seltsame Aussehen würde vergehen.

»Ich komme zu Ihnen wegen einer Aufführung. Das heißt, ich habe ein Theaterstück …«

Alles wies darauf hin, daß sie fortfahren würde, aber sie hielt inne und wartete auf meine Antwort; sie übergab mir das Wort mit einem unwiderstehlichen Schweigen, lächelnd. Sie war ruhig, die Hände verschränkt auf dem Rock. Ich schob den Teller mit dem zur Hälfte gegessenen Schnitzel beiseite und bestellte einen Kaffee. Ich bot ihr Zigaretten an, und sie schüttelte den Kopf, lächelte noch etwas länger, was bedeuten sollte, daß sie nicht rauchte. Ich zündete meine an und begann zu ihr zu sprechen, ich wollte sie loswerden, nicht grob, aber schnell und für immer, wenn auch behutsam, das schien mir geboten, ich weiß auch nicht warum.

»Es tut mir sehr leid ... Sie haben noch nie etwas aufgeführt, nicht wahr? Natürlich. Und wie heißt Ihr Stück?«

»Nein, es hat keinen Namen«, erwiderte sie. »Es ist sehr schwer zu erklären ... Es ist nicht so, wie Sie denken. Klar, man kann ihm einen Titel geben. Man kann es benennen: *Der Traum, Der verwirklichte Traum, Ein verwirklichter Traum.*«

Ich begriff, schon ohne Zweifel, daß sie verrückt war, und fühlte mich etwas leichter.

»Gut. *Ein verwirklichter Traum*, der Titel ist nicht schlecht. Ich habe immer ein Interesse gehabt, sagen wir ein persönliches, in anderem Sinn interesseloses, Anfängern zu helfen. Dem nationalen Theater neue Impulse zu geben. Und es ist wohl nicht nötig, Ihnen zu sagen, daß man nicht gerade Anerkennung dafür erntet. Viele verdanken mir den ersten Schritt, viele, die heute unglaubliche Summen in der Calle Corrientes kassieren und alle Jahre Preise einheimsen. Und sie erinnern sich nicht mehr daran, wie sie fast flehend zu mir kamen ...«

Sogar der Kellner des Speisesaals konnte begreifen, in der Ecke neben der Kühltruhe, wo er sich die Fliegen und die Hitze mit dem Serviertuch vertrieb, daß jenem seltsamen Wesen nicht ein Wort von dem, was ich sagte, etwas bedeutete. Ich betrachtete sie ein letztes Mal mit nur einem Auge, von der Hitze des Kaffeetäßchens aus, und sagte zu ihr:

»Und schließlich, Sie müssen wissen, daß die Spielzeit hier eine Pleite war. Wir mußten sie abbrechen, und ich bin nur wegen einiger persönlicher Angelegenheiten noch hier geblieben. Aber schon nächste Woche gehe ich auch nach Buenos Aires. Ich habe mich wieder einmal geirrt, was soll man da

11

machen. Die Leute hier sind einfach noch nicht soweit, und das, obwohl ich mich darauf beschränkt habe, eine Spielzeit lang Schwänke und solche Sachen zu spielen ..., Sie sehen ja, wie es mir ergangen ist. Das heißt ... Nun, wir können eins machen. Wenn Sie mir eine Kopie Ihres Werkes zur Verfügung stellen, dann werde ich sehen, ob in Buenos Aires ... Es sind drei Akte?«

Sie mußte antworten, aber nur, weil ich, indem ich ihr Spiel erwiderte, mich schweigend ihr zuwandte und mit der Spitze der Zigarette im Aschenbecher herumfuhr. Sie blinzelte:

»Was?«

»Ihr Werk. *Ein verwirklichter Traum.* Drei Akte?«

»Nein, es sind keine drei Akte.«

»Oder Bilder. Man hat sich jetzt etwas zu sehr angewöhnt ...«

»Ich habe überhaupt keine Kopie. Es handelt sich auch gar nicht um etwas Geschriebenes«, fuhr sie fort. Das war der Augenblick zu entkommen.

»Ich gebe Ihnen meine Adresse in Buenos Aires, und wenn Sie etwas geschrieben haben ...«

Ich sah, wie sie die Schultern einzog und den Rücken beugte; aber der Kopf erhob sich mit dem festen Lächeln. Ich wartete, gewiß, daß sie gehen würde; aber einen Augenblick später fuhr sie mit der Hand vor dem Gesicht her und sprach weiter.

»Nein, es ist ganz anders, als Sie denken. Es ist ein Augenblick, eine Szene, kann man sagen, und es passiert nichts, als würden wir diese Szene im Speisesaal aufführen und ich ginge, und weiter geschähe nichts. Nein«, erwiderte sie, »es ist nicht eine Frage der Handlung, es gibt ein paar Menschen auf einer Straße und die Häuser und zwei Autos, die vorbeifahren. Dort bin ich und ein Mann und eine beliebige Frau, die aus einem Geschäft gegenüber kommt und ihm ein Glas Bier gibt. Keine weiteren Menschen, wir drei. Der Mann überquert die Straße dorthin, wo die Frau mit dem Bierkrug aus ihrer Tür kommt, dann geht er wieder zurück und setzt sich an denselben Tisch, in meiner Nähe, wo er zu Anfang saß.«

Sie schwieg einen Augenblick, und das Lächeln war schon nicht mehr für mich und auch nicht für den Schrank mit den Tischdecken, der mit halboffener Tür an der Wand des Speisesaals stand; dann endete sie:

»Verstehen Sie?«

Ich fand einen Ausweg, denn mir fiel das lyrische Drama ein, und ich sprach darüber und daß es unmöglich sei, in dieser Gegend reine Kunst zu machen, und daß niemand ins Theater ginge, um so etwas zu sehen, und daß womöglich ich allein in der ganzen Provinz die Qualität des Stückes zu begreifen vermöchte und den Sinn der Bewegungen und das Symbol der Autos und der Frau, die dem Mann einen Krug Bier anbietet, wenn er die Straße überquert und dann zurückgeht zu ihr, zu Ihnen.

Sie schaute mich an, und in ihrem Gesicht stand etwas Ähnliches wie in dem von Blanes, wenn er sich in der Notlage befand, mich um Geld zu bitten, und mir von *Hamlet* sprach: ein bißchen Mitleid und sonst nur Spott und Abneigung.

»Es geht überhaupt nicht darum, Herr Langman«, sagte sie zu mir. »Es ist etwas, das ich sehen will und das niemand sonst sehen soll, Publikum gibt es nicht. Ich und die Schauspieler, sonst nichts. Ich will es ein Mal sehen, aber dieses Mal soll es so sein, wie ich es Ihnen sagen werde, und es wird das gemacht, was ich sage, und sonst nichts. Ja? Dann sagen Sie mir bitte, wieviel Geld wir brauchen werden, um das zu machen, und ich gebe es Ihnen.«

Es nützte nichts mehr, von lyrischem Drama und dergleichen Dingen zu reden, von Angesicht zu Angesicht mit der verrückten Frau, die ihre Tasche öffnete und zwei Fünfzigpeso-Scheine herausholte. »Damit nehmen Sie die Schauspieler unter Vertrag und bestreiten die ersten Kosten, und dann sagen Sie mir, wieviel Sie sonst noch brauchen.« Ich war hungrig nach Geld, konnte mich nicht aus dem verfluchten Loch bewegen, bis jemand aus Buenos Aires auf meine Briefe antworten und mir ein paar Pesos zukommen lassen würde. Also zeigte ich ihr mein schönstes Lächeln und nickte einige Male mit dem Kopf, während ich das Geld vierfach gefaltet in der Westentasche verwahrte.

»Abgemacht. Mir scheint, ich begreife, was Sie …« Während ich sprach, wollte ich sie nicht ansehen, denn ich dachte an Blanes und auch an das Gesicht der Frau. »Ich kümmere mich heute nachmittag um die Sache, und wenn wir uns dann sehen können … Heute abend? Abgemacht, wieder hier; dann haben wir schon den ersten Schauspieler, und Sie können uns diese Szene genau erklären, und wir einigen uns darüber, daß *Traum, Ein verwirklichter Traum* …«

Vielleicht ging es einfach so, weil sie verrückt war; aber es konnte auch sein, daß sie begriff, wie ich es begriff, daß es mir nicht möglich war, ihr die hundert Pesos zu stehlen, und deshalb bat sie mich auch nicht um eine Quittung, ja dachte nicht einmal daran, und ging dann, nachdem sie mir die Hand gegeben hatte, mit einer Vierteldrehung des Rocks im Gegensinn zu jedem Schritt aufrecht im Zwielicht des Speisesaals hinaus in die Hitze der Straße, als kehrte sie zur Temperatur der Siesta zurück, die eine Reihe von Jahren gedauert hatte und in der sie jene unreine Jugend bewahrt hatte, die jeden Augenblick faulig vergehen konnte.

Ich fand Blanes in einem unaufgeräumten, dunklen Zimmer, mit nackten Ziegelwänden, die nur schlecht hinter Pflanzen und grünen Schilfmatten verborgen waren, hinter der feuchten Hitze der Abenddämmerung. Die hundert Pesos steckten noch in meiner Westentasche, und ehe ich nicht Blanes getroffen hatte, ehe ich ihn nicht dazu gebracht hatte, daß er mir half, der verrückten Frau zu geben, was sie im Tausch für ihr Geld wollte, war es mir nicht möglich, auch nur einen Centavo auszugeben. Ich ließ ihn wecken und wartete geduldig, daß er sich duschte, kämmte, wieder hinlegte, erneut aufstand, um ein Glas Milch zu trinken – was bedeutete, daß er am Tag vorher betrunken gewesen war –, und, zurück im Bett, eine Zigarette anzündete; denn er weigerte sich, mir vorher zuzuhören, und auch dann noch, als ich die Reste des Frisierstuhls heranrückte, auf dem ich saß, und mich mit gewichtigem Ausdruck vorbeugte, um ihm den Vorschlag zu machen, hielt er mich zurück und sagte:

»Aber schauen Sie sich doch kurz dieses Dach an!«

Es war ein Ziegeldach, mit zwei oder drei grünlichen Balken und einigen Peddigrohrblättern, die wer weiß woher kamen, lang und strohtrocken. Ich schaute kurz das Dach an, und er lachte nur und bewegte den Kopf.

»Gut. Legen Sie los«, sagte er dann.

Ich erklärte ihm, worum es ging, und Blanes unterbrach mich jeden Augenblick, lachend, und sagte, das dächte ich mir aus, da gebe es jemanden, der, um sich lustig zu machen, die Frau geschickt habe. Dann fragte er mich erneut, worum es eigentlich gehe, und mir blieb nichts anderes übrig, als die Frage damit zu erledigen, daß ich ihm die Hälfte dessen anbot, was die Frau bezahlen würde, nach Abzug der Unkosten, und ich antwortete ihm, daß ich tatsächlich nicht wisse, was das war, worum es sich handelte oder was zum Teufel die Frau eigentlich von uns wollte. Aber sie habe mir schon fünfzig Pesos gegeben, und das bedeute, daß wir nach Buenos Aires fahren könnten, oder wenigstens ich, wenn er dort weiterschlafen wolle. Er lachte, dann wurde er sofort ernst, und von den fünfzig Pesos, die ich angab, im voraus bekommen zu haben, wollte er sofort zwanzig. Ich mußte ihm dann zehn geben, was mir schon sehr bald leid tat, denn als er später am Abend in den Speisesaal des Hotels kam, war er bereits betrunken und lächelte mit leicht verzogenem Mund und mit über das Eisschälchen gebeugtem Kopf begann er zu sprechen:

»Sie lernen es nie. Der Mäzen der Calle Corrientes und jeder Straße der Welt, wo auch nur ein Hauch von Kunst … Ein Mann, der sich hundert Mal für den *Hamlet* ruiniert hat, setzt sich interesselos ein für ein unbekanntes Genie mit Mieder.«

Aber als sie kam, als die Frau hinter meinem Rücken hervortrat, ganz in Schwarz gekleidet, mit Schleier, einem winzigen Schirm am Handgelenk und einer Uhr mit Kette am Hals, mich begrüßte und Blanes die Hand gab, mit jenem in dem künstlichen Licht ein wenig gedämpften Lächeln, hörte er auf, mich zu ärgern, und sagte nur:

»Da haben Sie die Götter also zu Langman geführt. Einem

15

Mann, der Hunderttausende geopfert hat, um den *Hamlet* richtig zu geben.«

Zunächst schien es, als ob sie sich lustig machte, indem sie erst den einen, dann den anderen ansah; dann wurde sie ernst und sagte, daß sie in Eile sei, daß sie uns die Angelegenheit so erklären würde, daß auch nicht Platz für den geringsten Zweifel bliebe, und daß sie erst wiederkomme, wenn alles fertig sei. In dem milden und sauberen Licht schienen das Gesicht der Frau und alles, was an ihrem Körper glänzte, Bereiche des Kleids, die Fingernägel an der unbehandschuhten Hand, der Griff des Schirms, die Uhr mit der Kette, wieder sie selbst zu werden, befreit von der Qual des leuchtenden Tags; und ich faßte mit einem Mal eine gewisse Zuversicht, und während des ganzen Abends dachte ich nicht wieder, daß sie verrückt sei, vergaß, daß über alldem ein Hauch von Gaunerei lag, und ein Gefühl von normalem und gängigem Geschäft vermochte mich ganz und gar zu beruhigen. Obwohl ich mich um nichts kümmern mußte, denn Blanes war ja da, untadelig, dauernd trinkend, er unterhielt sich mit ihr, als hätten sie sich schon zwei oder drei Male getroffen, und bot ihr ein Glas Whisky an, aber sie trank eine Tasse Lindenblütentee. Und so sagte sie, was sie mir hätte erzählen sollen, zu ihm, und ich wollte mich dem nicht entgegenstellen, denn Blanes war der Hauptdarsteller, und je mehr er von dem Werk verstände, desto besser würden die Dinge vorankommen. Die Frau wollte, daß wir folgendes für sie aufführten (zu Blanes sagte sie es mit anderer Stimme, und auch wenn sie ihn nicht ansah, auch wenn sie darüber die Augen senkte, spürte ich, daß sie es jetzt auf eine persönliche Weise erzählte, als bekenne sie irgendeine Vertraulichkeit ihres Lebens, und daß sie es mir gesagt hatte, wie man dasselbe in einem Büro erzählt, zum Beispiel, um einen Paß zu beantragen oder etwas ähnliches):

»Die Szene besteht aus Häusern und Gehwegen, aber alles durcheinander, als handelte es sich um eine Stadt und man hätte all das angehäuft, um den Eindruck einer großen Stadt zu erzeugen. Ich komme heraus, die Frau, die ich darstellen werde, kommt aus einem Haus und setzt sich auf die Bordsteinkante, in der Nähe eines grünen Tisches. Neben dem Tisch sitzt ein Mann auf einer Küchenbank. Das ist Ihre Rolle. Er trägt einen Pullover und eine Mütze. Auf der gegenüberliegenden Seite befindet sich eine Obst- und Gemüsehandlung mit Tomatenkisten vor der Tür. Dann kommt ein Auto und fährt über die Szene, der Mann, Sie, steht auf, um die Straße zu überqueren, und ich erschrecke mich, weil ich denke, das Auto überfährt ihn. Aber Sie gehen hinüber, ehe das Auto vorbeifährt, und kommen in dem Augenblick auf die gegenüberliegende Seite, als eine Frau im Straßenkleid herauskommt, mit einem Glas Bier in der Hand. Sie trinken es in einem Zug aus und kehren sofort wieder um, als ein Auto, nun aus der anderen Richtung, mit Höchstgeschwindigkeit vorbeifährt; und Sie kommen wiederum rechtzeitig vor dem Auto über die Straße und setzen sich auf die Küchenbank. Inzwischen liege ich auf dem Gehweg, als wäre ich ein Mädchen. Und Sie neigen sich ein wenig vor, um mir den Kopf zu streicheln.«

Die Sache war leicht zu machen, aber ich sagte ihr, daß die Schwierigkeit, jetzt, wo ich es recht bedächte, in jener dritten Person liege, die aus ihrem Haus spaziert komme mit dem Bierglas.

»Krug«, sagte sie zu mir. »Es ist ein Tonkrug mit Griff und Deckel.«

Da stimmte Blanes mit dem Kopf nickend zu und sagte zu ihr:

»Genau, und auch mit einem Bild drauf, einem gemalten.«

Sie bejahte das, und es schien, als habe, was Blanes gesagt hatte, sie sehr froh und glücklich gemacht, ihr dieses Glücksgesicht gegeben, das nur eine Frau haben kann und das mir den Wunsch eingibt, die Augen zu schließen, um es nicht zu sehen, wenn es hervorkommt, als gebőte das die gute Erziehung. Wir sprachen wieder von der anderen Frau, und Blanes beendete das Gespräch, indem er die Hand ausstreckte und sagte, er habe schon alles, was er brauche, und wir sollten uns keine Sorgen mehr machen. Ich mußte annehmen, daß die Verrücktheit der

17

Verrückten ansteckend war, denn als ich Blanes fragte, welche Schauspielerin er für diese Rolle nehmen wolle, sagte er, die Rivas, und auch wenn ich keine mit diesem Namen kannte, wollte ich nichts sagen, weil Blanes mich wütend ansah. So war alles geregelt, die beiden regelten es, und ich hatte nichts mehr zu bedenken für die Szene; ich ging sofort, um den Besitzer des Theaters aufzusuchen, und mietete es für zwei Tage zum Preis von einem, aber ich gab ihm mein Wort, daß niemand außer den Schauspielern es betreten würde.

Am folgenden Tag fand ich einen Mann, der etwas von Elektroinstallationen verstand, und für einen Tagelohn von sechs Pesos half er mir auch, die Kulissen zu schieben und sie ein wenig zu übermalen. Abends, nach fast fünfzehnstündiger Arbeit, war alles fertig, und schwitzend und in Hemdsärmeln aß ich ein paar Sandwiches mit Bier, während ich, ohne sonderlich darauf zu achten, mir die Dorfgeschichten anhörte, die der Mann erzählte. Der Mann machte eine Pause und sagte dann:

»Heute habe ich Ihren Freund gesehen, in netter Gesellschaft. Heute nachmittag, mit der Frau, die gestern abend bei Ihnen im Hotel war. Hier weiß man alles. Sie ist nicht von hier; es heißt, sie kommt stets im Sommer. Ich will mich ja nicht einmischen, aber ich habe gesehen, wie sie in ein Hotel gingen. Das ist doch ein Ding; gut, Sie wohnen auch in einem Hotel. Aber das Hotel, in das sie heute nachmittag gegangen sind, war ein anderes … Eins von denen, hm?«

Als kurz darauf Blanes kam, sagte ich ihm, daß nur noch die berühmte Schauspielerin Rivas fehle und das mit den Autos zu klären sei, denn ich hätte nur eins bekommen können, das des Manns, der mir geholfen hatte, und würde es für einige Pesos mieten, zumal er selbst es fahren würde. Aber ich hatte schon eine Idee, um das zu lösen, denn da der Wagen eine alte Kiste mit abnehmbarem Verdeck war, genügte es, ihn beim ersten Mal ohne und dann mit Verdeck oder umgekehrt vorbeifahren zu lassen. Blanes erwiderte nichts, denn er war vollkommen betrunken, ohne daß ich erraten konnte, woher er Geld bekommen hatte. Dann kam mir in den Sinn, daß er womöglich zynisch genug war, selbst Geld von der armen Frau zu nehmen. Dieser Gedanke vergiftete mich, und ich aß weiter schweigend meine Sandwiches, während er, betrunken und vor sich hinsummend, über die Bühne ging und posierte, als Fotograf, als Spion, als Boxer, als Rugbyspieler, dabei weiter summte, mit in den Nacken gerutschtem Hut, überall hin und von überall her schaute, auf der Suche nach weiß der Teufel was. Weil er mich zunehmend mehr davon überzeugte, daß er sich mit Geld betrunken hatte, das er jener armen kranken Frau fast gestohlen hatte, wollte ich nicht mit ihm reden, und als ich die Sandwiches aufgegessen hatte, schickte ich den Mann, mir noch ein halbes Dutzend und eine Flasche Bier zu holen.

Inzwischen war Blanes müde geworden herumzukaspern; der ungebührliche Rausch, den er sich angetrunken hatte, kippte jetzt ins Gefühlige um, und er kam und setzte sich in meine Nähe, auf eine Kiste, mit den Händen in den Hosentaschen und dem Hut auf den Knien, und schaute mit trüben, unbewegten Augen auf die Bühne. Wir sprachen einige Zeit nichts, und ich konnte sehen, daß er alt wurde und sein blondes Haar die Farbe verlor und schütter wurde. Es blieben ihm nicht mehr viele Jahre, weiter den Liebhaber zu geben, und auch nicht, Damen in Hotels zu führen, ganz und gar nicht.

»Ich habe auch keine Zeit verloren«, sagte er plötzlich.

»Ja, das glaube ich«, erwiderte ich unbeteiligt.

Er lächelte, wurde ernst, setzte sich den Hut auf und erhob sich wieder. Er sprach weiter mit mir, während er auf und ab ging, wie er es bei mir so oft gesehen hatte, im Büro mit all den gewidmeten Fotos, wenn ich dem Mädchen einen Brief diktierte.

»Ich habe etwas über die Frau ausfindig zu machen versucht«, sagte er. »Es scheint, daß die Familie oder sie selbst Geld hatte, und später mußte sie als Lehrerin arbeiten. Aber niemand, hm?, niemand sagt, daß sie verrückt sei. Daß sie immer ein bißchen seltsam war, das wohl. Aber nicht verrückt. Ich weiß nicht, wie ich dazu komme, mit Ihnen zu sprechen, o Adoptivvater des traurigen Hamlet, mit von Sandwichbutter verschmiertem Rüssel ... Ihnen davon spreche.«

»Zumindest«, sagte ich ruhig zu ihm, »spioniere ich nicht in anderer Leute Leben herum. Und spiele mich auch nicht als Eroberer von etwas wunderlichen Frauen auf.« Ich wischte mir den Mund mit dem Taschentuch sauber und drehte mich, um ihn mit gelangweiltem Gesicht anzusehen. »Und ich betrinke mich auch nicht mit wer weiß welchem Geld.«

Er blieb stehen, mit den Händen in den Hüften, aufrecht, und schaute mich seinerseits an, nachdenklich, und fuhr fort, indem er mir unangenehme Dinge sagte, aber jeder merkte, daß er dabei an die Frau dachte und mich nicht von Herzen beschimpfte, sondern um etwas zu tun, während er dachte, etwas, um zu verhindern, daß ich merkte, wie er an jene Frau dachte. Er kam auf mich zu, beugte sich vor und richtete sich sofort wieder auf, mit der Flasche Bier, und trank ohne Hast von dem verbliebenen Rest, den Mund fest an der Öffnung, bis er sie geleert hatte. Er ging wieder einige Schritte über die Bühne und setzte sich erneut, die Flasche zwischen den Beinen, indem er sie mit den Händen bedeckte.

»Aber ich habe mit ihr gesprochen, und sie hat es mir gesagt«, sagte er. »Ich wollte wissen, was das alles soll. Denn ich weiß nicht, ob Sie begreifen, daß es nicht nur darum geht, das Geld in die Tasche zu stecken. Ich fragte sie, was das eigentlich sei, was wir aufführen würden, und dann habe ich bemerkt, daß sie verrückt ist. Interessiert es Sie, das zu erfahren? Alles ist ein Traum, den sie hatte, verstehen Sie? Aber die größte Verrücktheit besteht darin, daß sie sagt, der Traum habe keinerlei Bedeutung für sie, sie kenne weder den Mann, der dort im blauen Pullover saß, noch die Frau mit dem Krug, und sie habe auch nicht in einer solchen Straße gelebt, wie Sie sie hier so lächerlich hingepfuscht haben. Und warum dann? Sie sagt, während sie schlief und das geträumt habe, sei sie glücklich gewesen, aber glücklich ist nicht das Wort, sondern etwas anderes. Also, sie will das noch einmal sehen. Und auch wenn das eine Verrücktheit ist, hat es doch seine vernünftige Seite. Und mir gefällt auch, daß all das nichts Gewöhnliches von Liebe hat.«

Als wir schlafen gingen, blieb er jeden Augenblick auf der

Straße stehen – der Himmel war blau und es war sehr heiß –, faßte mich an den Schultern und am Revers und fragte mich, ob ich verstehe, ich weiß auch nicht was, etwas, das er wohl selbst nicht recht verstand, denn es gelang ihm nicht, es zu erklären.

Die Frau kam um Punkt zehn ins Theater, und sie trug dasselbe schwarze Kleid wie an dem Abend, mit der Kette und der Uhr, was mir unpassend erschien für die ärmliche Vorstadtstraße des Bühnenbilds und auch, um sich der Länge nach auf den Gehweg zu legen, während Blanes ihr das Haar streichelte. Aber was machte das schon, das Theater war ja leer; im Parkett befand sich niemand außer Blanes, stets betrunken, rauchend, bekleidet mit einem blauen Pullover und einer über ein Ohr gezogenen grauen Mütze. Er war schon früh gekommen, begleitet von einem Mädchen, demjenigen, das aus der Tür neben dem Gemüseladen kommen sollte, um ihm seinen Krug Bier zu geben; ein Mädchen, das nicht, ebenfalls nicht, der Gestalt entsprach, so wie ich sie mir vorstellte natürlich, denn weiß der Teufel, wie sie in Wirklichkeit war; ein trauriges, mageres Mädchen, schlecht gekleidet und geschminkt, das Blanes aus irgendeinem Café mitgebracht hatte, indem er sie zu einem Spaziergang am Abend aufgefordert und ihr dann eine aberwitzige Geschichte erzählt hatte, um sie herzubringen, ganz zweifellos. Denn sie stolzierte umher, wie sie sich eine Hauptdarstellerin dachte, und wenn man sah, wie sie den Arm mit dem Krug Bier ausstreckte, hätte man heulen und sie hinauswerfen mögen. Als die andere, die Verrückte im schwarzen Kleid, kam, stand sie eine Weile da und betrachtete das Bühnenbild, mit vor dem Bauch verschränkten Händen, und es schien mir, daß sie außerordentlich groß war, sehr viel größer und magerer, als ich bis dahin geglaubt hatte. Dann, ohne ein Wort zu jemandem zu sagen und immer, wenn auch etwas schwächer, mit diesem Lächeln eines Kranken, das mir an den Nerven zerrte, ging sie über die Bühne und verschwand hinter der Kulisse, von woher sie auftreten würde. Ich war ihr mit den Augen gefolgt, ich weiß nicht warum, mein Blick nahm genau die Form ihres schlanken, schwarzgekleideten Körpers an, und an ihn geheftet, ihn umschließend, begleitete er ihn, bis der Rand des Vorhangs den Blick vom Körper trennte.

Nun stand ich in der Mitte der Bühne, und da alles in Ordnung war und es schon nach zehn Uhr war, hob ich die Arme, um den Schauspielern durch Händeklatschen Anweisungen zu geben. Aber in dem Augenblick und ohne daß mir ganz und gar bewußt wurde, was vorging, begann mir etwas klar zu werden von dem, worum es ging und wo wir hineingeraten waren, auch wenn ich es niemals sagen konnte, so wie man die Seele eines Menschen kennt, und die Worte helfen nicht, um das zu erklären. Deshalb machte ich sie lieber durch Zeichen aufmerksam, und als ich sah, daß Blanes und das Mädchen, das er mitgebracht hatte, sich in Bewegung setzten, um ihre Plätze einzunehmen, glitt ich hinter die Vorhänge, wo bereits der Mann am Steuer seines alten Autos saß, das mit erträglichem Lärm zu rumpeln begann. Ich war auf eine Kiste geklettert und versuchte, mich möglichst zu verbergen, denn ich hatte ja nichts zu tun in dem Irrwitz, der nun begann; von dort aus sah ich, wie sie aus der Tür ihres Häuschens kam, sie bewegte den Körper wie ein Mädchen – das dichte und fast graue Haar hing lang über dem Rücken, zusammengebunden über den Schulterblättern mit einem hellen Band –, machte einige lange Schritte, die zweifellos die des Mädchens waren, das gerade den Tisch gedeckt hat und noch für einen Augenblick auf die Straße geht, um die Abenddämmerung zu sehen und einfach ruhig zu sein, ohne an etwas zu denken; ich sah, wie sie sich neben die Bank von Blanes setzte und den Kopf mit einer Hand hielt, den Ellbogen auf die Knie gestützt, dabei die Fingerkuppen auf die halbgeöffneten Lippen legte und das Gesicht einem fernen Ort zuwandte, der jenseits von mir lag und auch jenseits der Wand, die ich im Rücken hatte. Ich sah, wie Blanes sich erhob, um die Straße zu überqueren, und das mathematisch genau tat, bevor das Auto vorbeikam, qualmend, mit geschlossenem Verdeck, und sofort wieder verschwand. Ich sah, wie der Arm von Blanes und der der Frau, die in dem Haus gegenüber wohnte, sich durch den Bierkrug vereinten und wie der Mann in einem Zug trank, das Gefäß in der Hand der Frau zurückließ, die erneut, langsam und geräuschlos, in der Tür verschwand. Ich sah den Mann im blauen Pullover wiederum die Straße überqueren, einen Augenblick bevor ein schnelles Auto mit heruntergelassenem Verdeck vorbeifuhr, das seine Fahrt neben mir beendete und sofort den Motor ausschaltete, und während sich der bläuliche Qualm des Wagens verzog, sah ich, wie das Mädchen auf der Bordsteinkante gähnte und sich schließlich der Länge nach auf die Fliesen legte, den Kopf auf einem Arm, den das Haar verbarg, und ein Bein angezogen. Der Mann mit dem Pullover und der Mütze beugte sich dann vor und streichelte den Kopf des Mädchens, begann sie zu streicheln, und die Hand fuhr auf und nieder, verfing sich im Haar, legte die Handfläche auf die Stirn, preßte das helle Band der Frisur, begann erneut mit dem Streicheln.

Ich stieg hinunter, tief durchatmend, ruhiger, und ging auf Zehenspitzen über die Bühne. Der Mann aus dem Auto folgte mir, eingeschüchtert lächelnd, und das magere Mädchen, das Blanes mitgebracht hatte, kam wieder aus ihrem Flur und schloß sich uns an. Sie stellte mir eine Frage, eine kurze Frage, ein Wort nur dazu, und ich antwortete, ohne den Blick von Blanes und der liegenden Frau zu wenden; von seiner Hand, die immer noch die Stirn und das aufgelöste Haar der Frau streichelte, unermüdlich, ohne zu merken, daß die Szene zu Ende war und daß dieses letzte, das Haar der Frau zu streicheln, nicht immer weitergehen konnte. Mit vorgebeugtem Körper streichelte Blanes den Kopf der Frau, streckte den Arm und fuhr mit den Fingern über die Fläche des grauen Haars, von der Stirn bis zu den Strähnen, die sich über der Schulter und dem Rücken der am Boden liegenden Frau öffneten. Der Mann aus dem Auto lächelte noch immer, hustete und spuckte zur Seite. Das Mädchen, das Blanes den Krug Bier gegeben hatte, ging zu der Stelle hinüber, wo die Frau lag und der Mann über sie gebeugt war und sie streichelte. Dann drehte ich mich um und sagte zu dem Besitzer des Autos, daß er es hinausbringen solle, dann könnten wir bald gehen, und ich lief neben ihm her, steckte eine Hand in die Tasche, um ihm einige Pesos zu geben. Etwas Befremdliches geschah zu meiner Rechten, wo die anderen waren, und als ich darüber nachdenken wollte, prallte ich mit Blanes zusammen, der sich die Mütze abgenommen hatte und einen unangenehmen Alkoholgeruch hatte; er stieß mir in die Rippen und rief:

»Merken Sie nicht, daß sie tot ist, Sie Vieh.«

Ich blieb allein stehen, eingesunken durch den Stoß, und während Blanes auf der Bühne hin und her ging, betrunken, wie verrückt, und das Mädchen mit dem Bierkrug und der Mann mit dem Auto sich über die tote Frau beugten, begriff ich, um was es ging, was die Frau suchte, was Blanes am Abend zuvor betrunken auf der Bühne gesucht hatte und noch immer zu suchen schien, hin und her gehend mit seiner Verrückteneile: Ich begriff alles ganz deutlich, als wäre es eines dieser Dinge, die man für immer von Kindheit an lernt, und die Worte helfen später nicht, um zu erklären.

Mummenschanz

María Esperanza betrat den Park über den gepflasterten Weg, der zwischen den Schatten der Bäume bis zum See führte und eine Biegung machte, kurz bevor er ans Ufer gelangte, so daß sie jäh auf das Licht der Scheinwerfer stieß und auf die durchweg schwarzen Rücken der Leute, die den gleitenden Booten mit Fähnchen und Musik und den Tänzern auf der künstlichen Insel zusahen. Sie war erschöpft, und die Absätze, so hoch, wie sie noch nie welche getragen hatte, verursachten ihr einen brennenden Schmerz, wie eine Wunde, in den Sehnen der Fußknöchel. Sie blieb stehen; aber sie war nicht dort, sie fühlte, ohne zu wissen warum, daß sie nicht da war, und außerdem hatte sie Angst vor den hingerissenen, ernsten oder lächelnden Gesichtern, Angst, weil es Gesichter waren, die ihrem eigenen überaus ähnelten, unter der heftigen weißen, roten und schwarzen Schminke, mit der sie es bedeckt hatte, Angst, daß die Gesichter schauen und ihre Verwandtschaft erkennen könnten und sie dann mit Haß anschauen würden, weil sie etwas tat, was man nicht tun durfte, wenn man ein solches Gesicht hatte, wenn man es noch wenige Stunden zuvor ungeschminkt und rein vor dem Spiegel gehabt hatte, strahlend, fröhlich, mit ungekämmtem, tropfnassem Haar und ohne Scham.

Sie ging am Ufer des Sees entlang, das den Schatten und das Wäldchen spaltete, die Tanzmusik auf der Insel zitterte in der Luft, die ihren Hals umgab. Sie setzte sich auf eine Bank und streifte die Schuhe von den Fersen, sie schloß die Augen, und ihr Gesicht ging auf, als sie tief atmete, sich glücklich und schläfrig dem überließ, was die Nacht enthielt, eine ferne Musik und einen Duft von Blumen. Aber dann kam die Erinnerung an jene entsetzliche schwarze Sache, die einige Stunden zuvor geschehen war, sofort nachdem ihr reines Gesicht im Spiegel erschienen war, und das bösartige Antlitz der Erinnerung, des Befehls, Männer zu suchen und Geld zu beschaffen, drohte ihr

Herz zu ergreifen, ihren schlaffen Körper auf der Bank zu erschrecken. Sie stand auf und ging nun zu der Seite des Parks, der auf den Hauptweg führte.

Je mehr sie sich den Lichtern näherte und die Leuchtschrift des Varietés und die farbigen Lichter der Stände zu unterscheiden begann und die Ballettmusik auf dem See hinter ihr schwächer wurde, während die Märsche und Tangos der Cafés sich ihren Wangen näherten, richtete sie ihren Körper auf, machte längere und langsamere Schritte und ahmte den Gang nach, den sie geübt hatte, bevor sie ausgegangen war. Auch trug sie jetzt den letzten im Spiegel betrachteten Kopf, sehr hoch erhoben, mit gewölbten Brauen und dem Versprechen eines Lächelns.

Sie befand sich schon mitten in den Geräuschen der anderen Seite des Parks, betäubt von der Mischung aus Musik, Lachen, Rufen nach den Kellnern, den laut an die Theken weitergegebenen Bestellungen der Kellner. Noch blieb, unmittelbar vor dem grellen Licht und dem Getöse, der Schatten eines Baums, von wo aus sie die Bühnen mit den zurückgezogenen Vorhängen betrachten konnte. Ein Steptänzertrio, gekleidet als Matrosen, stampfte auf einer Rampe.

Die Frau, klein, bewegte sich zwischen den beiden Riesen. Einer der beiden Männer hatte ein helles und trauriges Gesicht, mit hängender Nase; der andere war schlank, mit schmaler Stirn und schwarzem, öligem Haar, und sein ganzer Kopf, ja selbst sein schmaler Körper bekundeten beim Tanzen einen unheilbaren, tätigen Unwillen zum Leben. Sie war blond und lachte erhitzt, rot, lächelte mit Kinderzähnen, schüttelte das Haar, markierte übertrieben den Takt mit den Armen, den Füßen, den Hüften, lächelte, mit einem weißen Lichtstrahl im Gesicht, der ihr unerbittlich das Gesicht in Glut versetzte, ihr mit seinem Weiß in die Nase stach.

Zur Rechten zeigte ein Mann im Frack dem Publikum einen Affen, der auf einem Tisch kauerte, gekleidet als *groom*, während ein anderer Affe, größer, traurig, von schwerfälligen Bewegungen, mit den Augen blinzelte und zwischen den Armen ein Akkordeon quetschte, immer denselben Ton hervorrief, denselben Schall, der endgültig klang. Der Mann im Frack sprach grimassierend mit heiserer Stimme, und die Leute lachten lauthals, immer einmütig, ohne daß María Esperanza, die lachend an einen Baum gelehnt stand und die Hand auf eine knorrige Stelle der Rinde drückte, erkennen konnte, ob sie über den Mann lachten, über das, was der Mann sagte, oder über einen der beiden Affen.

Zur Linken, weiter entfernt, hinter einer Leiste aus weißen und blauen Lampen – ein so trauriges, so unangenehmes Blau, wie sie es noch nie gesehen hatte, wie sie sich nie auch nur ein Blau hatte vorstellen können –, über einer Pianomusik, die zu kreisen schien und immer dasselbe wiederholte, sang eine als Mann gekleidete Frau, mit Mütze und einem roten Tuch um den Hals, mit unverständlicher Stimme, rauchend, von der einen auf die andere Seite schauend, als folgte sie der Bahn ihrer Worte durch die Luft, um zu erfahren, wie weit sie wohl gelangen könnten, bis wohin sie sie zu treiben vermöchte und auf den Kopf welches Zuschauers sie fallen, unter welchem Tisch und auf welchem Stück plattgetretener Wiese sie liegenbleiben würden. Auf der fernen Bühne hatte die als Mann gekleidete Frau kein Gesicht. María Esperanza stand mit den Schultern an den Baum gelehnt, den Astknoten an der Wirbelsäule. Nichts konnte sie erkennen von dem, was die Frau sang, aber das eine oder andere Wort, das dem nächtlichen Fest entschlüpfte, verschaffte ihr ein trauriges Glück, wie das kurze Zeit zuvor, als sie verloren im Schatten auf der Bank saß. Der Himmel war schwarz, und als sie ihn ansah, spürte sie, daß ein kalter Wind vom Strand her kam, ein Wind, der ihre Tatkraft auflösen und sie endgültig der Trostlosigkeit ausliefern könnte, sie und ihren Körper, betrachtet von dem bösartigen Antlitz der Erinnerung, an das sie nicht denken durfte.

Sie verließ den Baum und machte sich auf, um zwischen den Tischen umherzugehen. Beim ersten Schritt schaute niemand sie an, und als sie das andere Bein bewegte, wendeten sich alle Köpfe, um sie anzuschauen, jedes Lächeln, die glänzenden Augen, die schweißbedeckten Gesichter drehten sich ihr zu, aber schon beim nächsten Schritt ging sie allein weiter, von niemandem gesehen. Sie blieb stehen. Sie blieb unentschlossen stehen vor dem Tisch eines dicken Mannes mit schwarzbraunem Schnurrbart, der einen Krug Bier trank, ohne sie anzuschauen, der über den Schaum des Biers hinweg den Steptanz auf der Bühne anschaute. Sie war allein, als hätte sie den Baum mit sich gebracht, als versteckte sie die Gestalt in der aufgeschnittenen Rinde und als könnte die Hand sich, vergessen, auf den Astknoten mit dem glattgeschliffenen Rand legen.

Eine Frau bewegte einen Hut mit Blumen, als sie sich lachend vorbeugte, und sofort schauten die drei Gesichter der Steptänzer sie an, alle Gesichter hatten sich ihr zugewandt, und soviel sie auch lief, ohne, ach, Gott sei Dank, diesen liebevoll eingeübten Gang zu verlieren, immer mußte sie unbeholfen gerade dorthin gehen, wo das Licht am stärksten war, wo die farbigen Lampen sich sammelten, die Blicke all der Menschen, die an den Tischen saßen, die gemächlich umhergingen, allein, in Paaren, mit Kindern, gemächlich durch den Park spazierten in der kühlen Sommernacht. María Esperanza schloß die Augen, sie spürte, daß sie den Mund verzog, öffnete die Augen wieder und ging zu dem Tisch mit dem dicken Mann, der sein Bier trank und der sie sofort bemerkte und ein gütiges Gesicht aufsetzte, während er mit zwei Fingern am Knoten seiner Krawatte nestelte, an den Spitzen seiner Weste zupfte und den Bierkrug auf dem Tisch zur Seite schob. Dabei schaute er sie die ganze Zeit mit einem gütigen Ausdruck an, so gütig, daß sie nein murmelte und sich davonmachte, wobei ihr Körper eine Reihe scharfkantiger Palmen streifte, die, an ihm entlangstreichend, ein Murmeln wiederholten.

Ein lärmender Beifall erscholl drüben zur Linken, während die als Mann verkleidete Frau sich verneigte, die Mütze in der Hand, das offene Haar berührte fast die weißen und blauen Lämpchen, von dem widerwärtigen Blau, das imstande war, sie, María Esperanza, krank zu machen, sie jetzt sofort aufzulösen, schwitzend fühlte sie, wie die Schminke in ihrem Gesicht weich wurde und der Schmerz, den ihr die Absätze bereiteten, sich wie eine scharfe Schneide in die Fußknöchel bohrte. Sofort nach dem Applaus wandten sie sich erneut, wandte sich alle Welt ihr zu, um sie anzuschauen, und die Coupletsängerin, die nach den Steptänzern auftrat und einmal über die Bühne ging, mit schnellen Schritten, während das Orchester einen Paso doble spielte, stemmte eine Hand in die Hüfte und sang lachend und schaute sie dabei an, ging zwei oder drei Schritte und sang erneut für sie und schaute sie dabei an, machte sich über sie lustig, unterhielt sich allein mit ihr, während ein Beben aus Gelächter über die Köpfe des Publikums an den Tischen lief. Dann verließ sie die Palmenwand und näherte sich einem großen, schlanken Mann, der bewegungslos rauchte, mit einem in den Nacken geschobenen Strohhut, blieb so vor ihm stehen, daß sie ihn fast berührte, und schaute ihm ins Gesicht. Der Mann rauchte weiter, und seine kleinen, traurigen Augen schauten unverwandt nach vorn. Sie drehte sich schnell um und ging geradewegs, aber jetzt so, wie sie alle Tage ging, langsam, mit hängenden Armen, zu dem Tisch des dicken Manns, der einen zweiten Krug Bier trank und ihn sofort abstellte, als er sie kommen sah, und wieder sein gütiges Lächeln aufsetzte, bis sie sich zu ihm an das Eisentischchen setzte. Sie sah, daß der dicke Mann sie für einen Augenblick mit seinem gütigen Gesicht anschaute. Dann verdüsterte er es und rief den Kellner, lächelte erneut – jene feiste Sirupsüße, die zu erklären schien, daß sie, María Esperanza, die Tochter eines dicken Manns mit schwarzem Schnurrbart war, der in der kühlen Sommernacht im Park Bier trank –, nahm ihr eine Hand vom Schoß, legte sie umschlossen von seiner auf den Tisch und stellte ihr eine Frage, lachte, stellte eine weitere Frage, insgesamt zwei Fragen, die zu begreifen ihr nicht gelang.

Aber sie begriff zum Glück, sowohl für sich als für die Menge, die nicht verstehen kann, daß sie die schwarze, entsetzliche Erinnerung beschwichtigen und den knappen Befehl erfüllen könnte, Männer zu suchen und zurückzukommen mit Geld.

Willkommen, Bob

Für H. A. T.

Es ist gewiß, daß er jeden Tag älter sein wird, weiter entfernt von der Zeit, da er sich Bob nannte, das blonde Haar in die Stirn hängend, das Lächeln, die funkelnden Augen, wenn er schweigend in den Saal trat, einen Gruß murmelte oder mit der Hand ein wenig in der Nähe des Ohres herumfuhr, und sich unter die Lampe setzte, beim Klavier, mit einem Buch, oder einfach still, abseits, abwesend, und uns eine Stunde lang betrachtete, ohne die Miene zu verziehen, und er bewegte dann nur manchmal die Finger, spielte mit der Zigarette und klopfte sich die Asche vom Revers seines hellen Jacketts.

Gleich weit entfernt – jetzt, da er sich Roberto nennt und sich mit irgendwelchem Zeug betrinkt, die schmutzige Hand vor den Mund haltend, wenn er hustet – von dem Bob, der Bier trank, nur zwei Glas, auch in der längsten Nacht, auf dem Tisch in der Messe des Klubs einen Stoß von Zehnern, die er in den Schallplattenautomaten steckte. Fast immer allein, so hörte er Jazz, mit träumerischer Miene, glücklich und bleich; kaum nickte er, mich zu begrüßen, wenn ich vorbeiging, folgte mir aber mit den Augen, solange ich blieb, solange es mir möglich war, seinen blauen Blick auszuhalten, der unaufhörlich auf mir ruhte, wobei er mühelos seine harte Verachtung und den sanftesten Spott zeigte. Und manchmal samstags der eine oder andere Bursche, der so wütend jung war wie er und mit dem Bob von Soli redete und von Hörnern und Chorussen und von der unendlichen Stadt, die er an der Küste erbauen wollte, sobald er Architekt war. Er unterbrach sich, wenn er mich vorübergehen sah, um mich kurz zu begrüßen, und dann ruhten seine Augen starr auf meinem Gesicht, und gedämpfte Worte, ein Lächeln glitten über den Mundwinkel, für den Gefährten bestimmt, der mich dann immer betrachtete, und schweigend wurden Verachtung und Spott stärker.

Manchmal fühlte ich mich stark und versuchte ihn anzusehen: ich stützte den Kopf in eine Hand und rauchte über meinem Glas, ohne zu blinzeln, ohne von ihm wegzusehen, und mein Gesicht mußte kalt, ein wenig melancholisch bleiben. Zu jener Zeit glich Bob sehr Inés; ich konnte etwas von ihr in seinem Gesicht sehen, quer durch den Salon des Klubs, und vielleicht habe ich ihn den einen oder anderen Abend so angesehen, wie ich sie ansah. Aber fast immer zog ich es vor, die Augen Bobs zu vergessen, und setzte mich mit dem Rücken zu ihm hin und sah auf die Münder jener, die an meinem Tisch redeten, und war manchmal schweigsam und traurig, denn er sollte wissen, daß in mir noch mehr war als nur das, weswegen er mich verurteilt hatte, etwas, was mich ihm näherbrachte; manchmal half ich mir auch mit einigen Gläschen und dachte: ›Lieber Bob, erzähl das jetzt deinem Schwesterchen‹, während ich die Hände der Mädchen streichelte, die an meinem Tisch saßen, oder mich lauthals über irgend etwas verbreitete, damit sie lachten und Bob es hören konnte.

Aber weder Bobs Haltung noch sein Blick änderten sich im geringsten zu jener Zeit, ich konnte tun, was ich wollte. Ich hole das jetzt nur heraus, zum Beweis, daß er meine Komödie im Klub durchschaute. Eines Abends wartete ich bei ihnen zu Hause neben dem Klavier auf Inés, als er hereinkam. Er trug einen bis zum Kragen geschlossenen Regenmantel, die Hände in den Taschen. Er begrüßte mich mit einem Kopfnicken, blickte sofort um sich, als habe er mich durch die rasche Kopfbewegung ausgelöscht; ich sah, wie er mehrfach um den Tisch herumging, auf dem Teppich, auf den er mit seinen gelben Gummischuhen trat. Er berührte mit einem Finger eine Blume, setzte sich auf den Rand des Tisches, fing zu rauchen an und betrachtete die Blumenvase, gelassen das Gesicht mir zugewandt, weich, nachdenklich. Unvorsichtigerweise – ich stand und lehnte am Klavier – berührte ich mit der linken Hand eine tiefe Taste und war damit gezwungen, den Ton alle drei Sekunden anzuschlagen, wobei ich Bob ansah.

Ich hatte für ihn nichts als Haß und einen beschämenden

Respekt übrig und drückte immer wieder die Taste nieder, so mit feiger Wildheit den Ton in die Stille des Hauses nagelnd, bis ich mich plötzlich von außen sah und die Szene betrachtete, als sähe ich sie von oben, von der Treppe oder von der Tür her, und ich sah und spürte ihn, Bob, schweigend, abwesend, und den Rauchfaden seiner Zigarette, der zitternd nach oben stieg, ich sah mich, groß und steif, ein wenig pathetisch, ein wenig lächerlich im Halbdämmer, wie ich exakt alle drei Sekunden mit meinem Zeigefinger auf die tiefe Taste hämmerte. Ich dachte, daß ich die Saite nicht irgendeiner unbegreiflichen Prahlerei wegen zum Tönen brachte, sondern daß ich nach ihm rief, daß der tiefe Ton, den mein Finger hartnäckig nach der letzten Schwingung wieder hervorrief, zuletzt das gefundene, das einzige Wort sei, womit ich seiner unversöhnlichen Jugend Toleranz und Verständnis abbetteln konnte. Er blieb unbeweglich, bis Inés oben die Schlafzimmertür zuschlug, bevor sie zu mir herunterkam. Da richtete Bob sich auf, ging betont langsam ans andere Ende des Klaviers, stützte einen Ellbogen auf, sah mich einen Augenblick lang an und sagte dann mit schönem Lächeln: »Wird dies eine Nacht des Betts oder des Whiskys? Ungestümer Rettungsversuch oder Sprung in den Abgrund?«

Ich konnte nichts erwidern, konnte ihm nicht mit einem Faustschlag das Gesicht entstellen; ich berührte die Taste nicht mehr und zog die Hand langsam vom Klavier weg. Inés war mitten auf der Treppe, als er wegging und zu mir sagte: »Schön, mag sein, daß Sie improvisieren.«

Das Duell dauerte drei oder vier Monate, und ich konnte es nicht lassen, ich mußte am Abend in den Klub – ich erinnere mich flüchtig, daß damals Tennismeisterschaften stattfanden –, denn wenn ich einige Zeit dort nicht erschien, begrüßte Bob meine Wiederkehr, indem in seinen Augen Verachtung und Ironie stärker wurden, und dann machte er es sich mit einem glücklichen Lächeln im Sessel bequem.

Als der Augenblick kam, da ich mir keine andere Lösung wünschen konnte, als Inés sobald wie möglich zu heiraten, änderten sich Bob und seine Taktik. Ich weiß nicht, woran er merkte, wie sehr es mir not tat, seine Schwester zu heiraten, und wie sehr ich an dieser Notwendigkeit mit allen Kräften, die mir noch geblieben waren, festhielt. Meine Liebe zu dieser Notwendigkeit hatte die Vergangenheit ausgelöscht und jede Bindung zur Gegenwart. Ich achtete damals nicht auf Bob; aber kurze Zeit darauf mußte ich einsehen, wie sehr er sich in dieser Zeitspanne verändert hatte; manchmal stand ich aufrecht, unbeweglich an einer Straßenecke, beschimpfte ihn halblaut, begriff dann, daß in seinem Gesicht kein Spott mehr war; er trat mir ernst, mit genauer Berechnung gegenüber, wie man eine Gefahr, eine verwickelte Aufgabe betrachtet, wie man ein Hindernis abschätzt und es mit den eigenen Kräften mißt. Aber ich achtete nicht mehr auf ihn, ich dachte sogar daran, daß in seinem unbeweglich starren Gesicht Verständnis für das lag, was ich zutiefst war, für eine alte reinliche Vergangenheit, die die vergötterte Notwendigkeit, mich mit Inés zu verheiraten, unter den Jahren und Ereignissen hervorzog, um mich ihm anzunähern.

Dann sah ich, daß er den Abend erwartete; aber ich sah es erst, als Bob an dem Abend kam, sich an den Tisch setzte, wo ich allein war, und den Kellner mit einem Wink davonschickte. Ich wartete einen Augenblick und sah ihn an, er war ihr so ähnlich, wenn er die Brauen hob; und die Nasenspitze wurde, wenn er sprach, ein wenig flacher, wie bei Inés. »Sie werden Inés nicht heiraten«, sagte er dann. Ich sah ihn an, lächelte, sah weg. »Nein, Sie werden sie nicht heiraten, denn so etwas läßt sich vermeiden, wenn da nur einer fest entschlossen ist, daß es nicht dazu kommt.« Ich lächelte wieder. »Vor einigen Jahren«, sagte ich zu ihm, »hätte mir das große Lust darauf gemacht, mich mit Inés zu verheiraten. Jetzt bleibt sich das gleich. Aber ich höre Ihnen zu, wenn Sie mir erklären wollen ...« Er hob den Kopf und betrachtete mich weiterhin schweigend; vielleicht hatte er die Antwort schon bereit und wartete darauf, daß ich den Satz zu Ende spräche, um sie zu äußern. »Wenn Sie mir erklären wollen, weshalb es Ihnen nicht paßt, daß ich sie heirate«, fragte ich langsam und lehnte mich an die Wand. Ich sah sofort, daß ich nie geahnt hatte, wie sehr, mit welcher Entschlossenheit er mich haßte; sein Gesicht war bleich, Lippen und Zähne hielten ein Lächeln nieder. »Das müßte man kapitelweise erledigen«, sagte er, »die Nacht würde nicht ausreichen … Aber man kann es mit zwei, drei Worten sagen. Sie werden sie nicht heiraten, denn Sie sind alt und sie ist jung. Ich weiß nicht, ob Sie dreißig oder vierzig sind, es ist auch gleichgültig. Aber Sie sind ein gemachter Mann, das heißt, ein erledigter, wie alle Männer Ihres Alters, falls sie nichts Außergewöhnliches sind.« Er zog an der erloschenen Zigarette, blickte in Richtung Straße und sah mich wieder an; mein Kopf lehnte an der Wand, ich wartete. »Natürlich haben Sie Gründe zu glauben, an Ihnen sei etwas Außergewöhnliches. Zu glauben, Sie hätten vieles aus dem Schiffbruch gerettet. Aber das ist nicht wahr.« Ich begann, von ihm abgewandt zu rauchen; er war mir lästig, aber ich glaubte ihm nicht; er rief einen schwachen Haß in mir hervor, aber ich war mir gewiß, daß nichts mich dazu bringen könne, an mir zu zweifeln, nachdem ich die Notwendigkeit erkannt hatte, mich mit Inés zu verheiraten. Nein; wir saßen an einem Tisch, und ich war so rein und so jung wie er. »Sie könnten irren«, sagte ich zu ihm. »Wenn Sie mir etwas nennen wollen, was da in mir ›erledigt‹ sein soll …« »Nein, nein«, sagte er rasch, »ich bin nicht so kindisch. Dieses Spiel spiele ich nicht mit. Sie sind egoistisch, sind auf eine schmutzige Weise sinnlich. Sie sind an elende Dinge gekettet, und die Dinge sind es, von denen Sie mitgeschleift werden. Das geht nirgendwohin, und Sie wollen es auch nicht wirklich. Das ist es, nichts anderes; Sie sind alt, und sie ist jung. Ich darf nicht einmal an sie denken, wenn Sie mir gegenüberstehen. Und Sie möchten …« Auch damals konnte ich ihm nicht das Gesicht zerschlagen; so beschloß ich, ihn nicht mehr zu beachten, ging zum Musikautomaten, warf eine Münze hinein und drückte irgendeine Taste. Langsam kehrte ich zum Sitz zurück und hörte zu. Die Musik war nicht sehr laut; irgendwer sang da sehr schön, inmitten getragener Melodien. Neben mir sagte Bob, daß nicht einmal er, jemand wie er, würdig sei, Inés in die Augen zu sehen. Armer Junge, dachte ich voller Bewunderung. Dann sagte er, in dem, was er

»Alter« nannte, sei das Ekelhafteste, das, was den Verfall bestimme oder vielleicht Symbol des Verfalls sei: in Begriffen denken, die Frauen im Wort »Frau« umschließen, sie unbesorgt zurechtstoßen, damit sie sich dem Begriff fügten, der durch eine armselige Erfahrung erworben worden war. Aber, auch das sagte er, das Wort »Erfahrung« sei ebenso ungenau. Es gebe keine Erfahrungen mehr, sondern nur noch Althergebrachtes, immer Wiederholtes, welke Namen, womit man die Dinge belegen und sie auch ein wenig erschaffen könne. Das etwa sagte er. Und ich überlegte sachte, ob er wohl tot umfiele oder einen Weg fände, mich umzubringen, jetzt gleich, auf der Stelle, wenn ich ihm die Bilder erzählte, die ich in mir aufwirbelte, als er sagte, nicht einmal er sei würdig, Inés auch nur mit einer Fingerspitze zu berühren, dieser arme Junge, oder den Saum ihres Kleides zu küssen, die Spur ihrer Schritte oder ähnliches. Nach einer Pause – die Musik war zu Ende, am Apparat erloschen die Lichter, das Schweigen wurde immer größer – sagte Bob: »Das ist alles ...« und ging, wie er immer ging, nicht rasch, nicht langsam.

Wenn mir an jenem Abend das Gesicht von Inés in den Zügen Bobs erschien, wenn die Ähnlichkeit von Geschwistern diese Täuschung hervorbringen konnte und ich Inés auf dem Umweg über Bob bekam – es war dies das letzte Mal, daß ich das Mädchen sah. Zwar war ich zwei Abende später noch einmal mit ihr zusammen, es war unser gewohntes Treffen, und an einem Mittag, bei einer Begegnung, die von meiner Verzweiflung erzwungen wurde, die unnütz war, ich wußte ja von vornherein, daß jedes Wort und meine Anwesenheit nutzlos waren, daß alle meine inständigen Bitten auf erschreckende Weise absterben würden, als wären sie nie gewesen, aufgelöst im riesigen blauen Himmel über dem Platz, unter dem grünen, friedlichen Laubwerk, mitten in der schönen Jahreszeit.

Die kleinen, raschen Züge im Gesicht von Inés, das mir Bob an jenem Abend gezeigt hatte – sie hatten, auch wenn sie gegen mich gerichtet waren, der Aggression etwas von dem Enthusiasmus und der Reinheit des Mädchens hinzugefügt. Aber wie mit Inés reden, wie sie berühren, überzeugen: diese plötzlich

35

apathisch gewordene Frau der beiden letzten Begegnungen. Wie sie wiedererkennen oder sie sich nur ins Gedächtnis rufen, beim Anblick dieser Frau mit dem großen, starren Körper, im Sessel ihres Hauses und auf der Bank des Platzes, beidesmal und an beiden Orten dieselbe entschlossene Starre, diese Frau mit dem straffen Hals, die Augen nach vorne gerichtet, tot der Mund, die Hände in den Schoß gelegt. Ich betrachtete sie, und es war ein Nein, ich wußte, daß die ganze Luft, die sie umgab, ein Nein war.

Ich erfuhr nie, welchen Klatsch Bob dafür gewählt hatte; jedenfalls bin ich sicher, daß er nicht log, daß damals nichts – auch nicht Inés – ihn zur Lüge verführen konnte. Ich sah Inés nicht mehr, nicht mehr ihre leere, harte Gestalt; ich erfuhr, daß sie heiratete und daß sie nicht mehr in Buenos Aires lebt. Damals, mitten in Haß und Leiden, stellte ich mir gern Bob vor, wie er sich meine Handlungen vorstellte und genau die richtige oder auch die Verbindung der richtigen auswählte, die geeignet war, mich bei Inés auszulöschen und sie für mich auszulöschen.

Jetzt ist es ungefähr ein Jahr, daß ich Bob fast täglich im selben Café, von denselben Leuten umringt, sehe. Als wir einander vorgestellt wurden – heute nennt er sich Roberto –, da begriff ich, daß die Vergangenheit zeitlos ist und das Gestern sich an den Tag vor zehn Jahren anschließt. Noch war in seinem Gesicht der eine oder andere verschlissene Zug von Inés, und Bob erreichte durch eine einzige Bewegung des Mundes, daß ich wieder den länglichen Körper des Mädchens sah, ihre ruhigen, unbefangenen Schritte, und daß die gleichen unveränderlichen Augen mich wieder unter einer schlichten Frisur ansahen, die von einem roten Band über dem Haar gehalten wurde. Abwesend, für immer verloren, konnte sie sich lebendig, unberührt, endgültig unverwechselbar bewahren, identisch mit ihrem Wesen. Aber es war mühselig, am Gesicht, den Worten und den Gesten Robertos zu kratzen, um Bob wiederzufinden und ihn hassen zu können. Am Abend, als wir uns zum erstenmal wiederbegegneten, wartete ich stundenlang, daß er allein bliebe oder hinausginge, damit ich mit ihm reden und ihn verprügeln konnte. Ruhig, schweigend, manchmal sein Gesicht ausfor-

schend oder in den spiegelnden Fenstern des Cafés Inés herauf-
beschwörend, setzte ich geschickt die Sätze zusammen, mit denen ich ihn beschimpfen wollte, und fand den ruhigen Ton, in
dem ich sie ihm sagen wollte, wählte die Körperstelle für den
ersten Hieb. Aber er ging mit drei Freunden weg, als es dunkel
wurde, und ich entschloß mich, den günstigen Abend abzuwar-
ten (so wie er vor Jahren gewartet hatte), da er allein sein würde.

Als ich ihn wiedersah, als wir diese zweite Freundschaft begannen, die, wie ich hoffe, nie enden wird, hörte ich auf, an
irgendeinen Angriff zu denken. Es blieb ausgemacht, daß ich
nie mit ihm über Inés oder die Vergangenheit reden würde und
daß ich, im Schweigen, all dies in mir lebendig halten würde.
Und ich tue nun nichts als das, fast jeden Abend, wenn ich
Roberto und die vertrauten Gesichter im Café sehe. Mein Haß
bleibt stark und frisch, während ich Roberto weiterhin sehen,
ihm zuhören kann; niemand weiß von meiner Rache, aber ich
lebe sie, genüßlich und wütend, Tag für Tag. Ich spreche mit
ihm, lächle, rauche, trinke Kaffee. Die ganze Zeit über denke
ich an Bob, an seine Reinheit, seinen Glauben, die Kühnheit
seiner vergangenen Träume. Ich denke an jenen Bob, der die
Musik liebte, an jenen Bob, der den Plan gefaßt hatte, das Leben
der Menschen großartiger zu machen, der eine Stadt von blen-
dender Schönheit bauen wollte, für fünf Millionen Einwohner,
längs der Küste an der Flußmündung; an Bob, der nie lügen
konnte; an Bob, der zum Kampf der Jungen gegen die Alten
aufrief; an Bob, den Herrn der Zukunft und der Welt. Und ich
dachte an dies alles, eingehend und wohlgefällig, angesichts des
Mannes, dessen Finger vom Tabak gelb sind und der Roberto
heißt, der ein groteskes Leben führt, in irgendeinem stinkenden
Büro arbeitet, mit einer dicken Frau verheiratet ist, die er »Mei-
negattin« nennt; an den Mann, der diese langen Sonntage in
einem Sessel des Cafés versunken verbringt, Zeitungen studiert
und per Telefon bei Rennen wettet.

Niemand liebte je eine Frau mit der Kraft, mit der ich sein
Verkommensein liebe, die Endgültigkeit, mit der er in das
schmutzige Leben der Menschen untergetaucht ist. Niemand

entbrannte stärker in Liebe als ich angesichts seiner flüchtigen
Sprünge, der Pläne ohne Überzeugungskraft, die ein vernichte-
ter und weit entfernter Bob ihm zuweilen diktiert und die nur
dazu dienen, daß er genau abschätzen kann, wie tief er für immer in Schmutz versunken ist.

Ich weiß nicht, ob ich jemals Inés in der Vergangenheit so
freudig, so voller Liebe willkommen geheißen habe, wie ich
jetzt Bob in der schrecklichen, stinkenden Welt der Erwachsenen willkommen heiße. Er ist eben erst angekommen, manchmal macht er eine Krise durch und wird melancholisch. Ich
habe ihn weinerlich und betrunken gesehen; er beschimpfte sich
und schwor, er wolle sofort zu den Tagen Bobs zurückkehren.
Ich kann versichern, daß dann mein Herz von Liebe übergeht,
weich und zärtlich wird wie das Herz einer Mutter. Im Grunde
weiß ich, daß er nie weggehen wird, denn er hat keinen Ort,
wohin er gehen könnte; aber ich werde dann sanft und geduldig
und rede begütigend auf ihn ein. Wie die Handvoll Heimaterde
oder diese Fotografien von Straßen und Gebäuden oder die Lie-
der, die Einwanderer mitbringen – so mache ich für ihn Pläne,
Glaubensbekenntnisse und verschiedene Morgen, die das Licht
und den Geschmack des Landes der Jugend haben, aus dem er
vor einiger Zeit gekommen ist. Und er nimmt das an; er erhebt
immer Einspruch, damit ich meine Versprechungen verdopple,
aber er sagt am Ende immer Ja, schneidet zum Schluß ein
Grimassen-Lächeln und glaubt, eines Tages werde er sicher in
die Welt und zu den Stunden Bobs zurückkehren; er lebt im
Frieden mit sich, inmitten seiner dreißig Jahre, und er bewegt
sich ohne angewidert zu sein oder zu stolpern zwischen den
schrecklichen Kadavern der alten Sehnsüchte, den ekelhaften
Formen der Träume, die unter dem achtlosen, ständigen Druck
so vieler tausend unvermeidlicher Füße verschlissen wurden.

Die lange Geschichte

Capurro stand in Hemdsärmeln auf das Geländer gestützt und schaute zu, wie die verblichene Nachmittagssonne den Schatten seines Kopfs bis an den pflanzenbewachsenen Rand des Wegs gelangen ließ, der die Landstraße und den Strand mit dem Hotel verband. Das Mädchen radelte über den Weg, verschwand hinter dem schindelgedeckten Ferienhäuschen, erschien einen Augenblick später erneut, weiter im rhythmischen Takt die Pedale tretend, den Körper jetzt aufrecht auf dem Gestell, bewegte sie leicht und langsam die Beine, mit ruhiger Selbstgefälligkeit, die Beine in graue, dicke Wollstrümpfe gehüllt, Beine, die ihre Knie zeigten. Sie bremste das Fahrrad neben dem Schatten von Capurros Kopf, ihr rechter Fuß löste sich von dem Rad und trat, um das Gleichgewicht zu halten, auf das kärgliche, schon gelbe Gras, und dann schüttelte sie sich das Haar aus der Stirn und schaute den unbeweglichen Mann an. Sie trug einen dunklen Pullover und einen rosenfarbenen Rock. Sie schaute ihn ruhig und aufmerksam an, als genügte die gebräunte Hand, die das Haar von den Brauen strich, ihre verlängerte Prüfung zu verschleiern, bot den Körper dar gegen die Landschaft, die im Nachmittagslicht undeutlicher wurde, und zeigte die Zähne in der Erschöpfung, das wirre Haar und das Licht des Schweißes und der Ermattung, das den Widerschein des Spätnachmittags einfing, matter wurde und wie eine phosphoreszierende Maske im Zwielicht hervorstach. Dann legte sie das Fahrrad ins Gras und schaute ihn wieder an, während sie ihre Hände in die Taille legte und die Daumen unter den Rockgürtel steckte, schaute ihn nicht mehr an und zeigte den Kopf, die flache Brust im Profil, atmete noch immer schwer, die Augen dorthin gerichtet, wo die Sonne untergehen würde. Plötzlich setzte sie sich ins Gras, zog die Schuhe aus und schüttelte sie, nahm, einen nach dem anderen, die bloßen Füße in die Hände, rieb sie und rührte die kleinen Zehen, ließ über die

Schultern hinweg die geröteten Füße sehen, die sich in der kühlen Luft hin und her bewegten. Sie zog sich die Strümpfe und Schuhe wieder an, stand auf und blieb noch eine Weile stehen, wobei sie das Pedal mit schnellen Fußtritten in Drehung versetzte, ihre harte und überstürzte Bewegung wiederholte und sich mit einem herausfordernden Blick dem Mann zuwandte, der sie anschaute, ihr Gesicht verschwand fast im schwachen Licht, mit einer Herausforderung ihres ganzen verachtungsvollen Körpers, an der sie den Nickelglanz des Fahrrads teilhaben ließ, die Formen und Farben der Bäume, alles, was sie umgab, als wäre es von ihr abgesondert. Sie stieg wieder auf und radelte hinter den Hortensien, hinter den blaugestrichenen Bänken entlang.

Drinnen im Zimmer wusch Capurro sich lange, überließ die Finger dem seifigen Wasser, wobei er sich im Spiegel beobachtete, fast schon im Dunkeln, regungslos, bis er das schmale, weiße Gesicht ohne ein Lächeln unterscheiden konnte, und er schaute sich eine Weile teilnahmslos an, während im Garten Leute vorbeigingen, etwas hinter sich herschleiften und halblaut sangen. Er trocknete sich die Hände und holte den Koffer unter dem Bett hervor, schleifte ihn mit dem Fuß und suchte, ohne zu schauen, schob Wäsche und zwei kleine Bücher zur Seite und zog schließlich die zusammengefaltete Zeitung heraus. Im Sessel, nahe der geöffneten Jalousie, sah er sich die Schlagzeile SELBSTMORD DES FLÜCHTIGEN KASSIERERS und die schwarzen und grauen Flecken der Fotografie des Manns an, der mit aufgeregtem Gesicht schaute, zu lachen begann unter dem Schnurrbart mit nach unten weisenden Spitzen, und er fühlte – wieder mit der gleichen Stärke wie an den vorherigen Tagen –, daß er für immer in eine besondere und enge Welt eingeschlossen war, ohne weitere Freundschaft oder Anwesenheit oder Möglichkeit zum Gespräch, als das Gespenst mit dem schlaffen Schnurrbart geben könnte. Arturo pfiff im Garten, kletterte an dem Geländer herauf und sprang in das Licht des Balkons, er trug den Bademantel und schüttelte den nassen Kopf, während er durch das Zimmer ging, sah im Vorbeigehen die Bewegung Capurros, der die zusammengefaltete Zeitung zwischen Bein und Sessel verbarg, und brummte: »Immer das Gespenst.« Er ließ die Jalousie herunter, zündete das Licht an und zog sich aus, stehend im Bett.

»Und der Bauch wächst«, sagte er, während er mit dem Handtuch die Schultern rieb. »Ich hatte nicht geglaubt, daß du das könntest, den Reumütigen spielen, als hättest du ihn getötet. Und frag mich nicht wieder, ob in einer Welt mit zwanzig Dimensionen du die Schuld daran hast, daß er sich erschossen hat.«

Er stand nun auf dem Teppich und drückte sich sanft den Leib.

»Ich fahre heute abend, ich muß mich beeilen«, fuhr er fort. »Aber du hast ihm niemals gesagt, daß er sich erschießen soll, du hast ihm niemals gesagt, daß er stehlen soll, um chilenische Pesos zu kaufen und sie gegen Lire einzutauschen und die Lire gegen Franken und die Franken gegen Kronen und die Kronen gegen Dollars und die Dollars gegen Pfund und die Pfund gegen Goldadler und die Goldadler gegen gelbseidene Unterröcke und Dreiräder. Das hast du ihm nicht gesagt, du hast ihm nicht geraten zu stehlen. Also?«

Er beugte die Beine, während er sich das Handtuch zu einer Kugel geballt unter den Arm klemmte.

»Du fährst heute abend?« fragte Capurro.

»Klar, um neun. Ich bin schon erholt genug.«

Er zog die Hose an und knöpfte sie sich langsam vor dem Spiegel zu.

»Und außerdem«, sagte er, »hat es keinen Sinn. Ich habe mich einmal mit einem Gespenst eingeschlossen. Aber ein Gespenst mit Schnurrbart aus Draht! Die Gespenster kommen nicht aus dem Nichts, sie kommen aus dem Gespensterstoff. Wenn du einen Genossenschaftskassierer mit dem Schnurrbart eines russischen Generals Gespensterstoff nennen willst ...«

Capurro lehnte den Kopf im Sessel zurück und schaute die kahle Decke an.

»Ich habe eine Schuld an alldem. Die Schuld, daß ich mit Begeisterung zu ihm gesprochen habe, daß ich ihm die Sachen so erzählt habe, daß er sich sicher war, wenn er die zehntausend Pesos aus der Kasse nähme, würde er reich.«

»Du bist verrückt«, sagte Arturo und zog sich pfeifend das Sakko über, schaute sich von fern im Spiegel an, während er sich kämmte; dann zündete er eine Zigarette an und stellte einen Fuß auf den Sitz eines Stuhls. »Das ist alles ein ausgemachter Blödsinn. Allzu große Feinsinnigkeit. Aber ich will dir etwas sagen, was dich kurieren könnte, wenn du so feinsinnig wie ich wärst. Hat er das gestohlene Geld richtig verwendet, hat er es genau so verwendet, wie du es ihm erklärt hast?«

»Er?« Capurro erhob sich lachend. »Naja. Als er zu mir kam, war schon nichts mehr zu machen. Zu Anfang hat er gut gekauft, aber dann bekam er Angst und hat Unsinn gemacht. Eine hübsche Kombination aus Devisen, Rennpferden und Roulette.«

»Siehst du? Das ist der Unzurechnungsfähigkeitsbeweis. Ich warte unten auf dich.«

Er schaute in seine Brieftasche und ging pfeifend hinaus, und während er sich entfernte, dachte Capurro an den Mann, der durch den Garten gegangen war, etwas hinter sich herschleifend, einen langen Bewässerungsschlauch vielleicht, irgend etwas Schweres und Biegsames, das auf dem Kies ein Geräusch erzeugte und über den Rasen scheuerte, langsam, während er sein altes Gesicht anschaute, versunken im Spiegel.

Später, beim Obst nach dem Essen, Arturo gegenüber im Speisesaal, entdeckte er das Mädchen an einem Fenster, hinausgebeugt in die stürmische Nachtluft, mit einer im Wind wehenden Haarsträhne vor der Stirn und den Augen, mit matten Stellen von Sommersprossen – jetzt, im unerträglichen Lichtkegel des Speisesaals – auf den Wangen und der Nase, während ihre wäßrighellen Augen zerstreut den dunklen Himmel anschauten, die nackten Arme über ihrem gelben Abendkleid gekreuzt, die Schultern jeweils durch eine Hand geschützt.

Ein alter Mann saß neben ihr und unterhielt sich mit der Frau ihm gegenüber, jung, den weißen, fleischigen Rücken Capurro zugewandt, mit einer Rose in der Frisur über dem Ohr; und wenn sie sich beim Sprechen bewegte, trat der kleine weiße Kreis der Blume in das zerstreute Profil des Mädchens und verließ es wieder, und wenn die Frau lachte und dabei den Kopf zurückwarf, glänzte die Haut ihres Rückens, und das Gesicht des Mädchens blieb geistesabwesend in der Nacht.

Capurro wünschte sich, friedlich bei dem Mädchen zu bleiben und ihr Leben zu behüten, während er sie rauchend anschaute, bis zu dem Augenblick, wo sie die Augen erhob, ohne ihre gekreuzten Arme zu trennen, und ihren Kopf ganz leicht vom Himmel zum Gesicht des Manns bewegte. Sie schaute ihn wieder an wie zuvor im Garten, mit den gleichen ruhigen und herausfordernden Augen, mit derselben verachtungsvollen Provokation. Wie hielt er die Augen des Mädchens aus und drehte seine gegen den jugendlichen Kopf, floh von dort, um im Sturm der Nacht zu stochern, um an seinen Blick die Intensität des Himmels zu heften und sie gebieterisch auszuschütten über jenes Mädchengesicht, das ihn unbeweglich und ausdruckslos beobachtete, das sich verlor, ohne es zu wollen, ohne zu wissen, ohne es vermeiden zu können, das seinem ernsten und verbrauchten Männergesicht die jugendliche Bescheidenheit und Sanftheit der sommersprossigen Wangen und des Halses überließ, von der eingeschwärzten Landschaft des Gartens aus, hinter dem Fenster.

Arturo lächelte beim Rauchen der Zigarette.

»Hattest du sie vorher noch nicht gesehen?« fragte er.

»Einmal. Heute nachmittag im Garten. Bevor du vom Baden zurückkamst.«

»Treffer«, sagte Arturo und nickte mit dem Kopf. »Gut. Und die Jugend, die Unerfahrenheit. Hübsche Geschichte; aber es gibt jemanden, der sie besser erzählt. Warte.«

Der Kellner kam und räumte Teller und Obstschüssel ab.

»Kaffee?« fragte er. Er war klein, mit finsterem, äffischem Gesicht.

»Naja«, sagte Arturo lächelnd. »Was man hier so Kaffee nennt. Aber der Herr möchte etwas erfahren über die Fahrradtouren des Fräuleins am Fenster.«

Capurro knöpfte sich das Sakko auf und schaute zu dem Mädchen, aber der Kopf hatte sich schon zum Fenster gedreht, und der schwarze Ärmel des Manns mit Brille neben ihr schnitt quer über ihr gelbes Kleid, und dann neigte sich der blumengeschmückte Kopf der Frau mit dem schönen Rücken und verdeckte das sommersprossige Gesicht, ließ nur, wie eine Spur zwischen ihrem eigenen dunklen Haar und dem Ohr des Manns mit der Brille, einen dicken Rand vom rötlichen Haar des Mädchens, wuchtig, schwer an den Seiten, flammend oben, wo das Licht hinfiel.

»Nichts Schlimmes«, fuhr Arturo zu dem Kellner gewandt fort. »Der Herr interessiert sich fürs Radfahren und möchte wissen, ob das Fräulein ... Sag. Was geht nachts vor sich, wenn Papi und Mami schlafen oder nichts bemerken wollen?«

Der Kellner wiegte sich lächelnd, die leere Obstschüssel in Schulterhöhe, und verdrehte die schrägen Augen.

»Nichts weiter«, sagte er. »Sie wissen es doch. Gegen Mitternacht entwischt das Fräulein mit dem Fahrrad, manchmal fährt sie in die Berge, manchmal zu den Dünen.« Es war ihm gelungen, ernst zu werden, ohne Bosheit im Gesicht, und er sprach, als wiederholte er: »Was soll ich Ihnen sagen. Sie wissen doch. Sie kehrt mit zerzaustem Haar und ohne Schminke zurück, und einmal, als ich sie traf, hat sie mir zwei Pesos gegeben, ohne etwas zu sagen, sie hat sie mir in die Hand gedrückt. Nun, die Gäste sagen es und die englischen Burschen, die im Atlantic absteigen und samstags zum Tanzen kommen, daß immer jemand auf sie wartet und daß es niemals derselbe ist. Aber ich sage nichts, denn ich habe nichts gesehen.«

Arturo lachte und klopfte dem Kellner auf den Schenkel.

»Da hast du es«, sagte er.

»Also, zwei Kaffee?« sagte der Kellner, lächelte wieder und ging.

»Gut«, sagte Arturo. »Ein interessanteres Leben, als sich mit einem schnurrbärtigen Gespenst zu masturbieren.«

Als das Mädchen den Tisch verließ, schaute sie Capurro wieder an, von ihrer Höhe aus jetzt, eine Hand war noch wie von ungefähr in die Serviette verwickelt, während die Luft des Fensters die Haarsträhne über ihrer Stirn wie einen bronzenen Glockenschwengel pendeln ließ.

Auf der Terrasse, mit dem Koffer und dem Mantel über dem Arm, klopfte Arturo ihm auf die Schulter.

»Eine Woche, und wir sehen uns wieder. Schöne Fahrradtouren.«

Er sprang in den Garten und ging zu den Autos vor der Terrasse des Hotels. Als Arturo durch die Lichter ging, lehnte Capurro sich auf das Geländer und roch die Luft. Er kehrte ins Schlafzimmer zurück und rauchte im Bett liegend, hörte der Musik zu, die mit Unterbrechungen aus dem Speisesaal des Hotels kam, wo man um diese Zeit wohl schon tanzte. Er schloß die Hitze der Pfeife in der Hand ein und glitt in einen zähen Traum, in eine ölige Welt, ohne Luft, wo er mit außerordentlicher Anstrengung vorwärts ging, mit offenem Mund, auf den Ausgang zu, wo das gleichgültige Tageslicht schlief, unerreichbar, während das regelmäßige Gewehrfeuer in der Dunkelheit in seinem Rücken knallte. Er wachte schwitzend auf und setzte sich erneut in den Sessel, atmete die Sturmluft ein, mit einem Geruch nach trägem und warmem Meer. Fast ohne sich zu bewegen zog er die Zeitung unter seinem Körper hervor und schaute die Überschrift und das verblichene Foto an. Er warf die Zeitung auf den Tisch, beendete die Pfeife, zog einen alten Anzug an, den Regenmantel über, löschte das Schlafzimmerlicht und sprang vom Geländer auf die weiche Gartenerde und in den Wind, der ein dumpfes S zischte, als er um seine Hüften fuhr. Dann entschied er, den Rasen zu überqueren, bis er zu dem Stück Erde kam, wo das Mädchen am Nachmittag gesessen hatte, die Füße in den Händen und den Hintern flach auf dem Boden. Der Berg befand sich zu seiner Linken, die Dünen zur Rechten, alles schwarz, und der Wind schlug ihm ins Gesicht. Er hörte ein Geräusch und sah gleich darauf das strahlende Lächeln des Kellners, das Affengesicht neben seinem Arm.

»Pech«, sagte der Kellner. »Sie haben sie verpaßt.«

Er wollte ihn verprügeln, aber er beschwichtigte sofort seine Hände, die sich in den Taschen des Regenmantels zusammenballten, und keuchte dem Meer entgegen, reglos, mit halboffenen Augen, entschlossen und voller Selbstmitleid.

»Vor vielleicht zehn Minuten ist sie herausgekommen«, fuhr der Kellner fort. Ohne ihn anzusehen, wußte Capurro, daß der andere zu lächeln aufgehört hatte und seinen Kopf nach links drehte. »Sie können jetzt noch warten, bis sie zurückkommt. Das wird ihr einen schönen Schrecken einjagen ...«

Capurro knöpfte langsam seinen Regenmantel auf, ohne sich umzuwenden, holte einen Schein aus der Hosentasche und gab ihn dem anderen. Wieder sah er das Lächeln des Kellners und erriet um das Lächeln herum das gemeine Affengesicht, die kleinen, zu den Schläfen gezogenen Augen, seinen haltlosen Zynismus. Er wartete, bis er die zum Hotel gehenden Schritte des anderen nicht mehr vernahm, dann neigte er den Kopf, die Füße fest auf der geschmeidigen Erde und dem Gras, wo das Mädchen sich aufgehalten hatte, eingewickelt in die Erinnerung – der Körper des Mädchens und ihre Bewegungen am fernen Nachmittag –, beschützt vor sich selbst und vor seiner Vergangenheit durch eine bereits unvergängliche Atmosphäre aus Glauben und Hoffnung ohne Bestimmung, und atmete in der warmen Luft, wo alles vergessen war.

Er durchquerte langsam den Eukalyptuswald, tastete im Wind nach den Bäumen, schloß die Augen, um sie vor dem Zwicken des Sands im Gesicht zu schützen. Alles war dunkel, und er konnte das Licht der Fahrradlampe des Mädchens nicht entdecken und auch nicht den Glutpunkt irgendeiner Zigarette irgendeines rauchenden Manns, der auf den trockenen Blättern saß, an einen Stamm gelehnt, mit angezogenen Beinen, müde, feucht, zufrieden. Er stand jetzt am Ende des Walds, am Strand, hundert Meter vom Meer entfernt und den Dünen gegenüber. Er spürte, daß seine Hände wund waren, und hielt inne, um sich die Finger zu lecken, betrachtete ein Licht, das im Wasser schwankte. Er ging auf das Meeresrauschen zu, trat auf den verhärteten Sand des Ufers und bog dann nach rechts ab, um zu den Dünen zu gelangen, das Meer zur Linken. Kein Licht, keine Bewegung im Dunkeln, keine Stimmfetzen im Wind. Er verließ das Ufer und lief die Dünen hinauf und hinab, rutschte im kalten Sand, der in seine Schuhe drang, schob mit den Beinen die Sträucher beiseite, rannte fast, glücklich und unbändig, erregt, als könnte er nie mehr stehenbleiben, lachend inmitten der windigen Nacht, rannte er die winzigen Berge hinauf und hinab, fiel auf die Knie, entspannte schnaufend den Körper, bis er ohne Schmerz atmen konnte, das Gesicht zur Bewegung des Wassers gewandt. Er war allein in all dem, was von der Welt zu wissen möglich war, ging dann traurig und müde weiter, als hätten alle Gedanken der Mutlosigkeit ihn im Sand erreichen können, und rutschend fiel er auf die Knie, richtete sich mit gebeugtem Rücken wieder auf, suchte teilnahmslos den Rückweg zum Hotel, dachte an sein Gesicht, noch stärker von Traurigkeit befallen, im Spiegel des Badezimmers.

Er schlief wieder halb bekleidet auf seinem Bett, wie im Sand, mit offenem Mund, spürte, wie er in den Schlaf einging und in den ausbrechenden Sturm, geschlagen vom Donner, versunken und immer durstig im wütenden Rauschen des Regens.

Es war erneut ein Sommermorgen auf der Terrasse. Er beendete die Rasur und ging hinaus, um die durch den Regen abgekühlte Landschaft anzuschauen, während er in seinem Gesicht mit beiden Händen die Reste des parfümierten Talkums verwischte. Er sah drei Kinder nahe dem Tennisplatz rennen und begriff, daß seine Beklemmung sich zwanglos mit dem Morgen vermischen konnte. Ein blauer Ford röhrte den Hang herauf, hinter dem Häuschen mit dem roten Dach, fuhr auf dem Weg an ihm vorbei weiter bis vor den Eingang des Hotels. Er sah einen Polizisten aussteigen, einen außerordentlich großen Mann mit einem breitgestreiften Anzug und einen jungen, grau gekleidet, blond, ohne Hut, der bei jedem Satz lächelte und die Zigarette mit zwei Fingern nahe am Mund hielt. Der Hoteldirektor ging langsam die Treppe hinunter auf sie zu, während der Kellner vom vorherigen Abend hinter einer Säule der Vortreppe hervorkam, in Hemdsärmeln, so daß sein schwarzer Kopf glänzte. Alle sprachen mit wenig Bewegung, fast ohne den Platz zu wechseln, wo ihre Füße fest standen, und der Direktor zog ein Tüchlein aus der Innentasche des Sakkos, fuhr sich damit über die Lippen, steckte es dann sorgfältig wieder ein und holte es kurz darauf mit einer raschen Bewegung erneut hervor, drückte es zusammen und wischte sich damit über den Mund. Die Kinder hatten sich in den Schatten gesetzt, an den Zaun des Tennisplatzes. Capurro ging hinein, um die Pfeife zu holen, und als er wieder auf die Galerie hinausging, als er sich seiner eigenen Bewegungen bewußt wurde, der Krankhaftigkeit, mit der er zu leben und jede Regung auszuführen wünschte, als versuchte er, mit den Händen die Bewegungen zu streicheln, die diese gemacht hatten, da fühlte er, daß er glücklich war an dem Morgen, daß es weiter Tage geben konnte, die ihn irgendwo erwarteten. Er sah, daß der Kellner zu Boden schaute und die anderen vier Männer zu ihm hin den Kopf erhoben.

Der junge Blonde warf die Zigarette weit von sich; da machte Capurro langsam den Mund auf, bis er lächelte, und grüßte mit einer Kopfbewegung den Direktor, und gleich darauf, noch bevor der ihm antworten konnte, bevor er sich verbeugte, wobei er beständig zur Galerie schaute und sich mit dem Taschentuch den Mund betupfte, hob er eine Hand und wiederholte den Gruß. Er kehrte ins Zimmer zurück, um sich fertig anzuziehen, steckte eine weiße Blume in das Knopfloch seines Flanellanzugs. Er blieb einen Augenblick im Speisesaal stehen, schaute den Gästen beim Frühstücken zu und entschloß sich dann, einen Gin zu trinken, nicht mehr als einen, an der Bar, er kaufte Zigaretten und ging hinunter zu der Gruppe, die am Fuß der Treppe wartete. Der Direktor grüßte ihn noch einmal, und Capurro bemerkte, daß ihm der Unterkiefer, kaum sichtbar, heftig zitterte. Er sagte einige Worte und hörte, daß sie sprachen, und der junge Blonde kam zu ihm und ergriff ihn an einem Arm; alle standen schweigend, und er und der junge Blonde schauten sich an und lächelten. Capurro bot ihm eine Zigarette an, und er zündete sie an, ohne die Augen von seinem Gesicht abzuwenden; dann ging er drei Schritte zurück und schaute ihn erneut an. Er kehrte ihm den Rücken zu, ging bis zum ersten Baum am Weg und lehnte sich dort mit einer Schulter an. All das hatte einen Sinn, und ohne es zu verstehen, merkte Capurro, daß er einverstanden war, und bewegte zustimmend den Kopf. Daraufhin sagte der große Mann:

»Fahren wir mit dem Ford zum Strand?«

Capurro ging voran und setzte sich dann neben den Fahrersitz. Der große Mann und der Blonde setzten sich nach hinten. Capurro konnte den Direktor mit dem Kellner sprechen sehen, wobei er den Kopf heftig nach beiden Seiten schüttelte. Er hatte das Taschentuch eingesteckt, und jeden Augenblick hob er die Hand bis zum Hals. Der Polizist setzte sich ans Steuer und ließ den Motor an. Sofort fuhren sie los in den stillen Morgen hinein; Capurro spürte den Geruch der Zigarette, die der Bursche rauchte, spürte das Schweigen und die Ruhe des anderen Manns, den Willen, der dieses Schweigen und diese Ruhe erfüllte. Als sie an den Strand kamen, hielt der Wagen neben einem Haufen grauer Steine, die den Weg vom Sand trennten. Sie stiegen aus, kletterten über die Steine und gingen zum Meer. Capurro ging neben dem blonden Burschen.

»Was für ein Tag«, sagte der Junge.

»Wenn es nicht geregnet hätte, würden wir vor Hitze sterben«, antwortete Capurro einige Schritte weiter.

Sie hielten am Ufer an. Die vier standen schweigend, mit im Wind wehenden Krawatten. Sie zündeten wieder Zigaretten an.

»Das Wetter ist nicht beständig«, sagte Capurro.

»Gehen wir?« erwiderte der Blonde.

Der Mann in dem gestreiften Anzug streckte einen Arm aus, bis er den Burschen an der Brust berührte, und sagte dann mit tiefer Stimme:

»Denken Sie nur. Von hier bis zu den Dünen. Fast einen halben Kilometer.«

Der andere stimmte schweigend zu und zog dann die Schultern hoch, als hätte das keine Bedeutung. Er lächelte wieder und schaute Capurro an.

»Gehen wir«, sagte Capurro, und alle kehrten, ohne zu sprechen, zum Auto zurück. Als er einsteigen wollte, hielt der große Mann ihn zurück.

»Nein«, sagte er. »Nach dort gegenüber.«

Gegenüber standen ein Haus und ein Ziegelschuppen mit Feuchtigkeitsflecken. Der Schuppen hatte ein Zinkdach, und über der Tür waren schwarze Buchstaben gemalt. Sie warteten, während der Polizist in das Haus nebenan ging und dann mit einem Schlüssel zurückkam. Capurro drehte sich um und betrachtete den nahen Mittag über dem Strand, der Polizist hängte das geöffnete Vorhängeschloß aus, und alle traten in den Schatten und die Kühle. Die Balken waren mit Teer gestrichen, und Fetzen von Sackleinen hingen vom Dach herab. Während sie gingen, fühlte Capurro den Schuppen wachsen, bei jedem Schritt größer werden, so daß der lange, aus Böcken gebildete Tisch, der in der Mitte stand, sich entfernte. Er betrachtete die gestreckte Form und dachte, ›wer lehrt wohl die Toten die Haltung des Tods‹. Auf dem Boden befand sich eine kleine Wasserlache, und es tropfte von einer Ecke des Tisches. Ein barfüßiger Mann mit offenem Hemd über der geröteten Brust näherte sich hüstelnd und legte eine Hand an eine Ecke des Brettertisches, so daß sein kurzer Zeigefinger sofort glänzend von dem Wasser überzogen war, das unaufhörlich rieselte. Der große Mann streckte einen Arm aus und deckte das Gesicht über den Brettern auf, indem er mit einem Ruck an der Plane zog. Capurro schaute in die Luft, auf den gestreiften Arm des Manns, der ausgestreckt gegen das Licht der Tür wies und weiter den beringten Saum der Plane hielt. Er schaute wieder den hutlosen Blonden an und machte eine traurige Grimasse.

»Schauen Sie hierher«, sagte der große Mann.

Er sah, daß das Gesicht des Mädchens nach hinten gedreht war und daß es schien, als müßte der violette Kopf, mit Flecken eines rötlichen Violetts auf einem bläulichen Violett, von einem zum anderen Augenblick abgelöst herunterfallen, wenn jemand laut spräche, wenn jemand mit den Schuhen auf den Boden stampfte, einfach nur, wenn die Zeit verging.

Aber der Kopf mit dem verhärteten Haar, der stumpfen

Nase, dem dunklen Mund, den schlaffen, lang nach unten gezogenen Winkeln, tropfend, blieb unbeweglich, seine Masse unveränderlich in der düsteren Luft, die nach Schlamm roch, immer härter sein Blick über die Wangenknochen, die Stirn und das Kinn, das sich nicht entschloß herunterzuhängen. Einer nach dem anderen redete auf ihn ein, der große Mann und der Blonde, als machten sie ein Spiel, drangen abwechselnd mit derselben Frage auf ihn ein. Dann ließ der große Mann die Plane los, sprang auf Capurro zu und schüttelte ihn, indem er ihn am Revers packte; aber er glaubte nicht an das, was er machte – es genügte, ihm in die runden Augen zu schauen –, und als Capurro müde lächelte, zeigte der andere ihm rasch die Zähne, voller Haß, und öffnete die Hand.

»Gut. Das reicht«, sagte Capurro, und alle schwiegen, während die Ecke des Tisches weiter tropfte. Er schaute den jungen Blonden an, der mit der Zigarette zwischen den Fingern vor der Brust wartete, richtete das Gesicht auf die Tote und betrachtete anhaltend die Sackfetzen, die von der Decke herabhingen. Er hatte ihnen nur eine lange Geschichte zu erzählen, stockend, voller glänzender und geheimnisvoller Augenblicke, die nichts mit dem zu tun hatte, was die Männer interessierte, die in dem Schuppen standen, ihm auf den Mund schauten, die womöglich auch keine Beziehung zu irgend etwas Konkretem hätte, das er sich vorstellen konnte. Er machte zu jedem eine freundliche Geste, drehte sich um und ging hinaus, im Glauben, sie würden ihn beim ersten Schritt festhalten, aber er hörte sofort, daß die Männer ihm folgten, ohne ihn anzurühren, ohne ihm noch irgendeine Frage zu stellen, ohne Eile, als hätte er ihnen gerade die überlange Geschichte erzählt und als gingen alle unwillkürlich, ein wenig gebeugt, da müde vom Zuhören, horchend jetzt auf das unterbrochene Murmeln, das die maßlose Geschichte innerhalb des Kopfs von jedem stattfinden ließ.

Zurück in den Süden

Als er allein in der Ecke des Cafés saß, dachte Oscar noch einmal an den bleichen Kopf von Onkel Horacio auf der Bahre, der endgültig den Ausdruck von leichtem Interesse und Höflichkeit angenommen zu haben schien, mit dem er sich maskierte, wenn er von Personen und Dingen reden hörte, die den Süden von Buenos Aires gebildet oder erlebt hatten, die Ausländerzone, die in der Calle Rivadavia begann, und vom Karneval 1938 an. Onkel Horacio hob die Brauen und lächelte kaum merklich in Erwartung des Endes solcher Unterhaltungen. Wenn er sich an sein totes Gesicht erinnerte, war es erneut unmöglich zu erraten, in welchem Sinn und mit welcher Absicht Haß und Verachtung auf die Bilder und Menschen des Südviertels einwirkten, wie sehr sie entstellt waren oder – vielleicht war es auch nicht mehr als das – in welchen Lichtton Haß und Verachtung für Onkel Horacio die geächteten Gebiete des Südens einhüllten.

Am ersten Samstag des Karnevals von 38 gingen Onkel Horacio und Perla nach dem Essen auf der Belgrano spazieren; sie verließen die Wohnung und gingen langsam über die Tacuarí und die Piedras, untergehakt. Oscar erfuhr, daß sie in ein deutsches Lokal Bier trinken gegangen waren und daß sie sich dort bis nach Mitternacht miteinander unterhalten hatten. Als sie heimgekehrt war, lief sie grundlos in der Wohnung umher, trällerte eine Melodie von Albéniz und ging fast sofort ins Bett. Onkel Horacio blieb eine Weile an dem Tisch sitzen, an dem Oscar studierte. Er schien müde und nahm sich den Halskragen ab. Er spielte mit der Uhr, indem er einen Finger in die Westentasche steckte, und betrachtete nachdenklich den Tisch, in den Pausen zwischen den zerstreuten Fragen. Oscar sah, daß er sanft lächelte, und er hörte ihn ein wenig lachen, als er sich erhob und eine Weile stehen blieb, mit weit gespreizten Beinen und den Kopf schüttelnd. Dann seufzte er, stellte die letzte

Frage über Bücher und Prüfungen und ging ins Schlafzimmer.

Am Sonntag gingen sie nicht aus dem Haus; während des ganzen Tags bewegten sie sich schwerfällig und schweigend durch die Hitze des Hauses, nachlässig gekleidet, den kühlen und halbdunklen Ecken zustrebend, wo sie ihre Anwesenheit mit dicken Morgenzeitungen, Zeitschriften und alten, zerfledderten Büchern markierten. Als Oscar gegen Abend ging, saß Onkel Horacio allein am Schreibtisch und zählte ein paar Tropfen Medizin ab. ›Sie will gehen, und er will sie nicht unter Druck setzen, indem er ihr von seiner Krankheit redet‹, dachte Oscar, ›oder sie will gehen, und er versucht, sie unter Druck zu setzen, indem er sie wissen läßt, ohne es zu sagen, daß er wieder krank ist.‹

Am Karnevalsmontag waren sie den ganzen Tag zusammen und draußen; Oscar sah sie am Abend, wieder innig miteinander; Onkel Horacio sprach von vielen Dingen, ein wenig aufgeregt und glücklich, mit Schweiß auf der Stirn und keuchend beim Lächeln. Am Dienstag kam Oscar gegen Abend zur Calle Belgrano; Onkel Horacio saß allein am Fenster, mit offenem Hemd, die Brille hing an einem Bügel zwischen den Fingern, und die Nachtausgabe einer Tageszeitung lag neben seinen bloßen Füßen. Sie begrüßten sich, und Oscar sah nur die Müdigkeit in seinem Gesicht. Dann konnte er nicht begreifen – weil das irgendeinen Unbekannten darstellte und keinerlei Beziehung zu Onkel Horacio hatte –, daß er auf der Decke des Eßtisches, neben dem Glas Milch und dem Schinkensandwich, die Perla ihm jeden Abend hinstellte, einen Brief fand, geschrieben mit dunkelblauer Tinte, auseinandergefaltet, unter dem Tischaufsatz, mit vier deutlich markierten Faltungen. Die Milch, das Sandwich und der Brief stammten von Onkel Horacio, dem Mann, der neben dem Fenster im anderen Zimmer saß; er wollte ihm mitteilen, ohne Fragen, daß Perla gegangen war, einvernehmlich, nicht nachtragend, glücklich und mit dem unabweislichen Recht, ihr eigenes Leben zu führen. Sie sprachen nicht wieder von Perla; als Oscar im Morgengrauen heimkehrte, lag der Brief nicht mehr auf dem Tisch, und Onkel Horacio beäugte weiter durch das Fenster die heiße Karnevalsnacht, im Gesicht noch schwach der Ausdruck gutmütigen Ekels, der es bis zum Ende kennzeichnen sollte.

In der Belgranozeit besuchte der Sohn Horacios, Walter, sie nur selten; aber als sie umzogen in eine Pension Ecke Paraná/ Corrientes, begann er fast jeden Abend zu kommen, allzu gut gekleidet, parfümiert, das lange Haar glänzend und hart, in den Nacken gekämmt. Oscar hörte seine Absätze im Flur, und dann sah er sein weißes Gesicht erscheinen, aus einem blutleeren und gealterten Stoff, sehr viel älter, als er war, als hätte Walter es verliehen, damit ein anderer Mann es verbrauchte in Jahren voller Elend, voller Blicke ohne Großmut und mit falschem und schwankendem Lächeln.

»Hallowiegehts«, sagte über der Lampe das einsame Gesicht zwischen der dunklen Wand und dem schwarzen Anzug. Er begrüßte Onkel Horacio und ging dann zwischen dem Balkon und dem Bett auf und ab, wobei er Geschichten von Leuten vom Theater und vom Radio erzählte, vom Geld, das er in der Saison verdienen würde, von fabelhaften Gewinnen im La Plata Hippodrom. Er zeichnete das Skelett seines Lebens, und Oscar, über seinen Büchern, füllte es auf und bedeckte es mit trostlosen Quetschungen, verkommenen Gesichtern, Frauen ohne Hut, in langen Kleidern mit bedrückenden Farben, die an quadratischen Tischen bei Musik lallten, immer bei Bandoneon- oder Trompetenmusik, oder die, gehüllt in Bademäntel, während der Siesta den Hof der Pension bevölkerten.

Der Zaun der Calle Rivadavia erhob sich dank Walter. Er hatte nicht den Mut, es dem Alten direkt zu sagen; er stand hinter Onkel Horacio und sprach an Oscar gerichtet, der sich vor dem Spiegel die Krawatte umband.

»Ich habe Perla in einem Café der Avenida gesehen. Sie hat mir nicht ausdrücklich etwas gesagt, aber es geht ihr gut.«

Später, an anderen Abenden, erfuhren sie, daß Perla mit einem Mann gegangen war, der in einem spanischen Café Gitarre spielte, und das dunkle, ölige Gesicht von Perlas Liebhaber wurde für Oscar untrennbar von der Erinnerung an die Frau. Onkel Horacio gab keinen Kommentar, und er schien sich nicht darüber klar geworden zu sein, daß Perla abends so nah war, fünf Blocks weiter im Süden. Oscar bemerkte, daß er Walter gehört hatte, denn bei den abendlichen Spaziergängen, wenn sie ausgingen, um irgendwo einen dünnen Kaffee zu trinken, begann er, über die Paraná bis zur Rivadavia zu gehen, wo sich der Kongreßplatz öffnete, auf den er mit gleichbleibender Neugier Abend für Abend schaute; dann bog er nach links ab, und sie unterhielten sich weiter auf der Calle Rivadavia Richtung Osten. Fast jeden Abend; über die Paraná, die Montevideo, die Talcahuano, die Libertad. Ohne daß sie je darüber sprachen, wurde Oscar unabweisbar klar, daß die Stadt und die Welt von Onkel Horacio an unüberschreitbaren Grenzsteinen in der Calle Rivadavia endete; und alle Straßennamen, Geschäfte und Orte des Südviertels wurden unterdrückt und bald schon vergessen. Und wenn dann jemand sie vor ihm erwähnte, blinzelte Onkel Horacio und lächelte, ohne zu verstehen, aber er ließ sich nichts anmerken und wartete geduldig, daß die Geschichte oder die Personen die Rivadavia überquerten und er sie verorten konnte.

So stand es mit ihnen im Jahr 38, und so machten sie 39 weiter, bis zum Beginn des Kriegs, stießen sich beide ohne Gewalt fast jeden Abend an der Mauer in der Rivadavia und wußten von Walter, daß die Avenida »voller dicker Leute war und neulich war da sogar ein Torero«. Sie wußten auch, daß fast jede Woche ein neues Café eröffnet wurde, mit Gesang und Musik; und in sie alle plazierte Walter den Gitarristen zusammen mit einer verjüngten und redseligen Perla, die Manzanilla-wein trank und im Takt mit den Händen klatschte. »Wegen des Kriegs in Spanien«, kommentierte Walter.

Aber der Krieg in Spanien war schon vor langer Zeit zu Ende gegangen, und viele Monate lang war die Avenida de Mayo für Oscar – und er dachte, auch für Onkel Horacio – zehn Blocks voller abendlich lärmender Cafés, mit dicken Männern und Frauen, die auf den Gehwegen Bier tranken, während bei Tageslicht viele Toreros eiligen Schritts auf und ab gingen. Und die wenigen Male, die Oscar abends allein die Rivadavia überquerte und eine wiedererkennbare Avenida de Mayo sah, kehrte er heim, ohne Onkel Horacio ein Wort zu sagen, und vergaß sofort, was er sich angesehen hatte. Deshalb war er sicher, daß in Onkel Horacio die phantastische Vision des verlorenen Gebiets unverändert weiterlief, wo Perla sich unterhielt und lachte, wo es ständig eine Perla in jedem lärmigen Café gab, neben einem Torero, neben einem Mann mit tiefschwarzem Haar, über eine Gitarre gebeugt.

Als Onkel Horacio das letzte Mal krank war, hatte der Arzt ihn mit lustlosen Augen angeschaut, als er ihm die Spritze gab. »Man weiß nicht wie lange«, sagte er später. »Womöglich lebt er länger als Sie.« Oscar sagte ja, aber Walter wollte es nicht glauben und murmelte mit der Zigarette im Mund – den Mund ein bißchen verzogen durch die Zigarette, das hohe Profil, so wie Oscar ihn hinter den Scheiben der Cafés sah –: »Eines Tages jagt er uns einen Schreck ein.«

Der Schreck kam eines Abends, als die drei zu einem Spaziergang ausgingen, Onkel Horacio in der Mitte, an einem Samstag zu Anfang des Sommers. Onkel Horacio ging langsam und sprach, Wort um Wort, von der Organisation der Weizenprodukte in Kanada, und Oscar beobachtete ihn aus dem Augenwinkel, während Walter, mit klackenden Absätzen, die schmalen Schultern nach vorn geneigt, zustimmte und dabei den Kopf schüttelte, wo der kleine Hut die linke Seite der glänzenden Frisur zeigte. Immer schüttelte er so den Kopf, wenn Onkel Horacio begann, zwanglos und leichthin zu wiederholen, was er in Büchern und Zeitschriften gelesen hatte. Oscar dachte an Walter, wie der an den Nachmittagen in der Pension Mate trank, zwischen dem Geschrei und der Trägheit der Frauen, die in ihren rougeverschmierten Schlafröcken mit den Pantoffeln klapperten, und mit ernster Stimme die Artikel wiederholte, die ihm sein Vater einige Tage zuvor über die Produktverteilung in der Nachkriegszeit, die Diamantenschleiferei und die Welle von Sexualverbrechen in den Vereinigten Staaten mitgeteilt hatte.

Onkel Horacio sprach gerade über Manitoba, an der Ecke Talcahuana/Rivadavia rechnete er *bushels* in Kilo um, und ohne eine Unterbrechung, ohne eine ankündigende Geste, ohne irgend etwas, das deutlich gemacht hätte, er wisse, was er tue, ging er redend weiter, über den unsichtbaren Zaun der Rivadavia hinweg, und kam auf den anderen Gehweg. Er hielt einen Augenblick an, um durchzuatmen, und ging dann sofort langsam weiter, den kurzen Block entlang, der zur Avenida de Mayo führte. Über und hinter Onkel Horacio tauschte Oscar mit Walter Blicke aus und sah, wie der andere ihm ein Lächeln zuwarf, ein Zeichen der Freude, als wäre ihm gerade klar geworden, daß sein Vater nicht mehr krank sei.

Während der zwei Blocks, die sie über die Avenida gingen, sagte Onkel Horacio, das einzige ganz und gar respektable von allen in den Krieg verwickelten Ländern sei China. Er nannte einige geographische Namen, einige Namen von Generälen und Heerführern und machte eine Prophezeiung über die Zukunft Asiens. Vor dem dritten Café mit Musik blieb Onkel Horacio stehen und schaute lächelnd hinein. »Kommt«, sagte er, »laßt uns etwas trinken.« Wieder sahen sie sich hinter seinem Rücken an, und da Walter jetzt offen lächelte, im Begriff zu kommentieren, was da vor sich ging, beruhigte Oscar sich und ging als erster in den kleinen Saal, wo eine Musikbox erklang und *Capricho árabe* spielte.

Onkel Horacio bestellte drei Bier, schaute sich ein bißchen um und fing an, über die Industrialisierung der Kolonialstaaten zu sprechen. In einer Pause sagte Walter: »Es sind wenig Leute hier heute abend. Vielleicht gehen wir nach drüben...« Aber Onkel Horacio sprach weiter, mit zerstreutem und gutmütigem Gesicht. Als sie das Bier brachten, blieb er eine Weile nach vorn gebeugt, das Glas am Mund, ohne zu trinken, reglos, die Augen gesenkt. Oscar sah Walter an, der den Hintergrund des Saals absuchte und sich die Manschetten zurechtzupfte; er konnte seinen Blick nicht finden und lehnte sich zurück, beobachtete Onkel Horacio und wartete. Er wartete, bis der einen Schluck trank, das Glas auf den Tisch stellte und sich an den Stuhlrücken lehnte, den Mund geöffnet zum Sprechen, und auf dem Sitz zu rutschen begann. Walter sprang auf, stellte sich hinter seinen Vater und versuchte, ihn aufzurichten, indem er ihn unter den Achseln faßte. Zwischen dem Kellner und einem Mann, der an den Tisch kam, beugte Oscar sich vor, um den Krawattenknoten des Alten zu lockern. Er sah, daß der Kopf sich mühsam drehte, sich zu einer Schulter neigte und sich wieder aufrichtete. Da rief Walter:

»Schnell, lauf und hol die Tropfen.«

Oscar lief aus dem Café, rief ein Taxi und fuhr zur Paraná/Corrientes, um die Medizin zu holen; er wollte an nichts denken, erinnerte sich nur an Onkel Horacio, wie er die Calle Rivadavia überquerte und mit geduldiger Stimme fragte, ohne Nachdruck, sicher, daß er selbst sofort die genaue Antwort geben könnte: »Und was ist das Geheimnis der Stärke bei den kanadischen Bauern?«

Oscar sagte dem Chauffeur, er solle warten, und lief die Treppe hinauf. Niemand war in der Diele; die schöne Jahreszeit begann, und es war Samstag, alle waren wohl ausgegangen. Er ging ins Zimmer und sah Perla auf dem Bett sitzen, einen Arm etwas vom Körper gespreizt, die Hand unter die Bettdecke geschoben, die Brust sehr viel weiter vorragend als zu der Zeit in der Belgrano, vielleicht insgesamt dicker, sehr geschminkt. Die Frau lächelte, neigte mädchenhaft den Kopf; das war die übliche Geste für Onkel Horacio, die Geste, um Streitgespräche zu gewinnen, um Verzeihung zu erheischen, ihn ins Bett zu holen.

»Wie geht es Ihnen?« sagte sie und senkte den Kopf, ohne mit dem Lächeln aufzuhören, bis sie fast die Schulter mit der Wange berührte.

Oscar antwortete ihr nicht und für einen Augenblick vergaß er die Medizin, den Wagen, der wartete, den auf dem Sitz rutschenden Onkel Horacio. Er nahm den Hut ab und lehnte sich an den Tisch, ihr gegenüber, und schaute sie an. Dann lächelte auch er, denn Perla sagte:

»Was ist los mit Ihnen? Sie sind erstaunt, mich zu sehen, nicht wahr? Es scheint, als würden Sie sich nicht sehr freuen.«

Sie hob leicht den Kopf an. »Horacio ist ausgegangen? Ich wollte ihn besuchen ...«

Oscar setzte sich den Hut wieder auf, ging das Fläschchen in der Hausapotheke suchen, und während er sie durchwühlte, sagte er zu ihr:

»Er ist drüben, in einem Café der Avenida, und hat einen Anfall.«

Er hörte sie aufstehen, auf und ab gehen und mehrere Male versichern, das sei unmöglich. Sie wiederholte: »Noch dazu jetzt«, und Oscar wußte nicht, was das bedeuten sollte. Er fand das Fläschchen und sagte zu ihr:

»Unten wartet ein Wagen, um zum Café zu fahren. Wenn Sie mitkommen wollen, beeilen Sie sich.«

Während der ersten Fahrt im Taxi sprachen sie nicht; Oscar saß mit vornübergebeugtem Körper und schaute über den Arm des Chauffeurs hinweg auf die Straße, das Fläschchen zwischen die Knie geklemmt. Als sie ins Café kamen, spielte die Musikbox einen Paso doble, und der Tisch war leer, ein Kellner stand daneben, im eifrigen Gespräch mit jemandem vom Nachbartisch, wobei er das Serviertuch unsinnig hin und her bewegte.

»Sie haben ihn schon fortgebracht«, sagte der Kellner. »Es ging ihm immer schlechter, und wir haben von hier aus angerufen, und sie haben ihn fortgebracht. Ich weiß nicht wohin. Sie werden ihn zur Esmeralda Nr. 66 gebracht haben. Ich gehe den Chef fragen, ob er es weiß.«

Der Chef wußte es nicht, aber sie sprachen auf der Straße mit dem Schutzmann, und der sagte ihnen, sie hätten Onkel Horacio in die Esmeralda Nr. 66 gebracht.

»Wie ging es ihm?« fragte Perla.

»Ich weiß nicht«, sagte der Schutzmann. »Es ging ihm schlecht. Als ich kam, ist er ganz und gar ohnmächtig geworden.«

Sie fuhren mit einem anderen Wagen zur Unfallstation, und während dieser zweiten Fahrt zeigte Perla ein Taschentuch in der Hand und begann zu weinen, den Kopf wiederum geneigt, als wäre jemand in der Nähe, den sie um etwas bitten könnte.

In der Unfallstation ließ man sie sofort hinein, führte sie durch einen Flur, sie gingen durch ein Labyrinth aus spanischen Wänden und traten dann in einen großen Saal, wo Walter sich verstört an den Manschetten zupfte und Onkel Horacio tot auf einer Bahre lag.

Während der letzten Fahrt des Abends saß Perla in die Ecke gedrückt, die lange Hand flach auf dem Taschentuch, das ihr das Gesicht bedeckte. Das Auto fuhr mit geringer Geschwindigkeit durch die Esmeralda, und als sie an einer Straßenmündung die Hand hob, sah Oscar ihre geröteten Augen und die geschwollene Nase; der Mund, geschminkt und wohlgeformt, mit einem leichten Flaum unter der Nase, blieb ruhig, ein kleines bißchen vorgeschoben, ein Ausdruck, der Oscar diente, sie zu erkennen, wenn er sich an sie erinnerte, so wie der Mund auf den Porträts, die Onkel Horacio in einer Schublade des Schreibtisches verborgen hatte.

»Sie haben mich hinausgeworfen, als wäre ich …«, empörte die Frau sich.

»Nein; man hat Sie wie alle andern auch hinausgeworfen. Es war ja auch nichts mehr zu machen dort.«

»Ich wollte dableiben.«

Oscar ertrug lieber das Geräusch, das sie beim Weinen machte, als daß er sie sprechen hörte. Perla lehnte sich wieder auf dem Sitz zurück, sie weinte jetzt nicht, die Hand rollte das Taschentuch in den Rock ein, Oscar erinnerte sich an den Kopf von Onkel Horacio auf der Bahre und an Walter, der um sie herumlief, parfümiert, mit seinem Geckenanzug, den weißen Manschetten über den Handgelenken, und die Worte wiederholte, stehenblieb, um erfolglos einen anderen Satz zu suchen, dieselben Worte, die Perla gesagt hatte: »Noch dazu jetzt …« Die Krankenschwester schrieb stehend in einer Ecke, und der Arzt trocknete sich die Hände auf der anderen Seite des Saals.

»Hören Sie«, sagte Perla. »Haben Sie die Vorkehrungen getroffen?«

Er schaute sie schweigend an, und in dem Licht, das ins Auto drang und ihnen ins Gesicht fiel, sah er sie vor Wut zittern.

»Ach«, sagte Oscar etwas später, »dieser Dummkopf von Walter wird sich um alles kümmern.«

»Der arme Walter«, sagte sie. »Er war sehr betroffen.«

Oscar wandte sich um, schaute auf die Straße und dachte: ›Vorkehrungen‹ und ›betroffen‹ ... ›Außerdem ist sie fett wie eine Kuh.‹

»Sie sind immer gleich«, sagte sie bitter und schwach. »Es scheint, als ob es Ihnen nicht viel ausmacht. Walter dagegen ...«

»Kann sein«, sagte Oscar. »Sie haben recht; Walter wohl.«

Er ließ den Wagen Ecke Paraná/Corrientes anhalten, während sie den Kopf schüttelte und das Geräusch des Weinens wiederholte. Oscar wartete einen Augenblick und sagte ihr dann, er steige dort aus, aber wenn sie weiterfahren wolle, könne er ihr Geld für das Taxi geben. Sie verneinte und stieg aus, und während Oscar den Chauffeur bezahlte, stand sie wartend an die Wand gelehnt, noch dicker als vorher, mit ihrem hellen Kleid im Dunkeln; sie blieben eine Weile dort und schauten sich schweigend an, und er roch das Parfüm, das in unaufdringlichen Wellen von Perlas Brust ausging, die sich neben dem leeren Eingang hob und senkte.

Dann ging Oscar in das Café und suchte die einsame Ecke auf, dachte darüber nach, welchen Satz die Frau vielleicht erwartet haben mochte, als sie reglos dort stand, ihm gegenüber, bis sie sich ohne zu sprechen trennten und er sie von hinten sehen konnte, wie sie fortging zur Avenida, zu der unsichtbaren Mauer der Rivadavia, zurück in den Süden.

Esbjerg, an der Küste

Wenigstens ist es am Nachmittag etwas weniger kalt, und bisweilen bescheint die Sonne wäßrig die Straßen und Wände; denn um diese Zeit müssen sie im Neuen Hafen umhergehen, bei dem Schiff oder, indem sie sich die Zeit vertreiben, von einer Mole zur anderen, vom Kiosk der Präfektur zum Kiosk mit den Sandwiches. Kirsten, beleibt, ohne Absätze, einen zerdrückten Hut auf dem gelben Haar; und er, Montes, klein, verdrossen und unruhig, das Gesicht der Frau beobachtend, die Namen der Schiffe lernend, ohne es zu merken, zerstreut den Operationen mit den Tauen folgend.

Ich stelle ihn mir vor, wie er mit den Zähnen über den Schnurrbart fährt und seine Lust erwägt, den bäurischen Körper der Frau, dick geworden in der Stadt und der Muße, anzustoßen, so daß er in den Streifen Wasser zwischen dem feuchten Stein und dem schwarzen Eisen der Schiffe fällt, wo es rauschend brodelt und nicht genügend Raum ist, um sich schwimmend über Wasser zu halten. Ich weiß, daß sie dort sind, weil Kirsten heute mittag kam, um Montes vom Büro abzuholen, und ich sie gesehen habe, wie sie in Richtung Retiro gingen, und weil sie mit ihrem Regengesicht kam; ein Gesicht von Statuen im Winter, das Gesicht von jemandem, der eingeschlafen ist und die Augen nicht geschlossen hat im Regen. Kirsten ist dick, sommersprossig, starr; vielleicht riecht sie schon nach Keller, nach Fischernetz; vielleicht bekommt sie den unbeweglichen Geruch nach Stall und Sahne, den es, so stelle ich mir vor, in ihrem Land geben muß.

Aber manchmal auch müssen sie um Mitternacht oder im Morgengrauen zur Mole gehen, und ich denke, daß, wenn die Nebelhörner der Schiffe Montes gestatten zu hören, wie sie mit ihren Männerschuhen schlurfend auf den Steinen voranschreitet, der arme Teufel spüren muß, daß er sich der Nacht des Unheils in die Arme wirft. Hier in der Zeitung stehen die Ausfahrten der Schiffe in diesem Monat angekündigt, und ich würde schwören, daß ich Montes sehen kann, wie er es erträgt, bewegungslos stehen zu bleiben von dem Augenblick an, wo das Schiff das Nebelhorn ertönen läßt und sich in Bewegung setzt, bis es so klein ist, daß es sich nicht mehr lohnt, weiter zu schauen; wie er dabei bisweilen die Augen bewegt – um immer wieder zu fragen, ohne je zu verstehen, ohne daß man ihm antwortet –, hinüber zu dem fleischigen Gesicht der Frau, das sich wohl langsam beruhigt, nachdem es zeitweise verkniffen war, traurig und kalt, als würde es ihr in den Schlaf regnen und sie hätte vergessen, die Augen zu schließen, die sehr großen und fast schönen Augen von der Farbe, die das Flußwasser an den Tagen hat, wenn der Lehm nicht aufgewühlt ist.

Ich habe von der Geschichte erfahren, ohne sie richtig zu verstehen, an dem Morgen, als Montes kam, um mir zu erzählen, daß er versucht hatte, mich zu bestehlen, daß er mir viele Sonntagswetten unterschlagen hatte, um sie für sich anzunehmen, und daß er nun die Gewinne nicht auszahlen konnte. Ich wollte nicht wissen, warum er das gemacht hatte, aber er bestand wütend darauf, und ich mußte ihm zuhören, während ich an das Glück dachte, das so freundlich zu seinen Freunden ist, und nur zu ihnen, und vor allem daran, um nicht ärgerlich zu werden, daß schließlich, wenn dieser Dummkopf nicht versucht hätte, mich zu bestehlen, die dreitausend Pesos aus meiner Tasche hätten kommen müssen. Ich beschimpfte ihn, bis mir die Worte ausgingen, und erniedrigte ihn auf jede nur erdenkliche Weise, bis es außer Zweifel stand, daß er ein armseliger Mann war, ein schmutziger Freund, ein Lump und ein Dieb; und bis es ebenfalls außer Zweifel lag, daß er einverstanden war und nichts dagegen hatte, es vor jedermann anzuerkennen, wenn mich einmal die Laune ankäme, ihm das zu befehlen. Und auch war seit jenem Montag abgemacht, daß jedes Mal, wenn ich andeutete, er sei ein Lump, indirekt, indem ich in irgendeiner Unterhaltung darauf anspielte, ganz gleich wo wir uns befanden, er auf der Stelle den Sinn meiner Worte zu begreifen und mich mit einem kurzen Lächeln wissen zu lassen hätte, durch eine kaum merkliche Bewegung des Schnurrbarts, daß er mich verstanden und daß ich recht hätte. Wir haben das nicht mit Worten abgemacht, aber so geht es seit damals. Ich habe die dreitausend Pesos bezahlt, ohne ihm etwas zu sagen, und ich habe ihn einige Wochen hingehalten, ohne zu wissen, ob ich mich entschließen würde, ihm zu helfen oder ihn zu verfolgen; dann habe ich ihn gerufen und ihm zugesagt, seinen Vorschlag anzunehmen, und daß er in meinem Büro zu arbeiten anfangen könne für zweihundert Pesos monatlich, die nicht ausgezahlt würden. Und in kaum mehr als einem Jahr, weniger als anderthalb Jahren hätte er seine Schulden abbezahlt und wäre frei, sich einen Strick zu suchen, um sich aufzuhängen. Klar, daß er nicht für mich arbeitet; ich konnte Montes zu nichts gebrauchen, seit es unmöglich war, daß er sich weiter um die Rennwetten kümmerte. Ich habe noch das Büro für Versteigerungen und Kommissionsgeschäfte, um mehr Ruhe zu haben, Leute empfangen und telefonieren zu können. So fing er also an, bei Serrano zu arbeiten, der in einigen Dingen mein Teilhaber ist und sein Büro neben meinem hat. Serrano bezahlt ihm den Lohn, oder bezahlt ihn mir, und schickt ihn den ganzen Tag vom Zoll zu den Lagern, von einem Ende der Stadt zum anderen. Mir wäre es gar nicht recht gewesen, wenn jemand erfahren hätte, daß einer meiner Angestellten nicht so sicher war wie ein Fensterchen am Auszahlschalter; so weiß es also niemand.

Ich glaube, er hat mir am ersten Tag, dem Montag, die Geschichte erzählt, oder fast die ganze, als er zu mir kam, ängstlich wie ein Hund, mit grünem Gesicht und einem Glanz von kaltem, widerwärtigem Schweiß auf der Stirn und an den Nasenflügeln. Er muß mir den Rest der Angelegenheit später erzählt haben, bei den wenigen Malen, die wir miteinander gesprochen haben.

Es begann gleichzeitig mit dem Winter, mit diesen ersten trockenkalten Tagen, die uns alle denken lassen, ohne daß wir uns darüber klar werden, was wir denken, daß die frische und saubere Luft eine Luft für gute Geschäfte ist, für Ausflüge mit den Freunden, für energische Projekte; eine prächtige Luft, vielleicht ist es das. Er, Montes, kam eines Abends nach Haus und fand seine Frau am Herd sitzen und in das darin brennende Feuer schauen. Ich sehe nicht, warum das so wichtig ist; aber er hat es so erzählt und es wiederholt. Sie war traurig und wollte nicht sagen warum, und sie blieb traurig, ohne Lust zu sprechen, die ganze Nacht und während einer weiteren Woche. Kirsten ist dick, schwer und muß eine sehr schöne Haut haben. Sie war traurig und wollte ihm nicht sagen, was mit ihr los war. »Ich habe nichts", sagte sie, wie alle Frauen in allen Ländern sagen. Dann beschäftigte sie sich damit, das ganze Haus mit Fotografien aus Dänemark vollzuhängen, vom König, den Ministern, von Landschaften mit Kühen und Bergen oder wie es da ist. Sie sagte weiter, daß nichts mit ihr los sei, und Montes, der Dummkopf, stellte sich dies und das vor, ohne je darauf zu kommen. Dann kamen nach und nach Briefe aus Dänemark; er verstand nicht ein Wort, und sie erklärte ihm, daß sie an entfernte Verwandte geschrieben habe und daß jetzt die Antworten kamen, auch wenn die Nachrichten nicht sehr gut waren. Er sagte im Scherz, daß sie vielleicht fahren wolle, und Kirsten verneinte das. Und in jener Nacht oder in einer der nächsten faßte sie ihn an der Schulter, als er gerade einschlief, und bestand darauf, daß sie nicht fahren wolle; er fing an zu rauchen und gab ihr in allem recht, während sie sprach, als würde sie Worte aus dem Gedächtnis sagen, über Dänemark, die Flagge mit einem Kreuz und einen Weg am Hang, auf dem man zur Kirche gelangte. Alles und auf diese Art, um ihn zu überzeugen, daß sie ganz und gar glücklich mit Amerika und mit ihm sei, bis Montes friedlich einschlief.

Eine Zeitlang wurden weiter Briefe hin und her geschickt, und plötzlich eines Nachts machte sie das Licht aus, als sie im Bett waren, und sagte: »Wenn du mich läßt, erzähle ich dir etwas, und du mußt es anhören, ohne etwas zu sagen.« Er stimmte zu und lag ausgestreckt, bewegungslos neben ihr, ließ Zigarettenasche auf das umgeschlagene Laken fallen, mit gespannter Aufmerksamkeit, wie mit dem Finger am Abzug, und wartete darauf, daß ein Mann auftauchte in dem, was die Frau erzählte. Aber sie sprach von keinem Mann, und mit heiserer und weicher Stimme, als hätte sie gerade geweint, sagte sie ihm, daß man die Fahrräder auf der Straße oder die Geschäfte geöffnet lassen konnte, wenn einer zur Kirche geht oder sonstwohin, denn in Dänemark gibt es keine Diebe; sie sagte ihm, daß die Bäume größer und älter seien als an irgendeinem Ort der Welt und daß sie einen Geruch hätten, jeder Baum einen Geruch, den man nicht verwechseln könne und der als einzelner erhalten bleibe, auch wenn er sich mit den anderen Gerüchen des Waldes vermische; sie sagte, daß man im Morgengrauen aufwache, wenn Seevögel zu kreischen anfingen oder man den Lärm von den Flinten der Jäger höre; und dort wachse der Frühling langsam unter dem Schnee verborgen, bis er mit einem Schlag hervorbreche und alles überziehe wie eine Überschwemmung und die Leute das Tauwetter kommentieren. Das ist die Zeit in Dänemark, wo es die meiste Bewegung in den Fischerdörfern gibt. Auch wiederholte sie: *Esbjerg er nær ved kysten*, und das beeindruckte Montes am meisten, auch wenn er es nicht verstand; er sagte, das habe ihn mit der Lust zum Weinen angesteckt, die in der Stimme seiner Frau lag, als sie ihm das alles erzählte, mit leiser Stimme, mit diesem Singsang, in den Menschen unwillkürlich verfallen, wenn sie beten. Ein ums andere Mal. Das, was er nicht verstand, besänftigte ihn, erfüllte ihn mit Bedauern für die Frau – die schwerer war als er, stärker –, und er wollte sie beschützen wie ein verlorenes Mädchen. So muß es sein, glaube ich, denn der Satz, den er nicht verstehen konnte, war das Fernste, das Fremdeste, was aus dem unbekannten Teil von ihr kam. Von der Nacht an begann er, Mitleid zu empfinden, das immer weiter wuchs, als wäre sie krank, jeden Tag schlimmer, ohne eine Möglichkeit zur Heilung.

So hatte er irgendwann den Gedanken, er könnte etwas Großes tun, etwas, das ihm selbst guttäte, das ihm zu leben helfen und dienen würde, ihn für Jahre aufzumuntern. Es kam ihm in den Sinn, das Geld zu besorgen, um Kirsten die Reise nach Dänemark zu bezahlen. Er holte sich Auskunft, als er noch nicht wirklich daran dachte, und erfuhr, daß schon zweitausend Pesos ausreichten. Danach merkte er nicht, daß es ihm innerlich notwendig war, das Geld zu besorgen. Es muß so gewesen sein, ohne daß er wußte, was mit ihm vorging. Die zweitausend Pesos besorgen und es ihr an einem Samstagabend sagen, nach dem Essen in einem teuren Restaurant, während sie noch ein gutes Glas Wein tranken. Es sagen und ihrem vom Essen und dem Wein etwas geröteten Gesicht ansehen, daß Kirsten es nicht glaubte; daß sie glaubte, er lüge, für eine Weile, daß ihr dann die Tränen kämen und der Entschluß, es nicht anzunehmen. »Das wird schon vorbeigehen«, würde sie sagen; und Montes würde darauf bestehen, bis er sie überzeugt hätte und sie auch davon überzeugt hätte, daß er sich nicht von ihr zu trennen versuchte und daß er hier während der nötigen Zeit auf sie warten würde.

In manchen Nächten, wenn er in der Dunkelheit an die zweitausend Pesos dachte, an die Art, sie zu besorgen, und an die Szene, wenn sie in einem reservierten Nebenraum des Scopelli säßen, an einem Samstag, und er, mit ernstem Gesicht und etwas Vorfreude in den Augen, begänne, es ihr zu sagen, damit begänne, sie zu fragen, an welchem Tag sie sich einschiffen wolle; in manchen Nächten, wenn er von ihrem Traum träumte und darauf wartete einzuschlafen, sprach Kirsten ihm wieder von Dänemark. Es war nicht wirklich Dänemark; nur ein Teil des Lands, ein ganz kleines Stück Land, wo sie geboren worden war, eine Sprache gelernt hatte, wo sie das erste Mal mit einem Mann getanzt hatte und jemanden, den sie liebte, hatte sterben sehen. Es war ein Ort, den sie verloren hatte, wie man eine Sache verliert, ohne ihn vergessen zu können. Sie erzählte ihm andere Geschichten, auch wenn sie fast immer dieselben wiederholte, und Montes kam sich vor, als sähe er im Schlafzimmer die Wege, auf denen sie gegangen war, die Bäume, die Leute und die Tiere.

Mit ihrer Leibesfülle machte die Frau ihm den Platz im Bett streitig, wenn sie mit dem Gesicht zur Decke sprach; und er war immer sicher zu wissen, wie sich ihre Nase über dem Mund wölbte, wie ihre Augen inmitten der Fältchen ein wenig blinzelten und Kirstens Kinn kaum merklich zitterte, wenn sie die Sätze mit stockender Stimme hervorbrachte, aus der Tiefe der Kehle, was es etwas beschwerlich machte, ihr zuzuhören.

Dann dachte Montes an Kredite bei den Banken, an Pfandleiher, und er dachte sogar, ich könnte ihm Geld geben. Eines Samstags oder Sonntags merkte er, daß er an Kirstens Reise dachte, während er mit Jacinto in meinem Büro an den Telefonen saß und Wetten annahm für Palermo und La Plata. Es gibt flaue Tage, mit kaum tausend Pesos an Einsätzen; aber manchmal gibt es auch starke Tage, und das Geld kommt, und es sind mehr als fünftausend. Er hatte mich vor jedem Rennen anzurufen und mir den Stand der Wetten zu sagen; wenn die Gefahr groß war – manchmal spürt man das –, versuchte ich mich zu schützen, indem ich Wetten an Vélez, an Martín oder an den Basken weitergab. Es kam ihm in den Sinn, er könne mich nicht in Kenntnis setzen, er könne mir drei oder vier der stärksten Wetten verbergen und er allein einem guten Tausender in Wettscheinen die Stirn bieten und so, wenn er Mut hätte, um die Reise seiner Frau gegen einen Schuß in den Kopf spielen. Er konnte es schaffen, wenn er sich aufraffte; Jacinto hatte keine Möglichkeit, die Zahl der bei jedem Telefonanruf gespielten Wettscheine zu kontrollieren. Montes sagte mir, daß er etwa einen Monat darüber nachgedacht hatte; das scheint glaubhaft; es scheint, daß ein Mann wie er stark gezweifelt und gelitten haben muß, ehe er zwischen dem Klingeln der Telefone vor Nervosität zu schwitzen anfängt. Aber ich würde viel Geld darauf setzen, daß er in dem Punkt lügt; ich würde wetten, daß er es in irgendeinem Augenblick getan, sich auf einen Schlag entschieden hat, in einem Anfall von Selbstbewußtsein, und anfing, mich in Ruhe zu berauben, neben dem Idioten von Jacinto, der keinen Verdacht schöpfte, der nur hinterher meinte: »Ich hatte doch gleich gedacht, daß es wenig Wettscheine waren für einen solchen Nachmittag.« Ich bin sicher, daß es ein Augenblicksentschluß war, daß Montes spürte, er würde gewinnen, und daß er es nicht geplant hatte.

Und so fing er an, Wetten einzustecken, die bald dreitausend Pesos betrugen, und lief schwitzend und verzweifelt durch das Büro, schaute auf die Listen, schaute auf Jacintos Gorillakörper im Rohseidenhemd, schaute aus dem Fenster auf die Diagonal, auf der am Spätnachmittag zunehmend mehr Autos fuhren. So war es, als ihm klar zu werden begann, daß er verlor und daß die zu zahlenden Summen größer wurden, Hunderte von Pesos bei jedem Anruf, und er schwitzte diesen besonderen Schweiß der Feiglinge, schmierig, ein bißchen grün, eisig, den er im Gesicht hatte, als er am Montagmittag endlich genügend Mumm in den Knochen hatte, zum Büro zu gehen und mit mir zu sprechen.

Er hat mit ihr davon gesprochen, bevor er versuchte, mich zu bestehlen; er hat ihr gesagt, daß etwas sehr Wichtiges und sehr Gutes geschehen werde; daß er für sie ein Geschenk haben werde, das nicht zu kaufen sei und auch nicht ein konkretes Ding, das man anfassen könnte. So fühlte er sich hinterher verpflichtet, mit ihr zu sprechen und ihr das Unglück zu erzählen; und es war nicht in dem reservierten Nebenraum des Scopelli, und sie tranken auch keinen importierten Chianti, sondern saßen in der Küche ihrer Wohnung und schlürften Mate, während ihr rundes Gesicht, im Profil und rötlich durch den Widerschein, in das Feuer schaute, das im Herd tanzte. Ich weiß nicht, wieviel sie wohl geweint haben; danach hat er die Sache geregelt, indem er mich durch die Anstellung bezahlte, und sie hat Arbeit gefunden.

Der andere Teil der Geschichte begann, als sie sich etwas später angewöhnte, zu Zeiten außer Hauses zu sein, die nichts mit ihrer Arbeit zu tun hatten; sie kam zu spät, wenn sie verabredet waren, und bisweilen stand sie nachts auf, zog sich an und ging ohne ein Wort nach draußen. Er fand nicht den Mut, etwas zu sagen, hatte nicht den Mut, viel zu sagen und frontal anzugreifen, denn sie leben von dem, was sie verdient, und von seiner Arbeit bei Serrano kommt nicht mehr als das heraus, was ich ihm hin und wieder bezahle. Also hielt er den Mund und fügte sich in seine Rolle, ihr mit seiner Übellaunigkeit lästig zu werden, einer anderen Übellaunigkeit, die zu der hinzukommt, die sie beide seit dem Nachmittag überkommen hat, als Montes versuchte, mich zu bestehlen, und die, glaube ich, sie nicht verlassen wird, bis sie sterben. Er wurde mißtrauisch und hatte den Kopf voller dummer Gedanken, bis er ihr eines Tages folgte und sah, wie sie zum Hafen ging, mit den Schuhen über die Steine schlurfend, allein, und wie sie lange Zeit starr stand und auf das Wasser schaute, in der Nähe, aber doch mit Abstand zu den Leuten, die Reisende verabschieden wollen. Wie in den Erzählungen, die sie ihm erzählt hatte, gab es keinen Mann. Dieses Mal sprachen sie, und sie gab ihm Erklärungen; Montes besteht auch auf etwas, das nicht wichtig ist: er beharrt darauf, als könnte ich es ihm nicht glauben, daß sie es ihm mit normaler Stimme erklärt hat und daß sie nicht traurig war, nicht haßerfüllt und nicht verwirrt. Sie sagte ihm, daß sie immer zum Hafen gehe, zu jeder Zeit, um den Schiffen zuzuschauen, die nach Europa ausliefen. Er hatte Angst um sie und wollte dagegen ankämpfen, wollte sie davon überzeugen, daß, was sie mache, schlimmer sei, als im Hause zu bleiben; aber Kirsten sprach weiter mit normaler Stimme und sagte, daß es ihr guttue, das zu tun, und daß sie weiterhin zum Hafen gehen müsse, um zuzuschauen, wie die Schiffe abführen, vielleicht hinterherzuwinken oder einfach zu schauen, bis ihr die Augen müde würden, und das, sooft sie könne.

Und er hat sich schließlich davon überzeugt, daß er die Pflicht hat, sie zu begleiten, daß er so in Raten die Schuld abzahlt, die er ihr gegenüber hat, wie er die abzahlt, die er bei mir hat; und jetzt, an diesem Samstagnachmittag, wie so häufig in der Nacht oder am Mittag, bei gutem Wetter, manchmal bei Regen, der sich dem hinzufügt, der ihr immer ins Gesicht rieselt, gehen sie zusammen in Richtung Retiro und weiter, spazieren über die Mole, bis das Schiff abfährt, mischen sich ein wenig unter die Leute mit Mänteln, Reisetaschen, Blumen und Taschentüchern, und wenn das Schiff sich in Bewegung setzt, nach dem Hornsignal, werden sie starr und schauen, schauen, bis sie nicht mehr können, und jeder denkt an ganz verschiedene und verborgene Dinge, aber übereinstimmend, ohne es zu wissen, in der Trostlosigkeit und in der Empfindung, daß jeder allein ist, die immer erstaunlich wirkt, wenn wir nachdenken.

Das Haus in den Dünen

Als Díaz Grey es gleichmütig akzeptierte, daß er allein geblieben war, begann er das Spiel, sich in der einzigen Erinnerung wiederzuerkennen, die ihm bleiben wollte, wechselnd, schon ohne Datum. Er sah die Bilder der Erinnerung und sah sich selbst, wie er sie transponierte und korrigierte, um zu vermeiden, daß sie sterbe; wie er bei jedem Erwachen das Abgenützte reparierte, es mit raschen Erfindungen erhielt, während er den Kopf an das Fenster des Sprechzimmers lehnte, während er gegen Abend den weißen Kittel auszog, während er sich bis tief in die Nacht in der Hotelbar langweilte. Sein Leben und er selber waren schon nicht mehr als jene Erinnerung, die einzige, die es verdiente, heraufbeschworen und korrigiert zu werden, die es verdiente, daß ihr Sinn immer wieder verfälscht wurde.

Der Arzt ahnte, daß er mit den Jahren schließlich glauben würde, daß der erste erinnerungswerte Teil der Geschichte bereits alles ankündete, was, mit verschiedenen Varianten, dann eintraf; er würde schließlich zugeben, daß das Parfüm der Frau – er hatte es während der ganzen Fahrt vom Vordersitz her gerochen – alle nachfolgenden Vorfälle verschlüsselt enthielt, alles, woran er sich jetzt erinnerte, indem er es entstellte, was aber vielleicht im Alter Vollkommenheit erlangen würde. Er würde dann entdecken, daß der Rote, die Jagdflinte, die wilde Sonne, das Märchen vom vergrabenen Ring, die vorsätzlich verfehlten Treffen in dem wurmstichigen Chalet und auch der Brand am Ende schon in dem Parfüm einer unbekannten Marke enthalten waren, das er jetzt in bestimmten Nächten auf der Oberfläche süßlicher Getränke riechen konnte.

Nach der Fahrt längs der Küste, zu Beginn der Erinnerung, verließ das Auto die Straße und kletterte, langsam und unsicher, hoch, bis Quinteros anhielt und die Scheinwerfer löschte. Díaz Grey wollte sich nicht um die Landschaft kümmern; er wußte, daß das Haus von Bäumen umgeben war, sehr hoch über dem

Fluß, allein stehend in den Dünen. Die Frau blieb sitzen; sie gingen ein Stück weg. Quinteros übergab ihm die Schlüssel und die zusammengefalteten Geldscheine. Vielleicht berührte das Licht des Feuerzeugs, das sie an die Zigarette hielt, flüchtig ihre Umrisse.

»Rühr dich nicht und werde nicht ungeduldig. Den Strand entlang, nach rechts hin, kommt man zum Dorf«, sagte Quinteros. »Wir werden schon sehen, daß das wieder in Ordnung kommt. Versuche nicht, mich aufzusuchen oder mich anzurufen. Einverstanden?«

Díaz Grey stieg zum Haus hinauf und tat, als wollte er seinen weißen Anzug verbergen, während er im Zickzack zwischen den Bäumen ging. Der Wagen kam auf der Straße an und fuhr immer schneller, bis das Geräusch des Motors sich mit dem des Meeres mischte, bis er nur mehr das Meer hörte, mit geschlossenen Augen, und sich hartnäckig vorsagte, daß er in einem Herbstmonat lebte, und sich daran erinnerte, daß er die letzten Wochen fast ausschließlich damit beschäftigt war, Rezepte für Morphium in dem nagelneuen Sprechzimmer von Quinteros auszufertigen und verstohlen die englische Geliebte von Quinteros anzusehen – Dolly oder Molly –, die sie in ihre Handtasche steckte und Zehnpeso-Scheine auf eine Ecke des Tischs legte, ohne sie direkt zu übergeben, ohne je mit ihm zu reden, ohne ihm auch nur zu zeigen, daß sie ihn sah und aufmerksam der raschen und folgsamen Bewegung der Hand Díaz Greys über dem Rezeptblock folgte.

Die sonnigen Tage, die sich am Strand wiederholten, bevor der Rote kam, verwandelten sich in der Erinnerung in einen einzigen Tag, so lang wie ein normaler Tag, aber in ihm hatten alle Vorgänge Platz: ein Herbsttag, fast heiß, in dem auch seine eigene Kindheit Platz gehabt hätte und eine Fülle von Wünschen, die nie in Erfüllung gegangen waren. Er brauchte nicht eine einzige Minute hinzuzufügen, um sich mit den Fischern ganz außen links am Strand reden zu sehen; zu sehen wie er Krebse zerstückelte, als Köder, wie er den Strand entlang in Richtung Dorf lief, zum Laden, wo er das Essen kaufte und sich etwas betrank, wobei er einsilbig auf jede Behauptung des Besitzers antwortete. Er badete, an demselben fast heißen Tag, völlig allein am Strand, und erfand unter vielen anderen Dingen ein wurmzerfressenes Holzstück, das auf den Wogen schaukelte, und darüber ein kreischendes Möwenterzett. Er kletterte die Dünen hoch und rutschte aus, er verfolgte Insekten zwischen den Wurzelfasern der Büsche und stellte Vermutungen an, wo der Ring wohl vergraben sei.

Und während das geschah, gähnte Díaz Grey auf der Veranda des Chalets, ausgestreckt in einem Liegestuhl, eine Flasche an der Seite, eine alte Illustrierte auf den Beinen; die Flinte, im Schuppen entdeckt, rostig, nutzlos, aufrecht gegen den Stamm der Schlingpflanze gelehnt.

Díaz Grey lag dort mit der Flasche, seiner Ernüchterung, der Illustrierten und der Flinte, als der Rote zwischen den Bäumen hervorkam und zum Haus hinaufstieg, das Sakko über einer Schulter hängend, den breiten Rücken gekrümmt. Díaz Grey wartete, bis der Schatten des anderen seine Beine berührte; dann hob er den Kopf und sah das wirre Haar, die hohlen Wangen voller Sommersprossen; ihn erfüllte eine Mischung aus Erbarmen und Ekel, die sich in der Erinnerung unverändert erhalten sollte, stärker als aller Wille des Gedächtnisses oder der Phantasie.

»Mich schickt Doktor Quinteros. Ich bin der Rote«, kündigte er mit einem Lächeln an; mit einem auf das Knie gestützten Arm wartete er auf die verblüffenden Änderungen, die sein Name der Landschaft, dem zu Ende gehenden Morgen, Díaz Grey selbst und seiner Vergangenheit aufzwingen würde. Er war viel massiger als der Arzt, auch so, gebeugt, wodurch er seinen unzeitigen Buckel bildete. Sie sprachen kaum; der Rote zeigte die Reihe seiner kleinen Zähne, wie die eines Kindes; er stammelte und schielte nach dem Fluß.

Díaz Grey konnte unbeweglich verharren, so einsiedlerisch, als wäre der andere nicht gekommen, als strecke er nicht den Arm aus, um das Sakko fallen zu lassen, als kauere er nicht nieder, bis er auf der Veranda saß, mit hängenden Beinen, den

Oberkörper allzu gekrümmt in Richtung Strand. Der Arzt erinnerte sich an die Krankengeschichte des Roten, die schwülstige Beschreibung seiner Pyromanie, die Quinteros verfaßt hatte, in der dieser rothaarige Halbidiot, der sich in den Nordprovinzen mit Zündhölzern und Petroleumkannen betätigt hatte, als einer erschien, der sich mit der Sonne zu identifizieren suchte und der sich der Opferung in der mütterlichen Dunkelheit widersetzte. Vielleicht rief er sich jetzt, da er den Widerschein im Wasser und am Sand sah, poetisch verklärt und mächtig die Brände in Erinnerung, die er Quinteros gestanden hatte.

»Wird nicht gegessen?« fragte der Rote, als es Abend wurde. Da erinnerte sich Díaz Grey daran, daß der andere da war, gebeugt, den runden Kopf zum Sand hin gereckt, wo die Windwirbel aufzusteigen begannen. Er forderte ihn auf, ins Haus zu kommen, und sie aßen; er versuchte, ihn betrunken zu machen, um etwas zu erfahren, was ihn nicht interessierte: ob er gekommen war, um sich zu verstecken oder um ihn zu überwachen. Aber der Rote redete kaum, während er aß; er trank alle Gläser leer, die ihm angeboten wurden, und streckte sich dann barfuß an einer Seite des Hauses aus.

Dann begannen die Regentage, eine Periode der Nebel, die sich in den Bäumen verfingen und, rasch verflogen, dort hingen, wobei sie manchmal die Farben der im Sand zertretenen Blätter auslöschten und manchmal sie wiederbelebten. ›Er ist nicht da‹, dachte Díaz Grey, während er den zusammengekrümmten und stummen Körper des Roten betrachtete, und sah, wie er barfuß ging und die Feuchtigkeit mit den Schultern vor sich her schob und sich wie ein durchnäßter Hund schüttelte.

Mit einem halbausgestreckten Arm, einem Lächeln, welches das lange Warten auf ein unmögliches Wunder enthüllte, bemächtigte sich der Rote der Flinte. Er begann, sich in den Nächten über sie zu beugen, neben der Lampe, und arbeitete daran herum, fettete, sinnierend und ungeschickt, Schrauben und Springfedern ein; am Morgen ging er hinaus in den Nebel, die Waffe um die Schulter, oder sie hing ihm gegen ein Bein.

Der Arzt suchte Reste von Kisten, Papier, Lumpen, ein paar dürre Zweige zusammen und zündete eines Nachts das Feuer im Kamin an. Die Flammen beleuchteten die Hände, die sich um die offene Flinte krümmten; der Rote hob schließlich den Kopf und blickte starr ins Feuer, ohne einen anderen Ausdruck als den der Zerstreutheit dessen, der mit dem flackernden Licht, der sanften Überraschung der Funken ins Träumen kommt. Dann stand er auf, um die Holzstücke besser zu ordnen, ohne besondere Sorgfalt; er setzte sich wieder auf den kleinen Küchenstuhl, den er sich ausgesucht hatte, und zog die Flinte wieder an sich. Lang bevor das Feuer erlosch, ging er hinaus, um die Nacht zu inspizieren, eben verwandelte sich der Nebel in Nieselregen, den man schon auf dem Dach hören konnte. Er kehrte zurück und schüttelte die Kälte ab, und der Arzt konnte sehen, wie er gleichmütig neben der Glut vorbeiging, die sein nasses Gesicht rötete, sich ins Bett warf und sofort einschlief, das Gesicht der Wand zugekehrt und die Flinte im Arm. Díaz Grey warf ihm ein Tuch über die dreckigen Füße, streichelte ihn, tätschelte seinen Kopf und ließ ihn schlafen, in einen Hund verwandelt. Er fühlte sich wieder allein, weitere Tage und Nächte, bis eines Morgens die Sonne manchmal durchbrach. Da stiegen sie zum Strand hinunter – der Rote sah ihn weggehen und folgte ihm, blieb manchmal stehen und zielte mit der Flinte auf die wenigen Vögel, die er imstande war sich vorzustellen, und lief dann, bis er ihn fast eingeholt hatte – und gingen den Strand entlang ins Dorf. Mit einer Badetasche voller Nahrungsmittel und Flaschen kehrten sie unter einem bereits düster gewordenen Himmel zurück; der Arzt konnte die breiten nackten Füße des Roten sehen, die auf die verschiedenen Stellen traten, wo der Ring vergraben sein mochte.

Es regnete den ganzen Tag, und Díaz Grey stand auf, um das Licht anzumachen, kurz bevor er das Motorengeräusch auf dem Weg hörte. Hier beginnen die Augenblicke, die den Rest der Erinnerung nähren und ihr einen veränderlichen Sinn verleihen; und wie die Tage und Nächte vor der Ankunft des Roten sich in einen einzigen Sonnentag verwandelten, dehnte sich dieses

Stück der Erinnerung und erneuerte sich an einem regnerischen, im Innern des Hauses verbrachten Abend.

Er hörte sie miteinander reden, während sie zum Chalet hinaufstiegen; er erkannte die Stimme von Quinteros, erriet, daß die Frau, die stehenblieb und lachte, dieselbe war; er sah den Roten, unbeweglich und stumm, die Arme um die Knie auf dem Sesselchen geschlungen; er stellte die Lampe auf den Tisch; sie brannte zwischen denen, die gleich eintreten würden, und ihm.

»Hallo, hallo!« sagte Quinteros. Er lächelte, er übertrieb seine Zufriedenheit; er berührte die nasse Schulter der Frau, als wolle er sie dazu bringen, zu grüßen. »Ich glaube, ihr kennt euch, nicht?«

Sie gab ihm die Hand und erwähnte in einer Frage die Langeweile und Einsamkeit. Díaz Grey erkannte das Parfüm wieder; er erfuhr, daß sie Molly hieß.

»Die Sache ist fast in Ordnung«, sagte Quinteros. »Du kannst bald wieder zu Watte und Jod zurück, samt einem makellosen Diplom. Ich hatte keine andere Möglichkeit, als dir dieses Vieh zu schicken; ich hoffe, er stört dich nicht und du kannst ihn ertragen. Ich konnte es nicht auf andere Weise regeln. Vorsicht mit den Zündhölzern!«

Molly ging in den Winkel, wo der Rote auf dem Sessel schaukelte, daß er ächzte. Sie berührte seinen Kopf und kauerte nieder, um ihm unnütze Fragen zu stellen, auf die sie selber offenkundige Antworten gab. Díaz Grey begriff bewegt, daß sie mit einem einzigen Blick, vielleicht durch den Geruch, entdeckt hatte, daß der Rote in einen Hund verwandelt worden war. Er beugte sich vor, drehte am Lampendocht, um das Gesicht vor Quinteros zu verbergen.

»Mir geht's recht gut. Die schönsten Ferien meines Lebens. Und der Rote stört mich nicht; er spricht nicht, er ist in die Flinte verliebt. Ich könnte es so beliebig lang aushalten. Wenn ihr etwas essen wollt ...«

»Danke«, sagte Quinteros. »Nur noch ein paar Tage, alles kommt in Ordnung.« Sie kauerte weiter neben dem Lächeln des Roten; der Regenmantel schleifte auf dem Boden. »Aber ich glaube, ich werde dir die Ferien verderben. Ist etwas dagegen einzuwenden, daß Molly ein paar Tage hier bleibt? Es empfiehlt sich, sie aus dem Verkehr zu ziehen.«

»Nicht von meiner Seite«, erwiderte Díaz; er nahm rasch das Zittern seiner Hand von der Lampe. »Aber sie, hier leben ...«

Er entfernte sich vom Tisch, wies mit den Armen auf die Wände des Zimmers, trat in die Zone des Parfüms ein, kam wieder heraus.

»Es wird sich finden«, sagte Quinteros. »Nicht wahr, du wirst dich dreinfinden? Zwei oder drei Tage.«

Sie hob den Kopf und sah Quinteros an.

»Ich habe den Roten, er kann mir etwas vorsingen.«

»Sie wird es dir erklären, wenn sie will«, sagte Quinteros. Er verabschiedete sich fast sofort darauf, und die beiden gingen, einander umarmend, langsam hinunter, obwohl der Regen das Haar der Frau durchnäßte und strähnig machte.

Jetzt verschwindet Quinteros bis zum Schluß der Erinnerung; im unbeweglichen, einzigen regnerischen Abend wählt sie den Winkel, wo sie das Bett aufstellen wird; sie leitet den Roten bei der Aufgabe, das kleine Zimmer, das nach Westen geht, zu leeren. Als das Schlafzimmer hergerichtet ist, legt die Frau den Regenmantel ab, zieht ein Paar Strandschuhe an; sie stellt die Lampe auf dem Tisch anders, bringt einen neuen Lebensstil herein, serviert Wein in drei Gläsern, teilt Karten aus und versucht, alles ohne ein anderes Mittel als durch Lächeln zu erklären, während sie das nasse Haar glättet. Sie spielen eine Partie, noch eine; der Arzt beginnt das Gesicht Mollys zu begreifen, die blauen, unruhigen Augen, das, was an Härte im breiten Kiefer ist, in der Leichtigkeit, mit der sie ihren Mund fröhlich und gleich darauf wieder ausdruckslos werden läßt. Sie essen etwas und trinken wieder; sie verabschiedet sich, um sich niederzulegen; der Rote schleppt sein Bett in die Nähe der Tür, hinter der die Frau schläft, und streckt sich aus, die Flinte auf der Brust – eine Ferse schleift über den Boden, damit Díaz Grey weiß, er schläft nicht. Sie spielen wieder Karten bis zu jenem Augenblick, da sie zuviel trinkt und die Karten fallen läßt, die der Rote ihr gerade gegeben hat, indem sie einfach die Finger öffnet, auf eine endgültigere Weise, als wenn sie sie heftig auf den Tisch würfe, und so bestimmt sie, daß sie nicht wieder spielen werden.

Der Rote steht auf, sammelt die Karten ein und wirft sie ins Kaminfeuer. Jetzt bleibt nur mehr, denkt der Arzt, Molly zu streicheln oder mit ihr zu reden; einen Satz zu finden und auszusprechen, der sauber ist, aber auf Liebe anspielt. Er streckt den Arm aus und berührt ihr Haar, hebt es vom Ohr ab, läßt es fallen, hebt es wieder. Der Rote legt den Schatten der Flinte, die er jetzt am Lauf gefaßt hat, auf den Tisch. Díaz Grey hebt die Haare hoch, läßt sie fallen, und stellt sich jedesmal die sanfte Berührung vor, die sie am Ohr fühlen muß.

Der Rote redet jetzt über ihren Köpfen; er bewegt die Flinte und ihren Schatten; er wiederholt den Namen Quinteros, beendet und beginnt wieder denselben Satz, gibt ihm einen durchsichtigen oder verworrenen Sinn, je nachdem ob ihn Molly ansieht oder die Augen senkt. Die Flinte schlägt auf das Handgelenk von Díaz Grey und stößt es gegen den Tisch.

»Das kann man nicht machen«, schreit der Rote.

Díaz Grey nimmt wieder die Haare vom Ohr hoch, mit Fingern, die er kaum ausstrecken kann; Molly hebt die Hände und vereint sie über ihrem Gähnen. Dann spürt Díaz Grey den Schmerz im Handgelenk und denkt, bereits ohne allen Trost, daß es gebrochen sein kann. Sie legt eine Hand auf die Brust eines jeden. Der Rote setzt sich wieder ins Sesselchen, neben dem erloschenen Kamin, und Díaz Grey streichelt seinen Schmerz, der den Arm hochsteigt, stößt die schmerzende Hand gegen den Mund Mollys, der zurückweicht, widersteht und sich öffnet. Dann kommt der Augenblick, in dem der Arzt den Roten zu töten beschließt, und er erniedrigt sich so weit, daß er ein Messer zum Säubern von Fisch zwischen Hemd und Bauch versteckt und vor dem anderen hin und her geht, bis die kalte Klinge lau geworden ist. Bis Molly von der Tür aus, von verschiedenen Winkeln des Zimmers aus kommt, die Arme ausstreckt und sich selbst beschuldigt, auf ein unbestimmtes, persönliches Verhängnis anspielt.

Der Arzt, vom Messer befreit, liegt im Bett und raucht; er hört das Trommeln des Regens auf dem Dach, auf der Oberfläche des unbeweglichen Abends. Der Rote geht vor der Tür Mollys auf und ab, die unbrauchbare Flinte auf der Schulter, vier Schritte, kehrt, vier Schritte.

Das Geräusch des Wassers auf Dach und Laubwerk wird wütend, schwächt sich ab; jetzt gehen sie im erwartungsvollen Schweigen, durchforschen die graue Landschaft von Türen und Fenstern aus, ahmen die Haltungen von Statuen auf der Veranda nach, einen Arm ausgestreckt, alle Sinne vereint auf dem Handrücken. Wenigstens sie und Díaz Grey. Der Rote spürt das Unglück voraus und geht im Kreis durchs Zimmer; er schleift ein Ächzen und den Schaft der Waffe über den Boden. Der Arzt wartet darauf, daß die Geschwindigkeit seiner Schritte zunimmt, rasend wird, Molly erschreckt, nachläßt.

Als Díaz Grey seine Gänge zwischen der Hütte und dem Kamin aufnimmt und alles herbeiträgt, was brennbar ist, geht der andere weiter, keuchend; er probiert ein Lied, das sie nicht hören will, das sie aber mit einer Kopfbewegung zu begleiten vorgibt. An den Türrahmen gelehnt, scheint sie größer und zugleich schwächer, in der Strandhose und dem Seemannspullover. Der Rote schleift die Füße nach und singt; sie wiegt schlau und hoffnungsvoll den Kopf, während Díaz Grey ein Streichholz entzündet, während die Flamme sich erhebt und in der Luft tönt. Ohne einen Blick zurück, ohne einen Versuch, zu erfahren, was geschieht, tritt Díaz Grey in das Zimmer Mollys. Auf dem Bett ausgestreckt, wiederholt er halblaut das Lied, das der Rote gesungen hat, sieht die Finger Mollys an der Gürtelschnalle, schweigt, als er ahnt, daß das Schweigen Gelegenheit macht. Der Regen ertönt wieder, und die Wolken reißen auf, bewahren das traurige Licht des ewigen Schlechtwetternachmittags. Wange an Wange am Fenster, sehen sie, wie sich der Rote entfernt, wie er quer über den Strand geht, bis zu dem Streifen Sand und Wasser, der durch eine hartnäckige Linie von Schaum begrenzt wird.

»Molly«, sagt Díaz Grey. Er weiß, daß es nötig ist, die Worte zu unterdrücken, damit jeder sich selbst betrügen, an die Bedeutung dessen glauben kann, was sie tun, und das schon widerspenstige Gefühl des Dauernden anlocken kann. Aber Díaz Grey kann es nicht vermeiden, ihren Namen zu nennen.

»Molly«, wiederholt er, über ihren letzten Duft gebeugt. »Molly.«

Jetzt steht der Rote aufgerichtet, steif neben dem erkalteten Kamin, die Flinte auf die Zehen eines Fußes gestützt. Sie setzt sich an den Tisch und trinkt; Díaz Grey bewacht den Roten, ohne den Blick von den Zähnen Mollys zu wenden, die der Wein befleckt hat und die in einer wiederholten Grimasse gezeigt werden, die nie ein Lächeln zu sein versucht. Sie läßt das Glas stehen, schüttelt sich, spricht Englisch zu niemandem. Der Rote steht immer noch Wache an dem erloschenen Feuer, als sie nach einem Bleistift verlangt und Verse schreibt, Díaz Grey zwingt, sie anzusehen und sie für immer aufzubewahren, komme, was wolle. Es liegt so viel Verzweiflung in dem Teil des Gesichts der Frau, den Díaz Grey sich Mühe gibt anzusehen, daß er die Lippen bewegt, als läse er die Verse, und er bewahrt vorsichtig das Papier auf, während sie zwischen Glut und Weinen schwankt.

»Das habe ich geschrieben, es gehört mir«, lügt sie. »Es gehört mir und dir. Ich will dir erklären, was es bedeutet, ich will, daß du es auswendig lernst.«

Geduldig und bewegt zwingt sie ihn, zu wiederholen, verbessert ihn, muntert ihn auf:

Here is that sleeping place,
Long resting place
No stretching place,
That never-get-up-no-more
Place
Is here.

Sie gehen hinaus, um den Roten zu suchen. Arm in Arm laufen sie über den Weg, den sie ihn vorher nehmen sahen, in einem anderen Augenblick des unfreundlichen Nachmittags; sie gehen

Schritt für Schritt hinunter und behindern sich dabei; sie laufen quer über den Strand bis zum Ufer und dort entlang bis zum Dorf, bis zum Laden. Díaz Grey verlangt ein Glas Wein und lehnt sich an die Theke; sie verschwindet im Geschäft, schreit und murmelt im Winkel, wo das Telefon ist. Sie hat, als sie zurückkehrt, ein neues Lächeln, ein Lächeln, das dem Arzt Furcht einflößen würde, wenn er es an einen anderen Mann gerichtet überraschen würde.

Sie gehen den Weg in dem feinen Nieselregen zurück, der ihnen wieder entgegenfällt. Sie bleibt stehen.

»Wir finden den Roten nicht«, sagt sie, ohne ihn anzusehen. Sie hebt den Mund, damit Díaz Grey ihn küßt, und läßt ihm einen Ring in der Hand, als sie sich voneinander lösen. »Damit können wir Monate leben, überall. Holen wir meine Sachen.«

Während sie schneller den Strand entlanggehen, sucht Díaz Grey vergeblich nach dem richtigen Satz und Blick für den Roten. Jetzt, allerdings, schwimmt nahe dem Ufer ein fauliges Holz, das die Wellen heben und senken; darüber ein Möwenterzett und sein Lärm, der durch die Luft flattert.

Sie sieht das Auto früher als Díaz Grey und beginnt zu laufen, stolpernd im Sand. Der Arzt sieht, wie sie auf eine Düne steigt, die Arme geöffnet, den Halt verliert und verschwindet; er bleibt allein in der kleinen Wüste des Strandes, die Augen brennen vom Wind. Er dreht sich um, sie zu schützen, und setzt sich schließlich. Dann – manchmal am Ende des Nachmittags, manchmal mittendrin – gräbt er ein Loch in den Sand, wirft den Ring hinein, deckt ihn zu; er macht das achtmal, an den Stellen, auf die der Rote getreten ist, die er selbst mit einem einzigen Blick bezeichnet hat. Achtmal gräbt er im Regen den Ring ein und entfernt sich; er geht bis zum Wasser, versucht, den Blick abzulenken, betrachtet die Dünen, die kümmerlichen Bäume, das Dach des Hauses, das Auto am Hang. Aber er kehrt immer geradewegs, ohne zu zögern, genau an den Platz zurück, wo der Ring vergraben liegt; er steckt die Finger in den Sand und berührt ihn. Auf dem Rücken liegend, ruht er aus, läßt sich vom Regen durchnässen und wird ruhiger; langsam geht er auf das Haus zu.

Der Rote liegt neben dem erloschenen Kamin, er kaut langsam; er hat ein Glas Wein in der Hand. Sie und Quinteros murmeln rasch, einander zugewandt, bis Díaz Grey vortritt, bis es unmöglich ist, seine Schritte nicht zu hören.

»Hallo!« sagt Quinteros und lächelt ihm zu, streckt ihm eine Hand hin, er hat noch immer den Hut auf dem Kopf und noch nicht abgelegt.

Díaz Grey schleift einen Stuhl heran und setzt sich neben den Roten; er streichelt seinen Kopf und tätschelt ihn, immer stärker, in der Hoffnung, er möge wütend werden und ihm einen Kinnhaken verpassen. Aber der andere kaut weiter; er wendet sich nur leicht und schaut; da läßt Díaz Grey seine Hand auf dem rötlichen Haar liegen und blickt auf die Frau und Quinteros.

»Alles ist in Ordnung«, sagt Quinteros. »Im Zweifelsfall zugunsten …‹, um die Worte des Richters zu wiederholen. Wenn du besorgt warst, so hoffe ich, daß du jetzt … Obwohl ihr natürlich hier bleiben könnt, solange ihr wollt.«

Er nähert sich, bückt sich, um ihm wieder zusammengefaltete Geldscheine zu geben. Als Molly sich geschminkt und den Regenmantel bis zum Hals zugeknöpft hat, richtet Díaz Grey sich auf und öffnet im Licht vor dem Gesicht der Frau die Hand, den Ring auf der Handfläche. Wortlos – und jetzt muß man annehmen, daß die Szene am Ende des Nachmittags stattfindet – nimmt sie seine Finger und biegt sie um, einen nach dem anderen, bis der Ring verdeckt ist.

»Solang du willst«, sagt Quinteros von der Tür her. Díaz Grey und der Rote hören das Motorengeräusch, das sich entfernt, das verstummt, das Murmeln des Meeres.

Hier endet in der Erinnerung der lange regnerische Nachmittag, der begann, als Molly in das Haus in den Dünen kam; wieder kann die Zeit zum Messen benützt werden.

So dramatisch, als wolle er zu verstehen geben, er habe alles früher als Díaz Grey begriffen, richtet sich der Rote auf und dreht sich der Tür zu, dem Regen entgegen, der nachläßt, ein Gesicht, menschlich geworden durch Überraschung und Angst. Er berührt den Arzt zum erstenmal, packt ihn an einem Arm und scheint durch die Berührung zu erstarken; dann steht er auf und läuft aus dem Haus.

Díaz Grey öffnet die Hand, nähert sich dem Licht, um den Ring anzusehen und die Sandkörner wegzublasen, die an ihm kleben; er läßt ihn auf dem Tisch, trinkt langsam ein Glas Wein, als ob der gut wäre, als ob ihm noch etwas bliebe, woran er denken könnte. Zeit genug, denkt er; er ist sicher, daß der Rote keine Hilfe braucht. Als er sich entschließt hinauszugehen, findet er, mustert er gleichgültig den letzten Augenblick, der in den dunstigen Nachmittag hineinpaßt; ein Streifen rötlichen Lichtes zieht sich hoch über dem Fluß hin. Er zündet sich eine Zigarette an und geht auf die Seite des Hauses, wo der Schuppen steht; er denkt träge, daß er den Ring schließlich doch eingesteckt hat, daß er das Papier mit den Versen auf dem Tisch gelassen hat, daß vielleicht bewußter Zynismus genügt, ihn davor zu bewahren, Leidenschaft nachzuäffen und lächerlich zu werden.

Als Díaz Grey im Sprechzimmer, an einem Platz der Provinzstadt, sich dem Spiel hingibt, sich selbst zu erkennen durch diese Erinnerung, die einzige, ist er gezwungen, das Gefühl seiner leeren Vergangenheit mit dem seiner schwachen Schultern zu vermengen; mit dem Gefühl eines spärlich behaarten rotblonden Kopfes, der sich gegen die Fensterscheibe lehnt, mit dem Gefühl der Einsamkeit, die rasch angenommen wird, als sie bereits unüberwindlich geworden war. Auch muß er annehmen, daß sein ängstliches Leben, sein eigener Körper, der Wollust beraubt, seine schlaffen Ansichten Zeichen für den elementaren Kitsch der Erinnerung sind, die er seit Jahren zu erhalten unternimmt.

An dem Ende, das er für seine Erinnerung vorzieht, läßt sich Díaz Grey neben das Haus fallen, auf den nassen Sand. Die verzückte Wut des Roten, der Zweige, Papier, Bretter, Möbelstücke gegen die Holzwand des Chalets häuft, läßt ihn schallend lachen; er hustet und wälzt sich; als er den Geruch von Kerosin bemerkt, bewirkt er durch einen gebieterischen Pfiff, daß der andere innehält, und geht zu ihm, auf der Feuchtigkeit und den Blättern ausrutschend, holt aus der Tasche die Streichholzschachtel und hält sie schüttelnd an sein Ohr, während er vorwärts geht und ausrutscht.

Das Album

Ich sah sie von der Tür der Zeitung aus, an die Wand gelehnt, unter dem Blechschild mit dem Namen meines Großvaters, Agustín Malabia, Gründer. Ich war gekommen, einen Artikel über die Ernte oder die Sauberkeit der Straßen in Santa María abzuliefern, eine dieser unwiderstehlichen Albernheiten, die mein Vater Leitartikel nennt und die, wenn sie dann gedruckt sind, massiv dastehen, kaum durch Zahlen aufgelockert, spürbar schwergewichtig auf der dritten Seite, immer oben links.

Es war ein Sonntag mit einem feuchten, heißen Nachmittag zu Anfang des Winters. Sie kam vom Hafen oder aus der Stadt, mit dem leichten Flugzeughandgepäck, eingehüllt in einen Pelzmantel, der sie ersticken mußte, Schritt um Schritt gegen die gleißenden Wände, gegen den wäßrigen, gelblichen Himmel, ein bißchen starr, trostlos, als würde sie mir nähergebracht durch den Nachmittag, den Fluß, den von der Kapelle über den Platz schallenden Walzer, die Mädchen, die paarweise um die kahlen Bäume kreisten.

Jetzt ging sie am Berna entlang, jünger, kleiner in ihrem weiten Mantel, mit einer seltsamen Beweglichkeit der Füße, die nicht auf die Beine übertragen wurde, die nicht ihre Härte einer Dorfstatue veränderte.

Vázquez, der vom An- und Verkauf, kam über den Korridor und stellte sich neben mich, sah, wie ich schaute, säuberte sich die Fingernägel mit einem Federmesser, ebenfalls auf unbestimmte Weise im Ansehen gehoben durch die beiden Worte des Namens meines Großvaters. Ich zündete die Pfeife an und wartete auf den Augenblick, um quer über die Straße zu gehen, vielleicht die Frau zu streifen, Gewißheit über ihr Alter zu erlangen und mich, die Tür zuschlagend, in das Auto zu setzen, das neue, das mein Vater mich hatte fahren lassen. Aber sie hielt an der Ecke inne, verbarg mit dem Kopf, mit der Spitze der Wollmütze den ausgebleichten Krug, den auf dem Plakat der

Bierstube ein schnurrbärtiger Gringo hochhielt. Sie hielt inne mit geschlossenen Knien, ohne Absicht, das zu tun, einfach weil der Antrieb gerade erstorben war, der sie die Straße hinauf geschleppt hatte.

»Sie muß ein bißchen verrückt im Kopf sein«, sagte Vázquez. »Seit einer Woche wohnt sie im Hotel, im Plaza; sie kam allein, man sagt, bepackt mit Riesenkoffern. Aber den ganzen Morgen und Nachmittag verbringt sie mit diesem Köfferchen, die Mole auf und ab gehend, die ganze Zeit, zu den Zeiten, wenn weder Fähren noch Boote ankommen oder abfahren.«

»Sie ist häßlich und muß schon ziemlich in die Jahre gekommen sein«, sagte ich und gähnte.

»Das kommt drauf an, wie man es sieht, Jorgito«, meinte er sanft und mit Kennermiene. »Mehr als einer würde es bei ihr gerne versuchen.« Er faßte mich zum Abschied an die Schulter und ging quer über die Straße, fast so, wie ich es zu tun vorhatte, grau und klein, mit dem von seinem Freund Sammler übernommenen Gang, und versuchte, den schlammigen Asphalt mit der Bestimmtheit eines Gewichts zu belasten, das er nicht hatte. Er ging ganz nah neben der Frau vorbei, an der Ecke des Berna, ohne den Hals zu bewegen, um sie anzuschauen, und trat in das Geschäft ein.

Ich wußte, daß die Frau nicht meinetwegen – und vielleicht niemandes wegen, nicht einmal ihrer selbst wegen – eine Pause auf dem Gehweg gemacht hatte, unbeweglich und ockerfarben in der Mitte des Sonntagnachmittags, passiv hinzugefügt der Hitze, der Feuchtigkeit, der Sehnsucht ohne Gegenstand. Aber ich hielt stand, ohne mich zu regen, unaufhörlich sie anschauend, bis die Pfeife leer röchelte, genau in dem Augenblick, als sie einen Fuß vorsetzen und hinab-, weiter vorangehen mußte in Richtung zum Hotel, durch die Wüste der Straßenmündung, die uns getrennt und vereint hatte, mit kurzen und leichten Schritten, mit denen sie lediglich vorhatte, den Verlauf der Zeit zu markieren, und entsagungsvoll das Beben der Trommel, den Wagemut der Klarinette durchquerte, den Beginn der Nacht und die schwachen Düfte, die verschwiegen auf den Tod verweisen.

Am folgenden Tag, morgens, dachte ich, daß Vázquez gelogen oder übertrieben hatte oder daß die Frau nicht mehr in Santa María sei. Ich kam mit dem ersten Omnibus in die Stadt, um die Bespannung des Tennisschlägers auswechseln zu lassen, ich überzeugte Hans, er sei eher fähig zu sterben als zu verbreiten, daß er mir an einem Montagmorgen die Haare geschnitten habe, die Tür des Frisörsalons geschlossen, wobei er und ich zwischen dem Glanz der Metalle und Spiegel im Halbschatten getuschelt hatten, ich kaufte Tabak für die Pfeife und ging bis zum Hafen.

Die Frau war nicht dort und kam auch nicht, die Fähre lief ein mit wenig Leuten, mit Weizen- oder Maissäcken, mit einem alten, farblosen Kleinbus. Ich rauchte beim Gehen und dann auf der Mole sitzend, die Beine über dem Wasser hängend. Bisweilen, und nur von der Seite, beobachtete ich die Bewegung auf den Pflastersteinen und vor dem Tor des roten Zollgebäudes; ich wußte nicht, was besser zu tun oder zu denken wäre, wenn die Frau und der kleine Koffer und womöglich erneut der Pelzmantel, die Wollmütze sich nähern und mich im Rücken überraschen würden. Die Fähre stieß ein Hupsignal aus und legte um Punkt ein Uhr von der Mole ab. Noch wartete ich, hungrig, angewidert von der Pfeife. Die Säcke und der Kleinbus waren auf der Mole stehengeblieben; mein Vater schrieb einen Leitartikel über »Müssen wir Weizen einführen?« (Die bis gestern herkömmlicherweise so fruchtbaren Ländereien von Santa María) oder über »Wertvoller Beitrag zum Transportwesen in der Provinz« (Entschiedener Ausbau des Fortschritts durch unsere Gemeinde).

Fast an den Horizont gelehnt, winzigklein, war die Fähre bewegungslos geworden. Ich erinnerte mich nicht mehr an die Frau mit dem kleinen Koffer und spürte auch keine Liebe oder Neugierde mehr auf jenen Ruf, jene Anspielung, die ich sie in die uns trennende Luft hatte setzen sehen, zwischen die Ecke des Berna und die des »Liberal«. Verzweifelt und hungrig, den Streichholzgeschmack der Pfeife schluckend, formulierte ich in Gedanken: ›Eine unbedachte Maßnahme, unerklärlicherweise von der uns regierenden Behörde gebilligt, hat soeben genehmigt, daß siebenundzwanzigeinhalb *bushels* Weizen im Hafen von Santa María entladen wurden. Mit der gleichen Unabhängigkeit des Urteils, die wir gezeigt haben, um die Arbeit des neuen Stadtrats zu begrüßen, müssen wir heute unsere unverdächtige Stimme verurteilend erheben.‹

Vom Nueva Italia rief ich Mama an und sagte ihr, daß ich in der Stadt essen würde, um rechtzeitig in die Schule zu kommen. Ich war sicher, daß die Frau abgestoßen oder zersetzt worden war von der Dummheit Santa Marías, die genau durch die Artikel meines Vaters versinnbildlicht wird: »Einen wahrhaftigen Schimpf, wir zögern nicht, das zu sagen, haben die Ratsherren den hart arbeitenden und entsagungsvollen Landmännern der umliegenden Kolonien angetan, die mit ihrem Schweiß Generation um Generation den beneidenswerten Reichtum gezeitigt haben, dessen wir uns erfreuen.«

Als wir die Klasse verließen, bestand Tito darauf, daß wir im Universal einen Wermut tranken (er wollte nicht ins Plaza gehen, aus Angst, dort seinen Vater zu treffen), und darauf, mich an eine Liebesgeschichte mit seiner Kusine zweiten Grads, der Lehrerin, glauben zu lassen; er beharrte auf annehmbaren Einzelheiten, beantwortete geschickt meine Fragen, es war klar, daß er die vertrauliche Mitteilung lange vorbereitet hatte. Ich gab mich ernst, ich gab mich traurig, ich empörte mich:

»Schau«, sagte ich zu ihm und suchte erbittert seine Augen. »Du mußt sie heiraten. Da gibt es keine Entschuldigungen; auch wenn deine Kusine nicht will. Wenn das wahr ist, was du mir gesagt hast, mußt du heiraten. Trotz allem; auch wenn die Arme Fesseln so dick wie Schenkel hat, auch wenn sie Falten am Mund hat wie eine alte Jungfer.«

Tito begann zu lächeln und den Kopf zu schütteln, und er wollte mir gerade sagen, daß alles ein Scherz sei, als ich aufstand und ihn vor Angst und Zweifel rot werden ließ.

»Ich will und kann dich nicht mehr sehen, ehe du dich nicht verlobt hast. Du zahlst, denn du hast mich eingeladen.«

Es tat mir nur drei Schritte lang leid, als ich den Gehweg vor dem Café überquerte, während ich die Hefte und das Englischbuch in der Tasche meines Regenmantels verbarg. Dicklich, rosarot, anmaßend, unterwürfig, jetzt vielleicht mit feuchten Augen, blödsinnig, mein Freund. Das Wetter war weiterhin feucht, lau an den offenen Ecken, unentschieden im Schatten der Höfe, warm, wenn man zwei Blocks weit ging. Während ich zum Hafen hinunter lief, fühlte ich mich gegen meinen Willen glücklich, fing den namenlosen Marsch zu summen an, der die Abendmusik auf dem Platz krönt, nahm an, es röche nach Jasmin, erinnerte mich an einen Sommer vor langer Zeit, als die Gutshöfe tonnenweise Jasmin auf die Stadt warfen, und ich entdeckte, während ich einen Augenblick stehenblieb, daß ich schon eine Vergangenheit hatte.

Ich sah sie von der Höhe der angepflanzten Bäume auf der Rambla aus: die Silhouette auf der anderen Seite des Kais in dem Maß wachsend, wie sie auf den Dunst des Wassers zuging, wobei sie den kleinen Koffer und den Wintermantel einmal sehen und dann wieder in die Silhouette übergehen ließ. Sie ging auf und ab, während ich Pfeife rauchte; manchmal blieb sie stehen auf den großen Platten der Mole, nahe am Ufer, schaute auf den Nebel und den fernen Schwaden, der die rötlichen Ruinen des Latorre-Palasts enthielt; aber ich war sicher, daß sie auf nichts wartete, daß sie log. Die Boote legten an und fuhren wieder zurück auf den Fluß, aber sie bewegte nicht den Kopf, um die Nebelhörner zu orten, sie nahm nicht die undeutlichen Gruppen von Reisenden in Augenschein. Sie stand dort, klein und hart, schaute auf die große weißliche Wolke, die auf den Wellen lag, und erfand Überraschungen, nette Kleinigkeiten. Es begann dunkel und kühl zu werden, als sie müde wurde und sich halb umwandte, um zu sehen, ob alles seine Richtigkeit hatte, bevor sie geradewegs über die Mole ging.

Ich folgte ihr bis zum Hotel, im Glauben, daß sie – ohne sich umzudrehen, ohne mich anzusehen – meine Gegenwart über einen halben Block hinweg spürte und daß ich ihr nützlich sei, ihr helfe, die Straßen hinaufzugehn, zu leben. Sie ging schläfrig, ohne etwas zu bemerken, wie am Nachmittag zuvor das Berna entlang, den Sonntag und die sehnsuchtsvolle Musik entlang, die Fitipaldi auf dem Platz dirigierte, ohne andere Hilfsmittel als die Bewegung seiner rasenden Augen. Aber jetzt sah ich sie vor jedem Schaufenster der Häuser um den Platz herum stehenbleiben; sie schaute, die rechte Schulter an der Scheibe, drehte leicht den Kopf, verbrachte genau eine halbe Minute an jedem, das Profil gleichgültig in der Aggressivität der Lichter, die nach und nach angingen, unbekümmert um das, was sie ihr zeigten: Unterröcke, Päckchen mit Mate, Angeln, Ersatzteile für Traktoren.

Schließlich trat sie ins Plaza ein; ich ging weiter bis zum Club, stopfte mir die Pfeife, schaute in den Nebel, den ein kalter Wind aufzulösen begann, gerade auf dem Platz, und kehrte um. Sie saß auf einem Hocker an der Theke, vor einem kleinen Glas, das sie anschaute, ohne es anzurühren, die beiden Hände lagen schützend auf dem Köfferchen, das sie auf den Rock gelegt hatte. Ich setzte mich ans Fenster, weit ab von der Theke, und machte mich daran, die Hefte und Notizen durchzusehen. Sie blieb weiter ruhig, in sich gekehrt, hypnotisiert von dem Goldpunkt des Glases. Womöglich sah sie mich im Spiegel, womöglich hatte sie mich die ganze Zeit gesehen, seit ich zum Hafen kam mit der Pfeife zwischen den Zähnen und einer soeben entdeckten Vergangenheit. Ich las in dem Heft: *Why, thou were better in thy grave, than to answer with thy uncovered body this extremity of the skies.* Und bestimmt sah sie mich im Spiegel, denn als ich die Augen erhob, mußte sie nicht den Kopf wenden, bevor sie das Gläschen mit den Fingern aufnahm, vom Hocker stieg und auf einem geraden Weg kam, den sie wunderbarerweise zwischen den Tischen bahnte, wobei sie die unberührte Flüssigkeit gegen ihre Brust hielt und das Köfferchen ohne Anstrengung vom unsichtbaren Spiel der Knie fernhielt.

Sie setzte sich und stellte das Glas genau in die Mitte des Tisches; und da der Kellner mich noch nicht bedient hatte, konnte niemand wissen, ob es ihres oder meines war. Ich sah sie mit gesenkten Augen an, und ich fing an, ihr Gesicht kennenzulernen, mich mit Besorgnis zu erfüllen, während ich das Englischheft verbarg. Sie saß dort, ihre Wollmütze – mit Fransen, alt und schlecht verarbeitet – ohne Anmut zu einem Ohr hin geneigt, ruhig und ernst, als dächte sie nach, bevor sie sich für immer entschloß, als wäre es unerläßlich, daß die Dinge mit einer Parodie des Nachdenkens begännen. Ich erkannte, daß das einzige, was wirklich von Bedeutung war an ihrem Körper – trotz meines Hungers, Titos Hunger, trotz all des gierigen und feigen Hungers der Freunde –, ihr rundes, dunkles, junges und verbrauchtes Gesicht war, die Lider, die sich zu den Wangenknochen zogen, der große welke Mund. Dann trank sie den Inhalt des Glases in einem Schluck, blickte mich an, und sie lächelte mich schon an, als sie es auf den Tisch stellte: ein beständiges, wildes Lächeln, zugleich schutzlos und besitzergreifend wie ein Blick, als blickte sie mich auch mit den Zähnen an, mit der mageren roten Linie, dem Flaum und den Falten, die sie umgaben.

»Kann ich dich duzen?« sagte sie. »Vor vielen Jahren haben wir uns für diesen Nachmittag verabredet. Nicht wahr? Es ist unwichtig wann, denn du siehst ja, daß wir es nicht vergessen konnten, und hier sind wir, pünktlich.«

Das Gesicht und außerdem die Stimme. Als der Kellner kam, bestellte sie noch ein Glas, und ich wollte nichts; ich machte mich an der Pfeife zu schaffen, schamrot, verlor mich, sicher, daß sie sich nicht lustig machte, daß Erklärungen unnötig waren. Das Gesicht, immer, und die Stimme, die wie ihre Füße wirkte, frei und unbemerkt, überzeugend, ohne Pausen in Anspruch zu nehmen.

Aber all das ist ein Prolog, denn die wirkliche Geschichte begann erst eine Woche später. Auch zum Prolog gehört mein Besuch bei Díaz Grey, dem Arzt, um zu erreichen, daß er mich dem Handlungsreisenden eines Labors vorstellte, der mit einem halben Dutzend Köfferchen voller Medikamentenproben im ersten Stock des Hotels wohnte, auf demselben Gang des Hotels, wo das Zimmer der Frau war; und mein Gespräch mit dem

Reisenden, und wie sein gelassener Zynismus, sein Seidenhemd mit aufgekrempelten Ärmeln, sein kleiner feuchter Mund eines Mittags in seinem unaufgeräumten Zimmer schmerzlos die auswendiggelernten Sätze demütigte, die ich möglichst teilnahmslos zu wiederholen versuchte. Bevor er mir zusagte, amüsierte er sich lachend, fast geräuschlos, in Socken, er lag im Bett, saugte an einer Zigarre und erzählte mir schmutzige Erinnerungen. Wir gingen zusammen hinunter, und er erklärte dem Geschäftsführer, daß ich jeden Nachmittag in sein Zimmer käme, um ihm bei der Maschinenabschrift einiger Berichte zu helfen. »Geben Sie ihm einen Schlüssel.« Er drückte mir kräftig die Hand, ernsthaft, wie einem Mann seines Alters, mit einem befremdlichen Stolz in den kleinen und glücklichen Augen.

Ich wollte nicht noch eine Lüge für meine Eltern erfinden; ich wiederholte die Geschichte von den Schreibmaschinenberichten, mit denen mich der Reisende beauftragt hatte, und verscheuchte den Gedanken an das Geld, das ich kassieren und zeigen müßte. Jeden Nachmittag, sobald der Unterricht vorbei war – und manchmal schon vorher, wenn ich entwischen konnte –, ging ich in das Hotel, grüßte mit einem Lächeln den am Empfang und fuhr mit dem Aufzug hinauf oder nahm die Treppe. Der Reisende – Ernesto Maynard, sagten die Schildchen an der Musterkollektion – suchte die Apotheken an der Küste auf; während der ersten Tage verbrachte ich viel Zeit damit, die Röhrchen und Fläschchen zu untersuchen, die Versprechungen und Anordnungen der Prospekte auf Seidenpapier zu lesen, unter dem Joch eines unpersönlichen Stils, manchmal dunkel, maßvoll optimistisch. An die Tür gelehnt, horchte ich dann auf das Schweigen des Gangs, die Geräusche der Bar und der Stadt. Es geschah.

Die Frau tat immer so, als schliefe sie, und erwachte mit einem kleinen Schrecken, mit wechselnden Männernamen, geblendet von den Resten eines Traums, den weder meine Anwesenheit noch irgendeine Wirklichkeit ausgleichen könnten. Ich war hungrig, und mein Hunger erneuerte sich, und es war mir unmöglich, mich ohne sie zu denken. Die Befriedigung dieses

Hungers jedoch, mit all ihren erdenklichen und unvermeidlichen Verwicklungen, verwandelte sich schon bald für die Frau und mich in einen Preis, den wir bezahlen mußten.

Die wirkliche Geschichte begann eines eisigen Spätnachmittags, als wir es regnen hörten und jeder bewegungslos und zusammengezogen dasaß, den anderen vergessen hatte. Ein schmaler Streifen gelbes Licht lag an der Badezimmertür, und ich bildete die Einsamkeit der Laternen auf dem Platz und auf der Rambla nach, die senkrechten Fäden des Regens ohne Wind. Die Geschichte begann, als sie plötzlich sagte, ohne sich zu bewegen, als die Stimme eindrang und im Halbschatten stand, einen halben Meter über uns:

»Was spielt es für eine Rolle, daß es regnet, auch wenn es hundert Jahre lang so regnet, das ist kein Regen. Herunterfallendes Wasser, aber kein Regen.«

Es war, auch vorher, das große unsichtbare Lächeln der Frau dagewesen, und es stimmt, daß sie nicht sprach, bis das Lächeln ganz und gar Gestalt geworden war und ihr Gesicht einnahm.

»Nichts als herunterfallendes Wasser, und die Leute müssen dem einen Namen geben. Und so nennen sie in diesem Kaff oder Stadt das herunterfallende Wasser Regen; aber das ist eine Lüge.«

Ich konnte mir nicht vorstellen, nicht einmal als das Wort Schottland fiel, was sie im Begriff war zu beginnen; die Stimme fiel sanft, ununterbrochen auf mein Gesicht. Sie erklärte mir, daß nur Regen ist, was ohne Nutzen oder Sinn fällt.

»Das Schloß stand in Aberdeen, und es war so alt, daß der Wind durch die Gänge, die Salons und über die Treppen fuhr. Es gab dort mehr Wind als nachts draußen. Und der Regen, der uns ganze Tage lang am Kamin wie ein Mann zusammengedrängt hatte, zog uns schließlich zu den zerbrochenen Fenstern. Und wir sprachen nicht, wir hielten uns von morgens bis abends im Salon auf, jeder mit der Nase gegen eine Fensterscheibe, still wie die Steinfiguren einer Kirche. Bis am dritten Tag, glaube ich, MacGregor verkündete, daß es nicht mehr regnete, daß es zu schneien beginne, daß die Wege unbegehbar würden und daß jeder nach Belieben entscheiden könne, ob das besser oder schlechter sei als der Regen.«

Das war die erste Geschichte; sie erzählte sie mehrere Male, fast immer, weil ich darum bat, wenn ich von der Hitze Indiens oder dem Feldlager in Amatlán gelangweilt war. Wohl niemand auf der Welt kann so lügen, dachte ich. Oder niemand wohl jagte Füchse, bis sie zu lachen anfing, den Kopf schüttelte, kraftlos mit einer Erinnerung verblichener Scham kämpfte und dann unvermittelt das Pferd an einen Baum band und sich mit einem Lord oder einem Sir oder einem Zweitgeborenen eines Lords in einen Ruinenpavillon zurückzog, wo sie sich auf dem unumgänglichen Lager aus Blättern wälzten, während um sie herum, in der kitschigen Landschaft von strahlender Kälte, die sie gebildet hatte – dort, an meiner Seite, ohne Anstrengung, mit einem unpersönlichen und göttlichen Vergnügen –, die erste Fuchsjagd spielte, die die Erde erschütterte, die erinnerte Raserei, die sie mit hochtrabenden und abgedroschenen Worten leitete: Gepränge, Meute, Kasack, Forst, Spürhund, unnötige Gewalt, ein kleiner brauner Tod.

Und in der Mitte jeder Lüge stand die Frau, jede Geschichte war sie selbst, neben mir, unbezweifelbar. Es interessierte mich nicht mehr, zu lesen oder zu träumen, ich war sicher, daß, wenn ich die Reisen machen würde, die ich mit Tito plante, die Landschaften, die Städte, die fernen Gegenden, die ganze Welt mir Gesichtszüge ohne Bedeutung bieten würden, Bilder von abwesenden Gesichtern, unwiederbringlich einer wahrhaften Wirklichkeit beraubt.

Da war der Hunger, immer; aber ihr zuzuhören war mein höchsteigenes Laster, höchstintensiv und köstlich. Denn nichts war vergleichbar mit der blendenden Macht, die sie mir verliehen hatte, die Gabe, einige Stunden vor der Unterhaltung zwischen Venedig und Kairo zu schwanken, verschlossen, hinterlistig gemein zwischen den zwölf armen Jungen, die sahen, wie sich verwirrende Worte an der Wandtafel bildeten oder im Mund von Mister Pool; nichts konnte die sehnsüchtige Rückkehr ersetzen, die ich nur flüsternd erbitten mußte, um sie zu haben, niemals gleich, verändert und dabei vollkommener werdend.

Wir waren von New York nach San Francisco gefahren – zum erstenmal, und was sie beschrieb, enttäuschte mich, wegen seiner Ähnlichkeit mit einer Getränkewerbung in einer der ausländischen Zeitschriften, die die Zeitung abonniert hatte: eine Versammlung in einem Hotelzimmer, die riesigen gardinenlosen Fenster geöffnet auf die marmorne Stadt in der Sonne; und die Handlung war fast ein Plagiat von der des Hotels Bolívar in Lima –, wir hatten gerade noch »an der Ostküste vor Kälte geweint, und bevor ein Tag vergangen war, unglaublich, badeten wir am Strand«, als der Mann erschien.

Er war breit und klein, und ich habe mir nur die wenigen Dinge gemerkt, die noch heute genügen, um ihn auszurüsten und zu erhalten: die breiten Augenbrauen, den Kragen des leuchtenden, gestreiften Hemds, eine Perle, den neumodischen Schnitt der Revers. Vielleicht auch, obwohl unnötig, sein kleines, starres Halbmondlächeln, seine haarigen Hände auf dem Tisch, wie zum Zeigen und Druckausüben mitgebrachte Dinge, die er nicht vergessen würde beim Gehen. Sie saßen in der Nähe des Speisesaals, um sieben Uhr abends. Sie beugte sich über die Gläser und den Aschenbecher, eine Rauchleiste schnitt ihr durchs Gesicht; unter den schwarzen Brauen des Manns lag eine sanfte Befangenheit, das Zögern, eine überschwengliche Lobrede zu unterbrechen.

Ich nahm den Aufzug und schloß mich im Zimmer Maynards ein; auf dem Bett liegend und Pfeife rauchend, lauschte ich auf die Geräusche des Gangs, las einen Bericht von dramatischen Teilsiegen über die Parkinson-Krankheit und erfuhr, daß die bösartige Anämie eine Krankheit von blauäugigen Blondinen ist. Bis mir plötzlich einfiel, daß sie begleitet von dem Mann heraufkommen könnte und ihre schnellen, des Bodens und des Ziels uneingedenken Schritte von den schweren, langsamen, männlichen Absätzen eskortiert würden. Ich ging hinunter. Sie saßen am Tisch und dachten weiter an dieselben Dinge, ihr Gesicht auf die schwarzbraunen Augenbrauen gerichtet, das des Manns auf die Hände, die auf der Tischdecke lagen.

Ich ging über den Platz, ohne Eifersucht, traurig und erbittert, und erfand Vorahnungen von Unheil. Ich bog an der Urquiza ab und ging bis zur Eisenwarenhandlung. Der Angestellte saß auf einer Treppe, bis zu den Knöcheln mit einem eisengrauen, staubgrauen Kittel bekleidet, er hatte eine Holzkiste auf den Knien und untersuchte Löcher von Schraubenmuttern, um zu sehen, ob das Gewinde links- oder rechtsdrehend war. Wenn er sie beschnüffelt hatte, ordnete er sie ein.

Die Alte stand hinter der Theke, mit einem schwarzen Tuch um die Schultern, feierlich, armselig, sehr viel kurzsichtiger als in der vorigen Woche.

»Tito ist oben und lernt.« Sie beantwortete meinen Gruß nicht, forderte mich nicht auf hinaufzugehen, sie schaute mich an, als argwöhne sie, ich hätte die Schuld daran, daß ihr graues Haar mich mit Abscheu erfüllte. Da mußte ich mein Lächeln einsetzen, ein Aufblitzen, eine besondere Form von Unschuld mit zwei kleinen Stichen Anmaßung in den Augen. Sie kämpfte ein wenig:

»Warum gehst du nicht hinauf?«

»Es dauert nur einen Augenblick, danke. Ich möchte ihn um eine Mitschrift bitten.«

Ich ging durch den Innenhof, sah hinter einer Tür Titos Schwester beim Bügeln; die Kälte war reglos, eine schwarze Katze wich schweigend aus, als ich nach ihr trat und sie bespuckte. Tito verbarg unter dem Kopfkissen die Zeitschrift, die er gerade las, und nach einer Geste, die Geheimhaltung und Kameradschaft meinte, begann er, im Schrank zu suchen, und zeigte mir dann eine Flasche Zuckerrohrschnaps.

»Das ist es, aber ich habe nur ein Glas.«

Er war zufrieden, pummelig, verlegen. Majestätisch, ein wenig melancholisch, nahm ich an, trank aus dem speichelverschmierten Glas, setzte einen Ellbogen auf die zerschlissene Tischdecke, zündete langsam die Pfeife an.

»Ich habe das Gedicht noch einmal gelesen«, sagte er und

hob das schmuddelige, blumenverzierte Glas, das wohl für Zahnbürsten oder Kräutertees gedacht war. »Und auch wenn du es sagst, es ist nicht schlecht. Ziemlich verqualmt hier. Soll ich das Fenster öffnen?«

Wenn es Nacht wird in Santa María, verschwindet der Fluß, er zieht sich ohne Wellen in den Schatten zurück wie ein Teppich, den man aufrollt; gemessen langsam fällt dann das Land von rechts ein – in dem Augenblick sind wir alle nach Norden gewendet –, nimmt uns das Flußbett ein. Die nächtliche Einsamkeit im Wasser oder an seinem Ufer kann, nehme ich an, die Erinnerung oder das Nichts oder eine freiwillige Zukunft bieten; die Nacht der Ebene, die sich pünktlich und unbeherrschbar ausdehnt, erlaubt uns nur, uns selbst zu begegnen, klarsichtig und gegenwärtig.

»Das ist kein Gedicht«, sagte ich sanft. »Du erzählst deinem Vater, daß du lernst, und schließt dich ein, um eine schweinische Zeitschrift zu lesen, die ich selbst dir geliehen habe. Es ist kein Gedicht, es ist die Erklärung, daß ich einen Beweggrund hatte, ein Gedicht zu schreiben, und es nicht konnte.«

»Ich sage dir, daß es gut ist.« Er schlug leicht mit der Faust auf den Tisch, aufsässig, rührend.

Wenn es Nacht wird, sind wir ohne Fluß, und die Sirenen, die am Hafen erzittern, verwandeln sich in das Brüllen verlorener Kühe, und die Stürme im Wasser klingen wie ein trockener Wind in Weizenfeldern, an zerklüfteten Bergen. Auf daß jeder Mensch allein sei und sich anschaue, bis er verfault, ohne Gedächtnis und ohne Morgen; dieses geheimnislose Gesicht für die ganze Ewigkeit.

»Und deine Schwester wird den Ladenangestellten heiraten, nicht dieses Jahr, klar, sondern wenn dein Alter nicht mehr anders kann, als dazu seine Einwilligung zu geben. Und du wirst dich eines Tages hinter den Ladentisch stellen, nicht um dem Angestellten deine Schwester streitig zu machen, wie es richtig und poetisch wäre, wie ich es machen würde, sondern um zu verhindern, daß die beiden dich bestehlen.«

Er bot mir das Glas an, mit einem verständnisvollen, auf

gütige Weise zynischen Lächeln. Ich trank einen Schluck und versuchte mich zu erinnern, wozu ich hergekommen war, auf diesen Lagerboden, zu ihm, meinem Freund. Ich führte ein Streichholz an das Ächzen der Pfeife. Ich war gekommen, um darüber nachzudenken, in Titos unbegreiflichem Schutz, daß ich nicht eifersüchtig war auf den Mann mit den Augenbrauen und der Perle; daß sie mich nicht mit jenem hitzigen Zwang zur Demütigung angesehen hatte – und mich auch nicht so ansehen konnte –, den ich bemerkt hatte, als ich durch die Bar ging; daß ich nur wirklich fürchtete, Abenteuer und Reisen zu verlieren, das liederliche Ausflugslokal in Neapel, wo sie bei Mandolinenmusik Liebe machte; das Atelier in São Paulo, wo sie irgendwie einem betrügerischen und verkniffenen Mann half, die Architektur der gemäßigten und heißen Zonen zu verbessern. Nicht Angst vor der Einsamkeit; Angst vor dem Verlust einer Einsamkeit, die ich mit einem Gefühl von Macht bewohnt hatte, mit einer Art Glück, das die Tage mir schon nicht mehr geben oder ersetzen könnten.

Dann kam der folgende Nachmittag, ohne Spuren von dem Mann, ohne daß sie oder ich auf die verpaßte Begegnung des vorherigen Tags angespielt hätten. (Auch war es Teil meines Glücks, die verständlichen Fragen zu vermeiden: erfahren, warum sie in Santa María war, warum sie an der Mole auf und ab ging mit dem Köfferchen.) Vielleicht war sie an jenem Nachmittag beschützender, fordernder, ausführlicher. Es ist nur sicher, daß sie nicht dabei war, nicht erwähnt wurde, keinen Mann umarmte in der langen Geschichte auf dem Rhein, auf einem Schiff, das bei schlechtem Wetter von Mainz nach Köln ging. Und die übrigen Annahmen sind zweifelhaft: die Absicht ihres Lächelns im Halbdunkel, die beunruhigende Heftigkeit der Kälte, die zaghafte Liebe, mit der sie die Einzelheiten der Reise ausdehnte, ihre Lust, das Wesentliche zu unterdrücken, die Bedeutungen zu verwischen. Sie gab mir jedenfalls nur Dinge, die ich schon auswendig kannte: ein Boot auf einem Fluß, blonde und unerschrockene Menschen, die beständig nicht erfüllte Erwartung einer endgültigen Katastrophe.

Und genauso jedenfalls, während ich mich anzog, mir die Mütze zurechtrückte und versuchte, auf die Schnelle mein Vertrauen in die Blödheit der Welt wiederherzustellen, verzieh ich ihr das Scheitern, arbeitete ich an einer Art Verzeihung, die meine ungestüme Erfahrung, meine angewiderte Reife spiegelte.

Ich habe sie ungekämmt und einverstanden in Erinnerung, wie sie mich gehen ließ, mir dabei half zu gehen, meinen dürren Körper verabschiedete, meine Schwerfälligkeit, meine Ohren.

Und so wie ich mich beim Adieusagen zu der Frau am Nachmittag der stürmischen Reise auf dem Rhein von meiner Mutter trennte, traf ich mich am folgenden Tag um sechs Uhr nachmittags mit meinem Vater. Er saß an der Theke des Lokals, beobachtete den Eingang mit rötlichem und begeistertem Profil, sicher, daß er mich im Vorbeigehen erwischen würde, ein wenig angetrunken, er nannte sich dann Ernesto Maynard. Er mußte nur mit dem Finger schnippen, um mich heranzuwinken.

»Wie geht es Ihnen?« sagte ich mit meiner gröbsten Stimme; ich setzte mich neben ihn, ordnete auf meinen Beinen die Bücher und das Heft, nahm das Getränk an, das er wählte.

Wir tranken schweigend, langsam. Dann legte er mir eine Hand auf die Schulter, leicht, ohne Druck, ohne Mitleid. Ich denke noch heute über all die Jahre mit Liebe daran, wie er an meiner Seite auf der Havanna kaute, sie etwas von sich fern hielt, um mit seinen zufriedenen, kleinen Augen die Länge und die Farbe der Asche zu betrachten, grobschlächtig und sicher, wie er mit seinem grobschlächtigen, einfachen Kopf die Formulierung suchte, die nicht allzusehr verletzte, aber die zugleich genügend Bitteres enthielt, um Stärkung und Lehre zu geben.

»Gut, sie hat sich auf und davon gemacht. Ich kenne die ganze Geschichte. Ich, der ich im Hotelzimmer wohne oder an der Küste entlangfahre, um Ärzte, Zahnärzte, Apotheker und Kurpfuscher zu überzeugen. Ich kann alles mögliche verkaufen, ich wußte das seit je, schon als ich noch jünger war als du, das ist eine Gabe. Harte Arbeit. Aber nie ist mir eine Klatschgeschichte entgangen, ich errate sie, noch bevor sie sich bilden;

alle Hörner, alle Abtreibungen, alle Gaunereien. Sie ist heute morgen abgefahren, oder, besser gesagt, sie ist heute nacht nicht zurückgekommen. Sie hat einen Brief dagelassen, in dem sie bittet, man möge ihr den Koffer aufbewahren, daß sie zurückkommen werde, um ihn zu holen und die offene Rechnung zu bezahlen, an die dreihundert Pesos. Nichts weiter als der Koffer; und er wird voller Steine sein oder alter Wäsche oder Rechnungen von anderen Hotels. Ich wußte auch, daß du um Viertel nach sechs ins Hotel kommen würdest. Ich habe auf dich gewartet, um dir ohne Umschweife zu sagen, daß diese Frau nicht wieder zurückkommt und daß es nicht wichtig ist, daß sie nicht zurückkommt. Und daß es nicht möglich ist, daß du wie all diese armen Burschen lebst, die ihre Hemden im La Moderna kaufen oder denen ihre Gattinnen sie dort kaufen und die ihre Anzüge im Katalog von Gath und Chaves aussuchen. In der Hoffnung, daß ihnen Frauen und Geschäfte zufallen, oder schon gar nichts mehr hoffend. Du mußt abhauen. Eines Tages, ich sag's dir, wirst du mir danken.«

Ich dankte ihm und ging hinaus und wußte zum erstenmal wirklich, daß ich niemanden hatte, mit dem ich zusammensein könnte. In jener Nacht versuchte ich, die Welt wiederherzustellen, jeden Ort, den sie mir gegeben hatte, jede Geschichte. Ich hörte auf, mich an ihr Gesicht zu erinnern, als Licht durch das Fenster fiel.

Und es nützte auch nichts, das Geld zu leihen. Ich ging morgens zur Bank und ließ nur fünf Pesos auf meinem Sparkonto; ich ging zu Salem und versetzte die Uhr, die ich von meinem Bruder geerbt hatte (stumm und melodramatisch löste meine Schwägerin sie vom Handgelenk meines toten Bruders). Noch vor Mittag stand ich an der Kasse der Hotelregistratur, voll mit Geld, mit Macht, mit einer dunklen Notwendigkeit zu Beleidigung und Aufwand. Ich erklärte, daß die Frau mir die dreihundert Pesos hatte zukommen lassen, um den Koffer auszulösen; man gab mir eine Quittung und ließ mich eine andere unterschreiben: »Für Carmen Méndez«. Ich verabredete mit Tito, daß wir den Koffer in die Garage der Eisenwarenhandlung brächten, wenn seine Eltern schliefen. Den ganzen Tag über dachte ich an Doktor Díaz Grey, stellte mir vor, daß ich all das seinetwegen machte, wegen des unbestimmten Rufs kavaliershafter Männlichkeit, die er im Ort repräsentierte, klein, gut gekleidet, unzugehörig, liebevoll die Lahmheit übertreibend, die er auf den Stock stützte.

Verausgabt und stolz, vierundzwanzig Stunden nachdem die Frau Santa María verlassen hatte, schloß ich mich mit Tito in der Garage ein, und wir entkorkten eine Flasche, während wir uns unterhielten, über Hochzeitsnächte und Nachwirkungen von Todesfällen, auf dem Koffer sitzend, gegen den wir sanft mit den Absätzen klopften. Als die Flasche halb leer war und er mich bat, nicht vom Körper seiner Schwester zu reden, brach ich das Schloß auf, und wir holten schmutzige und unbrauchbare Wäsche heraus, ohne Parfüm, getragen riechend, nach Schweiß und Aufbewahrung, alte Zeitschriften, zwei Bücher auf englisch und ein Album mit Ledereinband und den Initialen C. M.

In der Hocke, gealtert, versuchte ich die Pfeife mit offenkundigem Stolz zu handhaben und sah die Fotografien, auf denen die Frau – weniger jung und zunehmend unbedarfter in dem Maß, wie ich wütend die Seiten durchblätterte – durch Ägypten ritt, Golfspielern auf einer schottischen Wiese zulächelte, Filmschauspielerinnen in einem Nachtclub in Kalifornien umarmte, am Gletscher des Ruan den nahen Tod spürte und so jede einzelne der Geschichten wirklich machte und verleumdete, die sie mir jeden Nachmittag erzählt hatte, an denen ich sie liebte und ihr zuhörte.

Die Geschichte des Ritters von der Rose und der schwangeren Jungfrau, die aus Liliput kam

I

Im ersten Augenblick glaubten wir drei, den Mann für immer zu kennen, rückwärts und vorwärts. Wir hatten auf dem Gehweg vor dem Universal lauwarmes Bier getrunken, während eine Spätsommernacht begann; die Luft rührte sich um die Platanen herum, und die großtuerischen Donnerschläge drohten über den Fluß näher zu kommen.

»Seht mal«, flüsterte Guiñazú, indem er sich auf dem Eisenstuhl ganz klein machte. »Schaut, aber schaut nicht zu deutlich. Zumindest schaut nicht so begierig und seid jedenfalls vorsichtig genug zu mißtrauen. Wenn wir gleichgültig schauen, kann es sein, daß die Sache andauert, daß sie nicht verschwinden, daß sie sich womöglich irgendwann hinsetzen, etwas beim Kellner bestellen, trinken, wirklich existieren.«

Wir waren schweißbedeckt und fasziniert, schauten zu dem Tisch vor dem Eingang des Cafés. Das Mädchen war winzig und vollständig; sie trug ein enganliegendes Kleid, klaffend über der Brust, dem Bauch und einem Schenkel. Sie schien sehr jung und entschlossen, glücklich zu sein, es war ihr unmöglich, das Lächeln abzustellen. Ich wettete, daß sie ein gutes Herz hatte, und sagte ihr einige Betrübnis voraus. Mit einer Zigarette im sehnsuchtsvollen, breiten Mund, mit einer Hand an der Frisur blieb sie neben dem Tisch stehen und schaute in die Runde.

»Wir wollen annehmen, daß alles in Ordnung ist«, sagte der alte Lanza. »Zu nah an der Vollkommenheit, um eine Zwergin zu sein, zu sicher und gleisnerisch, um ein als Frau verkleidetes Kind zu sein. Sogar uns hat sie angeschaut, vielleicht blendet sie das Licht. Aber die Absicht zählt.«

»Ihr könnt weiter schauen«, gestattete Guiñazú, »aber

sprecht noch nicht. Möglicherweise sind sie so, wie wir sie sehen, möglicherweise stimmt es, daß sie in Santa María sind.«

Der Mann hatte vielerlei Züge, und alle, unruhig und veränderlich, kamen in dem Vorsatz überein, ihn lebhaft, gediegen, unverwechselbar zu machen. Er war jung, schlank, sehr groß; er war schüchtern und unverschämt, dramatisch und fröhlich.

Unentschlossenheit der Frau; dann machte sie eine Handbewegung, voll Verachtung für die Tische auf dem Gehweg und die an ihnen Sitzenden, für das Gekreisch des Sturms, für den Planeten ohne Vorzüge und Überraschungen, den sie gerade betreten hatte. Er tat einen Schritt, um dem Mädchen einen Stuhl näher zu rücken und ihr zu helfen, sich hinzusetzen. Er lächelte ihr formgewandt zu, streichelte ihr das Haar und dann die Hände, während er sich langsam niederließ, bis er seinen eigenen Sitz mit der grauen, an den Waden und den Knöcheln sehr engen Hose berührte. Mit demselben Lächeln, das er für das Mädchen hatte und das er sie zu kopieren gelehrt hatte, wandte er sich um und rief den Kellner.

»Ein Tropfen ist schon gefallen«, sagte Guiñazú. »Der Regen hat den ganzen Tag seit dem frühen Morgen gedroht, und gerade jetzt beginnt er. Er wird das auslöschen, auflösen, was wir gesehen haben und was wir fast schon zu akzeptieren begonnen haben. Niemand wird uns glauben wollen.«

Der Mann hielt eine Weile den Kopf in unsere Richtung gewandt, sah uns vielleicht an. Mit der dunklen, glänzenden Tolle, die ihm die Stirn verkleinerte, mit dem ungewöhnlichen Anzug aus grauem Flanell, an den der Schneider eine kleine harte Rose geheftet hatte, mit seiner aufgeweckten und hoffnungsvollen Unbefangenheit, mit einer Freundschaft zum Leben, die viel älter war als er.

»Aber es kann sein«, beharrte Guiñazú, »daß die übrigen Bewohner von Santa María sie sehen und Verdacht schöpfen oder zumindest Angst oder Haß empfinden, bevor der Regen sie schließlich auslöscht. Es kann sein, daß jemand vorbeigeht und sie ihm fremd vorkommen, zu schön und glücklich, und er Alarm gibt.«

Als der Kellner kam, brauchten sie etwas, um sich zu einigen; der Mann streichelte die Arme des Mädchens, machte geduldig einen Vorschlag, Herr der Zeit, die er mit ihr aufteilte. Er beugte sich über den Tisch, um ihr die Lider zu küssen.

»Laßt uns jetzt aufhören, sie anzuschauen«, schlug Guiñazú vor.

Ich hörte den Atem des alten Lanza, den Husten, der bei jedem Zug an der Zigarette aufkam.

»Am besten ist es, sie zu vergessen, niemandem Rechenschaft ablegen zu können.«

Es begann der Regenguß, und wir erinnerten uns, daß wir die Donnerschläge über dem Fluß nicht mehr gehört hatten. Der Mann zog sich das Sakko aus und legte es dem Mädchen um die Schultern, fast ohne sich bewegen zu müssen, ohne daß er aufhörte, sie zu verehren und ihr mit dem Lächeln zu sagen, daß Leben das einzig mögliche Glück ist. Sie zupfte an den Revers und schaute vergnügt auf die schnellen dunklen Flecken, die sich auf dem gelbseidenen Hemd ausbreiteten, das der Mann dem Platzregen ausgesetzt hatte.

Das Licht des U von Universal glänzte auf der Feuchtigkeit der hieratischen und kärglichen kleinen Rose, die das Knopf-loch des Sakkos ausdehnte. Ohne daß sie aufhörte, ihren Ehe-mann anzuschauen – ich hatte soeben die Ringe an ihren auf dem Tisch verbundenen Händen entdeckt –, drehte sie den Kopf und strich mit der Nase über die Blume.

In der Vorhalle, wohin wir uns geflüchtet hatten, hörte der alte Lanza zu husten auf und machte einen Scherz über den Ritter von der Rose. Wir brachen in Lachen aus, getrennt von dem Paar durch das Getöse des Regens, im Glauben, daß die Wendung tauge, den jungen Mann zu definieren, und daß wir schon anfingen, ihn zu kennen.

2

Alles, was wir über sie in Erfahrung brachten, war für mich ohne Interesse, bis etwa einen Monat später, als das Paar sich in Las Casuarinas niederließ.

Wir erfuhren, daß sie auf dem Fest des Fortschritts-Clubs gewesen waren, aber nicht, wer sie eingeladen hatte. Einer von uns sah das Mädchen die ganze Nacht tanzen, winzig und weiß gekleidet, ohne jemals zu vergessen, wenn sie sich der langen, verdunkelten Theke der Bar näherte, wo ihr Mann sich mit den ältesten und wichtigsten Mitgliedern unterhielt, ohne zu vergessen, ihm mit einem so zärtlichen, so spontanen und gesitteten Leuchten zuzulächeln, daß es unmöglich war, ihr nicht zu verzeihen.

Was ihn betraf, lässig und lang, lässig und begeistert, noch einmal lässig und mit dem Vorrecht der Allgegenwart, so tanzte er nur mit den Frauen, die ihm sagen konnten – auch wenn sie es nicht taten –, wie verständnislos ihre Ehemänner und wie selbstsüchtig ihre Kinder seien, und die von anderen Bällen sprechen konnten, mit Walzern, *one-steps* und dem abschließenden *pericón*, mit Limonaden und *cléricots* mit Wasser.

Er tanzte nur mit ihnen und willigte nur ein, für einige Sekunden über Töchter und Lediggebliebene den großen, schwarz gekleideten Körper zu neigen, den schönen Kopf, das Lächeln ohne Vergangenheit und Voreingenommenheit, das Vertrauen in das unsterbliche Glück. Und das höflich zerstreut und beiläufig. Sie, die sanmarianischen Jungfrauen und jungen Ehefrauen – erzählt der Beobachter –, diejenigen, die, gemäß dem knappen weiblichen Vokabular, noch nicht zu leben begonnen hatten, und diejenigen, die vorzeitig damit aufgehört hatten und voll Verwirrung Groll und Betrug erwogen, sie schienen ausschließlich dort zu sein, um ihm, unfehlbar, eine Brücke zu bilden zwischen Frauen und reifen Männern, zwischen dem Tanzboden und den unbequemen Hockern der Bar im Halbschatten, wo man langsam trank und von Wolle und Weizen sprach. Erzählt der Beobachter.

Sie tanzten zusammen das letzte Stück und logen beharrlich und einmütig, um den Einladungen zum Essen zu entgehen. Er beugte sich geduldig und gefaßt über die alten Hände, die er drückte, ohne sich zu trauen, sie zu küssen. Er war jung, hager, stark; er war alles, was er sein wollte, und er beging keine Fehler.

Während des Abendessens fragte niemand, wer sie waren und wer sie eingeladen hatte. Eine Frau wartete eine Stille ab, um an den Blumenstrauß zu erinnern, den das Mädchen an der linken Seite des weißen Kleids gehabt hatte. Die Frau sprach bedächtig, ohne eine Meinung zu äußern, erwähnte lediglich einen Blütenstrauß, mit einer Goldbrosche am Kleid befestigt. Abgerissen vielleicht von einem Baum in irgendeiner einsamen Straße oder im Garten der Pension, des Zimmers oder des Lochs, in dem sie lebten während der Tage unmittelbar vor dem Victoria, und das niemand von uns aufzufinden vermochte.

3

Fast jeden Abend sprachen Lanza, Guiñazú und ich von ihnen im Berna oder im Universal, wenn Lanza mit den Korrekturbögen der Zeitung fertig war und hinkend zu uns kam, langsam, gutmütig, sterbenskrank, über die Sonnenflecken hinweg, die ohne Wind von den Tipa-Bäumen gefallen waren.

Es war ein feuchter Sommer, und ich stand damals kurz vor der Rettung, war im Begriff zu akzeptieren, daß das Alter begonnen hatte; aber noch nicht. Ich traf mich mit Guiñazú, und wir sprachen von der Stadt und ihren Veränderungen, von Testamentsvollstreckungen und Krankheiten, von Dürren, von Hörnern, von der erschreckenden Geschwindigkeit, mit der die Fremden zunahmen. Ich wartete auf das Alter, und vielleicht wartete Guiñazú auf den Reichtum. Aber wir sprachen nicht über das Paar, bevor Lanza zu unterschiedlichen Zeiten aus dem »Liberal« kam. Er kam hinkend und magerer, hörte schließlich auf zu husten und den Regierenden sowie das ganze Geschlecht der Malabia zu beschimpfen, bestellte einen Kaffee als Aperitif und putzte mit dem schmuddeligen Taschentuch die Brille. Zu der Zeit achtete und hörte ich mehr auf Lanza als auf Guiñazú, versuchte altern zu lernen. Aber es half nichts; das und noch zwei weitere Dinge können nicht von jemand anderem übernommen werden.

Einer, irgendeiner von uns, erwähnte das Paar, und wir anderen führten an, was wir konnten, ohne uns darum zu kümmern, ob es viel oder wenig war, wie wirkliche Freunde.

»Sie tanzen, sie sind Tänzer, das kann man feststellen, und es ist nicht möglich, etwas anderes zu sagen, wenn wir geschworen haben, nur wahre Dinge zu sagen, um die Wahrheit zu entdekken oder zu bilden. Aber wir haben nichts geschworen. Deshalb sind die Lügen, die jeder von uns beibringen kann, sofern sie nur immer aus erster Hand sind und mit der Wahrheit übereinstimmen, die wir drei ahnen, nützlich und willkommen. Das Plaza ist nicht mehr modern und luxuriös genug für sie. Ich spreche von den Auswärtigen im allgemeinen, und ich freue mich, daß es so ist. Und diese nun, sie kamen mit der Fähre und gingen direkt zum Victoria, zwei Zimmer mit Bad und ohne Verpflegung. Wir können sie uns umarmt an der Reling vorstellen – wie sie interessiert und gleichgültig schauen und sich gegen die Gefahren der Verachtung und des Optimismus schützen –, seit das Schiff sich über der starken Strömung in der Flußmitte aufzubäumen begann und auf Santa María zuhielt. Sie maßen jeden Meter der Gebäude mit mehr als einem Stockwerk ab, überlegten, wie weit sie ihr Tätigkeitsfeld ausdehnen würden, sahen Schwachpunkte und Fallen voraus, schätzten die Heftigkeit eines unserer Sommermittage ab. Sie beide, er schützend mit dem linken Arm fast den ganzen Körper der nachdenklichen Zwergin umfassend, und sie zu uns schauend wie ein nachdenkliches Kind, auf den Blütenblättern der Rosen kauend, die er ihr, indem er von Bord gegangen war, an der Mole von Salto gekauft hatte. Sie, dann, in dem neusten Automodell, das sie in der lärmenden Reihe an der Landungsbrücke finden konnten, zum Victoria fahrend; ihnen folgend eine Stunde später der Karren mit den Handkoffern und einem Überseekoffer. Sie hatten einen Brief für den dicken, manierierten Urenkel von Latorre; und sie mußten vom Nachmittag des ersten Tags an gewußt haben, daß wir ihn nicht kannten, daß wir kein Interesse hatten, daß wir versuchten, ihn zu vergessen und ihn vom Latorre-Mythos zu trennen, den begierig, einfältig und bösartig die sehnsüchtigen und ziellosen Menschen dreier Generationen gebildet hatten. Sie erfuhren auf jeden Fall, daß der Urenkel in Europa war. ›Das macht nichts‹, sagte er mit seinem geschwinden und zuverlässigen Lächeln. ›Es ist ein angenehmer Ort, wir können einige Zeit bleiben.‹«

Sie blieben also, aber im Victoria war es nicht mehr möglich. Sie gaben die zwei Zimmer mit Bad auf, verbargen sich erfolgreich, und wir konnten sie nur noch bei der einzigen Mahlzeit sehen, abends im Plaza, im Berna oder in den Restaurants der Küste, die sehr viel malerischer und billiger waren. So ging es eine Woche oder zehn Tage, bis zu dem Tanz im Fortschritts-Club. Und sofort darauf eine Pause, in der wir sie für immer verloren glaubten, in der wir mit einigem Erfindungsgeist ihre Ankunft in irgendeiner anderen Küstenstadt beschrieben, zuversichtlich und ein wenig überheblich, ein wenig verdrießlich wegen der eintönigen Regelmäßigkeit der Erfolge, um weiterhin *Das Leben ist immer schön* oder den *Schwank von der vollkommenen Liebe* aufzuführen. Aber wir konnten uns niemals über den Namen des Impresarios einigen, und ich versteifte mich darauf, gegen all die gemeinen Theorien eine theologische Deutung zu setzen, die nicht absurder war als das Ende dieser Geschichte.

Die Pause ging zu Ende, als wir erfuhren, daß sie in einem der Häuschen mit rotem Dach am Strand lebten oder zumindest schliefen, in einem aus dem Dutzend, das Specht vom alten Petrus gekauft hatte – zu dem Preis, den er wollte, aber in bar –, als die Stillegung der Werft ihren Anfang nahm und wir Melancholiker zu sagen begannen, daß keine Lokomotive über die Gleise fahren würde, die sie auf halbem Weg, ein Viertel und ein Viertel, zwischen El Rosario und dem Werfthafen gelegt hatten. Sie schliefen in dem Häuschen der Villa Petrus, von zwölf Uhr nachts bis neun Uhr morgens. Spechts Chauffeur – Specht war damals Präsident des Fortschritts-Clubs – brachte sie und holte sie ab. Niemals konnten wir in Erfahrung bringen, wo sie frühstückten; aber die anderen drei Mahlzeiten nahmen sie in Spechts Haus ein, an dem runden alten Platz oder Brausen-Platz oder Platz des Gründers.

Auch erfuhr man, daß sie nie einen Mietvertrag für das Haus am Strand unterschrieben hatten. Specht hatte kein Interesse daran, über seine Gäste zu sprechen, und auch nicht, das Thema zu meiden. Er bestätigte im Club:

»Ja, sie besuchen uns alle Tage. Sie bringen ihr Zerstreuung. Wir haben ja keine Kinder.«

Wir dachten, daß Frau Specht, wenn sie reden wollte, uns den Schlüssel zu dem Paar geben, uns Eigenschaftswörter und Erklärungen eingeben könnte. Die wir erfanden, vermochten uns nicht zu überzeugen. Sie, er und sie, waren allzu jung, furchtbar und glücklich, als daß der Preis und die Zukunft in dem hätten bestehen können, was man Dienstboten bietet: Wohnung, Kost und etwas Taschengeld, das Frau Specht sie etwa anzunehmen drängte, ohne daß sie es erbeten hätten.

Diese Phase mag vielleicht etwa zwanzig Tage gedauert haben. Zu der Zeit wurde der Sommer vom Herbst erreicht, er gestattete ihm einige glasierte Himmel in der Dämmerung, stille und strenge Mittage, flache und bunte Blätter auf den Straßen.

Während jener zwanzig Tage kamen der Junge und die Kleine jeden Morgen um neun in die Stadt, im Wagen Spechts aus der Kühle des Strands in den Nachzüglersommer auf dem alten Platz. Wir konnten sie sehen – ich hatte keine Schwierigkeit –, wie sie dem Chauffeur zulächelten, dem Ledergeruch des Autos, den Straßen und ihrem geringen morgendlichen Verkehr; den Bäumen des Platzes und denen, die über die Gartenmauern ragten, dem Eisen und Marmor des Hauseingangs, dem Dienstmädchen und Frau Specht. Wie sie dann den ganzen Tag lächelten, dasselbe Lächeln der Vertrautheit mit der Welt, weniger rein und überzeugend bei ihr, mit einem Anflug von leicht falschem Glanz. Und wie sie, trotz allem, nützlich waren vom Morgen bis zur Rückkehr, sich Aufgaben erfanden, Möbel ausbesserten, die Tasten des Pianos säuberten, in der Küche etwas zubereiteten nach einem der Rezepte, die er im Gedächtnis hatte oder improvisierte. Und sie waren in erster Linie nützlich, indem sie die Kleidung und die Einrichtung Frau Spechts veränderten und danach die Umbildungen mit verständiger und einleuchtender Bewunderung lobten. Sie waren nützlich, indem sie die Abendunterhaltung verlängerten, bis zum ersten Gähnen Spechts, indem sie mit ihm in nichtssagenden, unsterblichen Gemeinplätzen übereinstimmten oder sich darauf beschränkten, mit Eifer autobiographischen Großtaten zu lauschen. (Sie nicht ganz, klar; sie summte im Duett mit Frau Specht die flache Hintergrundmusik – Moden, Eingemachtes, Unglücksfälle –, die zu den epischen Themen der männlichen Unterhaltung paßt.)

»Nicht der Ritter von der Rose«, schlug Lanza schließlich vor, »sondern der *chevalier servant*. Ohne Geringschätzung gesagt, wahrscheinlich. Das wird man sehen.«

Man erfuhr, daß Specht sie ohne Gewalt hinauswarf, am Morgen nach einem Fest, das er in seinem Haus gab. Wie immer kam der Chauffeur an jenem Sonntag um neun zu dem Häuschen am Strand; aber anstatt sie abzuholen, übergab er ihnen einen Brief, vier oder fünf entschiedene und höfliche Zeilen, geschrieben mit der klaren, gemächlichen Handschrift, wie man sie frühmorgens hervorbringt. Er warf sie hinaus, weil sie sich betrunken hatten; weil er den Jungen in einer Umarmung mit Frau Specht vorgefunden hatte; weil sie ihm einen Satz Silberlöffel gestohlen hatten, denen die Wappen der Schweizer Kantone eingraviert waren; weil das Kleid der Kleinen unschicklich war an einer Brust und an einem Knie; weil sie am Ende des Festes zusammen tanzten wie Matrosen, wie Schauspieler, wie Neger, wie Prostituierte.

Die letzte Version konnte für Lanza wirklich werden. Eines frühen Morgens, nach der Zeitung und dem Berna, sah er sie in einer der kleinen Bars der Calle Caseros. Eine heiße, feuchte

Nacht ging gerade zu Ende, und die Tür des Lokals stand offen, ohne den zottigen Vorhang, ohne Versprechen und Fallen. Er blieb stehen, um sich zu amüsieren und eine Zigarette anzuzünden, und er sah die beiden, allein auf der Tanzfläche, umgeben von der hybriden Faszination der wenigen Leute, die noch an den Tischen saßen, irgend etwas tanzend, ein Rauschen, ein Schwindel, ein Prolog zur Vereinigung.

»Denn das hätte, da bin ich sicher, irgendeinen Namen, der nichts weiter als ein Euphemismus ist. Und das war auch nichts weiter als ein Stammestanz, ein Ritual von Ehegatten, etwas von den Drehungen und Verzögerungen, mit denen die Braut den Mann umgibt und fesselt, von den Angeboten, die zurückgenommen werden, um die Nachfrage zu reizen. Nur daß hier sie es war, die sich fixieren ließ, ein wenig steif, mit angebundenen Bewegungen, den Boden mit den Füßen bestreichend, ohne sie aufzuheben, den winzigen und üppigen Körper zum Beben bringend, den Mann verfolgend mit ihrem geduldigen und geblendeten Lächeln und den Handflächen, die sie erhoben hatte, um sich zu schützen und zu betteln. Und er war es, der um sie herumtanzte, sich in der Hüfte bog, wenn er sich entfernte und kam, verheißungsvoll und wieder versagend mit dem Gesicht und den Füßen. Sie tanzten so, weil die übrigen da waren, aber sie tanzten nur für sich, insgeheim, beschützt vor jeder Zudringlichkeit. Der Junge hatte das Hemd bis zum Nabel offen; und wir alle konnten sehen, wie glücklich er war zu schwitzen, ein wenig betrunken und in Trance, glücklich, angeschaut zu werden und sich erwarten zu lassen.«

4

Dann mußten sie sich zum erstenmal und wie es vorausgesagt war, uns nähern. Mitten an einem Vormittag kam der Mann in Guiñazús Büro, frisch gebadet und nach Kölnischwasser riechend, einen längsgefalteten Fünfzigpesoschein um die Finger gewickelt.

›Ich kann nicht mehr bezahlen, zumindest nicht bar. Sagen Sie mir, ob es reicht für eine Beratung.‹

Ich ließ ihn Platz nehmen, während ich an euch dachte, unsicher, ob er es war. Ich lehnte mich in meinem Sessel zurück, bot ihm einen Kaffee an, ohne ihm zu antworten, und bat ihn, mir zu gestatten, noch ein paar Schriftstücke zu unterzeichnen. Aber als ich merkte, daß meine grundlose Abneigung nicht aufrechtzuerhalten war und daß Neugier und eine unpersönliche Form von Neid sie zu ersetzen anfingen; als ich zugab, daß, was jeder Unverschämtheit oder Dreistigkeit genannt hätte, etwas anderes sein konnte, etwas Außergewöhnliches und fast Magisches, da so Seltenes, begriff ich, ohne zu zweifeln, daß mein Besucher der Typ mit dem gelben Hemd und der kleinen Rose im Knopfloch war, den wir an jenem regnerischen Abend auf dem Gehweg vor dem Universal gesehen hatten. Ich meine, auch wenn ich an meiner Abneigung festhalte: ein Mann, der von Natur aus überzeugt ist, daß einzig wichtig ist, am Leben zu sein, und der folglich überzeugt ist, daß alles, was zu erleben ihm zufällt, wichtig ist und gut und würdig, empfunden zu werden. Ich sagte ihm zu, daß für fünfzig Pesos, ein Freundschaftstarif, ich ihm sagen könne, näherungsweise bis auf Monate, welche Strafe er zu erwarten habe von den Gesetzbüchern, Staatsanwälten und Richtern. Und was zu versuchen sei, damit die Strafe nicht vollzogen würde. Ich wollte ihm zuhören und ich wollte vor allem den grünen Schein von ihm, den er beiläufig um die Finger wickelte, als wäre er sicher, daß es bei mir genügte, ihn zu zeigen.

Er faltete schließlich den Schein auseinander und legte ihn auf den Schreibtisch; ich steckte ihn in meine Brieftasche, und wir sprachen eine Weile über Santa María, die Landschaft und das Wetter. Er erzählte mir eine Geschichte von dem Brief, den er für Latorre mitgebracht hatte, und fragte mich, ob es für ihn eine Möglichkeit gebe, in dem Häuschen am Strand wohnen zu bleiben – für ihn und sie natürlich, noch so jung und ein Kind erwartend –, obwohl er sich mit Specht überworfen habe, obwohl nichts anderes vorlag als das, was er einen mündlichen Mietvertrag nannte.

Ich dachte ein wenig nach und beschloß, ihm zuzusagen; ich erklärte ihm langsam seine Rechte, benannte ihm einzelne Gesetze und Präzedenzfälle, die Recht gesetzt hatten. Ich riet ihm, beim Gericht eine hinreichend große Summe für die Miete zu hinterlegen und Specht vorzuladen, um den bestehenden mündlichen und gültigen Vertrag unanfechtbar zu machen.

Ich sah, daß die Worte ihm behagten; er bewegte zustimmend den Kopf, mit einem halben gefälligen Lächeln, als hörte er eine Lieblingsmusik, in der Ferne und gut gespielt. Er bat mich, indem er angab, nicht ganz verstanden zu haben, ihm ein oder zwei Sätze zu wiederholen. Aber sonst nichts, er zeigte keinerlei wirkliche Begeisterung oder Erleichterung, leider. Denn als ich die Pause beendete und ihm mit schläfriger Stimme sagte, alles vorherige entspreche genau der Rechtstheorie, die auf den Fall anzuwenden sei, in der schmutzigen Praxis von Santa María genüge es aber, daß Specht telefonisch mit dem Kommissariatschef spreche, damit er und die junge Frau, die ein Kind erwarte, von dem Häuschen zu irgendeiner Stelle zwei Meilen außerhalb der Stadtgrenze befördert würden, begann er zu lachen und schaute mich an, als wäre ich sein Freund und hätte gerade einen denkwürdigen Scherz gemacht. Er schien so begeistert, daß ich die Brieftasche herauszog, um ihm die fünfzig Pesos zurückzugeben. Aber er ging nicht in die Falle. Er zog aus der Vordertasche seiner Hose eine kleine goldene Uhr, die früher einmal *châtelaine* genannt worden war, bedauerte, Verabredungen zu haben und wie ungewiß es sei, ob ein solches Geschäftsgespräch sich eines Tages in den Dialog der wirklichen Freundschaft verwandeln könne. Ich drückte ihm kräftig die Hand und hatte den Verdacht, in seiner Schuld zu stehen wegen Dingen, die wichtiger waren als die fünfzig Pesos, um die ich ihn gerade erleichtert hatte.«

5

Dann verschwanden sie, wurden zusammen mit den Handelsvertretern an den Samstagen des Handelsclubs gesehen, dann wieder erfuhr man nichts von ihnen, und plötzlich tauchten sie wieder auf, sie wohnten in Las Casuarinas.

Ganz nah bei uns und dem Skandal, dieses Mal. Denn Guiñazú war Anwalt der Doña Mina Fraga, der Besitzerin von Las Casuarinas; ich suchte sie auf, als Dr. Ramírez nicht in Santa María war und Lanza im vorherigen Winter einem mit Doña Herminia Fraga betitelten Nachruftext den letzten Schliff gegeben hatte, sieben ausgeführte Kolumnenzentimeter, klagend, wenn auch ein wenig doppelsinnig, ein Stück, das hauptsächlich die kolonisatorischen Tugenden des verstorbenen Vaters der Doña Mina erwähnte.

Nah dem Skandal, weil Doña Mina zwischen der Pubertät und dem zwanzigsten Lebensjahr drei Male ausgerissen war. Sie lief mit einem Landarbeiter fort, und der alte Fraga holte sie mit Peitschenhieben zurück, so geht die Sage, die noch den Tod des Verführers, seine heimliche Bestattung und eine finanzielle Übereinkunft mit dem Kommissar von 1911 hinzufügt. Sie lief nicht mit dem Zauberer eines Zirkus fort, sondern ihm nach, der richtiggehend glücklich mit seiner Berufung und seiner Frau war. Die Polizei holte sie zurück, auf Ersuchen des Zauberers. Sie lief, in den Tagen der Beinahrevolution von 1916, mit einem Verkäufer von Tiermedizin fort, einem schnurrbärtigen, affektierten und entschlossenen Mann, der gute Geschäfte mit dem alten Fraga gemacht hatte. Dies war die längste ihrer Abwesenheiten, und sie kehrte zurück, ohne gerufen oder geholt worden zu sein.

In der Zeit war Fraga dabei, Las Casuarinas fertigzustellen, ein großes Stadthaus, als Mitgift für seine Tochter oder weil er es leid war, auf der Estanzia zu leben. Man sprach damals von einer religiösen Krise des Mädchens, von ihrem Eintritt in ein Kloster und von einem unwahrscheinlichen Priester, der sich weigerte, den Plan zu fördern, weil er nicht an die Ernsthaftigkeit von Doña Mina glaubte. Gewiß ist, daß Fraga, der ohne Großsprecherei daran erinnerte, niemals eine Kirche betreten zu haben, in Las Casuarinas eine Kapelle errichten ließ, bevor das Haus fertiggestellt war. Und als Fraga starb, verpachtete das Mädchen die Estanzia und alle ererbten Ländereien zu den höchstmöglichen Preisen, ließ sich in Las Casuarinas nieder und verwandelte die Kapelle in Zimmer für Gäste oder Gärtner. Während vierzig Jahren wechselte sie von einem Namen zum anderen, von Herminia zu Doña Herminita und zu Doña Mina. Sie wurde schließlich alt, einsam und arteriosklerotisch, unbesiegt und ohne Wehmut.

Da waren sie also damals, die Liebenden, die über uns gekommen waren vom Himmel eines Sturmabends herab. Sie wohnten wie für immer in der Kapelle von Las Casuarinas und wiederholten nun Tag und Nacht unter idealen Bedingungen, was die Ausstattung, das Publikum und die Kasse anging, das Werk, dessen Generalprobe sie in Spechts Haus gegeben hatten.

Las Casuarinas liegt ziemlich weit vor der Stadt, in Richtung Norden, an dem Weg, der zur Küste führt. Dort sah sie Ferragut, der mit Guiñazú assoziierte Notar, eines Sonntagsmorgens. Die drei und den Hund.

»Es hatte am frühen Morgen geregnet; einige Stunden Wasser und Wind. So war um neun die Luft rein und die Erde etwas feucht, tiefschwarz und duftend. Ich ließ den Wagen am oberen Teil des Wegs stehen und sah sie fast sofort, wie auf einem kleinen Gemälde, einem von denen mit breitem Goldrahmen, unbeweglich und überraschend, während ich zu ihnen hinabging. Er im Hintergrund, in einem blauen Gärtneranzug, maßgearbeitet, würde ich schwören; kniend vor einem Rosenstock, den er betrachtete, ohne ihn zu berühren, wobei er den Ameisen und Blattläusen mit erprobter Wirksamkeit zulächelte; umgeben, dem Urheber des Bilds zu Gefallen, mit den Kennzeichen seines Stands: dem Spaten, der Harke, der Schere, dem Rasenmäher. Das Mädchen saß auf einer Gartenmatratze, mit einem Strohhut, der ihr fast bis an die Schultern reichte, mit einem großen, spitzen Bauch, die Beine nach Türkenart und mit einem weiten, farbigen Rock bedeckt, und las eine Zeitschrift. Und neben ihr, in einem überdachen Korbsessel, lächelte Doña Mina in die morgendliche Herrlichkeit Gottes, den widerlichen, zotteligen Hund auf dem Schoß. Alle befanden sie sich in friedlicher Stimmung und waren voller Anmut; jeder erfüllte in Unschuld seine Rolle in dem soeben geschaffenen Paradies von Las Casuarinas. Ich blieb eingeschüchtert an dem Holztörchen stehen, im Wissen, daß ich ein Unwürdiger und ein Eindringling war; aber die Alte hatte mich rufen lassen und bewegte bereits eine Hand und legte das Gesicht in Falten, um mich zu erkennen. Sie war kostümiert mit einem ärmellosen und über der Brust offenen Gewand. Sie stellte mir das Mädchen vor – ›ein Töchterchen‹ –, und als der Typ aufhörte, die Ameisen zu bedrohen, und sich wiegend und das Lächeln aufsetzend herankam, fing Doña Mina zu lachen an, geziert, als hätte er ihr eine schlüpfrige Höflichkeit gesagt. Ricardo war der Name des Typs. Er hatte eine Zeitlang in der Erde herumgescharrt, bis er schmutzige Fingernägel bekommen hatte, und jetzt schaute er sie sich besorgt an, aber ohne die Zuversicht zu verlieren: ›Wir werden fast alles retten, Doña Mina. Wie ich Ihnen gesagt habe, man hat sie zu eng nebeneinander gepflanzt. Aber das ist nicht wichtig.‹ Das war nicht wichtig, alles war leicht; verdorrte Rosenstöcke aufzuerwecken oder Wasser in Wein zu verwandeln.«

»Entschuldigung«, sagte Guiñazú. »Wußte er, daß du der Notar warst, daß die Alte dich gerufen hatte, daß es so etwas gibt wie ein Testament?«

»Er wußte es, da bin ich sicher. Aber auch das war nicht wichtig.«

»Er wohl, er muß sicher sein.«

»Und als die Alte den siechen und triefäugigen Hund zu dem Mädchen hinüberreichte, das noch immer mit dem Hintern auf den Absätzen saß, und blindlings mit dem Stock hantierte, um sich zu erheben und mit mir zum Haus zu gehen, sprang der Typ herzu und beugte sich zu ihr hin, um ihr den Arm anzubieten. Sie gingen voran, sehr langsam; er erklärte ihr, indem er sie schrittweise erfand, die Spleenigkeit des Unbekannten, der die Rosenstöcke angepflanzt hatte; sie blieb stehen, um zu lachen, um ihn zu zwicken, um sich mit einem Tüchlein die Augen zu beklopfen. Am Schreibtisch übergab der Typ sie mir sitzend und bat um Erlaubnis, seine Unterhaltung mit den Ameisen fortzusetzen.«

»Gut«, meinte überlegend Guiñazú und spielte mit einem Glas. »Vielleicht hat Santa María recht zu verurteilen, was in Las Casuarinas geschieht. Aber wenn das Geld, anstatt irgendeinem Verwandten vom Land zuzugehen, dem Amateurgärtner und der begleitenden Dame und dem noch ungeborenen Kind zufällt ... Wie lange kann die Alte noch leben?« fragte er mich.

»Das kann man nicht sagen. Von zwei Stunden bis zu fünf Jahren, denke ich. Seit die Gäste bei ihr sind, hat sie die Diät aufgegeben. Das kann ein gutes oder ein schlechtes Zeichen sein.«

»Ja«, fuhr Guiñazú fort, »sie können ihr helfen.« Er wandte sich zu Ferragut: »Hat sie viel Geld? Wieviel?«

»Sie hat viel Geld«, sagte Ferragut.

»Danke. Hat sie das Testament an dem Sonntag verändert?«

»Sie gestand mir, denn sie hat die ganze Zeit über in einem Geständniston mit mir gesprochen, daß sie sich zum erstenmal in ihrem Leben wirklich geliebt fühle. Daß die schwangere Zwergin besser zu ihr sei als jede vorstellbare wirkliche Tochter, daß der Typ der Beste, Feinste und Verständnisvollste der Männer sei und daß, wenn der Tod jetzt käme, sie zu holen, sie, Doña Mina, glücklich sei zu wissen, daß der widerliche, inkontinente Hund in guten Händen bliebe.«

Lanza begann krampfhaft zu lachen und verschluckte sich unter bedrückten Geräuschen. Er schaute uns ins Gesicht und zündete eine Zigarette an.

»Wir haben wenig, womit wir etwas anfangen können«, sagte er. »Und alles gilt als wertvoll. Aber das ist eine alte Geschichte. Nur daß sie sich selten, soweit ich weiß, auf so vollkommene Weise dargeboten hat. Sie hat also in dem vorherigen Testament das Vermögen, sagen Sie mir bitte, Priestern oder Verwandten überlassen.«

»Verwandten.«

»Und an diesem Morgen hat sie das Testament geändert.«

»Und an diesem Morgen hat sie das Testament geändert«, erwiderte Ferragut.

6

Sie lebten in Las Casuarinas, verbannt aus Santa María und aus der Welt. Aber an einigen Tagen, ein- oder zweimal die Woche, kamen sie zum Einkaufen in die Stadt, in dem wackeligen Chevrolet der Alten.

Die alten Bewohner unter uns konnten damals noch die ferne und kurze Existenz des Bordells heraufbeschwören, die Spaziergänge, die montags die Frauen machten. Trotz der Jahre, der Moden und der Bevölkerungsentwicklung waren die Einwohner der Stadt noch immer dieselben. Furchtsam und eingebildet, genötigt zu urteilen, um sich aufzuhelfen, und urteilend immer aus Neid oder Angst. (Wichtig zu sagen über diese Leute ist, daß ihnen Spontaneität und Freude abgeht; daß sie nur laue Freunde hervorbringen, unfreundliche Trinker, Frauen, die nach Sicherheit streben und alle gleich und austauschbar sind wie Zwillinge, geprellte und einsame Männer. Ich spreche von den Sanmarianern; vielleicht haben die Reisenden erfahren, daß Brüderlichkeit unter Menschen, bei den elenden Zufallsbegegnungen, eine erstaunliche und enttäuschende Wahrheit ist.)

Aber die unentschiedene Geringschätzung, mit der die Bewohner das Paar ansahen, das ein- oder zweimal die Woche durch die gefegte und fortschrittliche Stadt ging, war von anderer Art als die Geringschätzung, die sie Jahre zuvor aufgebracht hatten, um den Takt der Schritte, unterbrochen von tänzelnden Drehungen, der zwei oder drei Frauen aus dem Häuschen an der Küste abzumessen, die an den Montagnachmittagen während einiger Monate Einkaufengehen spielten. Denn wir alle wußten ein paar Dinge von dem lässigen lächelnden jungen Mann und von der Miniaturfrau, die gelernt hatte, auf den hohen Absätzen den wachsenden Bauch zu balancieren, die durch die Straßen der Stadtmitte ging, nicht zu langsam, zurückgelehnt, im Nacken gehalten von der offenen Hand ihres Manns. Wir wußten, daß sie vom Geld Doña Minas lebten; und es galt als ausgemacht, daß in diesem Fall die Sünde schmutziger und unverzeihlicher war. Vielleicht weil es sich um ein Paar handelte und nicht nur um einen Mann, oder weil der Mann allzu jung war, oder weil sie beide uns sympathisch waren und zeigten, daß sie es nicht bemerkten.

Aber wir wußten auch, daß das Testament von Doña Mina geändert worden war; so daß wir, wenn wir sie vorbeigehen sahen, der Verachtung ein furchtsames und berechnetes Angebot von Freundschaft, Verständnis und Toleranz hinzufügten. Man würde schon sehen welches, wenn es nötig wäre.

Was man dann bald sah, war das Geburtstagsfest von Doña Mina. Für uns war Guiñazú da.

Man sagte – und das sagten alte und reiche Frauen, die eingeladen waren und Entschuldigungen vorbrachten –, daß Doña Mina unmöglich im März Geburtstag haben könne. Sie erboten sich sogar, grünliche Fotografien zu zeigen, Bilder, die sich von der achtbaren Kindheit Doña Minas erhalten hatten, auf denen sie die Mitte einnehmen mußte, das einzige Mädchen ohne Hut, in dem unvollendeten Garten von Las Casuarinas, an ihrem Geburtstagsfest, zwischen Mädchen mit wolligen Mützen, in Mänteln mit Aufschlägen, Kragen und Verzierungen aus Fell.

Aber sie zeigten die Fotografien nicht und erschienen auch nicht. Obwohl der Junge es versprochen hatte oder zumindest alles mögliche tat. Er gab Einladungen in Auftrag auf weichem gelbem Papier mit schwarzer Reliefschrift. (Lanza korrigierte die Abzüge.) An drei oder vier Tagen fuhren sie durch die Straßen der Stadt und über die Wege zu den Landhäusern, in einem geheimnisvollerweise ausgegrabenen Tilbury. Mit neuen Radgummis, frisch gestrichen in Dunkelgrün und Mattschwarz, mit einem riesigen Statuenpferd, dick, asthmatisch, ein Acker- oder Brunnenradgaul, welcher nun das Paar zog, schnaubend, schäumend und kurz vor dem Zusammenbruch. Und sie trugen die Uniform von Einladungszustellern, saßen ohne Steifheit aufgerichtet hinter der runden Kruppe des Tiers, mit ihrem zerstreuten Zwillingslächeln, mit der unnützen Peitsche.

»Aber sie erreichten nichts oder sehr wenig«, erzählte uns Guiñazú. »Vielleicht, denke ich mir, wenn er sich hätte zu Gesicht und zu Gehör bringen können bei jeder einzelnen der

Alten, zu deren Haus er fuhr, um zu betteln … Tatsächlich vermochten sie an jenem Samstag niemanden anzulocken, Mann oder Frau, der unbestreitbar ein Recht gehabt hätte, in den Klatschspalten des ›Liberal‹ erwähnt zu werden. Ich kam eher gegen neun als gegen acht, und es hatten sich schon Leute mit einer Flasche in der Dunkelheit des Gartens festgesetzt. Ich ging widerwillig die Treppe hinauf, oder willens, mit alldem bald Schluß zu machen, atmete die Milde des irgendwo in der Nähe verbrannten Holzes ein, hörte die Musik, die von drinnen kam, edle, zarte und stolze Musik, die nicht für mich gemacht war und nicht für mich erklang und auch nicht für irgendeinen der Bewohner des Hauses oder des Gartens.

In der dunklen Diele erhob sich eine kleine Mulattin mit Schürze und Häubchen vor dem Haufen Frauenmäntel und Hüte. Ich dachte, daß man sie so zurechtgemacht und dort aufgestellt hatte, um mit lauter Stimme die Besucher anzukündigen.

Zuerst sah ich zufällig, weil er in der Nähe des Vorhangs aus Samt und Naphtalin stand, den Typen, den Jungen, den Mann mit dem Röschen im Knopfloch. Dann ging ich zwischen dem herausgeputzten Pack hindurch, um Doña Mina zu begrüßen. Sie paßte schlecht in den kürzlich neu bezogenen Sessel mit gedrechselten Füßen; sie ließ nicht ab, das Schnäuzchen des stinkenden Hunds zu liebkosen. Sie trug Spitzen an den Ärmeln und am Ausschnitt. Ich sagte ihr ein paar Artigkeiten und trat einen Schritt zurück; da erblickte ich rasch die Augen, ihre und die der vollkommenen Zwergin, die auf dem Teppich saß, den Kopf an den Sessel gelehnt. Die der Schwangeren hatten einen Ausdruck von stupider Sanftheit, von unerschütterlichem körperlichem Glück.

Die Augen der Alten schauten mich an und erzählten mir etwas, sicher, daß ich nicht fähig sei zu entdecken, worum es sich handelte; machten sich über mein Unverständnis lustig und auch, schon im voraus, über das, was ich irrigerweise verstehen könnte. Die Augen, die für einen Moment eine verächtliche Komplizenschaft mit mir errichteten. Als wäre ich ein Kind; als würde sie sich vor einem Blinden ausziehen. Die noch glänzenden Augen, ohne Entsagung, eingekreist von der Zeit, funkelten eine Sekunde ihre unpersönliche Vergeltung zwischen den Falten und den Hautlappen.

Der Rosenjunge legte während einer weiteren halben Stunde Schallplatten auf. Als er genug hatte oder sich sicher fühlte, ging er die schwangere Zwergin holen, er richtete sie auf, und sie fingen an, mitten in dem Raum zu tanzen, umgeben vom spontanen Rückzug der übrigen, entschlossen zu leben, mit Freude zu ertragen, auf konkrete Erwartungen zu verzichten. Er wiegte sich träge, schob die Füße über den weinroten, abgetretenen Teppich; sie noch langsamer, wunderbarerweise nicht wirklich verändert durch den außerordentlichen Bauch, der mit jeder Drehung des auswendig gewußten Tanzes wuchs, den sie ohne Fehler tanzen konnte, taub und blind.«

Und sonst nichts bis zum Ende, bis zur verzweifelten Errichtung des pflanzlichen Monuments, das dieser Geschichte Interesse verleiht und sie des Sinns beraubt. Nichts wirklich Wichtiges bis zu dem saftigbunten, schweren Scheiterhaufen unbekannter Absicht, der in drei Tagen vom Maireif verbrannt wurde.

Lanza und Guiñazú hatten sehr viel mehr gesehen, waren zwei oder drei Male näher am trügerischen Herzen der Sache gewesen als ich. Aber mich traf die unnütze Genugtuung, um drei Uhr morgens nach Las Casuarinas zu fahren; daß der junge Mann mich mit dem riesigen keuchenden Pferd in der blauen und kalten Nacht abholen kam; daß er mir half, mich einzuhüllen, mit einer zerstreuten Höflichkeit, die nicht kränkte; daß er unterwegs – während er liebevoll das Pferd beleidigte und die Aufmerksamkeit auf die Zügel übertrieb – das Ende vorwegnahm, das wir vorausgesehen und vielleicht gewünscht hatten, aus der einfachen Notwendigkeit, daß etwas geschehe.

Die Hinterbacken des schnaubenden Pferds, die sich gemessen unter dem Mond bewegten, das hohle Geräusch des Trotts, bereit, mich irgendwohin zu bringen. Der Junge beobachtete den verlassenen Weg in der Hoffnung, Gefahren und Hindernisse zu entdecken, die Hände, von groben alten Handschuhen geschützt, unnötig weit vom Körper abgehalten.

»Der Tod«, sagte er. Ich betrachtete seine wütenden Zähne; die allzu wohlgeformte Nase; den passenden Ausdruck für die Herbstnacht, die wir durchquerten, für die Kälte, für mich, für das, was er in dem Haus zu finden vermutete. »Einverstanden. Aber keine Angst, keine Rücksicht und kein Geheimnis. Ekel, Empörung über eine endgültige Ungerechtigkeit, die zugleich bewirkt, daß alle vorherigen Ungerechtigkeiten nicht wichtig sind und unverzeihlich werden. Wir schliefen schon, und die Klingel weckte uns; ich hatte ihr eine Klingel an das Bett gelegt. Sie versuchte zu lächeln, und alles schien gut zu gehen durch ihren Willen und mit ihrer Erlaubnis, wie immer. Aber ich bin sicher, daß sie uns nicht sah und mit dem ganzen Gesicht ein Geräusch, eine Stimme erwartete. Aufgerichtet in den Kissen, mit dem Wunsch, etwas zu hören, das wir ihr nicht sagen konnten. Und da die Stimme nicht kam, begann sie den Kopf zu bewegen, sich eine unbekannte Sprache zu erfinden, um mit irgend jemand anderem zu sprechen, so schnell, daß es unmöglich war, ihr zuzuhören, nahm die Antworten vorweg und wehrte sich dagegen, unterbrochen zu werden. Ich persönlich glaube, daß sie sich über etwas mit einer Jugendfreundin stritt. Und nach etwa zehn Minuten atemberaubenden Gemurmels war es unbezweifelbar, daß die Freundin, fast noch ein Mädchen, geschlagen war und daß sie, Doña Mina, für immer den jasminhaften und glyzinenhaften Spätnachmittag behielt, den Mann mit dem langsamen Lidschlag, gelockt, ein Palisanderstöckchen unter der Achsel. Zumindest habe ich das so verstanden und glaube es auch weiterhin. Wir umgaben sie mit Wärmflaschen, ließen sie ihre Pillen nehmen, ich schirrte das Pferd an und bin Sie holen gekommen. Aber es war der Tod. Sie können nichts anderes machen, als den Totenschein unterschreiben und morgen eine Autopsie anordnen. Denn ganz Santa María ist zu der Annahme verurteilt, daß ich sie vergiftet habe oder daß wir, meine Frau, der Fötus und ich, sie vergiftet haben, um sie zu beerben. Aber zum Glück, wie Sie feststellen werden, wenn Sie ihr die Eingeweide öffnen, ist das Leben sehr viel komplizierter.«

Die kleine Frau, in Trauerkleidung, als hätte sie die neuen schwarzen Kleidungsstücke in Voraussicht jener Nacht in ihren Koffern mitgebracht, hatte Kerzen neben dem verblüfften Gesicht von Doña Mina angezündet, hatte ein paar frühe, blasse Veilchen am Fußende des Betts verteilt und erwartete uns, kniend und mit dem Rücken zu uns, mit dem Gesicht zwischen den Händen und auf der weißen, schäbigen Matratze, die sie vielleicht aus dem Zimmer des Dienstmädchens geholt hatte.

Sie lebten weiterhin in dem Haus, und wie Lanza im Berna sagte und dabei Guiñazús Gesicht beobachtete – das feiner war in jenen Tagen, durchtriebener und professioneller –, niemand würde sie hinauswerfen können, solange nicht das Testament geöffnet und bewiesen würde, daß es jemanden gab mit dem Recht, sie hinauszuwerfen, oder daß sie das Recht hatten zu gehen, nachdem sie verkauft hatten. Guiñazú stimmte ihm bei und lächelte.

»Es hat keine Eile. Als Testamentsvollstrecker kann ich drei Monate warten, um die rechtlichen Schritte einzuleiten. Außer wenn ein Angehöriger mit begründeten Ansprüchen erscheint. Inzwischen leben sie weiter in dem Haus; und sie gehören zu diesen seltenen Leuten, die überall gut hinpassen, die die Orte aufbessern oder ihnen Sinn geben. Wir sind alle einverstanden. Ich habe sie jede Woche zum Einkaufen herunterkommen sehen, wie immer, und ich habe sogar in Erfahrung bringen können, wie sie es fertigbekommen, weiterhin einzukaufen. Aber ich habe nicht mit ihnen gesprochen, und es gibt keinen Anlaß, sich zu beeilen. Es ist wahrscheinlich, daß sie aus eigenem Antrieb den großen Saal in Las Casuarinas genommen haben und ihn in ein Museum verwandeln, um die Erinnerung an Doña Mina zu verewigen. Ich glaube, daß sie über genügend Kleider, Hüte, Sonnenschirme und Schnürstiefel verfügen, um diese Art Nobelleben seit dem Paraguay-Krieg bis in unsere Tage zu veranschaulichen. Und vielleicht haben sie sogar Päckchen mit Briefen, Daguerreotypien und Schnurrbartbinden gefunden, Pillen zur Entwicklung der Büste, einen geschliffenen Elfenbeinbleistift und Ampullen mit Aphrodisiaka. Mit solchen

Stücken, wenn sie sie recht zu benutzen wissen, werden sie es schaffen, daß jeder Besucher des Museums leicht die Persönlichkeit Doña Minas wiederherstellen kann, zu unser aller Stolz, die wir durch die Geschichte gezwungen sind zur Armut eines einzigen Helden, des Gründers Brausen. Nichts treibt uns zur Eile.«

(Aber ich hatte den Verdacht, daß ihn der Wunsch zur Eile anhielt, die unreine Erwartung, daß der Junge mit der Rose noch einmal die Kanzlei aufsuchen würde, um die Eröffnung des Testaments zu verlangen oder die Erbschaft anzutreten. Daß er ihn erwartete, um sich für die verwirrende Betörung schadlos zu halten, die der Junge an dem Morgen auf ihn ausgeübt hatte, als er ihn aufsuchte und ihm fünfzig Pesos bezahlte für nichts.)

»Nichts treibt uns zur Eile«, fuhr Guiñazú fort, »und für den Augenblick treibt auch sie anscheinend nichts zur Eile. Denn bei den Sanmarianern blieb die stillschweigende Verdammung, die seit einem halben Jahrhundert den persönlichen Unrat Doña Minas aus unserem gemeinschaftlichen Unrat verbannt hatte, von dem Abend des Festes an ohne Grund und ohne Wirkung. Seitdem, nach der Trauerfeier, begannen die Klügsten unter uns, die Bauern und die entschlossenen Geschäftsleute und sogar die Familien, die der ersten Einwanderung entstammen, das Paar zu mögen, ohne Hemmungen und mit der ganzen Lust, die sie hatten, es zu mögen. Sie fingen an, ihnen ihre Häuser zu öffnen und sie unbegrenzt kreditwürdig zu machen. Sie spekulierten auf das Testament, klar, investierten vorsichtig oder kühn Ansehen und Waren, machten Einsätze zugunsten des Paars. Aber außerdem, darauf bestehe ich, machen sie all das aus Zuneigung. Und sie, die Tänzer, der Ritter von der Rose und die schwangere Jungfrau, die aus Liliput kam, zeigen, daß sie auf der Höhe der neuen Gegebenheiten sind, ganz auf der Höhe dieser Flut von Wohlwollen, Milde und Schmeichelei, die die Stadt aufbietet, um sie einzubinden. Sie kaufen, was unerläßlich ist, um zu essen und glücklich zu sein, sie kaufen weiße Wolle für das Kind und besondere Kekse für den Hund. Sie bedanken sich für die Einladungen und können sie nicht annehmen, weil sie in Trauer sind. Ich stelle sie mir abends in dem großen Salon vor, ohne jemanden, für den sie tanzen könnten, beim Feuer und umgeben von den ersten, wahllos herumstehenden Stücken des Museums. Wenn ich ihnen dafür zuhören könnte, würde ich dem Burschen mit Vergnügen die fünfzig Pesos für das Honorar zurückgeben, und ich würde noch einen Schein drauflegen. Wenn ich ihnen dafür zuhören könnte, herausbekommen könnte, wer sie sind, herausbekommen auch, wer und wie wir für sie sind.«

Guiñazú sagte uns kein Wort über das Testament, über die Veränderung, die die Alte Ferragut diktiert hatte, bis der Augenblick gekommen war, wo er dazu Lust hatte. Vielleicht war er es müde geworden, auf den Besuch des Jungen zu warten, auf das stillschweigende Bekenntnis, das ihn ermächtigen würde, ihn zu beurteilen.

Er hatte Lust dazu an einem heißen Herbstmittag. Er aß mit uns im Berna, legte auf der Fensterbank die kastanienbraune Aktenmappe ab, die er gekauft hatte, bevor er seine Staatsprüfung ablegte, und die immer neuglänzend ist, wie aus dem Leder eines jungen und noch lebenden Tiers gemacht, ohne Spuren von Prozessen, Gerichtsfluren, transportiertem Schmutz. Er bedeckte sie mit dem Hut und sagte uns, daß er darin das Testament habe, um es bei Gericht zu hinterlegen.

»Auf daß die Gerechtigkeit der Menschen ihren Lauf nehme«, lachte er. »Ich habe viel Zeit damit zugebracht, habe mich damit unterhalten, mir vorzustellen, welche Bestimmungen die göttliche Gerechtigkeit wohl diktiert haben könnte. Habe zu erraten versucht, wie dieses Testament wäre, wenn es von Gott verfügt worden wäre anstatt von Doña Mina. Aber wenn wir an Gott denken, dann denken wir uns selbst. Und der Gott, den ich erdenken kann – ich betone, daß ich viel Zeit auf das Problem verwandt habe –, hätte die Dinge nicht besser gemacht, wie man schon sehr bald sehen wird.«

Wir sahen ihn auf den Platz zugehen und ihn hastig überqueren, groß und ohne die Schultern zu beugen, die Aktenmappe an zwei Fingern hängend, dessen sicher, was er tat unter der gelblichen und starken Sonne, sicher, daß er für uns, für die ganze Stadt, das Beste zum Gericht brachte, das, was wir verdienterweise geschafft hatten.

Wir bekamen es dann zu wissen, am folgenden Tag, sehr früh. Wir erfuhren, daß Guiñazú Kaffee und Cognac mit dem Richter trank, daß sie eine Zeitlang wenig sprachen und sich anschauten, ernst und schwer atmend, als wäre Doña Mina gerade gestorben und als bedeutete ihnen dieser Tod etwas. Der Richter, Canabal, war ein beleibter Mann, mit kalten hervorstehenden Augen, ein wenig näselnd, dem ich, übertreibend, seit Jahresende verboten hatte, Alkohol zu trinken. Er bewegte über dem Testament das schwere Haupt, wurde zunehmend trostloser, während er mit einem einzigen geübten Finger die Seiten umblätterte. Dann erhob er sich schnaufend und begleitete Guiñazú bis zur Tür.

»Wenn auch diese Ernte verlorengeht, wird es vergnüglich werden für uns«, sagte einer der beiden.

»Gerade jetzt, wo sie Brasilien den Weizen fast schenken«, sagte der andere.

Aber bevor die Tür sich schloß, begann Canabal zu lachen, ein Lachen ohne Vorbereitung, ganz aus ausgewachsenem Gelächter.

»Der Hund!« rief er. »Der Satz, in dem sie, die ausgefuchste Zynikerin, von der Liebe und von dem Hund spricht. Wie gern würde ich ihre Gesichter sehen! Und ich glaube, daß ich sie hier in diesem Büro sehen werde. Sie dachten, sie hätten sie im Sack und jetzt … den Hund und fünfhundert Pesos!«

Guiñazú ging wieder zurück in das Zimmer und lächelte still. Canabal wischte sich das Gesicht mit einem düsteren Taschentuch.

»Entschuldigen Sie«, prustete er, »aber mein Lebtag habe ich, nicht einmal von Winkeladvokaten, etwas derart Komisches gehört. Den Hund und fünfhundert Pesos.«

»Mir ging es genauso«, sagte Guiñazú aufgeschlossen. »Und auch Ferragut ist ungeduldig, ihre Gesichter zu sehen. Und es stimmt, daß die Sache mir komisch erschien«, fuhr er lächelnd fort, bis er zu dem offenen Fenster kam, das auf die enge, geradlinige, durch die Feuchtigkeit und den gelblichen Ton verschönte Straße ging, auf die hemmungslose, kindische Musik, die aus dem Radio- und Schallplattengeschäft drang. »Aber wenn man bedenkt, daß die Verstorbene ein Vermögen hinterläßt ...«

»Eben deshalb«, sagte Canabal und fing wieder an zu lachen. »Ein Vermögen für einige Kusinen und Nichten, die sie womöglich nie gesehen haben und die sie gewiß gehaßt haben, und einige Zigtausend für Leute, von denen niemand weiß, wer sie sind, und die man auf dem Amtsweg im ganzen Land aufspüren muß ... Wenn man bedenkt, Euer Ehren, daß das Paar sie monatelang versorgt und glücklich gemacht hat und daß sie sicher war – wie wir es sind, ohne anderen Beweis als die verwahrlosende Erfahrung –, das Paar würde darauf vertrauen, sie zu beerben. Wenn wir annehmen, daß die Alte daran gedacht hat, als sie Ferragut rief, um zu bestimmen, daß der Junge, die Zwergin und der Fötus als Bezahlung für das eben Angeführte fünfhundert Pesos erhalten werden, um auf Lebenszeit frei von allen ökonomischen Schwierigkeiten zu sein ...«

»Aber Guiñazú«, sagte der Richter und roch an dem trockenen, schwermütigen Parfüm seines Taschentuchs. »Gerade deshalb habe ich ja gelacht, Mann. Das ist doch der Witz: die Zusammenstellung all der Dinge, die Sie gerade aufgezählt haben.«

›Er hat keine Farbe in den Augen‹, dachte Guiñazú. ›Er hat nur Glanz und Wölbung; er könnte stundenlang schauen, ohne zu blinzeln, mit einem auf der Hornhaut klebenden Rosenblättchen.‹

»Aber ich finde das nicht mehr witzig«, fuhr Guiñazú fort. »Die Geschichte ist allzu komisch, auf ungeheure Weise komisch. Dann habe ich sie schließlich ernst genommen und angefangen, das anscheinend Offenkundige zu bezweifeln. Zum Beispiel, und dann gehe ich auch, denken Sie an den Hund; sagen Sie mir morgen, warum sie ihm den hinterlassen hat und nicht den Millionärskusinen.«

Er schloß theatralisch die Tür und hörte dann sofort das Ge-

lächter Canabals, die Fragen, die er sich mit reichlich Speichel-
fluß und lauter Stimme stellte, um weiter zu lachen.

Wir erfuhren auch, daß Guiñazú – der nicht mehr zu unse-
ren Treffen im Café und im Berna kam – am folgenden Tag in
Las Casuarinas zu Besuch war. Wir erfuhren, daß er mit dem
Paar im Garten Tee trank, daß er die Schutzvorrichtungen aus
Sackleinen und Blech gegen Frost und Ameisen an den Rosen-
stöcken inspizierte.

Wir erfuhren, als Guiñazú dann endlich sprach, als der Winter kam und Las Casuarinas verlassen war und die Einwohner
von Santa María die Kälte und den Hagel vergaßen, um die
schillernde, unsterbliche Geschichte des Testaments zu kommentieren, wir erfuhren, daß an jenem feuchten Herbstnachmittag Guiñazú vorzeitig die rechtmäßige Übergabe des hinfäl-
ligen, diarrhöischen Hunds und der fünf Hundertpesoscheine
vollzogen hatte.

Aber in Wahrheit hatten wir schon viel eher vermuten müssen,
daß Guiñazú den Hund und das Geld übergeben hatte. Wir mußten es genau an dem Sonntagmorgen annehmen, als jemand uns
erzählte, daß die Zwergin sich einen Platz gesucht hatte, um zu
warten, zwischen Stapeln von Koffern und runden Hutschach-
teln, mit gespreizten Beinen, um Raum für den elf Monate alten
Fötus und den struppigen, triefäugigen Hund zu lassen, auf der
Treppe am Hafen, gegenüber der Anlegestelle der Fähre.

Die doppelte Übergabe mußte von dem Moment an bekannt
sein, an dem ein anderer uns erzählte, daß der Junge seit der
Frühe desselben Tags auf dem unsicheren Kutschbock des Wagens von Las Casuarinas, grundlos auf das Pferd einschlagend,
die Landhäuser abfuhr und Blumen aufkaufte. Er suchte keine
bestimmten, bezahlte sie großzügig, ohne zu verhandeln, suchte
einen Platz für die Sträuße unter der Plane, sagte auch ja zu
einem Glas Vineta und stieg dann wieder auf den Kutschbock.
Er fuhr die Feldwege ein und aus, hielt an, um Schlagbäume zu
öffnen und zu schließen, zwang das Tier zum Galopp unter
dem unvollkommenen Kreis des Monds, zwischen mageren,
scheckigen und unsichtbaren Hunden, hatte Anwandlungen

von Großspurigkeit und Zweifeln, fühlte sich bald schwach und ohne einen Peso, hungrig und müde, ohne die anfängliche Zuversicht und die Erinnerung an irgendeinen Vorsatz.

Es war Morgen, als das Pferd mit heftig auf und nieder gehendem Kopf an der Friedhofsmauer zum Stehen kam. Der Junge nahm die Hände von den Knien, um sich vor dem widerlichen Geruch der Kilos von Blumen zu schützen, über denen die Plane lag, und er dachte an Frauen, Tode, Morgendämmerungen, während er auf das Läuten der Kapelle wartete, mit dem das Friedhofstor geöffnet würde.

Vielleicht hatte er den Wärter bestochen, mit Lächeln oder mit Versprechungen, mit der Müdigkeit und der blinden Verzweiflung seines Körpers und seines Gesichts, viel älter nun und spitznäsiger. Oder vielleicht mochte der Wärter auch gespürt haben, was wir – Lanza, Guiñazú und ich – zu wissen glaubten: daß die jung sterben, die allzusehr die Götter lieben. Er muß das gerochen haben, unbestimmt, abgelenkt für einen Augenblick vom Duft der Blumen. Er muß ihn einen Augenblick mit seinem Stab berührt haben, bis er ihn erkannte und ihn wie einen Freund behandelte, wie einen Gast.

Denn sie ließen ihn den Wagen hineinfahren, ihn, während er an den dampfenden Kiefern des Pferds zerrte, bis zur säulenhohen Familiengruft führen, mit dem schwarzen Engel und seinen zerklüfteten Flügeln und mit den Daten und Anrufungen aus Metall.

Denn sie sahen ihn stehend und kniend auf dem Kutschbock und dann stehend auf der fetten, schwarzen und stets feuchten Erde, auf dem unregelmäßigen, üppigen Gras, pausenlos die Arme bewegend, keuchend mit der entschlossenen, erschöpften Grimasse, die ihm die Zähne entblößte, um die Massen von Schnittblumen vom Wagen auf das Grab zu werfen, einen Haufen um den anderen, ohne auch nur eine Blüte oder ein Blatt übrigzulassen, bis die fünfhundert Pesos zurückerstattet waren, bis er den ungehörigen und unvergleichlichen Berg errichtet hatte, der für ihn und für die Tote zum Ausdruck brachte, was wir niemals mit Bestimmtheit wissen konnten.

Das so gefürchtete Inferno

Der erste Brief, die erste Fotografie, wurde ihm in die Zeitung geschickt, zwischen Mitternacht und Redaktionsschluß. Er haute gerade auf die Maschine ein, ein wenig hungrig, ein wenig krank von Kaffee und Tabak, vertraut und selig dem Werden des Satzes, dem gehorsamen Erscheinen der Worte hingegeben. Er schrieb: »Es wäre noch zu betonen, daß die Herren Kommissare nichts Verdächtiges, ja nicht einmal etwas Ungewöhnliches im großartigen Triumph von ›Play Boy‹ sahen, der auf der Winterrennbahn im Vorteil war und in der entscheidenden Phase wie ein Pfeil dominierte«, als er die rote, tintenbekleckste Hand von »Politik« sah, zwischen seinem Gesicht und der Maschine; sie hielt ihm den Umschlag hin.

»Das ist für dich. Immer werfen sie die Post durcheinander. Nicht ein einziger gottverdammter Termin für einen Klub, und dann kommen sie und heulen, und wenn sich die Wahlen nähern, dann scheint ihnen kein Platz groß genug. Und jetzt ist Mitternacht, und sag du mir, wie soll ich denn die Spalte füllen.«

Auf dem Umschlag stand sein Name, »Abteilung Rennen, El Liberal«. Das einzig Merkwürdige waren ein paar grüne Marken und der Stempel von Bahia. Er schrieb den Artikel zu Ende; da kamen sie auch schon aus der Setzerei, ihn anzufordern. Er war matt und zufrieden, fast allein im riesigen Redaktionsraum, und er dachte an den letzten Satz: »Wir möchten das nochmals betonen, mit aller Objektivität, die wir seit Jahren allen unseren Feststellungen angedeihen lassen. Wir sind das einem sportliebenden Publikum schuldig.« Der Neger sah Kuverts im Archiv durch, die reife Frau von »Gesellschaft« zog langsam die Handschuhe in ihrer Glaskabine aus, als Risso, achtlos, den Umschlag öffnete.

Drinnen war ein Foto, Postkartengröße, ein braunes, unterbelichtetes Foto, an dessen düsteren Rändern Haß und Unflätigkeit anwuchsen, unbestimmte dicke Streifen bildend, wie ein Relief, wie Schweißtropfen, die ein angstverzerrtes Gesicht umgeben. Er sah es überrascht, verstand nicht ganz, wußte, daß er alles mögliche gegeben hätte, um das Gesehene zu vergessen.

Er steckte die Fotografie in eine Tasche und zog sich den Mantel an, während »Gesellschaft« rauchend aus ihrer Glaskabine kam, einen Fächer von Papieren in der Hand.

»Hallo«, sagte sie, »da bin ich nun; der Ball ist gerade erst zu Ende.«

Risso betrachtete sie von oben. Das helle gefärbte Haar, die Falten am Hals, das Doppelkinn, das rund und spitz wie ein kleiner Bauch herabfiel, die winzigen, exzessiv fröhlichen Kleinigkeiten, die ihre Kleider schmückten. ›Es ist eine Frau, auch sie. Jetzt sehe ich an ihr das rote Halstuch, die violetten Nägel der alten, tabakgelben Finger, die Ringe und Armbänder, das Kleid, das ihr ein Schneider zukommen ließ, nicht ein Liebhaber; die unendlich hohen, vielleicht schiefen Absätze, die traurige Linie ihres Mundes, der fast wütende Enthusiasmus, den sie in ihr Lächeln legt. Alles ist leichter, wenn ich mir klar mache, daß auch sie eine Frau ist.‹

»Es ist spaßig, wie geplant. Wenn ich komme, gehen Sie, als ob Sie immer die Flucht vor mir ergreifen wollten. Draußen herrscht Eiseskälte. Man läßt mir, wie versprochen, das Material hier, aber nicht einmal einen Namen, eine Überschrift. Erraten Sie's, irren Sie sich, publizieren Sie einen phantastischen Blödsinn! Ich kenne nur die Namen des Brautpaars, Gott sei Dank. Überfluß und schlechten Geschmack, das gab es. Die Freunde wurden durch einen glänzenden Empfang im Haus der Brauteltern geehrt. Wer auf sich hält, heiratet doch nicht an einem Samstag. Richten Sie sich jedenfalls darauf ein, von der Rambla her kommt Eiseskälte.«

Als Risso sich mit Gracia César verheiratete, schwiegen wir alle dazu und ließen die pessimistischen Prophezeiungen ungesagt. Zu jener Zeit blickte sie die Einwohner von Santa María von den Plakaten des »Kellers«, der Theatergemeinschaft an, von

Wänden, die zu Herbstende sehr alt aussahen. Manchmal unberührt, mit Bleistiftbart bisweilen, zerfetzt von wütenden Fingernägeln oder vom ersten Regen – so wandte sie halb den Kopf und blickte auf die Straße, wach, ein wenig mißtrauisch, ein wenig von der Hoffnung geblendet, sie könnte überzeugen, könnte verstanden werden. Durch den Glanz in den feucht-schimmernden Augen, den die fotografische Vergrößerung des Ateliers Orloff erzeugt hatte, konnte man auf ihrem Gesicht auch die Komödie der Liebe für das ganze Leben sehen, die eine entschiedene und ausschließliche Suche nach Glück verhüllte.

Das war gut, muß er wohl gedacht haben, es war wünschenswert und notwendig, stimmte mit dem Ergebnis der Multiplikation der Witwermonate Rissos mit der Summe unzähliger gleicher Samstagmorgen überein, an denen er, im Bordell an der Küste, geschickt höfliche Posen eingenommen hatte, Posen des Wartens, der Vertrautheit. Ein Glanz, jener der Plakataugen, verknüpfte sich mit der frustrierten Geschicklichkeit, womit er wieder den Knoten der immer gleißenden, tristen Trauerkrawatte band, vor dem ovalen, drehbaren Spiegel im Schlafzimmer des Bordells.

Sie heirateten, und Risso glaubte, es genüge, wie immer weiterzuleben, ihr lediglich, ohne darüber nachzudenken, ja fast, ohne auch nur an sie zu denken, die Wut seines Körpers zu weihen, die wahnsinnige Notwendigkeit, etwas Absolutes zu haben, die ihn in den langen Nächten besessen hatte.

Sie dachte an Risso wie an eine Brücke, einen Ausweg, einen Anfang. Sie hatte unberührt zwei Verlobungen hinter sich gebracht – mit einem Direktor, einem Schauspieler –, vielleicht weil Theater für sie nicht nur Spiel, sondern auch Beruf war und weil sie dachte, daß Liebe abseits entstehen und behütet werden müsse, nicht befleckt durch das, was man tut, um sich Geld und Vergessen zu sichern. Mit dem einen und dem anderen Mann war sie verdammt, bei Verabredungen auf den Plätzen, der Rambla oder im Café die Erschöpfung der Proben zu spüren, die Anstrengung der ständigen Anpassung, wie sehr sie auf Stimme und Hände achtgeben mußte. Sie spürte ihr eigenes

Gesicht immer eine Sekunde, bevor ein Ausdruck darauf trat, als könnte sie es betrachten oder berühren. Sie handelte mutig und ungläubig, erkannte ausweglos ihr Spiel und das des anderen, Schweiß und Theaterstaub, der sie untrennbar bedeckte, Zeichen der Zeit.

Als die zweite Fotografie kam, von Asunción, mit einem offensichtlich anderen Mann, fürchtete Risso vor allem, ein unbekanntes Gefühl nicht ertragen zu können, das weder Haß noch Schmerz war, das mit ihm namenlos sterben würde, das verwandt war mit Ungerechtigkeit und Verhängnis, mit der ersten Angst des ersten Menschen auf der Erde, mit dem Gefühl des Nichts und dem Beginn des Glaubens.

Die zweite Fotografie wurde ihm von »Gerichtssaal« übergeben, eines Mittwochnachts. Donnerstags konnte er über seine Tochter von zehn Uhr morgens bis zehn Uhr abends verfügen. Er wollte den Umschlag zerreißen, ohne ihn zu öffnen; er steckte ihn ein, und erst am Morgen, während seine Tochter ihn im Saal der Pension erwartete, erlaubte er sich einen raschen Blick auf das Foto, bevor er es über der Klosettmuschel zerriß: auch hier war der Mann von hinten zu sehen.

Aber er hatte das Foto aus Brasilien oft angesehen. Er bewahrte es einen ganzen Tag auf, und im Morgengrauen dachte er an einen Scherz, einen Irrtum, an eine vorübergehende, absurde Geschichte. Das hatte er schon erlebt, er war oft aus einem Alptraum aufgewacht, hatte dienstfertig und dankbar den Blumen an der Schlafzimmerwand zugelächelt.

Er lag auf dem Bett, als er den Umschlag aus dem Sakko zog und das Foto aus dem Umschlag.

»Gut«, sagte er laut, »es ist gut, es ist sicher, so ist es. Es hat keine Bedeutung; auch wenn ich es nicht sähe, würde ich wissen, daß es geschieht.«

(Als die Fotografie mit dem Selbstauslöser gemacht und in der Dunkelkammer im roten, aufreizenden Schein der Lampe entwickelt wurde, da hatte die Frau diese Reaktion Rissos wahrscheinlich vorhergesehen: diesen Trotz, diese Weigerung, sich durch Wut Luft zu schaffen. Sie hatte auch vorhergesehen oder es vielleicht gewünscht, mit einer kleinen, nur undeutlich erkannten Hoffnung, daß er aus der offenen Beleidigung, der entsetzlichen Würdelosigkeit eine Liebesbotschaft ausgraben möge.)

Er schützte sich wieder, bevor er das Foto ansah: ›Ich bin allein, ich sterbe vor Kälte in einer Pension in der Calle Piedras, in Santa María, an irgendeinem Morgen, allein, meine Einsamkeit bereuend, als ob ich sie gesucht hätte, stolz, als ob ich sie verdient hätte.‹

Auf der Fotografie stemmte die Frau ohne Kopf ihre Fersen herausfordernd auf den Rand eines Diwans, wartete so auf die Ungeduld des obskuren Mannes, der, unvermeidlich, im Vordergrund riesenhaft erschien – und sie war sicher, sie brauchte ihr Gesicht nicht zu zeigen, um erkannt zu werden. Auf der Rückseite stand, in ihrer ruhigen Schrift: »Grüße aus Bahia.«

In der Nacht, als die zweite Fotografie kam, dachte er, er könne die ganze Infamie begreifen, könne sie akzeptieren. Aber ihm wurde klar, daß die Überlegung, Beharrlichkeit, organisierte Raserei, womit die Rache vollzogen wurde, ihm nicht zugänglich waren. Er prüfte; er war dem nicht gewachsen, er fühlte sich unwürdig so vielen Hasses, so vieler Liebe, eines so starken Willens, Leid zuzufügen.

Als Gracia Risso kennenlernte, konnte sie viele gegenwärtige und zukünftige Dinge erkennen. Sie ahnte seine Einsamkeit, wenn sie sein Kinn und einen Westenknopf ansah, sie ahnte, daß er verbittert und nicht besiegt war, daß er Genugtuung brauchte und es sich nicht klarmachen wollte. Viele Sonntage sah sie ihn auf dem Platz, vor der Vorstellung, genau abschätzend an, das mürrische, leidenschaftliche Gesicht, den schmierigen Hut nachlässig auf dem Kopf, den großen trägen Körper, den er langsam verfetten ließ. Sie dachte an Liebe, als sie das erste Mal allein waren, oder an Begierde, oder an die Begierde, mit ihrer Hand die Trauer der Backenknochen und Wangen des Mannes zu lindern. Sie dachte auch an die Stadt, in der die einzig mögliche Weisheit hieß, sich rechtzeitig zu fügen. Sie war zwanzig Jahre alt, Risso vierzig. Sie begann an ihn zu glauben, sie entdeckte, wie intensiv Neugier sein kann, und sagte sich, daß man nur dann wirklich lebt, wenn jeder Tag seine Überraschung bietet.

Während der ersten Wochen schloß sie sich ein, um allein zu lachen, sie erlegte sich fetischhafte Anbetung auf, lernte, Seelenzustände durch Gerüche zu unterscheiden. Sie orientierte sich, entdeckte, was hinter Stimme, Schweigen, den Launen und Körperhaltungen des Mannes steckte. Sie liebte die Tochter Rissos, veränderte deren Aussehen, strich die Ähnlichkeit mit dem Vater besonders heraus. Sie ging nicht vom Theater weg, denn die Stadt subventionierte es endlich, und jetzt hatte sie im »Keller« einen sicheren Verdienst, eine Welt, getrennt von ihrem Haus, dem Schlafzimmer, dem rasenden, unzerstörbaren Mann. Sie wollte nicht auf Wollust verzichten; sie wollte ausruhen und sie vergessen. Sie machte Pläne und verwirklichte sie; sie war sicher, daß das Universum der Liebe unendlich groß war, sicher, daß jede Nacht für sie anders sein würde, erstaunlich, neu.

»Alles«, sagte Risso immer wieder, »absolut alles kann uns geschehen, und wir werden immer glücklich sein und uns lieben. Alles, ob das nun Gott erfindet oder ob wir es erfinden.«

In Wirklichkeit hatte er früher nie eine Frau gehabt und glaubte jetzt zu erzeugen, was ihm auferlegt wurde. Aber nicht sie zwang ihm das auf, Gracia César, das Geschöpf Rissos, abgesondert von ihm, um ihn zu ergänzen, wie die Luft die Lunge, wie der Winter das Getreide.

Das dritte Foto ließ drei Wochen auf sich warten. Es kam auch aus Paraguay, nicht in die Zeitungsredaktion, sondern in die Pension, und das Dienstmädchen brachte es ihm am Ende eines Nachmittags, als er aus einem Traum erwachte, worin man ihm geraten hatte, sich gegen Furcht und Irrsinn zu verteidigen und jede Fotografie, die noch kam, in der Brieftasche aufzubewahren, sie anekdotisch, unpersönlich, unschädlich zu machen, indem er sie einfach hundertmal täglich zerstreut ansah.

Das Dienstmädchen klopfte an die Tür, und er sah den Umschlag in den Brettchen der Jalousie hängen, spürte, wie er im Zwielicht, in der schmutzigen Luft seine schädliche Natur, seine zuckende Drohung ausschwitzte. Er sah ihn vom Bett aus an wie ein Insekt, wie ein giftiges Tier, das man zertreten kann, wenn man auf seine Sorglosigkeit, den günstigen Irrtum wartet.

Auf der dritten Fotografie war sie allein, vertrieb mit ihrer Weiße die Schatten aus einem schlecht beleuchteten Zimmer, den Kopf schmerzhaft nach hinten geworfen, der Kamera entgegen, die Schultern zur Hälfte bedeckt von ihrem offenen schwarzen Haar, derb, auf allen vieren. So unverwechselbar jetzt, als hätte sie sich in einem Atelier fotografieren lassen und hätte mit dem zartesten, bezeichnendsten und ausweichendsten Lächeln posiert.

Nur hatte jetzt Risso ein unabänderliches Erbarmen mit ihr, mit sich, mit allen Liebenden, die auf der Welt geliebt hatten, Mitleid mit Wahrheit und Irrtum ihres Glaubens, mit der einfachen Absurdität der Liebe und der komplexen Absurdität der von Menschen geschaffenen Liebe.

Aber er zerriß auch diese Fotografie und wußte, daß es ihm unmöglich sein würde, noch eine anzusehen und weiterzuleben. Aber nach dem magischen Plan, wonach sie sich zu verständigen und miteinander zu sprechen begonnen hatten, war Gracia gezwungen, sich bewußt zu werden, daß er diese Fotos, kaum daß sie angekommen waren, zerriß, jedesmal weniger neugierig, mit weniger Gewissensbissen.

Nach diesem magischen Plan waren alle diese groben oder schüchternen, eiligen Männer nichts als Hindernisse, unumgänglicher Aufschub des rituellen Aktes, auf der Straße, im Restaurant oder im Café den Naivsten oder Unerfahrensten auszusuchen, der sich ohne Mißtrauen dazu hergeben konnte, mit einem komischen Stolz vor Kamera und Auslöser zu posieren; den am wenigsten Unangenehmen unter allen, die der auswendig hergesagten Rede Glauben schenken mochten, welche die eines Handelsvertreters hätte sein können:

»Ich hatte noch nie einen solchen Mann: so einzigartig, so

anders. Und ich weiß bei diesem Theaterleben nie, wo ich morgen sein und ob ich dich wiedersehen werde. Ich will dich wenigstens auf einer Fotografie haben, wenn wir weit voneinander entfernt sind und ich dich vermisse.«

Es war fast immer leicht, Männer zu überreden; sie dachte an Risso oder sparte es sich für morgen auf, wenn sie die Pflicht erfüllte, die sie sich auferlegt hatte, die Lampen postierte, die Kamera vorbereitete und den Mann in Glut versetzte. Wenn sie an Risso dachte, rief sie sich einen alten Vorfall ins Gedächtnis, warf ihm wieder vor, sie damals nicht geschlagen, sie für immer abgewiesen zu haben mit einem bläßlichen Schimpfwort, mit einem intelligenten Lächeln, einer Bemerkung, die sie mit allen übrigen Frauen vermengte. Und ohne zu verstehen; bekundend, daß er trotz der Nächte und der Phrasen nie verstanden hatte.

Ohne allzu große Erwartungen ging sie schwitzend durch das ewig dumpfe und warme Hotelzimmer, maß die Entfernung, stellte die Blende ein, korrigierte die Position des steifen Männerkörpers. Sie trieb den Mann, der gerade an der Reihe war, mit irgendeinem Hilfs-, einem Reizmittel, einer liederlichen Lüge, ihr das zynische, mißtrauische Gesicht zuzuwenden. Sie versuchte zu lächeln, zu verlocken, sie ahmte das zärtliche Zungenschnalzen nach, wie man das bei Neugeborenen macht, sie berechnete den Ablauf der Sekunden und berechnete gleichzeitig, wie intensiv das Foto auf ihre Liebe zu Risso anspielen würde.

Aber da sie das nie erfahren konnte, da sie nicht einmal wußte, ob die Fotografien in die Hände Rissos gelangten oder nicht, machte sie die Fotos immer drastischer, verwandelte sie in Dokumente, die mit ihnen, Risso und Gracia, sehr wenig zu tun hatten.

Sie ging so weit, zu erlauben und zu bestimmen, daß die von der Gier schmal gewordenen Gesichter, verblödet durch den alten männlichen Traum von Besitzergreifung, der Kamera mit hartem Lächeln, einer verschämten Frechheit ins Auge sahen. Sie fand es nötig, sich zurückgleiten zu lassen, so ins Blickfeld zu kommen, daß ihre kurze Nase, ihre großen dreisten Augen aus dem Nichts jenseits des Fotos herabkamen, um die schmutzige Welt, die tölpelhafte, falsche fotografische Vision zu bilden, die Satiren auf die Liebe, die sie regelmäßig nach Santa María zu schicken geschworen hatte. Aber ihr wirklicher Fehler war, an wechselnde Anschriften zu schreiben.

Die erste Trennung, sechs Monate nach der Heirat, war willkommen und übertrieben angsterfüllt. »Der Keller« – jetzt »Stadttheater von Santa María« – fuhr nach El Rosario. Sie wiederholte dort das gleiche alte und blendende Spiel, eine Schauspielerin unter Schauspielern zu sein und an das zu glauben, was auf der Bühne geschah. Das Publikum war begeistert, applaudierte oder ließ sich nicht mitreißen. Pünktlich wurden Programme und Kritiken gedruckt; und die Leute akzeptierten das Spiel und verlängerten es bis in die Nacht hinein, sprachen von dem, was sie gesehen und gehört hatten, bezahlt hatten, um zu sehen und zu hören, unterhielten sich mit einer gewissen Verzweiflung, mit einer angestachelten Begeisterung über Auftritte, Bühnenbilder, Dialoge und Verwicklungen.

So also wurde das Spiel, das abwechselnd melancholische und berauschende Heilmittel, das sie begann, wenn sie sich langsam dem Fenster näherte, das auf den Fjord hinausging, erschauderte und für den ganzen Saal murmelte: »Vielleicht… aber auch mein Leben ist voller Erinnerungen, von denen die anderen nichts wissen«, auch in El Rosario akzeptiert. Immer fielen Karten, wenn sie ausspielte; die Partie nahm Form an, und es war unmöglich, sich nur zu unterhalten, sie von außen zu betrachten.

Die erste Trennung dauerte genau zweiundfünfzig Tage, und Risso versuchte in dieser Zeit das Leben nachzuahmen, das er mit Gracia César während der sechs Monate Ehe geführt hatte. Zur gleichen Stunde ins selbe Café, ins selbe Restaurant, um dort dieselben Freunde zu treffen; auf der Rambla wieder zu schweigen, einsam zu sein, auf dem Rückweg zur Pension verblendet die Vorwegnahme der Zusammenkunft zu erleiden, in Kopf und Mund ausschweifige Bilder aufzuwühlen, die aus immer vollendeter werdenden Erinnerungen und nicht zu verwirklichenden Wünschen entstanden.

Es waren zehn oder zwölf Häuserblocks, er nun allein, langsamer, durch Nächte, von lauen und eisigen Winden belästigt, auf der unruhigen Schnittlinie, die den Frühling vom Winter trennt. Sie dienten ihm dazu, seine Not, seine Schutzlosigkeit zu ermessen und zu erfahren, daß der Wahnsinn, den sie miteinander teilten, wenigstens die Größe hatte, keine Zukunft zu haben, nicht Mittel zu sein, für gar nichts.

Was sie betraf, so hatte sie geglaubt, daß Risso der gemeinsamen Liebe einen Wahlspruch gegeben hatte, als er, hingestreckt, mit frischem Erstaunen, nebulös flüsterte:

»Alles kann geschehen, und wir werden immer glücklich sein und uns lieben.«

Der Satz war schon kein Urteil mehr, keine Meinung, er drückte keinen Wunsch aus. Er war ihnen diktiert und auferlegt worden, war eine Bestätigung, eine alte Wahrheit. Nichts, was sie tun oder denken mochten, könnte die Verrücktheit schwächen, die ausweglose, die unveränderliche Liebe. Alle menschlichen Möglichkeiten konnten genutzt werden, und alles war dazu verdammt, sie zu nähren.

Sie glaubte, daß sich draußen, jenseits des Zimmers, eine Welt erstreckte, die sinnlos war, von Wesen bewohnt, die nicht wichtig waren, von wertlosen Tatsachen wimmelnd.

So dachte sie nur an Risso, an sie beide, als der Mann sie an der Bühnentür zu erwarten begann, als er sie einlud und mit sich nahm, als sie selbst sich die Kleider auszog.

Es war die letzte Woche in El Rosario, und sie hielt es für sinnlos, in Briefen an Risso davon zu berichten; denn der Vorfall war nicht von ihnen getrennt und hatte gleichzeitig nichts mit ihnen zu tun, denn sie hatte wie ein neugieriges, hellsichtiges Tier gehandelt, mit einem gewissen Mitleid für diesen Mann, mit einer gewissen Verachtung für die Armseligkeit dessen, was er ihrer Liebe zu Risso hinzufügte. Und als sie nach Santa María zurückkam, zog sie es vor, bis zum Vorabend eines Donnerstags zu warten – denn donnerstags ging Risso nicht in die Zeitung –, bis zu einer zeitlosen Nacht, bis zu einem Morgengrauen, das mit den fünfundzwanzig erlebten identisch war.

Sie begann es ihm zu erzählen, bevor sie sich entkleidete, mit dem Stolz und der Zärtlichkeit, einfach eine neue Liebkosung erfunden zu haben. Er stützte sich in Hemdsärmeln auf den Tisch, hatte die Augen geschlossen und lächelte. Dann ließ er sie sich ganz entkleiden und bat sie, die Geschichte zu wiederholen, nun stehend, wobei sie sich barfuß auf dem Teppich bewegte, fast ohne die Stellung zu wechseln, von vorn und von der Seite, ihm den Rücken zuwendend und den Körper in Balance haltend, indem sie das Gewicht von einem Bein auf das andere verlagerte. Manchmal sah sie auch das lange, schwitzende Gesicht Rissos, den schweren Körper, der sich auf den Tisch stützte, mit den Schultern das Glas Wein beschützend, und manchmal bildete sie sich das nur ein, zerstreut, im Eifer, genau zu berichten, in der Freude, diese merkwürdig intensive Liebe, die sie in El Rosario zu Risso gespürt hatte, nochmals zu erleben, neben einem Mann mit vergessenem Gesicht, neben niemandem, neben Risso.

»Gut, und jetzt ziehst du dich wieder an«, sagte er mit derselben erstaunten und rauhen Stimme, die immer wieder gesagt hatte, daß alles möglich sei, daß alles für sie sein würde.

Sie prüfte sein Lächeln und zog sich wieder an. Eine Zeitlang betrachteten beide die Muster der Tischdecke, die Flecken, den Aschenbecher, worauf ein Vogel mit krummem Schnabel stand. Dann kleidete er sich ganz an und ging weg; er verwendete den Donnerstag, seinen freien Tag, dazu, mit Doktor Guiñazú zu reden und ihn zu überzeugen, wie dringend die Scheidung sei, und er spottete von vornherein über Versöhnungsversuche.

Dann kam eine lange, schlimme Zeit, in der Risso sie wieder zurückhaben wollte und er gleichzeitig Pein und Ekel jeder vorstellbaren Wiederbegegnung haßte. Dann entschied er, daß er Gracia brauchte, und jetzt ein wenig mehr als früher. Daß die Versöhnung notwendig war und daß er bereit war, jeden Preis dafür zu zahlen, vorausgesetzt, der Wille würde nicht eingreifen, vorausgesetzt, es wäre möglich, sie in den Nächten wiederzuhaben, ohne zuzustimmen, auch nicht durch sein Schweigen.

Er verbrachte die Donnerstage wieder mit Spaziergängen mit der Tochter und hörte sich die Liste erfüllter Weissagungen an, die die Großmutter nach Tisch wiederholte. Er erhielt schonend unbestimmte Nachrichten von Gracia, begann sie sich als eine unbekannte Frau vorzustellen, deren Gebärden und Reaktionen erraten oder erschlossen werden mußten, als eine behütete einsame Frau unter anderen Menschen, an verschiedenen Orten; eine Frau, die ihm vorherbestimmt war und die er würde lieben müssen, vielleicht seit der ersten Begegnung.

Fast einen Monat nach Beginn der Trennung teilte Gracia einander widersprechende Anschriften aus und verschwand aus Santa María.

»Seien Sie unbesorgt«, sagte Guiñazú. »Ich kenne die Frauen gut und habe etwas Ähnliches erwartet. Das ist böswilliges Verlassen, und es vereinfacht die Sache sehr, die jetzt auch nicht mehr durch offenkundige Verzögerungstaktiken betroffen werden kann; das macht nur das Unrecht der beklagten Partei deutlicher.«

Es war ein feuchter Frühlingsbeginn, und manche Nacht kam Risso aus der Zeitung, dem Café und gab dem Regen Namen, erneuerte seine Qual, als bliese er in eine Glut, schob sie von sich, um sie besser sehen zu können, unglaublich, und er dachte an nie erlebte Liebesnächte, um sich gleich darauf an sie mit verzweifelter Gier zu erinnern.

Risso hatte, ohne sie anzusehen, die drei letzten Botschaften zerstört. Er fühlte sich nun und für immer, in der Zeitung und in der Pension, wie ein kleines Raubtier in seinem Bau, wie ein Tier, das die Schüsse der Jäger vor dem Eingang seiner Höhle hallen hört. Er konnte sich nur vor dem Tode retten und vor dem Gedanken an den Tod, wenn er sich zur Ruhe zwang, als wisse er nichts. Geduckt bewegte er Schnurrbart und Schnauze, die Pfoten; er konnte nur darauf hoffen, daß sich die fremde Wut erschöpfte. Er erlaubte sich weder Worte noch Gedanken, sah sich aber doch gezwungen, langsam zu begreifen; die Gracia, die Männer und Stellungen für die Fotos aussuchte und wählte, verschmolz mit dem Mädchen, das viele Monate vorher Kleider, Gespräche, Schminke, Zärtlichkeiten für seine Tochter sich ausgedacht hatte, um einen trostlosen Witwer zu erobern, diesen Mann, der einen mageren Lohn verdiente und der den Frauen nur ein erstauntes, treues Unverständnis bieten konnte.

Er hatte endlich angefangen zu glauben, daß das Mädchen, das ihm lange, übersteigerte Briefe während der kurzen sommerlichen Trennung in der Brautzeit geschrieben hatte, dieselbe Frau war, die seine Verzweiflung und Vernichtung wollte, wenn sie ihm die Fotografien schickte. Und endlich dachte er, daß immer der Liebende, der im trostlosen Eigensinn des Bettes den unheilvollen Geruch des Todes eingeatmet hat, dazu verdammt ist, für sich und für sie nach Vernichtung, nach dem endgültigen Frieden im Nichts zu verlangen.

Er dachte an das Mädchen, das am Arm zweier Freundinnen an den Nachmittagen auf der Rambla spazierengegangen war, in weiten bunten Kleidern aus steifem Tuch, die die Erinnerung erfand und aufzwang; das ihn quer durch die Ouvertüre des »Barbiers«, die das sonntägliche Konzert der Musikkapelle abschloß, eine Sekunde lang ansah. Er dachte an den Blitz, in dem sie sich mit ihrem wilden Ausdruck des Anerbietens und der Herausforderung umdrehte, in dem sie ihm frontal die fast männliche Schönheit eines nachdenklichen, großflächigen Gesichtes zeigte, in dem sie ihn auswählte, den durch sein Witwertum einfältig Gewordenen. Und nach und nach gab er zu, daß dies dieselbe nackte Frau war, etwas dicker nun, mit einem Zug von Selbstgewißheit und Verständigkeit, die ihm aus Lima, Santiago und Buenos Aires Fotografien schickte.

Warum nicht, dachte er schließlich, warum nicht akzeptieren, daß die Fotografien, ihre sorgfältige Vorbereitung, ihre pünktliche Sendung, derselben Liebe entstammten, derselben Fähigkeit zur Sehnsucht, derselben angeborenen Treue.

Die nächste Fotografie kam aus Montevideo, aber weder in die Zeitung noch in die Pension. Und er bekam sie nicht zu Gesicht. Er ging eines Nachts aus dem »Liberal«, als er den lahmen Schritt des alten Lanza hörte, der ihn auf der Treppe verfolgte, den schütternden Husten hinter sich, die unschuldige, trügerische Einleitungsformel. Sie gingen ins »Baviera« essen; und Risso hätte nachher schwören können, die ganze Zeit gewußt zu haben, daß der vernachlässigte, bärtige, kranke Mann, der nach Tisch eine feuchte Zigarette in den eingefallenen Mund steckte und wieder herausnahm, der ihm nicht in die Augen schauen wollte, der naheliegende Kommentare über die Nachrichten zum besten gab, die UP der Zeitung während des Tages übermittelt hatte, von Gracia voll war, oder vom verrückten, absurden Aroma, das Liebe ausströmt.

»Von Mann zu Mann«, sagte Lanza resigniert. »Oder von einem Alten, der im Leben nicht mehr Glück hat als das zweifelhafte Glück weiterzuleben. Von einem Alten zu Ihnen; und ich weiß nicht, denn das weiß man nie, wer Sie sind. Ich weiß ein paar Tatsachen und habe Kommentare darüber gehört. Aber ich habe kein Interesse mehr, meine Zeit mit Glauben oder Zweifeln zu verlieren. Es bleibt sich gleich. Jeden Morgen stelle ich fest, daß ich noch lebe, ohne Bitterkeit, ohne mich zu bedanken. Ich schleife durch Santa María und durch die Redaktion ein krankes Bein nach und die Arteriosklerose; ich erinnere mich an Spanien, korrigiere die Abzüge, schreibe, und manchmal rede ich zuviel. Wie heute abend. Ich habe eine dreckige Fotografie erhalten; der Absender steht außer Zweifel. Aber ich kann nicht erraten, weshalb man gerade mich ausgesucht hat. Auf der Rückseite steht: ›Für die Sammlung Risso‹ oder etwas Ähnliches. Sie kam am Samstag, und ich habe zwei Tage lang überlegt, ob ich sie Ihnen geben soll oder nicht. Ich habe mir schließlich gedacht, es sei das beste, es Ihnen zu sagen, denn mir so etwas zu schicken ist Wahnsinn ohne mildernde Umstände, und vielleicht tut es Ihnen gut zu wissen, daß sie wahnsinnig ist. Jetzt wissen Sie es; ich bitte Sie nur um Erlaubnis, das Foto zu zerreißen, ohne daß ich es Ihnen zeige.«

Risso sagte Ja und begriff in jener Nacht, als er bis zum Morgen das Licht der Straßenlampe an der Zimmerdecke ansah, daß das zweite Unglück, die Rache, wesentlich weniger schwerwiegend war als das erste, der Verrat, aber auch viel weniger erträglich. Er fühlte seinen langen Körper wie einen dem Schmerz der Luft ausgesetzten Nerv, ohne Schutz, ohne sich eine Erleichterung erfinden zu können.

Die vierte, nicht an ihn gerichtete Fotografie warf ihm die Großmutter seiner Tochter am folgenden Donnerstag auf den Tisch. Das Mädchen hatte sich schlafen gelegt, und das Foto war wieder im Umschlag. Er fiel zwischen den Siphon und die Kompottschüssel, lang, schräg vom Widerschein einer Flasche verfärbt, und zeigte enthusiastische Buchstaben in blauer Tinte.

»Du wirst begreifen, daß nach dem da«, stammelte die Großmutter. Sie rührte im Kaffee und betrachtete Rissos Gesicht, suchte in seinem Profil das Geheimnis der allgemeinen Schmutzigkeit, den Grund für den Tod ihrer Tochter, die Erklärung für so vieles, das sie geahnt hatte, ohne den Mut zu haben, daran zu glauben. »Du wirst begreifen«, wiederholte sie wütend, mit der komischen gealterten Stimme.

Aber sie wußte nicht, was zu begreifen war, und Risso begriff es auch nicht, auch wenn er sich anstrengte, und er sah den Umschlag an, der ihm noch immer gegenüberlag, mit einer Ecke am Tellerrand.

Draußen war die Nacht schwer, und die offenen Fenster der Stadt mischten das milchige Geheimnis des Himmels mit den Geheimnissen der Menschenleben, ihrer Begierden, ihrer Gewohnheiten. Risso wälzte sich auf dem Bett und glaubte, er beginne zu begreifen, das Begreifen ereigne sich in ihm wie eine Krankheit, wie ein Wohlergehen, frei von Willen und Einsicht. Es geschah einfach, von der Berührung der Füße mit den Schuhen bis zu den Tränen, die ihm über Wangen und Hals liefen. Das Begreifen geschah in ihm, und es lag ihm nichts daran zu wissen, was es war, das er da begriff, während er sich erinnerte oder sein Weinen sah und seine Ruhe, den langen, passiven Körper auf dem Bett, die Krümmung der Wolken im Fenster,

144

alte und zukünftige Szenen. Er sah den Tod und die Freundschaft mit dem Tod, die stolze Verachtung der Regeln, die alle Menschen einhellig beachteten, das echte Staunen der Freiheit. Er zerriß die Fotografie über der Brust, ohne die Augen vom weißen Schein des Fensters abzuwenden, langsam und geschickt, ängstlich, Lärm zu machen oder zu stören. Er fühlte dann die Bewegung einer neuen Luft, die er vielleicht in der Kindheit geatmet hatte und die das Zimmer erfüllte und sich mit ungewohnter Trägheit durch Straßen und überraschte Gebäude ausdehnte, um ihn zu erwarten und ihn morgen und die folgenden Tage zu beschützen.

Er lernte bis zum Morgengrauen, wie Städte, die ihm unerreichbar erschienen waren, die Selbstlosigkeit kennen, das Glück ohne Grund, die Annahme der Einsamkeit. Und als er am Mittag erwachte, als er sich die Krawatte lockerte und die Armbanduhr, während er schwitzend zu dem fauligen Gewittergeruch am Fenster ging, überkam ihn zum erstenmal väterliche Zärtlichkeit für die Menschen und das, was Menschen getan und erbaut hatten. Er hatte beschlossen, die Adresse Gracias herauszufinden, sie anzurufen oder zu ihr zu fahren, um mit ihr zu leben.

Diese Nacht war er in der Zeitung ein langsamer, glücklicher Mann; er handelte ungeschickt wie ein Neugeborenes, erfüllte sein Seitenpensum mit der Zerstreutheit und den Irrtümern, die man im allgemeinen einem Fremden verzeiht. Die große Nachricht: *Ribereña* konnte in San Isidro unmöglich das Rennen bestreiten, denn wir sind in der Lage, unsere Leser darüber zu informieren, daß die Hoffnung des Rennstalls El Gorrión heute früh Schmerzen in einer Vorhand zeigte und daß sich eine Sehnenscheidenentzündung herausstellte, womit die Art des Übels, das sie quält, klar zu Tage liegt.

»Wenn ich denke, daß er die Sparte ›Pferderennen‹ machte«, erzählte Lanza, »dann versucht man sich diese Verwirrung zu erklären, indem man sie mit der eines Mannes vergleicht, der sein Gehalt auf eine Angabe hin verspielt, die ihm Trainer, Jokkey, der Besitzer und das Pferd selber gegeben und bestätigt haben. Denn wenn er auch, soweit man weiß, die besten Motive dafür hatte, zu leiden und ohne weiteres alle Schlafmittel aller Apotheken von Santa María zu schlucken – was er mir eine halbe Stunde, bevor er es tat, zeigte, war nichts als das Räsonnement und die Haltung eines betrogenen Mannes. Eines Mannes, der sicher und ungefährdet gewesen war und der es nicht mehr ist und der sich nicht erklären kann, wie das geschehen konnte, welcher Rechenfehler den Zusammenbruch herbeigeführt hat. Denn in keinem Augenblick nannte er die Stute ›Stute‹, die diese niederträchtigen Fotografien in der ganzen Stadt verteilte, und er wollte nicht einmal über die Brücke gehen, die ich ihm baute. Ich suggerierte ihm, ohne daran zu glauben, die Möglichkeit, daß die Stute – nackt und sich aufbäumend, wie sie sich gern in der Öffentlichkeit präsentierte, oder auf der Bühne die Eierstockprobleme anderer durch das Welttheater berühmt gewordener Stuten zur Schau stellend –, daß sie völlig verrückt sei. Nichts. Er hatte sich geirrt, und zwar nicht, als er sie heiratete, sondern in einem anderen Augenblick, den er nicht nennen wollte. Die Schuld hatte er, und unser Gespräch war unglaublich und erschreckend. Denn er hatte mir bereits gesagt, er werde sich umbringen, und hatte mich überzeugt, es sei unnütz und auch grotesk und noch einmal unnütz zu argumentieren, um ihn zu retten. Und er redete kalt mit mir und akzeptierte mein Bitten nicht, er möge sich betrinken. Er hatte sich geirrt, er bestand darauf; er und nicht die verdammte Hure, die das Foto dem Mädchen schickte, zu den Schulschwestern. Vielleicht dachte sie, die Schwester Oberin würde den Umschlag öffnen, vielleicht wünschte sie, daß der Umschlag unberührt in die Hände der Tochter Rissos käme, diesmal sicher, Risso an der Stelle zu treffen, wo er wirklich verwundbar war.«

Das Gesicht des Unglücks

Für Dorotea Muhr –
Unbekannter Hund des Glücks

I

Als es Abend wurde, stand ich, trotz des lästigen Windes, in Hemdsärmeln da und stützte mich auf das Geländer des Hotels, allein. Das Licht ließ den Schatten meines Kopfes bis an den Rand des sandigen Weges zwischen den Büschen gelangen, der die Straße und den Strand mit der Häusergruppe verbindet.

Das Mädchen erschien radelnd auf dem Weg und verschwand gleich darauf hinter dem schindelgedeckten Ferienhäuschen, wo über dem Briefkasten noch immer die Aufschrift mit den schwarzen Lettern hing. Es war mir unmöglich, sie nicht wenigstens einmal täglich anzusehen; trotz der durch Regen, Hitze und Meereswind gezeichneten Oberfläche zeigte sie dauerhaften Glanz; man konnte lesen: *Meine Ruh.*

Einen Augenblick später kam das Mädchen wieder zum Vorschein auf dem von Gesträuch gesäumten sandigen Streifen. Sie saß senkrecht auf dem Gestell, bewegte leicht und langsam mit ruhiger Selbstgefälligkeit ihre Beine, die in grauen, dicken Wollstrümpfen, voll von Piniennadeln, steckten. Die Knie waren erstaunlich rund, erwachsen, verglichen mit dem Alter, das der Körper zeigte.

Sie bremste das Fahrrad genau neben dem Schatten meines Kopfes, und ihr rechter Fuß streckte sich von dem Rad weg und trat, um das Gleichgewicht zu halten, auf das kurze, verbrannte, schon braune Gras, das jetzt im Schatten meines Körpers lag. Gleich darauf strich sie sich das Haar aus der Stirn und schaute mich an. Sie hatte einen dunklen Pullover und einen rosafarbenen Rock an. Sie schaute mich ruhig und aufmerksam an, als genügte die gebräunte Hand, die das Haar von den Brauen entfernte, ihre Prüfung zu verhehlen.

Ich schätzte, daß uns zwanzig Meter und weniger als dreißig Jahre voneinander trennten. Auf die Ellbogen gestützt, hielt ich ihren Blick aus, schob die Pfeife zwischen den Zähnen herum, sah sie und ihr schweres Fahrrad weiter an, und die Form des schlanken Körpers gegen den Hintergrund der Landschaft aus Bäumen und Schafen, die im Abendlicht undeutlich wurde.

Plötzlich traurig und verrückt geworden, sah ich das Lächeln, das das Mädchen der Ermattung bot; das harte, wirre Haar, die schmale Nase, ein Bogen, der durch den Atem bewegt wurde, den kindlichen Winkel, mit dem die Augen ins Gesicht gesetzt waren – und was schon nichts mehr mit dem Alter zu tun hatte, das ein für allemal und bis zum Tod festgelegt worden war –, den übermäßig großen Raum, den die weiße Hornhaut des Auges einnahm. Ich sah das Licht des Schweißes und der Erschöpfung, das den letzten oder ersten Glanz des Spätnachmittags einfing, dann matter wurde und wie eine phosphoreszierende Maske in der nahen Dunkelheit hervorstach.

Das Mädchen lehnte das Fahrrad sanft an ein Gebüsch und schaute mich wieder an, während sie ihre Hände in die Taille legte und die Daumen unter den Rockgürtel steckte. Ich weiß nicht, ob sie einen Gürtel trug; in dem Sommer trugen alle Mädchen breite Gürtel. Dann schaute sie umher. Jetzt stand sie im Profil da, die Hände im Rücken, immer ohne Brüste, und atmete merkwürdig erschöpft, das Gesicht dorthin gerichtet, wo die Sonne untergehen würde.

Abrupt setzte sie sich ins Gras, zog die Sandalen aus und schüttelte sie; sie nahm die bloßen Füße, einen nach dem anderen, in die Hand, rieb sich die kleinen Zehen und bewegte sie in der Luft. Über ihre schmalen Schultern hinweg sah ich, wie sie die schmutzigen, geröteten Füße rührte. Ich sah, wie sie die Beine ausstreckte, einen Kamm und einen Spiegel aus der großen Tasche mit Monogramm zog, die sie in den Rockschoß gelegt hatte. Sie kämmte sich unbekümmert, fast ohne mich anzusehen.

Sie zog die Strümpfe und Schuhe wieder an, stand auf und trat eine Zeitlang rasch das Pedal. Wieder drehte sie sich mit einer harten und eiligen Bewegung zu mir um – ich stand noch immer allein am Geländer und betrachtete sie. Der Duft nach Geißblatt begann aufzusteigen, das Licht der Hotelbar warf bleiche Flecken auf den Rasen, den Sandweg und die Autoauffahrt, die zur Terrasse führte.

Es war, als hätten wir uns schon früher gesehen, als würden wir uns kennen, als hätten wir uns angenehme Erinnerungen bewahrt. Sie blickte mich herausfordernd an, während ihr Gesicht im matten Licht verschwamm; sie blickte mich an mit einer Herausforderung ihres ganzen verachtungsvollen Körpers, des nickelglänzenden Fahrrads, der Landschaft mit schindelgedecktem Ferienhäuschen und Liguster und jungen Eukalyptusbäumen mit milchigen Stämmen. Das dauerte eine Sekunde; alles, was sie umgab, wurde durch sie und ihre absurde Haltung abgesondert. Sie stieg wieder auf und radelte hinter den Hortensien, hinter den leeren, blaugestrichenen Bänken entlang, etwas schneller zwischen den Autoreihen vor dem Hotel.

2

Ich klopfte die Pfeife aus und sah, wie die Sonne zwischen den Bäumen erstarb. Ich wußte bereits, und vielleicht zu genau, wer sie war. Aber ich wollte ihr keinen Namen geben. Ich dachte daran, was mich im Zimmer des Hotels erwartete, bis zum Abendessen. Ich versuchte, meine Vergangenheit und meine Schuld mit der Elle zu messen, die ich eben entdeckt hatte: das schlanke Mädchen, im Profil, gegen den Horizont, das jugendliche, unmögliche Alter, die rosigen Füße, die eine Hand abgeklopft und zusammengedrückt hatte.

Neben der Tür des Schlafzimmers fand ich einen Umschlag der Hotelleitung mit der Rechnung über die letzten vierzehn Tage. Als ich ihn aufhob, überraschte ich mich selbst: ich kauerte, roch den Duft des Geißblattes, der schon ins Zimmer drängte, fühlte mich erwartungsvoll und traurig, ohne neuen Grund, auf den ich mit dem Finger hätte weisen können. Ich half mir mit einem Zündholz aus, um das »Avis aux passagers«, das an der Tür hing, nochmals lesen zu können, und zündete wieder meine Pfeife an. Ich wusch mir viele Minuten lang die Hände und spielte dabei mit der Seife und sah mich im Spiegel des Waschbeckens an, fast schon im Dunkeln, bis ich das schmale, weiße, schlechtrasierte Gesicht unterscheiden konnte – vielleicht das einzig weiße von allen Hotelgästen. Es war mein Gesicht; die Veränderungen der letzten Monate hatten nicht wirklich Gewicht. Irgendwer ging durch den Garten und sang dabei halblaut. Die Gewohnheit, mit der Seife zu spielen, war beim Tod Juliáns entstanden, vielleicht in der Nacht der Totenwache.

Ich ging ins Schlafzimmer zurück, angelte mit einem Fuß den Koffer unter dem Bett hervor und öffnete ihn. Es war ein blödsinniger Ritus, es war ein Ritus; aber vielleicht war es für alle besser, wenn ich mich treu an diese Art Wahnsinn hielt, bis er oder ich verbraucht war. Ich suchte, ohne zu schauen, schob Wäsche und zwei kleine Bücher zur Seite, dann hatte ich endlich die zusammengefaltete Zeitung. Ich kannte den Bericht auswendig; er war der richtigste, irrigste, respektvollste aller veröffentlichten Berichte. Ich schob den Sessel ins Licht und sah die schwarze, über die ganze Seite gehende, bereits vergilbende Schlagzeile an, ohne sie zu lesen: »Selbstmord eines flüchtigen Kassierers.« Darunter das Foto, die grauen Flecken, die das Gesicht eines Mannes bildeten, der die Welt voller Erstaunen betrachtete; der Mund lächelte fast unter dem Schnurrbart mit nach unten weisenden Spitzen. Ich dachte daran, wie unfruchtbar es war, vor ein paar Minuten an das Mädchen gedacht zu haben wie an den möglichen Anfangsbuchstaben irgendeines Satzes, der in einer anderen Umgebung widerhallen könne. Meine Umgebung war eine besondere, enge, nicht zu ersetzende Welt. Hier gab es keine andere Freundschaft, keine Anwesenheit, kein anderes Gespräch als das, was von diesem Gespenst mit dem schmachtenden Schnurrbart abgesondert werden konnte. Manchmal erlaubte es mir, zwischen Julián und dem »Flüchtigen Kassierer« zu wählen.

Jeder wird zugeben, daß er auf den jüngeren Bruder Einfluß ausüben kann oder ausgeübt hat. Aber Julián war – bis vor einem Monat und ein paar Tagen – etwas mehr als fünf Jahre älter. Trotzdem, ich muß schreiben: trotzdem. Ich war vielleicht geboren worden, um seine Stellung als einziger Sohn zu erschüttern; ich hatte ihn vielleicht durch meine Phantasien, durch meine so geringe Verantwortlichkeit gezwungen, sich in den Mann zu verwandeln, der er dann wurde: zuerst in den armen Teufel, der auf eine Beförderung stolz war, und dann in den Dieb. Natürlich auch in den anderen, den relativ jung Verstorbenen, den wir alle sahen, den aber nur ich als Bruder erkennen konnte.

Was bleibt mir von ihm? Eine Reihe Kriminalromane, die eine oder andere Kindheitserinnerung, Kleidung, die ich nicht tragen kann, denn sie ist mir zu knapp und zu kurz. Und das Foto in der Zeitung unter der langen Schlagzeile. Ich verachtete es, wie er das Leben annahm; ich wußte, daß er Junggeselle war, weil er keinen Mut hatte; ich ging so oft, und fast immer bummelnd, am Friseurladen vorbei, wo er sich täglich rasieren ließ. Mich ärgerte seine Ergebenheit; es fiel mir schwer, daran zu glauben. Ich wußte, daß er pünktlich jeden Freitag den Besuch einer Frau empfing. Er war liebenswürdig, unfähig, jemandem zur Last zu fallen, und nachdem er dreißig geworden war, entströmte seiner Weste ein Geruch nach Alter. Ein Geruch, den man nicht definieren kann, von dem man nicht weiß, woher er kommt. Wenn er zweifelte, machte sein Mund dieselbe Grimasse wie der Mund unserer Mutter. Wäre ich frei von ihm gewesen, er wäre nie mein Freund geworden; nie hätte ich ihn mir ausgesucht oder als Freund akzeptiert. Worte sind schön oder wollen es sein, solange sie etwas erklären sollen. Alle diese Worte sind aber schon ihrer Herkunft nach unpassend und unbrauchbar. Er war mein Bruder.

Arturo pfiff im Garten, kletterte das Geländer hoch, war gleich darauf im Zimmer, mit einem Bademantel bekleidet, und schüttelte Sand aus dem Haar, während er ins Badezimmer ging. Ich sah, wie er sich duschte, und versteckte die Zeitung zwischen Bein und Sessellehne. Aber ich hörte, wie er schrie:

»Immer das Gespenst!«

Ich antwortete nicht und zündete die Pfeife wieder an. Arturo kam summend aus dem Bad und schloß die Tür, die in die Nacht hinausging. Er warf sich auf das Bett, zog sich die Unterwäsche an und kleidete sich weiter an.

»Und der Bauch wächst«, sagte er. »Ich habe fast nichts gegessen, bin immer bis zur Mole geschwommen. Und das Resultat? Der Bauch wächst weiter. Ich hätte alles mögliche wetten können, daß unter allen Menschen, die ich kenne, dir das nicht hätte passieren können. Und es passiert dir, es passiert dir allen Ernstes. Es ist ungefähr einen Monat her, oder?«

»Ja. Achtundzwanzig Tage.«

»Und du hast sie sogar gezählt«, sagte Arturo. »Du kennst mich gut. Ich sage das ohne Verachtung. Achtundzwanzig Tage, daß dieser Unglückselige sich erschossen hat, und du, kein Geringerer als du, spielst den Reumütigen. Wie eine hysterische alte Jungfer. Von denen gibt es nämlich solche und solche. Es ist unglaublich.«

Er setzte sich an den Bettrand, trocknete die Füße ab und zog sich die Socken an.

»Ja«, sagte ich. »Wenn er sich erschossen hat, war er offensichtlich nicht sehr glücklich. Nicht so glücklich, zumindest, wie du in diesem Augenblick.«

»Und du mußt dir den Kopf zerbrechen«, sagte Arturo. »Als ob du ihn umgebracht hättest! Und frag mich nicht wieder …«, er hielt inne und betrachtete sich im Spiegel, »frag mich nicht mehr, ob an einem Ort mit siebzehn Dimensionen du die Schuld daran hast, daß dein Bruder sich erschossen hat.«

Er zündete sich eine Zigarette an und streckte sich auf dem Bett aus. Ich stand auf, legte ein Kissen auf die schlagartig veraltete Zeitung und begann durch das heiße Zimmer zu gehen.

»Wie schon gesagt, ich fahre heute nacht«, sagte Arturo. »Was willst du tun?«

»Ich weiß es nicht«, antwortete ich sanft und gleichgültig. »Fürs erste bleibe ich. Der Sommer dauert noch seine Zeit.«

Ich hörte Arturo seufzen und hörte, wie das Seufzen zu einem ungeduldigen Pfeifen wurde. Er stand auf und warf die Zigarette in die Toilette.

»Meine moralische Pflicht wäre es, dir ein paar Fußtritte zu geben und dich mitzunehmen. Du weißt, daß es drüben anders ist. Wenn du richtig betrunken bist, am Morgen, und an etwas anderes denkst, ist das vorbei.«

Ich zuckte mit der Schulter, nur mit der linken, und erkannte, daß Julián und ich diese Bewegung geerbt hatten, ohne daß wir es uns hätten aussuchen können.

»Ich sag es dir noch einmal«, sagte Arturo und steckte sich ein Tüchlein in die Brusttasche. »Ich sage es dir, ich wiederhole es, mit ein wenig Grimm und dem Respekt, den ich vorhin schon gezeigt habe. Hast du deinem unglückseligen Bruder geraten, sich zu erschießen, um sich aus der Schlinge zu ziehen? Hast du ihm gesagt, er soll chilenische Pesos kaufen und sie gegen Lire eintauschen, die Lire gegen Franken, die Franken gegen Schwedenkronen, die Kronen gegen Dollar, die Dollar gegen Pfund und die Pfund gegen gelbseidene Unterröcke? Nein, schüttle nicht den Kopf! Kain tief in der Höhle! Ich will ein Ja oder ein Nein! Obwohl ich keine Antwort brauche. Hast du es ihm geraten, und das ist das einzige, was zählt: daß er stehlen soll? Nie! Du bist dazu nicht fähig. Ich habe es dir schon oft gesagt. Und du wirst nicht herausfinden, ob das ein Lob oder ein Vorwurf ist. Du hast ihm nicht gesagt: stiehl! Also?«

Ich setzte mich wieder in den Sessel.

»Wir haben von alldem gesprochen, jedesmal. Du fährst noch heute abend?«

»Ja, mit dem Bus um neun Uhr soundsoviel. Ich habe noch fünf Tage frei und denke nicht daran, mich mit Gesundheit vollzupumpen und dann das alles dem Büro zu schenken.«

Arturo wählte eine Krawatte und begann den Knoten zu binden.

»Das hat keinen Sinn«, sagte er wieder vor dem Spiegel. »Ich gebe zu, ich habe mich auch das eine oder andere Mal mit einem Gespenst eingeschlossen. Der Versuch ging immer schlecht aus.

Aber das mit deinem Bruder, wie du es jetzt treibst ... Ein Gespenst mit einem Schnurrbart aus Draht. Nie! Das Gespenst kommt natürlich nicht aus dem Nichts. In diesem Fall kommt es aus dem Unglück. Es war dein Bruder, wir wissen es. Aber jetzt ist es das Genossenschaftsgespenst mit dem Schnurrbart eines russischen Generals ...«

»Im Ernst, der letzte Augenblick?« fragte ich leise; ich bat um nichts, ich wollte nur meine Pflicht erfüllen, ich weiß bis heute nicht, wem oder was gegenüber.

»Der letzte Augenblick«, sagte Arturo.

»Ich sehe die Sache wohl. Ich habe auch nicht den Schatten einer Andeutung gemacht, er solle das Geld der Genossenschaft für seine Geldtauscherei verwenden. Aber als ich ihm eines Abends erklärte, nur um ihm Mut zu machen oder damit sein Leben weniger langweilig wäre, um zu zeigen, daß es Dinge gibt, die in der Welt gemacht werden könnten, um Geld damit zu verdienen und es auszugeben, abgesehen vom Gehalt, das man am Monatsende bekommt ...«

»Ich weiß schon«, sagte Arturo und setzte sich gähnend auf das Bett. »Ich habe zu lang geschwommen, ich bin für Heldenstücke zu alt. Aber es war der letzte Tag. Ich kenne die ganze Geschichte. Erklär mir jetzt – und ich mache dich darauf aufmerksam: der Sommer geht zu Ende –, was du damit gutmachst, wenn du dich hier einschließt? Erklär mir, welche Schuld du hast, wenn der andere einen Unsinn macht?«

»Ich habe eine Schuld«, murmelte ich mit halbgeschlossenen Augen, den Kopf an der Sessellehne; ich sprach die Worte langsam und einzeln aus. »Es ist die Schuld meiner Begeisterung, vielleicht auch meiner Lüge. Ich habe die Schuld, mit Julián zum erstenmal von einer Sache geredet zu haben, die sich nicht genau bezeichnen läßt und die man die Welt nennt. Ich habe die Schuld, daß ich ihn spüren ließ – ich sage nicht, glauben –, daß alles, was ich die Welt nannte, für ihn dasein würde, wenn er das Risiko auf sich nähme.«

»Na und?« sagte Arturo und betrachtete seine Frisur von fern im Spiegel. »Bruder! Das alles ist ein ausgemachter Blödsinn. Schön, auch das Leben ist ein ausgemachter Blödsinn. Eines Tages geht diese Phase vorbei, such mich dann auf. Zieh dich jetzt an, laß uns noch einige Gläschen vor dem Essen trinken. Ich muß frühzeitig weg. Aber, bevor ich es vergesse, will ich dir noch ein letztes Argument mitteilen. Vielleicht nützt es etwas.«

Er faßte mich an der Schulter und suchte meine Augen.

»Hör mir zu«, sagte er, »bei all diesem ausgemachten und glücklichen Blödsinn – ist dein Bruder Julián richtig mit dem gestohlenen Geld umgegangen? Hat er den Unsinn, den du ihm da gesagt hast, genauso übernommen und dementsprechend das Geld verwendet?«

»Er?« Und ich stand erstaunt auf. »Ich bitte dich! Als er zu mir kam, war schon nichts mehr zu machen. Zu Anfang, da bin ich fast sicher, hat er gut gekauft. Aber gleich darauf bekam er Angst und machte unglaubliche Sachen. Ich kenne die Details nur ungenau. Es war so etwas wie eine Kombination von Wertpapieren und Devisen, von Rot und Schwarz und Rennpferden.«

»Siehst du?!« Und Arturo nickte. »Das ist der Unzurechnungsfähigkeitsbeweis. Ich gebe dir fünf Minuten zum Anziehen und Nachdenken. Ich warte an der Theke auf dich.«

3

Wir tranken ein paar Gläschen, während Arturo in der Brieftasche nach der Fotografie einer Frau suchte.

»Ich hab sie nicht«, sagte er endlich. »Ich hab sie verloren. Die Fotografie, nicht die Frau. Ich wollte sie dir zeigen, denn sie hat etwas Unverwechselbares, das wenige an ihr entdecken. Und bevor du verrückt geworden bist, hast du davon etwas verstanden.«

Und da waren jetzt, dachte ich, die Kindheitserinnerungen, und sie würden kommen und während der nächsten Tage, Wochen oder Monate immer klarer werden. Und da war auch die trügerische, vielleicht wohlüberlegte Deformation der Erinnerungen. Im besten Fall würde es die von mir nicht getroffene Wahl sein. Ich würde uns sehen müssen, flüchtig oder in Alpträumen, in lächerlichen Kleidern, wie wir in einem feuchten Garten spielten oder uns in einem Schlafzimmer prügelten. Er war der ältere, aber schwach. Er war duldsam und gut gewesen; er nahm meine Schuld auf sich; er log sanftmütig, wenn man ihn nach den Spuren fragte, die meine Schläge in seinem Gesicht hinterlassen hatten; wenn eine Tasse zerbrochen war, wenn ich zu spät kam. Es war merkwürdig, daß das alles noch nicht begonnen hatte, während der Ferienwochen im Herbst, am Strand; vielleicht hielt ich, ohne es zu wollen, den Strom mit den Zeitungsberichten und den Erinnerungen an die zwei letzten Nächte auf. In einer war Julián am Leben, in der darauffolgenden tot. Die zweite Nacht war unwichtig, und versuchte ich sie zu deuten, schlug es immer fehl.

Es war die Totenwache; der Unterkiefer begann ihm langsam herunterzuhängen; die Kopfbinde ließ nach; er wurde lange vor dem Morgengrauen gelb. Ich war sehr beschäftigt; ich bot Getränke an und dachte, wie gleichförmig doch alle Klagen waren. Julián war fünf Jahre älter als ich und hatte schon vor einiger Zeit die Vierzig überschritten. Er hatte nie etwas Besonderes vom Leben verlangt; vielleicht nur, daß man ihn in Frieden lasse. Er kam und ging, wie von Kind auf, als bitte er um Erlaubnis. Dieses Erdendasein, nicht erstaunlich, aber lang, von mir verlängert, hatte ihm nicht einmal dazu gedient, sich zu entwickeln. Alle diese wispernden, schlaffen Kaffee- oder Whiskytrinker waren einer Meinung, sie beurteilten und bejammerten den Selbstmord als Fehler. Denn mit einem guten Verteidiger und ein paar Jahren Gefängnis ... Außerdem erschien allen dieses Ende, das langsam zu riechen begann, unangemessen und grotesk, in Relation zum Vergehen. Ich dankte und nickte; dann lief ich mit Getränken und leeren Gläsern zwischen Vestibül und Küche hin und her. Ich versuchte mir vorzustellen, ohne einen Anhaltspunkt zu haben, was das billige Frauenzimmer dachte, das Julián jeden Freitag oder Montag aufgesucht hatte, an Tagen, wo die Kunden seltener sind. Ich fragte mich, wie die unsichtbare, niemals öffentlich gemachte Wahrheit ihrer Beziehung sein mochte. Ich fragte mich, wie sie das beurteilen mochte, wobei ich ihr eine unmögliche Intelligenz zuschrieb. Was mochte sie, die es auf sich nahm, jeden Tag eine Prostituierte zu sein, von Julián denken, der es nur ein paar Wochen ertrug, ein Dieb zu sein, der es dann aber nicht, wie sie, ertragen konnte, daß die Dummköpfe, die die Welt bevölkern und ausmachen, von seinem Scheitern erfuhren. Aber sie kam die ganze Nacht nicht, zumindest bemerkte ich kein Gesicht, keine Frechheit, kein Parfüm, keine Demut, die man ihr hätte zuschreiben können.

Arturo hatte, ohne sich vom Barhocker der Theke wegzurühren, Fahr- und Platzkarte für den Bus erhalten. Neun Uhr fünfundvierzig.

»Es ist noch genug Zeit. Ich kann das Foto nicht finden. Heute mit dir zu reden ist zwecklos. Ein anderes Mal, mein Junge.«

Ich sagte schon, daß die Nacht der Totenwache nicht wichtig war. Die vorhergehende ist viel kürzer, schwieriger. Julián hätte mich auf dem Gang vor der Wohnung erwarten können. Aber er dachte schon an die Polizei und war im Regen herumgegangen, bis er Licht in meinem Fenster sehen konnte. Er war durchnäßt – er war ein Mann, dazu geboren, einen Regenschirm zu benützen, und hatte ihn vergessen –, er nieste mehrmals, entschuldigte sich, witzelte darüber, bevor er sich in die Nähe des Elektroofens setzte, bevor er meine Wohnung benutzte. Ganz Montevideo kannte die Geschichte der Genossenschaft, und wenigstens die Hälfte der Zeitungsleser wünschte zerstreut, daß man nichts mehr vom flüchtigen Kassierer erfahren möge.

Aber Julián hatte nicht eineinhalb Stunden im Regen gewartet, um mich aufzusuchen, sich zu verabschieden und den Selbstmord anzukündigen. Wir tranken ein paar Gläser. Er nahm den Alkohol an, ohne Getue und ohne Widerstand:

»Jetzt also …«, murmelte er fast lachend und zuckte dabei mit der Schulter.

Trotzdem war er gekommen, um mir auf seine Weise Adieu zu sagen. Die Erinnerung war unvermeidlich: an unsere Eltern zu denken, an das Haus unserer Kindheit, das inzwischen abgerissen war. Er strich über den langen Schnurrbart und sagte besorgt:

»Es ist merkwürdig. Immer dachte ich, du weißt es, ich nicht. Von Kind auf. Und ich glaube nicht, daß es dabei um ein Problem von Charakter oder Intelligenz geht. Es ist etwas anderes. Es gibt Menschen, die passen sich instinktiv an die Welt an. Du etwa – und ich nicht. Mir fehlte immer der nötige Glauben«, und er strich sich über das unrasierte Kinn. »Auch geht es nicht darum, daß ich mit meinen Deformationen oder Lastern hätte kämpfen müssen. Es gab da kein Handicap; zumindest habe ich es nie kennengelernt.«

Er hielt inne und leerte das Glas. Er hob den Kopf, den ich mir jetzt seit einem Monat täglich auf der ersten Seite einer Zeitung ansehe, und zeigte die gesunden, vom Tabak gelblichen Zähne.

»Aber«, fuhr er fort und stand auf, »deine Kombination war sehr gut. Du hättest sie einem anderen schenken sollen. Du kannst nichts für den Bankrott.«

»Manchmal klappt es, dann wieder nicht«, sagte ich. »Du wirst bei diesem Regen nicht weggehen. Du kannst hier für immer bleiben, so lange du willst.«

Er stützte sich auf die Lehne eines Sessels und spottete, ohne mich anzusehen:

»Bei diesem Regen … Für immer … So lange …« Und er näherte sich mir und faßte mich an einem Arm. »Entschuldige. Es wird Ärger geben. Immer gibt es Ärger.«

Und schon war er fort. Er sagte mir mit seiner stets zusammengeduckten Gegenwart Adieu, mit dem gepflegten, gutmütigen Schnurrbart, mit der Andeutung alles Toten und Aufgelösten, die das Blut trotz allem in ein paar Minuten zu schaffen fähig war und ist.

Arturo sprach von Betrügereien bei den Pferderennen. Er sah auf die Uhr und bestellte beim Barmann das letzte Glas. »Aber mit mehr Gin, bitte«, sagte er.

Und da ertappte ich mich, ohne zuzuhören, wie ich meinen toten Bruder mit dem Mädchen auf dem Fahrrad verband. Ich wollte mich nicht an seine Kindheit und an seine passive Güte erinnern, sondern nur an das armselige Lächeln, die bescheidene Körperhaltung während unserer letzten Zusammenkunft. Wenn man das so nennen kann, was ich zwischen uns geschehen ließ, als er durchnäßt in meine Wohnung kam, um mir Adieu zu sagen, zeremoniell wie immer.

Ich wußte nichts von dem Mädchen mit dem Fahrrad. Aber da spürte ich, plötzlich, während Arturo von Ever Perdomo oder der schlechten Situation im Fremdenverkehr redete, wie mir, bis in die Kehle hinein, eine Welle des alten, ungerechten, fast immer falschen Mitleids kam. Es stand außer Zweifel, daß ich sie liebte und beschützen wollte. Ich konnte nicht erraten, wovor oder wogegen. Ich versuchte wütend, sie vor sich selber, vor irgendeiner Gefahr zu schützen. Ich hatte sie unsicher und herausfordernd gesehen, ich hatte sie angeschaut, wie sie das hochmütige Gesicht des Unglücks hob. Das kann dauern, aber immer zahlt man im voraus unangemessen. Mein Bruder hatte mit allzu großer Naivität bezahlt. Im Fall des Mädchens – vielleicht würde ich sie nicht wiedersehen – war die Schuld eine andere. Aber beide stimmten, auf ganz verschiedene Weise, in einer erwünschten Annäherung an den Tod überein, an die endgültige Erfahrung. Julián, indem er nicht mehr war; das Mädchen mit dem Fahrrad, indem es alles sein wollte, und das rasch.

»Aber«, sagte Arturo, »auch wenn man dir nachweist, daß alle Rennen abgesprochen sind, würdest du doch weiter wetten. Schau, ich fahre, und prompt fängt es an zu regnen.«

»Sicher«, antwortete ich, und wir gingen in den Speisesaal. Ich sah sie sofort.

Sie saß neben einem Fenster, atmete die stürmische Nachtluft, hatte reiches, dunkles, starkes Haar, das der Wind über Stirn und Augen wehte; Stellen matter Sommersprossen – jetzt, im unerträglichen Lichtkegel des Speisesaals – auf den Wangen und der Nase, während die kindlichen und wäßrig hellen Augen zerstreut den dunklen Himmel oder die Münder ihrer Tischgenossen anschauten; magere, starke nackte Arme vor einer Art von gelbem Abendkleid, die Schultern von den Händen geschützt.

Ein alter Mann saß neben ihr und unterhielt sich mit der Frau ihm gegenüber, jung, den weißen, fleischigen Rücken uns zugewandt, mit einer wilden Rose in der Frisur über dem Ohr. Wenn sie sich bewegte, trat der kleine weiße Kreis der Blume in das zerstreute Profil des Mädchens und verließ es wieder. Wenn die Frau lachte, dabei den Kopf zurückwarf und die Haut ihres Rückens glänzte, blieb das Gesicht des Mädchens geistesabwesend gegen die Nacht.

Ich redete mit Arturo, schaute zu dem Tisch hin, versuchte zu erraten, woher ihr Geheimnis kam, ihr Gefühl, sie sei etwas Außergewöhnliches. Ich wollte für immer friedlich bei dem Mädchen bleiben und ihr Leben behüten. Ich sah, wie sie beim Kaffee rauchte; jetzt hingen ihre Blicke am langsamen Mund des alten Mannes. Plötzlich schaute sie mich an, wie zuvor auf dem Weg, mit den gleichen ruhigen und herausfordernden Augen, die es gewohnt waren, Verachtung zu sehen oder zu vermuten. Mit unerklärlicher Verzweiflung hielt ich die Blicke des Mädchens aus und drehte meine Augen gegen den jugendlichen, langen, noblen Kopf; floh vor dem unfaßbaren Geheimnis, um in dem nächtlichen Sturm zu stochern, um die Intensität des Himmels zu erobern und sie gebieterisch auszuschütten über jenes Mädchengesicht, das mich unbeweglich und ausdruckslos beobachtete. Das Gesicht, das ohne Vorsatz, ohne es zu wissen, gegen mein ernstes, verbrauchtes Männergesicht die jugendliche Sanftheit und Bescheidenheit violetter, sommersprossiger Wangen strömen ließ.

Arturo lächelte beim Rauch einer Zigarette.

»Auch du, Brutus?« fragte er.

»Auch ich – was?«

»Das Mädchen mit dem Fahrrad, das Mädchen am Fenster. Wenn ich nicht jetzt gleich fortmüßte …«

»Ich verstehe dich nicht.«

»Die dort, im gelben Kleid. Hattest du sie vorher noch nicht gesehen?«

»Einmal. Heute nachmittag, von der Veranda aus. Bevor du vom Strand zurückgekommen bist.«

»Liebe auf den ersten Blick«, nickte Arturo. »Die reine Jugend und die von Narben bedeckte Erfahrung. Eine hübsche Geschichte. Aber, ich gestehe, es gibt jemanden, der sie besser erzählt. Warte.«

Der Kellner kam und räumte Teller und Obstschüssel ab.

»Kaffee?« fragte er. Er war klein und hatte ein finsteres Affengesicht.

»Naja«, lächelte Arturo, »was man hier so Kaffee nennt. Man sagt ja auch zu dem Mädchen im gelben Kleid neben dem Fenster Fräulein. Mein Freund ist sehr neugierig, er möchte etwas über die nächtlichen Ausflüge der Kleinen erfahren.«

Ich knöpfte das Sakko auf und suchte die Augen des Mädchens. Aber ihr Kopf hatte sich zur Seite gewandt; der schwarze Ärmel des alten Mannes schnitt diagonal über das gelbe Kleid. Gleich darauf neigte sich die blumengeschmückte Frisur der Frau und verdeckte das sommersprossige Gesicht. Von dem Mädchen war nur ein wenig vom schwarzen Haar zu sehen, das oben, wo das Licht hinfiel, metallisch leuchtete. Ich dachte an die Magie der Lippen, des Blickes; Magie ist ein Wort, das ich nicht erklären kann, aber ich bin gezwungen, es niederzuschreiben, ohne die Möglichkeit, es durch ein anderes zu ersetzen.

»Nichts Schlimmes«, fuhr Arturo, zum Kellner gewandt, fort. »Der Herr, mein Freund, interessiert sich fürs Radfahren. Sag mal. Was geht nachts vor sich, wenn Papi und Mami, falls es sie gibt, schlafen?«

Der Kellner wiegte sich lächelnd, die leere Obstschüssel in Schulterhöhe.

»Nichts weiter«, sagte er endlich. »Es ist bekannt. Gegen Mitternacht fährt das Fräulein mit dem Fahrrad weg, manchmal in den Wald, dann wieder in die Dünen« – es war ihm gelungen, ernst zu werden, und er wiederholte ohne Bosheit: »Was soll ich Ihnen sagen? Ich weiß nicht mehr, auch wenn man das sagt. Ich habe nie zugesehen. Sie kommt mit zerzaustem Haar und ohne Schminke zurück. Eines Nachts hatte ich Dienst; ich traf sie, und sie drückte mir zehn Pesos in die Hand. Die englischen Burschen im Atlantic reden viel. Aber ich sage nichts, denn ich habe nichts gesehen.«

Arturo lachte und schlug dem Kellner auf den Schenkel.

»Da hast du es!« sagte er, als handelte es sich um einen Sieg.

»Entschuldigen Sie«, fragte ich den Kellner, »wie alt mag sie sein?«

»Das Fräulein?«

»Manchmal heute nachmittag dachte ich, sie sei ein Kind; jetzt wirkt sie älter.«

»Das weiß ich sicher, mein Herr«, sagte der Kellner, »den Büchern nach ist sie fünfzehn, sie wurde vor ein paar Tagen fünfzehn. Zwei Kaffee also?« Und er verbeugte sich, bevor er ging.

Ich versuchte unter dem fröhlichen Blick Arturos zu lächeln; die Hand mit der Pfeife zitterte mir auf der Ecke der Tischdecke.

»Jedenfalls«, sagte Arturo, »ob nun was herauskommt oder nicht, ist es ein interessanteres Leben, als mit einem schnauzbärtigen Gespenst eingesperrt zu sein.«

Als sie den Tisch verließ, sah mich das Mädchen wieder an, jetzt von ihrer Höhe aus, eine Hand war noch wie von ungefähr in die Serviette verwickelt, während die Luft des Fensters die struppigen Haare über der Stirn bewegte und ich nicht mehr an das glaubte, was der Kellner erzählt hatte und was Arturo akzeptierte.

Auf der Terrasse, mit Koffer und den Mantel über dem Arm, klopfte Arturo mir auf die Schulter.

»Eine Woche, und wir sehen uns wieder. Ich komme im Schlaraffenland vorbei und finde dich an einem Tisch, wieder zur Vernunft gekommen. Also, schöne Fahrradtouren!«

Er sprang in den Garten und ging zu den Autos, die vor der Terrasse parkten. Als Arturo durch die Lichter ging, zündete ich die Pfeife an, lehnte mich auf das Geländer und roch die Luft. Das Gewitter schien schon weit weg zu sein. Ich kehrte ins Schlafzimmer zurück, lag auf dem Bett, hörte der Musik zu, die mit Unterbrechungen aus dem Speisesaal des Hotels kam, wo man vielleicht schon zu tanzen begonnen hatte. Ich schloß die Hitze der Pfeife mit der Hand ein und glitt in einen zähen Traum, in eine ölige Welt ohne Luft, in der ich verdammt war, mit außerordentlicher Anstrengung und lustlos mit offenem Mund vorwärts zu gehen, auf den Ausgang zu, wo das intensive, gleichgültige Morgenlicht schlief, unerreichbar.

Ich erwachte schwitzend und setzte mich wieder in den Sessel. Weder Julián noch die Kindheitserinnerungen waren in diesem Alptraum aufgetaucht. Ich vergaß den Traum, den ich im Bett gehabt hatte, atmete die Sturmluft ein, die durch das Fenster kam, mit dem Geruch nach Frau, träge und warm. Fast ohne mich zu bewegen, zog ich das Papier unter meinem Körper hervor und schaute die Schlagzeile, das verblichene Foto Juliáns an. Ich ließ die Zeitung fallen, zog mir einen Regenmantel über, löschte das Schlafzimmerlicht und sprang vom Geländer auf die weiche Gartenerde. Der Wind zischte ein dumpfes S und umfuhr meine Hüften. Ich entschied, den Rasen zu überqueren, bis ich zu dem Stück Sand kam, wo das Mädchen am Nachmittag gesessen hatte. Die grauen Strümpfe, von Piniennadeln gespickt, dann die nackten Füße in den Händen, den kleinen Hintern flach auf dem Boden. Der Wald befand sich zu meiner Linken, die Dünen zur Rechten; alles war schwarz, der Wind schlug mir jetzt ins Gesicht. Ich hörte Schritte und sah gleich darauf das strahlende Lächeln des Kellners, das Affengesicht neben meiner Schulter.

»Kein Glück«, sagte der Kellner. »Sie hat Sie versetzt.«

Ich wollte ihn verprügeln, beschwichtigte aber sofort die Hände, die sich in den Taschen des Regenmantels zusammenballten, ich keuchte dem Tosen des Meeres entgegen, reglos, mit halb offenem Mund, entschlossen und voller Selbstmitleid.

»Vor vielleicht zehn Minuten ist sie herausgekommen«, fuhr der Kellner fort. Ohne ihn anzusehen, wußte ich, daß er aufgehört hatte zu lächeln und den Kopf nach links drehte. »Sie können jetzt noch warten, bis sie zurückkommt. Das wird ihr einen schönen Schrecken einjagen ...«

Ich knöpfte langsam den Regenmantel auf, ohne mich umzuwenden, holte einen Schein aus der Hosentasche und gab ihn dem Kellner. Ich wartete, bis ich seine zum Hotel gehenden Schritte nicht mehr hörte. Dann neigte ich den Kopf, die Füße fest auf dem federnden Boden und dem Gras, wo sie sich aufgehalten hatte, eingewickelt in die Erinnerung, der Körper des Mädchens und ihre Bewegungen am fernen Nachmittag, beschützt vor mir selber und meiner Vergangenheit durch eine bereits unvergängliche Atmosphäre aus Glauben und Hoffnung ohne Bestimmung, und atmete in der warmen Luft, wo alles vergessen war.

4

Ich sah sie plötzlich unter dem übertrieben großen Herbstmond. Sie ging allein den Strand entlang, wich geschickt den Felsen und den glänzenden, größer werdenden Lachen aus; sie schob das Rad, war jetzt ohne das komische gelbe Kleid, mit knapp sitzender Hose und einer Seemannsjacke. Nie hatte ich sie in diesem Aufzug gesehen, und ihr Gang hatte noch keine Zeit gehabt, mir vertraut zu werden. Aber ich erkannte sie sogleich und ging fast direkt über den Strand auf sie zu.

»Abend«, sagte ich.

Kurz darauf wandte sie sich um und sah mir ins Gesicht; sie blieb stehen und drehte das Rad dem Wasser zu. Sie sah mich eine Zeitlang aufmerksam an und hatte etwas Einsames, Schutzloses, als ich sie wieder grüßte. Jetzt antwortete sie. Über dem öden Strand kreischte die Stimme wie ein Vogel. Es war eine unangenehme, fremde Stimme, ganz getrennt von ihr, von dem traurigen, schmalen Gesicht; es war, als habe sie eben eine Sprache, ein Konversationsthema in einer fremden Sprache erlernt. Ich streckte einen Arm aus, um das Fahrrad zu halten. Jetzt blickte ich in den Mond, sie stand geschützt im Schatten.

»Wo gehen Sie hin?« fragte ich und fügte hinzu: »Kind.«

»Nirgendwohin«, klang mühsam die befremdliche Stimme. »Ich gehe nachts gern am Strand entlang.«

Ich dachte an den Kellner, an die englischen Burschen im Atlantic; ich dachte an alles, was ich für immer verloren hatte, ohne eigene Schuld, ohne gefragt worden zu sein.

»Man sagt ...«, fing ich an. Das Wetter war umgeschlagen, weder Kälte noch Wind. Ich half dem Mädchen, das Fahrrad auf dem Sand, am Rand des Meeresrauschens, zu halten, und hatte ein Gefühl der Einsamkeit, das mir niemand vorher gestattet hatte; Einsamkeit, Frieden und Vertrauen.

»Wenn Sie nichts anderes zu tun haben ... Man sagt, hier ganz in der Nähe gibt es ein Schiff, das in Bar und Restaurant umgebaut worden ist.«

Die harte Stimme wiederholte mit unerklärlicher Freude:

»Man sagt, hier ganz in der Nähe gibt es ein Schiff, das in Bar und Restaurant umgebaut worden ist.«

Ich hörte sie mühsam atmen, dann fügte sie hinzu:

»Nein, ich habe nichts zu tun. Ist das eine Einladung? Und so, in diesem Aufzug?«

»Eine Einladung. In diesem Aufzug.«

Als sie aufhörte, mich anzusehen, sah ich ihr Lächeln; sie spottete nicht, sie schien glücklich zu sein und wenig gewöhnt an das Glück.

»Sie saßen mit Ihrem Freund am Nebentisch. Ihr Freund ist heute nacht fort. Als ich aus dem Hotel fuhr, hat mir ein Nagel den Radmantel durchbohrt.«

Es irritierte mich, daß sie an Arturo dachte; ich nahm ihr die Lenkstange aus der Hand, und wir gingen den Strand entlang, bis zum Schiff.

Zwei- oder dreimal sagte ich eine leblose Phrase; aber sie antwortete nicht. Hitze und stürmische Luft wurden stärker. Ich fühlte, wie das Mädchen neben mir traurig wurde; ich beobachtete, wie sie verbissen lief, den Körper entschlossen aufrecht hielt; sah den knabenhaften Hintern, den die gewöhnliche Hose knapp umschloß.

Das Schiff hing etwas schief; Lichter brannten nicht.

»Kein Schiff, keine Feier«, sagte ich. »Ich bitte Sie um Entschuldigung, daß ich Sie für nichts so weit habe laufen lassen.«

Sie war stehengeblieben und betrachtete das schiefliegende Lastschiff unter dem Mond. So stand sie eine Weile, die Hände auf dem Rücken, als wäre sie allein, als habe sie mich und das Fahrrad vergessen. Der Mond senkte sich gegen den Wasserhorizont oder stieg von dort auf. Plötzlich drehte das Mädchen sich um und kam auf mich zu; ich ließ das Fahrrad nicht fallen. Sie nahm mein Gesicht in ihre rauhen Hände und drehte es, bis es im Licht war.

»Wie?« sagte sie heiser. »Du hast geredet. Noch einmal.«

Ich konnte sie fast nicht sehen, aber ich erinnerte mich an sie. Ich erinnerte mich an viele Dinge, für die sie mühelos zum Symbol wurde. Ich hatte angefangen, sie zu lieben, und die Traurigkeit kam von ihr und überflutete mich.

»Nichts«, sagte ich, »kein Schiff, keine Feier.«

»Keine Feier«, sagte sie wieder, jetzt ahnte ich das Lächeln im Schatten, weiß und knapp wie der Schaum der kleinen Wellen, die bis auf wenige Meter an den Strand herankamen. Sie küßte mich plötzlich; sie wußte, wie man küßte, und ich spürte das heiße, von Tränen feuchte Gesicht. Aber ich ließ das Fahrrad nicht los.

»Keine Feier«, wiederholte sie, und jetzt schnupperte sie mit gesenktem Kopf an meiner Brust. Die Stimme klang verstörter, beinahe guttural. »Ich mußte dein Gesicht sehen«, und von neuem hob sie mein Gesicht in den Mond. »Ich mußte wissen, daß ich mich nicht irrte. Verstehst du?«

»Ja«, log ich; und da nahm sie mir das Fahrrad aus den Händen, stieg auf und fuhr in einem weiten Kreis auf dem nassen Sand.

Als sie wieder an meiner Seite war, stützte sie sich mit einer Hand auf meiner Schulter ab, und wir kehrten um in Richtung Hotel. Wir entfernten uns von den Felsen und gingen dem Wald zu. Weder sie machte das noch ich. Sie hielt bei den ersten Pinien an und ließ das Fahrrad fallen.

»Das Gesicht. Noch einmal. Werde bitte nicht ärgerlich«, bat sie.

Gehorsam blickte ich in den Mond, zu den ersten Wolken, die am Himmel erschienen.

»Etwas«, sagte sie mit ihrer merkwürdigen Stimme, »ich möchte, daß du etwas sagst. Irgend etwas.«

Sie legte mir eine Hand auf die Brust und streckte sich, um ihre Kinderaugen meinem Mund zu nähern.

»Ich liebe dich. Und es nützt nichts. Und es ist eine andere Art des Unglücks«, sagte ich nach einer Weile und sprach fast so langsam wie sie.

Da murmelte das Mädchen: »Ärmster!«, als ob sie meine Mutter wäre, mit ihrer seltsamen Stimme, die jetzt zart und fordernd klang, und wir wurden wild und küßten uns. Wir halfen beide, sie auf das allernötigste zu entkleiden, und ich hatte plötzlich zwei Dinge, die ich nie verdient hatte: ihr Gesicht, das hingebungsvoll weinte, und das Glück unter dem Mond, die verstörende Gewißheit, daß noch niemand sie angerührt hatte.

Wir setzten uns nahe dem Hotel auf die feuchten Felsen. Der Mond war mit Wolken überzogen. Sie fing an, Steinchen zu werfen; manchmal fielen sie mit übertriebenem Geräusch ins Wasser, andere fielen nicht weit von ihren Füßen nieder. Sie schien es nicht zu bemerken.

Meine Geschichte war ernst, abgeschlossen. Ich erzählte sie mit männlicher Stimme, wild entschlossen, die Wahrheit zu sagen, gleichgültig, ob sie daran glaubte oder nicht.

Alle Dinge hatten soeben ihren Sinn verloren und konnten in Zukunft nur jenen Sinn haben, den sie ihnen geben wollte. Natürlich redete ich von meinem toten Bruder; aber jetzt, von dieser Nacht an, hatte das Mädchen – rückläufig bohrte sie sich wie eine lange Nadel in die vergangenen Tage – sich in das Hauptthema meiner Geschichte verwandelt. Manchmal hörte ich, wie sie sich bewegte und Ja sagte mit ihrer merkwürdigen, mißgebildeten Stimme. Es war auch notwendig, die Jahre anzudeuten, die uns trennten, sich deswegen übermäßig zu sorgen, so zu tun, als glaubte man verzweifelt an die Macht des Wortes unmöglich, vor den unvermeidlichen Kämpfen gehörige Mutlosigkeit zu zeigen. Ich wollte sie nichts fragen, und ihre Bestätigungen, die nicht immer genau in der Pause kamen, verlangten auch nicht nach einem Geständnis. Es gab keinen Zweifel, das Mädchen hatte mich von Julián befreit und von vielem Schutt und anderer Schlacke, die der Tod Juliáns darstellte und die er an die Oberfläche gebracht hatte; es gab keinen Zweifel, daß ich sie seit einer halben Stunde brauchte und weiterhin brauchen würde.

Ich begleitete sie bis in die Nähe der Hoteltür, und wir trennten uns, ohne uns unsere Namen zu sagen. Während sie sich entfernte, glaubte ich zu sehen, daß beide Reifen voll Luft waren. Vielleicht hatte sie mich angelogen, aber das war schon nicht mehr wichtig. Ich sah sie nicht einmal ins Hotel gehen; ich selber ging im Schatten längs der Galerie, die zu meinem Zimmer führte; ich ging mühselig zu den Dünen; ich wollte schließlich an nichts denken und das Gewitter erwarten.

Ich ging auf die Dünen zu und kehrte, als ich schon weit war, zum Hügel mit den Eukalyptusbäumen um. Ich ging langsam zwischen den Bäumen, dem zwirbelnd heulenden Wind, unter dem Donnern, das sich vom unsichtbaren Horizont her zu erheben drohte; ich schloß die Augen, um sie vor dem Zwicken des Sands im Gesicht zu schützen. Alles war dunkel, und – wie ich es nachher noch oft erzählen mußte – ich bemerkte keine Fahrradlampe, angenommen, irgendwer hätte sie am Strand benutzt; nicht einmal den Glutpunkt einer Zigarette von jemandem, der dort lief oder sich im Sand sitzend ausruhte, auf den trockenen Blättern, an einen Stamm gelehnt, mit angezogenen Beinen, müde, feucht, zufrieden. Der war ich gewesen; und obwohl ich nicht beten konnte, sagte ich Dank und weigerte mich ungläubig, es anzunehmen.

Ich war nun dort, wo die Bäume aufhörten, hundert Meter

vom Meer entfernt, den Dünen gegenüber. Ich spürte, daß meine Hände wund waren, und hielt inne, um an ihnen zu saugen. Dann ging ich auf das Meeresrauschen zu, bis ich den feuchten Sand am Ufer betrat. Ich sah, ich wiederhole es, kein Licht, keine Bewegung im Schatten; ich vernahm keine Stimme, die der Wind zerteilt oder entstellt hätte.

Ich verließ das Ufer und lief die Dünen hinauf und hinab; ich rutschte im kalten Sand, der knisternd in meine Schuhe drang; ich schob mit den Beinen die Sträucher beiseite, ich rannte fast, unbändig und mit einer Freude, die mich seit Jahren einzuholen versucht hatte und die mich jetzt erreichte; erregt, als könnte ich nie mehr stehenbleiben; ich lachte inmitten der windigen Nacht, rannte die winzigen Berge hinauf und hinab, fiel auf die Knie, entspannte schnaufend den Körper, bis ich ohne Schmerz atmen konnte, das Gesicht gegen das Gewitter gewandt, das vom Wasser her kam. Dann war es so, als wollten Mutlosigkeit und Verzicht Jagd auf mich machen; ich suchte stundenlang ohne Begeisterung den Rückweg zum Hotel. Dort traf ich dann den Kellner, redete wieder nicht mit ihm, drückte ihm zehn Pesos in die Hand. Der Mann lächelte, und ich war so müde, daß ich glaubte, er habe verstanden, daß alle verständen und für immer.

Ich schlief wieder halb bekleidet auf dem Bett wie auf dem Sand; ich hörte das Gewitter, das sich endlich entlud, geschlagen vom Donner, stürzte ich mich dürstend in das grimmige Rauschen des Regens.

5

Ich hatte mich eben rasiert, als ich am Glas der Tür, die auf die Veranda hinausging, die Finger klopfen hörte. Es war sehr früh; ich wußte, daß die Fingernägel lang und sorgfältig lackiert waren. Ohne das Handtuch wegzulegen, öffnete ich die Tür; es war nicht zu ändern, da stand sie.

Sie hatte das Haar blond gefärbt, und mit Zwanzig war sie

vielleicht blond gewesen; sie trug ein Kostüm aus Cheviot, das die Tage und vielfaches Aufbügeln gegen den Körper gepreßt hatten, und einen grünen Regenschirm, mit Elfenbeingriff, der vielleicht nie geöffnet wurde. Von den drei Dingen hatte ich zwei erraten – oder richtig vermutet – zu Lebzeiten meines Bruders und bei der Totenwache für ihn.

»Betty«, sagte sie und wandte sich um, mit dem besten Lächeln, das sie aufsetzen konnte.

Ich tat, als hätte ich sie nie gesehen, als wüßte ich nicht, wer sie sei. Das war vielleicht eine Art Kompliment, eine verdrehte Weise, taktvoll zu sein, die mich schon nichts mehr anging.

Das war, dachte ich (denn sie wird es nie wieder sein), die Frau, die ich verschwommen hinter den schmutzigen Scheiben eines Vorstadtcafés gesehen hatte, wie sie die Finger Juliáns berührte, bei den langen Vorspielen an den Freitagen oder Montagen.

»Entschuldigen Sie«, sagte sie, »daß ich von so weit her komme und Sie um diese Zeit belästige. Vor allem in diesen Augenblicken, da Sie, der beste der Brüder Juliáns ... Bis heute kann ich nicht begreifen, daß er tot ist, ich schwöre es Ihnen.«

Das Morgenlicht machte sie alt; sie mußte im Zimmer Juliáns anders erscheinen, auch im Café. Ich war bis zum Schluß der einzige Bruder Juliáns gewesen, weder der beste noch der schlechteste. Sie war alt, und es schien leicht zu sein, sie zu beruhigen. Auch ich – trotz allem, was ich gesehen und gehört hatte, trotz der Erinnerung an die vorherige Nacht am Strand – begriff den Tod Juliáns nicht ganz. Erst als ich nickte und sie mit einer Handbewegung einlud, in mein Zimmer zu kommen, entdeckte ich, daß sie einen Hut trug und ihn mit frischen, von Efeublättern umgebenen Veilchen geschmückt hatte.

»Sagen Sie Betty zu mir«, sagte sie und wählte den Sessel, der die Zeitung, das Foto, die Schlagzeile, den unentschlossen schwelgenden Bericht verbarg. »Aber es war eine Sache auf Leben oder Tod.«

Vom Gewitter war nichts übriggeblieben; die Nacht war vielleicht nicht gewesen. Ich blickte die Sonne im Fenster an, den gelben Fleck, der den Teppich zu erreichen versuchte. Trotzdem bestand kein Zweifel, ich fühlte mich anders, ich atmete gierig die Luft ein, ich hatte Lust, zu gehen und zu lächeln, und die Gleichgültigkeit – wie auch die Grausamkeit – erschienen mir als mögliche Formen der Tugend. Aber das alles war verworren; ich konnte es erst eine Weile danach verstehen.

Ich näherte mich dem Sessel und entschuldigte mich bei der Frau, bei dieser ungewöhnlichen Form von Schmutz und Unglück. Ich holte die Zeitung hervor, verbrauchte ein paar Streichhölzer und ließ die brennende Zeitung über das Geländer hinwegtanzen.

»Der arme Julián«, sagte sie hinter mir.

Ich ging in die Mitte des Zimmers zurück, zündete die Pfeife an, setzte mich auf das Bett. Ich entdeckte plötzlich, daß ich glücklich war, und versuchte zu errechnen, wie viele Jahre mich von dem Augenblick trennten, da ich zum letztenmal glücklich gewesen war. Der Rauch der Pfeife stieg mir in die Augen. Ich ließ sie bis zu den Knien sinken und betrachtete fröhlich diesen Müll im Sessel, diesen lädierten Unrat, der sich unwissend gegen den eben erstandenen Tag lehnte.

»Armer Julián«, wiederholte ich. »Ich habe das oft bei der Totenwache und nachher gesagt. Ich habe genug davon, für alles kommt die Stunde. Ich erwartete Sie bei der Totenwache; Sie sind nicht gekommen. Aber, verstehen Sie mich, dank der Mühe, Sie zu erwarten, wußte ich auch, wie Sie waren; ich hätte Sie auf der Straße treffen können und hätte Sie erkannt.«

Sie sah mich prüfend und verblüfft an und lächelte wieder. »Ja, ich glaube zu verstehen«, sagte sie.

Sie war nicht sehr alt, sie war noch weit von meinem und Juliáns Alter entfernt. Aber unsere Leben waren sehr verschieden gewesen, und was sie mir vom Sessel aus darbot, war nichts als Korpulenz, ein gerunzeltes Babygesicht, Leiden, versteckter Groll, die Schmiere des Lebens, die für immer an ihren Wangen hing, in den Mundwinkeln, in den von Falten umgebenen blauen Ringen um die Augen saß. Ich hatte Lust, sie zu schlagen und hinauszuwerfen.

Aber ich blieb ruhig, rauchte wieder und sagte mit sanfter Stimme:

»Betty. Sie haben mir die Erlaubnis gegeben, Sie Betty zu nennen. Sie sagten, es handle sich um eine Angelegenheit auf Leben oder Tod. Julián ist tot, er kommt nicht in Betracht. Was sonst also, wer sonst?«

Sie lehnte sich weit in dem Sessel mit dem farblos gewordenen Kretonne zurück, auf der Polsterung mit den barbarischen großen Blumen, und betrachtete mich wie einen möglichen Kunden: mit dem unvermeidlichen Haß, berechnend.

»Wer stirbt jetzt«, bohrte ich weiter, »Sie oder ich?«

Ihr Körper wurde schlaff, sie begann ein rührendes Gesicht zu machen. Ich sah sie an, gab zu, daß sie überzeugen konnte, und nicht nur Julián. Hinter ihr dehnte sich der Herbstmorgen, ohne Wolken, die kleine Glorie, die den Menschen geboten wird. Die Frau, Betty, drehte den Kopf und ließ ein bitteres Lächeln wachsen.

»Wer?« sagte sie gegen den Wandschrank zu. »Sie und ich. Sehen Sie – die Geschichte fängt von neuem an. Es existieren Solowechsel mit Ihrer Unterschrift, ohne Deckung, wird behauptet, und die tauchen jetzt bei Gericht auf. Und da ist die Hypothek auf meinem Haus; das einzige, was ich habe. Julián hat mir versichert, es sei nur eine Offerte, aber das Haus, das Häuschen ist mit Hypotheken belastet. Und es muß sofort bezahlt werden. Wenn wir etwas aus dem Schiffbruch retten wollen. Oder wenn wir uns retten wollen.«

Durch die Veilchen am Hut, den Schweiß im Gesicht hatte ich geahnt, daß es unvermeidlich war, früher oder später an diesem Sonnenmorgen einen ähnlichen Satz zu hören.

»Ja«, sagte ich, »es scheint, Sie haben recht, wir müssen uns verbünden und etwas tun.«

Seit vielen Jahren schon hatte ich aus der Lüge, der Komödie, der Bosheit nicht soviel Vergnügen gezogen. Aber ich war wieder jung geworden und mußte nicht einmal mir selber Erklärungen abgeben.

»Ich weiß nicht«, sagte ich unbekümmert, »was Sie von meiner Schuld am Tod Juliáns wissen, was ich dazu getan habe. Auf jeden Fall kann ich Ihnen sagen, ich habe ihm nie geraten, er solle auf Ihr Haus, Ihr Häuschen eine Hypothek aufnehmen. Aber ich will Ihnen alles erzählen. Vor ungefähr drei Monaten war ich mit Julián zusammen. Ein Bruder, der mit seinem älteren Bruder im Restaurant ißt. Und es handelte sich um Brüder, die sich nicht mehr als einmal im Jahr sahen. Ich glaube, es war der Geburtstag von irgendwem; seiner, der unserer toten Mutter. Ich weiß es nicht mehr, es ist auch gleichgültig. Das Datum, welches es auch gewesen sein mag, schien ihn zu entmutigen. Ich sprach mit ihm von einem Geschäft, beim Geldwechseln, aber ich habe ihm nie gesagt, er solle Geld bei der Genossenschaft veruntreuen.«

Sie ließ einige Zeit verstreichen, half sich mit einem Seufzer, streckte die hohen Absätze in das sonnige Viereck auf dem Teppich. Sie wartete, daß ich sie ansah, und lächelte mir wieder zu; jetzt sah sie aus wie bei irgendeinem Jahrestag, dem Juliáns oder dem meiner Mutter. Sie war Zärtlichkeit und Geduld, sie wollte mich ohne Umschweife führen.

»Ach, Kindchen«, murmelte sie, den Kopf auf einer Schulter, das Lächeln an der Grenze des Erträglichen. »Seit drei Monaten?« prustete sie. »Kindchen! Julián hat die Genossenschaft schon seit fünf Jahren bestohlen! Oder vier! Ich erinnere mich. Mein Junge, du hast da von einem Plan mit Dollars gesprochen, nicht? Ich weiß nicht, wer an dem Abend Geburtstag hatte. Ich möchte nicht respektlos sein. Aber Julián hat mir das alles erzählt; ich konnte seine Lachanfälle nicht bremsen. Er dachte ja nicht einmal daran, an diesen Plan mit den Dollars, ob das nun gut war oder schlecht. Er stahl das Geld und setzte es bei Pferderennen. Es ging gut, es ging schlecht. Und das seit fünf Jahren – bevor ich ihn kennenlernte.«

»Fünf Jahre«, wiederholte ich und biß auf die Pfeife. Ich stand auf und ging ans Fenster. Zwischen dem Gestrüpp und im Sand gab es noch Wasserlachen. Die frische Luft hatte nichts mit uns zu tun, mit niemandem.

In irgendeinem Hotelzimmer über mir schlief jetzt das Mädchen, ruhig, mit weit gespreizten Beinen, und sie begann sich zwischen der anhaltenden Verzweiflung der Träume und den warmen Laken zu rühren. Ich stellte sie mir vor, ich liebte sie immer noch, ich liebte ihren Atem, ihren Geruch, die möglichen Andeutungen der Erinnerung an die Nacht, an mich, die es in ihrer morgendlichen Benommenheit geben konnte. Ich kehrte schwerfällig vom Fenster zurück und betrachtete ohne Ekel oder Mitleid, was das Schicksal in den Sessel des Hotelschlafzimmers gesetzt hatte. Sie glättete die Aufschläge des Kostüms, das vielleicht doch nicht aus Cheviot war; sie lächelte in die Luft hinein, wartete auf meine Rückkehr, meine Stimme. Ich fühlte mich alt und kraftlos. Vielleicht leckte mir der unbekannte Hund des Glücks die Knie und die Hände; vielleicht handelte es sich um das andere, daß ich alt war und müde. Aber auf jeden Fall sah ich mich gezwungen, die Zeit vergehen zu lassen, wieder die Pfeife anzuzünden, mit der Flamme des Streichholzes zu spielen, mit ihrem Röcheln.

»Was mich betrifft«, sagte ich, »ist alles in Ordnung. Julián hat sicher keinen Revolver benutzt, um Sie zur Unterschrift für die Hypothek zu bewegen. Und ich habe nie einen Wechsel unterschrieben. Wenn er die Unterschrift gefälscht hat und so fünf Jahre lang leben konnte – ich glaube, Sie sagten fünf –, dann hatte er genug; Sie beide hatten genug. Ich sehe Sie, ich denke über Sie nach, und es ist mir ganz gleich, ob man Ihnen das Haus wegnimmt oder Sie ins Gefängnis wirft. Ich habe nie einen Wechsel für Julián unterzeichnet. Unglückseligerweise für Sie, Betty, und der Name scheint mir nicht mehr adäquat zu sein, er paßt nicht mehr zu Ihnen; es gibt da weder Risiken noch Drohungen, die wirken würden. Wir können nicht Genossen sein, und das ist immer traurig. Ich glaube, es ist für Frauen trauriger. Ich gehe auf den Gang draußen, um zu rauchen, ich will sehen, wie der Morgen wächst. Ich wäre Ihnen sehr dankbar, wenn Sie gleich gingen, wenn Sie keinen Skandal machten, Betty.«

Ich ging hinaus und beschimpfte mich leise, suchte nach Fehlern in dem wundervollen Herbstmorgen. Ich hörte, sehr weit weg, die indolenten Zoten, die sie hinter mir sagte. Und ich hörte fast gleich darauf, wie die Tür zugeschlagen wurde.

Ein blaulackierter Ford erschien in der Nähe der Häusergruppe.

Ich war klein, und diese Geschichte schien mir nicht verdient, ausgedacht von der armen, schwachen Phantasie eines Kindes. Ich hatte, als ich größer wurde, immer meine Fehler gezeigt; ich hatte immer recht, ich war bereit, zu reden und zu streiten, ohne Rückhalt, ohne Schweigen. Julián hingegen – ich empfand nun Sympathie für ihn und eine ganz andere Art von Mitleid – hatte uns alle während vieler Jahre hineingelegt. Dieser Julián, den ich erst als Toten kennengelernt hatte, lachte über mich, leicht, seit er die Wahrheit gestand und im Sarg stolz seinen Schnurrbart und sein Lächeln trug. Vielleicht lachte er noch immer über uns alle, einen Monat nach seinem Tod. Aber es nützte mir nichts, Groll oder Enttäuschung zu erfinden.

Vor allem irritierte mich die Erinnerung an unsere letzte Zusammenkunft und wie grundlos er mich angelogen hatte; ich verstand auch nicht, weshalb er mich unter Gefahren aufsuchte, um noch ein letztes Mal lügen zu können. Denn Betty diente mir nur für Mitleid oder Verachtung; aber ich glaubte an ihre Geschichte, fühlte mich sicher vor dem unaufhörlichen Schmutz des Lebens.

Ein blaulackierter Ford röhrte den Hang herauf, hinter dem Häuschen mit dem roten Dach, erreichte die Einfahrt, fuhr an der Veranda vorbei, bis vor den Eingang des Hotels. Ich sah einen Polizisten in seiner ausgebleichten Sommeruniform aussteigen, einen außerordentlich großen und dürren Mann mit einem breitgestreiften Anzug und einen graugekleideten, blonden jungen Mann ohne Hut, der bei jedem Satz lächelte und die Zigarette mit zwei ausgestreckten Fingern nahe am Mund hielt.

Der Hoteldirektor ging langsam die Treppe hinunter auf sie zu, während der Kellner der vorherigen Nacht hinter einer Säule der Vortreppe hervorkam, in Hemdsärmeln, so daß sein schwarzer Kopf glänzte. Alle redeten mit wenig Bewegung, fast ohne den Platz zu wechseln, den Platz, wo ihre Füße fest standen, und der Direktor holte ein Tüchlein aus der Innentasche des Sakkos, fuhr sich damit über die Lippen, steckte es dann sorgfältig wieder ein und holte es kurz darauf mit einer raschen Bewegung erneut hervor, drückte es zusammen und fuhr sich damit über den Mund. Ich ging ins Zimmer, um zu sehen, ob die Frau fort war; und als ich wieder auf die Galerie hinausging, als ich mir meiner eigenen Bewegungen bewußt wurde, der Saumseligkeit, mit der ich zu leben und jede Tätigkeit auszuführen wünschte, als versuchte ich mit den Händen das, was sie gemacht hatten, zu streicheln, da fühlte ich, daß ich glücklich war an dem Morgen, daß es weitere Tage geben konnte, die mich irgendwo erwarteten.

Ich sah, daß der Kellner zu Boden schaute und die anderen vier Männer den Kopf hoben und ihre zerstreuten Gesichter mir zuwandten. Der junge Blonde warf die Zigarette weit von sich, da machte ich langsam den Mund auf, bis ich lächelte, und grüßte mit einer Kopfbewegung den Direktor, und gleich darauf, noch bevor er antworten konnte, bevor er sich verbeugte, wobei er ständig zur Galerie schaute und sich mit dem Taschentuch den Mund tupfte, hob ich eine Hand und wiederholte meinen Gruß. Ich kehrte ins Zimmer zurück, um mich fertig anzuziehen.

Ich blieb einen Augenblick im Speisesaal stehen, schaute den Gästen beim Frühstücken zu und entschloß mich dann, einen Gin zu trinken, nicht mehr als einen, an der Bar, kaufte Zigaretten und ging hinunter zu der Gruppe, die am Fuß der Treppe wartete. Der Direktor grüßte mich noch einmal, und ich bemerkte, daß ihm der Unterkiefer, kaum sichtbar, heftig zitterte. Ich sagte einige Worte und hörte, daß sie sprachen; der junge Blonde trat zu mir und ergriff meinen Arm. Alle standen schweigend, und der Blonde und ich sahen uns an und lächelten. Ich bot ihm eine Zigarette an, und er zündete sie an, ohne die Augen von meinem Gesicht abzuwenden; dann ging er drei Schritte zurück und schaute mich erneut an. Vielleicht hatte er noch nie das Gesicht eines glücklichen Menschen gesehen; mir ging es genauso. Er kehrte mir den Rücken zu, ging bis zum ersten Baum des Gartens und lehnte sich dort mit der Schulter an. All das hatte einen Sinn, und ohne es zu verstehen, begriff ich, daß ich einverstanden war, und ich bewegte zustimmend den Kopf. Daraufhin sagte der übergroße Mann:

»Fahren wir mit dem Wagen zum Strand?«

Ich ging voran und setzte mich neben den Fahrersitz. Der große Mann und der Blonde setzten sich nach hinten. Der Polizist setzte sich ohne Hast ans Steuer und ließ den Motor an. Sofort fuhren wir rasch in den stillen Morgen hinein; ich spürte den Geruch der Zigarette, die der Bursche rauchte, ich spürte das Schweigen und die Ruhe des anderen Mannes, den Willen, der dieses Schweigen und diese Ruhe erfüllte. Als wir an den Strand kamen, hielt der Wagen neben einem Haufen grauer Steine, die den Weg vom Sand trennten. Wir stiegen aus, kletterten über die Steine und gingen zum Meer. Ich ging neben dem blonden Burschen.

Wir hielten am Ufer an. Wir vier standen schweigend, mit im Winde wehenden Krawatten. Wir zündeten wieder Zigaretten an.

»Das Wetter ist nicht beständig«, sagte ich.

»Gehen wir?« erwiderte der Blonde.

Der Große im gestreiften Anzug streckte einen Arm aus, bis er den Burschen an der Brust berührte, und sagte mit tiefer Stimme:

»Denken Sie nur. Von hier bis zu den Dünen. Einen halben Kilometer. Nicht viel mehr, nicht weniger.«

Der andere stimmte schweigend zu, zog die Schultern hoch, als hätte das keine Bedeutung. Er lächelte wieder und schaute mich an.

»Gehen wir«, sagte ich und machte mich auf den Weg zurück zum Auto. Als ich einsteigen wollte, hielt der Große mich zurück.

»Nein«, sagte er, »es ist dort auf der anderen Seite.«

Gegenüber stand ein Ziegelschuppen, die Ziegel hatten Feuchtigkeitsflecken. Er hatte ein Zinkdach, und über der Tür waren dunkle Buchstaben gemalt. Wir warteten, bis der Polizist mit einem Schlüssel zurückkam. Ich drehte mich um und betrachtete den nahenden Mittag über dem Strand; der Polizist hängte das geöffnete Vorhängeschloß aus, und wir alle traten in den Schatten und die unerwartete Kühle. Die Balken glänzten schwarz, dünn mit Teer gestrichen, und Fetzen von Sackleinen hingen vom Dach herab. Während wir im grauen Dämmer vorwärts gingen, fühlte ich den Schuppen wachsen, bei jedem Schritt größer werden, so daß ich mich von dem langen, aus Böcken gebildeten Tisch, der in der Mitte stand, entfernte. Ich betrachtete die gestreckte Form und dachte, wer wohl die Toten die Haltung des Tods lehre. Auf dem Boden befand sich eine kleine Wasserlache, und es tropfte von einer Ecke des Tisches. Ein barfüßiger Mann mit offenem Hemd über der geröteten Brust näherte sich hüstelnd und legte eine Hand auf eine Ecke des Brettertisches, so daß sein kurzer Zeigefinger sofort glänzend von dem Wasser überzogen war, das unaufhörlich rieselte. Der große Mann streckte einen Arm aus und deckte das Gesicht über den Brettern auf, indem er mit einem Ruck an der Plane zog. Ich sah die Luft an, den gestreiften Arm des Mannes, der ausgestreckt gegen das Licht der Tür wies und weiter den beringten Saum der Plane hielt. Ich schaute wieder den hutlosen Blonden an und machte eine traurige Grimasse.

»Schauen Sie hierher«, sagte der große Mann.

Ich sah, daß das Gesicht des Mädchens nach hinten gedreht war, und es schien, als müßte der violette Kopf, mit Flecken eines rötlichen Violetts auf einem zarten, eher bläulichen Violett, von einem zum anderen Augenblick abgelöst herunterfallen, wenn jemand laut sprach, wenn jemand mit den Schuhen auf den Boden stampfte, einfach nur, wenn die Zeit verging.

Aus dem Hintergrund, unsichtbar für mich, begann einer mit heiserer, ordinärer Stimme etwas herunterzuleiern, als spräche er mit mir. Mit wem sonst?

»Die Hände und die Füße, deren Epidermis leicht weißlich und an den Finger- und Zehenspitzen faltig ist, weisen außerdem an den Nagelbetten ein wenig Sand und Schlick auf. An den Händen keine Verletzung, kein geronnenes Blut. An den Armen, besonders den Unterarmen, über dem Handgelenk mehrere Hämatome, die quer verlaufen und von starkem Druck herrühren.«

Ich wußte nicht, wer es war, ich wollte keine Fragen stellen. Ich hatte, und wiederholte es mir, als einzige Verteidigung das Schweigen. Das Schweigen für uns. Ich trat noch etwas näher an den Tisch und berührte die starren Stirnknochen. Vielleicht erwarteten die fünf Männer mehr, ich war zu allem bereit. Das Vieh, immer im Hintergrund des Schuppens, zählte nun mit seiner ordinären Stimme auf:

»Das Gesicht ist von einer bläulich-blutigen Flüssigkeit aus Mund und Nase bedeckt. Nach sorgfältiger Reinigung haben wir rund um den Mund größere Partien geronnenen Blutes mit blutunterlaufenen Stellen festgestellt, dazu die Spuren von Fingernägeln auf der bloßen Haut. Zwei analoge Merkmale unter dem rechten Auge; das Lid ist stark gequetscht. Außer den Spuren von Gewaltanwendung (da lebte die Tote offenbar noch) sind im Gesicht zahlreiche punktierte Kratzer zu bemerken, nicht gerötet, keine Hämatome, die Haut trocken; diese Spuren wurden hervorgerufen, als man den Körper über den Sand schleifte. Eine Infiltration geronnenen Blutes zu beiden Seiten des Kehlkopfes. Die Haut ist bereits von Verwesung angegriffen; man kann auf ihr Spuren von Quetschungen oder Hämatome sehen. Das Innere der Luftröhre und der Bronchien enthält eine kleine Menge einer trüben, dunklen, nicht schäumenden Flüssigkeit, mit Sand vermischt.«

Es war eine schöne Respons; alles war verloren. Ich beugte mich nieder und küßte ihre Stirn und dann, aus Mitleid und Liebe, die rötliche Flüssigkeit, die zwischen ihren Lippen schäumte.

Aber der Kopf mit dem verhärteten Haar, der stumpfen Nase, dem dunklen Mund, die Winkel sichelförmig nach unten gebogen, schlaff, tropfend, blieb unbeweglich, seine Masse unveränderlich in der düsteren Luft, die nach Schlamm roch, immer härter, je öfter mein Blick über die Wangenknochen und

die Stirn und das Kinn fuhr, das sich nicht entschloß, herunterzuhängen. Einer nach dem anderen redete auf mich ein, der
große Mann und der Blonde, als machten sie ein Spiel, drangen
abwechselnd mit derselben Frage auf mich ein. Dann ließ der
große Mann die Plane los, machte einen Satz und schüttelte
mich am Revers. Aber er glaubte nicht an das, was er machte;
es genügte, ihm in die runden Augen zu schauen, und als ich
ihm müde zulächelte, zeigte er mir rasch die Zähne, voller Haß,
und öffnete die Hand.

»Ich verstehe, ich ahne es, Sie haben eine Tochter. Seien Sie
unbesorgt: Ich werde alles unterschreiben, ohne es zu lesen.
Das Komische daran ist, daß Sie sich irren. Aber das ist nicht
wichtig. Nichts, nicht einmal das, ist wirklich wichtig.«

Im heftigen Licht der Sonne blieb ich stehen und fragte mit
angemessener Stimme den Großen:

»Ich weiß, es ist neugierig, und bitte um Entschuldigung:
Glauben Sie an Gott?«

»Ich werde Ihnen natürlich antworten«, sagte der Riese,
»aber vorher, wenn Sie wollen, es hat nichts mit der Ermittlung
zu tun, es ist, wie in Ihrem Fall, reine Neugier ... Wußten Sie,
daß das Mädchen taub war?«

Wir waren stehengeblieben, genau zwischen der erneuten
Hitze des Sommers und dem Schatten des Schuppens.

»Taub?« fragte ich. »Nein. Ich war nur gestern nacht mit ihr
zusammen. Sie kam mir nie taub vor. Aber es geht nicht mehr
darum. Ich habe Sie etwas gefragt; Sie haben versprochen, mir
zu antworten.«

Die Lippen waren zu schmal, als daß man die Grimasse, die
der Riese schnitt, ein Lächeln hätte nennen können. Er sah mich
wieder an, ohne Verachtung, traurig, erstaunt, und bekreuzigte
sich.

Jacob und der andere

1. *Der Arzt berichtet*

Die halbe Stadt muß gestern im Apollokino gewesen sein; sie alle haben die Sache gesehen und waren beim tumultartigen Ende dabei. Ich langweilte mich am Pokertisch des Klubs und griff erst ein, als der Portier mir den Notruf aus dem Krankenhaus ankündigte. Der Klub hat nur eine Telefonleitung, aber als ich aus der Zelle kam, kannten alle die Nachricht viel besser als ich. Ich ging zum Tisch, um die Chips einzuwechseln und die verlorenen Einsätze zu zahlen.

Burmestein hatte sich nicht gerührt; sein Speichel floß etwas reichlicher auf die Havanna, und er sagte zu mir mit seiner fetten gleichmäßigen Stimme:

»An Ihrer Stelle, Sie werden entschuldigen, würde ich bleiben und die Glückssträhne jetzt ausnützen. Kurz: Sie können auch hier den Totenschein ausstellen.«

»Noch nicht, wie es scheint«, antwortete ich und versuchte zu lachen. Ich sah meine Hände an, wie sie Chips und Geldscheine handhabten; sie waren ruhig, etwas müde. Ich hatte die Nacht zuvor kaum ein paar Stunden geschlafen, aber das war fast schon eine Gewohnheit; ich hatte an diesem Abend zwei Kognaks getrunken und Mineralwasser beim Essen.

Die Leute aus dem Krankenhaus kannten meinen Wagen und alle seine Gebrechen. Deshalb wartete der Rettungswagen an der Klubtür auf mich. Ich setzte mich neben den Gallego und hörte nur seinen Gruß; er wartete schweigend, aus Respekt oder Erregung, daß ich mit dem Gespräch anfinge. Ich rauchte und sagte nichts, bis wir in die Tabárez einbogen und der Rettungswagen in die Frühlingsnacht der Betonstraße kam; sie war weiß und windig, kalt und lau; die Wolken zogen regellos dahin und berührten die Mühle und die hohen Bäume.

»Herminio«, sagte ich, »die Diagnose?«

Ich sah die Freude des Gallego, die er zu unterdrücken versuchte, und stellte mir den Seufzer vor, mit dem er die Rückkehr zum Gewöhnlichen, zu den alten geheiligten Riten feierte. Er fing an zu sprechen, mit dem demütigsten, schlauesten Ton; ich begriff, daß es sich um einen ernsten oder hoffnungslosen Fall handelte.

»Ich habe ihn kaum gesehen, Doktor. Ich habe ihn aus dem Theater in den Rettungswagen gebracht, ich bin mit 90 oder 100 ins Krankenhaus gefahren, denn der kleine Fernández trieb mich an; es war auch meine Pflicht. Ich habe geholfen, ihn aus dem Wagen zu holen, und gleich darauf hat man mir befohlen, in den Klub zu fahren und Sie abzuholen.«

»Gut, Fernández also. Aber wer hat Dienst?«

»Doktor Rius, Doktor.«

»Und warum operiert Rius nicht?«

»Nun«, sagte Herminio und nahm sich etwas Zeit, um einem Loch auszuweichen, das mit spiegelndem Wasser gefüllt war. »Er wird wohl gleich zu operieren begonnen haben, meine ich. Aber wenn er Sie dabeihat ...«

»Sie haben ihn in den Wagen geschoben und wieder herausgezogen. Das genügt für Sie. Und die Diagnose?«

»Was für ein Doktor ...«, lächelte der Gallego zärtlich. Die Lichter des Krankenhauses kamen in Sicht, die weißen Wände unter dem Mond. »Er rührte sich nicht, jammerte nicht, blähte sich auf wie ein Ballon, Rippen in der Lunge, ein Schienbein offenliegend, fast sicher Gehirnerschütterung. Er fiel rücklings über zwei Stühle, und, Sie verzeihen, es geht um die Wirbelsäule. Ob sie gebrochen ist oder nicht.«

»Wird er sterben oder nicht? Sie haben sich noch nie geirrt, Herminio.«

Er hatte sich schon sehr oft geirrt, aber immer eine Ausrede gefunden.

»Diesmal möchte ich nichts sagen«, und er schüttelte den Kopf, während er bremste.

Ich wechselte die Kleider und wusch mir gerade die Hände, als Rius eintrat.

»Wenn Sie operieren wollen«, sagte er, »in zwei Minuten ist

er soweit. Ich habe fast nichts gemacht, denn hier gibt's nichts mehr zu tun. In jedem Fall Morphium, damit er und wir ruhig sein können. Wir könnten genausogut eine Münze in die Luft werfen, um zu wissen, wo wir anfangen sollen.«

»So schlimm?«

»Viele Verletzungen, tiefes Koma, Blässe, Puls kaum zu tasten, Atmung sehr beschleunigt, Zyanose. Der rechte Lungenflügel atmet nicht mehr. Kollabiert. Krepitation, Rippenfraktur, sechste Rippe rechts. Hämato-Pneumothorax, hypersonorer Klopfschall. Das Koma wird immer tiefer, immer ausgeprägter das Syndrom akuten Blutverlustes. Möglicherweise einige Intercostal-Arterien zerrissen. Reicht das? Ich ließe ihn in Frieden.«

Da griff ich auf meine schon abgenutzte, mittelmäßige, heroische Phrase zurück, auf die Legende, die mich umgibt, wie die Umschrift einer Münze oder Medaille den Kopf, und die vielleicht noch ein paar Jahre nach meinem Tod mit meinem Namen verbunden bleibt. Aber in dieser Nacht war ich nicht mehr fünfundzwanzig, nicht dreißig; ich war alt und müde geworden, und die so oft vor Rius wiederholte Phrase war nichts als ein Spaß unter Vertrauten. Ich sagte sie her mit der Wehmut verlorenen Glaubens, während ich mir die Handschuhe überstülpte. Ich wiederholte sie und hörte mir dabei zu, wie ein Kind, das die magische und absurde Formel ausspricht, die ihm erlaubt, ins Spiel einzusteigen und im Spiel zu bleiben.

»Bei mir sterben die Kranken auf dem Tisch.«

Rius lachte wie immer, drückte mir einen Arm und ging. Aber fast gleich darauf sah er wieder zur Tür herein, während ich zu erraten versuchte, welches kaputte Rohr da in das Spülbecken tropfte, und sagte:

»Bruder, es fehlt da noch was im Gemälde. Ich habe Ihnen noch nichts von der Frau erzählt, ich weiß nicht, wer sie ist, die den fast Toten mit den Füßen trat oder ihn im Kinosaal mit Fußtritten traktieren wollte und sich dann dem Rettungswagen näherte, um ihn zu bespucken, als der Gallego und Fernández ihn hineinschoben. Sie strich dann hier herum; ich ließ sie hinauswerfen, aber sie schwor, sie werde morgen wiederkommen; sie habe ein Recht darauf, den Toten zu sehen – vielleicht um ihn dann, ohne Eile, anspucken zu können.«

Ich operierte mit Rius bis fünf Uhr morgens und verlangte einen Liter Kaffee, das mochte uns das Warten erleichtern. Um sieben erschien Fernández im Büro, mit dem mißtrauischen Gesicht, das Gott ihm gegeben hat, um großen Ereignissen gegenüberzutreten zu können. Das schmale, kindliche Gesicht umsäumt dann die Augen, neigt sich ein wenig, der Mund ist auf der Hut, er scheint zu sagen: ›Irgendwer betrügt mich; das Leben ist nichts als eine große Verschwörung, um mich hereinzulegen.‹

Er näherte sich dem Tisch und blieb stehen, weiß und gekrümmt, ohne zu reden.

Rius hörte auf, über Verpflanzungen zu reden, sah ihn nicht an, nahm das letzte Sandwich vom Teller; dann wischte er sich die Lippen mit einer Papierserviette ab und fragte den eisernen Tintenbehälter, mit einem Adler und zwei trockenen Tintenfässern:

»Also?«

Fernández atmete, um sich zu hören, und legte eine Hand auf den Tisch; wir wandten den Kopf und sahen seine Verwirrung, den Argwohn; und wie dünn und erschöpft er war. Von Hunger und Müdigkeit fast verblödet, richtete der Bursche sich auf, um seiner Manie treu zu bleiben, die Ordnung der Dinge zu stören, die Ordnung einer Welt, in der wir uns verstehen können.

»Die Frau ist auf dem Gang, auf einer Bank, mit einer Thermosflasche und Matetee. Man hat es vergessen, und so konnte sie hereinkommen. Sie sagt, es mache ihr nichts aus, zu warten, und sie müsse ihn sehen. Ihn.«

»Ja, Brüderchen«, sagte Rius langsam, und ich erkannte in seiner Stimme die Bosheit wieder, die in mühevollen Nächten auftritt, die Erregung, die er geschickt abzustufen weiß. »Hat sie wenigstens Blumen mitgebracht? Der Winter ist zu Ende, jeder Graben in Santa María muß voller Yuyus sein. Ich würde ihr gern die Schnauze einschlagen, und ich werde gleich den

Chef um Erlaubnis ersuchen, einen Rundgang durch die Korridore zu machen. Aber unterdessen könnte diese Hure den Verstorbenen aufsuchen und ihm ein Blümchen hinwerfen und ihn dann anspucken und dann wieder eine Blume.«

Der Chef war ich, ich fragte also:

»Und wie steht's mit ihm?«

Fernández strich sich flink über das hagere Gesicht; überzeugte sich leicht, daß alle Knochen, die ihm Testut versprochen hatte, vorhanden waren, und er sah mich an, als wäre ich verantwortlich für alle Gaunereien und Betrügereien, die ihn mit geheimnisvoller Regelmäßigkeit überraschten. Ohne Haß, ohne Heftigkeit drängte er Rius beiseite; seine argwöhnischen Augen waren auf mein Gesicht geheftet, und er rezitierte:

»Besserung des Pulses, der Atmung, der Zyanose. Er erlangt sporadisch das Bewußtsein wieder.«

Das war viel besser, als ich es um sieben Uhr morgens zu hören erwartete. Aber noch war es nicht sicher; so beschränkte ich mich darauf, ihm zu danken; ich nickte und sah nun meinerseits den bronzierten Adler des Tintenfasses an.

»Dimas ist vor einiger Zeit gekommen«, sagte Fernández. »Ich habe ihm alles übergeben. Kann ich gehen?«

»Ja, natürlich.« Rius hatte sich gegen den Stuhlrücken gelehnt und sah mich nun an; er lächelte, vielleicht sah er mich noch nie so gealtert, vielleicht liebte er mich nie so wie an diesem Frühlingsmorgen, vielleicht ahnte er, wer ich war und weshalb er mich liebte.

»Nein, Bruder«, sagte er, als wir allein waren. »Bei mir jede Komödie, aber nicht die Komödie der Bescheidenheit, der Gleichgültigkeit, der Schmutzigkeit, die man nüchtern so übersetzen könnte: ›Ich habe wieder einmal meine Pflicht erfüllt.‹ Sie haben das zustande gebracht, Chef! Wenn dieses Vieh noch nicht krepiert ist, krepiert es auch nicht mehr. Wenn man Ihnen im Klub geraten hat, sich auf einen Totenschein zu beschränken – das hätte ich gemacht, mit viel Morphium natürlich, wären Sie aus irgendeinem Grund nicht in Santa María gewesen –, rate ich Ihnen jetzt, dem Burschen einen Unsterblichkeitsschein auszustellen. Mit ruhigem Gewissen, hinten die Unterschrift von Doktor Rius. Tun Sie das, Chef! Und nehmen Sie gleich aus dem Labor einen Cocktail mit Schlafmitteln und schlafen Sie vierundzwanzig Stunden. Ich übernehme es, mich um den Richter und die Polizei zu kümmern, und ich verspreche auch, die Spucksalven der Frau zu arrangieren, die auf dem Gang wartet und ihren Tee trinkt.«

Er stand auf und klopfte mir auf die Schulter, einmal nur, doch blieben Gewicht und Wärme der Hand länger.

»Es ist gut«, sagte ich zu ihm. »Sie entscheiden, ob es nötig ist, mich wecken zu lassen.«

Während ich den Operationskittel mit einer Langsamkeit und Würde auszog, die nicht nur von der Ermüdung kamen, gestand ich mir ein, daß der Erfolg der Operation, aller Operationen, mir soviel bedeutete wie die Erfüllung eines alten, nicht zu verwirklichenden Traumes: mit eigenen Händen und ein für allemal den Motor meines alten Automobils reparieren zu können. Aber das konnte ich Rius nicht sagen, denn er würde es leicht und mit Enthusiasmus begreifen; und ich konnte es nicht Fernández sagen, denn glücklicherweise würde er mir nicht glauben.

So schwieg ich denn und hörte auf der Rückfahrt im Rettungswagen gleichmütig die bösen, bewundernden Worte des Gallego Herminio und stimmte wortlos zu, angesichts der Geschichte, daß die Auferstehung von den Toten, die eben im Krankenhaus von Santa María vor sich gegangen war, nicht einmal den Ärzten der Hauptstadt gelungen wäre.

Ich entschied, daß mein Wagen bis zum nächsten Morgen vor dem Klub stehenbleiben sollte, und ließ mich von der Ambulanz nach Hause bringen. Der Morgen, grell, weiß, roch nach Geißblatt; man begann den Fluß zu riechen.

»Sie haben Steine geworfen und sagten, sie würden das Theater anzünden«, erklärte der Gallego, als wir auf die Plaza kamen. »Aber dann erschien die Polizei, und es blieb, wie gesagt, bei den Steinen.«

Bevor ich die Tabletten schluckte, begriff ich, daß ich nie die

Wahrheit dieser Geschichte verstehen würde; mit viel Glück und Geduld konnte ich vielleicht die Hälfte erfahren, die uns, die Einwohner dieser Stadt, betraf. Aber man mußte resignieren und die Kenntnis des Teils als unzugänglich betrachten, den die beiden Fremden mitbrachten und den sie wieder, in anderer, unbekannter Weise und für immer mit sich nehmen würden.

Und im selben Augenblick erinnerte ich mich, mit dem Glas Wasser in der Hand, daß dies alles sich mir schon vor fast einer Woche zu zeigen begonnen hatte, an einem bewölkten, heißen Sonntag, während ich das Kommen und Gehen auf dem Platz von einem Fenster der Hotelbar aus beobachtet hatte.

Der quirlige, sympathische Mann und der abgelebte Riese kamen quer über den Platz, durch die erste gelbliche Frühlingssonne. Der Kleinere trug einen Blumenkranz, den Kranz eines entfernten Verwandten bei einer bescheidenen Totenwache. Sie schritten voran und kümmerten sich nicht um die Aufmerksamkeit, die das zwei Meter große, langsame Vieh erregte. Der Quirlige schritt, ohne sich zu beeilen, aber entschlossen, mit einer unverzichtbaren Würde voran; er hatte ein diplomatisches Lächeln aufgesetzt, als wäre er von Gardesoldaten flankiert, als ob irgendwer, ein Balkon mit Fahnen und ernsten Männern und alten Frauen ihn irgendwo erwartete. Man erfuhr dann, daß sie den kleinen Kranz unter den Witzeleien der Kinder und dem einen oder anderen Steinwurf zu Füßen des Denkmals niederlegten, das Brausen errichtet worden ist.

Von da an verwirren sich die Fährten ein wenig. Der Kleine, der Abgesandte, ging ins Berna, um dort ein Zimmer zu mieten, sich einen Aperitif zu genehmigen und leidenschaftslos den Preis auszuhandeln, wobei er flüchtige Grüße, Verbeugungen, wohlfeile Einladungen austeilte. Er war zwischen vierzig und fünfundvierzig, hatte einen breiten Brustkasten, die Statur eher klein; er war geboren, um zu überzeugen, um das feuchte und laue Klima zu schaffen, in dem Freundschaft gedieh und Hoffnungen akzeptiert werden. Er war auch für das Glück geboren oder zumindest dafür, hartnäckig daran zu glauben, gegen Wind und Seegang, gegen das Leben und seine Irrwege. Vor allem, und das war das Wichtigste, war er geboren, um aller denkbaren Welt Glücksraten zuzuteilen. Mit einer natürlichen, unbezwingbaren Gerissenheit, ohne je seine persönlichen Ziele aus den Augen zu verlieren, ohne sich übermäßig über die fremde, unkontrollierbare Zukunft Sorgen zu machen.

Zu Mittag war er in der Redaktion des »Liberal« und kam am Nachmittag wieder, um sich mit dem Sportredakteur zu treffen und die Annonce umsonst zu bekommen. Er blätterte das Album mit den vergilbten Fotografien und Zeitungsausschnitten auf, mit großen Schlagzeilen in fremden Sprachen; er zog Diplome hervor und Dokumente, die im Falz mit Klebepapier verstärkt worden waren. Über die alten Erinnerungen, die Melancholie und das Scheitern glitt sein Lächeln hinweg, seine unermüdliche, kompromißlose Liebe.

»Er ist besser denn je! Vielleicht ein paar Kilo zuviel. Aber gerade deswegen machen wir diese Tournee durch Südamerika. Im kommenden Jahr wird er sich wieder im Palais de Glace den Titel holen. Niemand kann ihn besiegen, kein Europäer, kein Amerikaner! Und wie sollten wir Santa María übergehen auf unserer Tournee, die der Auftakt für eine Weltmeisterschaft ist! Santa María! Welch eine Küste, welch ein Strand, und diese Luft, diese Kultur!«

Der Tonfall der Stimme war italienisch, aber nicht genau; immer war in den Vokalen und in den »s« eine Färbung, die nicht zu orten war, ein freundschaftlicher Kontakt mit der kompliziert weiten Welt. Er klapperte die ganze Zeitung ab, spielte mit den Linotypezeilen, umarmte die Setzer, improvisierte ein Erstaunen angesichts der Rotationsmaschine. Und er hatte am nächsten Tag eine trockene Schlagzeile, aber gratis: »Ex-Weltmeister im Ringen in Santa María.« Er besuchte die Redaktion die ganze Woche hindurch, jeden Abend, und der Jacob van Oppen gewidmete Platz wuchs jeden Tag, bis zum Samstag, an dem der Herausforderungskampf stattfinden sollte.

An dem Sonntagmittag, als ich sie mit dem billigen Kranz über den Platz ziehen sah, lag der sterbende Riese eine halbe Stunde lang auf den Knien in der Kirche und betete vor dem neuen Altar der Unbefleckten Empfängnis; man sagt, er habe gebeichtet; sie schwören, gesehen zu haben, wie er sich an die Brust schlug, mutmaßen, daß er dann schwankend ein riesiges, kindliches, von Tränen feuchtes Gesicht ins goldene Licht des Vorhofs hob.

2. Der Erzähler berichtet

Auf den Visitenkarten stand: »Komtur Orsini«; der gesprächige, unruhige Mann verteilte sie, ohne damit zu knausern, in der ganzen Stadt. Noch jetzt sind einige erhalten, manche mit seiner Unterschrift und schmückenden Beiwörtern.

Vom ersten – und letzten – Sonntag an mietete Orsini den Apollosaal für die Trainingszeit, Eintritt zu einem Peso am Montag und Dienstag, um die Hälfte am Mittwoch, zu zwei Pesos am Donnerstag und Freitag, als die Herausforderung schon schriftlich ausgemacht war und Neugier wie Patriotismus der Sanmarianer das Apollo immer mehr füllte. Am ersten Sonntag wurde auf dem Neuen Platz nach entsprechender Erlaubnis der Stadtverwaltung das Plakat mit der Herausforderung angeschlagen. Auf einem alten Foto zeigte der Ex-Weltmeister im Ringen aller Gewichtsklassen den Bizeps und den Gürtel in Gold, aggressive rote Buchstaben präzisierten die Herausforderung: »500 Pesos, 500! für den Mann, der in den Ring steigt und nicht in drei Minuten von Jacob van Oppen auf die Schultern gelegt wird!«

Eine Zeile darunter war von der Herausforderung keine Rede mehr, und es wurde eine Vorstellung in griechisch-römischem Ringkampf des Weltmeisters – in weniger als einem Jahr würde er es wieder sein – mit den besten Athleten von Santa María angekündigt.

Orsini und der Riese hatten in Kolumbien zum erstenmal südamerikanischen Boden betreten und kamen jetzt über Peru, Ecuador und Bolivien hierher. In wenigen Orten wurde die Herausforderung angenommen, und van Oppen konnte den

Gegner immer innerhalb einer Zeit erledigen, die in Sekunden zu messen war, mit dem ersten Griff.

Die Plakate riefen heiße Nächte und Geschrei in Erinnerung, Theater und Zelte, aus Indios bestehendes, betrunkenes Publikum, Bewunderung und Lachen. Der Ringrichter hob einen Arm hoch, van Oppen wurde wieder traurig und dachte gierig an die Flasche harten Getränkes, die ihn im Hotelzimmer erwartete, und Orsini schritt lächelnd vorwärts unter den weißen Lichtern des Rings, tupfte sich mit einem noch weißeren Taschentüchlein den Schweiß von der Stirn:

»Meine Damen und Herren...«, jetzt war der Augenblick gekommen, Dank zu sagen, von unverwelklichen Erinnerungen zu reden, das Land und die Stadt hochleben zu lassen. Monate hindurch hatten diese gemeinsamen Erinnerungen für sie Amerika gebildet; irgendwann einmal, in einer Nacht, weit entfernt, in weniger als einem Jahr, würden sie davon reden können, würden sich ohne Schwierigkeit an sie erinnern, brauchten dafür nur die Hilfe von drei, vier wiederholten, andächtigen Augenblicken.

Am Dienstag oder Mittwoch brachte Orsini den Weltmeister im Wagen ins Berna, und da war die erste, fast nicht besuchte Trainingsetappe abgeschlossen. Die Rundreise war nun schon zu Routinearbeit geworden; die Berechnungen über die Pesos, die verdient werden mußten, und die wirklich verdienten wichen kaum voneinander ab. Aber Orsini hielt es für unerläßlich zum beiderseitigen Wohlergehen, daß er seine Hand schützend über den Riesen hielt. Van Oppen setzte sich auf das Bett und trank aus der Flasche; Orsini nahm sie ihm sanft weg und brachte aus dem Badezimmer den Plastikbecher, den er am Morgen zum Zähneputzen benützte. Er wiederholte freundschaftlich die alte Phrase:

»Ohne Disziplin gibt es keine Moral.« Er sprach französisch wie spanisch, der Akzent war nie richtig italienisch. »Da ist die Flasche, niemand will sie dir wegnehmen. Aber wenn man aus einem Glas trinkt, ist das was anderes. Das ist diszipliniert, ist vornehm.«

Der Riese drehte den Kopf, um ihn zu betrachten; die blauen Augen waren umflort; er schien den halbgeöffneten Mund zum Sehen zu benützen. ›Wieder Atemnot, Angst‹, dachte Orsini. ›Es ist besser, er betrinkt sich und schläft bis in den Morgen.‹ Er füllte den Becher mit Zuckerrohrschnaps, trank einen Schluck, streckte die Hand dann van Oppen hin. Aber das Vieh beugte sich, zog sich die Schuhe aus und stand dann schnaubend auf – es war das zweite Symptom – und musterte das Zimmer. Zuerst sah er, die Hände im Gürtel, die Betten an, den wertlosen Teppich, dann schritt er vorwärts und erprobte mit einer Schulter die Widerstandskraft der Türen, der Gang- und der Badezimmertür, den Widerstand des Fensters, das nirgendwohin ging.

›Jetzt fängt es an‹, dachte Orsini, ›das letzte Mal war es in Guayaquil. Es muß das eine zyklische Geschichte sein, nur begreife ich diesen Zyklus nicht. Eines Nachts erwürgt er mich, nicht aus Haß, nur weil er mich zur Hand hat. Er weiß sehr genau, der einzige Freund, den er hat, das bin ich.‹

Der Riese kehrte langsam, barfüßig in die Mitte des Zimmers zurück, mit einem spöttischen, verächtlichen Lächeln, die Schultern etwas nach vorn geschoben. Orsini setzte sich an den wackligen Tisch und steckte die Zunge in den Becher mit dem Zuckerrohrschnaps.

»Gott!« sagte van Oppen und wiegte sich sanft, als hörte er eine ferne, unterbrochene Musik; er hatte das zu enge, schwarze Trikot und die Jeans an, die ihm Orsini in Quito gekauft hatte. »Nein! Wo bin ich? Was mache ich hier?« Mit den riesigen Füßen stand er fest auf dem Boden, wiegte sich, sah die Wand über dem Kopf Orsinis an.

»Ich warte. Immer bin ich an einem Ort in einem Hotelzimmer in einem Land mit stinkenden Negern, und immer warte ich. Gib mir ein Glas. Ich habe keine Angst; das ist das Schlimme, nie wird einer kommen.«

Orsini füllte den Becher und stand auf, und reichte ihm den Schnaps. Er prüfte sein Gesicht, die hysterische Stimme, berührte seine Schulter, die in Bewegung war. ›Noch nicht‹, dachte er, ›aber gleich.‹

Der Riese trank den Zuckerrohrschnaps und hustete, ohne den Kopf zu beugen.

»Niemand«, sagte er. »Fußarbeit, Bewegung, der Lewis-Griff. Auf Lewis; der lebte wenigstens und war ein Mann. Körpertraining ist kein Mann, der Kampf ist kein Mann, das alles ist kein Mann. Ein Hotelzimmer, Training, dreckige Indios. Außerhalb der Welt, Orsini!«

Orsini stellte wieder eine Berechnung an und erhob sich mit der Flasche. Er füllte den Becher, den van Oppen vor den Bauch hielt, und strich dem Riesen mit einer Hand über Schulter und Wange.

»Niemand«, sagte van Oppen. »Niemand!« schrie er. Seine Augen waren verzweifelt, danach wütend. Er lächelte, spaßhaft und weise, und leerte den Becher.

›Jetzt‹, dachte Orsini. Er gab ihm die Flasche in eine Hand und schubste ihn mit der Hüfte gegen den Oberschenkel, um ihn ins Bett zu bringen.

»Ein paar Monate, ein paar Wochen«, sagte Orsini. »Nicht länger. Nachher werden alle kommen, wir werden mit allen beisammen sein. Wir gehen nach drüben.«

Der Riese lag mit weit gespreizten Beinen auf dem Bett, trank aus der Flasche, schnaufte und schüttelte den Kopf. Orsini machte das Nachtlicht an und löschte die Deckenbeleuchtung. Er saß wieder neben dem Tisch, räusperte sich und sang sanft:

> Vor der Kaserne,
> bei dem großen Tor,
> stand eine Laterne
> und steht sie noch davor.
> Wenn wir uns einmal wiedersehn,
> bei der Laterne wolln wir stehn,
> wie einst, Lili Marleen,
> wie einst, Lili Marleen.

Er sang das Lied noch einmal, dann noch einmal bis zur Hälfte, bis van Oppen die Flasche auf den Boden stellte und zu weinen begann. Dann stand Orsini mit einem Seufzer und einer liebevollen Beschimpfung auf und ging auf Zehenspitzen zur Tür, auf den Gang hinaus. Wie in den glorreichen Nächten stieg er die Treppe des Berna hinunter und tupfte sich die Stirn mit dem makellosen Tüchlein ab.

3

Er stieg die Treppe hinunter, traf aber niemanden, dem er ein Lächeln oder einen flüchtigen Gruß zuteilen konnte, doch sein Gesicht war liebenswürdig und auf der Hut. Die Frau, die entschlossen, ohne die Geduld zu verlieren, stundenlang gewartet hatte, in einem Ledersessel der Halle versunken, hatte die Zeitschriften auf dem Tisch nicht beachtet; sie rauchte eine Zigarette nach der anderen, stand auf, trat ihm gegenüber. Der Fürst Orsini hatte keinen Fluchtweg, suchte auch keinen. Er hörte den Namen, zog den Hut und beugte sich rasch, um die Hand der Frau zu küssen. Er dachte nach, welchen Gefallen er ihr erweisen könnte, und war entschlossen, ihr jeden Wunsch zu erfüllen. Sie war klein, forsch und jung, sehr dunkel, eine kurze Hakennase, sehr helle, kalte Augen. ›Jüdin, oder so was‹, dachte Orsini. ›Sie ist hübsch.‹ Und gleich darauf hörte der Fürst eine so knappe Sprache, daß es ihm fast unbegreiflich, fast unerhört schien.

»Dieses Plakat auf dem Platz, die Anzeigen in den Zeitungen. Fünfhundert Pesos. Mein Bräutigam wird gegen den Weltmeister antreten. Aber heute oder morgen, morgen ist Mittwoch, müssen Sie das Geld in der Bank oder im ›Liberal‹ hinterlegt haben.«

»Signorina«, und der Fürst lächelte und machte ein untröstliches Gesicht. »Gegen den Weltmeister antreten! Dann haben Sie keinen Bräutigam mehr. Ich würde es bedauern, wenn eine so hübsche Señorita ...«

Aber sie, klein und jetzt noch entschiedener, wischte die Galanterien des auf die Fünfzig zugehenden Orsini weg.

»Heute abend gehe ich zum ›Liberal‹ und nehme die Herausforderung an. Ich habe den Weltmeister in der Messe gesehen. Er ist alt. Wir brauchen die fünfhundert Pesos, um heiraten zu können. Mein Verlobter ist zwanzig, ich zweiundzwanzig. Ihm gehört das Kaufhaus Porfilio. Gehen Sie hin, schauen Sie sich ihn an.«

»Aber Señorita«, sagte der Fürst, und sein Lächeln wurde breiter. »Ihr Verlobter, ein glücklicher Mann, wenn Sie erlauben, ist zwanzig. Was hat er bis jetzt getan? Kaufen und verkaufen.«

»Er hat auch auf dem Feld gearbeitet.«

»Oh, das Feld«, säuselte der Fürst begeistert. »Aber der Weltmeister hat sein ganzes Leben dem Kampfsport gewidmet. Und er ist ein paar Jährchen älter als Ihr Verlobter? Vollkommen einverstanden, Señorita!«

»Mindestens dreißig«, sagte sie. Sie brauchte nicht zu lächeln, vertraute der Kälte ihrer Augen. »Ich habe ihn gesehen.«

»Aber es handelt sich doch um Jahre, in denen er gelernt hat, wie man ohne Anstrengung Rippen und Arme bricht oder wie man leicht ein Schlüsselbein ausrenkt oder ein Bein. Wenn Sie einen gesunden zwanzigjährigen Verlobten haben ...«

»Sie haben herausgefordert. Fünfhundert Pesos für drei Minuten. Heute abend geh ich zum ›Liberal‹, Herr ...«

»Fürst Orsini«, sagte der Fürst.

Sie nickte, ohne zu spotten und damit Zeit zu verlieren; sie war klein, hübsch, kompakt, sie war hart geworden wie Eisen. »Ich freue mich für Santa María«, lächelte der Fürst mit einer weiteren Verbeugung. »Es wird ein großes sportliches Ereignis werden. Aber wollen Sie, Señorita, im Namen Ihres Verlobten zur Zeitung?«

»Ja, er hat mir ein Papier gegeben. Schauen Sie sich's an. Kaufhaus Porfilio. Man nennt ihn den Türken. Aber er ist Syrer. Er hat den Ausweis.«

Der Prinz begriff, daß es nicht angebracht war, ihr wieder die Hand zu küssen.

»Schön«, scherzte er, »ledig und Witwe. Ab Samstag. Ein sehr trauriges Schicksal, Señorita!«

Sie gab ihm die Hand und ging auf die Hoteltür zu. Sie war hart wie eine Lanze, hatte nichts als die Grazie, die unbedingt nötig war, damit ihr der Fürst noch nachsah. Plötzlich blieb die Frau stehen und kam zurück.

»Ledig, nein, denn mit den fünfhundert Pesos werden wir heiraten. Auch nicht Witwe, denn der Weltmeister ist sehr alt. Er ist größer als Mario, aber mit ihm wird er nicht fertig. Ich habe ihn gesehen.«

»Einverstanden. Sie haben gesehen, wie er aus der Messe kam. Aber ich versichere Ihnen, wenn die Sache ernst wird, ist er eine Bestie, und ich schwöre Ihnen, er versteht sich auf sein Geschäft. Weltmeister aller Gewichtsklassen, Señorita!«

»Na gut«, sagte sie und schien plötzlich müde. »Ich sagte es Ihnen schon: Kaufhaus Porfilio und Brüder. Heute abend gehe ich zum ›Liberal‹, aber morgen finden Sie mich wie immer im Laden.«

»Señorita …«, und er küßte ihr wieder die Hand.

Es war offensichtlich, daß die Frau nach einem Übereinkommen suchte. So ging Orsini also ins Restaurant und verlangte ein Fleischgericht mit Nudeln; dann bewachte er den Schlaf, das Grunzen, die Bewegungen Jacob van Oppens, sog dabei an seiner Zigarettenspitze mit dem Goldring.

Er schlief fast ein über dem Schweigen des Platzes und gab sich noch vierundzwanzig Stunden Zeit. Es war nicht gut, den Türken zu früh zu besuchen. Er dachte außerdem, während er das Licht löschte und das Röcheln des Riesen interpretierte: ›Er hat schon genug gelitten, Herr, wir haben gelitten, und ich sehe keinen Grund, mich zu beeilen.‹

Am nächsten Morgen half Orsini dem Weltmeister beim Aufwachen; er brachte das Aspirin, das warme Wasser; er hörte zufrieden das Schimpfen van Oppens unter der Dusche, er vernahm fast frohlockend, wie die ordinären Töne sich in eine fast submarine Version von »Ich hatt' einen Kameraden« verwandelten. Wie alle Männer war er entschlossen zu lügen, sich selbst zu belügen, zu vertrauen. Er organisierte den Morgen van Oppens, den langsamen Gang durch die Stadt; der riesige

Torso war vom Wolltrikot bedeckt, mit dem großen blauen Buchstaben auf der Brust: »C«, das in jeder Sprache und in jedem denkbaren Alphabet heißen sollte: Champion im Ringen aller Gewichtsklassen und Weltmeister. Er begleitete ihn schnellen Schrittes bis zur Straße, die den Abhang bis zur Rambla hinunterführte. Dort wiederholte er eine der Szenen der alten Komödie für die wenigen Neugierigen, die um acht Uhr morgens unterwegs waren. Er blieb stehen, zog den Hut, wischte sich über die Stirn, lächelte das bewundernde Lächeln des guten Verlierers und klopfte Jacob van Oppen auf die Schulter.

»Welch ein Mann!« murmelte er; das richtete sich an niemanden, und der schiefe Kopf, die krummen Arme, der lufthungrige Mund wiederholten es für ganz Santa María: »Welch ein Mann!«

Van Oppen ging weiter mit der gleichen verhaltenen Schnelligkeit, die Schultern der Zukunft entgegen, mit hängendem Kiefer, der Rambla zu; dann ging er in Richtung Konservenfabrik, ging an den staunenden Fischern, Bummlern, Fährbootsleuten vorbei; er war zu groß, als daß jemand gewagt hätte, über ihn zu witzeln.

Vielleicht umgaben diese nie laut geäußerten Späße den Fürsten Orsini den ganzen Tag hindurch, seine Kleider, sein Benehmen, seine gute Erziehung, die nicht hierher paßte. Aber er hatte alles darangesetzt, glücklich zu sein, und er konnte nur angenehme und gute Dinge zur Kenntnis nehmen. Im »Liberal«, im Berna oder im Plaza hielt er das ab, was er einmal in der Erinnerung Pressekonferenzen nennen würde; er trank und plauderte mit Neugierigen und Müßiggängern, erzählte Anekdoten und dick aufgetragene Lügen, zog wieder einmal die gelblichen zerfallenden Zeitungsausschnitte hervor. Einmal, und das stand außer Zweifel, war es so gewesen: van Oppen Weltmeister, jung, mit dem unwiderstehlichen Würgegriff; Reisen, die nicht Verbannung bedeuteten; belagert von Angeboten, die man zurückweisen konnte. Die Fotografien waren zwar veraltet, hatten die Farbe verloren, aber da lagen sie, dazu die Worte der Zeitungen, hartnäckig, obwohl sie sich schon der

Asche näherten, unwiderlegbar. Nach dem vierten oder fünften Gläschen glaubte Orsini, der nie betrunken war, daß die Zeugnisse der Vergangenheit die Zukunft garantierten. Er brauchte persönlich keinen Ortswechsel, um bequem das unmögliche Paradies bewohnen zu können. Er war mit Fünfzig auf die Welt gekommen, zynisch, gutmütig, ein Freund des Lebens, immer dafür, daß etwas geschehe. Das Wunder forderte nur, daß van Oppen sich änderte, daß er zu den Jahren der Vorkriegszeit zurückkehrte: schlank der Bauch, glänzend die Haut, rein die weiße Hornhaut des Auges am Morgen.

Ja, die künftige Türkin – ein Weibchen, mit allem Respekt, sympathisch und trotzig – war im »Liberal« gewesen, um die Herausforderung zu fixieren. Der Chef der Sportredaktion hatte schon Fotos von Mario, wie er trainierte; aber diese Fotos hatten ein Gespräch über die Freiheit der Presse, die Demokratie und den freien Meinungsaustausch zur Folge. Auch über den Patriotismus, erzählte der Sportredakteur:

»Und der Türke hätte uns den Schädel eingeschlagen, mir und dem Fotografen, trotz allem, wenn nicht die Verlobte eingegriffen und ihn mit zwei Worten beruhigt hätte. Sie tuschelten im Hintergrund, und dann kam der Türke her, nicht so groß wie van Oppen, glaube ich, aber viel bestialischer, viel gefährlicher. Na ja, davon verstehen Sie ja mehr als ich!«

»Ich verstehe«, lächelte der Fürst. »Armer Junge! Es ist nicht der erste«, und er sah traurig über die Pommes frites und die Oliven im Berna hinweg.

»Der Mann war wütend, aber er hielt sich zurück, zog die kurzen Fischerhosen an und fing an, in der Sonne zu turnen; alles, was Humberto, der Fotograf, wollte oder erfand, rein aus Rache und um den Schrecken, den er ausgestanden hatte, loszuwerden. Und die ganze Zeit über saß sie auf einer kleinen Tonne, als ob sie die Mutter oder die Lehrerin wäre, rauchte, sagte kein Wort, ließ ihn aber nicht aus den Augen. Und wenn man bedenkt, daß sie keinen Meter fünfzig mißt und keine vierzig Kilo wiegt ...«

»Ich kenne die Señorita«, sagte Orsini nostalgisch. »Und ich habe so viele Beispiele gesehen ... Ah, die Persönlichkeit ist etwas Geheimnisvolles; sie zeigt sich nicht in den Muskeln.«

»Wir werden das natürlich nicht publizieren«, sagte der Sportredakteur, »aber werden Sie das Geld hinterlegen?«

»Das Geld«, und der Fürst öffnete voller Erbarmen die Hände. »Heute abend oder morgen in der Frühe. Es hängt von der Bank ab. Paßt es Ihnen morgen in der Frühe im ›Liberal‹? Es wäre eine gute Werbung, und gratis. Drei Minuten lang van Oppen zu widerstehen ... Wie ich immer sage«, und er zeigte die goldenen Backenzähne und rief nach dem Kellner, »der Sport auf der einen Seite, das Geschäft auf der anderen. Was kann einer machen, wenn am Ende dieses Trainings plötzlich ein Selbstmörder auftaucht? Und wenn man ihm dabei auch noch hilft?«

4

Das Leben war immer schwierig und schön gewesen, nicht zu ersetzen, und der Fürst Orsini hatte die fünfhundert Pesos nicht. Er kannte die Frau, erahnte eine exakte Bezeichnung, um sie zu definieren und in die Vergangenheit mitzunehmen; nun begann er an den Mann zu denken, den die Frau vertrat und verdeckte, an den Türken, der die Herausforderung angenommen hatte. So verabschiedete er also Mißmut und Glück, und als die Nacht begann, belog er den Champion, überwachte seine Gemütslage, seinen Puls und ging dann zum Laden von »Porfilio und Brüder«, mit dem gelben Album unter dem Arm.

Zuerst der wurmzerfressene Ombúbaum, dann die Laterne, die vom Baum hing, der eingeschüchterte Lichtkreis. Gleich darauf bellende Hunde und Rufe, die sie zurückhalten sollten: »Platz, ruhig, kusch!« Orsini ging durch das erste Licht hindurch; er konnte den runden wässerigen Mond sehen, kam bis zum Ladenschild und trat voller Respekt ein. Ein Mann in Pumphose und Leinenschuhen trank seinen Gin an der Theke aus und verabschiedete sich. Sie waren allein: er, Fürst Orsini, der Türke und die Frau.

»Guten Abend, Señorita«, Orsini lächelte wieder und verbeugte sich. Die Frau saß auf einem Strohsessel, strickte, wandte die Augen von den Nadeln ab, um ihn anzusehen, bewegte den Kopf, vielleicht wollte sie auch lächeln. ›Strampelhöschen‹, dachte Orsini empört, ›sie ist schwanger, sie arbeitet an den Sachen für das Kind, deshalb will sie heiraten, deshalb will sie mir die fünfhundert Pesos abknöpfen.‹

Er ging geradewegs auf den Mann zu, der bis jetzt Papiersäcke mit Mate gefüllt hatte und ihn mit einfältiger Miene auf der anderen Seite der Theke erwartete.

»Das ist der, von dem ich dir erzählt hab«, sagte die Frau. »Der Impresario.«

»Impresario und Freund«, korrigierte Orsini. »Nach so vielen Jahren …«

Er drückte die offene starre Hand des Mannes, schob den linken Arm vor, um ihm auf die Schulter zu klopfen.

»Zu Ihren Diensten«, sagte der Kaufmann; der dicke schwarze Schnauzbart hob sich, die Zähne waren zu sehen.

»Höchst erfreut, höchst erfreut«, aber schon hatte er den bitteren, trüben Geruch der Niederlage gerochen, schon hatte er die noch unverbrauchte Jugend des Türken berechnet und wie vollkommen seine hundert Kilo Gewicht am Körper verteilt waren. ›Da ist kein Gramm Fett zuviel, kein Gramm Intelligenz oder Weichherzigkeit; da gibt es keine Hoffnung mehr. Drei Minuten; armer Jacob van Oppen.‹

»Ich komme wegen dieser fünfhundert Pesos«, begann Orsini und tastete die dicke Luft, das armselige Licht, die Feindseligkeit des Paares ab. ›Das geht nicht gegen mich, das geht gegen das Leben.‹ – »Ich wollte Sie beruhigen, morgen, sobald ich aus der Hauptstadt einen Scheck erhalte, wird das Geld beim ›Liberal‹ hinterlegt. Aber ich wollte noch von etwas anderem reden.«

»Haben wir nicht schon von allem geredet?« fragte das Mädchen. Sie war für den wackeligen Strohsessel zu klein, die funkelnden Nadeln, mit denen sie strickte, zu lang. Sie konnte gut oder böse sein; jetzt hatte sie es vorgezogen, unbarmherzig zu sein, irgendeine unbekannte, lange Demütigung zu überwinden, Rache zu nehmen. Im Lampenlicht zeichnete sich ihre Nase vollkommen ab, die hellen Augen leuchteten wie Glas.

»Von allem, das stimmt, Señorita. Ich will Ihnen nichts sagen, was ich Ihnen nicht schon gesagt hätte. Aber ich habe es als meine Pflicht erachtet, es Ihnen direkt zu sagen. Dem Herrn Mario die Wahrheit zu sagen«, er lächelte und grüßte wieder, kopfnickend, die Grausamkeit vibrierte kaum in der Stimme, tief, gedämpft. »Deshalb ersuche ich Sie, Chef, uns eine Runde für alle drei auszugeben. Ich lade dazu ein, das versteht sich, nehmen Sie, was Sie wollen.«

»Er trinkt nicht«, sagte die Frau, ohne sich zu beeilen, ohne die Augen vom Strickzeug zu heben, eingenistet in ihre Stimmung aus Eis und Ironie.

Die behaarte Bestie hinter der Theke schloß ein Teepaket, drehte sich langsam der Frau zu und sah sie an. ›Brust eines Gorillas, zwei Zentimeter Stirn; nie hatte er in den Augen einen Ausdruck‹, bemerkte Orsini für sich. ›Nie hat er wirklich gedacht, konnte nicht leiden, sich nicht vorstellen, daß der Morgen für ihn eine Überraschung sein oder vielleicht nicht kommen könnte.‹

»Adriana«, murmelte der Türke und bewegte sich nicht, bis die Frau die Augen hob. »Adriana, also, Wermut, den trink ich.«

Sie lächelte ihm rasch zu und zuckte mit den Schultern. Der Türke spitzte den Mund und trank den Wermut in kleinen Schlückchen. Der Fürst strich, an der Theke lehnend, den warmen grünen Hut in den Nacken geschoben, über die Hülle des Albums, er suchte nach einer Eingebung, nach Sympathie und redete über Ernten, Regen und Dürre, über Anbaumethoden und Transportwege, über die gealterte Schönheit Europas und über die Jugend Amerikas. Er improvisierte, machte Andeutungen, teilte Hoffnungen aus, während der Türke schweigend zustimmte.

»Das Apollo war diesen Nachmittag voll«, griff der Fürst plötzlich an. »Seit man weiß, daß Sie die Herausforderung angenommen haben, wollen alle sehen, wie der Champion trainiert. Damit er nicht zu sehr belästigt wird, habe ich den Eintrittspreis erhöht, aber die Leute zahlen. Jetzt aber«, und er nahm das Papier, das das Album umhüllte, weg, »möchte ich doch, daß Sie sich das ein wenig ansehen.« Er strich über den Ledereinband und öffnete das Album. »Fast alles geschrieben, aber die Fotos helfen. Schauen Sie, man versteht's. Weltchampion, goldener Gürtel.«

»Er *war* Weltmeister«, erklärte die Frau vom knirschenden Strohsessel aus.

»Oh, Señorita«, sagte Orsini, ohne sich umzudrehen, und er richtete sich nur an den Türken, während er die Seiten mit den zerfallenden Ausschnitten umdrehte. »Er wird es wieder sein, bevor noch sechs Monate vergangen sind. Ein umstrittener Spruch des Schiedsrichters, der Internationale Ringerverband hat bereits eingegriffen. Sehen Sie sich die Schlagzeilen an, acht Spalten, auf der ersten Seite, sehen Sie sich die Fotos an! Das ist ein Champion, schauen Sie; niemand auf der Welt wird mit ihm fertig. Keiner widersteht ihm drei Minuten lang, ohne auf die Schultern gelegt zu werden. Ach was, eine einzige Minute wäre schon ein Wunder. Der Europameister wurde mit ihm nicht fertig, und nicht der Meister der Vereinigten Staaten. Ich rede im Ernst mit Ihnen, von Mann zu Mann; ich suche Sie auf, denn sobald ich mit der Señorita gesprochen hatte, begriff ich das Problem, die Lage.«

»Adriana«, korrigierte der Türke.

»Genau so«, sagte der Fürst. »Ich habe alles begriffen. Aber es gibt für alles eine Lösung. Wenn Sie am Samstag in den Ring im Apollo steigen... Jacob van Oppen ist mein Freund; diese Freundschaft hat nur eine Grenze, sie verschwindet, sobald die Ringglocke läutet und er zu kämpfen beginnt. Dann ist er nicht mehr mein Freund, er ist kein Mensch mehr, er ist der Weltmeister, er muß gewinnen, und er weiß, wie man gewinnt.«

Dutzende von Reisenden hatten schon ihren Ford vor dem Laden von »Porfilio und Brüder« angehalten, hatten den verstorbenen Besitzern oder Mario zugelächelt, hatten einen

Schluck getrunken, Muster, Kataloge und Listen vorgezeigt, Zucker, Reis, Wein und Mais verkauft. Aber der Fürst Orsini bemühte sich unter Lächeln, freundschaftlichen Stößen, mitleidigen Einwänden, dem Türken eine merkwürdige, schwer zu verkaufende Ware anzudrehen: die Furcht. Durch die Anwesenheit der Frau hellhörig geworden, durch Erinnerungen und den Instinkt gewarnt, beschränkte er sich darauf, Vorsicht zu verkaufen, den Handel zu versuchen.

Der Türke hatte noch ein halbes Glas Wermut, er hob es, um sich den kleinen, rosigen Mund zu befeuchten, trank aber nicht.

»Fünfhundert Pesos und basta«, sagte Adriana vom Stuhl her. »Wir schließen jetzt.«

»Sie sagten ...«, begann der Türke, Stimme und Gedanke versuchten zu begreifen, versuchten ruhig zu werden, wollten sich von drei Generationen Borniertheit und Habsucht trennen. »Adriana, zuerst muß ich den Tee runterbringen. Sie sagten, wenn ich am Samstag im Apollo in den Ring steige ...«

»Das sagte ich. Wenn Sie in den Ring steigen, wird der Champion Ihnen ein paar Rippen, den einen oder anderen Knochen brechen; er wird Sie in einer halben Minute aufs Kreuz legen. Dann ist es aus mit den fünfhundert Pesos, obwohl Sie vielleicht mehr für die Ärzte ausgeben müssen. Und wer steht dann in Ihrem Geschäft, solange Sie im Krankenhaus liegen? Ich rede gar nicht davon, daß Sie Ihr Ansehen verlieren, sich lächerlich machen.« Orsini hielt den Augenblick für gekommen, eine Pause eintreten, ihn nachdenken zu lassen; er verlangte Gin, beobachtete das unbewegliche Gesicht des Türken, seine befangenen Bewegungen; er hörte ein kleines Lachen der Frau, die das Strickzeug auf die Oberschenkel gelegt hatte.

Orsini trank einen Schluck Gin und packte langsam das auseinanderfallende Album wieder ein. Der Türke roch den Wermut und versuchte zu denken.

»Damit will ich nicht sagen«, murmelte der Fürst leise, zerstreut, es war wie die Stimme eines gegenseitig akzeptierten Epilogs, »ich will nicht sagen, daß Sie nicht stärker als Jacob van Oppen sind. Ich verstehe viel davon; ich habe mein Leben damit verbracht und mein Geld dafür ausgegeben, starke Männer zu entdecken. Außerdem, wie mir die Señorita Adriana höchst einsichtig gesagt hat, sind Sie viel jünger als der Champion. Kräftiger, jünger, ich bin bereit, Ihnen das schriftlich samt Unterschrift zu geben. Wenn der Champion – es ist nur ein Beispiel – dieses Geschäft kaufen würde, könnte er nach sechs Monaten um Almosen betteln gehen. Sie hingegen werden spätestens in zwei Jahren reich sein. Denn Sie, mein Freund Mario, verstehen etwas vom Geschäft, der Champion aber nicht« – das Album war wieder eingewickelt, er legte es auf die Theke und stützte sich darauf, trank Gin und setzte das Gespräch fort. »Gleicherweise versteht sich der Champion darauf, wie man Knochen bricht, Knie und Hüften beugt, um Sie auf die Matte zu legen. So sagt man, oder sagte man. Den Teppich. Jeder so wie er es kennt.«

Die Frau war aufgestanden und löschte das Licht in einem Winkel; nun stand sie, hielt das Strickzeug zwischen Bauch und Theke, war klein und hart, sah keinen der Männer an.

Der Türke sah ihr ins Gesicht und brummte dann:

»Sie sagten, wenn ich am Samstag im Apollo in den Ring steige ...«

»Sagte ich das?« fragte Orsini überrascht. »Ich glaubte nur, Ihnen einen Rat gegeben zu haben. Aber auf alle Fälle, wenn Sie die Herausforderung zurückziehen, können wir uns verständigen, irgendeine Entschädigung. Wir könnten darüber reden.«

»Wieviel?« fragte der Türke.

Die Frau hob eine Hand und krallte die Nägel in den behaarten Arm der Bestie, und als der Mann den Kopf drehte und sie ansah, sagte sie:

»Nicht mehr und nicht weniger als fünfhundert Pesos, verstanden? Wir wollen die nicht verlieren. Wenn du am Samstag nicht hingehst, wird ganz Santa María wissen, daß du Angst gehabt hast. Und ich werde es allen sagen, Haus für Haus, einem nach dem anderen.«

Sie sprach nicht leidenschaftlich, sie krallte die Nägel in den

Arm, sprach aber geduldig, in scherzendem Ton zu dem Türken, wie eine Mutter mit ihrem Sohn redet, ihn tadelt, ihm droht.

»Einen Augenblick«, sagte Orsini, hob eine Hand, die andere nahm das Glas Gin; er leerte es. »Auch daran habe ich gedacht. An die Kommentare des Publikums, der Stadt, wenn Sie am Samstag nicht im Apollo erscheinen. Aber alles läßt sich regeln«, und er lächelte in die feindseligen Gesichter der Frau und des Mannes hinein, die Stimme klang noch vorsichtiger. »Zum Beispiel ... Nehmen wir an, Sie gehen hin und steigen in den Ring. Versuchen Sie nicht, den Champion wütend zu machen, denn das wäre für unseren Plan fatal. Sie steigen in den Ring, merken beim ersten Griff, daß der Champion es versteht, und lassen sich einfach auf die Schultern fallen, ohne einen Kratzer.«

Die Frau schlug wieder die Krallen in den riesigen behaarten Arm; der Türke schob sie mit einem Bellen zur Seite.

»Ich verstehe«, sagte er dann. »Ich gehe hin und verliere. Wieviel?«

Plötzlich erkannte Orsini klar, was er von Anfang dieser Unterredung an geahnt hatte: wie auch immer das Abkommen, das er mit dem Türken erreichen konnte, sein mochte – die schmächtige, hartnäckige kleine Frau würde es im Verlauf der Nacht zunichte machen. Er begriff, daß Jacob van Oppen dazu verdammt war, am Samstag mit dem Türken zu kämpfen.

»Wieviel ...«, murmelte er und schob das Album unter den Arm. »Wir könnten von hundert reden, von hundertfünfzig Pesos. Sie steigen in den Ring ...«

Die Frau trat einen Schritt von der Theke zurück und steckte die Nadeln in das Wollknäuel. Sie sah auf den Boden, halb Lehm, halb Zement, und ihre Stimme klang ruhig, schläfrig:

»Wir brauchen fünfhundert Pesos, und er wird sie Ihnen am Samstag ohne Schiebung, ohne Vergleiche abnehmen. Es gibt keinen stärkeren Mann, niemand kann ihn besiegen. Schon gar nicht dieser erledigte alte Mann, und er mag noch so sehr Weltmeister gewesen sein. Schließen wir?«

»Ich muß noch den Tee runterbringen«, sagte der Türke wieder.

»Schön, dann bleibt's dabei«, sagte Orsini. »Ich möchte zahlen, geben Sie mir noch ein Glas«, und er legte einen Zehnpesoschein auf die Theke und zündete sich eine Zigarette an. »Wir wollen das feiern; auch Sie sind eingeladen.«

Aber die Frau drehte wieder das Licht im Winkel an und ließ sich in dem Strohsessel nieder, strickte weiter, rauchte eine Zigarette, und der Türke servierte nur ein Glas Gin. Er begann gähnend die Teesäcke, die gegen eine Wand gestapelt waren, zur Kellertür zu tragen.

Ohne zu wissen wozu, warf Orsini eine seiner Visitenkarten auf die Theke. Er blieb noch zehn Minuten im Laden, rauchte, sog den Brotgeruch des Gins ein, sah bestürzt, entsetzt, mit vernebeltem Blick, schwitzend, wie methodisch der Türke mit den Säcken umging, wie leicht er sie schwang, mit gerade soviel sichtbarer Anstrengung, wie er, Fürst Orsini, eine Zigarettenpackung oder eine Flasche bewegt hätte.

›Armer Jacob van Oppen‹, dachte Orsini. ›Alt zu werden, das ist eine gute Aufgabe für mich. Aber er ist auf die Welt gekommen, um immer zwanzig Jahre alt zu sein; jetzt aber hat dieser Riese dieses Alter, der Hundesohn, den der schwangere Embryo dahinten um den kleinen Finger wickelt. Zwanzig Jahre, dieses Vieh hat sie, keiner kann sie ihm wegnehmen und einem anderen geben, und zwanzig wird er sein, Samstag nacht im Apollo.‹

5

Von der Redaktion des »Liberal« aus, fast Ellbogen an Ellbogen mit dem Sportredakteur, rief der Fürst die Hauptstadt an und verlangte dringend die Überweisung von tausend Pesos. Er benützte das direkte Telefon, um nicht der Neugier der Telefonistin ausgesetzt zu sein; er log schreiend vor der Redaktion, die jetzt von dürren und schnauzbärtigen jungen Männern bevölkert wurde, dazu einer jungen Frau, die mit Zigarettenspitze rauchte. Es war sieben Uhr abends; er kam fast ins Schimpfen, als das Zaudern des Mannes, der ihm fern am Telefon zuhörte, offenkundig wurde, in einem Zimmer, das ebensowenig vorstellbar war wie die Grimassen, die er in seiner Verwirrung in irgendeinem Loch in der großen Stadt schnitt, in einer Abenddämmerung im Oktober.

Er hängte ein, mit einem nachsichtigen, verärgerten Lächeln. »Endlich«, sagte er und schnaubte in das Leinentaschentuch. »Morgen früh werden wir das Geld haben. Mißliche Umstände. Morgen mittag hinterlege ich das Geld in der Verwaltung. In der Verwaltung scheint es mir seriöser zu sein, meinen Sie nicht? Da ist der Laufbursche. Wer irgendeine Erfrischung zu sich nehmen möchte ...«

Sie bedankten sich, die eine und andere Schreibmaschine hörte zu klappern auf, aber niemand nahm die Einladung an. Der Sportredakteur neigte die dicke Brille über den Tisch und markierte Fotografien.

Orsini lehnte an einem Tisch, rauchte eine Zigarette, sah auf die Männer, die sich über Maschinen beugten, über die Arbeit. Er wußte, daß er für sie nicht mehr existierte, daß er nicht mehr in der Redaktion war. ›Und morgen auch nicht‹, dachte er mit sanfter Trauer, lächelnd, resignierend. Denn alles war bis auf Samstag abend verschoben worden, und die Freitagnacht wuchs am Ende einer rötlichen und sanften Dämmerung außerhalb der großen Fenster des »Liberal«, auf dem Fluß, über dem ersten Schatten, der die tiefen Sirenen der Barkassen umgab.

Er ging durch Gleichgültigkeit und Mißtrauen hindurch und zwang den Sportredakteur, ihm die Hand zu geben.

»Ich hoffe, es wird für Santa María ein großer Abend; ich hoffe, daß der Bessere gewinnt.«

Diese Phrase würde von der Zeitung nicht wiedergegeben werden, sie würde seinem lächelnden und gutmütigen Gesicht nicht als Halt dienen können. Vom Vestibül des Apollo her – Jacob van Oppen, Weltmeister, Training hier von 18 bis 20 Uhr, Eintritt drei Pesos – hörte er das Murmeln des Publikums und wie die Füße des Champions auf den Boden im improvisierten Ring trommelten. Van Oppen konnte nicht kämpfen, konnte keine Knochen brechen oder es riskieren, daß sie ihm gebrochen wurden. Aber er konnte unendlich lang, ohne Ermüdung, seilspringen.

Im engen Büro mit dem Schalter für die Kartenausgabe ging Orsini die Einnahmen durch und machte Bilanz. Sogar ohne den triumphalen Samstagabend, Sperrsitze zu fünf Pesos, blieb bei diesem Besuch Santa Marías etwas Geld übrig. Orsini lud zu Kaffee ein und setzte die Unterschrift unten auf die Blattseiten, nachdem er das Geld gezählt hatte.

Er blieb allein im dunklen, übelriechenden Büro. Taktmäßig kam das Geräusch herein, das die Füße van Oppens aus dem Holz klopften.

›Hundertzehn Tiere sperren das Maul auf, denn der Champion springt seil, wie alle kleinen Mädchen auf den Schulhöfen seilspringen, und vielleicht besser.‹

Er dachte an den jungen oder zumindest damals noch nicht gealterten van Oppen; er dachte an Europa und an die Staaten, an die wirkliche, verlorene Welt; er versuchte sich zu überzeugen, daß van Oppen für das Vergehen der Jahre, für den Verfall, das ekelhafte Alter verantwortlich war wie für ein Laster, das er sich erworben und das er akzeptiert hatte. Er versuchte van Oppen zu hassen, um sich zu schützen.

›Ich hätte schon vorher mit ihm darüber reden sollen, bei einem dieser Spaziergänge auf der Rambla, wo er mit den Schrittchen einer dicken Frau geht; gestern oder heute morgen; mit ihm im Freien, am Fluß, unter den Bäumen, dem Himmel reden müssen, in all dem, was die Deutschen Natur nennen. Aber der Freitag ist gekommen: der Freitagabend.‹

Er klopfte leicht auf die Geldscheine in der Tasche und stand auf. Draußen erwartete ihn pünktlich und lau der Freitagabend. Die hundertzehn Trottel schrien im Theater-Kino; jetzt hatte der Champion wohl mit der Schlußnummer begonnen, der Gymnastik, bei der alle Muskeln anwuchsen und überquollen. Orsini ging langsam auf das Hotel zu, die Hände auf dem

Rücken, und suchte nach Besonderheiten der Stadt, um sich daran zu erinnern und sich verabschieden zu können, um sie mit den Details anderer ferner Städte mischen zu können, um alles zu vereinen und weiterzuleben.

Die Bartheke verlängerte sich, bis sie mit der Portierstheke zusammenstieß. Während er einen Schluck mit viel Sodawasser trank, organisierte der Fürst die Schlacht. Einen Hügel besetzt zu halten kann wichtiger sein als der Verlust eines Munitionsdepots. Er legte einige Geldscheine auf die Theke und verlangte nach der Hotelrechnung.

»Es ist wegen morgen, entschuldigen Sie, aber ich will vermeiden, daß wir ins Gedränge kommen. Morgen, sobald der Kampf zu Ende ist, müssen wir im Auto weg, um Mitternacht oder in der Morgenfrühe. Heute habe ich vom ›Liberal‹ aus telefoniert und erfahren, daß neue Verträge da sind. Alle wollen natürlich den Weltmeister sehen vor dem Kampf in Antwerpen.«

Er gab ein übertrieben hohes Trinkgeld und stieg dann ins Zimmer hinauf, eine Flasche Gin unter dem Arm, um die Koffer zu packen. Da war ein schwarzer, alter Koffer Jacobs, der nicht angerührt werden durfte; da war noch ein Berg eindrucksvoller Gegenstände auf der Bühne des Apollo – Trainingsmäntel, Trikots, Expander, Seile, weich gefütterte Schuhe. Aber das alles konnte später unter irgendeinem Vorwand eingesammelt werden. Er packte seine Koffer und diejenigen, die Jacob nicht für unantastbar erklärt hatte; er stand unter der Dusche, schnaubte vor Erleichterung, dickbäuchig, entschlossen, als er hörte, wie die Zimmertür zugeschlagen wurde. Hinter dem Geräusch des Wassers hörte er die Schritte, das Schweigen. ›Es ist Freitagabend, und ich weiß nicht einmal, ob es besser ist, ihn betrunken zu machen, bevor ich mit ihm rede, oder nachher. Oder vor- und nachher.‹

Jacob saß auf dem Bett, mit übereinandergeschlagenen Beinen; er sah mit kindlicher Freude auf das Zeichen an der Schuhsohle, das Wort »Champion«; irgendwer, vielleicht Orsini selber, hatte einmal im Scherz gesagt, daß diese Schuhe ausschließlich für den Gebrauch van Oppens fabriziert würden und daß tausend fremde Füße sie trügen, um an ihn zu erinnern und ihn zu ehren.

Orsini kam ins Zimmer, in den Bademantel gehüllt, Wasser versprühend, jovial, geschwätzig. Der Champion hatte die Gin-flasche in die Hand genommen; er nahm zuerst einen Schluck und betrachtete weiter die Schuhsohle, ohne auf Orsini zu hören.

»Warum hast du die Koffer gepackt? Der Kampf ist morgen.«

»Um Zeit zu gewinnen«, sagte Orsini. »Deswegen habe ich sie gepackt. Aber nachher ...«

»Um neun, oder? Aber es beginnt immer später. Und nach den drei Minuten muß ich Keulen schwingen und die Hanteln stemmen. Und auch feiern.«

»Gut«, sagte Orsini und sah die Flasche an, die gegen den Mund des Champions geneigt war; er zählte die Schlucke und rechnete. »Natürlich werden wir feiern.«

Der Champion ließ die Flasche stehen und knetete die weißen Gummisohlen durch. Er lächelte geheimnisvoll und ungläubig, als hörte er eine ferne, seit der Kindheit nicht mehr gehörte Musik. Plötzlich wurde er ernst, nahm mit beiden Händen den Fuß mit dem Markenzeichen, das auf ihn anspielte, und senkte ihn langsam, bis er die Sohle auf den schmalen Teppich neben dem Bett aufgesetzt hatte. Orsini sah die knappe, trockene Maske, die an Stelle des hochmütigen Lächelns getreten war; er näherte sich unentschlossen dem Bett des Champions und hob die Flasche. Während er so tat, als trinke er, konnte er, nach Laut und Gewicht, feststellen, daß noch zwei Drittel des Liters Gin blieben.

Unbeweglich, eingefallen, die Ellbogen auf die Beinen gestützt, leierte der Champion:

»Verdammt, verdammt, verdammt!«

Ohne Lärm zu machen, schlurfte Orsini über den Boden; mit dem Rücken zum Champion und mit einem Gähnen zog er den Revolver aus seinem Sakko, das über dem Stuhl hing, und steckte ihn in eine Tasche des Bademantels. Dann setzte er sich auf das Bett und wartete. Noch nie hatte er den Revolver bei Jacob gebraucht, er hatte ihn nicht einmal zeigen müssen. Aber die Jahre hatten ihn gelehrt, Aktionen und Reaktionen des Champions im voraus zu kalkulieren, seine Gewalttätigkeit abzuschätzen, den Grad seines Wahnsinns und den genauen Punkt, wo der Wahnsinn begann.

»Verdammt!« sagte Jacob nochmals. Er füllte die Lungen mit Luft und stand auf. Er schob die Hände im Nacken ineinander und beugte den Oberkörper schwer nach links und nach rechts bis zur Hüfte.

»Verdammt!« schrie er, als sähe er irgendwen, der ihn herausforderte; dann setzte er wieder sein mißtrauisches Lächeln auf und begann sich zu entkleiden. Orsini zündete sich eine Zigarette an und steckte eine Hand in die Tasche des Bademantels; die Knöchel stießen ruhig gegen den kalten Revolver. Der Champion zog das Trikot aus, das Unterhemd, die Hose, die Schuhe mit der Marke; alles knallte in den Winkel zwischen Schrank und Wand und bildete auf dem Boden einen Haufen.

Orsini, im Bett, gegen die Kissen gelehnt, dachte an andere Zornausbrüche, andere Vorspiele und wollte sie mit dem vergleichen, was er jetzt sah. ›Niemand hat ihm gesagt, daß wir verschwinden. Wer kann gesagt haben, daß wir diese Nacht verschwinden?‹

Jacob hatte nur noch die Kampfhose an. Er hob die Flasche und trank die Hälfte des Restes. Dann begann er, während er das geheimnisvolle Lächeln – Anspielungen, Erinnerungen – beibehielt, zu turnen; er streckte und beugte die Arme, er ging in die Knie.

›Dieses ganze Fleisch‹, dachte Orsini, den Finger am Abzug des Revolvers, ›es sind dieselben Muskeln, ja mehr noch als die eines Zwanzigjährigen; ein bißchen Fett am Bauch, am Rücken, an der Hüfte. Weißhäutig, sich ängstlich vor der Sonne hütend, ein Gringo, ein Weib. Aber diese Arme und diese Beine sind genauso stark wie früher, oder stärker. Die Jahre haben da keine Spuren hinterlassen; aber sie hinterlassen immer eine Spur, immer suchen und finden sie eine Stelle, wo sie sich einschleichen und bleiben können. Uns allen haben sie, plötzlich oder stammelnd, das Alter und den Tod verheißen. Dieser arme Teufel hat nicht an Verheißungen geglaubt, deshalb ist das Resultat ungerecht.‹

Angestrahlt vom letzten Licht des Freitags und vom Licht, das Orsini im Badezimmer hatte brennen lassen, glänzte der Riese im Schweiß. Er hörte mit dem Turnen auf, warf sich rücklings auf den Boden und federte sich mit den Händen ab. Dann grüßte er, mit einem kurzen und langsamen Kopfnicken, den Wäschehaufen neben dem Schrank. Er trank wieder keuchend aus der Flasche, hob sie in die aschenfarbene Luft, wandte den Blick nicht davon ab und näherte sich dem Bett, auf dem Orsini lag. Er blieb aufrecht stehen, riesig, schwitzend; er atmete angestrengt, geräuschvoll, den Mund halb offen: von Kopf bis Fuß von Wut erfüllt. Noch immer sah er die Flasche an, suchte auf dem Etikett, in der runden, geheimen Form nach einer Erklärung.

»Champion«, sagte Orsini und wich zurück, bis er die Wand berührte, zog ein Bein an, um den Revolver bequemer fassen zu können. »Champion! Wir müssen noch eine Flasche bestellen. Wir müssen von jetzt an feiern.«

»Feiern? Ich gewinne immer.«

»Ja, der Champion gewinnt immer. Und er wird auch in Europa gewinnen.«

Orsini richtete sich im Bett auf, er zog die Beine an, bis er saß; die Hand immer tief in der Tasche des Bademantels.

Vor ihm öffneten sich die riesigen Oberschenkel Jacobs, die Muskeln angespannt. ›Nie gab es bessere Beine als die hier‹, dachte Orsini voller Furcht und Trauer. ›Er braucht nur die Flasche auf mich zu hauen, um mich zu zerschmettern; um einen Kopf mit einem Flaschenbauch zu zertrümmern, braucht man viel weniger als eine Minute.‹ Er stand langsam auf und ging kreuzlahm, mit einem väterlichen und glücklichen Lächeln, in den anderen Winkel des Zimmers. Er stützte sich auf den Rand des Tischchens und stand dort einen Augenblick mit halbgeschlossenen Augen und flüsterte eine katholische, magische Formel.

Jacob hatte sich nicht von der Stelle gerührt; er stand aufrecht neben dem Bett, drehte ihm den Rücken zu, die Flasche immer noch hochgehoben. Das Zimmer lag fast im Halbdämmer, das Licht aus dem Badezimmer war schwach und gelb.

Orsini zündete sich mit Hilfe der linken Hand eine Zigarette an. ›Den Trick habe ich noch nie geschafft.‹

»Wir können jetzt gleich feiern, Champion. Wir feiern bis zum Morgen und nehmen um vier den Omnibus. Adiós, Santa María. Und vielen Dank; es war nicht so ganz schlecht.«

Weiß, vom Schatten vergrößert, senkte Jacob langsam den Arm mit der Flasche und ließ das Glas gegen ein Knie ertönen.

»Wir fahren, Champion«, fügte Orsini hinzu. ›Jetzt denkt er nach. Vielleicht begreift er in den nächsten drei Minuten.‹

Jacob drehte den Körper wie in einem Becken mit Salzwasser, beugte ihn und setzte sich auf das Bett. Das spärliche Haar, aber noch kein Grau, zeigte, daß er den Kopf gesenkt hielt.

»Wir haben Verträge, wirkliche Verträge«, fuhr Orsini fort, »wenn wir in den Süden fahren. Aber das muß gleich sein; es muß mit dem Vieruhrbus sein. Heute nachmittag habe ich von der Zeitung aus mit einem Impresario der Hauptstadt gesprochen, Champion.«

»Heute. Jetzt ist Freitag«, sagte Jacob langsam, die Stimme nicht die eines Betrunkenen. »Dann ist der Kampf morgen abend. Wir können um vier nicht weg.«

»Der Kampf findet nicht statt, Champion. Es gibt keine Probleme. Wir fahren um vier, aber zuerst feiern wir. Ich bestelle sofort noch eine Flasche.«

»Nein«, sagte Jacob.

Orsini stand wieder bewegungslos am Tisch. Er hatte zuerst ein immer ärger werdendes, ein geduldig ertragenes Mitgefühl für den Champion empfunden, nun bemitleidete er den Fürsten Orsini, der dazu verurteilt war, wie ein Kindermädchen eine Kreatur zu versorgen, sie anzulügen und sich zu langweilen, da sie ihm zugefallen war, damit er seinen Lebensunterhalt verdienen konnte. Dann wurde sein Mitgefühl unpersönlich, fast universal. ›Hier, in einem Nest in Südamerika, das nur deshalb einen Namen hat, weil irgendwer nicht auf die Gewohnheit verzichten wollte, einen Haufen Häuser zu benennen. Er ist verlorener, ist erschöpfter als ich; ich, älter, fröhlicher, intelligenter, bewache ihn mit einem Revolver, von dem ich nicht weiß, ob er funktioniert oder nicht, entschlossen, den Revolver zu zeigen, wenn es nötig sein sollte, aber sicher, daß ich nie abdrücken werde. Schade um die Existenz der Menschen, schade, daß irgendwer die Dinge in dieser ungeschickten, absurden Art miteinander kombiniert. Schade um die Menschen, die ich betrügen muß, nur um weiterleben zu können. Schade um den Türken und um seine Braut, schade um alle, die nicht wirklich das Vorrecht haben, wählen zu können.‹

Von fern her kam, immer wieder unterbrochen, Klavierspiel aus dem Konservatorium; obwohl es schon spät war, fühlte man, wie die Hitze im Zimmer, in den baumbestandenen Straßen anstieg.

»Ich verstehe nicht«, sagte Jacob. »Heute ist Freitag. Wenn dieser Verrückte die Herausforderung nicht mehr will, muß ich trotzdem den Auftritt machen, zu fünf Pesos Eintritt.«

»Dieser Verrückte ...«, begann Orsini, sein Mitleid ging über in Wut, in Haß. »Nein, wir sind es. Wir haben kein Interesse an der Herausforderung. Wir fahren um vier Uhr.«

»Der Mann will kämpfen? Er hat nicht zurückgezogen?«

»Der Mann will kämpfen, und er bekommt gar nicht die Erlaubnis zurückzuziehen. Aber wir fahren.«

»Ohne zu kämpfen, vor morgen?«

»Champion«, sagte Orsini. Der Kopf Jacobs bewegte sich verneinend, er hing herab.

»Ich bleibe. Morgen um neun erwarte ich ihn im Ring. Werde ich allein bleiben?«

»Champion«, wiederholte Orsini und näherte sich dem Bett; er streifte liebevoll eine Schulter Jacobs und nahm die Flasche, um einen kleinen Schluck zu trinken. »Wir fahren.«

»Ich nicht«, sagte der Riese und erhob sich, begann zu wachsen. »Ich werde im Ring allein sein. Lassen Sie mir die Hälfte des Geldes hier und fahren Sie weg. Sagen Sie mir, weshalb Sie ausreißen wollen, warum Sie wollen, daß ich auch ausreiße.«

Der Fürst vergaß den Revolver, obwohl er ihn umklammert hielt, und redete gegen den Rippenbogen des Champions an. »Weil es Verträge gibt, die auf uns warten. Weil das morgen kein Kampf ist, sondern eine dumme Herausforderung.«

Ohne Eile zu zeigen, entfernte sich Orsini, dem Fenster, dem Bett Jacob van Oppens zu. Er wagte es nicht, das Licht anzuschalten; er hatte nicht den Mut, Jacob durch Lächeln und Grimassen zu erobern.

Er zog den Schatten vor, die Überredungskraft der Stimme. ›Vielleicht ist es besser, wenn mit alldem jetzt gleich Schluß gemacht wird. Immer hatte ich Glück, immer erschien etwas Neues, oft war es besser als das eben Verlorene. Nicht rückwärts blicken, ihn wie einen herrenlosen Elefanten stehenlassen.‹

»Aber die Herausforderung, die ist doch von uns«, sagte die Stimme Jacobs, überrascht, fast lachend. »Immer machen wir das. Drei Minuten. In den Zeitungen, auf den Plätzen. Geld für den, der drei Minuten übersteht. Und immer habe ich gewonnen; Jacob van Oppen gewinnt immer!«

»Immer«, sagte Orsini; plötzlich fühlte er sich schwach und war voller Ekel; er legte den Revolver auf das Bett und schloß die Hände zwischen den nackten Knien. »Immer gewinnt der Champion. Aber ich habe auch jedesmal vorher den Mann aufgesucht, der die Herausforderung angenommen hat. Drei Minuten, ohne auf die Matte gelegt zu werden«, sagte er. »Und keiner hat eine halbe Minute überstanden, und ich wußte es, lange bevor die Glocke läutete.« ›Ich kann ihm nicht sagen, daß ich ein paarmal mit Drohungen Erfolg hatte, und auch nicht, daß ich dafür zahlte, daß das Ganze nicht länger als dreißig Sekunden dauerte; aber vielleicht bleibt kein anderer Ausweg, als es ihm zu sagen.‹ »Und auch jetzt habe ich meine Pflicht erfüllt. Ich habe den Mann aufgesucht, der die Herausforderung angenommen hat, ich habe ihn gewogen und gemessen. Mit den

Augen. Darum habe ich die Koffer gepackt, darum rate ich, den Omnibus um vier Uhr zu nehmen.«

Van Oppen hatte sich auf dem Boden ausgestreckt; der Kopf lag zwischen dem Nachttisch und dem Badezimmerlicht.

»Ich verstehe nicht. Und der da, dieser Ladenbesitzer aus irgendeinem Nest, der noch nie einen Kampf gesehen hat, der soll Jacob van Oppen besiegen?«

»Niemand kann den Weltmeister im Kampf besiegen«, sagte Orsini geduldig. »Aber es handelt sich nicht um einen Kampf.«

»Es ist eine Herausforderung«, rief Jacob aus.

»Genau das. Eine Herausforderung. Fünfhundert Pesos, wenn er drei Minuten auf den Füßen bleibt. Ich habe den Mann gesehen«, Orsini machte eine Pause und zündete sich noch eine Zigarette an; er war ruhig und gleichmütig; es war, als erzählte er einem Kind zum Einschlafen eine Geschichte, als sänge er *Lili Marleen*.

»Und der übersteht die drei Minuten?« spottete van Oppen.

»Also: Er ist ein Vieh. Zwanzig Jahre, hundertzehn Kilo; ich habe nur geschätzt, aber ich irre mich nie.«

Jacob zog die Knie an, bis er auf dem Boden saß. Orsini hörte ihn atmen.

»Zwanzig Jahre«, sagte der Champion. »Auch ich war zwanzig und nicht so stark wie jetzt, ich konnte weniger.«

»Zwanzig Jahre«, wiederholte der Fürst; sein Gähnen wurde zu einem Seufzer.

»Und das ist alles? Sonst nichts? Wie viele zwanzigjährige Männer habe ich in weniger als zwanzig Sekunden auf die Schultern gelegt? Und wieso sollte dieser Trottel die drei Minuten überstehen?«

Orsini, die Zigarette zwischen den Lippen, dachte:

›So ist das, so einfach und so schrecklich, wie wenn man plötzlich entdeckt, daß eine Frau einem nicht mehr gefällt und man plötzlich impotent ist; und begreift, daß durch Erklärungen nichts gebessert oder leichter gemacht werden kann; so einfach und so schrecklich, wie einem Kranken die Wahrheit zu sagen. Alles ist einfach, wenn es anderen widerfährt, wenn wir uns heraushalten können, wenn wir begreifen und beklagen und Ratschläge wiederholen können.‹

Das kleine Piano des Konservatoriums war in der Hitze der schwarzbraunen Nacht verschwunden; Grillen ließen sich hören; viel weiter weg lief eine Jazzplatte.

»Wird er diese drei Minuten überstehen?« fragte Jacob hartnäckig. »Ich habe ihn auch gesehen. Ich habe die Fotos in der Zeitung gesehen. Ein guter Körper, um mit Fässern umzugehen.«

»Nein«, erwiderte Orsini offen und gelassen. »Niemand widersteht dem Weltmeister drei Minuten lang.«

»Ich verstehe nicht«, sagte Jacob. »Dann versteh ich's nicht. Ist sonst noch was?«

»Der Mann übersteht die drei Minuten nicht. Aber ich bin sicher, daß er länger als eine Minute durchhält. Und heute, vorübergehend, unzweifelhaft, hat der Weltmeister nicht den Atem, um länger als eine Minute zu kämpfen.«

»Ich?« Jacob kniete nun und stützte sich auf die Fäuste. »Ich?«

»Ja«, sagte Orsini; er sprach sanft, gleichmütig, er nahm so dem Thema Gewicht. »Wenn wir diese Trainingstournee beendet haben, ändert sich alles. Wir werden auch den Alkohol weglassen müssen. Aber heute, morgen, Samstagabend in Santa María oder wie dieses Drecksnest heißt, kann Jacob van Oppen den Mann nicht mit einem Griff fassen; und er hält einem Griff nicht länger als eine Minute stand. Die Brust van Oppens hält es nicht durch, die Lungen halten es nicht durch. Und dieses Vieh läßt sich nicht in einer Minute werfen. Deshalb müssen wir den Omnibus um vier Uhr früh nehmen. Die Koffer sind gepackt, ich habe die Hotelrechnung bezahlt. Alles ist erledigt.«

Orsini hörte zu seiner Linken ein Grunzen und Husten; er spürte, wie das Schweigen im Zimmer größer wurde. Er nahm wieder den Revolver und wärmte ihn zwischen den Knien.

›Nach alledem‹, dachte er, ›ist es merkwürdig, daß ich so viele Umschweife gemacht, so viele Vorsichtsmaßnahmen getroffen habe. Er weiß das alles besser als ich, und das seit geraumer Zeit. Aber vielleicht habe ich gerade deswegen Umschweife gemacht und meine Vorsichtsmaßnahmen getroffen. Und hier bin ich nun, in meinem Alter, so beklagenswert und lächerlich, als hätte ich einer Frau gesagt, mit der Liebe sei es aus, und wartete mit Furcht und Neugier auf die Reaktion, die Tränen, die Drohungen.‹

Jacob hatte den Körper zusammengekrümmt, aber der Lichtstreifen aus dem Badezimmer zeigte im nach hinten geworfenen Gesicht, daß er weinte. Orsini steckte den Revolver ein, ging zum Telefon und bestellte noch eine Flasche. Als er vorbeikam, strich er dem Champion über das kurzgeschnittene Haar und ging zum Bett zurück. Er zog die Beine an und konnte auf den Oberschenkeln den runden schweren Wanst spüren. Von dem knienden Mann her kam ein Keuchen, wie wenn van Oppen am Ende eines besonders langen und schweren Trainings oder Kampfes angelangt wäre.

›Es ist nicht das Herz‹, dachte Orsini, ›es sind nicht die Lungen. Es ist alles; die ein Meter fünfundneunzig eines Mannes, der zu altern begonnen hat.‹

»Nein, nein«, sagte er laut. »Nur eine Ruhepause auf dem Weg. In ein paar Monaten ist alles wieder wie vorher. Die Klasse, das ist das Entscheidende, das Unverlierbare. Auch wenn einer wollte, wenn einer sich bemühte, sie zu verlieren. Denn im Leben eines jeden Menschen gibt es selbstmörderische Phasen. Aber das wird überwunden, wird vergessen.«

Die Tanzmusik war lauter geworden, im Maß, wie die Nacht wuchs. Die Stimme Orsinis zitterte zufrieden, kam langsam aus Kehle und Gaumen.

Dann wurde an die Tür geklopft, und der Fürst holte schweigend das Tablett mit der Flasche, den Gläsern, dem Eis. Er stellte es auf dem Tischchen ab; er setzte sich lieber auf einen Stuhl, um das Nachtgespräch und die Lektion in Optimismus fortzusetzen.

Der Champion hatte sich ins Dunkel auf den Fußboden gesetzt und lehnte an der Wand; man hörte ihn nicht mehr atmen;

er existierte für Orsini nur durch seine riesige, unzweifelhafte, zusammengeduckte Gegenwart.

»Die Klasse, ja«, fing der Fürst wieder an. »Wer hat sie? Man kommt mit ihr auf die Welt; andere sterben ohne sie. Aus irgendeinem Grund erfinden alle einen blöden, komischen Zunamen, und der steht dann auf den Plakaten. ›Der Büffel von Arkansas‹, ›Die Walkmaschine aus Lüttich‹, ›Der Miurastier aus Granada‹. Aber nur Jacob van Oppen heißt zusätzlich Weltmeister. Klasse!«

Die Rede Orsinis verlosch in Schweigen und Müdigkeit. Der Fürst füllte ein Glas, steckte die Zunge hinein, hob es hoch, um es dem Champion zu bringen.

»Orsini«, sagte Jacob. »Mein Freund, der Fürst Orsini!«

Van Oppen drückte die Knie mit den großen Händen zusammen; die Knie faßten wie die Zähne einer Wildfalle den gesenkten Kopf. Orsini stellte das Glas auf dem Boden ab, nachdem er damit über Nacken und Rücken des Riesen gefahren war.

»Ein Schluck, Champion«, murmelte er sanft und väterlich. »Das tut immer gut.«

Er richtete sich mit einer Grimasse auf, spürte in der Taille, wie müde er war, als er fühlte, wie Finger sich um einen Knöchel klammerten und ihn am Boden festnagelten. Er hörte die langsame, fröhliche, sorglose und träge Stimme Jacobs:

»Jetzt trinkt der Fürst das ganze Glas mit einem Schluck aus!«

Orsini warf den Körper nach hinten, um das Gleichgewicht zu bewahren. ›Das hatte mir gerade noch gefehlt, daß dieses Vieh glaubt, ich wolle es einschläfern oder vergiften.‹ Er kauerte sich langsam nieder, nahm das Glas und trank es rasch aus. Dabei fühlte er, wie der Druck am Knöchel sich löste.

»Gut so, Champion?« fragte er. Er sah jetzt die Augen des anderen, ein Stück helles Lächeln.

»Gut, Fürst. Ein volles Glas für mich!«

Orsini ging breitbeinig, um nicht zu taumeln, zu dem Tischchen und füllte wieder das Glas. Er stützte sich auf, um sich eine Zigarette anzuzünden, und konnte im kleinen Licht des

Feuerzeuges sehen, daß die Hände ihm vor Haß zitterten. Er ging mit dem Glas zurück, die Zigarette im Mund, einen Finger am Hahn des Revolvers, der im Bademantel versteckt war. Er ging durch den gelben Lichtstreifen und sah Jacob aufrecht stehen, weiß und riesig. Er wiegte sich sanft hin und her.

»Zum Wohl, Champion!« sagte Orsini und streckte ihm mit dem linken Arm das Getränk hin.

»Zum Wohl!« wiederholte von oben die Stimme van Oppens mit einer schwachen Spur von Erregung. »Ich wußte, daß sie kommen würden. Ich war in der Kirche und habe gebetet, sie möchten kommen.«

»Ja«, sagte Orsini.

Eine Pause trat ein; der Champion seufzte, die Nacht brachte Geschrei und Beifall aus dem fernen Tanzsaal herein; ein Schlepper tutete dreimal auf dem Fluß.

»Jetzt«, sagte Jacob schwerfällig, »trinkt der Fürst noch ein Glas auf einen Schluck aus. Wir zwei sind betrunken. Aber ich trinke heute nacht nicht, denn es ist Freitag. Der Fürst hat einen Revolver.«

In einer Sekunde erfand Orsini für sich, das Glas in der Luft, den Nabel van Oppens vor Augen, einen Lebenslauf ewiger Demütigung; er genoß den Geschmack des Ekels, er wußte, daß der Riese ihn nicht einmal herausforderte, daß er ihm nur ein Ziel für den in der Tasche aufgerichteten Revolver bot.

»Ja«, sagte er eine Sekunde darauf; er spuckte die Zigarette aus und trank wieder den Gin. Der Magen hob sich ihm bis zur Brust, während er das leere Glas in Richtung Bett schleuderte, während er sich mühsam zurückzog, um den Revolver auf den Tisch zu legen.

Van Oppen hatte den Platz nicht gewechselt; er wiegte sich weiter im Halbdunkel, spöttisch, langsam, als äffe er die klassische Gymnastik für die Hüftmuskulatur nach.

»Wir sind wahnsinnig«, sagte Orsini. Nichts nützten ihm die Erinnerung, die schwache Glut der Sommernacht, die die Fenster berührte, die Zukunftspläne.

»*Lili Marleen*, bitte«, schlug Jacob vor.

Auf das Tischchen gestützt, ließ Orsini die Zigarette liegen, die er sich hatte anzünden wollen. Er sang mit gedämpfter Stimme, als hätte er nie etwas anderes getan, als die blödsinnigen Worte, die einfache Melodie zu summen, als hätte er nie etwas anderes getan für seinen Lebensunterhalt. Er fühlte sich älter denn je, kleiner geworden, schmerbäuchig, sich selber fremd.

Eine Stille trat ein, und dann sagte der Champion: »Danke!« Orsini spielte mit der Zigarette, die er auf dem Tisch neben dem Revolver gelassen hatte, und sah schläfrig und schwach, wie der große weißliche Körper sich ihm näherte, der im Halbdunkel vom Alter befreit war.

»Danke!« wiederholte van Oppen und berührte ihn fast. »Noch einmal!«

Verblüfft, gleichmütig dachte Orsini: ›Das ist kein Wiegenlied mehr, das bringt ihn nicht dazu, sich zu betrinken, zu weinen, einzuschlafen.‹ Er räusperte sich wieder und begann: *Vor der Kaserne, vor dem großen Tor…*

Der Champion hob, ohne den Körper bewegen zu müssen, einen Arm aus der Hüfte hoch und schlug mit der offenen Hand gegen den Unterkiefer Orsinis. Eine alte Tradition hinderte ihn daran, die Fäuste zu gebrauchen, außer in verzweifelten Umständen. Mit dem anderen Arm hielt er den Körper des Fürsten und streckte ihn auf das Bett.

Die Hitze der Nacht und des Festes hatte alle Fenster aufgetan. Die Jazzmusik schien jetzt aus dem Hotel zu kommen, mitten aus dem halbdunklen Zimmer.

6. *Der Fürst erzählt*

Es war eine Stadt, die vom Fluß her leicht anstieg, im September, etwa fünf Zentimeter südlich des Äquators. Ich erwachte ohne Schmerzen am Morgen im Hotelzimmer; es war hell und heiß. Jacob massierte mir den Magen und lachte, um leichter fluchen zu können, und alles endete in einem einzigen Fluch, den er so lang wiederholte, bis ich mich nicht mehr schlafend stellen konnte und mich aufrichtete:

»Altes Schwein!« in reinstem Deutsch, fast preußisch.

Die Sonne traf schon den Fuß des Tischchens, und ich dachte traurig daran, daß nichts aus der Katastrophe gerettet werden konnte. Zumindest, begann ich mich zu erinnern, das war's, was jetzt gedacht werden mußte, und dieser Trauer mußten sich mein Gesicht und meine Worte anpassen. Irgend etwas ahnte van Oppen, denn er gab mir ein Glas Orangensaft zu trinken und steckte mir eine brennende Zigarette in den Mund.

»Altes Schwein!« sagte er, während ich mir die Lungen mit Rauch vollpumpte.

Es war Samstagmorgen; wir waren noch in Santa María. Ich bewegte den Kopf und sah ihn an, ich zog eine rasche Bilanz aus Lächeln, Fröhlichkeit und Freundschaft. Er hatte den hellgrauen Anzug an, die Schuhe aus Antilopenleder und balancierte den Stetson im Nacken. Ich dachte plötzlich, daß er recht hatte, daß am Ende immer das Leben recht behält, ohne daß Siege oder Niederlagen zählen.

»Ja«, sagte ich und schob seine Hand weg, »ich bin ein altes Schwein. Die Jahre gehen vorüber, alles wird schlechter. Wird heute gekämpft?«

»Natürlich«, und er nickte begeistert. »Ich habe dir gesagt, sie würden wiederkommen, und sie sind wiedergekommen.«

Ich sog an der Zigarette und streckte mich im Bett aus. Es genügte mir, das Lächeln zu sehen, um zu merken, daß Jacob, auch wenn man ihm die Wirbelsäule in der heißen Samstagnacht bräche, was jeder Beliebige vorhersagen konnte, gewonnen hatte. Er mußte in drei Minuten gewinnen; aber ich strich mehr ein. Ich setzte mich im Bett aufrecht und befühlte meinen Unterkiefer.

»Es wird gekämpft«, sagte ich, »der Champion entscheidet. Aber leider hat der Manager nichts mehr zu sagen. Weder eine Flasche noch ein Hieb genügen, um alles aus der Welt zu schaffen.«

Van Oppen begann zu lachen, der Hut fiel auf das Bett. Das

Lachen war all die Jahre hindurch sorglos gewesen, es war noch dasselbe.

»Weder ein Schlag noch eine Flasche«, sagte ich beharrlich. »Wir bleiben dabei, daß der Champion im Augenblick nicht den nötigen Atem hat, einen Kampf, eine wirkliche Anstrengung auszuhalten, die länger als eine Minute dauert. Dabei bleibt's. Der Champion kann den Türken nicht legen. Der Champion wird eines geheimnisvollen Todes sterben, wenn die neunundfünfzigste Sekunde gekommen ist. Wir werden es dann bei der Leichenöffnung sehen. Ich glaube, daß wir wenigstens da einer Meinung sind.«

»Einer Meinung! Nicht länger als eine Minute«, stimmte van Oppen zu; wieder fröhlich, jung, ungeduldig. Der Morgen erfüllte jetzt das ganze Zimmer, ich fühlte mich gedemütigt, durch meinen Schlaf, meine Zweifel, meinen Bademantel mit dem Gewicht des entladenen Revolvers.

»Und noch eins«, sagte ich langsam, als wolle ich mich rächen, »wir haben die fünfhundert Pesos nicht. Einverstanden, jeder weiß es, der Türke kann nicht siegen. Aber wir müssen, und es ist bereits Samstag, die fünfhundert Pesos hinterlegen. Wir haben nur noch das Geld für die Fahrt und für eine Woche in der Hauptstadt. Und nachher? Ich weiß es nicht.«

Jacob nahm den Hut an sich und lachte wieder. Er bewegte den Kopf wie ein Vater, der auf einer Parkbank neben seinem mißtrauischen kleinen Sohn sitzt.

»Geld?« sagte er, es war keine Frage. »Geld für das Depot? Fünfhundert Pesos?«

Er gab mir noch eine bereits brennende Zigarette und stellte den linken Fuß, den empfindlicheren, auf das Tischchen. Er löste die Schleife des grauen Schuhs, zog den Schuh aus und zeigte mir eine Rolle grüner Geldscheine. Es war wirklich Geld. Er gab mir fünf Scheine zu je zehn Dollar und prahlte damit.

»Mehr?«

»Es ist gut«, sagte ich. »Mehr als genug.«

Sehr viel Geld wanderte wieder in den Schuh, so an die drei- bis fünfhundert Dollar.

So tauschte ich also zu Mittag das Geld; und da der Champion verschwunden war – an diesem Morgen war an der Rambla das Trikot mit dem Buchstaben oder das Getänzel nicht zu sehen –, ging ich ins Plaza und aß wie ein Herr, wie ich schon lang nicht mehr gegessen hatte. Dann kam ein ausgezeichneter Kaffee auf den Tisch, der richtige Kognak und eine zu trockene Havanna, die aber zu rauchen war.

Ich schloß das Essen mit einem Trinkgeld ab, wie es nur ein Betrunkener oder ein Dieb gibt, und rief im Hotel an; der Champion war nicht dort; der übrige Nachmittag war frisch und heiter, Santa María würde seinen großen Abend haben. Ich hinterließ dem Portier die Telefonnummer der Zeitung, damit Jacob mit mir den Hinmarsch ins Apollo antreten konnte, und war kurz darauf im Archiv, mit dem Sportredakteur und noch zwei Gesichtern. Ich zeigte das Geld her:

»Damit kein Zweifel entsteht. Aber ich ziehe vor, es persönlich im Ring abzuliefern. Sollte van Oppen einem Herzschlag erliegen; oder wenn er zu den Unkosten einer Totenwache für den Türken beisteuern muß.«

Wir spielten Poker, ich verlor und gewann, bis wir benachrichtigt wurden, daß van Oppen im Kino war. Es fehlte noch eine lange halbe Stunde bis neun; aber wir zogen unsere Sakkos an und stiegen in alte Autos ein, um die kurze Strecke, die uns vom Kino trennte, zu fahren und um die karnevaleske Note herauszustreichen, das Lächerliche.

Ich ging durch den Hintereingang hinein und betrat das Zimmer, das mit Plakaten und Fotografien vollgestopft war und heftig durchdrungen von einem Geruch nach Pissoir und eingefressenem Dreck. Dort war auch Jacob: mit dem himmelblauen Ringeranzug, einer der heiligen Maria geweihten Farbe, und mit dem Gürtel des Weltmeisters, der wie Gold glänzte. Er machte Lockerungsübungen. Es genügte, ihn zu sehen – die kindlichen, reinen und leeren Augen, die kurze Kurve des Lächelns –, um zu begreifen, daß er nicht mit mir reden wollte, daß er keine Vorreden wünschte, nichts, was ihn davon abhalten konnte, das zu sein, was er entschlossen war zu sein; woran er denken wollte.

Ich setzte mich auf eine Bank, ohne zu hören, ob er meinen Gruß beantwortete oder nicht, und begann zu rauchen. Jetzt, in diesem Augenblick, in fünf Minuten, war das Ende der Geschichte gekommen. Der Geschichte des Weltmeisters. Aber es würde noch andere Geschichten geben, es würde eine Erklärung für den »Liberal«, für Santa María und die umliegenden Orte geben.

»Vorübergehende körperliche Indisposition« schien mir besser als: »Übermäßiges Training bewirkt Zusammenbruch des Champions«. Aber morgen würde man nicht mehr das große »C« publizieren, vielleicht nicht einmal den anfechtbaren Titel. Van Oppen machte weiter seine Übungen, und ich bekämpfte den Geruch nach Ammoniak, indem ich eine Zigarette an der vorhergehenden anzündete, ohne zu vergessen, daß reine Luft die erste Vorbedingung für eine Sporthalle ist.

Jacob tauchte auf und nieder, als ob er allein wäre, bewegte die Arme horizontal, schien zur gleichen Zeit dünner und schwerer zu sein. Durch den Achselgeruch hindurch, zu dem noch sein Schweiß kam, versuchte ich ihn atmen zu hören. Auch der Lärm des Saals drang in das übelriechende Zimmer. Vielleicht hatte der Champion genug Atem für eineinhalb Minuten, nie aber für zwei oder drei. Der Türke würde stehen bleiben, bis die Glocke ertönte, mit seinem wütenden schwarzen Schnauzbart, mit den sittsamen Hosen, die halblang waren, so wie ich ihn mir vorstellte – ich irrte mich nicht –, mit der kleinen, harten Verlobten, die vor Triumph und Wut neben der Bühne des Apollo-Kinos heulte; dicht neben dem abgetretenen Teppich, den ich weiterhin Matte nennen werde. Es blieb keine Hoffnung; die fünfhundert Pesos waren nicht zu retten. Der Lärm des Gesindels im vollen, ungeduldigen Saal wuchs immer mehr.

»Wir müssen los«, sagte ich zur Leiche, die Body-Building machte. Auf meiner Uhr war es Punkt neun; ich ging aus dem Gestank weg, durch die dunklen Gänge, bis ich zur Kasse kam. Vor Viertel nach neun war ich mit der Durchsicht der Einnahmen fertig und unterschrieb die Liste. Ich ging in das stinkende Zimmer zurück – das Geschrei zeigte an, daß van Oppen bereits im

Ring war –, zog das Sakko aus, nachdem ich das Geld in eine Hosentasche gesteckt hatte, und ging wieder zurück durch die Gänge, bis ich in den Saal kam und zur Bühne hinaufstieg. Man applaudierte und beschimpfte mich; ich dankte kopfnickend und lächelnd und war sicher, daß im Apollo mehr als siebzig Personen waren, die keinen Eintritt bezahlt hatten. Wenigstens würde ich nie die mir davon zustehende Hälfte der Einnahmen bekommen.

Ich nahm Jacob den Mantel ab, ging quer durch den Ring, um den Türken zu begrüßen, und hatte kaum Zeit für ein paar dumme Späße.

Die Glocke ertönte, und es war unmöglich, den Geruch der Menge, die das Apollo füllte, nicht einzuatmen und zu verstehen. Die Glocke ertönte, und ich ließ Jacob allein, viel mehr allein, für immer allein, als ich ihn an so vielen Morgen, in Winkeln und Bars, alleingelassen hatte, wenn ich müde wurde und mich zu langweilen begann. Schlimm war nur, daß ich in dieser Nacht, während ich mich von ihm trennte, um mich auf einen reservierten Platz im Parkett zu setzen, nicht schläfrig war und mich auch nicht langweilte. Der erste Glockenschlag sollte bedeuten: Ring frei. Der zweite, daß der Kampf beginnen könne. Eingeölt, fast jung, die überzähligen Kilo waren nicht zu bemerken, kreiste Jacob gebückt im Ring, bis er in der Mitte stand und mit einem Lächeln wartete.

Er breitete die Arme aus und erwartete den Türken, der breiter geworden zu sein schien. Er erwartete ihn lächelnd, bis er ihn nahe hatte, machte einen Schritt zurück und ging plötzlich vorwärts, hinein in die Umklammerung. Gegen alle Regeln hielt Jacob die Arme zehn Sekunden lang hoch. Dann stemmte er sich gegen den Boden, machte einen Kreis, legte eine Hand auf die Schulter des Herausforderers und die andere sowie den Vorderarm auf einen Oberschenkel. Ich verstand das nicht und verstand es auch weiterhin nicht während genau der halben Minute, die der Kampf dauerte. Dann sah ich, wie der Türke aus dem Ring flog, mit Wucht quer durch das Geheul der Sanmarianer und im dunklen Hintergrund des Parterres verschwand.

Er war geflogen, mit dem großen Schnauzbart, mit den absurd sich biegenden Beinen, die Stütze und Stand in der schmutzigen Luft suchten. Ich sah ihn gestikulierend, zwischen den Scheinwerfern, in die Nähe des Daches kommen. Es waren noch nicht einmal fünfzig Sekunden vergangen, da hatte der Champion gewonnen oder nicht, je nach Standpunkt. Ich stieg in den Ring und half ihm in den Mantel. Jacob lächelte wie ein Kind; er hörte nicht die Schreie, die Beschimpfungen des Publikums, den wachsenden Lärm. Er schwitzte, aber wenig, und als ich ihn atmen hörte, wußte ich, daß seine Erschöpfung Nervensache war, nicht Ermüdung.

Gleich darauf flogen Holztrümmer und leere Flaschen in den Ring; ich hatte meine Ansprache parat, mein übertriebenes Lächeln für Fremde. Aber die Projektile schwirrten weiter, und die Schreie hätten mich nicht zu Wort kommen lassen.

Da kam die Miliz voller Eifer in Schwung, als ob sie vom Tag der Anstellung an nie etwas anderes getan hätte, und ob nun kommandiert oder nicht, wußten sie sich zu verteilen und zu organisieren und begannen mit den nagelneuen Schlagstökken auf Köpfe einzudreschen, bis wir im Apollo allein waren, der Champion, der Ringrichter und ich, im Ring, die Milizsoldaten im Saal; und der arme zwanzigjährige Junge, tot über zwei Stühlen hängend. Und da tauchte, und niemand wußte woher, und ich weiß es am allerwenigsten, die kleine Frau beim Türken auf, die Verlobte, und begann den Mann, der verloren hatte, mit Fußtritten zu traktieren und anzuspucken, den anderen, während ich Jacob beglückwünschte, ohne große Sprüche zu machen, und zur Tür die Krankenträger oder Ärzte mit der Tragbahre hereinkamen.

So traurig wie sie

Für M. C.

Liebe Sotraurige!

Ich verstehe, trotz unsagbarer und unzähliger Bindungen, daß der Augenblick gekommen ist, uns für das enge Beisammensein der letzten Monate zu bedanken und Adieu zu sagen. Alle Vorteile sind auf Deiner Seite. Ich glaube, wir haben uns nie wirklich verstanden; ich nehme meine Schuld, die Verantwortung und den Fehlschlag auf mich. Ich versuche, mich zu entschuldigen – natürlich nur bei uns beiden –, und berufe mich auf die Schwierigkeit, x Seiten lang zwischen zwei Strömungen zu segeln. Ich nehme gleichfalls, als verdient, die glücklichen Augenblicke an. Jedenfalls: Verzeihung! Nie habe ich Dein Gesicht von vorn gesehen, nie habe ich Dir meines gezeigt.

J. C. O.

Vor Jahren – es konnten viele sein, sie konnten sich auch mit dem Gestern in den wenigen glücklichen Augenblicken mischen – war sie in dem Zimmer des Mannes gewesen. Ein vorstellbares Schlafzimmer, ein kaputtes, schlampiges Badezimmer, ein zittriger Aufzug – nur daran erinnerte sie sich noch von dem Haus. Es war vor der Hochzeit, wenige Monate vorher.

Sie wollte fortgehen, wollte, daß irgend etwas passierte – etwas äußerst Brutales, Armseliges, Enttäuschendes –, etwas, das ihrer Einsamkeit, ihrem Nichtbegreifen nützlich sein könnte. Sie dachte nicht an die Zukunft und fühlte sich imstande, sie abzulehnen. Aber eine Angst, die nichts mit dem alten Schmerz zu tun hatte, zwang sie, nein zu sagen, sich mit den Händen und den starren Schenkeln zu verteidigen. Sie erhielt und nahm nur den Geschmack des von Sonne und Strand gefärbten Mannes.

Sie träumte beim Morgengrauen, nun schon getrennt und

fern, daß sie allein in einer Nacht ging, die auch eine andere gewesen sein konnte, fast nackt in ihrem kurzen Hemd, und einen leeren Koffer trug. Sie war zur Verzweiflung verdammt und schlurfte mit nackten Füßen durch baumbestandene, leere Straßen, langsam, den Körper aufgerichtet, fast herausfordernd.

Die Enttäuschung, die Trauer, das Jasagen zum Tod waren nur erträglich, weil der Geschmack des Mannes, nach Laune, in ihrer Kehle wieder entstand, an jeder Straßenmündung, wo sie es befahl und bestimmte. Die schmerzenden Schritte wurden immer langsamer, bis sie stillstanden. Dann hielt sie inne, halbnackt, umgeben von Schatten, dem Schein der Stille, einem entfernten Paar Straßenlampen, und sog geräuschvoll die Luft ein. Sie trug den Koffer, ohne Gewicht, schmeckte die Erinnerung und ging weiter auf dem Rückweg.

Plötzlich sah sie den riesigen Mond, der zwischen der grauen, schwarzen, schmutzigen Häusergruppe aufging; er wurde bei jedem Schritt silberner; die blutenden Ränder, die ihn gehalten hatten, lösten sich rasch auf. Schritt für Schritt begriff sie, daß sie mit dem Koffer auf kein Ziel, kein Bett, kein Zimmer zuging. Der Mond war bereits ungeheuer. Fast nackt, mit aufrechtem Körper und den kleinen Brüsten, die die Nacht durchbohrten, ging sie weiter, um in den maßlosen Mond einzutauchen, der weiter wuchs.

Der Mann wurde mit jedem Tag hagerer, seine grauen Augen verloren die Farbe, wurden wässerig, waren bereits weit weg von Neugier und Flehen. Nie hatte er geweint, und die Jahre, zweiunddreißig, zeigten ihm wenigstens, wie unnütz jede Hingabe und jede Hoffnung auf Verständnis waren.

Er sah sie jeden Morgen ohne Offenheit und Lüge an, über dem vollen, wackligen Frühstückstisch, den er in der Küche aufgestellt hatte für einen glücklichen Sommer. Vielleicht traf ihn nicht die ganze Schuld, vielleicht war es unnütz herauszufinden, wer sie hatte, wer sie noch immer hat.

Sie blickte ihm verstohlen in die Augen. Wenn man die Vorsicht, den kalten Blitz, ihre Berechnung Blick nennen kann. Die Augen des Mannes wurden, ohne sich zu verraten, jedesmal, jeden Morgen größer und heller. Aber er versuchte sie nicht zu verbergen; er wollte nur, ohne grob zu werden, von dem ablenken, was die Augen zu fragen und zu sagen verdammt waren.

Er war damals zweiunddreißig und verbreitete sich von neun bis fünf in den Büros einer riesigen Lokalität. Er liebte das Geld, wenn es nur viel Geld war, so wie andere Männer sich von großen und dicken Frauen angezogen fühlen und es auch hinnehmen, wenn sie alt sind; es ist ihnen gleich. Er glaubte auch an das Glück mühseliger Wochenenden, an die Gesundheit, die für alle vom Himmel kam, an die frische Luft.

Er war da und dort, er ahnte die Herrschaft über jede Weise des Glückes, der Versuchung voraus. Er hatte die kleine Frau geliebt, die ihm zu essen gab, die ein Geschöpf geboren hatte, das unaufhörlich weinte im ersten Stock. Jetzt betrachtete er sie erstaunt: sie war auf flüchtige Weise schlimmer, niedriger, toter als eine Unbekannte, deren Namen wir nie erfahren haben.

Zur Stunde des Frühstücks, das nie zu einer bestimmten Zeit eingenommen wurde, drang die Sonne durch die hohen Fenster; die Düfte des Gartens mischten sich am Tisch, noch schwach, wie der leichte Beginn eines Verdachtes. Keiner von ihnen konnte die Sonne, den Frühling leugnen, letzten Endes den Tod des Winters.

Wenige Tage nachdem sie umgezogen waren, als noch niemand daran gedacht hatte, den verwilderten, struppigen Garten in eine Reihe von Fischbecken zu verwandeln, erhob sich der Mann in aller Frühe und erwartete die Morgendämmerung. Als es hell wurde, nagelte er eine Büchse an die Araukarie und stellte sich in einiger Entfernung auf, und der Revolver mit Perlmuttgriff hing ihm in einer Hand. Er hob den Arm, er konnte nur die leichten, vergeblichen Anschläge des Hahns hören. Er kehrte ins Haus zurück und hatte ein übertrieben starkes Gefühl der Lächerlichkeit und schlechten Laune; ohne aufzupassen, ohne den Schlaf der Frau zu respektieren, warf er die Waffe in einen Winkel des Wäscheschranks.

»Was ist los?« murmelte sie, während sich der Mann entkleidete, um ins Badezimmer zu gehen.

»Nichts. Entweder haben die Patronen ein Loch, dabei habe ich sie erst vor knapp einem Monat gekauft, man hat mich hereingelegt, oder mit dem Revolver ist es aus. Er gehörte meiner Mutter oder meiner Großmutter; der Hahn hat keine Spannung. Es gefällt mir nicht, daß du hier allein bist, nachts, und nichts hast, um dich zu verteidigen. Aber ich werde mich noch heute darum kümmern.«

»Das ist nicht so wichtig«, sagte die Frau und ging barfuß weg, um das Kind zu holen. »Ich habe gute Lungen und die Nachbarn werden mich hören.«

»Ich weiß«, sagte der Mann und lachte.

Sie blickten sich zärtlich und spöttisch an. Die Frau wartete auf das Geräusch des Wagens und schlief wieder ein, das Kind an einer Brust.

Das Dienstmädchen kam und ging; es war nicht immer möglich zu wissen, weshalb. Die Frau war in Gewohnheit verfallen, sie glaubte nicht mehr an das Flehen in den Augen des Mannes, das sie oft bemerkt hatte, als ob der Blick, der Ausdruck, das feuchte Schweigen nicht wichtiger wären als die Farbe der Iris, die ererbte Schräge der Augenlider. Er für sein Teil war jetzt nicht imstande, die Welt hinzunehmen; weder die Geschäfte noch die nicht existierende Tochter, oft vergessen, oft lebendig, hartnäckig, verstockt, unterschiedlich, trotz der vorsätzlichen Räusche, der unumgänglichen Geschäfte, der Gesellschaften, der Einsamkeit. Es ist auch wahrscheinlich, daß sie und er überhaupt nicht mehr an die Wirklichkeit der Nächte glaubten, an das kurze, vorhersehbare Glück.

Sie hatten nichts von den Stunden zu erhoffen, in denen sie zusammen waren, aber sie nahmen diese Armseligkeit auch nicht hin. Er spielte weiter mit Zigarette und Aschenbecher; sie strich Butter und Gelee auf den Toast. Während dieser Morgen versuchte er nicht wirklich, sie anzusehen; er beschränkte sich darauf, ihr die Augen zu zeigen, wie ein fast gleichgültiger Bettler, ohne Glauben, der eine Wunde, einen Gliedstummel zur Schau stellt.

Sie sprach von den Überresten des Gartens, von den Lieferanten, vom rosigen Sohn im Zimmer oben. Wenn der Mann genug davon hatte, auf den Satz, das unmögliche Wort zu warten, neigte er sich vor, küßte ihre Stirn und hinterließ Anordnungen für die Arbeiter, die die Fischbecken bauten. Der Mann sah jeden Monat, daß er reicher wurde, daß die Bankkonten anwuchsen, ohne Anstrengung, ohne Absicht. Es gelang ihm nicht, für das neue Geld eine neue, ehrgeizige Bestimmung zu finden.

Bis fünf oder sechs Uhr nachmittags verkaufte er Ersatzteile für Automobile, Traktoren, für jede Art von Maschine. Aber von vier Uhr an telefonierte er, geduldig und ohne Groll, um sich gegen die Angst zu sichern, um sich eine Frau in einem Bett oder am Tisch eines Restaurants zu sichern. Er war mit wenigem zufrieden, mit dem Allernötigsten: einem Lächeln, einem Streicheln der Wangen, das mit Zärtlichkeit oder Verständnis verwechselt werden konnte. Dann natürlich die Liebesakte, peinlich genau bezahlt mit Wäsche, Parfüm, unnützen Gegenständen. Bezahlt auch – das Laster, die Herrschaft, die ganze Nacht – damit, sich flüchtiges, dummes Geschwätz anhören zu müssen.

Wenn er im Morgengrauen zurückkehrte, sog sie atmend die ordinären, nicht zu verheimlichenden Gerüche ein und beobachtete verstohlen sein knochiges Gesicht, das so fälschlich Gelassenheit spielte. Der Mann hatte ihr nichts zu erzählen. Er sah die Reihe der Flaschen im Schrank an und wählte auf gut Glück irgendeine. Er saß tief im Sessel, ruhig, einen Finger zwischen den Seiten eines Buches, trank gegen ihr Schweigen an, gegen ihren vorgetäuschten Schlaf, ihre unbeweglich an die Decke gehefteten Augen. Sie schrie nicht; eine Zeitlang versuchte sie, ohne Verachtung zu verstehen; sie wollte mit einem Teil des Mitleids zu ihm kommen, das sie für sich, für das Leben und dessen Ende fühlte.

Mitte September, unmerklich zu Anfang, empfand die Frau Trost im Glauben, das Dasein sei einfach da, wie ein Berg oder ein Stein; und nicht wir machen es, nicht der eine, nicht der andere.

Niemand, niemand kann wissen, wie oder warum diese Geschichte anfing. Was wir zu erzählen versuchen, begann an einem ruhigen Herbstnachmittag, als der Schatten des Mannes auf die sonnige Dämmerung des Gartens fiel und er stehenblieb, um ringsum zu sehen, das Gras, die letzten Blüten der verwachsenen, wilden Gebüsche zu riechen. Er stand eine Weile unbeweglich, der Kopf fiel auf eine Seite, die Arme hingen wie tot herab. Dann ging er auf das Rund der Cinacinas zu; von dort aus begann er den Garten mit gleichförmigen, verhaltenen Schritten auszumessen, jeder ungefähr einen Meter. Er ging von Süden nach Norden, dann von Osten nach Westen. Sie sah ihm zu, hinter den Vorhängen des Obergeschosses versteckt; jeder Vorgang außerhalb der Routine konnte der Anfang einer Hoffnung, die Bestätigung des Unglücks sein. Das Kind schrie über dem Ende des Nachmittags; auch kann niemand bestätigen, ob es schon in Rosa gekleidet war; ob man es so von Geburt an gekleidet hatte oder schon vorher.

An diesem Sonntagabend, dem traurigsten Tag der Woche, sagte der Mann in der Küche, während er in der Kaffeetasse rührte:

»So viel Boden, und zu nichts nütze.«

Sie beobachtete verstohlen sein asketisches Gesicht, seine aufgelöste, unverstandene Qual. Sie sah die neue, bösartige Sehnsucht, ein Erwachen des Willens:

»Ich dachte immer ...«, sagte die Frau und begriff, daß sie, während sie sprach, in Wirklichkeit log; daß sie nicht Zeit noch Lust gehabt hatte, es zu denken, und sie begriff, daß das Wort »immer« jeden Sinn verloren hatte. »Ich dachte immer an Obstbäume, an planvoll angelegte Gartenbeete, an einen richtigen Garten.«

Obwohl sie hier geboren worden war, in dem alten Haus, entfernt vom Wasser der Strände, die der alte Petrus, unter irgendeinem Vorwand, getauft hatte. Sie war hier geboren worden, war hier aufgewachsen. Und als die Welt sie aufzusuchen begann, verstand sie es überhaupt nicht, beschützt und getäuscht von launischen und ungezogenen Büschen, vom Geheimnis – in Licht und Schatten – der alten krummen, unberührten Bäume, vom unschuldigen, hohen, groben Gras. Sie hatte eine Mutter, die einen Rasenmäher kaufte, einen Vater, der jedesmal nach Tisch am Abend zu versprechen wußte, die Arbeit werde morgen beginnen. Nie fing er damit an. Er ölte die Maschine stundenlang ein oder borgte sie monatelang einem Nachbarn.

Der Garten jedoch, die verwachsene Urwaldimitation, wurde nie berührt. Da verstand das kleine Mädchen, daß es kein Wort gibt, das mit »morgen« vergleichbar ist: nie, nichts, Verweilen, Frieden.

Als sie noch sehr klein war, entdeckte sie die zärtlichen Streiche der Büsche, des Grases, irgendeines namenlosen und krummen Baums; sie entdeckte lachend, daß sie das Haus zu überfallen drohten und sich dann nach einigen Monaten geschrumpft und zufrieden zurückzogen.

Der Mann trank den Kaffee und bewegte dann langsam und entschlossen den Kopf. Er machte eine Pause oder ließ die Pause kommen und sich ausbreiten.

»Es kann in der Nähe der großen Fenster ein Winkel bleiben, wo man sich ausstrecken und Erfrischungen zu sich nehmen kann, wenn der Sommer wiederkehrt. Aber das übrige, alles, muß zubetoniert werden. Ich will Fischbecken errichten. Seltene Exemplare, schwer zu züchten. Es gibt Leute, die damit viel Geld verdienen.«

Die Frau wußte, daß der Mann log; sie glaubte nicht, daß er an Geld interessiert war; sie glaubte, daß niemand die alten unnützen und kranken Bäume fällen, das ungepflegte Gras ausrotten könne, die unbekannten, bleichen, rasch vergänglichen Blumen mit den hängenden Köpfen.

Aber die Männer, die Arbeiter, drei, kamen, um das an einem Sonntagmorgen zu besprechen. Sie sah ihnen vom Obergeschoß aus zu; zwei standen um den fast waagrecht hingestreckten Liegestuhl, aus dem die Anordnungen aufstiegen, die Fragen über Preis und Zeit; der dritte kauerte, die Baskenmütze auf dem Kopf, riesig, gefällig, und kaute an einem Stengel.

Sie erinnerte sich bis zum Ende daran. Der Älteste, der Chef, bucklig, mit dichtem, weißem Haar, hängenden Armen, stand eine Zeitlang mit dem Rücken zum Gittertor da. Er betrachtete ohne Erstaunen die geplünderten Bäume, die weite Oberfläche mit den Wildkräutern der Yuyus. Die beiden anderen gingen vorwärts, unnützerweise beladen mit Sensen und Schaufeln, mit Spitzhacken und mit Verwirrung, die sie stolpern ließ. Der Jüngste und Größte, der Faulste, biß weiterhin auf den Stengel, der in die rötliche Blüte auslief. Es war ein Sonntagmorgen, und der Frühling ließ die Blätter des Gartens erschauern; sie sah auf sie hinunter und versuchte, den Augen nicht zu trauen, und der Mund des Säuglings hing an einer Brust.

Sie kannte den Groll des Mannes, seine Lust, ihr weh zu tun. Aber das alles war schon so oft besprochen worden, so weit begriffen, wie man glaubt, sich zu begreifen und den anderen zu verstehen, daß sie die Rache nicht für möglich hielt, die Zerstörung des Gartens, des eigenen Lebens. Manchmal, wenn beide den Traum, vergessen zu haben, akzeptierten, fand der Mann sie an irgendeiner Stelle des Gartens strickend und fing ohne Vorrede an:

»Alles ist gut, alles ist so tot, als ob es nie geschehen wäre.« Das magere, besessene Gesicht weigerte sich, sie anzusehen. »Aber warum mußte es ein Junge sein? So viele Monate lang haben wir dafür rosa Strickware gekauft, und das Ergebnis war das, ein Junge. Ich bin nicht verrückt. Ich weiß, im Grunde ist es gleichgültig. Aber ein Mädchen hätte schließlich dir gehören können, nur dir. Dieses Tierchen hingegen ...«

Sie blieb eine Zeitlang still, beruhigte die Hände und sah ihn zuletzt an. Dürrer, größer die hellen Augen, breitbeinig neben ihr, niedergeschlagen, spöttisch. Er log, beide wußten, daß er log, aber sie faßten es auf sehr verschiedene Weise auf.

»Wir haben schon so oft darüber geredet«, sagte die Frau. »So oft habe ich mir das anhören müssen ...«

»Das ist möglich. Aber nicht so oft, wie es mich drängt, auf das Thema zu kommen. Es ist ein Junge, er trägt meinen Namen. Ich sorge für seinen Unterhalt und werde ihn erziehen müssen. Können wir Abstand nehmen, alles von außen her ansehen? Denn in diesem Fall bin ich ein Herr oder ein armer Teufel. Und du bist eine gerissene Hure.«

»Scheiße«, sagte sie sanft, ohne Haß, ohne daß man wissen konnte, zu wem sie es sagte.

Der Mann betrachtete wieder den Himmel, der erlosch: zweifelsohne der Frühling. Er drehte sich um und ging auf das Haus zu.

Vielleicht war die ganze Geschichte daraus entstanden, so einfach und schrecklich; es hängt davon ab, die Wahl, ob man daran denken oder sich ablenken will: Der Mann glaubte nur an das Unheil und an das Glück, an das gute oder böse Geschick, an alles Traurige und Fröhliche, das uns überkommen mag, ob wir es verdienen oder nicht. Sie glaubte etwas mehr zu wissen; sie dachte an das Schicksal, an Irrtümer und Geheimnisse, sie nahm die Schuld an und war am Ende der Meinung, daß leben Schuld genug ist, damit wir die Bezahlung, Belohnung oder Strafe, annehmen. Und das war schließlich ein und dasselbe.

Manchmal weckte der Mann sie auf, um mit ihr über Mendel zu reden. Er zündete die Pfeife oder eine Zigarette an und wartete, um sicher zu sein, daß sie aufgab und zuhörte. Vielleicht erwartete er ein Wunder in seiner Seele oder in der seiner nackten Frau, etwas, das man austreiben konnte und das ihnen dann Frieden oder eine gleichwertige Täuschung verschaffen konnte.

»Warum denn Mendel? Du hättest unter so vielen Besseren auswählen können, unter so vielen, deren ich mich weniger hätte schämen müssen.«

Er wollte die Geschichte noch einmal hören, wie sie sich mit Mendel getroffen hatte; aber in Wirklichkeit wich er immer zurück, hatte Angst, alles endgültig zu wissen; er war im Grunde entschlossen, sich zu retten, das Warum nicht zu erfahren. Sein Wahnsinn war demütig und konnte respektiert werden.

Mendel oder irgendein anderer. Es blieb sich gleich. Es hatte nichts mit Liebe zu tun. Eines Nachts versuchte der Mann zu lachen:

»Und trotzdem, so stand es geschrieben. Denn die Dinge haben sich verwirrt, oder sie haben sich günstig gewendet, so daß ich Mendel heute ins Gefängnis schicken könnte. Mendel, keinen anderen. Ein gefälschtes Papierchen, eine Unterschrift, die er hingekritzelt hat. Und ich rühre mich nicht aus Eifersucht. Er hat eine Frau und drei Kinder, die ganz ihm gehören. Ein Haus oder zwei. Er sieht weiterhin glücklich aus. Es handelt sich nicht um Eifersucht, sondern um Neid. Es ist schwer zu verstehen. Denn mir persönlich nützt es nichts, das alles zu zerstören, Mendel zu ruinieren oder nicht. Ich wollte es lange vor der Entdeckung tun, bevor ich noch wußte, daß es möglich ist. Ich denke, verstehst du, an die Möglichkeit reinen Neides, ohne konkretes Motiv, ohne Groll. Manchmal, ganz selten, halte ich ihn für möglich.«

Sie antwortete nicht. Zusammengekrümmt gegen die erste Kälte der Frühe, dachte sie an das Kind, wartete auf das erste hungrige Weinen. Er aber wartete auf das Wunder, die Wiederauferstehung des schwangeren Mädchens, das er gekannt hatte, seine eigene, die der Liebe, an die sie glaubten oder an der sie monatelang entschlossen gebaut hatten, ohne vorsätzlichen Betrug, hingegeben, ganz nahe dem Glück.

Die Männer begannen an einem Montag zu arbeiten; ohne Hast sägten sie die Bäume um, die sie am Ende der Tagesarbeit in einem wackligen Lastwagen wegbrachten, der vor Alter, immer schief, röchelte. Tage danach begannen sie das blühende Yuyu mit Sensen abzumähen, das Gras, das aufrecht im Saft stand. Sie waren nicht immer zur gleichen Zeit da; vielleicht war für die gesamte Arbeit direkt eine Abmachung getroffen worden, und Taglohn, Wegbleiben, Faulheit, all dieser Wirrwarr blieb beiseite. Trotzdem zeigten sie nie Eile.

Der Mann sprach mit ihr nie davon, was im Garten vor sich ging. Er war dünn, schweigsam, rauchte und trank. Der Zement erstreckte sich jetzt über die Erde und ihre Erinnerungen, weiß und gleich darauf grau.

Dann, am Ende eines Frühstücks drückte der Mann rachsüchtig, unvorsichtig, die Zigarette am Boden einer Tasse aus, und fast lächelnd, als verstände er wirklich die Bestimmung seiner Worte, sagte er langsam, ohne sie anzusehen:

»Es wäre gut, wenn du die Arbeit der Brunnengräber überwachen könntest. Zwischen den Zeiten des Stillens. Ich sehe nicht, daß es mit der Arbeit vorangeht.«

Von diesem Augenblick an verwandelten sich die drei Arbeiter in Brunnengräber. Jetzt schleppten sie große Glasscheiben herbei, um die riesigen Fischbecken anzulegen, frei asymmetrisch verteilt, angelegt für jede Art von Fauna, die da gezüchtet werden mochte.

»Ja«, sagte sie. »Ich kann mit dem Alten reden. Dorthin gehen, wo der Garten war, und ihnen bei der Arbeit zusehen.«

»Der Alte«, spottete der Mann. »Kann er reden? Ich glaube, er bewegt Hände und Augenbrauen und dirigiert sie so.«

Sie stieg jeden Tag hinunter zum Zement, morgens und am Nachmittag, und nützte die launenhaft angesetzte Arbeitszeit, die sie wählten. Vielleicht konnte man auch von ihr sagen, daß sie grollte und unvorsichtig war.

Sie ging langsam, jetzt größer geworden, auf dem harten ebenen Boden, verwirrt, sich schräg bewegend, die alten Umwege wiederherstellend, die verlorenen Nebenwege, die früher einmal von Bäumen und Gartenbeeten aufgezwungen worden waren. Sie blickte die Männer an; sie sah, wie riesige Fischbecken errichtet wurden. Sie roch die Luft, erwartete die Fünf-Uhr-nachmittags-Einsamkeit, den täglichen Ritus, das eroberte Absurde, fast schon zur Gewohnheit geworden.

Zuerst war da die unbegreifliche Erregung wegen des Brunnens an sich; das schwarze Loch, das sich in die Erde stürzte. Es hätte ihr genügt. Aber bald entdeckte sie auf dem Grund die zwei arbeitenden Männer mit den nackten Oberkörpern. Einer, der den Yuyustengel kaute, bewegte unbekümmert die gewaltigen Muskeln des Oberarmes; der andere, lang und dünn, langsamer, jünger, rief Mitleid hervor, den Wunsch, ihm zu helfen, ihm mit einem Tuch über die schweißbedeckte Stirn zu fahren.

Sie wußte nicht, wie sie sich entfernen und sich allein belügen sollte.

Der Alte saß unbequem auf einem Stamm und rauchte. Er betrachtete sie unbeweglich.

»Arbeiten sie?« fragte sie ohne Interesse.

»Ja, sie arbeiten. Genau das, was sie jeden Tag tun müssen, jedes Tagwerk. Dafür bin ich da. Dafür, und für anderes, das ich errate. Aber ich bin nicht Gott. Ich ahne allenfalls und helfe, wenn ich kann.«

Die Brunnengräber grüßten sie, indem sie einmal herzlich und schweigend die Köpfe bewegten. Sehr selten konnten sie ein Konversationsthema ausfindig machen, Vorwände, die ein paar Minuten hin und her prallten. Sie und die beiden Brunnengräber, der ruhige Riese, immer die Baskenmütze auf dem Kopf und ein Yuyu kauend, das er schon nicht mehr in dem zugeschütteten Garten abgerissen haben konnte; der andere, sehr jung und schmal, verblödet vom Hunger, krank. Denn der Alte redete nicht und konnte den ganzen Tag unbeweglich verbringen, stehend oder auf der Erde sitzend, und sich Zigaretten drehen, eine nach der anderen.

Sie gruben, maßen und schwitzten, als ob für sie etwas davon Bedeutung haben könne, als ob sie lebendig und der Teilnahme fähig wäre. Als ob sie einmal die verschwundenen Bäume, das tote Gras besessen hätte. Sie redete von irgend etwas, war übertrieben höflich, voller Respekt, dieser Form der Trauer, die vereint. Sie redete von irgend etwas und ließ die Sätze stets unbeendet, wartete auf fünf Uhr, wartete, daß die Männer gingen.

Das Haus war von einem Kreis von Cinacinas umgeben. Es waren schon Bäume, fast drei Meter hoch, wenn auch die Stämme die Zartheit des Aufwachsenden bewahrten. Man hatte sie sehr dicht gesetzt, aber sie wuchsen, ohne sich zu stören, einer stützte sich gegen den anderen, die Dornen verflochten sich.

Um fünf Uhr nachmittags taten die Brunnengräber, als hörten sie eine Glocke, und der Alte hob den Arm. Sie verwahrten die Werkzeuge im kühlen Schatten der Bretterhütte, indem sie

sie hineinwarfen, grüßten und gingen. Der Alte zuerst, dann das Vieh mit der Baskenmütze und der gekrümmte Dünne – damit auch die Wolken und der Rest von Sonne die Achtung vor der Hierarchie lernten. Langsam die drei, ruhig rauchend, lustlos.

Im Obergeschoß, mit dem Rücken zum Geschrei in der Wiege, beobachtete sie die Frau, um sicherzugehen. Sie wartete unbeweglich zehn oder fünfzehn Minuten. Dann stieg sie zu dem hinunter, was einmal ihr Garten gewesen war, wich Hindernissen aus, die es nicht mehr gab, stöckelte über den Zement, bis sie zum Kreis der Cinacinas kam. Natürlich wählte sie nicht immer dieselbe Stelle. Sie konnte durch das große Eisentor gehen, das die Brunnengräber, die vorgestellten Besucher benützten; sie konnte durch die Garagentür entwischen, die immer offenstand, wenn das Auto draußen war.

Aber sie wählte, ohne Überzeugung, ohne wahren Wunsch, das nichtsnutzige und blutige Spiel: die Cinacinas gegen sie, Pflanzen oder Bäume. Sie versuchte sinnlos, zwecklos, sich einen Weg durch Stämme und Dornen zu bahnen. Sie keuchte eine Zeitlang, riß sich die Hände auf. Am Schluß dann immer der Fehlschlag; sie akzeptierte ihn, sagte ja zu ihm mit einer Grimasse, einem Lächeln.

Dann ging sie durch die Dämmerung, leckte sich die Hände, blickte den Himmel dieses gerade anbrechenden Frühlings an, den gespannten Himmel, der kommende Frühlinge versprach, die ihr Sohn vielleicht einmal erleben würde. Sie kochte, versorgte das Kind, und mit einem immer schlecht gewählten Buch begann sie auf den Mann zu warten, in einem der zwei geblümten großen Stühle oder auf dem Bett ausgestreckt. Sie versteckte die Uhren und wartete.

Aber jede Nacht war die Rückkehr des Mannes gleich, auswechselbar. Gegen Oktober las sie: »Stellen Sie sich den wachsenden Kummer vor, die Begierde zu fliehen, den ohnmächtigen Ekel, die Unterwerfung, den Haß.« Der Mann stellte den Wagen in die Garage, ging über den Zement und stieg die Stufen hinauf. Er war derselbe wie immer; der Satz, den sie gerade gelesen hatte, konnte ihn nicht verwandeln. Er ging durch den Schlafraum, ließ den Schlüsselbund klirren, erzählte einfache oder komplexe Geschichten von der Tagesarbeit, log ihr vor, neigte manchmal in den Pausen das Gesicht mit den Backenknochen, die wachsenden Augen. So traurig wie sie, vielleicht.

In dieser Nacht vergaß sich die Frau, forderte, wie sie das schon monatelang nicht mehr gemacht hatte. Was sie glücklich machen konnte oder sie vergessen ließ, war willkommen, war geheiligt. Unter dem halbversteckten Licht schlief der Mann schließlich ein, fast lächelnd, beruhigt. Schlaflos, zurückkehrend, entdeckte sie ohne Erstaunen, ohne Trauer, daß sie seit der Kindheit kein wirkliches, festgegründetes Glück gekannt hatte, abgesehen vom Grün, das dem Garten entrissen worden war. Nichts als das, die wechselnden Dinge, diese Farben. Und sie dachte, bis zum ersten Weinen des Kindes, daß er es gespürt hatte, daß er ihr das einzige rauben wollte, was ihr in Wahrheit etwas bedeutete. Den Garten zerstören, sie weiter sanft ansehen, mit den großen umschatteten Augen, sein indirektes zweideutiges Lächeln ausspielen.

Als die Morgengeräusche begannen, zeigte die Frau der Zimmerdecke die Zähne, dachte manchmal an den ersten Teil des Ave-Maria. Nicht mehr, denn sie konnte das Wort Tod nicht zulassen. Sie erkannte, daß sie nie getäuscht worden war; sie nahm es an, daß sie in der Verwirrung, der Furcht, dem Zweifel der Kindheit geahnt hatte: Das Leben war eine Mischung aus Ungenauigkeiten, Feigheiten, verschwommenen Lügen, nicht immer notgedrungen beabsichtigt.

Aber sie erinnerte sich, jetzt noch und stärker, an das Gefühl des Betrugs, das am Ende der Kindheit begann; als sie größer wurde, schwächte es sich ab, denn sie wünschte und hoffte nun. Nie hatte sie verlangt, auf die Welt zu kommen; nie hatte sie gewünscht, daß die Vereinigung eines Paares im Bett, vielleicht augenblickshaft, flüchtig, routiniert (Mutter, Vater danach und für immer), sie zur Welt kommen ließ. Und vor allem war sie nicht gefragt worden nach dem Leben, das sie kennenzulernen und anzunehmen gezwungen war. Eine einzige Frage vorab, und sie hätte mit dem entsprechenden Schauder Gedärm und Tod zurückgewiesen, die Notwendigkeit des Wortes, um sich verständlich zu machen, zu versuchen, den anderen zu verstehen.

»Nein«, sagte der Mann, als sie das Frühstück aus der Küche brachte. »Ich gedenke nichts gegen Mendel zu unternehmen. Nicht einmal zu helfen.«

Er war merkwürdig sorgfältig gekleidet, als ginge er nicht ins Büro, sondern auf ein Fest. Angesichts des neuen Anzuges, des weißen Hemdes, der noch nie benützten Krawatte brauchte sie Minuten, sich zu erinnern und an ihre Erinnerung zu glauben. So war er während der Brautzeit gewesen. Sie bewegte sich geblendet und ungläubig, Angst, Jahre waren von ihr genommen.

Der Mann tauchte ein Stück Brot in die Soße und schob den Teller weg. Die Frau sah das schüchterne, tastende Leuchten des neuen Blicks, der ihr vom Tisch her zukam oder den sie erfinden mußte.

»Ich werde Mendels Scheck verbrennen. Oder ich kann ihn dir schenken. Auf alle Fälle ist es eine Frage von Tagen. Der arme Mann!«

Sie mußte eine Zeitlang warten. Dann gelang es ihr, sich vom Kamin zu lösen, und sie setzte sich dem mageren Mann gegenüber, ohne zu leiden, geduldig, und wartete, daß er ginge.

Als sie das Geräusch des Autos auf der Straße ersterben hörte, stieg sie in das Schlafzimmer hinauf; sie fand sofort den kleinen unbrauchbaren Revolver mit dem Perlmuttgriff und sah ihn an, ohne ihn zu berühren. Außerhalb von ihr war der Sommer auch noch nicht gekommen, obwohl der Frühling wütend vorwärtsschritt und die Tage, die kleinen Dinge nicht innehalten konnten, es auch nicht gewollt hätten.

Am Nachmittag, nach dem Dornenritus und den trägen Blutlinien auf der Hand, lernte die Frau mit den Vögeln pfeifen; sie erfuhr, daß Mendel zugleich mit dem mageren Mann verschwunden war. Es war möglich, daß sie nie existiert hatten. Es blieb das Kind im Obergeschoß, und es half nicht, ihre Einsamkeit zu mildern. Nie war sie mit Mendel zusammen gewesen, nie hatte sie ihn gekannt, hatte nie seinen kleinen muskulösen Körper gesehen; nie erfuhr sie etwas von seinem unbeugsamen männlichen Willen, seinem leichten Lachen, und daß er und das Glück sich unbekümmert durchdrangen. Der Riß an der Stirn tropfte jetzt langsam die Nase entlang.

Das Kind weinte, sie mußte hinauf. Der Alte rauchte, auf einem Stein sitzend, so ruhig, so nichts, daß er ein Teil des Steins zu sein schien. Die beiden anderen waren unsichtbar auf dem Grund eines Brunnens. Oben tröstete sie das Kind und sah auf dem Boden den verknüllten Anzug des Mannes. Sie wühlte, sah Papiere voller Ziffern, Münzen, ein Dokument. Endlich: der Brief.

Er war in weiblicher Schrift geschrieben, sehr schön, klar, unpersönlich. Er füllte keine zwei Seiten, die Unterschrift war unverständlich: »Másam«. Aber der Sinn des Briefes, die Anhäufung von Dummheiten, von Schwüren, von Sätzen, die gleichzeitig witzig und talentvoll sein wollten, war sehr klar. ›Sie muß sehr jung sein‹, dachte die Frau ohne Bedauern oder Neid, ›so schrieb ich, so schrieb ich ihm.‹ Sie fand keine Fotografien.

Unter »Másam« hatte der Mann mit roter Tinte geschrieben: »Sie ist ungefähr sechzehn und wird nackt über und unter der Erde kommen, um bei mir zu sein, solange dieses Lied und diese Hoffnung dauern.«

Nie konnte sie eifersüchtig auf den Mann sein oder ihn hassen; vielleicht, ein wenig, das Leben, ihr eigenes Unverständnis, einen undefinierbaren bösen Streich, den die Welt ihr gespielt hatte. Wochen hindurch lebten sie wie immer. Aber er fühlte bald die Veränderung, merkte, daß Abweisung und Verzeihung sich in sanfte Distanz ohne Feindseligkeit wandelten.

Sie sagten Dinge, redeten aber in Wirklichkeit nicht mehr miteinander. Sie wich den Funken des Flehens, die manchmal aus den Augen des Mannes sprangen, unbeweglich aus. ›Es ist so, als wäre er vor Monaten gestorben, als hätten wir uns nie gekannt, als wäre er nicht neben mir.‹ Keiner von beiden hatte etwas zu erhoffen. Der Satz würde nicht kommen, die Augen wichen aus. Der Mann spielte mit Zigarette und Aschenbecher; sie strich Butter und Gelee auf das Brot.

Wenn er um Mitternacht zurückkam, hörte die Frau zu lesen auf, tat, als schliefe sie, oder redete von der Arbeit im Garten, von den schlecht gewaschenen Hemden, vom Kind und von den Lebensmittelpreisen. Er hörte ihr ohne Neugier zu, stellte keine Fragen, brachte nichts wirklich zu Erzählendes mit. Dann holte er eine Flasche aus dem Schrank und trank im Morgengrauen, allein oder mit einem Buch.

Sie spähte in der nächtlichen Sommerluft nach seinem scharfen Profil, seinem Hinterkopf, wo vor Tagen, unversehens, graue Haare aufgetaucht waren, dort, wo das Haar schütter wurde. Sie hörte auf, mit sich Mitleid zu haben, und übertrug es auf den Mann. Wenn er jetzt zurückkam, weigerte er sich zu essen. Er ging zum Schrank und trank in der Nacht, im Morgengrauen. Auf dem Bett ausgestreckt, sprach er manchmal mit fremder Stimme, ohne sich an sie oder die Zimmerdecke zu richten; er erzählte glückliche, unglaubliche Sachen, erfand Personen und Handlungen, einfache oder zweifelhafte Umstände.

Es entschied sich eines Nachts, als der Mann sehr früh heimkam; er wollte nicht lesen, sich nicht entkleiden, er lächelte ihr zu, bevor er sprach. ›Er will helfen, daß die Zeit vergeht. Er wird mir eine Lüge erzählen, genauso lang, wie es ihm paßt. Irgend etwas absurd in unserem Leben Verkrustetes, in der sterbenden Geschichte, die wir leben.‹ Der Mann nahm ein kaum halbgefülltes Glas und bot ihr ein volles an. Er wußte, seit Jahren, daß sie es nicht anrühren würde. Er hatte ihr keine Zeit gelassen, ins Bett zu gehen; er überraschte sie im großen Stuhl, während sie ein um das andere Mal das Buch ansah, die Worte, die sie auswendig wußte: »Stellen Sie sich den wachsenden Kummer vor, die Begierde zu fliehen, den ohnmächtigen Ekel, die Unterwerfung, den Haß.«

Der Mann setzte sich ihr gegenüber hin, hörte die üblichen Neuigkeiten, stimmte schweigend zu. Als der Tod der Pause sich näherte, sagte er, mit anderen Worten:

»Der Alte. Der das Geld nimmt, raucht, unbekümmert der Tätigkeit der Arbeiter zusieht. Er studierte ein Jahr im Seminar, studierte ein paar Monate Architektur. Er redet von einer Reise nach Rom. Mit welchem Geld, der arme Teufel? Ich weiß nicht, wie lang danach, jedenfalls einige Jahre danach, da tauchte er wieder hier auf, in der Gegend, der Stadt. Er war als Pfarrer verkleidet. Er log ohne Prahlerei, er verwirrte die Leute, führte sie auf die falsche Spur. Man weiß nicht wie: er konnte zwei Tage und zwei Nächte im Seminar wohnen. Er versuchte, Unterstützung zu bekommen, um eine Kapelle zu bauen. Er zeigte und entfaltete mit einer Besessenheit, die an Wut grenzte, Blaupausen. Schließlich warf man ihn wieder hinaus, obwohl er sich erbot, die Kosten zu tragen und das nötige Geld zusammenzubringen.

Vielleicht ist es damals gewesen, nicht vorher, daß er sich mit der Soutane verkleidete und von Tür zu Tür ging, anklopfte und um Unterstützung bat. Nicht für sich, sondern für die Kapelle. Es scheint, daß er mit seinem Feuereifer überzeugte und mit der unbestimmten Geschichte seines Scheiterns. Er war so schlau gewesen, das Geld, das er erhalten hatte, bei Gericht zu deponieren. Als dann die echten Priester einschritten, gab es keinen anderen Ausweg, als sich mit einer Geldstrafe, die nicht er bezahlte, und ein paar Tagen Gefängnis abzufinden. Nachher konnte ihn niemand mehr daran hindern, Häuser zu bauen. Er setzte das Dach auf so viele Scheußlichkeiten, die uns umgeben, hier, in Villa Petrus, daß die Leute ihn den Baumeister nennen. Vielleicht nennt ihn auch irgendwer: Herr Architekt. Ich weiß nicht, ob es wahr ist oder erfunden. Wer auch würde seine Zeit verschwenden, das herauszufinden.«

»Und wenn es wahr wäre?« murmelte sie über dem Glas.

»Jedenfalls ist es nicht unsere Geschichte.«

Sie drehte sich im Bett um. Sie dachte an irgendwen, der lebendig war oder den unbegreiflichen Ritus zu leben erfüllte; an irgendwen, der im Leben stand oder das vor Jahrhunderten getan hatte, mit Fragen, die nur das wohlbekannte Schweigen erhielten. Mann oder Frau, es war schon gleich. Sie dachte an den riesigen Brunnengräber, an irgendwen, an das Mitgefühl.

»Solange einer die Pflicht...«, fing er an, da klingelte das Telefon, und der Mann erhob sich, schlank und beweglich, die langen Schritte zögerten. Er sprach auf dem dunklen Gang und kehrte ins Schlafzimmer zurück, das Gesicht verärgert, fast wütend.

»Es ist Montero, vom Büro aus. Er ist wegen der Bilanz dort geblieben, und jetzt... Jetzt sagt er mir, es gebe da etwas Merkwürdiges, er müsse mich sofort sehen. Wenn es dir nichts ausmacht...«

Sie mußte sein Gesicht gar nicht prüfen, um zu begreifen, um sich daran zu erinnern, daß sie von Anfang an gewußt hatte, weshalb er mit der unpassenden Geschichte vom Alten gekommen war; daß er gesprochen hatte und sie zugehört, nur damit beide zusammen auf den Telefonanruf warten konnten, auf die Bestätigung des Rendezvous.

»Más Am«, sagte die Frau deutlich, lächelte ein wenig, fühlte, wie das Mitleid wuchs, ohne zu ihr zurückzukehren. Sie trank das Glas in einem Zug aus und stand auf, um die Flasche zu holen und sie auf den kleinen Tisch zu stellen, neben sich.

Der Mann begriff nicht, er blieb aufrecht, ohne zu verstehen oder zu antworten.

»Aber wenn es dir besser scheint, daß ich bleibe...«, drängte er.

Die Frau lächelte wieder und blickte geradewegs den Vorhang an, der sich träge vor dem Fenster bewegte.

»Nein«, versetzte sie. Sie füllte wieder das Glas und beugte sich nieder, um zu trinken, ohne etwas zu verschütten, ohne die Hände zu Hilfe zu nehmen.

Der Mann blieb eine Weile stehen, schweigend, unbeweglich. Dann ging er wieder auf den Korridor und suchte einen Hut, einen Mantel. Sie wartete ruhig auf das Geräusch des Wagens; dann schüttelte sie den Kopf, fast glücklich, genau im Zentrum der Einsamkeit und der Stille, verdutzt, und schenkte sich wieder einen Kognak ein. Sie hatte sich entschieden, war sicher, daß es unvermeidlich war, ahnte, daß sie es schon von dem Augenblick an gewollt hatte, da sie den Brunnen sah und drinnen den Rumpf des Mannes, der grub, die mächtigen weißen Arme, die ohne Mühe den Rhythmus der Arbeit vollbrachten. Aber sie konnte nicht auf das Mißtrauen verzichten: Es gelang ihr nicht, sich zu überzeugen, daß sie es war, die wählte; sie dachte, irgendwer, andere oder etwas hätten für sie entschieden.

Es war leicht, und sie wußte es seit einiger Zeit. Sie wartete im Garten, in seinen Überbleibseln, strickte wie immer ohne Interesse, bis das Vieh aus der Höhle kam, einen Wasserkrug nahm und nach dem Gartenschlauch suchte, um sich abzukühlen. Sie machte ihm ein Zeichen und nahm ihn mit sich. Neben der Garage fragte sie, auf gut Glück, dumm. Sie sahen sich nicht an. Sie fragte, ob hier noch Pflanzen und Blumen, Sträucher oder Yuyu wachsen könnten, irgendeine Pflanzenart, grün.

Der Mann kauerte nieder, scharrte mit schmutzigen, abgenagten Fingernägeln im Stück sandiger Erde, das sie ihm boten.

»Möglich«, sagte er, als er aufstand. »Es ist eine Frage des Wollens, ein wenig Geduld und Sorgfalt.«

Rasch und flüsternd und launisch, ohne ihn gehört zu haben, die Hände auf dem Rücken ineinander geschoben, betrachtete sie den wolkigen Himmel und seine Drohung und befahl:

»Wenn sie gegangen sind. Niemand darf es wissen. Sie schwören?«

Unbeweglich, fremd, ohne zu verstehen, griff sich der Mann an die Schläfe und stimmte mit schwerer Stimme zu.

»Kommen Sie um sechs Uhr wieder, und kommen Sie durchs Gittertor.«

Der Riese entfernte sich, ohne sich zu verabschieden, langsam, schwankend. Der Alte hörte auf die Engel, die fünf Uhr ankündigten, und gab Anweisung zum Aufbruch. An diesem Nachmittag ließ sie die Cinacinas in Ruhe; langsam, nachtwandlerisch, voll Reue, ungläubig ging sie die Treppe hinauf und versorgte das Kind. Dann überwachte sie vom Fenster aus den Weg und sah das wachsende Indigo des Himmels. ›Ich bin wahnsinnig, oder ich war es und bin es noch immer, und ich habe Freude daran‹, wiederholte sie sich mit einem unsichtbar glücklichen Lächeln. Sie dachte nicht an Rache, an Revanche;

kaum, leicht, an die ferne, unbegreifliche Kindheit, an eine Welt der Lüge und des Ungehorsams.

Der Mann kam um sechs zum Tor, und der zerbissene Yuyu-stengel schmückte ein Ohr. Sie ließ ihn sehr langsam eine Zeit-lang auf dem Zement gehen, der den ermordeten Garten be-deckte. Als der Riese stehenblieb, lief sie hinunter – die rasche taktmäßige Trommel der Stufen unter ihren Absätzen – und näherte sich ihm, klein geworden, bis sie fast den riesigen Kör-per berührte. Sie roch seinen Schweiß, betrachtete seine Dumm-heit und das Mißtrauen in den blinzelnden Augen. Sie richtete sich auf, mit einer kleinen Verzückung, streckte die Zunge her-aus, um ihn zu küssen. Der Mann keuchte und verdrehte den Kopf nach links.

»Da ist die Hütte«, schlug er vor.

Sie lachte leise, kurz; sie sah ruhig die Cinacinas an, als wolle sie sich verabschieden. Sie hatte mit einem Handgelenk des Mannes gespielt.

»Nicht in der Hütte«, sagte sie endlich sanft. »Sehr schmut-zig, sehr unbequem. Entweder oben oder nichts.« Wie einen Blinden führte sie ihn zur Tür, half ihm die Treppe hinauf. Das Kind schlief. Auf geheimnisvolle Weise war das Schlafzimmer dasselbe geblieben, unbesiegt. Das breite, rötliche Bett, die we-nigen Möbel, der Schrank mit den Getränken, die unruhigen Vorhänge, derselbe Schmuck, Blumenvasen, Gemälde, der Kan-delaber harrten aus.

Taub, fern, ließ sie ihn über Wetter, Gärten und Ernten reden. Als der Brunnengräber das zweite Glas fast ausgetrunken hatte, schob sie ihn zum Bett und gab andere Befehle. Nie hatte sie gedacht, daß ein nackter Mann, wirklich, ihr gehörend, so wun-derbar und furchtbar sein könnte. Sie erkannte die Begierde wieder, die Neugier, ein altes Gefühl von Gesundheit, das die Jahre betäubt hatten. Nun sah sie, wie er sich näherte, und ihr wurde der Haß bewußt: auf die körperliche Überlegenheit des anderen, Haß auf das Männliche, auf den, der befiehlt, der es nicht nötig hat, unnütze Fragen zu stellen.

Sie rief ihn und hatte den Brunnengräber bei sich, stinkend, gehorsam. Aber es ging nicht, das eine, das zweite Mal nicht, denn sie waren auf endgültige, unheilbare, kapriziöse Art verschieden erschaffen worden. Der Mann trennte sich knurrend von ihr, mit stockender und gehässiger Stimme.

»Immer ist es so. Immer ging es mir so«, sagte er traurig und sich erinnernd, ohne eine Spur von Stolz.

Sie hörten das Kind weinen. Ohne Worte, ohne Gewalt gelang es ihr, daß der Mann sich anzog, sie log ihm vor, während sie sein bärtiges Kinn streichelte:

»Ein anderes Mal«, murmelte sie, zum Abschied, als Trost.

Der Mann ging wieder in die Nacht hinein, vielleicht kaute er einen Yuyustengel und trat den Zorn, das alte, ungerechte Mißgeschick in den Boden.

(Was den Erzähler betrifft, so ist es ihm nur erlaubt, Berechnungen hinsichtlich der Zeit anzustellen. Er kann im Morgengrauen vergeblich den verbotenen Namen einer Frau wiederholen. Er kann um Erklärungen ersuchen, es ist ihm erlaubt, zu scheitern, er kann sich beim Erwachen Tränen, Rotz und Blasphemien abwischen.)

Vielleicht ist es am nächsten Tag geschehen. Vielleicht hat der Alte, das magere Gesicht, älter als er, ohne Ausdruck, etwas länger gewartet. Nehmen wir einmal an, eine halbe Woche. Bis er sie durch das, was einmal Garten gewesen war, wandern sah, zwischen Haus und Hütte, wie sie Windeln an einem Draht aufhängte.

Er zündete sich die lose gerollte Zigarette an, und bevor er sich in Bewegung setzte, zischte er schlechtgelaunt den Arbeitern zu:

»Ich möchte wissen, ob sie uns den Vorschuß für vierzehn Tage geben.«

Sehr langsam, fast ächzend, gelang es ihm, sich vom Sitz zu lösen, und er ging lahmend auf die Frau zu. Er fand sie ohne Hoffnung, kindlicher denn je, fast so frei von der Welt und ihren Versprechungen wie er selbst. Der Seminarist und Architekt sah sie bedauernd, brüderlich an.

»Hören Sie«, bat er. »Ich brauche keine Antwort. Nicht einmal, bei Ihnen, Worte.«

Er zog mühevoll aus einer Tasche eine Handvoll Rosen, die sich eben geöffnet hatten, klein zum Verwundern, gewöhnlich, mit gebrochenen Stielen. Sie nahm sie, ohne zu zögern, wickelte sie in ein feuchtes Tuch und wartete weiter. Sie mißtraute nicht; und die müden Augen des Alten dienten nur dazu, eine alte Lust zum Weinen hochkommen zu lassen, die nicht mehr mit ihrem gegenwärtigen Leben, mit ihr selber verknüpft war. Sie bedankte sich nicht.

»Hören Sie, Töchterchen«, bat der Alte wieder. »Das da, die Rosen: damit Sie vergessen oder vergeben. Es ist das gleiche. Es ist nicht wichtig, wir wollen nicht wissen, wovon wir reden. Wenn die Blumen sterben und Sie sie wegwerfen müssen, denken Sie daran, wir sind, es mag uns passen oder nicht, Brüder und Schwestern in Christo. Man wird Ihnen vielerlei von mir erzählt haben, auch wenn Sie allein leben. Aber ich bin nicht verrückt. Ich sehe zu, ich ertrage es.«

Er zog den Kopf ein, als Gruß, und ging. Durch den Monolog ermüdet, begann er in der ruhigen gewittrigen Luft des Nachmittags auf das Präludium der fünf Glockenschläge zu horchen.

»Gehen wir«, sagte er zu den Brunnengräbern, »kein Vorschuß für die nächsten vierzehn Tage, so scheint es.«

Nach mehreren Nächten, zwischen Warten und zielloser Erwartung, eines Nachts, bevor das Buch langweilig wurde und der Schlaf unbezwingbar, hörte sie das Geräusch des Autos in der Garage, das schwache Pfeifen, das vorsichtig die Treppe hochkletterte. Unwissend, entschieden unschuldig in so vielem, pfiff der Mann »The man I love«.

Sie sah, wie er sich bewegte, schnitt eine Grimasse zum Gruß, nahm das Glas, das ihr hingeschoben wurde.

»Warst du beim Arzt?« fragte die Frau. »Du hattest es versprochen. Oder hast du es geschworen?«

Das knochige Profil lächelte, ohne sich zu wenden, glücklich, ihr etwas zu geben.

»Ja. Ich war dort. Es ist nichts. Ein nackter, skeletthaft dürrer Mensch gegenüber einem friedlichen Dicken. Routine von Aufnahmen und Untersuchungen. Ein dicker Mensch im Kittel, vielleicht nicht sehr rein, der an sein Hämmerchen, sein Stethoskop, an die Anordnungen, die er niederschrieb, nicht glaubte. Nein, es ist nichts, das sie verstehen, heilen könnten.«

Sie akzeptierte zum erstenmal noch ein übervolles Glas. Sie bewegte die Finger, erhielt eine Zigarette. Sie lachte und hielt den Körper steif, um den Husten zu unterdrücken. Der Mann betrachtete sie erstaunt, fast glücklich. Er machte einen Schritt, um sich auf das Bett zu setzen, aber sie, langsam, entzog sich den Laken, der väterlichen Zärtlichkeit. Sie hatte noch eine halbe brennende Zigarette und rauchte weiter, vorsichtig.

Sie hatte ihm den Rücken zugekehrt, als sie sagte:

»Warum hast du mich geheiratet?«

Der Mann sah sie eine Weile an, die hageren Formen, das im Nacken krause Haar, dann ging er ein paar Schritte zurück, auf den Stuhl, den Tisch zu. Noch ein Glas, eine Zigarette, rasch, sicher. Die Frage der Frau war gealtert, zog Runzeln, breitete sich wirr aus, wie ein Efeugewächs, das mit seinen Klauen eine Mauer überzieht. Aber er mußte Zeit gewinnen; denn die Frau – auch wenn sie es nie wissen würden, auch wenn es nie jemand erfuhr – war klüger und unglücklicher als der schwächliche Mann, ihr Mann.

»Du hattest kein Geld, es war nicht deswegen«, versuchte der Mann zu scherzen. »Das Geld kam nachher, ohne meine Schuld. Deine Mutter, deine Geschwister.«

»Daran habe ich auch schon gedacht. Niemand hätte es erraten. Und außerdem interessiert dich Geld nicht. Was noch schlimmer ist, denke ich manchmal. Darum noch einmal: warum hast du mich geheiratet?«

Der Mann rauchte eine Weile schweigend, sagte ja mit dem Kopf, zog die blutleeren Lippen über dem Glas auseinander.

»Alles?« fragte er schließlich; er war ganz Feigheit und Mitleid.

»Alles, natürlich«, die Frau richtete sich im Bett auf, um zu sehen, wie der harte, entschlossene Kopf schmaler wurde.

»Ich habe es auch nicht getan, weil du ein Kind von Mendel

erwartet hast. Es war kein Mitleid, nicht der Wunsch, dem Nächsten zu helfen. Ich liebte dich, ich war verliebt. Es war die Liebe.«

»Und sie verging«, bestätigte sie vom Bett her, fast schreiend. Aber sie fragte auch, unvermeidlich.

»Mit soviel List und Verstellung und Verrat. Sie verging; ich könnte nicht sagen, ob sie dazu Wochen oder Monate nahm oder es vorzog, glatt, von einer Stunde auf die andere zu vergehen. Es ist so schwer zu erklären. Nehmen wir an, ich wüßte, ich verstünde es. Hier im Badeort, den Petrus erfand, warst du das Mädchen. Mit oder ohne den Embryo, der sich bewegte. Das Mädchen, fast Frau, die melancholisch betrachtet werden kann mit dem erschreckenden Gefühl, daß es nicht mehr möglich ist. Die Haare fallen aus, die Zähne faulen. Und vor allem zu wissen, daß für dich die Neugier entstand und ich sie zu verlieren begann. Es ist möglich, daß meine Ehe mit dir meine letzte wirkliche Neugier gewesen ist.«

Sie wartete vergeblich weiter. Zuletzt erhob sie sich, zog sich einen Morgenmantel an und trat dem Mann am Tisch gegenüber.

»Alles?« fragte sie. »Bist du sicher? Ich bitte dich. Wenn es notwendig ist, knie ich nieder ... Um dieser kleinen Vergangenheit willen, über der wir, Schulter gegen Schulter, aus Platzgründen, uns duckten, um leichter zu werden ...«

Der Mann, die Zigarette im schmaler gewordenen Mund, drehte sich zu ihr um, und die Wirbel knirschten in seinem Genick. Ohne Mitleid, ohne Überraschung, von der Gewohnheit ausgelöscht, sah sie in das Leichengesicht.

»Alles?« spottete der Mann. »Was denn noch?« Er sprach zum erhobenen Glas, zu verlorenen Augenblicken, zu dem, was er zu sein glaubte. »Alles? Vielleicht verstehst du nicht. Ich sprach schon, glaube ich, von dem Mädchen.«

»Von mir.«

»Von dem Mädchen«, beharrte er.

Die Stimme, die Verwirrung, die sorgsam langsamen Bewegungen. Er war betrunken und der Grobheit nahe. Sie lächelte unmerklich und glücklich.

»Das sagte ich«, fuhr der Mann fort, langsam, wachsam. »Was jeder normale Kerl sucht, erfindet, findet oder gefunden zu haben glaubt. Nicht die, die versteht, beschützt, verhätschelt, hilft, aufrichtet, zurechtweist, bessert, stützt, berät, leitet und verwaltet. Nichts davon, schönen Dank!«

»Ich?«

»Ja, jetzt, und der ganze verfluchte Rest«, er stützte sich auf den Tisch und ging ins Bad.

Sie zog den Morgenmantel aus, das Hemd – das eines Zöglings im Waisenhaus – und erwartete ihn. Sie erwartete ihn, bis sie ihn nackt und rein aus dem Bad kommen sah, bis sie ihn vage zärtlich berührte und, an seiner Seite im Bett ausgestreckt, wie ein Kind zu atmen begann, in Frieden, ohne Erinnerung noch Sünde, eingetaucht in das unverwechselbare Schweigen, worin eine Frau ihren Jammer erstickt, ihre bezähmte Verzweiflung, ihr atavistisches Gefühl für Ungerechtigkeit.

Der zweite Brunnengräber, der dünne und schlaffe, der das Leben nicht zu begreifen, der von ihm einen Sinn, eine Lösung zu verlangen schien, war leichter zu haben, gehörte ihr mehr. Vielleicht durch die Art des Manns, zu sein, vielleicht, weil sie ihn oft hatte.

Nach fünf Uhr verletzte sie sich an den Cinacinas und schloß dabei die Augen. Sie leckte sich langsam Hände und Handgelenke. Der zweite Brunnengräber kam schlottrig, schwankend, ohne etwas zu verstehen, um sechs Uhr und ließ sich in die Hütte führen, wo es nach Stall und nach Schaf roch.

Nackt wurde er zum Kind, ängstlich, flehend. Die Frau nützte alle ihre Erinnerungen, ihre plötzlichen Eingebungen. Sie gewöhnte sich daran, ihn anzuspucken, ihn zu ohrfeigen; sie konnte zwischen der Zinkwand und dem Dach eine alte vergessene, nicht fettige Lederpeitsche entdecken.

Sie genoß es, ihn mit Pfiffen wie einen Hund zu rufen, und ließ die Finger schnalzen. Eine Woche, zwei Wochen oder drei.

Trotzdem führten jeder Schlag, jede Erniedrigung, jede Forderung, jede Freude sie in die Fülle und den Schweiß des Sommers ein, auf die Höhe, der nur mehr der Abstieg folgen konnte.

Sie war mit dem Jungen glücklich gewesen, und manchmal weinten sie zusammen, und keiner wußte den Grund des anderen. Aber die Frau mußte, fatal und langsam, von der verzweifelten Sexualität zur Notwendigkeit der Liebe zurückkehren. Es war besser, glaubte sie, allein und traurig zu sein. Sie sah die Brunnengräber nicht mehr; sie ging in der Dämmerung, nach sechs, hinunter und näherte sich vorsichtig den Bäumen der Umzäunung.

»Blut«, weckte sie der Mann bei der Rückkehr im Morgengrauen. »Blut an den Händen und im Gesicht.«

»Es ist nichts«, antwortete sie und hoffte, daß der Schlaf wiederkomme. »Ich spiele noch gern mit den Bäumen.«

Eines Nachts kam der Mann zurück und weckte sie; er schenkte sich ein Glas ein, während er die Krawatte lockerte. Die Frau saß im Bett, hörte sein Lachen, verglich es mit dem klaren, frischen, nicht zurückzuhaltenden Laut, den sie von ihm vor Jahren gehört hatte.

»Mendel«, sagte er schließlich. »Dein wunderbarer, unwiderstehlicher Freund Mendel! Und folglich mein Seelenfreund. Er ist seit gestern eingesperrt. Und nicht wegen meiner Papiere, Dokumente, sondern weil er zwangsläufig so enden mußte.«

Sie bat um ein Glas ohne Sodawasser und trank es auf einen Schluck aus. »Mendel«, sagte sie erstaunt, unfähig zu begreifen, zu erraten.

»Und ich«, murmelte der Mann im Ton der Wahrheit, »der ich den ganzen Tag lang nicht wußte, ob ich ihm einen Gefallen tue, wenn ich dem Richter die schmutzigen Papiere übergebe oder sie verbrenne.«

Bis dann, mitten im Sommer, der lange vorhergesehene Nachmittag kam, vorhergesehen seit der Zeit, als sie ihren verwilderten Garten hatte und keine Brunnengräber gekommen waren, ihn zu zerstören.

Sie ging durch den Garten, der vom Zement erdrückt wurde, und warf sich lächelnd, mit einer sehr alten, gekonnten Technik, gegen die Cinacinas und ihre Schmerzen.

Sie prallte an Weiches, Gelehriges, als hätten die Pflanzen

sich plötzlich in Gummistäbe verwandelt. Die Dornen hatten nicht mehr die Kraft zu verwunden und träufelten kaum etwas Milch, ein klebriges, langsames, weißliches, träges Wasser. Sie versuchte es mit anderen Stämmen, und alle waren gleich, geschmeidig, harmlos, strotzend.

Sie verzweifelte am Anfang und nahm es schließlich an; sie war es gewohnt. Es war bereits fünf Uhr vorbei, die Arbeiter waren fort. Sie riß im Vorbeigehen ein paar Blumen und Blätter ab, blieb stehen, um aufrecht zu beten, unter der unsterblichen Araukarie. Jemand schrie, hungrig oder erschreckt, im ersten Stock. Mit einer zerdrückten Blume in der Hand begann sie die Treppe hochzusteigen.

Sie säugte das Kind, bis sie merkte, daß es schlief. Dann bekreuzigte sie sich, schleppte die Schritte ins Schlafzimmer. Sie wühlte im Wäscheschrank und fand fast sofort, zwischen Hemden und Unterhosen, den Smith and Wesson, unnütz, machtlos. Alles war ein Spiel, ein Ritus, ein Prolog.

Aber sie begann wieder zu beten, zweimal die erste Hälfte des Ave-Maria, während sie auf den bläulichen Glanz der Waffe blickte, glitt weiter, bis sie ins Bett fiel, rekonstruierte das erste Mal, mußte sich verlieren, weinen, wieder den Mond jener Nacht sehen, andächtig wie ein kleines Mädchen. Der eisige Lauf des toten Revolvers stieß zwischen die Zähne, stieß an den Gaumen.

Zurück im Kinderzimmer, nahm sie dem Kleinen die warme Gummiflasche weg. Im Schlafzimmer umgab sie damit den Smith and Wesson und wartete geduldig, bis der Lauf menschliche Temperatur für den begierigen Mund annahm.

Sie ließ ohne Scham die Farce zu, die sie jetzt spielte. Dann horchte sie, ohne Hast, ohne Furcht, wie der Hahn wirkungslos dreimal aufschlug. Sie hörte sekundenlang den vierten Schuß, der ihr das Hirn zerriß. Ohne zu verstehen, war sie eine Zeit in der ersten Nacht, im Mond, sie glaubte, in der Kehle wieder den Geschmack des Mannes zu spüren, so ähnlich frischer Weide, dem Glück, dem Sommer. Sie ging unbeirrt vorwärts, an jeder Straßenmündung des zerfetzten Traums und Hirns, in jedem Augenblick der Erschöpfung, während sie den unendlichen Hang halbnackt, schief durch den Koffer, emporstieg. Der Mond wuchs weiter. Sie durchbohrte die Nacht mit ihren kleinen glänzenden Brüsten, hart wie Zink, und ging weiter, bis sie in den maßlosen Mond eintauchte, der sie erwartet hatte, sicher, Jahre, nicht viele.

Die geraubte Braut

In Santa María passierte nichts; es war Herbst, nur noch die glänzende Anmut einer sterbenden Sonne, pünktlich, langsam verlöschend. Für alle Sanmarianer, die den Himmel und die Erde betrachteten, bevor sie den angemessenen Unsinn der Arbeit auf sich nahmen.

Ohne drumherum zu reden, in diesem Herbst, den ich in Santa María aushielt, passierte nichts, bis es an einem fünfzehnten März gewaltlos begann, so sanft wie das Kleenex, das Frauen in ihren Taschen tragen und verbergen, so sanft wie Papier, Seidenpapier, das seidig Hinterbacken wischt.

Nichts geschah in Santa María in jenem Herbst, bis die Stunde kam – warum verflucht oder fatal oder bestimmt und unausweichlich –, bis die glückliche Stunde der Lüge kam und Gelb sich an den Rändern der venezianischen Spitzen andeutete.

Man sagte mir, Moncha, daß diese Geschichte schon geschrieben und, was weniger wichtig ist, auch gelebt wurde, durch eine andere Moncha im Süden, den die Yankees befreiten und zerstörten; in irgendeinem unbestimmbaren Ort Brasiliens; in einer Grafschaft eines Englands der Old Vic.

Ich sagte, Moncha, das sei nicht wichtig, denn es handelt sich doch um einen Brief der Liebe oder Zärtlichkeit oder des Respekts oder der Treue. Du hast immer gewußt, glaube ich, daß ich dich liebte, und daß die Worte, die vorausgehen und folgen, schwach werden, denn sie entstammen dem Bedauern. Mitleid, würdest du vorziehen. Ich sage dir das, Moncha, trotz allem. Viele sind berufen, diese Worte zu lesen, aber nur du, und jetzt, auserwählt, sie zu hören.

Jetzt bist du unsterblich, du hast so viele Jahre durchmessen, an die du dich vielleicht erinnerst, und es ist dir gelungen, den Runzeln zu entkommen, den kapriziösen Zeichnungen der

Krampfadern an geschwollenen Beinen, der bedauernswerten Schwerfälligkeit deines kleinen Hirns, dem Alter.

Es ist kaum ein paar Stunden her, da trank ich Kaffee und Anis, umgeben von Hexen, die nur zu reden aufhörten, um dich zu betrachten, Moncha; um auf die Toilette zu gehen oder um hinter einem Taschentuch den Rotz zu schlucken. Aber ich weiß mehr, weiß es besser, ich schwöre es dir, Gott hat deinen Betrug gutgeheißen und wußte ihn auch zu belohnen.

Man sagt mir außerdem, ich müßte, wenn ich darauf bestehe, mit dem Ende beginnen, dann zu deinem unbegreiflichen Kriechen auf allen vieren zurückkehren, als du ein Jahr alt warst, deinen Schrecken über die erste Menstruation überspringen, dann wieder geheimnisvoll und listig das Ende berühren, zu deinen zwanzig Jahren zurückkehren, zur Reise, dann mich unvermittelt auf deine erste, unheilvolle, trostlose Abtreibung zubewegen.

Aber du und ich, Moncha, wir sind so oft darin übereingekommen, den Skandal zu ignorieren, den ich dir lieber von Anfang an erzähle, der bis zum Abschiedsgruß wichtig ist. Du wirst es mir danken, wirst über mein Gedächtnis lachen, wirst den Kopf nicht schütteln, wenn du hörst, was ich dir vielleicht nicht sagen sollte. Als ob du schon wissen könntest, daß Worte mächtiger sind als Taten.

Nein, für dich nie. Im Grunde hast du Wörter nie verstanden, die nicht, tonlos, Geld, Sicherheit ankündigten, irgend etwas, das es dir erlauben würde, die großen Hinterbacken deines mageren Körpers bequem in einen breiten, gefügigen Sessel hineinzuschmiegen, in den Sessel einer jungen Witwe.

Es ist kein Liebesbrief, keine Elegie; es ist ein Brief darüber, dich geliebt und verstanden zu haben vom unvordenklichen Anfang an bis zum wiederholten Kuß deiner gelben Füße, merkwürdig schmutzig und ohne Geruch.

Moncha, nochmals, ich erinnere mich und weiß, daß ganze Regimenter dich nackt sahen und benutzten. Daß du dich ohne andere Gewalt als deine eigene öffnetest, daß du inmitten des Bettes küßtest, daß man dir fast dasselbe tat.

Jetzt kommen die Damen, um an dir eine neuartige, endgültige Nacktheit zu sehen; um dich mit zerfressenen Schwämmen und einer puritanisch konzentrierten Hartnäckigkeit zu waschen. Deine Füße bleiben verbraucht und schmutzig.

Verglichen mit deinem Mund, zum erstenmal sanft und gutmütig, hat nichts Gewicht, was ich aus der Erinnerung sagen könnte. Verglichen mit dem Geruch, der dich durchdringt und umgibt, ist nichts wichtig. Außer mir natürlich, unter allen; ich, der ich das erste, schüchterne, fast anmutige Fortschreiten deiner Verwesung zu riechen beginne. Denn ich war immer alt für dich; du hast mir keinen anderen Wunsch eingeflößt, als dir einmal eines fernen Tages einen umrandeten Liebesbrief zu schreiben, einen kurzen Brief, kaum ein paar Zeilen, Worte, die dir alles sagen würden. Den kurzen Brief, sage ich nochmals, den ich nicht vorausahnen konnte, als ich dich grotesk und schmerzensvoll durch die Straßen von Santa María gehen sah oder dich grotesk und schmerzensvoll fand, gleichmütig, hartnäckig zur Verkleidung entschlossen, unter dem nie enthüllten Spott an jeder Ecke, und ich ohne Worte dazu beitrug, einen Respekt zu schaffen und aufzuzwingen, den man dir seit Jahrhunderten schuldete, weil du ein Weib warst und verborgen und unumgänglich deine Person zwischen den Beinen trugst.

Und es ist eine Lüge, aber ich sah dich vor der Kirche auf und ab gehen (als Santa María das erste, verschüchterte, fast unschuldige Bordell abschüttelte), jung, kräftig, ungeschickt, mit schwankendem Schritt, mit deinem nachlässigen und herausfordernden Ausdruck, hinter dem großen Plakat, auf dem kühn und schüchtern die hohen, engen schwarzen Buchstaben flammten: »Wir wollen keusche Verlobte und gesunde Männer.«

Der Brief, Moncha, unvorhersehbar, aber ich erfinde jetzt, daß ich ihn von Anfang an vorausgeahnt habe. Der Brief, auf einer Insel entworfen, die nicht Santa María heißt, die einen Namen hat, den man mit einem kehligen F ausspricht, auch wenn sie vielleicht Bisinidem heißt, ohne ein mögliches F; eine Einsamkeit für uns, die hartnäckige Manie eines Besessenen und Verzauberten.

Aus List, als Ausweg, aus Demut, Liebe zum Gesicherten, dem Wunsch, klar zu sein und Ordnung zu schaffen, lasse ich das Ich und tue so, als würde ich mich in das Wir verlieren. Das haben alle so gemacht.

Denn leicht ist es, träge den Schirm eines Pseudonyms zu nehmen, Unterschriften ohne Unterschrift: J. C. O. Ich habe das oft gemacht.

Es ist leicht, spielerisch zu schreiben, wie der alte Lanza sagte oder irgendein Unverantwortlicher uns sagte, der von ihr berichtete: ein trotziger Blick, ein sinnlicher und verächtlicher Mund, die Stärke des Unterkiefers.

Das ist schon einmal gemacht worden.

Aber die Baskin Moncha Insurralde oder Insaurralde kam nach Santa María zurück. Sie kam, wie alle zurückkehrten und zurückkehren, in so vielen Jahren, die ihr Abschiedsfest für immer hatten und heute herumirren, vegetieren, zu überleben versuchen, auf irgendeine kleine solide Sache gestützt, einen Quadratmeter Erde, so fern und entfernt von Europa, das Paris heißt, so fern vom Traum, dem großen Traum. Ich könnte sagen, sie kehren um, sie gehen wieder. Aber in Wahrheit haben wir sie wieder in Santa María und hören ihre Erklärungen über das zu vergessende Fiasko an, über das ungerechte Weshalb nicht. Sie protestieren, angefangen vom Grimm einer Baßstimme bis zum Wimmern von Neugeborenen. Jedenfalls protestieren sie, erklären, beklagen sich, verachten. Aber wir langweilen uns; wir wissen, daß sie genußvoll ihr Fiasko wiederkäuen, die geschönten Erinnerungen, notwendig gefälscht, ohne Absicht. Wir wissen, sie kamen zurück, um zu bleiben und noch einmal weiterzuleben. Der Schlüssel für einen liebenswürdigen, patriotischen Erzähler ist also, ja muß unverstehbares fremdes Unverständnis sein, Unglück, ebenfalls fremd und gleicherweise unverstehbar. Aber sie kommen wieder, weinen, wälzen sich, passen sich an und bleiben.

Deswegen haben wir im Santa María von heute, mit ausgebauten Straßen, so anders, ohne den Instanzenweg zur Enteignung, zu traurigem, aber billigem Preis das, was irgendeine große Stadt kann und hat. Wir erkennen die angemessene Proportion: zehn zu hundert, hundert zu tausend, tausend zu einer Million. Aber es hat in Santa María immer – mit neuen Gesichtern und Ellbogen, die den letzten Verschwundenen ersetzen – unseren Picasso, unseren Béla Bartók, unseren Picabia, unseren Lloyd Wright, unseren Ernest Hemingway, ein Schwergewicht, bärtig, abstinent, den so heilsamen Fänger von Fliegen, die die Kälte gelähmt hat, gegeben und wird sie geben.

Viel mehr Fehlschläge, Karikaturen, die zum Denken anregen, ungeschickte, eigensinnige Erwiderungen. Wir sagen Ja, wir akzeptieren – man muß, scheint es, versuchen weiterzuleben.

Aber alle kamen zurück, obwohl nicht alle gereist waren. Díaz Grey kam, ohne uns je verlassen zu haben. Die Baskin Insurralde war da, fiel uns aber später vom Himmel, wir wissen es immer noch nicht, deshalb erzählen wir.

Geheimnisvoll, noch immer, kam Moncha Insurralde aus Europa zurück, sprach mit niemandem von uns, den Honoratioren. Sie schloß sich in ihrem Haus ein, wollte niemanden empfangen, drei Monate lang vergaßen wir sie. Dann kamen, ohne daß man danach hätte fragen müssen, die Nachrichten in den Klub und die Bar des Plaza. Es war unvermeidlich, Moncha, daß wir uns teilten. Die einen von uns glaubten es nicht und bestellten ein weiteres Glas, Spielkarten, ein Schachbrett, um mit der Sache fertig zu werden. Andere von uns glaubten es leidenschaftslos, ließen die schon toten Winterabende auf der anderen Seite der Hotelfenster sich hinschleppen, spielten Poker, warteten mit unbeweglichem Gesicht auf eine erhoffte, unbezweifelbare Bestätigung. Und andere von uns wußten, daß es richtig war, und schwankten zwischen der unmöglichen Wollust zu verstehen und einem versiegelten Geheimnis.

Die ersten Nachrichten waren uns unbehaglich, aber sie brachten Hoffnung, flogen, in einer anderen Welt entstanden, so abseits, so fremd. Jenes, der Skandal, würde nicht in die Stadt dringen, würde die Kirchen nicht streifen, den Frieden der Häuser Santa Marías, besonders den abendlichen Frieden der

Zeit nach Tisch, die vollendeten Stunden des Friedens, der Verdauung, der Schläfrigkeit, angesichts der vor Dumpfheit absurden Welt, dem krassen und jubelnd geteilten Stumpfsinn, der in den Fernsehapparaten blinzelte und stammelte.

Die Mauern, unnötig hoch, vom Haus des toten Basken Insaurralde schützten uns vor dem Schrei und dem Anblick. Das Verbrechen, die Sünde, die Wahrheit und der schwache Wahnsinn konnten uns nicht berühren, schleppten sich nicht zu uns, ließen nicht, als Schimpf oder Klarheit, feinen zittrigen Schleim aus Silber zurück.

Moncha war im Haus eingeschlossen, ausgeschlossen durch die vier Backsteinmauern von ungewöhnlicher Höhe. Moncha, bewacht außerdem von Haushälterin, Köchin, unbeweglichem Chauffeur, Gärtner, Dienstmädchen und Hausburschen, war eine ferne Lüge, leicht zu vergessen, nicht zu glauben, eine so weit entfernte und weiße Sage.

Wir wußten es, man erfuhr es, daß sie wie eine Tote in dem großen Haus schlief, daß sie in den gefährlichen Mondnächten den Garten, die aufgegebene Weide durchlief, in ihr Brautkleid gehüllt. Sie ging, kehrte wieder, langsam, aufrecht und feierlich, von einer Mauer zur anderen, vom Einbruch der Dunkelheit an, bis sich der Mond in der Morgendämmerung auflöste.

Und wir in Sicherheit, mit Erlaubnis zum Nichtwissen und Vergessen, wir, ganz Santa María, beschützt von dem Viereck hoher Mauern, ruhig und ironisch, fähig, nicht an das ferne, abwesende Weiß zu glauben, an den weißen Streifen, der unter dem stets größeren Weiß des Vollmonds oder Sichelmondes wanderte.

Die Frau, aus der Kutsche mit den vier Pferden steigend, aus dem Duft nach Orangenblüten und Russisch Leder. Die Frau im Garten, den wir jetzt enorm vergrößern, wo wir exotische Pflanzen wachsen lassen, wie sie unversöhnlich und ruhig vorwärts geht, ohne ihre Schritte durch Rhododendren und Gummibäume ablenken zu lassen, nicht einmal die aufrechten Bäume mit Orchideen streifend, ohne ihren nicht vorhandenen Duft zu zerstören, immer und ohne Gewicht am Arm des

Brautführers hängend. Bis dieser, ohne Lippen, Zunge oder Zähne, rituelle, nicht ernste, alte Worte murmelte und sie ohne Gewalt übergab (nur der unvermeidliche, elegante Groll des Männchens), sie dem Bräutigam in den verlassenen Gärten übergab, weiß vom Mond und den Kleidern.

Und dann, langsam, jede helle Nacht, die Zeremonie: die Hand, noch kindlich, ausgestreckt mit dem leichten, wiedererstandenen Zittern, auf den Ring harrend. In diesem anderen einsamen und eisigen Park sie, neben ihrem Gespenst kniend, wie sie auf die unverwüstlichen Worte in lateinischer Sprache hörte, die vom Himmel glitten. Lieben und gehorchen, im Glück wie im Unglück, in Krankheit und Gesundheit, bis daß der Tod uns scheidet.

So schön und unwirklich das alles, ohne Ermüdung oder wirkliche Hoffnung in jeder unerbittlich schlaflos-weißen Nacht wiederholt. Eingeschlossen in die anmaßende Höhe von vier Mauern, abseits von unserem Frieden, unserer Routine.

Damals gab es so viele neue und bessere Ärzte in Santa María, aber die kleine Baskin, Moncha Insaurralde, rief, gleich nach ihrer Rückkehr aus Europa, bevor sie sich hinter den Mauern einschloß, Doktor Díaz Grey an, bat um einen Termin, kletterte eines Nachmittags die zwei Treppenabschnitte hoch, lächelte verblödet, atemlos, die Hand gegen den Oberkörper gepreßt, hob die linke Brust und legte die Hand auf die Stelle, wo sie das Herz vermutete, viel zu nahe der Schulter.

Sie sagte, sie sterbe bald, sie sagte, sie heirate bald. Sie verhielt sich oder war so anders. Der unvermeidliche Díaz Grey versuchte sich an sie zu erinnern, einige Jahre vorher, als sie nach Europa flüchtete, aus dem Phalanstère, als sie glaubte, daß Europa wenigstens einen Hautwechsel garantiere.

»Nichts, keine Symptome«, sagte das Mädchen. »Ich weiß nicht, warum ich Sie aufsuche. Wenn ich krank wäre, würde ich einen richtigen Arzt aufsuchen. Entschuldigen Sie! Aber eines Tages werden Sie wissen, daß Sie mehr als das sind. Mein Vater war Ihr Freund. Vielleicht bin ich deswegen gekommen.«

Sie erhob sich, mager und schwer, wiegte sich ohne Koketterie, stieß mit der ihr eigenen Hartnäckigkeit den ungleichen Körper vorwärts.

›Ein immer noch hübsches Füllen, reinrassige Stute, schmerzhafter Knochentumor an der Vorderhand‹, dachte der Arzt. ›Wenn ich dein Gesicht waschen und es abhorchen könnte, nichts weiter, dein unsichtbares Gesicht unter dem Violett, dem Rot, dem Gelb, den schwarzen Streifen, die deine Augen länger machen, ohne sichere, begreifbare Absicht.

Wenn ich dich noch einmal sehen könnte, wie du die Dummheit Santa Marías herausforderst, ohne Verteidigung oder Schutz oder Maske, mit dem im Nacken schlecht gebundenen Haar, mit genau der Prise Männlichkeit, die aus einer Frau ohne Beeinträchtigung eine Persönlichkeit macht. Dieses ungreifbare, dieses vierte oder fünfte Geschlecht, das wir ein Mädchen nennen.

Wieder eine Wahnsinnige, wieder eine sanfte, tragische Wahnsinnige, wieder eine Julita Malabia, in so kurzer Zeit unter uns, auch genau in unserer Mitte, und wir können nichts tun, als sie zu ertragen und sie zu lieben.‹

Sie ging zum Schreibtisch, während Díaz Grey den Arztkittel aufknöpfte und sich eine Zigarette anzündete; sie öffnete die Handtasche, die Öffnung nach unten, schüttete alles aus, und irgendeine Tube, irgendein weiblicher Fetisch rollte ohne Eile dahin. Der Arzt sah nicht hin, er sah nur, er wollte nur ihr Gesicht sehen.

Sie schob Geldscheine beiseite, mischte sie mit einem Ausdruck des Ekels und legte sie neben den Ellbogen des Arztes.

›Wahnsinnig, heillos, ohne die Möglichkeit, Fragen zu stellen.‹

»Ich zahle«, sagte Moncha, »damit Sie mir Rezepte schreiben, mich heilen, mit mir wiederholen: Ich werde heiraten, ich werde sterben.«

Díaz Grey stand auf, ohne das Geld anzurühren, ohne es zurückzuweisen, warf den Mantel ab, der so weiß, so gestärkt war, und sah auf das verkrampfte Profil, die dicke Schminke, die jetzt, gegen das Licht des großen Fensters, die erstaunlichen Farbkombinationen änderte.

»Sie werden heiraten«, rezitierte er gehorsam.

»Ich werde bald sterben.«

»Das ist keine Diagnose.«

Sie lächelte knapp, wurde von neuem ein heranwachsendes Mädchen, während sie die Tasche wieder vollstopfte. Papiere, Ausweise, Schmuck, Parfüm, Toilettenpapier, eine vergoldete Puderdose, Karamellen, Pastillen, ein angebissener Zwieback, vielleicht irgendein zerknüllter kleiner Umschlag, welk von der Zeit.

»Aber das reicht nicht, Doktor. Sie müssen mit mir kommen. Unten wartet der Wagen. Es ist nahe, ich lebe, ein paar Tage oder für immer, man weiß nicht, wer gewinnt, im Hotel.«

Díaz Grey kam mit und schaute wie ein Vater. Während er das Geheimnis betrachtete, streichelte er zerstreut den unruhigen Nacken Monchas; er streifte ihre Ellbogen, stieß mit einer Handbewegung gegen eine Brust.

Díaz Grey sah den zehnten Teil dessen, was eine Frau gesehen hätte und hätte erklären können. Seidenstoffe, Säume, Spitzen, welliger Schaum auf dem Bett.

»Verstehen Sie jetzt?« sagte die Frau, ohne zu fragen. »Es ist für mein Brautkleid. Marcos Bergner und Pater Bergner«, sie lachte, als sie das gekräuselte Weiß auf der dunklen Bettdecke sah. »Die ganze Familie. Pater Bergner wird mich mit Marquitos vermählen. Wir haben noch kein Datum festgesetzt.«

Díaz Grey zündete sich eine Zigarette an, während er zurückwich. Der Pfarrer war zwei Jahre zuvor im Schlaf gestorben; Marcos war vor sechs Monaten gestorben, nach Essen und Alkohol, auf einer Frau. Aber, dachte er, nichts davon ist wichtig. Die Wahrheit war das, was noch gehört, gesehen, vielleicht berührt werden konnte. Die Wahrheit war, daß Moncha Insaurralde aus Europa zurückgekommen war, um sich mit Marcos Bergner in der Kathedrale zu vermählen, gesegnet vom Pfarrer Bergner.

Er akzeptierte es und sagte, ihren Rücken streichelnd:

»Ja. Es stimmt. Ich war sicher.«

Moncha kniete nieder, küßte die Spitzen, sanft und eingehend.

»Drüben konnte ich nicht glücklich sein. Wir haben es brieflich geregelt.«

Es war unmöglich, daß die ganze Stadt an dieser Verschwörung der Lüge und des Schweigens teilnahm. Aber Moncha war, auch schon vor dem Kleid, umringt von Blei, von Kork, von einem Schweigen, die sie hinderten, die Entstellungen ihrer Wahrheit zu begreifen oder ihnen nur zu lauschen, die wir für sie geformt hatten, die wir, mit ihr zusammen, kneteten. Pater Bergner war in Rom, er kehrte immer auf farbigen Postkarten, mit dem Vatikan im Hintergrund, zurück, ging immer von einem Gemach ins andere, verabschiedete sich immer von Kardinälen, Bischöfen, seidenen Soutanen; eine unendliche Prozession von Epheben in Ministrantengewändern, Meßkännchen, raschen Weihrauchspiralen.

Und immer kehrte Marcos Bergner gerade mit seiner Jacht von fabelhaften Küsten zurück, immer an den Hauptmast gebunden in den unvermeidlichen, stets bezwungenen Stürmen, jeden Tag oder jede Nacht mit dem Steuerruder spielend, vielleicht ein wenig betrunken, das unvergeßliche Gesicht in die Rückkehr, in Salz und Jod eintauchend, die ihm den Bart wachsen und röter werden ließen, wie am glücklichen Ende einer englischen Zigarettensorte.

Dies: die Unkenntnis der Daten sicherer Rückkehr, die unzweifelhafte, unstete Gültigkeit des Worts oder des Versprechens eines Insaurralde, eines baskischen Worts oder Worts eines Basken, das gewichtig fiel, ohne Notwendigkeit, ausgesprochen zu werden, und einmal für immer in Ewigkeit. Kaum ein Gedanke, vielleicht nie ganz gedacht; Ehrgeiz eines Versprechens, das in die Welt gesetzt wurde, dort abgelegt und unzerstörbar, immer herausfordernd, stärker und runder, wenn es dem schlechten Wetter, dem Regen, dem Wind, dem Hagel, dem

Moos und der wütenden Sonne, dem Wetter allein gelang, es zu verdecken.

So daß also wir alle, wir, ihr halfen, ohne es zu ahnen, ohne es zu bereuen, daß sie sich in den kurzen ersten Teil stürzte, in den Prolog, der zum Nutzen von Ignoranten geschrieben wird. Wir sagten Ja zu ihr, wir akzeptierten, daß es dringend und notwendig sei, und es ist möglich, daß wir sie an der Schulter faßten, damit sie in den Zug steige, es ist möglich, daß wir hofften, wünschten, sie nie mehr zu sehen.

Und so, kaum von unserem guten Willen gedrängt, von unserer wohlbemessenen Heuchelei, begab sich Moncha, Moncha Insaurralde oder Insurralde, in die Hauptstadt hinunter – in der Sprache der Zeitungsschmierer vom »Liberal« –, damit Mme. Caron Seiden, Säume und Spitzen in ein Brautkleid verwandeln könne, ihrer würdig, Santa Marías, des verstorbenen Marcos Bergner würdig, gestorben, aber auf der Jacht; des verstorbenen Paters Bergner, gestorben, aber sich endlos im Vatikan in Rom verabschiedend, in der wurmstichigen Dorfkirche, die wir uns vorzustellen fähig waren.

Aber, noch einmal, sie fuhr in die Hauptstadt und kehrte mit einem Brautkleid zu uns zurück, das die verkommenen Chronisten unserer Klatschspalten in ihrem hermetischen, wehmütigen Stil so beschreiben könnten:

»Am Tag ihrer Hochzeit in der Basilika zum Allerheiligsten Sakrament trug sie ein Kleid aus Kreppsatin mit Straßbesatz, der die hohe Taille betonte. Ein haubenförmiges Straßgebilde schmückte den Kopf und hielt den Schleier aus feinstem Tüll; in der Hand trug sie einen Strauß von Phalaenopsis; und in der Basilika zur Schutzmantelmadonna wurde ihr der Brautsegen erteilt, wobei sie ein gesäumtes Organzakleid trug, in Prinzeßlinie. Das hochgekämmte Haar war mit einem Kranz kleiner Blüten geschmückt; von wo aus auch der Schleier aus feinstem Tüll herniederfiel, in der Hand hatte sie einen Rosenkranz. In Sankt Nikolaus von Bari trug die Braut hingegen ein einteiliges Kleid aus besticktem Stoff mit einer offenen Tunika, deren Saum mit Kamelien aus Atlas bestickt war, ein Detail, das sich im Haarschmuck wiederholte, der einen langen Tüllschleier hielt; und wieder in der Mutterkirche von Santa María trug sie ein originelles einteiliges Kleid, mit einem langen Schleier aus feinstem Tüll, gehalten vom Haarschmuck aus Perlmuttblumen, die sich an den Seiten fortsetzten und Ärmel bildeten, welche an den Manschetten eng anlagen; in der Hand hielt sie einen Strauß von Tulpen und Orangenblüten.«

Sie ging, stieß an, prallte zurück wie ein Fußball, der noch ziemlich voll mit Luft ist, noch nicht plattgedrückt, noch nicht tot. Sie ging und kam zu uns, nach Santa María.

Und da dachten wir alle nach; setzten uns mit der unwahrscheinlichen Schuld auseinander. Sie, Moncha, war wahnsinnig. Aber wir alle hatten dazu beigetragen, aus Liebe, Gutmütigkeit, guter Absicht, lauem Spaß, dem respektablen Wunsch, es bequem zu haben, geschützt zu sein; dem Wunsch, daß niemand, auch nicht Moncha, wahnsinnig, tot, lebendig, gut, bewundernswert gekleidet, uns auch nur Minuten des Schlafs oder normaler Genüsse raube.

Wir akzeptierten sie, und behielten sie. Gott, Brausen, möge uns vergeben!

Sie sprach uns nicht von Deckengemälden in Hotels, auch nicht von Landpartien oder Denkmälern, Ruinen, Museen, historischen Namen, die sich auf Schlachten, Künstler, Schutt bezogen. Sie gab es uns, wenn Wind oder Licht oder Laune es geboten, sie gab es uns, gab es uns immer wieder, ohne Fragen, ohne Anfang und ohne Ende:

»Ich war im Morgendämmer in Venedig angekommen. Ich konnte fast die ganze Nacht über nicht schlafen, den Kopf gegen das Fenster gelehnt, während ich die Lichter von Städten und Dörfern vorbeiziehen sah, die ich zum ersten und letzten Mal sah, und immer wenn ich die Augen schloß, roch ich den starken Holzgeruch, Ledergeruch der unbequemen Sitze und hörte die Stimmen, die manchmal Sätze murmelten, die ich nicht verstand. Als ich aus dem Zug stieg und den Bahnhof mit den noch brennenden Lichtern verließ, war es etwa halb sechs Uhr morgens. Halb im Traum ging ich durch leere Straßen bis zur Piazza San Marco, die völlig öde war, abgesehen von den Tauben und ein paar Bettlern, die an den Säulen lehnten. Von weitem war die Kirche den Fotos auf den Postkarten, die ich gesehen hatte, so ähnlich, so vollkommen in den Farben, der komplizierten Silhouette der geschwungenen Dächer in der aufgehenden Sonne, sie war so irreal wie die Tatsache, daß ich dort sein, daß ich dort der einzige Mensch in diesem Augenblick sein sollte. Ich ging langsam wie eine Schlafwandlerin und spürte, daß ich weinte und weinte – es war, als ob die Einsamkeit, sie so vollkommen zu sehen, wie ich es mir erhofft hatte, sie für immer in einen Teil meiner selbst verwandelte, obwohl sie einem Wachtraum am allernächsten kam. Und nachher – es war vorher, eine Nacht in Barcelona – der junge Mann, der tanzte, als Torero gekleidet, in enganliegender roter Hose, im Kreis, der von den Tischen gebildet wurde. Ich erinnere mich, wie wir hinaufgingen, zu einem Tisch, von dem aus man auf die Tanzfläche sah, als fast keine Leute mehr zurückblieben, und wie die zwei Burschen tanzten, eng aneinandergeschmiegt, gleich groß, kräftig, und der Besitzer mir einen Tanzpartner anbot, und welchen Schrecken ich bekam, weil ich nicht wußte, ob er mir einen Mann oder eine Frau anbot. Und eine Straße, ich weiß nicht wo, die alten Häuser mit schreienden, doch verblaßten Farben bemalt; Wäsche hing von einem Ende zum anderen in der schmalen Gasse; die zerlumpten Jungen, die nackten Füße rutschten auf den feuchten Pflastersteinen, zwischen den Ständen mit Fischen und Tintenfischen in merkwürdigen Formen und Farben.«

Zu dieser Zeit, nach der unzweifelhaften Folter von Monaten, die einen Namen hatten, die wir Honoratioren mit dem Namen *Leichensammler* belegten, um zu vergessen, war der Junge oder das Mädchen von Barthés Apotheke gewachsen, war breit und stark und verfügte nur über das rasche Weiß seines Lächelns, um an die Schüchternheit der Jahre zuvor zu erinnern.

»Barthé hat mit dem Feuer gespielt«, sagte einmal, ohne Datum, der Dümmste von uns, während er Spielkarten am Tisch des Clubs austeilte.

Wir. Wir wußten es, daß der Apotheker Barthé mit dem Feuer gespielt hatte, oder mit dem starken Tier, das einmal ein kleiner Junge oder ein kleines Mädchen gewesen war. Er hatte damit gespielt und sich zuletzt verbrannt.

Aber in Klammern mag es angebracht sein, darauf hinzuweisen, daß das Gesicht, das Lächeln des Jungen aus der Apotheke nie den leuchtenden Glanz des Zynismus hatte. Er zeigte und stellte ohne Absicht Gutmütigkeit zur Schau, die einfache Annahme, sich niedergelassen zu haben im Leben oder sich daran angepaßt zu haben, an die Welt, die für ihn unbegrenzt war, an Santa María.

Der eine oder andere von uns sprach, während er die Karten für das Pokern austeilte oder zog, vom abwesenden Hexenmeister, vom einsamen Zauberlehrling. Wir kommentierten das nicht, denn beim Pokern ist Sprechen verboten.

»Ich gehe mit.«

»Ich nicht, ich passe.«

»Gehe mit, erhöhe um zehn.«

Die Polizeiberichte sagten nichts, und die Klatschspalte des »Liberal« bekam es nicht mit. Aber wir alle wußten, vereint beim Spielen oder Trinken, daß die so ganz andere kleine Baskin Insaurralde sich nachts in der Apotheke mit Barthé einschloß – er hatte sein Apothekerdiplom eingerahmt und in Sichtweite, unbezweifelbar, sehr hoch über dem Ladentisch –, dazu mit dem Jungen oder Mädchen, das nun zerstreut aller Welt zulächelte und das, bei den Vorgängen ohne einen bekannten Grund, der Besitzer der Apotheke war. Die drei drinnen, und für unsere ältliche Neugier, für Wahrsagereien und Klatsch blieb nur der blaue Knopf über der kleinen beleuchteten Scheibe: »Notdienst«.

Wir machten unsere Einsätze und verteilten die Karten, sagten murmelnd an und erhöhten, dachten lautlos: die drei, zwei und einer schaut zu, zwei und der schaut zu, der gesagt hat, ich habe genug, ich passe, ich gehe nicht mit, aber dabei immer zuschauend. Oder wieder: die drei und die Drogen, Flüssigkeiten oder Pulver, in der Apotheke des unbestimmten, zweideutigen, austauschbaren Besitzers versteckt.

Alles möglich, bis zum physisch Unmöglichen, für uns vier Alte, die um Karten, erlaubte Fallen, verschiedene Getränke herumsaßen.

Wie Francisco, der Oberkellner, sagen könnte, hatte jeder von uns vieren es gelernt (vielleicht noch bevor wir das Spiel kannten), die Gesichtsmuskeln stundenlang unbeweglich zu halten, einen matten, unveränderlichen Glanz in den Augen zu wahren, mit gleichgültiger Miene schleppende, monotone, gelangweilte Worte zu wiederholen.

Aber als wir jeden Ausdruck abgetötet hatten, der Freude, Enttäuschung, kalkuliertes Risiko, große oder kleine Arglisten hätte übermitteln können, mußten wir notgedrungen, unweigerlich in den Gesichtern andere Dinge zeigen, die zu verbergen wir täglich entschlossen und gewöhnt waren, Jahre hindurch, jeden Tag, vom Ende des Schlafs, den ganzen Tag lang, bis zum Anfang des Schlafs.

Denn wir erfuhren es bald und lachten verstohlen, wobei wir die Köpfe mit fingiertem Mitleid schüttelten, mit vorgespiegeltem Verständnis, daß Moncha sich mit Barthé und dem Gehilfen in der Apotheke einschloß; sie immer als Braut gekleidet; der Junge immer und ohne Ermahnung mit nacktem Oberkörper, der Apotheker immer mit Gicht, Pantoffeln und der ewigen, undefinierbaren schlechten Laune alter Jungfern.

Die drei, über Tarotkarten und Zauberei gebeugt, taten, als glaubten sie an Wiederkehr, plötzliche Glücksfälle, vermiedene Tode, vorhersehbare und erwartete Verrätereien.

Ein Augenblick, nicht mehr; die weiche Korpulenz Barthés, sein erwartungsvoller, gespitzter Mund; die wachsenden Muskeln des Jungen, der es nicht mehr nötig hatte, die Stimme zu erheben, um Befehle zu erteilen; das unwahrscheinliche Brautkleid, das Moncha zwischen Ladentischen und Regalen umher-

schleppte, vor den riesigen karamelfarbenen Flaschen mit weißen Schildchen, alle oder fast alle unverständlich.

Aber immer waren auf dem Tisch die merkwürdigen Tarotkarten, und es war unvermeidlich, auf sie zurückzukommen, zu
erstaunen, sich zu fürchten oder zu schwanken.

Und man muß, zum Nutzen und zur Verwirrung künftiger
und höchstwahrscheinlicher Exegeten von Leben und Passion
Santa Marías, darauf hinweisen, daß die beiden Männer nicht
mehr zum Roman, zur unbestreitbaren Wahrheit gehörten.

Barthé, dick und asthmatisch, in hysterischer Zurückgezo-
genheit, mit geduldeten, grotesken Ausbrüchen, war nicht mehr
Stadtrat; er war nichts als das Apothekerdiplom, schmutzig von
Jahren und Fliegen, das hinter dem Ladentisch hing; er war
nicht mehr als dann und wann der Leiter einer der zehn trotzki-
stischen Gruppen, jede davon durch drei oder vier gefährliche
Revolutionäre ergänzt, die im Menstruationsrhythmus Manife-
ste verfaßten und unterzeichneten, Erklärungen und Proteste
über exotische, ganz verschiedenartige Themen.

Der Junge war nicht mehr und wurde nicht wieder der
erbittert schüchterne Zyniker, der sich in einem Winter, als es
dunkel wurde, dem Bett eines von Furcht, Grippe, schlechtem
Gewissen, dem Jenseits, achtunddreißig Grad Fieber in
Schrecken versetzten Barthé näherte und deutlich und vorsichtig rezitierte:

»Zwei Dinge, Señor, und Sie werden entschuldigen. Sie machen mich zum Teilhaber, ich habe bereits den Notar. Oder
ich gehe und schließe die Apotheke. Und das Geschäft ist zu
Ende.«

Sie unterzeichneten den Vertrag, und für Barthé blieb lediglich, um an das Überleben zu glauben, die Trauer, daß die Dinge
nicht einen anderen Ursprung gehabt hatten; daß die Teilhaber-
schaft, an die er schon vor Jahren wie an ein verspätetes Hoch-
zeitsgeschenk gedacht hatte, ihm durch Erpressung und nicht
durch die harmonische Reife der Liebe aufgezwungen worden
war.

So daß also von den drei Moncha, abgesehen von dem partiellen Wahnsinn und dem Tod, den man nur als Detail, als Charakteristikum, als persönliche Seinsweise einschätzen kann, die einzige war, die, Brausen mag wissen wie lange, eine lebendige Mitwirkende blieb.

Wie ein Insekt? Kann sein. Ebenfalls akzeptabel, da neuartig, ist die Metapher der Sirene, die ohne Mitleid aus dem Wasser gezogen wird und geduldig die schiefe Lage und die Erdkrankheit in der Apothekerhöhle erduldet. Wie ein Insekt, wird insistiert, gefangen im schmierigen Halbdunkel durch die merkwürdigen Karten, die das Gestern und das Heute ausschwitzten, die verworren, ohne größere Verpflichtung auf die unerbittliche Zukunft zeigten. Das Insekt, mit seiner Flügeldecke aus hinfälligem Weiß, wie es kraftlos um das traurige Licht flog, das auf den Tisch und die vier Hände fiel, sich entfernte und gegen Karaffen und Vitrinen stieß, ohne Eile, ungeschickt die lange lautlose und ganz unverdiente Schleppe nachschleifend, die eines fernen Tages Mme. Caron persönlich entworfen und geschneidert hatte.

Und jede Nacht, nachdem die Apotheke geschlossen und außen das violette Licht, das den Nachtdienst ankündete, brannte, zog das lange weißliche Insekt die gewohnten großen Kreise und kleinen Horizonte, wurde wieder unbeweglich, putzte sich die Fühler oder legte sie nur zusammen, über den gesäuselten Versprechungen des Tarots, über dem Stammeln der Karten mit den hieratischen und drohenden Gesichtern, die nach mühevollen Labyrinthen erlangte Glückseligkeiten wiederholten, die von nicht zu vermeidenden, ungenauen Daten sprachen.

Und, wenn es auch das wenigste war, sie ließ dem halbnackten Burschen ein nicht völlig begriffenes Gefühl von Brüderlichkeit; und sie ließ dem Rest, den Barthé an Alter besaß, ein unlösbares Problem, das er zahnlos kaute, im Stuhl versunken, wohin er sich zurückgezogen hatte, um dort zu leben, die Daumen über dem nie mager gewordenen Bauch drehend:

»Sie war doch hier, und das Haus, als gehörte es ihr. Sie lief doch auf und ab und wühlte neugierig und drehte alles um.

Und wir beide liebten sie doch immer – weshalb hat sie dann nicht Gift gestohlen, was auf keine Weise stehlen gewesen wäre, und so rascher, weniger unglücklich Schluß gemacht.«

Und da begann es uns zu geschehen und geschah uns weiter bis ans Ende und ein bißchen darüber hinaus.

Denn, insistieren wir, wie Moncha einmal aus dem Phalanstère kam, in Santa María anklopfte und nach Europa verschwand, so kam sie jetzt aus Europa, fuhr in die Hauptstadt, kam zu uns zurück, war und lebte mit uns in Santa María, das, wie jemand sagte, nicht mehr das von früher ist.

Wir konnten dich, Moncha, nicht in den großen, grauen und grünen Räumen der Avenidas schützen, wir konnten nicht so viele tausend Leiber fortjagen, konnten nicht die unpassende Höhe der neuen Gebäude verringern, damit du es bequemer gehabt hättest, mehr mit uns vereint oder in Einsamkeit gewesen wärst. Wir konnten nur sehr wenig, nur das Unumgängliche gegen den Skandal, die Ironie, die Gleichgültigkeit tun.

In der Stadt, in der jeden Tag eine Mauer errichtet wurde, so überragend und fremd für uns – die Alten –, eine Mauer aus Beton oder Glas, leugneten wir hartnäckig die Zeit, taten so, als glaubten wir an die dauerhafte Existenz jenes Santa María, in dem wir gelebt hatten und herumgegangen waren; und das mit Moncha langte uns.

Und da war noch etwas, ohne Bedeutung. Ebenso natürlich, angestrengt und possenhaft, wie wir es unternahmen, die neue unbestreitbare Stadt zu vergessen, versuchten wir auch über Gläsern und Spielkarten Moncha zu vergessen, in der Bar des Plaza, im gewählten Restaurant, im nagelneuen Klubgebäude.

Vielleicht forderte jemand Anstand und Stillschweigen mit irgendeiner üblen Phrase. Wir nahmen es an, wir vergaßen Moncha und redeten wieder über Ernten, den Getreidepreis, den unbeweglichen Fluß und seine Schiffe – und von dem, was aus den Schiffsbäuchen kam und ging –, vom Geldfluß, von der Gesundheit der Frau des Gouverneurs, der Herrin, Unserer Herrin.

Aber das alles nützte nichts, hat nichts genützt, kein kindlicher Betrug, nicht der Rückfall in den Exorzismus. Es war da, das Übel Monchas, die Fünfundsiebzigtausend-Dollar-Krankheit der Herrin, erste Rate.

So mußten wir erwachen und glauben, mußten es uns zugeben, daß wir es ja schon viele Monate hindurch gesehen hatten und daß Moncha in Santa María war und es ihr ging, wie es ihr ging.

Wir hatten sie gesehen, gewußt, daß sie im Taxi herumfuhr oder in dem klapprigen Opel, Baujahr 1951, daß sie unangebrachte Höflichkeitsbesuche machte, dabei – vielleicht mit geplanter Boshaftigkeit – an tote, nicht zu erweckende Jahrestage erinnerte. Geburten, Hochzeiten, Begräbnisse. Vielleicht – so wird übertrieben – auch genau an dem Tag, an dem es ratsam und gut war, eine Sünde, eine Flucht, einen Betrug, eine schmutzige Form des Abschieds, eine Feigheit zu vergessen.

Wir erfuhren nie, ob all das in ihrem Gedächtnis war, und fanden nie ein Notizbuch, einen einfachen Almanach mit optimistischen Lithographien, der es hätte erklären können.

Santa María hat einen Fluß, es hat Schiffe. Wenn es einen Fluß hat, hat es Nebel. Die Schiffe benützen Nebelhörner, Sirenen. Sie kündigen sich an, sind da – armer Badender, der Sie das Süßwasser betrachten. Mit Ihrem Sonnenschirm, dem Bademantel, dem Badeanzug, Eßkorb, Frau und Kindern, Sie, in einem Augenblick der Phantasie oder der Schwäche, gleich vergessen, können, konnten, könnten Sie an das zarte und rauhe Brüllen des jungen Wales denken, der nach der Mutter ruft, an den zaghaften, ängstlichen Ruf der Walmutter. Nun gut; so, mehr oder weniger, geschieht es in Santa María, wenn der Nebel den Fluß auslöscht.

In Wahrheit – wenn wir hätten schwören können, daß dieses Gespenst unter uns war, drei Monate lang – fuhr Moncha Insaurralde fast täglich im Taxi oder im Opel von ihrem Haus fort, immer im Hochzeitskleid, mit dem Geruch und dem Aussehen von Ewigkeit – wie es sich danach erwies –, dem Kleid, das Mme. Caron in der Hauptstadt angefertigt hatte, wobei sie Seiden und Spitzen vernähte, die sie aus Europa für die Hochzeitszeremonie mit irgendeinem der Marcos Bergner mitgebracht hatte, die sie in der Ferne erfunden hatte; der Segen gesprochen von einem unveränderlichen, grauen, steinernen Pater Bergner. Nur sie noch mußte sterben.

Alle Dinge sind so und nicht anders; obwohl es möglich sein mag, viermal dreizehn Karten auszugeben, nachdem diese Dinge vorgefallen und nicht mehr rückgängig zu machen sind.

Mehrfacher Schrecken, kategorische Behauptungen von Alten, die der fleischlichen Hingabe nicht mehr fähig sind, unvermeidliche Verwirrungen verhindern es, den Tag, die Nacht der ersten großen Angst genau zu datieren. Moncha kam ins Hotel Plaza, im bronchitischen Wagen, ließ den Chauffeur verschwinden und ging traumverloren zum Tisch mit den zwei Gedecken, die sie hatte reservieren lassen. Das Hochzeitskleid ging schleppend durch die Blicke und saß Stunden, mehr als eine Stunde, fast ruhig vor der Leere – Teller, Gabeln und Messer –, die sie vor sich erhielt. Sie, leichthin zufrieden und liebenswürdig, befragte das Nichts und hielt einen Happen, ein Glas in der Luft, um zuzuhören. Alle bemerkten Rasse, die angeborene, nicht auslöschbare Erziehung. Alle sahen auf verschiedene Weise das vergilbende Hochzeitskleid, die zerrissenen, teilweise herabhängenden Spitzen. Sie wurde durch Gleichgültigkeit und Furcht geschützt. Die Besten, falls sie anwesend waren, verbanden das Kleid mit irgendeiner Erinnerung, Glück, das auch durch die Zeit und das Scheitern verbraucht war.

Weder zu früh noch zu spät brachte der Maître persönlich – Moncha heißt Insaurralde – die zusammengefaltete Rechnung auf einem Tellerchen und legte sie genau zwischen sie und den abwesenden, unsichtbaren anderen, der getrennt war von uns, von Santa María, durch die unbegreifliche Entfernung von Seemeilen, durch den Hunger der Fische. Er fragte, kaum daß er da war, neigte das dicke, unerschütterliche, lächelnde Haupt. Er schien zu segnen und zu weihen, er schien daran gewöhnt. Der

Sommer-Herbst-Smoking konnte als überzeugendes Chorhemd gelten.

Es erwies sich als notwendig, geheime, einsame Pilgerschaften zum Restaurant anzutreten, wo sie mit Marcos gegessen hatte. Eine schwierige, verwickelte Aufgabe, denn es handelte sich nicht nur um eine einfache körperliche Bewegung. Es erforderte die vorausschauende, dauerhafte Schaffung eines Gemütszustandes, der, wie sie bisweilen fühlte, für immer verloren war, eine angemessene Stimmung, um das Rendezvous zu erwarten und zu wissen, daß es sich genußreich, unumgänglich bis zum Ende des Abends hinziehen werde, genau bis zur Stunde, wo gesagt werden kann, daß in Santa María alles geschlossen ist. Und darüber hinaus; der Gemütszustand mußte aufrechterhalten werden, die Sperrstunde durchqueren; er mußte in der nächtlichen Einsamkeit anhalten und die Süße der Träume erzeugen. Denn man muß begreifen, daß alles übrige, das, was wir Sanmarianer so hartnäckig Wirklichkeit nennen, für Moncha so einfach war wie ein physiologischer Akt, der bei guter Gesundheit vollzogen wird. Den Maître des Plaza anrufen, einen Tisch bestellen, »nicht zu nah, nicht zu weit«, ihm die Rückkehr von Marcos ankündigen, das entsprechende Festessen, provozierend über die Speisenfolge reden, den Lieblingswein von Marcos verlangen, einen Wein, den es nicht mehr gab, der nicht mehr zu uns kam, der in länglichen Flaschen mit verwirrenden Etiketten verkauft wurde.

Francisco, der Maître, hielt, gealtert, ohne Lächeln, dieses Telefonspiel durch, gab nicht seine uralten Überzeugungen auf, wiederholte, daß der unmögliche Wein, ganz recht, zweifellos, wohltemperiert serviert werden würde, nicht zu weit von, nicht zu nah der idealen, unerreichbaren Temperatur.

Das Datum steht fest und scheint unwiderruflich. Trotzdem kann jemand, irgendeiner schwören, daß er vierzig Jahre, nachdem diese Geschichte geschrieben wurde, Moncha Insaurralde in einem Winkel des Plaza gesehen hat. Die Einzelheiten der Vision, die ratsherrlichen Fortschritte Santa Marías, die der »Liberal« feiern würde, sind ohne Belang. Wichtig ist nur, daß alle beitragen, sie zu sehen; daß sie übereinstimmen. Viel kleiner, mit dem trauerfarbenen Brautkleid, mit einem Hut, einem runden Strohhut mit dunklen Bändern, der auch für die Mode vierzig Jahre danach zu klein war, sich fast auf einen dünnen Ebenholzstock stützend, auf den unvermeidlichen Silbergriff, allein und entschlossen am Anfang einer Herbstnacht – ganz sanft in der Luft, ganz leise das Muhen der Flußschlepper –, wartet sie mit geduldigen, spöttischen Augen darauf, daß die Gäste gehen, die ausgerechnet jenen Tisch besetzt halten, nicht zu nah, nicht zu weit von der Eingangstür wie von der Küche. Und immer kam, in jener unendlichen Zeit, die es geben muß, wenn vierzig Jahre vergehen, der wahrhaftige, verheißene Augenblick, der Augenblick, da der Tisch frei war und sie vorwärts gehen konnte, wobei sie kokett so tat, als stütze sie sich auf den Stock, und sie grüßte Francisco oder den groß gewordenen Enkel Franciscos, ging der Ungeduld von Marcos entgegen, entschuldigte sich unaufdringlich, daß sie sich verspätet habe. Gott war im Himmel und regierte die Erde; Marcos, bereits betrunken, unverwelklich, vergab ihr unter Späßen und schmutzigen Redensarten und reichte ihr über die Tischdecke weg einen kleinen Strauß erster Veilchen dieses vierzigjährigen Herbstes.

Wie es beschlossen war, sonderten wir, die Alten, uns ab. Worte waren nicht nötig für Respekt und Verständnis. Einige vergaßen, solange sie das brauchten, und sie hätten Jahre, jahrzehntelang die Konstruktion ihres Vergessens fortsetzen können. Sie vergaßen, sie erfuhren nicht, daß Moncha Insaurralde durch die Straßen von Santa María spazierte, in Geschäfte ging, pünktlich die großen Häuser der Reichen besuchte, die Gehöfte, die bis zum Ufer hinuntersteigen wollen, und immer war sie mit dem Brautkleid angetan, das auf die Rückkehr von Marcos wartete, um sich die vorgeschriebenen weißen, frischen, harten Blumen anzustecken.

Einige dachten an den ebenfalls toten Basken Insaurralde, einer Erinnerung treu, dachten an die halluzinierende Frau selbst, die hinter sich die Kleiderschleppe herzog, an die sich der unvermeidliche Schmutz heftete. Und diese trafen die Wahl, für das Gespenst zu sorgen, zu tun, als glaubten sie daran, Reichtum, Prestige, die Reste zarter halbwüchsiger Brutalität zu nutzen, die noch nicht von Asche bedeckt waren.

Es gab wenig, für die einen und die anderen; jedenfalls sahen sie und erkannten viel weniger. Sie sahen einfach.

Wenn es Narden und Jasmin gibt, wenn es Wachs oder Kerzen gibt, wenn es ein Licht über einem Tisch gibt und blankes Papier auf dem Tisch, wenn es Schaumkronen auf dem Fluß gibt, wenn es Mädchenzähne gibt, wenn es ein Weiß des Morgens gibt, das über der Weiße der Milch erwächst, die warm und weiß in die Kälte des Eimers fällt, wenn es gealterte Frauenhände gibt, Hände, die nie gearbeitet haben, wenn es den knappen Rand eines Unterrockes für das Rendezvous mit einem Jungen gibt, wenn es einen wunderbar gut gemachten Absinth gibt, wenn es Hemden gibt, die in der Sonne hängen, wenn es Seifenschaum und Rasiercreme gibt oder Zahnpasta für die Zahnbürste, wenn es die trügerisch unschuldige weiße Hornhaut der Kinder gibt, wenn es heute unberührten, frisch gefallenen Schnee gibt, wenn der Kaiser von Siam für den Vizekönig oder Gouverneur eine Herde Elefanten zurückhält, wenn es Baumwollknospen gibt, welche die Brust von Negern streifen, die schwitzen und pflücken, wenn es eine Frau in Kummer und Elend gibt, fähig der Verweigerung und der Rebellion, fähig, Münzen nicht zu zählen und nicht die unmittelbare Zukunft, um etwas Unnützes herzuschenken.

Diese lange Aufzählung angesichts der Unmöglichkeit, die Geschichte des unannehmbaren Brautkleides, zerfetzt, zerknüllt und alt, in einem einzigen Satz von drei Zeilen zu erzählen. Aber das war es: Kleid, Morgenrock, Nachtgewand, Totenhemd. Für alle, die es klug vorgezogen hatten, sich in die Unwissenheit zu flüchten, für die, die sich entschlossen hatten, eine närrische Leibwache zu bilden, seine Existenz anzuerkennen und zu proklamieren, daß wir, soweit es uns möglich sein würde, das Brautkleid beschützen würden, das täglich alterte, das sich unrettbar einem Fetzen anglich, das Kleid zu

schützen und das Unbekannte, Unvorhersehbare, das es umschloß.

Die sterilen, schweigenden, einander entgegengesetzten, nie
kriegerischen Positionen der Alten, die wir uns im Plaza oder
im neuen Klubgebäude versammelten, hielten nicht lange an.
Weniger als drei Monate, wie schon gesagt.

Denn sanft und plötzlich, so sanft, daß es nachher für uns ein
Plötzlich war, als wir es erfuhren oder als wir zu vergessen begannen, fing all dies vorstellbare hinsterbende Weiß, das mit jedem
Tag gelber wurde, mit dem irreversiblen Farbton von Asche, unerbittlich zu wachsen an, und wir nahmen es als Wahrheit hin.

Denn Moncha Insaurralde hatte sich im Keller ihres Hauses
eingeschlossen, mit einigen – nicht genügend vielen – Seconal,
mit ihrem Brautkleid, das ihr in der verschleierten Milde der
sanmarianischen Herbstsonne als wirkliche Haut dienen
konnte, um ihren dürren Körper, die harmonischen Knochen
zu umhüllen. Und sie legte sich zum Sterben hin, hatte das
Atmen satt.

Und damals konnte der Arzt sehen, riechen, nachprüfen, daß
die Welt, wie sie ihm dargeboten wurde und wie er sie weiterhin
akzeptierte, nicht auf Betrug und verzuckerten Lügen beruhte.
Das Spiel wenigstens war ein reines, ein von beiden Seiten mit
Würde respektiertes Spiel: von Gott-Brausen und ihm.

Es blieben entfernte, fanatische Insaurraldes, die einen unvorhersehbaren Herzinfarkt bei der Toten wünschten. Jedenfalls hatten sie Erfolg, es würde zu keiner Autopsie kommen.
Deswegen ist es möglich, daß der Arzt zwischen der offenkundigen Wahrheit und der Heuchelei der Nachwelt geschwankt
haben mag. Er zog es sehr bald vor, sich der absurden Liebe zu
überlassen, einer unerklärlichen Treue, irgendeiner Form der
Treue, die Mißverständnisse hervorrufen konnte. Fast immer
wird so gewählt. Er wollte die Fenster nicht öffnen, er akzeptierte es, in unpassender Gemeinschaft dieselbe verdorbene Luft
zu atmen, denselben Geruch nach ranzigem Schmutz, nach dem
Ende. Und er schrieb endlich, nach so vielen Jahren, ohne es
nötig zu haben, sich mit Denken aufzuhalten.

Er zitterte vor Demut und Gerechtigkeitsgefühl, vor einem merkwürdigen, unbegreiflichen Stolz, als er schließlich das versprochene Schriftstück, die wenigen Worte, die alles besagten, abfassen konnte: Vornamen und Familiennamen des Verstorbenen: María Ramona Insaurralde Zamora. Sterbeort: Santa María, zweiter Verwaltungsbezirk, Geschlecht: weiblich. Rasse: weiß. Namen des Geburtslandes: Santa María. Alter: neunundzwanzig Jahre. Der hiermit bestätigte Tod trat ein am Tag des Monats des Jahres um soundsoviel Uhr. Unmittelbare Todesursache: Brausen, Santa María, Sie alle, ich selbst.

Matías der Funker

Als Jorge Michel im Hause von María Rosa vor mehreren Zeugen ein weiteres Mal die Geschichte oder die Anekdote von Atilio Matías und María Pupo erzählte, ahnte ich, daß der Erzähler einen bewundernswerten Grad an Perfektion erreicht hatte, dem bei voraussehbaren künftigen Wiederholungen bloß Verfall und Fäulnis drohten.

Daher und ohne höhere Absicht möchte ich gleich jetzt die erzählte Version wiedergeben, um sie vor der Zeit zu bewahren; vor künftigen Plaudereien bei Tisch.

Die Anekdote, die keine Erzählung ist und die Literatur nicht einmal streift, ist mehr oder weniger diese:

Für mich, wißt ihr ja, bedeuten die nackten Tatsachen nichts. Was sie enthalten oder was sie bergen, darauf kommt es an; und dann herausfinden, was dahinter steckt und wiederum dahinter, bis zu einem allerletzten Grund, den wir niemals berühren werden. Wenn je ein Geschichtsschreiber die Reise des Funkers behandeln sollte, dürfte er zufrieden sein mit der Feststellung, daß während der Regierungszeit Iriarte Bordas der Frachter *Anchorena* aus dem Hafen von Santa María mit einer für osteuropäische Länder bestimmten Ladung Weizen und Wolle in See stach.

Lügen würde er damit nicht; aber die tiefere Wahrheit liegt doch in dem, was ich erzähle, auch wenn man meine Schilderung schon so oft wegen angeblicher Anachronismen geschmäht hat.

Die Fahrt wird etwa neunzig Tage gedauert haben, und bestimmt könnte ich mit etwas Anstrengung die Mannschaftsliste hersagen; den Namen von ihm, dem Funker, habe ich gleich anfangs vergessen, abergläubischer Haß hat ihn fortgerissen. Ich taufe ihn auf dieser Seite Aguilera, um bequem erzählen zu können. Ihren Namen, auch wenn ich sie keinmal zu Gesicht bekam, werde ich nie vergessen: María Pupo, aus Pujato im Departement Salto.

»Na und? Sie heißt eben nur María Pupo«, wie der Funker, Aguilera, sagte.

»Wenn Sterne hoch am Himmel stehn, dann müssen wir auf See, auf See«, fing eines Morgens jemand zu singen an, während er eine Tür weiß anpinselte, und sofort summten wie in allgemeiner Ansteckung alle das gleiche, gebrauchten die fertigen Worte als Gruß, Antwort, Witz und Trost. Wenn Sterne hoch am Himmel stehn, dann müssen wir auf See, auf See. Seltsamerweise war die Melodie noch dümmlicher als der Text.

Wenn für Sie, für einen, die Stunde gekommen ist, und immer ist es die Stunde des Morgengrauens, gehen Sie über die Laufplanke an Deck, wobei Ihnen der Seesack, blau, wie es sich gehört, herausfordernd auf den Rücken klopft, übernächtigt, hungrig, aber mit Würgen im Hals, noch ein bißchen betrunken und auf das lauwarme Schwanken des Biers im Magen achtend, aufmerksam auch auf das langsame Verschwinden der Erinnerung, Gesicht, Haar, Beine, feste, mütterliche Hand der Hure, die einem unter dem Wellblechdach zugefallen war. Nichts weiter als der Ritus, eine schüchterne, aufgeblasene Großmannssucht, Matrosentradition.

Und Sie, einer, ahnungsschwer vor dem Schicksal des Frachters und seinen nassen Abenteuern, zeigen unter bescheidenem Grüßen Ihre Papiere, während Sie, fast ohne die Augen zu bewegen, die neuen Gesichter prüfen und im Geist überschlagen, wieviel Hilfsbereitschaft, Ärger oder Unglück sie bereithalten.

An Deck versammelt, hörten wir heuchlerisch und mit Geduld gewappnet dem Kapitän zu, der von Vaterland, Opfern, Zuversicht sprach. Als besonnener, trockener Mensch hob er den Arm, wünschte uns eine gute Fahrt und bat uns lächelnd, wir sollten doch versuchen, auch ihm eine gute Fahrt zu verschaffen.

Wir waren so dankbar, nicht länger als drei Minuten behelligt worden zu sein, daß wir trotz Handelsschiff stramm militärisch grüßten und hurra brüllten.

Ich lief gleich los, um mir den Gringo Vast als Kojenkameraden zu sichern. Aber es war schon zu spät, die Plätze waren bereits am Vortag vergeben worden, und an der Tür meines Vomitoriums fand ich ein Schildchen mit zwei Namen: Jorge Michel/Atilio Matías.

Geduscht und erfrischt saßen wir uns dann um halb acht unvermeidlich gegenüber, jeder auf seiner Koje, jeder mit der lastenden Nutzlosigkeit untätiger Männerhände zwischen den Knien. So daß Matías, der Funker – »ich muß gleich auf Posten« –, hüstelte und sagte:

(Er war, und das auf immer, zehn Jahre älter als ich; hatte eine große Nase, Augen ohne Ruhe, den schmalen, schiefen Mund eines Diebs, eines Schwindlers, eines zwanghaften Lügners, eine seit der Pubertät vor der Sonne bewahrte Haut, eine vom Schatten des Schlapphuts konservierte Weiße. Aber über alldem, wie ein ständiger Umhang, ließ er Traurigkeit, Unglück, hartnäckiges Pech flattern. Er war klein, schmächtig, mit hängendem, weichem Schnurrbart.)

»Ich muß auf Wache«, wiederholte er.

Aber es war noch eine halbe Stunde bis zu dieser Idiotie, sinnlose Funksprüche aufzuzeichnen, und wir hatten eine Flasche puertorikanischen Rum zwischen uns.

Meine erste Heuer hatte keinen anderen Grund gehabt als den Bewegungsdrang. Diese dritte war anders; sie war eine dreimonatige Heimatflucht, vor der schon unwahrscheinlichen Bevormundung durch den Multi, vor den peinlich genauen Kniebeugen von Leuten, die ich respektiert und in einigen Fällen geliebt hatte.

Unter dem schwachen Licht hatten wir den Rum, die Gläser, die Zigaretten, den blauen Anker auf meinem Unterarm.

In einer halben Stunde. Also legte Aguilera, Matías der Funker, ohne daß man nachhelfen mußte, mit dem los, was er für unzweifelhafte Wahrheit hielt. Umsichtig beschützt von einem auf seinen Ruin hinarbeitenden und geradezu fantastischen Unglück, ließ er etwas heraus, beichtete er.

Es waren noch zwanzig Minuten bis zu seiner Wache, als er stoßweise Rumdunst von sich gab, während er sprach. Nichts, das wußte er selbst, was man als Verfolgungswahn einordnen und beiseite legen konnte, um zu anderen Dingen überzugehen. Denn hören Sie: Matías sagte ungefähr, oder ich las ihm aus dem traurigen Gesicht – mit seiner festgefrorenen Grimasse kindlicher Empörung – die Worte ab, die ihm im Hals steckenblieben, ohne geäußert zu werden. Zum Beispiel:

»Sie kennen Pujato« – zwischen Bestimmtheit und Frage. »Sie, der Sie Pujato kennen, müssen den Unterschied und den Schwindel kennen, mindestens den zwischen Grau und Grün. Es war die Direktion des Fernmeldewesens, hier kann ich Ihnen die Papiere zeigen, Stück für Stück, nach Datum geordnet, aus irgendeinem Grund hab ich sie aufbewahrt. Staatliche Direktion oder Hauptzentrale des Fernmeldewesens. Erste Ausschreibung: Aufruf zur Bewerbung auf vakante bzw. neu zu schaffende Stellen als Funker im staatlichen Rahmen. Ich will Ihnen nicht verhehlen, daß ich einen Freund hatte, der morsen konnte, er empfing und sendete mit solcher Leichtigkeit und ohne sich dessen überhaupt bewußt zu werden, wie Sie atmen oder herumgehen oder irgendwas erzählen. Auch aus Pujato, der Freund, und seit Ewigkeiten Funker der Bahnstation. Beglückwünschung durch die Engländer bei jeder Inspektion. Pujato, dürfen Sie nicht vergessen, praktisch ohne vorgesetzte Stelle, fast wie Santa María. Und der Freund wollte in den Ruhestand und mir den Posten als Zeichen der Freundschaft vermachen. Sobald er also von der ersten Ausschreibung erfuhr, hier hast du ihn, sagte er, der Posten gehört dir; er ging gleich daran, mir die Sache beizubringen, und lange vor dem Ende der Bewerbungsfrist hörte ich in Morse, bewegte ich die Finger in Morse. Es war ja kein Klavierspielen, es machte nichts, daß ich sie mir bei der Arbeit im Gemüsegarten kaputtgemacht hatte, die Finger.

Was es gab, war die Stelle des Funkers in der Bahnstation Pujato. Was es gab, war Pujato friedlich bis ans Lebensende. Pujato und meine Heirat mit María, von der ich Ihnen nichts erzähle, das sind heilige Dinge für einen Mann. Aber von Pujato, das Wort sagt bereits alles. Legen Sie den Finger, wohin Sie wollen: vormittags, nachmittags. Irgendwann mal, wer weiß, sogar am frühen Morgen. Pujato grün und gelb, die Bauern, die mit Lastwagen Weizen und Mais bis zu den Silos bei der Bahnstation schaffen, wobei einige die Ladung einfach lose auskippen, und nach Tag, Termin, Waggons fragen. Und ich, der ich ihnen das Problem mittels Morsen löse, halb gelangweilt, halb amüsiert, nie wirklich gelangweilt. Ich, und sehen Sie mich, wie ich mich selbst sah, als Funker und mein eigener Herr, verheiratet mit María, die gleich in der Bahnstation wohnt oder mich in einem hübschen Häuschen an der Überlandstraße erwartet.

Sie sehen das vor sich, können uns sehen, Pujato, meine Frau und mich. Jetzt schauen Sie sich ein weiteres Dokument an, das dritte, und jetzt das vierte, wo die Falle steckt. Auf dem dritten werde ich unter mehr als zweihundert Bewerbern genommen und bin also Stelleninhaber. Und im vierten Dokument, zehn Monate danach, schicken sie mich zum Funken auf ein Schiff, dies hier nämlich, fern von alldem, wovon ich gerade erzählt habe. Deutschland, Finnland, Rußland, lauter Namen, die ich lernen mußte, wo ich doch immer geglaubt hatte, daß sie nichts mit mir zu tun hätten, in der Schule nicht und nicht danach.

Was, meinen Sie, soll ich machen«, schloß Matías der Funker trotzig. »Soll ich etwa zufrieden sein?«

Ich ließ ihn gehen, den Rum nahm er mit, ich schlief ein mit dem Vorgefühl von Krankheiten. Um sechs Uhr morgens weckten sie mich mit den abgedroschenen und toten Kraftausdrücken: da stieg ich Heizer oder Kohlentrimmer in meine Hölle, ohne Matías zu sehen, hatte ihn fast schon vergessen.

Jemand hatte für die folgenden Tage festgelegt, daß wir die Kajüte zu verschiedenen Zeiten benutzten und uns nur gerade mittags am großen Mannschaftstisch sahen, an dem wir weit auseinander saßen. Das Schicksal wachte also eifrig über der Existenz von Matías und zwang mich, meine optimistische und christliche Erwiderung, mein Morgenlied des Spaßmachers auf wenige Stunden vor Hamburg zu verschieben, Hitze, kleine Disziplinlosigkeiten, vage Gehässigkeiten, Anspucken mit Worten.

Ich habe schon gesagt oder gedacht, daß dies eine Geschichte von Fahrenden ist, und nur die werden sie ganz verstehen können. Ich füge hinzu, nicht als Entschuldigung, daß ich so oft, in Häfen oder auf richtigem Festland, zu erklären versucht habe, daß wir alle, Städter, Berglandbewohner, Bauern der weiten Ebenen, Fahrende sind. So oft, und immer bin ich gescheitert.

Dies, damit ihr allmählich versteht, warum ich, seit das Schiff Santa María verlassen hatte, Gleichgültigkeit, Widerwillen, schlecht verhohlene Verachtung von seiten der Besatzung, der Freunde meiner anderen Fahrten zu spüren bekam.

Mag sein, ich übertreibe, denn so sind Worte, nie stimmen sie ganz, immer treffen sie etwas daneben. Jedenfalls, da bin ich sicher, knappste Grüße, mit Geduld ertragenes Schweigen, Lächeln ohne hinzusehen, abgebogene Gespräche.

Denn ohne andere Schuld als die, in der Kajüte untergebracht zu sein, die sie mir zugewiesen hatten, war ich für sie der Freund von Matías dem Funker, Kamerad des Scheiterns, Schatten des Pechs.

Und da nutzte es mir nichts, wenn ich mich über Matías lustig machte, vor ihnen und sogar in seinem Beisein. Die Krankheit, das widrige Schicksal des Mannes aus Pujato hatten mich angesteckt – das glaubten oder argwöhnten sie –, und es war nur klug, mir den Cordon sanitaire, die Quarantäne aufzuerlegen. So mußte ich mich also ungerechterweise mit Atilio Matías verwandt fühlen und an seiner Seite in einem Meer von Feindseligkeit und Schikanen schiffen. Er, Matías der Funker, von Anbeginn bis zu seinem Ende; ich während einer Fahrt von drei Monaten.

»Und stellen Sie sich vor, wo die uns hinschicken«, sagte er bei einer unvermeidlichen Begegnung. »Die schicken uns in die Kälte, in eine tödliche Kälte, ganz anders, als wir sie, nur zum Beispiel, im Winter in Pujato haben. Denken Sie an den kleinen Funkraum in der Bahnstation, der Mate köchelt und das warme Kohlebecken und ein Freund, mit dem man über wirklich Interessantes reden kann und der vielleicht eine Flasche Grappa mitgebracht hat, obwohl, ich bin kein Trinker.«

286

Und es nutzte nichts, daß ich übertrieb, wie viele Male ich dieselbe Route mit denselben Häfen, in genau derselben Jahreszeit gefahren war.

»Aber selbst in Finnland, in Hamburg, in Baku laufen die Leute zur Zeit in Hemdsärmeln herum, und die Frauen in den Badeorten warten bloß aufs Mondlicht, damit sie nackt baden können.«

Er glaubte mir einfach nicht; es war ihm verboten, den Sommer in seiner Güte zu akzeptieren, und er hob die Schultern, um jede Möglichkeit von Zuversicht abzuschütteln. Er antwortete nicht einmal; ich wußte, wie es in ihm dachte: María Pupo, Pujato, oder umgekehrt.

Dort irgendwo über der Glut der Heizkessel führte jemand peinlich genau auf Tag und Stunde Logbuch. Mein Tageslauf war ein anderer, wie immer in Hamburg.

Als ich an den Landungsbrücken vormittags, fast schon sommerlicher Mittag, auf der Suche nach der Straßenbahn-Haltestelle drauflosstapfte, höre ich die Schritte, die mich einholen wollen, die resolute Stimme:

»He, Michel. Wohin gehen Sie?«

»In die andere Richtung. Ich bin ganz krank nach Sankt Pauli. Frauen und etwas Stärkeres als Bier, damit ich vergessen kann, daß ich ein Fahrender bin und daß morgen abend wieder die Heizkessel dran sind. Aber Sie, Matías, Sie gehen ins Hotel Kaiser, haben Sie doch gesagt. Da müssen Sie über die Straße, genau in die andere Richtung, mit einer anderen Straßenbahn.«

Er ließ das Lächeln, das sich widersetzt, in der Schwebe, das Pech gleichwohl hinnehmend. Gar nicht so schwierig, wenn man sich dran gewöhnt hat. Dann redete er, und keine Straßenbahn kam.

»Tun Sie mir einen Gefallen.«

»Nein«, sagte ich, »ich gehe nach Sankt Pauli, ich hab Hunger auf Sankt Pauli, und wenn Sie wollen, kommen Sie mit.«

Es war nutzlos, denn er hörte mich gar nicht, denn er, Matías, hatte Jahre in der Ausübung unreiner Verzweiflung verbracht.

»Sie können mir einen Gefallen tun, und danach gehen Sie sich betrinken. Ich hab's Ihnen während der ganzen Überfahrt nicht gesagt, aber heute ist Marías Geburtstag. Wenn Sie mir helfen, schicke ich ihr ein Telegramm.«

»Entschuldigung. Aber warum schicken Sie ihr nicht einen Funkspruch vom Schiff aus? Warum kehren Sie nicht um und funken ihn selbst?«

Er sah mich nicht einmal an. Er lächelte, während er weiterging, und sprach geduldig auf mich ein, von Vater zu Sohn:

»Vierzehn. Paragraph vierzehn untersagt jegliche Kommunikation persönlicher Natur, außer in offenkundigen Notlagen, welche das schriftliche Einverständnis des Kapitäns oder des Bahnhofvorstands benötigen.«

»Klar, Entschuldigung«, übersetzte ich.

Von dort, wo wir waren, konnte man die Stadt nicht sehen; gerade nur einige eckige Türme im Sonnenlicht. Aber ich roch sie, hatte ihren Geschmack im trockenen Mund, und ich kann schwören oder versichern, daß Sankt Pauli mich rief. Aber nichts da; sein Unglück, das von Matías dem Funker, war mächtiger als mein Hunger nach Rauch und Komme-was-da-kommen-mag an einem riesigen runden Tisch. Es siegten Pujato und María Pupo.

»Telegraphenamt?« begann ich, um einzulenken und die peinliche Situation zu überspielen. »Ja, hier in der Nähe, zwei Häuserblocks weiter, gibt es eins.«

»Wenn Sie mich also begleiten. Dauert nur einen Moment. Schauen Sie, ich kann die Sprache nicht, Sie dagegen kommen gut zu Rande.«

Also marschierten wir Richtung Hauptpostamt und entfernten uns mit jedem Schritt von Sankt Pauli.

Bedenken wir nun, daß das Fräulein am Schalter des Telegraphenamts dort vierzig oder fünfzig Jahre zuvor geboren war und daß die Brille, die Falten, der bleiche, bittere Halbmondmund, ja selbst die männliche Päderastenstimme wie auch ihre Seele ein Produkt kärglichen Bodens waren, der absurden Liebe zu Arbeit und Tüchtigkeit, einer unauslöschlichen Zuversicht, die durch das Geheimnis wuchs, das die Buchstaben T. T. verhießen und verhüllten.

So wurde die Botschaft, und zwar mit befriedigender Raschheit, aus dem Pujatenser Dialekt über mein Seemannsenglisch in das tadellose Deutsch des Fräuleins befördert und besagte in der Übersetzung etwa: María Pupo. Pujato. Santa María. Herzlichen Glückwunsch zum Geburtstag. Matías.

Das Fräulein schrieb es mit drei Durchschlägen auf, verlangte drei oder vier Mark und überreichte uns einen Durchschlag und die Quittung.

Wieder waren wir auf der Straße, und es war die Zeit des mittäglichen Hungers, und alle Straßenbahnen rollten los nach Sankt Pauli und seinen Verheißungen. Jetzt kam die Stimme nicht aus Matías dem Funker, sondern aus meinem Hunger, meiner Schwäche, aus meiner gedämpften Sehnsucht. Die Stimme sagte:

»Hören Sie, Michel. Verstehen Sie was von Graphologie?«

»Ich hab mal so getan, als ob. Aber gewußt hab ich nie wirklich was.«

»Verstehen tun Sie's trotzdem, oder zumindest merken Sie etwas. Denken Sie an das Gesicht der Frau.«

»Nein.«

»Mich widert es auch an. Drei Mark einundvierzig ist mehr als ein Dollar. Und sie hat das Telegramm nicht einmal mit Maschine geschrieben, bloß mit Kuli, hier haben wir den Durchschlag. Jetzt schauen Sie mal, auch wenn Sie sich darauf versteifen, Sie verstünden nichts.«

An einer Straßenkreuzung, in Furcht, der Nachmittag könne mit leerem Magen beginnen. Ich hätte ihn am liebsten geohrfeigt und konnte nicht; ich fluchte vor mich hin und nahm ihn beim Arm.

Alles, alles mögliche; immer aber in Hamburg, an der unwahrscheinlichsten Ecke, wartet ein Ausschank auf einen. Bier und skandinavische Happen. Dort auf dem Tisch, flachgehalten von Matías' beiden Daumen, lag der Durchschlag des Telegramms an María Pupo, Pujato.

»Wenn Sie die Sache in Ruhe betrachten«, sagte Matías. »Zuerst die Frau, das Gesicht einer falschen Schlange, worin Sie ja mit mir übereinstimmen.«

Ich nahm einen Schluck Bier, füllte mir den Mund mit irgendwelchem Meeresgetier und gab mich einer plötzlichen, überwältigenden Bewunderung von Matías' subtiler Intelligenz hin, offenbart im Austausch gegen sechsundvierzig Tage sengender Plackerei in den Schiffseingeweiden, wo ich mir bewußt war, daß im selben Rumpf, über derselben Welle, getrennt nur durch dünne Stahl- und Holzplanken, die untröstliche Traurigkeit des Manns am Funkgerät mitreiste.

»Erstens das Gesicht«, fuhr Matías fort, »und dann ist da noch die Graphologie, und auch wenn Sie sich darauf versteifen, Sie verstünden nichts davon, die zwei Sachen zusammen lassen sich nicht bestreiten. Folglich will mich dieses blonde Biest, pardon, bescheißen. Genauer: Sie hat mich schon beschissen und das Geld für sich behalten, was mir egal ist, denn ich hab's ja, und hat gar kein Telegramm abgeschickt. Wegen dem Gesicht, wegen der Graphologie und weil ich Funker mit Diplom bin und was von diesen Sachen verstehe.«

Das Englisch von Schiffern ist eine universale Sprache; und immer schon habe ich mir gedacht, daß es mit Whisky auf jedem Höhen- und Breitengrad ähnlich ist, ob es nun um Freude, Unglück, Erschöpfung oder Langeweile geht. Matías war übergeschnappt, und ich hatte niemanden in der Nähe, um ihn in den Schrecken und das Vergnügen dieser Entdeckung einzubeziehen. Ich nickte also mit dem Kopf, schob den Bierkrug beiseite und verlangte Whisky. Serviert wurde er so: eine Flasche, ein Eimer mit Eisstückchen, ein Syphon.

Und ich hatte keinen Freund da, um ihm den betörenden Wahnsinn Matías' zuzuflüstern, der sich entschlossen hatte, eine Zeitlang zu schweigen, Meeresfrüchte und Bier zu vertilgen.

Er war weiterhin fast derselbe: zehn Jahre älter als ich, große Nase, unruhige Augen, der schmale, schiefe Mund eines Diebs, eines Schwindlers, eines zwanghaften Lügners, klein und schmächtig, mit hängendem, weichem Schnurrbart. Aber jetzt war er wahnsinnig geworden oder zeigte ohne Scham einen alten verdeckten Wahnsinn.

Es war schon Abend, als ich mich entschloß, ihn in seinen Litaneien über Gesichter, Intuition, Tilden über Buchstaben zu unterbrechen.

»Wenn Sterne hoch am Himmel stehn, dann müssen wir auf See, auf See«, sagte ich. »Und da Sie soviel Geld haben, ist das Beste, das einzige, was Sie tun können, wenn Sie den Geburtstag Ihres Fräulein Braut gehörig würdigen wollen, das einzige, was Sie tun können, rückwärts marsch zum Ungeheuer des Telefon- und Telegraphenamts und eine Verbindung mit Pujato verlangen.«

»Von Hamburg aus«, fragte er bitter, mit der schwerfälligen Ironie der Verfolgten.

»Von Hamburg aus und übers Telegraphenamt. Habe ich schon tausendmal gemacht. Besser zu verstehen, als wenn Sie direkt aus Santa María anriefen.«

In ihm kämpften Hoffnung und uralte Ungläubigkeit. Spöttisch klopfte er sich auf das Bündel Geldscheine in seiner Hosentasche und sagte: »Gut, gehen wir«, wie wenn man ein Kind herausfordert.

Wir gingen, ich nur leicht angetrunken und er mit der Entschlossenheit, nun sei ein für allemal und für ihn selbst bewiesen, daß jeder Anschein von Glück ihm vom Anbeginn aller Tage versagt worden war und daß nichts jenen ihm auferlegten Fluch mildern könnte, aus dem er genügend Stolz und Besonderheit sog, um weiterleben zu können.

Das Telefonamt tat seinen Dienst im selben Gebäude wie das Telegraphenamt, das mit der alten Jungfer, die Matías um so etwas wie drei Mark vierzig betrogen und sich aus Ranküne und Habgier die Geburtstagsglückwünsche für María Pupo, Pujato, unter den Nagel gerissen hatte.

Aber die Telefone waren in einem anderen Gebäudeflügel, im linken; einer zog den anderen hinter sich her, bis wir am Schalter angelangt waren, bei der schlanken, jungen, freigebig lächelnden Blonden. Ebenfalls T. T.

Ich redete, übersetzte, erklärte, und sie schaute mich träge an, ohne daß sie mir wirklich glaubte. Ich sprach nochmals, Silbe für Silbe, demonstrierte Glaubwürdigkeit und eine Geduld, die dem Zeitabstand bis zum Ende der Welt angemessen war.

Sie aber zweifelte, und schließlich akzeptierte sie es, ließ ihr Gesicht mit einem übertriebenen und wohl schmerzlichen Lächeln aufschimmern. Jedenfalls schwankte sie noch einen Augenblick lang, bevor sie uns Glauben schenkte, und bat uns:

»Einen Augenblick bitte«, worauf sie kurz nickte und uns am Schalter allein ließ, um, auch sie, die so jung war, hinter den Türen und Vorhängen zu verschwinden, irgendwo weiter hinten im großen Telefon- und Telegraphenamt.

Darauf erschien ein höherer T. T.-Bediensteter mit Goldrandbrille und fragte uns, ob wahr sei, was er für unmöglich hielt:

»Was für ein Zufall, meine Herren.«

Ich kapierte. Was in Matías vorging, auf welche Weise er diesen Aufschub mit seinem persönlichen Vorzugsschicksal in Einklang brachte, kann ich nicht wissen. Ich war, wie gesagt, leicht betrunken und beschwingt. Weitere Befragungen durch weitere und fortschreitend höhere Postbedienstete waren zu ertragen. Und ich wiederholte aufrichtig und ohne zu schwanken die offenbar richtigen Antworten, denn schließlich erhielten auch wir das Privileg, Vorhänge beiseite zu schieben und Türen zu durchschreiten, bis wir dem wirklich und endgültig obersten T. T.-Menschen gegenüberstanden.

Er hatte sich bereits erhoben und stand hinter einem winzigen Schreibtisch aus schwarzem Holz in Form eines Hufeisens. Befeuert von der Hitze, dem zwei Jahre alten Whisky und dem jüngst ausgebrochenen Wahnsinn Matías', konnte ich einen Moment lang glauben, er habe uns erwartet, seit wir aus Santa María aufgebrochen waren. Groß und stämmig war der Mann, der auf den Sportplätzen der Universität Greifswald Champion gewesen war und den Sport zwei Jahre zuvor aufgegeben hatte.

Blond, rotgesichtig, sommersprossig, liebenswürdig und abstoßend.

»Meine Herren«, sagte er. Ich tat, als glaubte ich. »Man hat mir gesagt, Sie wünschen eine telefonische Verbindung mit Südamerika.«

»Stimmt«, sagte ich, und er bat uns, auf den Stühlen Platz zu nehmen.

»Mit Südamerika«, wiederholte er und lächelte zur Decke hoch.

»Pujato, Sir, Provinz Santa María«, sagte ich und drehte mich Matías zu, ihn um Beistand zu bitten.

Aber da war nichts zu holen. Der Wahnsinn des Funkers hatte es vorgezogen – mit List oder in endgültiger Auflehnung –, einen Ausdruck von Abwesenheit aufzusetzen: leere Augen, Seidenschnurrbart trübselig und unzugehörig, vom Luftzug der Klimaanlage zum Zittern gebracht. Er, Matías, nahm nicht teil, er war nur aufmerksamer Zeuge, spöttisch, der Niederlage gewiß, gleichgültig, fern.

Der korpulente Mann deklamierte, umgeben vom Halbrund seines Tisches. Er war etwas älter als wir, und schon bald schlug die brüderliche Fröhlichkeit seiner Rede in höflichen Widerwillen um.

Umgeben von glückstrahlenden Angestellten, nippten wir alle Kaffee, während er erklärte, daß die T. T. Telefunken, von welcher er nur ein einfaches Rädchen sei, soeben eine neue Verbindung zwischen Europa und Südamerika fertiggestellt habe; und dieser Zufallsumstand, die bebende Sehnsucht von Matías, müsse gefeiert werden, denn der Anruf aus Liebe, den wir im Sinn hätten, sei der erste, der tatsächlich über die Leitung gehe, abgesehen natürlich von den zahllosen Versuchen der Techniker.

Als er sich weit zurücklehnte und den Arm hob, sahen wir, daß die ganze Wand in seinem Rücken eine riesige Weltkarte war, bei der die strengen Erfordernisse dekorativer Geometrie keine Rücksicht nahmen auf die Launenhaftigkeit von Küsten. Und wieder lächelte er, um uns mitzuteilen, daß sich der feierliche Charakter des Anlasses zusätzlich zu den Kaffeetäßchen in einem Gratisanruf äußere, nicht länger als drei Minuten.

Ich stimmte begeistert zu, sagte Dankesworte und Glückwünsche, während ich das alles für normal hielt, da für mich Einweihungen immer umsonst waren, und dabei das verstohlene Gesicht des Funkers, seine vorwurfsvolle Erwartung, betrachtete.

Es entstand eine Pause, und der große Mann schob eines der Telefone zu Matías hinüber. Es war weiß, es war schwarz, und es war rot.

Matías blieb unbewegt sitzen; und wenn Spott ernst sein kann, dann war Spott in seinem schmalen Profil und in seiner Stimme.

»María hat kein Telefon«, sagte er. »Rufen Sie an, Michel. Rufen Sie den Laden an und bitten Sie die, daß man sie sucht, allerdings weiß ich nicht, wie spät es dort ist. Fragen Sie die im Laden, denn womöglich ist es bereits zu spät, und man schläft schon.«

Er meinte, Pujato schläft schon. Ich sprach mit dem Behördenchef, wir verglichen mit Greenwich, mit dem Ergebnis, daß eben erst die Sonne in Santa María sich neigte. Kalbsgeblöke in der Gegend von Pujato, die Eisenbahnschranken am Bahnhof senken sich träge knarrend, um den Achtzehnuhrfünfzehn-Zug Richtung Landesinnere, Hauptstadt, zu erwarten.

Da streckte ich, langsam vor lauter Vorahnungen, die wie Gicht wirkten, und in Gedanken an die Freiheit und Sankt Pauli, den Arm und zog das Telefon zu mir heran, bis es fast die Brust berührte. Steif, ohne irgend etwas in dem ganzen Raum anzusehen, sprach Matías mit meinen Händen.

»Es ist Pujato, 314. Der Laden. Sie bitten, daß man sie ruft.«

Nachdem ich mir Instruktionen beim deutschen Hauptmenschen besorgt hatte, sprach ich mit der Vermittlung. Mit Geduld und etlichen Wiederholungen war das Problem nicht gar zu schwierig.

Ich weiß nicht, in welchen Sekundenabständen und während wie vieler Minuten das Fräulein vom Amt mir sagte: »Legen Sie nicht auf; es klingelt«, oder irgend so etwas. Und da mußte selbst Matías die Augen heben und das Wunder bestaunen, das sich an der Wand, die eine Weltkarte war, ausbreitete. Wir sahen, wie dortselbst in Hamburg das winzige Lämpchen rot aufglühte; sahen ein weiteres, das Köln illuminierte; sahen hintereinander, manchmal mit Flackern, weitere mit stetiger, unglaublicher Geschwindigkeit aufleuchten; Paris, Bordeaux, Alicante, Algier, Kanarische Inseln, Dakar, Pernambuco, Bahia, Rio, Buenos Aires, Santa María. Ein leichter Aufprall, ein Hin und Her, die Stimme eines anderen Telefonfräuleins: »Nicht auflegen, es klingelt Pujato drei eins vier.«

Und zu guter Letzt: Gebrüder Villanueva, Pujato. Es war eine ruhige, satte Stimme, aus Gleichgültigkeit und vom ersten Wermut. Ich fragte nach María Pupo, und der Mann versprach sie zu holen. Ich wartete schwitzend, entschlossen, Matías bis zum Ende der Zeremonie nicht zu beachten, mit dem Blick auf die von Glühpunkten erleuchtete Welt hinter dem breiten Gesicht, dem glücklichen Lächeln des Chefs, welches links und rechts vom respektvoll gemäßigteren Lächeln der Roboter von T. T. Telefunken umgeben war.

Bis María Pupo am Telefon war und sagte: »Hier María Pupo, wer spricht da?«

Ich bin unschuldig. Ich redete freundschaftlich, aber keineswegs zu keß, erklärte, daß ihr Verlobter, Atilio Matías, sie aus Hamburg, Deutschland, zu grüßen wünsche. Pause und die Altstimme von María Pupo, die Welt und die zittrigen Geräusche ihrer Ozeane durchquerend:

»Fick dich ins Knie, du Scheißkerl.«

Wütend legte sie auf, und rasch erloschen die roten Lämpchen in umgekehrter Reihenfolge, bis die Weltkartenwand sich wieder im Dunkel eingenistet hatte und drei Kontinente stillschweigend bestätigten, daß Atilio Matías recht hatte.

Die Zwillingsschwestern

Die Zwillingsschwestern waren mit einer halben Stunde Abstand auf die Welt gekommen und stritten in ihrem Vorstadtidiom immer darüber, wer die Ältere, wer die Jüngere war. Ich hatte eine erwählt, die Dünnere, die mehr Erbarmen nötig hatte. Ich erinnere mich nicht einmal mehr an den Namen.

Es wird mich erschreckt haben, wie ich vor kurzem nachts zu meiner Frau sagte, fünfzehn Jahre danach, als ich überlegte, was in mir von den Zwillingsschwestern oder von meiner besonderen bleibt.

Oder der Antrieb war plötzlich nicht mehr da, die Liebe zu der Situation und ihren Schwierigkeiten, die unzweifelhafte Freude, mitten im Zentrum jener vollkommenen Misere zu sein, die verblüffenderweise für mich und von mir erfunden zu sein schien.

Eine Zeit, da alle Welt mit bloßem Vorsatz glücklich sein konnte und diejenigen, die es sich nicht vornahmen, eine andere Art Glück erreichten, und sei es gegen ihren Willen, verwickelter, versteckter, tiefer und bewußter.

Die Zeitung, bei der ich arbeitete, befand sich über der Plaza Libertad, und das Leben tummelte sich rund um den Platz mit seinen Bars und Kiosken, seiner schwachen, provinziellen, aber einen nie im Stich lassenden Raserei. Man konnte es vom Redaktionsschluß in den frühen Morgenstunden bis zur Rückkehr um acht Uhr abends hören; und immer gab es Beweise, daß es während meiner Abwesenheit gesummt hatte, jubelnd und hartnäckig, oberhalb und unterhalb der Geräusche, die die Menschen und die Motoren machten. Vielleicht vibrierte das Leben dort für alle, und mag sein, daß alle es hören und ihm zulächeln konnten.

Was mich anging, so hatte ich mir mindestens eine Überraschung pro Tag gelobt, und der Pakt wurde so genau eingehalten wie die Übergabe des Umschlags mit meinem Korrektorengehalt alle zwei Wochen. Es war zur Zeit des letzten Krieges.

Folglich bewegte mich das Erscheinen der einen und einzigen Zwillingsschwester für den Rest meines Lebens damals nicht so, wie es das heute tun könnte. Ich traf sie um drei Uhr morgens im Restaurant Metro, wie sie mit dem ältesten der Kellner herumstritt.

»Nein«, sagte sie lachend, »Suppe habe ich nie runtergekriegt, schon als ganz Kleine, da konnten sie mich noch so hauen. Ich will Aufschnitt mit russischem Salat.«

»Gemüsesuppe muß es sein. Das nährt«, beharrte Castro. »Du bist zu dünn, und bei dem Leben.«

Ich hatte mich an den ihr nächsten Tisch gesetzt, obwohl der Speisesaal leer war, und wartete das Ende des Dialogs ab, um bei Castro ein Glas Zuckerrohrschnaps zu bestellen, in der Hoffnung, daß María Esther nicht zum Treffen käme, daß kein Freund auftauchte, daß niemand von der Zeitung es sich einfallen ließe, sich an meinen Tisch zu setzen, um darüber zu diskutieren, ob Roosevelts Rede den Eintritt der Gringos in den Krieg hinausschöbe oder nicht. Ich blätterte die Seiten der frisch gedruckten Zeitung durch, während ich die Überraschung musterte, die man mir zum Beginn oder Abschluß eines Tages gewährte.

Ich betrachtete das lange, schwere Haar der Frau, kastanienbraun, hochgesteckt und im Nacken halb aufgelöst, ein kindliches, blasses Gesicht umgebend, mit einer geraden, sehr kurzen Nase, mit einem großen, verrutschten Schminkmund, der sich bei jedem Lachen zu den hungrigen Höhlen der Backen öffnete.

Ich betrachtete ihre schmutzigen Hände, schmal und lang, die Demütigung des Sommerkleids, das nicht für sie gemacht war, matt und schlaff vom vielen Waschen, zu weit für die flache Brust, mit übergroßen Ärmellöchern für die mageren Mädchenarme.

»Meine Schwester zahlt. Glauben Sie mir nicht? Gleich kommt sie. Meine Schwester hat immer Geld.«

»Wenn du die Suppe nimmst, ja«, sagte Castro wütend.

Er kam und schlug mit seinem Serviertuch über meinen Rohrtisch, etwas älter als gewöhnlich, ernster und müder. Ich bestellte laut Schnaps und sagte zu ihm, ohne das Mädchen anzusehen, wenn die Schwester nicht käme, würde ich zahlen.

»Wenn die Schwester nicht kommt«, sagte Castro, »zahle ich. Und damit basta. Ich bin diese Geschichte übersatt. Das alles ist schon zu traurig und schmutzig, als daß du noch was beitragen mußt. Glaub mir.«

Castro war in Granada zur Welt gekommen und brauchte die lächerlich engsitzende schwarze Hose nicht, um daran zu erinnern, genausowenig wie das fettige weiße, auf einer Schläfe angeklatschte Haar. Er muß an der Leber gestorben sein, an niedrigem Blutdruck, an der Kupferkrankheit oder einfach an Spanien.

In der Zeit jener Nacht damals zogen es die Einwanderer von der Halbinsel, die es nicht zum Laden- oder Barbesitzer gebracht hatten, vor, an Spanien zu sterben. Ich spreche von denen, die lange vor dem Bürgerkrieg in der Stadt waren. Die Neuankömmlinge, das sagen uns die Statistiken, erwiesen sich als unsterblich, auch wenn Spanien sie ebenfalls etwas schmerzt.

»Und tu mir den Gefallen und mach die Sache nicht noch komplizierter. Laß sie in Frieden, die Arme ist ohnehin unglücklich genug dran. Fünfzehn Jahre gerade mal und spielt Hure und weiß nicht, wie das geht, statt bei ihren Puppen zu bleiben.«

»Schnaps, Eis und Soda«, sagte ich.

Ich drehte das Gesicht der Kleinen zu und lächelte sie an. Sie antwortete auf jedes Lächeln, ob es von Menschen oder Dingen kam, von Schwierigkeiten oder von den kurzen Erinnerungen.

»Ich bin kein Kunde, Castro. Wenn sie Hunger hat, kann ich ihr heute nacht ein Essen zahlen. Außerdem ist sie mir zu jung, sie ist zu dünn. So gefallen sie mir nicht.«

Wahr ist, daß sie anfing, mir so zu gefallen. Nicht das große, unterernährte Mädchen, nicht ihr kleines, unschuldiges Gesicht, nicht einmal ihre einfältige, herausfordernde Art, billige Zigaretten aus der zerdrückten Packung zu rauchen. Sondern sie –

ich konnte mir genau die rührende Trennung der Schenkel auf dem Strohsitz des Stuhls vorstellen, die fransige Spärlichkeit des Schamhaars –, sie und ihr Kontrast zu den nächtlichen Straßen, zu der Verschlagenheit der Prostitution, zu den Techniken und dem Gefeilsche in der Trostlosigkeit der Stundenhotels.

Ich log nicht, um Castro daran zu hindern, mich von ihr abzuhalten, von meiner täglichen Überraschung; ich log, um zu vermeiden, daß er sie zu deformieren versuchte, indem er mit mir laut über die F. A. I. spräche, über den armen Blum und über die nicht bestreitbare Schmutzigkeit der Welt, in der wir drei steckten. Ich log aus Furcht, daß man sie mir in eine Frau, eine Person verwandelte, in das Symptom einer beliebigen Sache.

Sie saß mit dem Rücken zum offenen Fenster, und am Ende der Sommernacht wirbelte der Wind auf dem Platz Papiere und Erde auf, zwischen den Rädern der riesigen weißen Omnibusse, die gerade ankamen oder kurz vor der Abfahrt standen.

Bevor ich Glas und Zeitung zu ihrem Tisch hinübertrug, erfand ich unter Irrtümern eine Vergangenheit und eine Zukunft für sie; ich malte mir die Einzelheiten ihrer Magerkeit aus, die Spuren jüngster und alter Erschöpfungen, mein Bedürfnis, ihr zu helfen.

Und obwohl all dies sich als wahr herausstellte, obwohl ich mit Aberglauben, Stolz und Furcht feststellte – wie wenn man auf eine Zahl setzt, und die Zahl wird gezogen, und man fühlt, wie sich soeben eine heikle Beziehung mit dem Glück hergestellt hat, ein gestammelter Code, mit dem man Befehle erteilt und empfängt –, daß all das, was ich vorausgespürt hatte, während ich sie und die Atmosphäre von Verhexung, Scheitern und Ungerechtigkeit, die sie umgab, betrachtete, die dicken Ränder, die sie mit der Welt verbanden und sie davon trennten, am sichtbarsten an den Schläfen, am Hals und den entschlossen abfallenden Schultern; während ich ihr grundloses Lächeln betrachtete, das sie mir zeigte, ohne es zu bemerken, daß all das zunächst einmal das Allermeinigste an der Überraschung war, mit der mich das Leben belohnte.

Obwohl all dieses sich auf eine sklavische und vielleicht übermäßige Weise als wahr herausstellte, habe ich nie zuvor Wahrheiten von der Art gehört, wie sie die zweite Zwillingsschwester, frisch geschminkt und müde, um vier Uhr morgens mit langsamer, erfahrener und im Moralisieren ausdauernder Stimme von sich gab, pädagogische Pflichten akzeptierend und erfüllend, unter der gezügelten Wut des Hauptes von Castro, der uns weiterhin Schnaps brachte bis zum ersten Schwinden der Nacht in der Höhlung des Platzes.

Zwilling zwei – sie wurde, ich sagte es schon, einige Minuten vor ihrer Schwester geboren – war eine zweifelhafte Replik der anderen: kleiner und breiter, blonder und dreister, voller Sicherheit, wissend und beschützend, mit Brüsten und Hüften fast. Ich war zehn Jahre älter als die beiden und sah sie aufwachsen, hörte ihr Gestammel, womit sie versuchten, den Gebrauch von Wörtern und alten Feststellungen zu lernen, womit sie versuchten, nach und nach die unentbehrlichen Trivialitäten und Gemeinplätze zu schaffen, die nötig sind, um die Welt zu bevölkern, ihr Formen und Wände zu geben, der noch unbekannten, verbrauchten, von lauter Markierungen schmutzigen Welt, die die beiden unwiedergutmachbar konstruierten, in dem Maße, wie sie auftraten und zu atmen akzeptierten.

»Bei der nützen Ratschläge nämlich nichts, und manchmal hab ich schon überlegt, ob ich sie nicht allein lasse, dann kann sie sehen, wie sie zu Rande kommt«, sagte die zweite Zwillingsschwester unter dem verschämten, spöttischen Lächeln der anderen. »Sie werden mir nicht glauben, wenn ich Ihnen sage, daß es Nächte gibt, wo sie mehr arbeitet als ich, sie hat mehr Glück, oder wenn die sie bloß sehen, wissen sie schon Bescheid, und trotzdem, drei von meinen gegen fünf von ihr, ich hab hier meine dreißig Pesos in der Handtasche und sie nichts. Dabei ist sie größer als ich; dünner, aber hübscher. Und sie weiß doch, daß es, seit wir uns drangemacht haben, unabhängig zu leben, arbeiten heißt, aber auch kassieren.«

»Ich arbeite«, sagte trotzig, bockig die wahre Zwillingsschwester, und sogleich lächelte sie mir zu wie ein Kind, das um Beistand fleht. »Wir haben uns beide verpflichtet zu arbeiten, und ich arbeite – du selbst hast grad gesagt, ich manchmal mehr als du.«

»Sehen Sie?« sagte mit Resignation und Überdruß die Zweite. »Was ich gesagt hab. Arbeiten und kassieren. Der Herr weiß nämlich, man lebt nicht von dem, was man arbeitet, sondern von dem, was man kassiert. Das ist ein Geschäft, eine Sache gegen eine andere, und wenn man es gratis machen würde, dann wär man wirklich unmoralisch.«

»Und ich bin nicht schuld.«

»Mir ist das auch schon passiert, aber nicht mehr als ein, zwei Mal, ganz am Anfang. Mehr brauchte ich nicht, um zu kapieren, daß ich vorher kassieren muß, und wenn nicht zuerst die zehn Pesos kamen, nichts da. Da hab ich mich grad in der Tür umgedreht.«

»Ich bin nicht schuld. Ich arbeite, und mehr als du, sie langweilen mich nämlich oder ekeln mich, und ich bleibe nicht wie sie stundenlang mit ihnen und mache auf Konversation, wenn sie sich zu mir an den Tisch setzen im Café. Manchmal fange ich an zu lachen und kann nicht aufhören; aber Konversation mache ich nicht. Ich bin nicht schuld, wenn sie ›nachher‹ sagen, wenn sie mich ankucken, so als wär ich diejenige, die sie reinlegen will. Und wenn ich hinterher die Energische mache, während sie sich anziehn, dann fangen *sie* an zu lachen. Ich kann von niemandem was eintreiben, und auch ich lache dann. Bin ich schuld?«

Alle Tage, während eines Augenblicks unterschiedlicher Dauer, weicht die Stadt hundert Jahre zurück und bekommt wieder etwas Dörfliches und Scheues, läßt sich von verbrauchten Farben durchziehen. Im Rücken aller Geräusche nimmt man das Echo von Bäumen wahr, die sich neigen, von Gemuhe und Hühnerställen, von Steinfliesen, über die während der Siesta geschlurft wird. An jenem Tag kam der Augenblick im Morgengrauen und brachte die Landschaft des Platzes hinter der wahren Zwillingsschwester zum Stocken, während ich den in Bewegung befindlichen Mund ihrer Schwester betrachtete, das zufrieden gerundete, abgeklärte Gesicht, das uns geduldig und überzeugt erklärte, wie die Welt ist, wie wir zu sein verdammt sind.

Wir hatten schon gelernt, ihre Schwester und ich, daß das harte und weise Gesetz das des Geldes ist, das des ehrlichen Handels, und daß, wer nicht zahlt für das, was er nimmt, demütigt; wir hatten begonnen, einer Predigt über die große Bedeutung der Würde zu lauschen, über die Pflicht, nicht nachzugeben, über die unabsehbaren Folgen eines vereinzelten Aktes von Nachgiebigkeit und Duldung, als ein Gesicht mit Hut auftauchte und wenige Meter vor dem Fenster anhielt. Die zweite Zwillingsschwester unterbrach sich und schickte ein Lächeln in das Halbdunkel des Platzes.

»Ich weiß nicht, ob ich rechtzeitig zurück bin, um den letzten Bus zu kriegen«, sagte sie. »Vielleicht fahre ich mit dem Taxi, vielleicht erst morgen.«

So daß ich allein blieb mit der wahren Zwillingsschwester und sie mir mit einem Lächeln, womit sie alle Welt bat, sich nicht über sie lustig zu machen, von ihrer Liebe zu Josesito erzählte, von ihrem Haß auf den Stiefvater und wie hübsch und lustig es war, sich anzumalen und mit hohen Hacken durch die Straßen des Zentrums zu spazieren.

Zu jener Zeit, ich erinnere mich, dachte ich nicht an Gott, weder als Möglichkeit noch als Herausforderung; ich wußte nicht, wem ich danken sollte für die tägliche Überraschung, die sich in den Nächten weiterbetrank und lachte, bis der letzte 141er in den Busbahnhof einfuhr und die Scheinwerfer löschte.

Und in ebendiesem Augenblick begriffen wir zum erstenmal, die wahre Zwillingsschwester und ich, daß sie jetzt nicht nach Hause zurückkehren konnte, daß wir das letzte Glas nur oben im Klubzimmer des Tupí trinken konnten, daß eine Minderjährige nicht in einem Hotel übernachten kann. Wir tranken das Glas und gingen zum Schlafen in ein schmutziges Stundenhotel, mit riesigen Zimmern und Stuckdecken, die einem die je eigene Einsamkeit aufzwangen, die uns wehrlos, ausgestellt machten und jeden Versuch von Bekenntnis und Intimität mit sich hinziehenden porösen Echos verkündeten.

Sie war mager und dick, wie die Fotografien unterernährter Eingeborenenkinder. Ich streichelte ihr den Kopf, bis ich spürte, wie sie eingeschlafen war, hörte sie von Josesito sprechen, der fünfzehn Jahre alt war und sie schon mehr liebte als seine Mutter, eine Nachbarin. Ich ließ mich darauf ein, mich in die Welt einzuschließen, die sie, schläfrig und brabbelnd, ohne Absicht und ohne Stolz darstellte.

Eine Welt, ein dünner, aber zäher Zuwandererstrom, eine wiederholte Geschichte von Kartoffelpflanzern und altgewordenen Pferdezureitern, die von irgendwoher in die Hauptstadt kommen. Erst einmal Gelegenheitsarbeit und Prostitution, dann sehen wir weiter. Die Zwillingsschwester war in der ersten Phase, lag nackt, unterernährt und nutzlos auf dem breiten Bett mit vergoldetem Gestänge in dem riesigen Zimmer des uralten Stundenhotels. Sie war eingeschlafen, betrunken, schaute mit zusammengezogenen Brauen ihre Träume an, Speicheltropfen an den Winkeln des großen, dicken Mundes. Und bevor es noch Tag würde und der Mallorquiner käme und uns rauswürfe, hatte sie Zeit, dreimal wachzuwerden und sich schreiend an mich zu klammern: »Die Polente, sie kommen und holen mich ab. Die Polente.«

Ich hob die Halbschlafende zu meiner Wachheit auf, gegen die Flut kämpfend, das schwammige Anschwellen des Absurden.

Dreimal pro Nacht, alle Nächte, wie Insekten verfolgt inmitten der Schmutzigkeit, der Schatten, des trüben Skandals der Stundenhotels am Hafen, wo man nicht nach Ausweisen fragte, und sie, die »Polente« schreit oder einem unbekannten Josesito Zärtlichkeiten zuflüstert und wiederholt meine Hoffnungen zerstört, mein Schlafbedürfnis, bis das Erbarmen in die innerhalb der endlosen Schlaflosigkeit fast unerkannte Entschlossenheit abtreibt, ihr den Mund, das Gesicht, die Vergangenheit und das Niemals mit dem dicksten Kissen, das ich handhaben könnte, zu bedecken.

Der Tod und das Mädchen

Für María Rosa Oliver

I

Der Arzt warf sich zurück und klopfte mit der Kappe seines grünen Füllers eine Weile – wie tot von Müßiggang, Alter und nicht gesuchtem Reichtum – auf den bereits zwecklosen Rezeptblock.

Er dachte einen Augenblick lang an sich selbst; dachte und betrachtete dabei das asketische Gesicht des unvorhergesehenen, unvorhersehbaren Besuchers, des gesunden und gutgekleideten Kranken, der nach der Beichte gerade aufgerichtet auf seinem Stuhl saß.

›Also ist nichts zu machen‹, überlegte er sanft. ›Also steckt uns dieser Hundsfott, dieser Sohn einer Hündin und der klassischen sieben Samenströme von ebenfalls sieben unbekannten Rüden – steckt er uns noch alle, einen nach dem anderen und mit weniger Hast als ein Schaltjahr, in den Sack. Lustlos geht er herum und erzählt aller Welt sein künftiges Verbrechen, Mord, Totschlag, Gattenmord (irgendeines dieser Wörter, sobald die Polizei sich meiner erinnert, sobald sie den Gerichtsarzt benötigt); er spaziert durch diese Überreste von Santa María mit einem umgehängten Stück Pappe, das ihm kaum das Kreuz scheuert, weil sein Gang tückisch und langsam ist, einem Schild, das in Grau und Rot verkündet: Ich werde töten. Das genügt ihm. Er ist aufrichtig, er kann nicht sagen, er hätte seines Nächsten Weib begehrt, denn das hieße lügen. Sein einziger Nächster ist er selbst. Und so macht er uns alle nach und nach zu seinen Belastungs- und Entlastungszeugen: den Bischof und Jesus Christus, Galeno Galinei und mich, ganz Santa María. Und möglicherweise betet er Nacht für Nacht, weinend und auf Knien, zu Vater-Brausen-der-Du-bist-im-Nichts, um ihn zum Zwangskomplizen zu machen, um ihn in seine Ränke zu verwickeln, ohne ein wirkliches Bedürfnis, aus einem dunklen Drang nach künstlerischer Verfeinerung.‹

»Das ist alles, Doktor«, sagte der Besucher mit seiner an Resignation gewöhnten Stimme; er fügte hinzu: »Was kann ich tun?«

Díaz Grey ließ den Füller los und betrachtete schweigend die Falle, die Heuchelei, die verborgene Härte, die angeborene Verschlagenheit.

»Und sie?« fragte er, als ob er Zeit zu gewinnen glaubte, eine zeitlose und absolut unnütze Zeit.

»Ich verstehe nicht, Doktor« – groß, auch im Sitzen, mit teurer dunkler Kleidung, mit seinem spärlichen, angeklatschten blonden Haar, ein stattlicher Kerl noch, aber aggressiv und gemein wie seine harte Nase, die immer gerade aus einer der vergilbten Riesenbibeln aufzutauchen schien, welche die ersten Einwanderer in die Schweizerkolonie mitgebracht hatten.

»Ich meine. Ob sie Bescheid weiß. Ob ihr die Ärzte – wie Ihnen – gesagt haben, daß eine weitere Geburt Todesgefahr bedeuten würde.«

»Ja, sie weiß es. Man hat es ihr hier und in der Hauptstadt gesagt. In Europa haben sie es ihr vergangenes Jahr gesagt. Aber nicht von tödlicher Gefahr haben sie dabei gesprochen. Sie haben ihr den sicheren Tod vorausgesagt.«

Von Mal zu Mal, von Satz zu Satz sicherer und entschlossener zu überzeugen. Wie er aufsteigt in der Beichte seines Verbrechens, es fast jubelnd vorwegnimmt, fatalistisch jedenfalls, so aufrichtig von der Verzweiflung heimgesucht.

»Eine Angabe«, erbat Díaz Grey. »Wann wurde das erste Kind, das einzige, nehme ich an, geboren? Wie alt ist es?«

»Ein Jahr, dreizehn Monate.«

»Und seit damals, seit der Geburt und der heilsamen Quarantäne ...«

»Seit damals leiden wir. Wir sehen uns an, kauen an unseren Fingerknöcheln, beten und weinen.«

»Aber sie«, sagte Díaz Grey unwillig, als spräche er mit einem Jugendlichen, der sich über ihn lustig machte, »sie kann

Ihnen doch helfen. Sie kann tun, was man Maßnahmen treffen nennt, kann sich auch verweigern.«

Der Patient schüttelte den Kopf, geduldig, unverstanden, ermüdet von dem Unverständnis.

»Sie weiß, genau wie ich, daß jede Vorsichtsmaßnahme eine Todsünde wäre. Und« – er hob den Kopf ohne Stolz – »sie würde sich auch nicht verweigern. Das Dilemma, ich wiederhole es, liegt allein bei mir. Deshalb habe ich Sie um diese Unterredung gebeten.«

Nicht nur deshalb, du Hundsfott; dahinter steckt ein Grauen, steckt ein Kalkül. Er fühlte sich schwächer als sein Besucher, begann ihn offen zu hassen. Mit absichtlicher Langsamkeit und ohne erkennbaren Grund knüpfte er sich seinen zerknitterten, sinnlosen Kittel auf, den er aus Routine und Respekt weiterhin trug.

»Nun gut«, äußerte er gleichgültig, als spräche er von Kopfschmerztabletten und Stärkungsmitteln, »es handelt sich um Sie, Herr Notar, ausschließlich um Sie: der Sie sie lieben und begehren und jeden Tag mehr, mehr in dem Maße, wie die Liebe Ihr Herz füllt und der Samen das Samenbläschen; Sie, der Sie keine Prostituierte mieten können, weil das sündigen hieße gegen Brausen; der Sie Ihren Samen nicht ins Bettlaken verströmen können, der Sie nicht masturbieren können, der Sie keine andere Rettung haben, als sie umzubringen.«

Das hagere Gesicht des gutgekleideten Mannes schien schweigend und ruhig zu zählen, während Díaz Grey sprach. Dann bewegte es sich, um zuzustimmen.

Der Kittel war offen, der Arzt streifte ihn von den Schultern.

»Wie Sie bin ich kein Anhänger davon, sie umzubringen. Wenn es keinen anderen Weg gibt, dann müssen Sie sich zerstören, und ich hoffe Ihnen dabei helfen zu können. Ich spreche nicht von totaler Zerstörung, denn auch das wäre Todsünde. Und Brausen vergibt keine Abtrünnigkeit. Ich weiß, darin sind wir uns einig. Es ginge also darum, Ihnen eiskalte morgendliche Duschen zu verordnen, Brom und Kampfer, tägliche Fußmärsche von zwei, drei Stunden, Fastendiät wie an Karfreitag als einzigen Speiseplan. Es ginge darum, Ihre Impotenz viele Jahre vor dem natürlichen Klimakterium zu erreichen. Das ist traurig, ich verstehe. Neben seiner geliebten Gattin zu ruhen ohne die Hoffnung, daß sich das unsterbliche Verlangen erfüllen könnte. Aber so wird das Verlangen noch vor ihr sterben, und Sie werden befreit sein von den Teufeln und den Gewissensbissen.«

Jetzt lächelte der wohlgekämmte Mann ein wenig, kleine weiße Zähne in einen Scherz getaucht, den nur er zu entschlüsseln vermochte.

»Einverstanden«, sagte er ohne Gefühlsregung, »ich werde alles versuchen, was Ihr Rezept verordnet.« Und er fügte sanft hinzu: »Doktor.«

Díaz Grey nahm mit zwei Fingern den Kittel und ließ ihn vom Rücken des Sessels auf den Teppich mit seinem Muster großer zertrampelter und verwelkter Blumen gleiten.

»Nein«, sagte er. »Kein Rezept. Ich möchte Ihnen kein Rezept und keine Verschreibung geben. Das soll genügen, ich vertraue auf Ihr Gedächtnis. Und vor allem glaube ich an Ihre Intelligenz. Ich glaube an sie und fühle mich nicht glücklich dabei. Übrigens, Ihr Beichtvater schreibt Ihnen auch keine Atteste.«

Er war sicher, in abschließendem Ton gesprochen zu haben, ganz so, als hätte er den anderen aus dem Zimmer gestoßen. Aber der große, schlanke und blonde, geschniegelte, pomadisierte Mann hatte sich ebenfalls erhoben und erklärte gemessen und mit halbgeschlossenen Augen:

»Auch er nicht, klar. Ich gehe nicht herum und suche Testate. Mir genügt es, wenn ich mir Gehör verschaffe.«

»Natürlich, ich verstehe. Der Herr Weihbischof, oder wie er heute heißt, hat Sie schon angehört. Für mich heißt er weiterhin Pfarrer Bergner. Jetzt bin ich an der Reihe. Und bestimmt kennen zumindest alle volljährigen Einwohner der Kolonie den Prolog, den ich gerade von Ihnen gehört habe.«

»Kann sein«, sagte der Patient. »Aber ich habe darüber nur mit dem Herrn Bischof und mit Ihnen gesprochen. Mit dem Bischof, das ist wahr, habe ich es nicht in Form einer regulären Beichte getan. Aber ich kenne ihn seit der Kindheit – meiner natürlich –, und ich bin seiner Diskretion sicher, wie ich auch der Ihren sicher bin.«

Zum erstenmal in dem Gespräch – auch wenn Díaz Grey nachher nicht hätte versichern können, daß es wirklich das erste Mal war – erlaubte der Mann sich ein zynisches und fast amüsiertes Lächeln. Der Mann sagte:

»Weder Pfarrer Bergner noch Sie. Aber es ist nicht ausgeschlossen, daß sie, genauso verzweifelt wie ich und überdies eine Frau, mit Freundinnen oder Verwandten gesprochen hat. Die Frauen, das ist was anderes. Die glauben – wie die chronisch Kranken, Sie wissen das besser als ich –, daß sie, wenn sie ihre Probleme überall ausposaunen, schon irgendwie Hilfe oder zumindest eine Art Halt bekommen im Austausch für jedes anvertraute Geheimnis. Für den Moment haben wir einen Aufschub beschlossen. Sie können es eine vorübergehende Lösung nennen. Vielleicht möchte der Herrgott uns ja helfen. Ich beabsichtige, ein paar Monate in die Hauptstadt und nach Chile zu gehen, um an einigen Kursen teilzunehmen. Ich allein natürlich.«

Díaz Grey konnte ihm nicht widersprechen. Er bewegte langsam den Kopf, seine Überzeugung bestätigend, daß er in die Klemme geraten war, mit dem Rücken gegen die Wand, durch einen Kniff, durch größere Spitzfindigkeit, ein undefinierbares Vorgefühl, klumpig und widerlich.

Der Mann grüßte ebenfalls mit einem Kopfnicken. Und trotz allem, was hier steht, hätte jemand sagen können, daß die beiden im Grunde einig und herzlich voneinander schieden.

II

Díaz Grey kannte die verurteilte Frau – Helga Hauser –, er hatte sie dreimal untersucht, ein Jahr zuvor, zweimal in stummer Anwesenheit des Gatten, der seine Entschlossenheit, nichts mitzubekommen, übertrieb; das dritte Mal ohne Anmeldung und fast heimlich. Bei diesem Mal hatte der Arzt die Diagnose vorgetragen, die Vorbeugemaßnahmen genannt. Er tastete mit

Fingerling, mit Unwillen und Unverständnis die Frau ab, die geöffnet auf der Untersuchungsliege lag.

»Ich verstehe nicht. Wo man es Ihnen schon in der Hauptstadt und in Europa gesagt hat. Für mich ist es sicher, unbezweifelbar, jeder Irrtum ausgeschlossen. Ich verstehe nicht, wieso Sie einen gänzlich unbedeutenden Arzt konsultieren, einen Sanmarianer, der nicht einmal Gynäkologe ist.«

»Ich weiß nicht«, murmelte sie, während sie sich anzog. Eine Hoffnung. Der Wunsch, lieber hier zu sterben.

Nach dem Bezahlen lachte sie kurz auf, scherzte ein wenig. »Vielleicht möchte ich die Dinge ja komplizieren. Ich weiß nicht.«

Die Liebe war aus dem Leben von Díaz Grey verschwunden, und manchmal, wenn er Patiencen legte oder allein mit sich Schach spielte, überlegte er verschwommen, ob er sie wirklich einmal erlebt hatte.

Trotz der abwesenden Tochter, nur von schlechten Fotografien kannte er sie, die jetzt gerade, zwangsläufig, in der glücklichen, schmutzigen Adoleszenz schaukelte und deren Geburt nicht eines Vorspiels hatte entbehren können. Adoleszenz mit Irrungen und Besudelung, ständig erleuchtet vom Glauben an die Unvergänglichkeit des jeweils Erlebten, einer unbewußten Zuversicht, die die unausweichliche Abfolge der Jahreszeiten nach und nach zernagen würde.

Jeden Donnerstag, außer bei Unpäßlichkeit, hatte er in der Dämmerung eine Frau auf der knarrenden Untersuchungsliege oder auf dem unangebracht dicken Teppich, der Dutzende von undefinierbaren Gerüchen mischte, oder zumindest war das Gesamtergebnis undefinierbar.

Die Verurteilte war dagewesen vor mehr als einem Jahr. Der selbsterklärte Mörder einen Tag zuvor.

Die Frauen waren ihm nicht wirklich wichtig: sie waren Personen. Er aß hungrig zu Mittag und warf sich angekleidet aufs Bett.

Nach dem Stand der Sonne hätte Díaz Grey annehmen können, daß er sich mehr als eine Stunde lang in der Meditation verfangen hatte, die sich bei ihm anstelle der verlorenen Siesta und der gewöhnlichen Verdauungsschwere eingestellt hatte. Er erinnerte sich nicht an den Besucher, den Mörder, und nicht an das Morgen, das seine gleichmütige Beichte verhieß. Keine Erinnerung, für sich nicht, für niemanden, nicht eimal für einen unmöglichen Penner, der am nahen Strand herumstreichen oder schlafen mochte.

Er zweifelte, desinteressiert, an seinen Jahren. Brausen kann mich in Santa María in die Welt gesetzt haben mit dreißig oder vierzig Jahren unerklärbarer, für immer unbekannter Vergangenheit. Aus Respekt vor den großen Traditionen, die er nachzuahmen wünscht, ist er gezwungen, mich allmählich zu töten, Zelle für Zelle, Symptom für Symptom.

Aber er muß auch dem ewig gleichen Beispiel der unzähligen Demiurgen folgen, die ihm vorausgegangen sind, und Leben und Fortpflanzung ordnen. Und so kamen die Jugendlichen, die schattenhaften, ihre Verlobungen und Paarungen, die schweren Geburten, zu denen ich gerufen wurde; und so kamen die Mädchen, ihre Attribute, ihre Profile, ihr Haar, ihre festen Brüste und Hinterbacken. Sie kamen und sind da, immer abwesend, lachend oder melancholisch.

(Jener wahre Augenblick, in dem einer der Liebenden, fast nie die Frau, denn sie weiß sich – und es stimmt – unsterblich, voll Eifer wiederholt von Beginn bis in alle Zeit. Jener flüchtige, schnell vergessene Augenblick, in dem einer der beiden absichtslos, mit einem kaum noch wahrnehmbaren Wunsch, um Verzeihung zu bitten, sich zu entschuldigen, hinter die Haut des fremden, von Liebe oder Wein glänzenden Gesichts zu sehen vermag, durch die Haut des Gesichts hindurch, das geliebt wird. Wenn einer von ihnen gegen die so jämmerlich wehrlose, gespannte oder nachgiebige Gesichtshaut des anderen stößt und sie ohne es zu wollen durchdringt. Und für eine Sekunde die Härte und Kühnheit der Knochen sieht, ahnt und ermißt, die Kindlichkeit der Backenknochen, die Zartheit oder die unnötig fette Anmaßung des Kinns. Wenn einer der Liebenden – ein Funke und das Vergessen – den künftigen und schon in die Welt, in sein Leben gesetzten Totenschädel des anderen Liebenden erahnt.)

Sie bleiben immer fern und unberührbar, von mir getrennt durch die Ungleichheit von dreißig oder vierzig Jahren, die Juan María Brausen mir auferlegt hat, verflucht sei seine Seele, die hoffentlich ein oder zwei paar Ewigkeiten in einer angemessenen Hölle schmoren wird, die ein höherer, etwas wahrhaftigerer Brausen schon für ihn parat hält.

III

Augusto Goerdel war in der Schweizerkolonie gezeugt worden oder befand sich schon während der langen Überfahrt auf unserer schaukelnden »Maienblüte« im Bauch seiner Mutter. Jedenfalls wurde er hier geboren, in der eben erst gegründeten Kolonie. Falls man das willkürliche und asymmetrische Verteilen von Überseekoffern, Grenzziehungen mit noch grünen Pfählen, die systematische Suche nach Kuhfladen und Erde, um Ziegel damit zu brennen, Gründung nennen kann.

Das mit der Erde war leicht; zwanzig Meter vom Ufer entfernt fanden sie, war die Sandschicht erst einmal durchstoßen und aufgestochert, rötliche, feuchte Erde, die sie in Sonne und Luft ausbreiteten, nachdem sie sie zu dem mysteriösen Ort geschleppt hatten, den sie dazu verdammt hatten, Kolonie und Siedlung zu werden. Für den Dung schickten sie tagsüber Kinderpatrouillen aus, die sich bereits unbefangen zu bewegen wußten, mit wachsamen Ohren für Wiehern und Muhen. Dann der nächtliche Raub, die großen Säcke, die nach Stall und Unterstand rochen. Wieder später, an heilig gehaltenen Morgen, die großen, auseinander liegenden Feuer, das langsame Köcheln, die Furcht vor den plötzlichen Regenfällen und Nebeln, die Furcht vor dem Aufgeriebenwerden und der Hinfälligkeit.

Falls man das Gründung nennen kann, die nicht nach Stunden zu messende tägliche Qual, um die Ziegel aufeinanderzuschichten, Wände zu errichten, Dächer mit Reisig zu decken, bis zur tierhaften Ruhe des Erschöpften, der ein Haus zu haben glaubt und einen Sonntag voll Frieden und Danksagung erlangt, wo er über der riesigen, fast nicht zu handhabenden Bibel mit schwarzem Einband kniet, im Angesicht des zittrigen Kreises lateinischer Worte von einem Geistlichen, der auftauchte von irgendwoher, weil er unerläßlich war.

Und danach für Santa María und für mich Verwirrung, Mißklang. Man weiß nicht, und es ist auch egal, wie viele Monate oder Jahre vergingen – angespornt, vorangetrieben ohne Erbarmen mit sich selbst oder sonst jemandem –, bis die blonden, strengen Ratten, die weniger mit Hoffnung als mit selbstmörderischer Wut von Bord gegangen waren, reich und fett wurden, die von Unserem Herrn Brausen gegründete Stadt beherrschten, ohne es zeigen zu müssen. Vielleicht widerstrebte ihnen das Offensichtliche. Sie waren ausweichend, waren indirekt, waren schamhaft.

Daß die Zeit nicht an sich existiert, läßt sich beweisen; sie ist ein Kind der Bewegung, und wenn diese sich zu bewegen aufhörte, hätten wir weder Zeit noch Verschleiß, noch Anfang, noch Ende. In der Literatur schreibt sich die Zeit immer mit Großbuchstaben.

Niemand kann wahrscheinliche Begegnungen bei den Besuchen des damaligen *Pater* Bergner und des unvermeidlichen Doktor Díaz Grey in der Schweizerkolonie leugnen. Der eine zog Gott ins Spiel mit einer Taufe, mit einer Trauung von Brautleuten, die zuvor für das Stativ von Orloff erstarrt waren, Orloff, Prinz oder Großherzog, Kunstphotograph, oder mit einem Todescapricho, geboren aus einem alten, kampflos akzeptierten Sophismus, manchmal ebenfalls erstarrt, andere Male kurz davor; der andere, Díaz Grey, schiente ein gebrochenes Bein oder stach eine Wassersucht an.

Ich wiederhole, daß sie sich oftmals dort begegnen mochten und daß sie bei dem einen oder anderen Mal, warum nicht, zusammen im Haus der Goerdels waren.

Ich sehe sie, wie sie sich mit der knappen Herzlichkeit von Feinden begrüßen, die es vorgezogen hätten, keine zu sein, mit dem tiefen und kühlen Respekt von Ebenbürtigen.

Es ist ohne Bedeutung, was der Arzt gegen die Erkältung von

Augusto Goerdel verordnete, der zum Zeitpunkt der vermuteten Begegnung elf Jahre alt war. Das ließe sich, wenn es denn von Bedeutung wäre, in den Büchern von Barthé nachschlagen, Apotheker, Stadtrat und erneut Apotheker. Tatsächlich von Bedeutung ist, daß wir niemals wissen werden – und darin liegt eine Art Glück –, was der Pater Bergner redete, was er erfuhr und was er bei dem möglichen Besuch folgerte, den wir uns jetzt gerne als dämmrig, träge und ruhig vorstellen. Denn, das sollte niemals vergessen werden, die Eltern von Bergner kamen gleichfalls auf unserer »Maienblüte« an die Küste von Santa María, nach Brausens Ratschluß. Den Goerdels verwandt durch die Ähnlichkeit der Geschichte, auch durch die Sprache und vor allem durch die Art, wie sie damit im Alltag umgingen.

Von großer Bedeutung, denn die Besuche des Paters wurden regelmäßig, und weniger als ein Jahr später kam Augusto Goerdel nach Santa María hinüber, um in der Kathedrale weiterzustudieren, mit einem sehr mageren und auf die Pläne Bergners zugeschnittenen Stipendium.

Denn der Pater gab vor, einen Priester zu produzieren, wohl wissend, daß dies weder die Bestimmung noch die Tauglichkeit Augusto Goerdels war; er dachte weiter. Viel weiter als das Domkapitel, Laien wie Tonsurträger, das sich einmal alle zwei Wochen in dem gewollten Halbdunkel des kargen, langgestreckten Refektoriums versammelte und zu beschließen glaubte.

Bergner gehörte nicht dem Orden der Jesuiten an; er mißtraute ihnen und bewunderte sie. Aber er hatte sie, mehr als einmal, sagen hören: Überlassen Sie uns Ihren Sohn, und wir geben ihn mit einem akademischen Grad unter dem Arm zurück.

Er studierte in Ruhe seinen falschen künftigen Priester. Wenn die Inspiration, der Plan wirklich von Brausen stammten und wenn es keine Fallstricke des Teufels waren, dann zählte die Zeit nicht. Er wußte, daß der Junge intelligent war, daß er von Natur aus durch Ehrgeiz und das germanische Bedürfnis zu triumphieren, sich zu revanchieren unerbittlich war. Wie immer sein Schicksal wäre, jetzt, mit Bergner oder ohne ihn, würde er niemals in das Elend seines Zuhauses in der Kolonie zurückkehren; die voraussehbare ländliche Zukunft als Viehzüchter und Bauerntölpel würde er nicht mehr akzeptieren.

Eine Entschlossenheit, die Bergner geschickt und ganz beiläufig bestärkte. Seine Aufgabe, A M D G, auch wenn er die Initialen heftig ablehnte, war die einer geduldigen Verfeinerung und Korruption. Aus dem ungeschliffenen Jungen, aus dem Zögling und Chorknaben, sollte ihm sein Instrument erwachsen, sein fanatischer Diener der Kirche.

Er wußte, daß der unreife Goerdel, der ihm in die Hände gefallen war, ehrgeizig war, raffiniert im Lügen und im schlauen Rückzug, hart hinter dem kindlichen Lächeln, mit dem instinktiven Wissen um diejenigen, die ihm künftig wahrscheinlich nützlich sein würden und denen er ohne Übertreibung schmeicheln mußte, gleichgültig, ohne grob zu werden, gegenüber denen, die sich warmzuhalten nicht lohnte.

Er wußte darüber hinaus und von Anfang an, daß das Instrument und der Fanatiker ihm gehören würden, solange die Kirche ihm zu wachsen und zu gedeihen erlaubte.

Ohne Worte, zumindest bis zum Näherrücken des scheinheiligen Adieus, wußte Bergner außerdem, daß er sich nicht geirrt hatte, daß seine Wahl gut gewesen war und nicht besser hätte sein können. Er sah es mit den Tagen und Jahren bestätigt: Augusto Goerdel war unter allen Bewohnern von Santa María und der Kolonie der geeignetste für sein Vorhaben; und die Erziehung und die Disziplin der Kirche das Beste für den geduldigen und entschlossenen Wunsch des Jungen – des Heranwachsenden, des Erwachsenen – zu triumphieren. Bergner glaubte an die göttliche Inspiration; Goerdel glaubte an die günstige Gelegenheit und an das Glück.

Bergner blieb froh bis zur Trennung, bis zu seinem Tod. Aber lange davor war bereits die große wechselseitige Farce erforderlich gewesen.

Oder vielmehr das Ende der Farce, die zehn Jahre zuvor von Bergner in Gang gesetzt worden war, erahnt und stillschweigend mitgemacht von dem kranken Jungen auf der Pritsche seiner Kammer in dem armseligen Haus in der Kolonie, der heimlich zu weinen verstand, auf dem Rücken liegend, während er an der Lehmdecke die reglosen Spinnen der Furcht und des Mysteriums entdeckte.

Bei der ersten Begegnung gelang es dem Jungen, allein oder unterstützt von seiner Mutter, die Hände in einen Rosenkranz zu flechten; die Finger mit einer zarten Verzweiflung zu bewegen, welche das nie laut gewordene Flehen mit Distanz und Untröstlichkeit umsäumte.

Ein paar Jahre später, bereits in dem Kirchenflügel, den sie Seminar getauft hatten, obwohl Augusto Goerdel der einzige Seminarist war, lächelte Bergner zwischen den Schatten auf eine ähnliche, noch vervollkommnete Szene.

Von dem stets ärmlichen Zimmer des Jugendlichen – das nur über verschiedene Heiligen- und Marienbildchen verfügte, um den Ritus des Vorspiels zu vollziehen, das den Schlaf brachte – zog sich ein Gang mit immer kalten Kacheln bis zur Wendeltreppe, die sich zum Gotteshaus hinunterschraubte, zu den Messen, den Beichten.

Die zweite Szene wurde von einem verborgenen und behutsamen Bergner betrachtet, der im Morgengrauen vom Geräusch einer sich öffnenden und wieder schließenden Tür geweckt worden war. Ein absichtliches Geräusch, dachte er ohne Angst und voll Neugier. Er verließ sein Schlafzimmer barfuß und langsam wie der Dieb, der da kommt in der Nacht.

Im Gang, der immer nach Feuchtigkeit und Verlorenheit roch, gab es, eingenistet in die Mauer, schwach erleuchtet von einem grünlichen Phosphoreszieren und geschützt von der ambivalenten Hilfe eines Glases, einen blutenden, ans Kreuz genagelten Christus aus Wachs. Unter dem Glühwürmchenlicht konnte man auch das Gedicht eines anonymen Verfassers lesen. Vier Zeilen auf ockerfarbenem, welligem Papier:

Der du vorbeigehst, sieh mich an.
Zähl, wenn du kannst, die Wunden mein.
Wie arg vergiltst du meine Pein,
Blut, das vergoß ich Schmerzensmann.

Und dort, im Nachthemd und auf Knien, sich an die Brust schlagend als Begleitung zu seinem Weinen, Augusto Goerdel.

›Er muß es alle Morgen tun‹, dachte Bergner, ›schwitzend oder vor Kälte erstarrt, beharrlich und pünktlich, auf das Wahrscheinlichkeitsgesetz bauend, gewiß, daß ich ihn eines Tages sehen, in seinem Bravourstück überraschen und an ihn glauben muß. Mein armer scheinheiliger Idiot, mein Bruder.‹

IV

Bei der angekündigten großen wechselseitigen – aber nicht letzten – Farce zeigten beide eine unzweifelhafte Entschlossenheit und erkannten wortlos die eigene wie die fremde Stärke an.

Innerhalb der kleinen Kammer des Jugendlichen, ohne Vorwarnung heimgesucht und fast gänzlich ausgefüllt vom riesigen Leib Bergners, schlug das Gespräch Finten über Zeit, Anfangsgründe der Theologie, Fragen und Antworten, die im Katechismus standen, den die Kinder lasen, bis Bergner sich aus der grauen Undurchsichtigkeit des Fensters löste und ohne die Stimme zu heben fragte:

»Gott, Brausen. Glauben Sie an ihn?«

Goerdel sah ihn verwirrt an und sagte fügsam die Lüge:

»Wenn ich nicht an ihn glaubte, wäre ich nicht hier. Fünf oder sechs Jahre sind es, daß ich hier bin, Pater.«

»O ja«, Bergner nickte langsam mit dem Kopf. »Ich hätte dieselbe Antwort gegeben, wenn ein Dummkopf mich das gefragt hätte.« Er legte eine Pause ein, betrachtete kurze Zeit die auf dem Fenster lastende Feuchtigkeit. »Aber«, fuhr er dann fort, »Dummköpfe sind weder Sie noch ich. Sagen Sie mir ganz in Ruhe, ob Sie glauben, daß die kläglichen und lauen Sünden in Gedanken und Werken, die Sie hier in dieser stinkigen Zelle begangen und angehäuft haben, ausreichen, daß Brausen Sie ohne Gerichtsverhandlung zur Hölle schickt, ohne Aufschub Ihre unsterbliche Seele verbrennt. Ihre angenommene unsterbliche Seele; vorausgesetzt, daß Sie eine solche oder etwas annähernd Vergleichbares haben oder ertragen müssen.«

Der Junge, schwarzes Trikothemd, schmutzige, ausgefranste Jeans, senkte jetzt den Blick, um seine Füße in den Sandalen zu betrachten. Abgesehen von den Messen, kleidete er sich immer so, zäh gegenüber dem Winter, unempfindlich gegen den Schweiß der heißen Jahreszeit. Aber jetzt, am Ende dieses Vormittags, Ende der Elf-Uhr-Messe, schwach und in Erwartung des Mittagessens, zeigten Goerdels Gewandung und Goerdel selbst eine zerlumpte Trostlosigkeit.

Er erwiderte mit ängstlicher, überraschter Stimme langsam, ohne Aggressivität:

»Sie müssen das besser wissen als ich, Pater. Sie müßten es wissen und beurteilen, müßten ein Urteil sprechen können ohne Fragen und Hilfestellung. Sie sind mein Beichtvater.«

»Das ist wahr«, lächelte der Priester. »Fünf Jahre lang. Die Falle war immer offen. Es war so einfach. Du begehrtest deines Nächsten Weib, aber du tötetest ihn nicht. Du hast den Namen des Herrn, deines Gottes, mißbraucht, aber im Scherz. Du hast mit Verachtung, wachsender Verachtung, Vater und Mutter geehrt. Ich habe dir eine Buße auferlegt für jede einzelne deiner Lappalien, für jede Lüge, die du unter dem Beichtgeheimnis geflüstert hast. Und du wußtest, wie man stammelt und erbleicht. Fünf Jahre lang habe ich dich bedrängt, daß du mir alles sagst. Daß du mir den Grund deines Hirns aufdeckst. Die Seelen werden immer unerkannt bleiben. Manchmal warst du auf der anderen Seite des Vorhangs verzweifelt, andere Male, jäher und heftiger, in irgendeiner Ecke der Kirche, wo ich mich in die Enge treiben ließ. Du und ich, wir respektierten einander, etwas förmlich. Du und ich, wir amüsierten uns mit Würde und hielten uns – wir waren zwei Ehrenmänner – strikt an die Regeln des Spiels, das vielleicht zu lange gedauert hat, das jetzt endet«, und er wiederholte langsam: »Das jetzt endet. An einem Mittag des 31. März, nach Gregorianischem Kalender.«

»Verzeihung, Pater«, sagte der Junge. »Was endet? Und warum heute, jetzt? Was habe ich getan ...«

Bergner hob beschwichtigend eine Hand und schob sein Lächeln auf. Trotz Hunger und Unzeit gab es keine Feindseligkeit zwischen dem blonden, unruhigen, finster blickenden jungen Mann und dem reifen, fast alten Mann, mit Falten, die sich in seinem Gesicht nicht bildeten, um die Jahre zu zeigen. Sie zeigten, demonstrierten einen Willen, der jetzt und für immer den zwangsläufigen, heimlichen Skeptizismus durchkreuzen würde, den die Erfahrung formt. So viele Jahre des Sehens und Musterns.

Er musterte ein weiteres Mal und betrachtete das jugendliche, erwartungsvolle Gesicht; dann sah er auf das vom Regen blinde Fenster und sagte ruhig, als hielte er eine Predigt, die man unmöglich unterbrechen kann:

»Du hast studiert, Augusto. Vor einer Woche haben dir die Beamten der Kurie das Abiturzeugnis gegeben, und soweit ich erinnere, ›cum laude‹. Gestern hat die weltliche Reformuniversität das Zeugnis bestätigt. Natürlich hatten die kein ›cum laude‹ anzubieten oder zu verschenken. Was die Theologie angeht, sind deine Noten akzeptabel«, er sah wieder den Jungen an, kaum merklich mit den Augen lächelnd. »Dann kam der von dir so inständig, manchmal auf Knien und unter Tränen erflehte Zeitpunkt, wo es darum ging, ob du weiterhin im Seminar – wenn wir das so nennen können – bleiben und studieren, das Gelöbnis ablegen, die unumgänglichen Lügen durchqueren, den Habit anlegen und dem Herrn dienen würdest. Ich habe dir mit Schulterklopfen geantwortet, ohne Worte, zustimmend vielleicht mit Kopfbewegungen. So war es, nicht wahr?«

»So war es, Pater.«

Bergner erhob seine Jahre vom harten Holzsitz, betrachtete das Elfenbeinkruzifix, geglättet, tot, ohne Nägel oder Lanzenstiche, ohne Leiden; er ließ die Finger über die düsteren Buchrücken auf dem Regal gleiten, verweilte mit dem Blick auf den Titeln und setzte sich langsam wieder hin, mit einer Schmerzgrimasse.

Er seufzte müde und verschränkte die Finger über dem Bauch. Der Junge hatte sich nicht gerührt; die Hände flach auf dem Tisch, duldete er es, daß die Schwärze seines Trikots langsam und beharrlich aufstieg und ihm das Gesicht verdunkelte.

Bergner wartete die festgesetzten Minuten ab, Minuten, die weder lang noch kurz waren, die aber sein Leben markierten. Dann sagte er, eher gelangweilt als müde:

»Du und ich, wir spielten jahrelang das gleiche Spiel. Du und ich, wir respektierten einander, verstanden es, uns zu verstellen; jeder akzeptierte in dieser Beziehung die schwindlerische und immer egoistische Haltung des anderen als wahrhaftig. Kurz, du und ich akzeptierten zu lügen, akzeptierten die Lüge im Schutz des Schweigens. Jetzt aber.«

Der Junge hob den Kopf, das unbewegte, in die passende Dämmerung eingelassene Gesicht.

»Einverstanden«, sagte er, »in allem einverstanden. Jetzt und hier. Ich höre und gehorche.«

Er sagte es nicht mit Ironie. Er war entschlossen, zu hören und zu sprechen. Er wartete, bis Bergner die Augen halb schloß, um, ungewiß, seine eigene Seele zu sehen, bis der Pater-Pfarrer sich aufrichtete und lästerte:

»Verflucht seien ihre Seelen. Ora pro nobis. Hast du etwa jemals geglaubt, daß ich deinen Farcen geglaubt hätte? Hast du nicht von Anfang an gewußt, daß ich nur vorgab, an sie zu glauben ... und an meine Worte des Ansporns und des Trostes? Ich habe dich erkannt, sobald ich dich sah, und habe dich erwählt. Ich brauchte vier Jahre deines Lebens und vier von meinem. Brausen gab sie mir, gesegnet sei sein Name. Ich kenne dich jetzt besser als die Mutter, die dich in die Welt gesetzt hat. Die Mutter, deren du dich heute schämst. Und das ist recht so; denn wenn du verpflichtet bist, Vater und Mutter zu ehren, so ist doch die erste Pflicht, Gott zu lieben über alles.«

»Das tue ich«, sagte der Junge mit einem resignierten Verziehen des Mundes, mit einem schwachen, anfängerhaften Zynismus.

Bergner bemerkte einen ersten Anflug von Sarkasmus und seine eigene Ermüdung. Da gab er sich der Komödie und dem

Pathos hin. Er klopfte mit gestrecktem Zeigefinger auf die Brust des Jugendlichen.

»Du bist nicht dazu geboren, dem Herrn innerhalb der Kirche zu dienen. Genausowenig habe ich dich dazu aufgezogen. Ich sehe dich, ich erstrebte dich immer mitten in der Welt, mitten in Santa María und der Kolonie, nicht als Repräsentant Unseres Gottes, sondern indem du den Glauben an den Herrn aussäest und stärkst. Ohne Habit natürlich, denn den hast du niemals wirklich tragen wollen. Aber nützlich, mit irgendeinem Titel, um der Kirche zu dienen, und mit ihrer Unterstützung. Ich will dich reich und triumphierend im irdischen Leben; ich will dich scheinheilig und subtil. Ich will, daß du uns dienst, und biete dir an, dir zu dienen. Du wirst in die Hauptstadt gehen müssen, mit einem Stipendium, das dich kaum vorm Hunger bewahrt, und mit einer Unterstützung, von der wir gleich noch reden. Das bedeutet fünf oder sechs Jahre Alleingelassensein und Wachsamkeit. Wenn du scheiterst, lassen wir dich fallen. Selbst in der unendlichen Weisheit sterben Spatzen vor Kälte.«

Bergner erinnerte sich vage an die Hunderte Male, die er den letzten Satz gesagt hatte. Er setzte sich auf seinem steifen Stuhl bequem zurecht wie ein Arbeiter am Ende eines abstumpfenden Tagewerks, nahm das Lächeln des Jungen als ein vorbehaltloses Akzeptieren hin; danach sprach er langsam, den Blick auf das schwarze Fenster gerichtet, mit ruhiger Stimme von Testamenten, von Hypotheken und Käufen, von den Gütern dieser Welt, von Erbschaften und blendenden Zahlen. Vom Zehnten sprach er nicht, weil er es für übereilt und inopportun hielt, das Thema anzuschneiden, und weil man ihn im Club erwartete.

So war das Datum von Goerdels Abschied entschieden und auch sein Schicksal. Und es war Pater Bergner, der als erster, nachdem er sich bekreuzigt hatte, im Licht der Laternen auf dem Platz entdeckte, daß das Gesicht des Reiters der Juan María Brausen gewidmeten Statue begonnen hatte, kühische Züge anzunehmen.

Niemand hat es bemerkt, niemand hat es mir gesagt. Vielleicht haben die Alten die Veränderung nicht gesehen wegen der Gewohnheit, den Kopf fast alle Tage zu betrachten; und die Neuen nicht, weil sie ihn immer so sahen, ohne ihn zu betrachten. Vielleicht die Patina, das schlechte Licht, die Tauben, meine abgenutzten Augen, vielleicht ein durchtriebener Spaß des Teufels. Morgen werde ich es mir ansehen, in der Sonne.

Die Härte der Bronze zeigte keinerlei Zeichen von Hörnerbildung; nur Sanftmut einer einsam wiederkäuenden Kuh.

V

Ich hörte das Pferd im Morgengrauen ankommen und den Pfiff, mit dem sich Jorge Malabia immer ankündigte. Ich ließ ihn pfeifen und warten, schmiegte mich ins Bett, um einen glücklichen, unerreichbaren Traum zu verfolgen. Nach kurzer Zeit kam ein anderer Traum, unzusammenhängend und trübe, bevölkert von schon vergessenen Toten.

Möglicherweise war es zwischen sieben und acht Uhr morgens, daß Díaz Grey akzeptierte, wach zu sein, und vom Hausmädchen die große Tasse schwarzen Kaffees verlangte. Er sah durchs Fenster das mit allem denkbaren Silbergeschirr aufgezäumte Jungpferd, er sah Jorge Malabia auf dem Gras sitzen und sich aus einer Thermosflasche Mate eingießen. Er kam ihm schwerer geworden vor, geduldiger und reifer, vielleicht von der Winterzeit voller geworden.

Eine alte, mit Marcos Bergner (seit Jahren im Nebel verloren) geteilte oder von ihm auferlegte Gewohnheit hatte das Pferd hergeführt.

In ferner Zeit versteiften sich die Nationalisten, die Estanzieros, darauf, altspanische Wendungen zu benutzen, im Winter Sombreros mit aufgeschlagener Krempe zu tragen und den Überziehern Ponchos vorzuziehen. Es war das Vaterland, mochten sie auch vor Kälte zittern und zu Hause aus Manchester oder London importierte Überzieher tragen.

In einer anderen Ordnung, einer abnehmenden, lernte Jorge,

ein Dummkopf zu werden. Zwei Autos hatte er jetzt, aber er bestand auf dem Gebrauch des arabischen Halbbluts, auf der Augenscheinlichkeit des Revolvers, um Nachrichten zu übermitteln, die er als wichtig erachtete. Vielleicht fühlte er sich dergestalt mehr als Gaucho, als Einheimischer.

In die unwandelbare Zuneigung, den gebotenen Respekt des Alten gegenüber dem Jungen drangen jetzt, vom Fenster zum Gras hin, Argwohn und Mißtrauen ein.

Er betrachtete ihn eine Zeitlang, bis er hellwach war. Er sah das Jungpferd und sein Silberzeug; er sah Jorge pausenlos seinen Mate saugen, sah das kanadische Holzhackerhemd. Das blonde, ausgebleichte Haar, das ihm bis auf die Schultern fiel. In diesem Jahr, rief er sich in Erinnerung, war langes Haar das Symbol, das Erkennungszeichen der Sanmarianer Männlichkeit, populär unter den Unsicheren.

Zwei Erbschaften, dachte er, die eines Tages dazu dienen werden, uns zusammenzubringen oder uns zu trennen. Angélica Inés, seine Frau, schlief im Stockwerk darüber, einen Speichelfaden im Mundwinkel. Jorge streckte sich auf dem Boden aus, rekelte sich, geschwellt von der Nachricht, die ihn zu mir hintrieb, die ihn zwang, auf mich zu warten, einzutreten und sie für immer in irgendeiner Ecke des Sprechzimmers oder des Warteraums abzulegen, in mir jedenfalls.

Er, Jorge Malabia, hatte sich verändert. Er litt nicht mehr an Schwägerinnen, die zum Selbstmord neigten, oder an unmöglichen Gedichten. Er wachte eigensinnig über den »Liberal«, kaufte Ländereien und Häuser, verkaufte Ländereien und Häuser. Jetzt war er ein Mensch, der von metaphysischen Problemen verlassen ist, von dem Bedürfnis, Schönheit mit einem Gedicht oder einem Buch einzufangen. Eine Schönheit so ewig und endgültig wie die, zwischen den Händen einen Schmetterling zu zermalmen, eine Motte, und während eines kurzen Augenblicks den Glanz zu beobachten, der dem Schlag und dem Tod folgt.

An Gesicht und Bauch wurde er voller, und niemand konnte wissen, wohin das führen sollte; was es bedeuten würde: zwei oder drei Jahre später. Niemand würde blindlings darauf wetten, was die fast unmittelbare Zukunft von Jorge Malabia anging.

Aber auch ich fühlte mich verändert. Nicht nur gealtert von den Jahren, die mir Brausen auferlegt hatte und die nicht in Schritten von dreihundertfünfundsechzig Tagen zu zählen sind. Seit einiger Zeit war mir klar, daß eine der Formen seiner unbegreiflichen Verurteilung darin bestand, mich mit einem zwischen zeitlich begrenztem Ehrgeiz und Verzweiflung unveränderlichen Alter in seine Welt gezogen zu haben. Äußerlich immer gleich, mit einigen Tupfern aus weißen Haarsträhnen, Falten, vorübergehenden Kränklichkeiten, um seine Absicht zu verhehlen.

Ich war auch ein anderer: Meine anfängliche Gleichgültigkeit hatte sich in falsche Herzlichkeit verwandelt, in stets für ein Lächeln geöffnete Lippen, ein schamloses und beschwichtigendes Lächeln, das bedeutete: Brausen ist im Himmel, die Welt ist vollkommen, und Sie und ich haben glücklich zu sein.

Man glaubte mir; wenn ich keine Heilung verschaffen konnte, dann doch Trost. Aber meine Veränderung hatte noch eine andere Seite. Ich merkte, es war einfacher und wirkungsvoller: Ich hörte mir die anvertrauten Dinge immer hilfreich an, andächtig, lächelnd. Dann trat ich zurück, um in einem vorbereiteten Halbdunkel mein zwischen Besorgtheit und Nachdenklichkeit schwankendes Gesicht zu zeigen. Ich würde die Krankheit meiner Kranken erleiden. Es ging dabei nicht um meine Erfahrung als Arzt; für eine Weile würde jedes meiner Organe den Schmerz und die Funktionsstörungen des Organs des Besuchers ertragen. (Es gab Ausnahmen natürlich; aber niemand merkte es.)

Danach, plötzlich, brachte ich wieder mein weißes Lächeln, mein Glück, mein Verständnis in die Fülle des Lichts. Alles verstanden, alles geheilt. Ich stellte zwei, drei Fragen, zeigte mein Gebiß bei jeder Antwort und schrieb – in einstudierten Hieroglyphen – Rezepte für Barthés Apotheke.

Alle waren wir glücklich, abgesehen von meiner eisernen Eitelkeit, die vom Aufwachen bis zum Morgengrauen verdeckt war, verworren und anders in den Träumen, nie gezeigt, verborgen bis zum Tod durch mein sympathisches Wesen und meine Güte.

Ich ließ ihn warten – das Pferdchen unten senkte den Kopf und suchte echtes Futter auf dem Rasen. Ich rasierte mich, badete, zog mich sorgfältig an, als wüßte ich nicht, wer der Besucher war. Die Sonne stand hoch. Ich sagte zu dem diensttuenden Monster, das als Praxishilfe verkleidet war, es solle Jorge ins Sprechzimmer eintreten lassen. Dort gab es mehr Licht als im Warteraum.

Ich hörte den Tritt der Stiefel auf den Stufen und bat im stillen, daß Angélica Inés nicht aufwachte, daß einige Stunden vergingen bis zum Beginn des täglichen Limbus und Purgatoriums, jener für sie, das zweite für mich.

Jorge trat ein, verblüffend ähnlich dem auf der vorigen Seite beschriebenen Mann. Das rot-graue Holzfällerhemd, der absichtlich nachlässige Bartwuchs, die großen Stiefel, der lächerlich riesige S. & W., an seiner Hüfte baumelnd, ein gewollter Schweißakzent, der nicht aus seinen Achselhöhlen zu mir drang, sondern vom Ganzen seines herausfordernden, breitbeinigen, imponierenden Körpers ausging.

Ich sah ihn vom Sessel aus in Ruhe an. Ich wußte, daß die Leere meines Blicks, die Stille meiner unbeweglich aufgestützten, Fingerspitze gegen Fingerspitze gelegten Hände ihn zum Explodieren brächten. Somit strichen wir Begrüßungsworte.

»Er hat sie umgebracht«, schrie Jorge. »Er hat sie um Mitternacht mit einem Jungen umgebracht. Sie hatte immer an ein Mädchen gedacht. Er hat sie um Mitternacht umgebracht, und wir haben ihn gesucht, um ihn umzubringen, aber er hatte sich schon versteckt. Wir werden ihn finden, Doktor, das schwöre ich Ihnen.«

Und sah er nicht – es war nicht zu sehen – seinen grotesken toten Abel, wiederauferweckt durch Kameraden, Bekannte aus dem Kaff? Dachte er nicht an Gott und Kain?

Denn Kain war gezwungen, es zu tun, war gezwungen durch einen nicht ausdrücklichen, aber unausweichlichen Auftrag.

Nie wollte er Abels Schafe, er verzichtete auf die Ackergeräte und wurde Jäger unter dem nie rastenden Blick Gottes. Kain tat es.

Aber Brausen vollendete sein für immer und für uns unerklärliches Vorhaben, handelte wie ein politischer Caudillo. Er deckte Kain vor dem Untersuchungsrichter, ließ die Polizei wissen, daß jegliche Bestrafung für den Totschlag siebenfache Wiederholung von Recht und Rache zur Folge haben würde. Und hängte dem Totschläger eine Polizeischutz- und Immunitätstafel um.

Und in seiner Höhle, zur Stunde des Wilds und des Schlafes, betrachtete er das dreieckige, grünliche Auge, das ihn ohne Unterlaß ausspähte. Zwei oder drei Wochen ohne Worte: »Du mußtest wissen, daß ich es tun würde, denn Du selbst hast mich erwählt unter so wenigen; Du wolltest, daß ich es tue, und ich tat es. Ich weiß nicht, warum Du mir befahlst, es zu tun. Mir ist die Rastlosigkeit gleichgültig, die Du mir geschworen hast. Ich jage und esse, weil Du so die Menschen geschaffen hast.

Du siehst mich an, Auge und Dreieck; Du gibst mir Schlaf. Jetzt kommt die Dunkelheit, jetzt bin ich erschöpft und überdrüssig. Ich gehe schlafen. Morgen vielleicht entziehst Du das Auge, überzeugt, daß es unnütz ist. Morgen möglicherweise werden wir sprechen. Du kennst mich auswendig; ich will Dich sehen.«

Er wartete Wochen und Monate in der verräucherten Höhle. Aber Unser Herr Brausen ließ Jahrhunderte vergehen; aus der Unterredung wurde nichts, weil die Wege Brausens unerforschlich sind oder weil er in die Rasse, die er erfunden hatte, das Verbrechen einzupflanzen wünschte oder weil er für immer die Gewißheit einpflanzen wollte, daß der Stärkere jahrhundertelang triumphieren und sich dem Schwachen und Sanftmütigen entgegenstellen wird.

Solange es dauerte, besiegte das grüne Dreieck die Schlaflosigkeit des Brudermörders, des Jägers; es half seine Erschöpfung, sein Gedächtnis aufheben. Er war glücklich, lag muskulös ausgestreckt da und betrachtete das sanfte Licht des reinen Auges, das ihn ansah, jetzt bedeutungslos, nie freundschaftlich, aber schon matt, auch es vielleicht schläfrig.

VI

»Ja«, sagte Díaz Grey. »Es war unvermeidlich. Vor ein paar Monaten kam er selbst, Goerdel, um mir das Verbrechen anzukündigen. Ein Verbrechen, das zweihundertsechzig Tage zuvor in die Wege geleitet worden war. Und es war nicht möglich, es zu verhindern. Noch war es nicht geschehen; aber es war unmöglich, es aufzuhalten. Nur indem man sie getötet hätte, dem Opfer eine Kugel in den Kopf gejagt hätte.«

»Geschwätz«, sagte der verkleidete, starr dastehende Junge, nach Nichtverstehen, Zorn und Schweigen. »Dieser Hundsfott hat Helga ermordet, und er wußte, was er tat. Wir werden ihn suchen, bis wir ihn finden.«

Díaz Grey hielt an sich. Er dämpfte seine Pose eines Arztes zu Beginn der Sprechzeit, gutgekleidet, frischrasiert, mit neuer Krawatte, die sauberen, langen Finger zusammengelegt, um aufs glatte Kinn zu klopfen.

Dann überließ er sich seinem angestauten Haß auf die Dummheit. Er hob die Augen, um die Gestalt im Alaskahemd zu mustern, mit ihren hohen Stiefeln, dem breiten Gürtel, an dem der Revolver hing. Auch musterte er die nicht glaubhafte Anmaßung.

Und er sagte sanft:

»Immer habe ich die Hurensöhne gehaßt, die heute Goerdel, Augusto, glaube ich, verfolgen. Immer, von Kindheit an, habe ich diese traurigen, vor Hunger halbtoten Typen gehaßt, die – ob in Zivil oder in Lumpen – einen Korporal, Sergeanten, Offizier oder so eine untere Charge devot grüßen. Brauchen tun sie beide etwas, der eine wegen seines Hungers, seiner imaginären Kinderschar, seiner kleinen Laster. Der andere will einen Mann, der keine Fragen stellt vor dem Schuß oder danach. Während des Handels zwischen Hundsfott und Hurensohn gibt es keine andere Zusage als die Wochenration Zwieback, das monatliche Fäßchen Mate. Außerdem natürlich den erbärmlichen Sold, die ausgewaschene, an den Knien und unter den Achseln abgewetzte Uniform.«

»Ihre Kriminalgeschichte interessiert mich doch nicht. Die Polizei interessiert uns nicht. Wir werden ihn heute noch finden, wo er auch steckt, und dann kann er sich's in der Hölle bequem machen.«

»Das Paradies wird eine uns gemeinsame Hölle sein. Such nicht nach Sünden, die gibt es in Wirklichkeit nicht. Nicht einmal die Chance, sie zu erfinden, hat uns Brausen gegeben.«

Schon seit etlicher Zeit war Jorge Malabia aus dem Alter heraus, sich Sätze mit Bibelgeräusch anzuhören.

»Patricio« – das war der Name des Bruders der toten Frau – »war weit weg, den ganzen Tag besoffen und am Heulen.«

»Und ihr, der Kreis der engsten Kameraden, wenn ihr auch nicht geweint habt – aus Solidarität wart ihr gleichfalls besoffen.«

»Gleichfalls. Wir sind Freunde von Patricio. Und dieser Mörder, dieser Jude, hatte vor, sich in die Totenwache für seine Frau einzuschleichen, um eine demonstrative Träne zu verschütten. Und Patricio konnte nicht mehr und wollte ihn umbringen.«

»Aber ihr habt ihn gebändigt, nicht wahr? Patricio war von weither zurückgekommen – freilich nicht aus seiner Besoffenheit –, um sich von seiner Schwester zu verabschieden und sich, ganz en passant, zu rächen. Aber sein Schwager ...«

»Ist abgehauen. Dieser schmutzige Mordjude.«

»Goerdel ist wahrscheinlich arischer als du und ich. Von dort aus der Kolonie kommt bestimmt kein einziger Jude. Arier, Schweizer, Katholiken, Deutsche. Aber hier in Santa María taugt keines dieser Worte zum Beleidigen. Also der Jude Goerdel.«

»Dieser Hundsfott von Mörder. Und jemand hat gesagt, daß er heute in der Frühe hier Zuflucht gesucht hat. Ist das wahr?«

327

Díaz Grey spürte, daß seine Aggressivität wuchs, während Jorge auf und ab ging und die ausländischen, unproportionierten Stiefel auf dem Boden dröhnen ließ. Es war, dachte er, nicht Neid auf die Jahre, die sie trennten, nicht, weil der Junge über Zeit verfügte und er nicht. Ihm tat weh, daß Jorge seine Zukunft dem Nichts darbrachte, mit Geldverdienen ohne Anstrengung noch Ziel. Ihm tat weh, daß der andere dicker wurde, daß er sich so unschuldig mit der Dummheit und dem Schmutz der Zukunft einließ, die die Stadt ihm darbot.

»Nein«, sagte er, »er hat nicht angeklopft und mich um Zuflucht gebeten. Aber wenn er es getan hätte, dann wäre er jetzt hier, vor idiotischen, großmäuligen Totschlägern geschützt, soweit ich irgend könnte. Warum habt ihr ihn nicht umgebracht, solange er bei der Totenwache in der Falle steckte? Weil Patricio nicht genügend litt, weil er nicht ausreichend besoffen war oder zu sehr. Und ihr habt Patricio gebändigt aus Gründen des Anstands und ließt den Mordjuden entkommen.«

Jorge war vor dem Schreibtisch stehengeblieben und versuchte dem Arzt in die Augen zu sehen.

»Nein«, fuhr Díaz Grey fort, »zum Melodram hattest du niemals wirklich Neigung. Aber du hast dich nur zu gern in die Gewohnheit fallen lassen, dich mittels Farcen zu entziehen. Das ist bedauerlich; wie dein Verwandter Bergner sagen würde: Möge Brausen dir vergeben.«

Mit einem schiefen, unversöhnlichen Lächeln sagte Malabia langsam und verächtlich:

»Ich denke an meine Jugend und weine. Vielleicht wenn ich einmal so alt bin wie Sie. Schade, daß wir dann nicht mehr zusammen weinen können. Außer daß Sie mich bitten, zu den Zypressen zu pilgern. Aber so oder so wird es ein einsames Weinen.«

»Stimmt«, sagte Díaz Grey. »Es wird unmöglich sein, vermute ich. Aber noch kann ich die Posse sehen. Und wenn es ums Weinen geht, ich würde es nicht meinetwegen tun. Ich habe Goerdel nicht in diesem Haus. Aber ich habe viele hohe Spiegel, damit du dich anschauen kannst. Eine Grille von Angélica Inés, Spiegel, in denen man sich ganz sehen kann. Sie – alle sagen das – weiß absolut gar nichts. Aber sie versteht, oder sie versteht sich. Ist gleichgültig; hier wirst du in jedem Zimmer einen passenden Spiegel für deine Verkleidung finden. Von den Stiefeln bis zur Mähne. Nicht zu reden vom Hemd und dem komischen Revolver. Und wenn Patricio Goerdel umbringen wollte, dann nicht mit Schüssen, wette ich. Bestimmt mit einem großen Jagdmesser, einem Hirschfänger. Und jetzt werdet ihr losziehen, um den Mörder mit verwilderten Hunden oder Polizeihunden zu verfolgen, die man euch auf dem Revier leiht. –

Aber wenn Goerdel mich auch nicht um Hilfe gebeten hat«, fuhr Díaz Grey fort, »wahr ist, daß er mich von Colón aus angerufen hat, im Morgengrauen. Er sagte etwas von einem Flugzeug. Ich kann mir die Route vorstellen. Die Stimme, die Stimme war nicht zynisch und auch nicht verschreckt. Er hat sich nur verabschiedet.«

Malabia blieb stehen und begann ihn anzusehen wie erinnernd, als wenn er innerhalb der Jahre jedes einzelne Mal isolieren könnte, wo er den Arzt gesehen hatte. Und diese Erinnerungen hielten sich unabhängig voneinander, verbunden gerade nur durch den Namen.

»Eine Neugier«, sagte Malabia. »Eine uralte Neugier. Ich spüre jetzt, daß sie sich vergrößert hat, ein Akkumulationsprozeß, wie es auf den Beipackzetteln von Medikamenten heißt. Wer sind Sie? Verzeihung; das ist mir gleich, ich brauche es nicht, ich kann es ja sehen und selbst beurteilen. Aber, und das interessiert mich allerdings, Ihre Vergangenheit erfahren, wissen, wer, was Sie waren, Doktor, bevor Sie sich unter die Einwohner von Santa María gemischt haben. Die Gespenster, die Juan María Brausen erfand und aufzwang.«

Díaz Grey kam die Sache amüsant und traurig vor. Zumindest dämpfte es die Spannung, das Jagdfieber, die unentrinnbare Dummheit der Leute, die seine Welt bevölkerten: die Stupidität der stets Einverständigen, die Stupidität derer, die an das universale – oder Sanmarianer – Glück zu glauben vorgaben und in der Untergrundpresse schrieben oder an den Tischen der Strandcafés redeten.

Natürlich: es gab andere junge Leute, achtbare, die sich in den spärlichen Wäldern umbringen ließen vom Durst, von unbekannten Insekten, vom Fieber, das aus den fernen Tropen herabzukommen schien, aus den wirklichen Urwäldern des Amazonas und des Orinoko, entschlossen zuschlagend. Manchmal endeten sie, zur größeren Demütigung, unter den MG-Salven des Ehrenwerten Armeecorps, das, selbstverständlich, Befehle von Juan María Brausen ausführte.

»Meine Vergangenheit?« sagte langsam, nachdenklich Díaz Grey.

VII

Díaz Grey erhob sich und holte zwei Kartenspiele und einen von Fotografien und Briefen geschwollenen Umschlag zum Schreibtisch.

»Es gibt eine Vergangenheit«, sagte er fast erstaunt, als wenn er es nicht ganz verstünde.

Jorge Malabia sagt oder denkt: daß es süß ist oder für mich die Süße des Geheimnisses hat, sie noch die Frau ohne Gesicht zu nennen, sie, die die Fotos zeigten. Und wie sie Frau ohne Gesicht genannt wurde, mit anderer Intention, von Díaz Grey selbst, dieses – vielleicht das erste – Mal, da er bereit war, von ihr zu sprechen, vor einem anderen ihre Existenz anzuerkennen, mit gleichförmiger, rezitierender Stimme, einer Stimme, die, auch für ihn selbst, die Decke des Geheimnisses berührte: die weder auf die Vergangenheit mit ihrem fernen Schmerz verwies noch auf die Gegenwart mit ihrer Verstörung, ihrer Benommenheit. Ein rheumatischer Díaz Grey, stellte sich Malabia in einer gefälschten Erinnerung vor, in Morgenmantel, Wollpantoffeln, Schal und Baskenmütze, die linke Schulter an irgendein Bachkonzert gelehnt, zur Rechten die Rumflasche, den Zitronensaft, den großen dampfbeschlagenen Krug mit heißem Wasser.

Díaz Grey und das unerbittliche Überleben seiner strahlenden Augen, dieses Ausdrucks eines Zeugen, der sich fast gänzlich unwissend stellt, wie er sich in seinem hageren, glatten, zernagten Gesicht zeigt. Díaz Grey beinah regungslos in dem großen Sessel des riesigen, absurden Salons des von Jeremías Petrus so viele Jahre zuvor erbauten Hauses, das so oft notdürftig abgestützt wurde, das Zimmerleute, Meister und Handlanger, in einer steten Komödie heil und instand hielten, niemals abweichend von den launenhaften, schwierigen Originalplänen, die Petrus selbst kalt entschlossen und in Wut diktiert hatte. Dieser große alte Kasten auf Rammpfählen, der jetzt durch das Recht ungewollter Eroberung ihm gehörte. Díaz Grey, wie er sagt, zu mir sagt:

»Ich habe sie nicht mehr gesehen, seit sie drei Jahre alt war, und ich bewahre alle Fotografien auf, die ich auftreiben konnte, fast von ihrer Geburt an bis zu diesem Alter. Danach kamen in immer größeren Abständen weitere Aufnahmen zu mir, andere Gesichter, die abrupt die Altersstufen hinaufsprangen, man wußte nicht bis wohin, die sich aber jedenfalls von dem entfernten, was ich gesehen und gewollt hatte, was zu erinnern mir möglich war. Mit Erlaubnis von Brausen natürlich. Und sie, diese neuen Gesichter, wurden mir mit jeder träge eintreffenden Post, mit jedem Jahr unverständlicher, mal weniger, mal viel weiter entfernt von etwas, das zweifellos mehr Bedeutung hatte als sie oder als ich: meine Liebe zu dem Mädchen von drei Jahren. Ja. Die neuen Gesichter getrennt von meiner Liebe oder von meiner Liebe aus Erinnerung und aus dem Erleiden dieser Erinnerung. Mit zyklischer Regelmäßigkeit ersetzte ich die Karten meiner nächtlichen Patiencen; die Patiencen, mit denen ich langsam und kaum überzeugt das Verhängnis der Schlaflosigkeit und die vertrauten Geräusche bei Tagesanbruch durchquerte. Natürlich, die verdeckt daliegenden Fotografien waren nie so viele wie die Karten. Es war, es ist die einzige Mogelei, die ich mir erlaube. Es war, es ist immer der sanfte, unwiderstehliche Ruf eines lasterhaften Bedürfnisses. Später würden die Pillen kommen, manchmal die Spritze, der Schlaf bis zum Mittag. Aber vorher war es notwendig, daß ich nachgab, daß ich

mich auf dem Stuhl ganz zurücklehnte, daß ich den Schlüsselbund auf den Tisch legte und ihn mit dem Zeigefinger streichelte, bis ich schließlich den Schlüssel für die Schreibtisch-
schublade berührte. Ich holte den Umschlag mit den Fotos
heraus, legte die Fotos, die Karten der neuen Patience, zu einem
Haufen und ging meinem Spiel nach, einem Spiel, das immer ausging, ohne daß ich wußte, ob ich gewonnen oder verloren hatte.
Dann breitete ich die Fotos aus, die mich jetzt ansahen, diejenigen, die meine waren, und die, die ihre Flucht beschleunigten.
Wenn auch außer der Zeit, wenn auch im Wissen, daß ich Sklave
des Traums eines unglücklichen Paranoikers war, respektierte
ich doch die Chronologie. Jede Aufnahme trägt auf der Rückseite ein winziges Datum, mit den Ziffern meiner Kurzsichti-
genschrift. Ich verteilte sie auf dem Schreibtisch, Monat auf
Monat nach links, Jahr auf Jahr nach hinten und nach rechts.
Vom wenige Monate alten Kleinkind in Windeln bis zur letzt-
hin mit der Post Eingetroffenen. Und dann, Jorge Malabia, legte
ich mir die große Patience; ich sah aufmerksam und ruhig die
Gesichter an, um besser zu leiden, damit das Spiel sich lohnte:
das Gesicht, die Gesichter, die Entwicklung und den Wandel,
die kleinen rachsüchtigen Veränderungen. Ich zündete mir eine
Zigarette an, näherte meine Augen, entfernte sie, ich verstand
die Wechsel oder versuchte sie zu begreifen. Manchmal ganze
Stunden, immer unnütze. Aber die Patience mit den Fotos hatte
ihre Gesetze, und ich respektierte sie. Zum Schluß häufte ich
die meinen auf, diejenigen, die nicht über das Alter von drei
Jahren hinausgingen, und dann konzentrierte ich mich auf die
der in gewaltsamen Sprüngen vollzogenen Flucht. Jetzt waren
die Ähnlichkeiten zweifelhaft, das Geheimnis, die Ohnmacht,
zwölf oder zwanzig Gesichter meines Unglücks. Wachsend und
mich herausfordernd, sorgfältig in ihrer zeitlichen Reihenfolge
angeordnet, entschwanden die Gesichter rasend, fast ohne Abstufungen, offenbarten die Schamlosigkeit ihrer Veränderungen,
entstellten die Ovale der Gesichter, die Formen der Lippen und
die Bedeutungen des Lächelns, die Linien des Profils, des Halses, der Wangenknochen; veränderten unaufhörlich und egoi-

stisch die Zeichnung der Augen, die dennoch weiterhin wach, groß und auseinanderstehend waren. Bis ich wußte, so lange dauerte das Spiel, daß sie nicht sie war, daß ich eine andere Person sah, ohne Bezug zu dem Häufchen der während der ersten drei Jahre gesammelten Fotos, fern von hier, in der anderen verlorenen Welt.

Und eines Nachts, sie wird nicht trauriger sein als andere, werde ich alle Fotos verbrennen, deren Alter über die drei Jahre hinausgeht. Wenn ich mich entschloß, sie mir als Frau ohne Gesicht zu denken, dann nicht, weil sie sich in eine andere Frau verwandelt hätte, Jahr um Jahr, eine zögernd eintreffende Post nach der anderen. Ich tat es, weil ich nicht die Kraft hatte zu ertragen, daß sie eine Person war.«

VIII

Anfangs benutzte Goerdel eine Rumpelkarre, ein vor den hysterischen Launen des Wetters durch ein schwarzes Verdeck geschütztes Gefährt, das von einem falben, dicken und langmähnigen Pferdchen gezogen wurde. Das Ganze paßte zu den Plänen von Pater Bergner und zu den Lehmpfaden, die sich in der Kolonie allmählich bildeten unter dem Gewicht der Karren, Ochsen, Tilburys, Frachtwagen und der Männer und Frauen, die kamen und gingen und das Gras unter ihren Füßen zerdrückten.

Die Dauer dieser ersten Zeit, in der Goerdel das Lächerliche und den Wechsel der Jahreszeiten innerhalb seines schwarzen Vehikels und seiner ihm auferlegten ebenfalls schwarzen Kleidung spürte, läßt sich nicht ernsthaft berechnen. Testamente, Hypotheken, Kauf und Verkauf, Darlehen, deren Zinsen Pater Bergner festsetzte, mit dem Geld, das Bergner oder das mysteriöse Domkapitel zur Verfügung stellten, das sich am zweiten und vierten Montag eines jeden Monats in der Kirche versammelte.

Reichlich später erfuhr man, daß Goerdels bevorzugtes Arbeitsgebiet die Streitigkeiten unter Nachbarn in der Kolonie waren. Drahtzäune oder Einfriedungen, die über Nacht vorrückten, Vieh, das auf fremden Weiden graste, dünne Bäche, die, unter kräftiger Nachhilfe, einen neuen Lauf nahmen. In diesen Fällen beschränkte sich Goerdel auf seine Prozente. Aber er war weit glücklicher, wenn er Beschwerden einlegte, Entlastungen vernahm, Nachforschungen anstellte, sich mit dem Aufsetzen von gestempelten Schriftsätzen abmühte, die vor dem Richter immer das Recht und die Unschuld des zahlenden, vom Zufall verfügten Mandanten verfochten.

Für Goerdel verwandelten sich die ermüdenden Angelegenheiten, die verworrenen Streitereien, die Lächeldiplomatie, die genau bemessenen Schläge auf die Schulter seiner Mandanten, die Seufzer, die eine Räumungsklage bestätigten, in Geld, in Tausende von Reales, erstaunlich weit mehr als das, was er auf seinen anfänglichen Touren als Händler oder Vermittler hatte erhoffen können. Seit seinem ersten Triumph übergab er den ganzen Gewinn Pater Bergner, aber nie verzichtete er, nie ließ er sich darauf ein, über die fixen fünf Prozent zu debattieren, von ihm festgesetzt noch vor seiner ersten Fahrt, die sich dahinwand zwischen Bauernhöfen, Hüttensiedlungen, kleinen Ranchos, die nach Handel und Wandel, nach Backstein, Ziegel und elektrischem Licht strebten.

»Es ist besser so«, hatte Pater Bergner gesagt und die schiefe Rumpelkarre und das unermüdliche, langhaarige Pferdchen gutgeheißen. »Einstweilen mißtrauen sie den Reichen; wenn sie erst einmal Reichtümer angehäuft haben mit ihren Kühen, mit Milch, Butter, Wein und Käse, fangen sie an, den Armen zu mißtrauen.«

Auch sagte Bergner: »Ich weiß, daß die Kolonie katholisch ist. Aber man darf nicht vergessen, daß jede Familie ihre Bibel mitgebracht hat und daß sie darin ihre Geburten, Eheschließungen und Todesfälle eintragen. Man darf das physische, teutonische Gewicht dieser Wälzer nicht vergessen. Und daß sie das Alte Testament den Evangelien vorziehen. Mich beunruhigen nicht die Atheisten, denn die werden im Unglück, in Zeiten der

Labilität oder im Alter zu uns zurückkehren. Verdächtig aber sind mir die Vorstöße der Häretiker des Siebenten Tages, der paarweise auftretenden Zeugen Jehovas, der Mormonen, der Heilsarmeeobersten. Dieser ganze hartnäckige und besser als wir bezahlte Schwarm. Bisher wüßte ich nicht, daß Juden dort aufgekreuzt wären. Aber ich fürchte, das ausgewählte Terrain, die Kolonie, könnte, durch die Macht der Geduld, fruchtbar werden für diese Verfluchten. Deshalb brauche ich dich, und jeden Tag mehr.«

Goerdel erfüllte seine Aufgabe und verteidigte die römisch-katholische apostolische Kirche, ohne polemisch werden zu müssen, so sicher und ruhig, als erwähnte er die fernen Punkte, wo am Morgen die Sonne aufgehen oder am Ende des Abends untergehen würde.

Er glaubte übertriebenermaßen an die Befürchtungen Pater Bergners; er beharrte hartnäckig auf seinen fünf Prozent, auf seinen Multiplikationen.

So daß sich Bergner ihn schließlich als unsicheren Verbündeten dachte, als blonden, starken jungen Mann, stattlichen Kerl, der sich täglich auf den Wegen der Kolonie verlor, hinter seinen fünf Prozent her, den Glauben an die wahre Kirche, an Petrus und seine Nachfolger dringlich erbittend.

Da begann Bergner anders zu denken, überzeugte sich, daß ihm eine neue Pflicht auferlegt war.

Er war intelligent und listig, seine Ansichten waren weiterhin geheiligt für viele Hunderte von Gläubigen, er verstand es, die Lügen in den Beichten beiseite zu schieben, ohne es sich anmerken zu lassen, verstand es, ohne Belustigung Vaterunser und Ave-Marias als Buße aufzuerlegen, deren Anzahl und Hastigkeit sich den Sünden anpaßten, die man ihm vor geheuchelten Zweifeln, vor dem immer romantischen »Vater, ich bekenne« stockend zumurmelte. Und außerdem hinderte ihn das Alter nicht daran, die Eigenschaften der Frauenwesen einzuschätzen oder intuitiv zu erfassen, die auf der anderen Seite des falschen Vorhangs knieten, der Gott von den Schuldigen trennte, die täglich ihre Reue aufsagten.

Andererseits kannte er, läßt sich sagen, ganz Santa María, die ganze Kolonie. Die Gespräche mit Goerdel halfen ihm, von gemehrten oder angezehrten Vermögen Kenntnis zu erlangen, von anderen wiederum, die schadlos die Erbschaftssteuer überstanden hatten, die Steuer auf den unbewußten Gebrauch der Luft, auf das Recht, durch die Straßen zu spazieren.

Er verstand es also, Ziffern, Schönheiten, Reputationen zu handhaben; er konnte sicher und langsam seinen Part spielen, band Goerdel an die Hausers – Haus in Santa María, Häuser und Ländereien in der Kolonie –, konspirierte, äußerte abschließende Worte, die wie gerechte, objektive, beiläufige Bemerkungen klingen konnten.

Als er sicher war, daß er gewonnen hatte, wollte er sich nicht übereilen; weiterhin redete und kommentierte er, machte gegenüber den Hausers Anspielungen auf einen heiligen, unblutigen, aber unumgänglichen Krieg gegen vage, mächtige Feinde. Er befand sein Superpelliceum als verschlissen und veraltet und gab in der Hauptstadt ein neues in Auftrag, wobei er seine Geschmackswünsche präzise äußerte und ein Gran Heterodoxie in Schnitt und Größe legte.

Monate später, am Freitag vor Weihnachten, vermählte er Augusto Goerdel mit Helga Hauser, nickte bei jedem »Ich gelobe«, das er hervorrief und hörte, mit dem Haupt. Schon damals haßte Patricio Hauser, Trauzeuge, Augusto Goerdel.

IX

Uns war es nicht erlaubt zu altern, gerade nur, die Gestalt zu verlieren, doch niemand hinderte die Jahre am Vergehen, markiert von Festlichkeiten, vom fröhlichen und widerlichen Tumult der riesigen, lärmenden Mehrheit derer, die nicht wußten – manchmal konnte man an ein Vergessen glauben –, daß Brausens Bürokratie sie zur Welt hatte kommen lassen mit einem an jede Geburtsurkunde gehefteten Todesurteil.

So daß das Abreißen datierter Blätter von den Kalendern, die

die Arzneifirmen großzügig verteilten, nichts weiter war als eine Gewohnheit, mehr oder weniger symbolisch, wie die, Stücke von einer Klopapierrolle herunterzureißen.

Dies muß es, kann es sein – ich versuche zu erklären und zu überzeugen –, warum niemand in Santa María mit Genauigkeit das Jahr, den Monat, das Goerdels Rückkehr entsprechende Datum wußte. Ebensowenig konnten wir – noch können wir es jetzt – an irgendeine überzeugende Erklärung hinsichtlich seines kurzen, unnötigen Besuchs glauben.

Wir hatten ihn vergessen; wir lösten träge und mit Routine viele Blätter von den Kalendern, legten hartnäckig den heiligen Sylvester und den heiligen Luzian beiseite. Plötzlich – hl. Maurilius – wußten wir, daß er unter uns war, zuerst im Plaza, danach in irgendeinem der Häuser, die ihm gehörten, in Strandnähe, in Villa Petrus. In einer Lokalität, die mir gehört haben könnte.

Er war gekommen und sah angegriffen aus, bleich, groß und gerade aufgerichtet wie gewöhnlich. Der Genehmigungsvermerk Brausens mußte von einem heimlichen Grund bestimmt worden sein, von einem Plan, den wir nicht eher verstehen konnten, als bis wir Enkel hatten. Nicht einmal als Überzeugte begreifen konnten. Die Wege Brausens waren für uns immer rätselhaft.

Goerdel kam an und blieb während einer Woche in dem getünchten Gebäude eingeschlossen, das der Weihbischof »die Kirche« oder »das Seminar« nennt. Das hing vom jeweils visitierenden Auditor ab. Aber für uns war es immer die Kirche.

Bis eines regnerischen Tages Bergner Díaz Grey um eine Unterredung bat und sie über andere Mysterien sprachen, vergleichbar dem fast ebenso unausweichlichen und unendlichen Mysterium, das Festlichkeit und gewöhnliches Unglück vereinte.

Der Pfarrer war immer noch breit und groß, aber er wirkte etwas gedämpft und übelgelaunt.

Bergner sagte:

»Weder glaube ich, noch glaube ich nicht, wobei ich Goer-

337

dels Bußen beiseite lasse, die Beichten und die Menge Hostien, die er weiterhin schluckt. Schon seit einiger Zeit wollte ich Sie fragen, ob Sie bemerkt haben, daß manchmal, gegen Abend, der Pferdekopf der Statue eher Züge einer Kuh als die eines Pferds aufweist.«

»Kann sein, ich habe nie drauf geachtet«, sagte Díaz Grey.

Er sah zum Fenster des Sprechzimmers hinaus, aber von dort konnte er nur die feuchte Kruppe des Tiers unten wahrnehmen.

»Aber der Reiter. Ja, der sah mir immer zweideutig aus. Was das Reittier angeht, glaube ich, daß in gewissen Nächten das Gehörn hervorzukommen scheint; ich bin sicher, daß ich mit Hilfe von ein paar Stunden Kontemplation die Sprossen sehen würde. Aber ich glaube nicht, daß die Sache lohnt. Entschuldigen Sie, Pater, ich glaube, wir werden's noch erleben, daß wir uns an dem Erdbeben delektieren, das Gaul und zweifelhaften Reiter geradewegs zur Hölle fahren läßt. Schade, daß Santa María so weit von den Anden entfernt ist. –

Aber während der Einweihung und der Reden«, fuhr der Arzt fort, »changierte das Pferd schon in Richtung zahme Kuh, und die Figur obendrauf hatte Züge eines Wildfohlens, eines unzähmbaren Tiers. Ich habe sie danach nicht mehr aufmerksam angesehen. Aber sie müssen sich in die Richtung weiterentwickelt haben. Zahme Kuh und schnauzbärtiger Reiter. Vergessen Sie freilich nicht, daß die Kuh Milch gibt, aber auch Hornstöße auszuteilen weiß.«

Díaz Grey öffnete ein Buch auf dem Schreibtisch und las daraus vor:

»Und um auf den Reiter zurückzukommen, Pater, ich halte es für möglich, den Kopf von einem Pferd zu entdecken, das Maul eines störrischen Esels, die abgeflachte Stirn einer Dogge, die bestialische Schnauze eines Schweins, das dümmliche Profil eines Ochsen. Sie sehen, gestern nacht habe ich Ibsen gelesen. Um die Schlaflosigkeit zu lindern.«

»Eine irrende Seele: aber groß«, kommentierte der Pfarrer zerstreut.

Darauf schlug der Pater rasch das Kreuz und wollte von

wichtigeren, unmittelbareren Dingen sprechen; wenn er auch keine Eile zeigen wollte, ob er nun in Eile war oder nicht. Jedenfalls sprach er wie versunken in einsame Meditation.

»Augusto Goerdel, Doktor. Wie Sie schon wissen werden, da Sie in einer Stadt leben, wo nur die guten Taten im geheimen geschehen, ist der Buchhalter Goerdel nach Santa María zurückgekehrt und hat sich eine Woche lang oder mehr in meinem Seminar eingeschlossen. Er schlief in demselben Raum, den er während seiner Studentenjahre bewohnte. Fast kann man sagen, daß wir, abgesehen von den liturgischen Handlungen, sieben Tage lang von Angesicht zu Angesicht waren. Er ist dann fortgegangen und wird sich inzwischen wohl im luxuriösesten Hotel von Colón erholt haben können. Patricio Hauser ist vor einiger Zeit verschwunden, und Jorge Malabia hat an bessere Dinge zu denken, Besseres zu tun, als sich jene absurde Rache in Erinnerung zu bringen. Im übrigen sind diese Leute, die Sanmarianer, schwach, wenn's darum geht, Leidenschaften durchzuhalten. Selbst die Neugier verwelkt bei ihnen nach zwei, drei Monaten. Und außerdem ist Goerdel reich, sehr reich. Und in dieser Welt müssen die sehr Reichen nur ganz zu Beginn einen kurzen Skandal erdulden. Ein Feuerwerk und vorbei.«

»Entschuldigung, Pater. Es hat eine Mutter von Goerdel gegeben. Ich selbst habe sie gesehen, vor Jahren, im ärmsten Haus der Kolonie. Bretter und Zinkblech und Pappe.«

»Ja. Der Sohn von Goerdel – immer denken wir an den zweitgeborenen –, die beiden Söhne Goerdels studieren in Deutschland. Vor Jahren hat Goerdel seiner Mutter ein stattliches Haus in der Kolonie geschenkt. Sie hat Santa María nie betreten. Und starb zwei Monate nach dem Umzug.«

»Das muß lange her sein. Ich erinnere mich nicht, den Totenschein ausgestellt zu haben. So hat also unser Freund Augusto Goerdel keine Erben hier. Und wenn wir Sie ausnehmen, auch keine Freunde.«

»Er ist nicht mein Freund«, sagte Bergner knapp. »Er ist mein Sohn in Gott.«

»Ich verstehe. Ich wüßte nicht, daß Sie je gelogen hätten.«

In einer Schweigepause, einer Stille, die durch beider Willen zum Greifen war, sahen sie sich an, wandten die Augen ab. Schließlich verlor Díaz Grey und sagte:

»Der Herr Notar Augusto Goerdel.«

»Ja, zurück zu unseren Schafen«, sagte der Pfarrer mit kaum merklichem Lächeln; er schien nicht krank zu sein, seiner selbst sicher wie immer. »Natürlich habe ich es auch mit anderen besprochen. Mit unserem Herrgott jede Nacht. Aber mich interessierte Ihre Ansicht, und nicht, weil Sie Arzt sind.«

Díaz Grey nickte zustimmend mit dem Kopf; Bergner wollte die übermäßige Pause beenden.

»Sie werden die Insauberrys kennen. Ein Faulenzerpaar, gröber als Gauchostiefel, gläubig, untadelig. Wenn sich die Dinge mit Vorbildern regeln ließen, würde diese Stadt im Himmel erhört, und ich könnte den Beichtstuhl dichtmachen.«

»Ja«, sagte der Arzt. »Einmal haben die Insauberrys mich wegen irgendeiner Lappalie mit den Bronchien oder der Leber gerufen. Sie oder er. Oder wegen all der Wehwehchen, die die Kleinen kriegen. Zum Glück nichts Ernstes. Ich glaube außerdem, daß sie Millionen hier haben, in der Kolonie, in der Hauptstadt.«

»Ja, unermeßlich viele Quadratmeilen und etliche Unternehmen. Aber sie sind weiterhin so bescheiden und anspruchslos wie zu der Zeit, als sie arm waren, als ich sie vermählt habe. Sie sind nicht reich; sie sind, materiell gesprochen, potent. Aber sie werden ohne Mühe, da bin ich sicher, durchs Nadelöhr kommen.«

»Seil«, sagte Díaz Grey. »Von wegen Kamel.«

»Ja; da hat irgend so ein Holzkopf einst Kamel gelesen und geschrieben.«

Dann hob der Pfarrer ein reines und gepeinigtes Gesicht; in den Augen hatte er das Nachmittagslicht und den unheilvollen Blick Díaz Greys.

»Und außer dieser Kategorie Güter haben sie eine zwölfjährige Tochter, die Jüngste von insgesamt sieben, alles Mädchen.«

»Und jetzt lassen Sie uns«, fuhr der Pfarrer fort, »von Wichtigerem sprechen, vom Anlaß dieses Besuchs. Wie Sie wissen, ist

Augusto vor ungefähr zehn Tagen ins Seminar zurückgekehrt. Während dieser ganzen Zeit hat Augusto Goerdel mir, ohne daß ich schwören könnte, er ist aufrichtig oder er spielt mir etwas vor, einen Traum erzählt. Er hat es so oft getan, unter Tränen und Gebeten, daß es jetzt für mich fast so ist, als hätte ich ihn selbst geträumt. Ich schließe die Augen und sehe es, vielleicht schmücke ich es aus, vielleicht vermische ich es mit der Erinnerung an irgendein Heiligenbildchen. Jahrelang, kurz nachdem Helga Hauser gestorben war, hat Goerdel jede Nacht geträumt, daß seine tote Gattin, weiß gekleidet bis zum Boden, das Mädchen der Insauberrys an der Hand zu ihm brächte und es leicht schubste, damit es vorträte und unverwechselbar würde. In diesem Traum, ständig wiederholt, chronisch, glich das Verhalten der Verstorbenen, meine ich, nicht einem Befehl oder einem Angebot. Sie zeigte nur einfach das Mädchen, wollte, daß der Träumende es nicht vergäße.«

»Gut«, sagte der Arzt und amüsierte sich bei seinem Gedanken, dennoch mit Respekt für den Pfarrer, »jetzt möchte Freund Goerdel ein zwölfjähriges Mädchen adoptieren. Das ist verständlich.«

Bergner schnaubte zwischen Beleidigtsein und Wut.

»Entschuldigen Sie, Doktor. Aber Ihre Scherze bringen mich nicht zum Lachen. Brausen hatte recht, als er Sie in diese Welt stellte.«

»Zugegeben, Pater. Auch bei Ihnen hat er sich nicht geirrt. Santa María braucht Sie. Fast würde ich sagen, diese Stadt ist ohne Sie nicht denkbar, genausowenig wie Sie ohne diese Stadt. Die Kolonie kann ich gleich hinzufügen.«

Der Pfarrer wiegte den Kopf, und es gelang ihm, einen sanften und gleichmütigen Tonfall anzunehmen.

»Ein übler Scherz. Sie haben die Wahrheit geahnt, seit ich den Traum zum erstenmal erwähnte.«

»Den ständig wiederholten, hartnäckigen, zuverlässigen. Ich glaube nicht an Goerdel. Weder an seine Träume noch an seine Nachtwachen. Er ist ein gemeines Tier, mit allem Respekt vor Ihrer Meinung. Aber ich weiß gar nicht, was Sie meinen.«

»Augenblick. Wenn ich keine Zweifel hätte, wäre ich nicht hier. Ich wüßte meinen Weg und würde zum Ziel gelangen, ohne jemanden außer Gott zu Rate zu ziehen. Es gibt Augenblicke, da scheint mir Goerdels Verzweiflung aufrichtig. Sie flößt mir Mitleid, Erbarmen ein. Ich sehe ihn von diesem Traum verfolgt, ich fühle, wie er verdammt ist, glaube, daß Helga ihn Nacht für Nacht um die Annahme des Mädchens bittet.«

»Ja«, summte der Arzt vor sich hin. »›Die nehm ich mir zum Kosen, zur Frau nehm ich die mir.‹ Genau dieses Lied habe ich in meiner Kindheit gehört und im Chor wiederholt. Ich habe es nicht ganz verstanden, es war mir nicht möglich, den fleischlichen Sinn der Worte zu erfassen. Aber sie waren lustig und aufregend. Ich glaube, Goerdel kennt sich da bestens aus. Ganz abgesehen von den Millionen natürlich. Sie, Pater, haben Zweifel und ich keinen einzigen. Also kann ich Ihnen keine Hilfe sein. Vertrauen Sie auf Brausen. Eines Tages, und ganz überraschend, wird er Sie erleuchten. Nichts von Millionen natürlich. ›Denn ihre Mutter ist von Rosen, von Nelken der Vater ihr.‹ Wie seltsam, nicht wahr? ›C'est toujours la même chanson.‹ Zwölf Jahre, sagten Sie, ist die Göre? Und ahnt noch nicht die Scheußlichkeit, die sie erwartet in Form von Blut im Nachthemd, und serviert den Püppchen Wassertee und Kekse.«

Bergner erhob sich und verabschiedete sich kaum mit einem Kopfnicken. Er ließ keine der Türen knallen.

X

Zwei oder drei Monate milden, ockerfarbenen Herbstes krochen durch die kahlen Straßen von Santa María.

Der Arzt, Díaz Grey, war ständig von einem Ende der Stadt zum anderen unterwegs und stellte die gleichen Rezepte aus, nannte es Grippe bei den Jüngeren, Influenza bei den Älteren. Er brachte keinen seiner Patienten um, oder keiner, ungeachtet der Unterschiede im Alter, akzeptierte zu sterben. Miramonte und Grimm kauten an ihrer Enttäuschung; aber sie grüßten den

Arzt weiterhin respektvoll und herzlich, auf eine baldige und frohe Zukunft vertrauend.

Für Díaz Grey zumindest war es kein Geheimnis, daß Unser Herr Brausen der Bitte entsprochen und sein himmlisches Licht auf Pater Bergner gerichtet hatte. So viele Tage, Nächte des Flehens und Bittens, so viele schweißgebadete Morgengrauen, in denen die Verstorbene das Mädchen schubste und zum Schluß das Schweigen brach, um zu befehlen. Immer in Weiß gekleidet.

Vielleicht brauchte Bergner ein neues Dach für sein Kirche-Seminar; oder er hatte es sich in den Kopf gesetzt, aus der Hauptstadt eine Orgel herbeizuschaffen, die nicht zur Unzeit das Atmen eines asthmatischen Greises oder das Gejaule von zehn läufigen Katzen wiedergäbe. Abgesehen von Juan María Brausen, ließ er sich in seinem Handeln, dessen bin ich sicher, nicht von persönlichen Wünschen leiten.

Was auch immer der Grund war, jeden Donnerstag besuchten Bergner und Augusto Goerdel ein paar Stunden lang die Villa der Insauberrys. Es war immer um fünf Uhr, zur Teestunde; und während sich die Erwachsenen im Hauptsalon über künftige Ernten, die Wechselfälle des Wetters, (nur in Andeutungen erwähnte) Skandale, die Qualität des Teegebäcks unterhielten, spielte María Cristina, die Ausersehene, in ihrem Schlafzimmer mit Puppen. Vielleicht, daß die vier Erwachsenen, mißmutig, wortlos, die erste Menstruation des glücklichen, unwissenden Mädchens erwarteten, sie durch Magie und Herbeiwünschen auszulösen glaubten, um ungehemmt von Geld, Mitgift und einem Honigmond zu sprechen, der durch das Schweigen an Landschaften zunahm und das Chimärenhafte steigerte.

XI

»Verrückt«, sagte Jorge Malabia.

Es ist wahrscheinlich, daß er zu diesem Zeitpunkt den Gedichten entsagt hatte und nur noch die Leitartikel für den »Liberal« schrieb, von seinem Vater aus dem Jenseits diktiert, schüchtern mit populistischen, fast demagogischen Phrasen verziert.

»Aber«, fuhr er begeistert fort, »nicht der Verrückte, den man sich vorstellt. Sie müssen das verstehen, Sie kennen das bestimmt. Nicht der bedrohliche, unberechenbare Verrückte, vor dem wir uns in acht nehmen müssen. Das hier ist etwas anderes. Geruhsam und stolz, mit der Sicherheit eines Handlungsreisenden, spricht er über Geschäfte und Preise. Und erhöht bedächtig sein Angebot, damit die Zeitung veröffentlicht, was er Beweise einer Ungerechtigkeit nennt, einer Ungerechtigkeit, die niemandem weh tun kann nach so vielen Jahren. Mit Festigkeit, ruhig, überzeugt, das einzige Problem sei der Preis. Beweise seiner Verrücktheit und seiner dreckigen Verschlagenheit. Ich hab nein gesagt, nein und abermals nein. Ich glaube, ich hab ihn überzeugt, und dann auch der Hunger. Es muß so um drei gewesen sein, als er die Abzüge zusammenpackte und aufstand. Er sprach immer noch von postumer Gerechtigkeit, obwohl er ja am Leben ist, zugleich beharrlich und unbekümmert. Er versprach, Sie aufzusuchen, von meinem Onkel Bergner, gleich ob der im Sterben liegt oder gesund ist, will er nichts wissen. Einfach zu erklären, ich hab mir die Überraschung für den Schluß aufbewahrt. Er lebt in Deutschland, ja; aber im kommunistischen Teil. Und ist katholischer Priester, Papist. Und bekommt weiterhin Kinder. Jetzt ist er schon beim dritten angelangt, mit der zweiten Frau, mit dieser Bock. Vielleicht eine Extrabulle, vielleicht verkleidet er sich auch nur als Pfarrer. Er trägt eine Mütze unbekannter Herkunft, eine Mütze, dessen bin ich sicher, die einer Kriegsleiche gestohlen wurde. Aus grauem Tuch, mit vier Lederstreifen. Über der Soutane aus dem Theaterfundus trägt er eine gefütterte Jacke, mit Pelzkragen und Pelzaufschlägen. Jetzt ist er nicht mehr Goerdel. Aus Demut hat er sich zu Johannes Schmidt erniedrigt. Er schlägt die Hakken zusammen beim Grüßen und beugt den Rücken, wenn er einem die Hand gibt. Aber er ist immer noch der gleiche schmierige Hundsfott wie eh und je und bietet einem unermüdlich das gütige Lächeln des katholischen Missionars dar oder das des Kommunisten, der Weisungen austeilt wie Heiligenbildchen. Er hat, ich weiß nicht wie, ein Buch mit miserablen Gedichten entdeckt, die ich mit zwanzig Jahren geschrieben und veröffentlicht habe. Außerdem hat er eine alte und mehr als dürftige chilenische Ausgabe von Ernesto Borges aufgetrieben. Essays. Das Ganze hat er seinem Chef nach Berlin geschickt. Da er ein Ehrenmann ist und sich über die Sentimentalität von uns Lateinamerikanern lustig macht, hielt er es für seine Pflicht, mir einen Durchschlag von dem zu überlassen, was er rabiat auf einer der Schreibmaschinen des ›Liberal‹ heruntergehackt hat. Ich hab es Ihnen mitgebracht. Ich verstehe nicht, wozu er von den ehelichen Protzereien Juan María Brausens spricht. Wir alle wissen, er ist weiterhin in den Wolken und führt uns vom Himmel aus an seinen Fäden.«

Dies ist, übersetzt, meine Erinnerung an Malabias übermäßigen Wortfluß. Wir waren in der Mitte des Nachmittags angelangt, der Nieselregen und die Trostlosigkeit verschatteten meine Fenster, der Alkohol erwies sich als nutzlos.

Dann las ich den Brief, den Goerdel/Schmidt nach Berlin geschickt hatte, zu lang, um ihn hier abzuschreiben, aber mit einigen merkwürdigen Details.

An den Herrn Direktor
der Deutschen Staatsbibliothek Berlin
Deutsche Demokratische Republik
Sehr geehrter Herr Direktor,
es dauert nun schon etwas länger, daß ich Ihnen keine Bücher mehr schicken konnte. Ich glaube, eines der letzten, die ich Ihnen habe schicken können, war *Sokrates* mit dem Namenszug des Verfassers, Monsignore Romano Guardini. Heute schicke ich Ihnen ein Werk von Jorge Malabia mit eigenhändiger Widmung des Autors an Ihre Bibliothek und außerdem ein Werk von Ernesto Borges.

Über die Persönlichkeit von Malabia erlaube ich mir Ihnen mitzuteilen, daß er ein Sophist ist, Skeptiker, wahrlich nicht freundlich. Nicht einmal zu einem Glas Wasser lädt er einen ein. Aber darin ist er eigentlich nur so etwas wie der nationale Prototyp des Sanmarianers, denn ich habe viele Tage an diesem Ort verbracht, und ich kann aufrichtig sagen, daß ich unter den 49 Ländern auf vier Kontinenten, die ich seit dem Zweiten Weltkrieg kennengelernt habe, kein Land weiß, das weniger gastfreundlich wäre als dieses. Die Leute hier sind ausgesprochen abweisend. Und ich glaube nicht, daß alles auf die interne politische Situation des Landes zurückzuführen ist. Ich glaube, es ist der ›Nationalcharakter‹, wie er sich historisch bereits herauskristallisiert hat. Denn er gehört nicht nur zu einer Klasse. Sondern zu allen.

Nachdem ich also Santa María persönlich kennengelernt habe, verschütte ich nicht mehr so viele Tränen um dieses Land wie vorher. Wenn sie denn Egoisten sein wollen und die Haltung einnehmen ›Wir sind etwas Besseres als Sie und alle anderen auf der ganzen Welt‹, na gut, dann sollen sie ihre Probleme alleine lösen und die anderen um nichts bitten. Sie lassen ganz klar die subjektive Motivation der Revolutionäre erkennen: Sex und Macht, diejenigen, die an der Macht sind, zerstören, weil sie an der Macht sind, weil sie, ästhetisch gesehen, häßlich, ungerecht, reich usw. sind. Aber das ist offensichtlich kein reiner Idealismus, kein positiver Idealismus, sondern etwas destruktiv Negatives. Wenn sie keine Gesellschaft der Liebe wollen, was für eine Art Gesellschaft wollen sie dann errichten? Offensichtlich ist, was sie wollen, einzig die Macht, um sich mächtig zu fühlen. Reine Eitelkeit. Eine reine Übung in ›Machismo‹, dieser Krankheit *sui generis* von Lateinamerika, alles sexuell verwurzelt und sehr primitiv. Auf dem Niveau der primitivsten Urwaldgesellschaften.

Die Studenten der Universität sind zum Kotzen. Sie sind neidisch auf die First Lady, weil sie 18 Kinder hat.

Aber eingebildet, alle versuchen sie einen mit ihrer Wichtigkeit zu beeindrucken. Die Ärzte sagen, sie sind so gut, daß sie leicht in andere Länder gehen könnten ... alles, was aus Santa María stammt, ist den übrigen überlegen. Und sie *leben* nicht einmal in Lateinamerika. Sie sagen, sie gehen nach Australien und Kanada und ›sind sich bewußt, daß sie als Sanmarianer kulturell ihren Nachbarn überlegen sind‹.

Ich glaube also, daß dieses Land mit aller seiner Eingebildetheit von niemandem Hilfe braucht. Nächste Woche gehe ich weg. Getan habe ich nichts. Was kann man in einem Land tun, wo alle Genies sind?

Viele Grüße an Ihren ganzen Stab. Bis bald.

Johannes Schmidt, Student

Die Abenddämmerung, immer langsam und trügerisch, wenn das Wetter schlecht ist, hatte eingesetzt. Ich ließ überall Licht machen, benutzte das Stethoskop wie zu einer feierlichen Hexerei, schrieb Rezepte ungewisser Zukunft aus, kehrte zu meinem Sessel zurück und begann wieder über den kleinen Teil der Welt nachzudenken, den ich für verstehbar halten durfte.

Meine Zensuren in Geschichte, als ich studierte und ehrgeizig war, waren immer mäßig. Nicht aus Mangel an Intelligenz oder Aufmerksamkeit; ich wußte später viel davon und ohne analysieren zu müssen. Das Versagen lag darin, daß ich nicht fähig war, die Daten militärischer oder politischer Schlachten mit meiner Sicht von Geschichte zu verbinden, der Geschichte, wie sie mir beigebracht wurde oder wie ich sie zu verstehen versuchte. Zum Beispiel: Von Julius Cäsar bis zu Bolívar war für mich alles ein offensichtlicher, aber nicht zu verwirklichender Roman. Unzählige Daten, manchmal einander widersprechend, wurden mir in den Büchern und Unterrichtsstunden angeboten. Ich aber war so frei und so unbeholfen, daß ich mit alldem eine nie ganz geglaubte Fabel konstruierte, in der Helden und Ereignisse sich willkürlich vereinten und wieder trennten. Napoleon in den Anden, San Martín in Arcola.

Immer empfand ich die Wiederholung: die Helden und die Völker stiegen auf und wieder ab. Und das Resultat, das festzuhalten mir möglich war, das weiß ich heute, waren Hunderte oder Tausende von Santa Marías, riesig an Menschen und Territorium oder klein und provinziell wie das, das mir vom Schick-

347

sal zugefallen war. Die Herrscher herrschten, die Beherrschten gehorchten. Immer in Erwartung der nächsten Revolution, die immer die letzte sein würde.

Das war nicht die beste Gemütslage, um – nun schon in ausschließlicher, in Sanmarianer Nacht – Goerdel zu empfangen.

Ich glaube, es war alles korrekt; wir gaben uns die Hand, und niemand denkt im einzelnen daran, was die rechte Hand, die er gerade drückt, in den letzten Stunden getan hat. Zumindest glaube ich, weder er noch ich. Die Hände haben immer vorher und insgeheim gehandelt.

Verrückt muß er nicht sein, dachte ich; Verbohrtheit, Verachtung, eine fixe Idee. Der Mann schien entschlossen, wie wahnsinnig alle Mauern der Vernünftigen zu überwinden; klaren Sinnes alle die Hindernisse gewaltsam beiseite zu schaffen, die wir errichtet hatten, wir Erben der Verrücktheit des Wohlbefindens, des unwandelbaren Verharrens in der Passivität.

Ich verspürte die alte Furcht vor der Begegnung auf freiem Felde.

Ich bot ihm einen Platz an und zu trinken. Ihm gefiel es, den vom Nieselregen nassen Hut auf dem Teppich zu lassen.

Um Worte zu gebrauchen, die mir weder gefallen noch dienlich sind, sage ich, daß der Mann friedfertig war, außerhalb der Zeit, mit Gewalt aus einer Ungewißheit verstoßen, die nach und nach anschwoll, bis sie ihn ein weiteres Mal, ein letztes Mal an der Küste von Santa María absetzte.

Nach den Begrüßungsworten, die nichts bedeuteten, verbraucht, verwelkt waren, breitete Goerdel auf meinem Tisch die sechs oder zehn Abzüge aus, die er bei Malabia benutzt hatte.

Es gab keine Einleitung; ich sah die glänzenden Abzüge nicht an; ich sah ihn an und wartete ab. Nie konnte ich erfahren, ob er die mißliche Geschichte improvisierte oder eine auswendig gelernte Rede rezitierte. Vielleicht dieselbe, mit der er beim »Liberal« gescheitert war, dieselbe, die er vor den Ohren aller Sanmarianer zu wiederholen gewillt war, die vom neuesten Skandal erregt waren. Und doch nicht aller, denn Goerdel hatte zur Verbreitung ein ansehnliches und nie versagendes Netz geknüpft. Ich glaube, daß sein Ersuchen, die Briefe in Malabias Zeitung zu veröffentlichen, nie mehr war als ein Bluff.

Ich blieb abwartend, und er sprach. Er war fast kahl, das blonde und weiße Haar mit Pomade angeklatscht. Größer und hagerer, dachte ich, lässiger in den neuen Kleidern, die ihm fast um den Leib schlotterten. Ich suchte Diagnosen, Syndrome, im sicheren Bewußtsein danebenzutreffen. Er kam mir älter vor und gesünder, hemmungslos und schüchtern in raschem Wechsel, als mein Schweigen, meine Ruhe ihn zu sprechen zwangen. Er sagte nur, als wenn er auf etliche vergessene Dinge zurückgriffe, verwirrt und ruhig:

»Hier sind die Briefe, Doktor, zumindest die unbezweifelbaren Fotografien der Briefe, die Helga in den Monaten erhielt, als die ganze Stadt, ihre Freunde, Verwandten, verrückt gemacht von einer nichtexistenten Wahrheit, sich gegenseitig anspornten, mir ein Verbrechen zuzuschreiben. Das kein Verbrechen war, keines sein konnte, auch wenn ich der Verantwortliche wäre, gewesen wäre.«

Die dumpfe Stimme haftete an der mechanischen Rede, die, auch für mich, die komplizenhafte Stimme der Dämmerung mit sich gebracht hatte, welche das Licht aller Tage zu verschlingen begann, die uns Brausen, Juan María, quasi Gott für die Atheisten, wiederholte.

»Lesen Sie die Briefe, jetzt oder morgen. Ich war weit weg, in der Hauptstadt und danach bei dem katholischen Lehrgang in Chile. Frei und Tómic. Die Briefe, werden Sie sehen, sind widerlich. Aber die Daten trügen nicht, die sind genau. Sie sind Arzt und werden verstehen. Ich war nicht in Santa María bei der Empfängnis der Tochter, die sie umgebracht hat. Nicht einmal im Fall einer eingeleiteten Siebenmonatsgeburt.«

Das Beunruhigende war, daß der Mann ohne Ironie, ohne Lächeln sprach. Nicht einmal Traurigkeit. Er saß da, gerade aufgerichtet und in Ruhe, den Ledersessel in einen harten Mönchsstuhl verwandelnd.

Und danach verstand ich, daß er nicht nur zurückgekehrt war, um gegen die Verleumdung und die Ungerechtigkeit zu kämpfen. Er wollte von sich selbst sprechen, wollte sich erklären, wollte mit unpersönlichem Zynismus einen Zeitraum seiner Vergangenheit angehen, die Begebenheit einer toten Frau, die, Jahre zuvor, nicht durch ihn gestorben war, sondern durch ein Mädchen, unerforschlicher Wille Brausens. Er erwähnte die Sünde nicht – das Wort hatte für mich keine Bedeutung; vielleicht auch für ihn nicht, jetzt.

So daß er also von Goerdel sprach, leidenschaftslos, immer im gleichen Vortragston, einförmig.

»Seit meinem elften oder zwölften Lebensjahr war ich entschlossen zu triumphieren. Das Anfangsdatum ist vage, gebe ich zu, aber es muß – einen Monat mehr oder weniger – mit dem ersten nächtlichen Samenerguß zusammenfallen. Wären Sie so intelligent wie ich, würden Sie verstehen, daß dieser Wille zu triumphieren nichts zu tun hatte mit dem, was wir Erfolg, durchschnittliche Habsucht, Gewinn, Geld nennen. Viel Geld in meinem Fall. Was dem Kind, mir, keine Ruhe ließ, war ein Bedürfnis, der Misere und dem Kuhgeruch der erst kürzlich entstandenen Kolonie zu entkommen. Die Kolonie war nach einem Plan errichtet worden, einem ratsherrlichen, wenn ich so sagen darf, von den Ältesten gebilligt. Bärtige Männer, die sich nach der Arbeit, dem kargen Essen, fast immer Rettichsalat, glaube ich, und nach dem Kakao unterhielten. Ganz dickflüssiger Kakao; ich weiß nicht, woher sie den hatten; vielleicht in dem Schiff oder den Schiffen mitgebracht, vielleicht gekauft oder gestohlen, ausgerechnet in dieser Gegend, wo nur ein Verrückter sich in den Kopf gesetzt hätte, Kakao zu säen. Aber sie waren glücklich, wenn sie das Löffelchen bewegungslos mitten in der Tasse festgenagelt sahen. Tassen, die immer größer waren als die gewöhnlichen. Wir waren gemeinsam angekommen, wir waren alle aus demselben Flecken gekommen. Aber ich hörte ihnen zu, ohne sie zu verstehen, ich konnte bloß ein kurzes Lächeln sehen oder Stirnrunzeln, das einen Vormittag, einen ganzen Tag lang dauern würde. Das beherrschte Geräusch der

Stimmen. Es kamen die Schweigepausen, aber ich verstand nicht; ich sah gerade nur dunkle Münder und Zähne, die im Wildwuchs der Bärte versenkt waren, Bärte, deren Blond aufstieg, um weit vor den Schnurrbärten innezuhalten, die die Ferne und die Milde des Sanmarianer Wetters verfinsterten. Wie Sie hören, Doktor, gebrauche ich dieselbe Sprache, die Ihnen dazu dient, um zu lügen. Nicht bös gemeint. Wir alle lügen, noch vor den Worten. Zum Beispiel: Ich erzähle Ihnen Lügen, und Sie lügen, indem Sie sie anhören. Aber immer bleibt etwas von den ersten, ältesten Erinnerungen, was jedem Versuch des Vergessens standhält, unverletzlich, ohne Wahrscheinlichkeit auch, daß es von einem der willentlichen Erinnerungsversuche verschlissen würde, die wir alle machen, planlos, mit unterschiedlicher Häufigkeit. Und so war es, erlauben Sie mir, daß ich es erkläre. Alle die Dummköpfe, die in Santa María und der Kolonie herumlaufen, wollten wissen – manchmal ganz offen, beim Pfeifeanzünden und unter geheucheltem Interesse an den Farben der Dämmerung; andere Male beim Rauchen ihrer falschen Havannas im Plaza oder im Club. Alle fragten, direkt oder gewunden, nach meiner altgewordenen Erinnerung, der ersten oder der letzten, die ich aus Europa mitgebracht hatte. Sie können es sich vorstellen: Immer habe ich gelogen. Ich sprach von Leuten, die über Landstraßen flohen, versuchte ihnen brennende Dörfer, Gerüche, Rauchsäulen zu schenken. Ich täuschte auch Pater Bergner. Er hörte nur zu und bewegte den Kopf in einem Hinnehmen, das mir verständnislos vorkam, ohne mich um Pausen zu bitten, um auf lateinisch zu beten.

Aber meine wahre und, ich weiß es bereits, ewige Erinnerung hat nichts mit der Bestialität des Kriegs zu tun. Jenes Kriegs und aller anderen.

Jetzt bin ich nach Santa María zurückgekehrt, um bloßzustellen und mich freigesprochen zu fühlen. Eine Laune, wenn Sie wollen. Aber manchmal ist das, was wir Laune nennen, das Resultat von Jahren der Scham, stillen Leidens.«

Die Stimme des Besuchers blieb gleichförmig – keine Schlaglöcher, keine Steigungen –, ohne Anzeichen, daß sie anhalten könnte, bevor der Vortrag endete, den er auswendig kannte.

Díaz Grey hörte zu, fast ohne sich zu rühren, und versuchte aus Gewohnheit, die Symptome zusammenzufügen und sich im stillen eine Meinung zu bilden. Er konnte nicht sagen, daß Goerdel verrückt wäre, konnte eine so perfekte Farce nicht hinnehmen. Er sagte:

»Verzeihung. Sie leben in Europa.«

»Deutschland.«

»Sie leben in Deutschland, und ich denke, Sie werden dort sterben. Ich verstehe nicht, daß Sie nach so vielen Jahren – Sie haben sicherlich irgendeinen Sohn, der Kadett in Preußen ist –, daß Sie, nachdem so viele Jahre vergangen sind, zu dieser Parodie einer Stadt zurückkehren, um Schmach und Schande auszubreiten und Freisprechung von einem imaginären Verbrechen zu suchen.«

»Die Militärakademie gibt es nicht mehr in Preußen.«

»Verzeihung. Aber in dem einen oder dem anderen Deutschland wird es Akademien geben, wo man die Kunst des Tötens einem x-beliebigen Jungen über fünfzehn beibringt.«

»Verstehe. Es ist schwierig, es kommt Ihnen sonderbar vor. Vielleicht etwas mehr als das; abnorm, absurd. Aber meine Antwort ist: Stolz. Vielleicht möchte ich mich ja rächen. Aber das bedeutet nicht viel, das ist nicht meine Triebfeder. Ich möchte nur beweisen, daß das Kind nicht von mir sein konnte. Ich habe Helga nicht getötet. Ich hatte mit der Schwangerschaft und der Geburt nichts zu tun. Es ist der Stolz, so viele Jahre danach zu beweisen, daß ich unschuldig bin oder war. Mein Stolz ist stärker als alles, was diese armen Teufel auftreiben können. Und ich möchte es beweisen, ich bin dabei, es Ihnen zu beweisen mit diesen Fotografien von Briefen. Vergleichen Sie die Daten. Ein kühler Hahnrei, sehr nordisch, Gott sei Dank, und jeden Tag mehr, wenn Sie wollen, aber niemals ein Mörder. Verstehen Sie: Es handelt sich um eine Phantasie, um den Namen Goerdel, der bald, und zwar für immer, vergessen sein wird von diesen Rüpeln, die das beschmutzen, was sie hartnäckig Stadt nennen, und dabei ist es bloß ein Flecken aus dem sechzehnten Jahrhundert, und von denen, die weiterhin bäurisch in der Kolonie herumtölpeln, die weder schweizerisch noch deutsch ist. Ich werde mich weniger als eine Woche im Hotel aufhalten, und danach das Vergessen, das Adieu auf immer, das andererseits keine Bedeutung hat. Aber ich bitte Sie, daß Sie die Briefe lesen und bekanntmachen.«

»Das Hotel ist das Plaza?«

»Schon möglich. Aber ich werde niemanden empfangen und habe nicht vor, ans Telefon zu gehen.«

Er stand sogleich auf, glättete unnötigerweise seine Kleidung, und vor dem Hackenzusammenschlagen sagte er, mit erhobenem Kopf, fast zur Decke blickend und mit jedem Wort mutloser werdend:

»Ich kenne den Namen nicht, und es ist mir auch gleich. Aber es müßten alle männlichen Wesen traurig werden und wütend, denn Niederträchtiges ist hier am Ort geschehen.«

XII

Jorge Malabia war plötzlich guter Stimmung. Meine blieb unverändert, erwachsen und gelassen, und wechselte erst, viele Monate später, als meine Tochter nach Santa María kam und ich sie zusammenzubringen versuchte ohne bestimmten Vorsatz, einzig aus – fast wissenschaftlicher – Neugier, sie beide, soweit es mir möglich wäre, reagieren zu sehen. Ob es sich dabei nicht um eine andere Geschichte handelt.

Malabia kam jeweils zu Beginn des Abends, und ich verzichtete auf mein Schach, meine Patiencen und auf Bach. Aber niemals verzichtete ich auf den Ritus, ins Schlafzimmer von Angélica Inés zu gehen, sie dazu zu bringen, daß sie sich vor einen hohen Spiegel stellte, und zu hören, wie sie vor Glück lachte, wenn sie ihren eher mageren als nackten Körper betrachtete. Ich hatte mehrerlei Arten, ihr zu helfen. Manchmal sagte ich ihr enthusiastisch, daß niemals die Welt eine derartige Hure sah;

andere Male zeigte ich mich, aber nicht zu sehr, traurig darüber, daß sie solche Wollust an den Tag legte, sich in der Unzucht verlor. Vielleicht ist sie nie dahin gekommen, mich zu verstehen. Aber immer preßte sie die knochigen Arme fest gegen die Rippen, um zu lachen oder zu weinen. Immer war sie zum Schluß glücklich, in irgendeinen ihrer geheimnisvollen, verwikkelten Träume gleitend, an die sie sich manchmal erinnerte oder die sie erneut träumte, während sie mich zitternd festhielt, damit ich sie anhörte.

Ich wiederhole, dank dem Wiederauferstehen des ironischen und fast fröhlichen Jorge verbrachten wir etliche frühe Morgenstunden mit einer Flasche J. & B. und dem Glück, das untrennbar zu jedem Paradies von Toren gehört.

So daß wir nach und nach, unter fingierten Anfällen von Ungeduld, zu der Überzeugung gelangten, daß die abfotografierten Briefe alle von einem Mann geschrieben worden waren; daß in allen Fällen – acht waren es an der Zahl – derselbe Mann sie geschrieben hatte;

daß sechs der Briefe auf die Geburt eines Kindes anspielten oder darauf insistierten;

daß in einem der Briefe schamlos geschrieben stand: »Frucht unserer Liebe«;

daß die Widmungen von »Geliebte Helga« bis zu »Helga, mein Alles« oder »Meine Göttliche« oder »Angebetete« variierten;

daß »nun kann nichts mehr uns trennen« reichlich darin auftauchte;

daß die Daten, ohne unbezweifelbare Genauigkeit, mit der Schwangerschaft und mit der Geburt des Mädchens übereinstimmten;

daß alle mit einem H in Druckschrift unterschrieben waren;

daß der Zeichner der Briefe eine schwarze oder dunkelblaue Tinte bevorzugt und diese mit verblüffend fester Hand über das Papier verteilt hatte, wobei er einen gleichbleibend weiten Rand gelassen hatte;

daß es nun, da wir über kein anderes Papier verfügten als das allzu glänzende, das der Fotograf benutzt hatte, unmöglich war, das wirkliche Alter der Briefe zu bestimmen.

Wir entdeckten auch – und vielleicht war dies der einzige armselige Stolz, den uns diese Morgenstunden ließen –, daß alle Briefe im selben Stil verfaßt waren: sie begannen geziert und platonisch, hielten sich so über zwei Abschnitte und fielen dann ab, wälzten sich in einer rasenden Aufzählung von Anatomischem und in der minutiösen Erinnerung an die sonderlichsten Formen der Paarung. Das war nicht bloß Pornographie, abgeschrieben aus den katalanischen Büchelchen, die uns in den wenigen während der Pubertät erlangten Stunden des Alleinseins Gesellschaft leisteten: es atmete darin eine vorsätzliche Grobheit, der Haß, der Wille zu verletzen.

Bis eines Nachts Jorge Malabia, nachdem er, kurz vor Redaktionsschluß, gefragt hatte, ob es Nachrichten über die Palästinenser oder über den Tod eines der Kennedys gab, sich für das Offensichtliche entschied, eine der zahlreichen Formen des Irrtums, die sich den Menschen anbieten.

»Dieser ganze Dreck wiegt nicht soviel wie *eines*, was fehlt. Ein einziger von ihr geschriebener Brief. Und wenn es nur ein Billet wäre. Ein ›es liebt Dich Deine‹.«

»Ja. Wie Goerdel sagen würde, laß die Toten ihre Toten begraben. Und sollen die Hundsfötter ihrem Schicksal treu bleiben. Es steht auch geschrieben, glaube ich, wer tötet, verdammt sich zu übler Nachrede und zur Lüge.«

Es war schon Morgen, als wir mit dem Schachspielen aufhörten. Ich stand auf, um die Fenster halb aufzumachen und das Andante von Bach zum Schweigen zu bringen.

Auch für den Hund kommt der Tag

Für meinen Lehrer Enrico Cicogna

Der Vorarbeiter, respektvoll den Kopf entblößt, gab dem Mann mit dem Zylinder und dem Überrock, von Hand zu Hand, die Stücke blutigen Fleisches. Am Ende des Nachmittages und schweigend. Der Mann im Überrock beschrieb mit den Armen einen Kreis über dem Hundegehege, und sofort erhob sich der dunkle Windstoß der vier Dobermänner, fast dürr, Knochen und Sehnen, die blinde Gier der Schnauzen, die unzähligen Zähne.

Der Mann im Überrock sah ihnen eine Weile zu, wie sie fraßen, und sah dann, wie sie um mehr Fleisch bettelten.

»Gut«, sagte er zum Vorarbeiter, »was ich angeordnet habe. Soviel Wasser wie sie wollen, aber nichts zu fressen. Heute ist Donnerstag. Sie lassen sie am Samstag ungefähr um diese Zeit los, wenn die Sonne untergeht. Und alle sollen schlafen gehen. Am Samstag: taub, auch wenn Sie etwas von den Schuppen her hören.«

»Patron«, stimmte der Vorarbeiter zu.

Jetzt gab der Mann im Überrock dem anderen fleischfarbene Geldscheine, ohne auf die Worte des Dankes zu hören. Er drückte den grauen Zylinder in die Stirn und redete, wobei er auf die Hunde blickte. Die vier Dobermänner waren durch Drahtgeflecht voneinander getrennt; die vier Dobermänner waren Rüden.

»Ich gehe in einer halben Stunde zum Haus hinauf. Man soll den Wagen bereithalten. Ich fahre in die Hauptstadt. Geschäfte. Ich weiß nicht, wie viele Tage ich dort bleiben werde. Und vergiß nicht. Man muß seine ganze Kleidung wechseln, nachher. Verbrenne die Dokumente. Das Geld gehört dir und alles, was du haben willst, Ringe, Manschettenknöpfe, Uhr. Aber benütze nichts, ehe nicht Monate vergangen sind. Ich werde dir sagen, wann. Das Geld gehört dir«, wiederholte er. »Die feinen Burschen haben immer genug. Und die Hände: vergiß nicht die Hände.«

Damals war er klein und stark, in graue Stickerei gekleidet, großer breiter Gürtel, schwer von Silbermünzen, dunkler Poncho und eine schwarze Krawatte, deren Farbe ihm mit dreizehn Jahren auferlegt worden war; er hatte bereits vergessen, warum und durch wen. Manchmal das lange spitze Messer, aus Prahlerei oder zum Schmuck, und der Hut mit der nach hinten gedrückten Krempe. Seine Augen hatten wie sein Schnurrbart die Farbe neuen Drahtes und waren ebenso starr.

Er blickte ohne wirklichen Haß oder Schmerz, unveränderlich für die übrigen, als ob er sicher sei, das Leben, seins, häufe angenehme Gewohnheiten bis ans Ende an. Aber er heuchelte. An den Kamin gelehnt, sah er heuchelnd das Zimmer, die seidenen und goldverzierten Sessel, in die er sich nicht setzen wollte, die Möbel mit den geschwungenen Füßen, mit Glastüren, voll von Tee-, Kaffee- oder Schokoladenservice, das vielleicht nie benutzt worden war. Die riesige Voliere mit ihrem schrecklichen Lärm, die Kurven des Plaudersofas, die niederen zerbrechlichen Tischchen ohne bekannten Zweck. Die schweren weinroten Vorhänge unterdrückten den ruhigen Abend; es gab nur erstickenden Trödel.

»Ich fahre nach Buenos Aires«, wiederholte der Mann, wie jeden Freitag, mit seiner langsamen, ernsten Stimme. »Das Schiff legt um zehn Uhr ab. Geschäfte, sie wollen mich mit deinen Gütern im Norden hereinlegen.«

Er sah die Süßigkeiten an, die Schinkenscheiben, die kleinen dreieckigen Käsestücke, die Frau, die sich am Teekessel zu schaffen machte: jung, blond, immer bleich, jetzt unsicher, was ihre unmittelbare Zukunft anging.

Er sah auf den nervösen, verstummten Sechsjährigen, weichlicher als seine Mutter, von ihr immer in weibische Gewänder gekleidet, die zu sehr aus Samt und Spitzen bestanden. Er sagte nichts, denn es war seit langem schon alles gesagt worden. Der Ekel der Frau, der wachsende Haß des Mannes, entstanden in derselben verrückten Hochzeitsnacht, in welcher der Mädchen-Knabe gezeugt wurde, der sich jetzt mit offenem Mund auf dem Oberschenkel seiner Mutter hielt, während er die schweren gelben Locken, die bis auf den Hals fielen, bis auf das Halsband mit den gesegneten Medaillen, um die unruhigen Finger wickelte.

Der Mylord war schwarz und glänzte immer wie neu lackiert; er hatte zwei riesige Wagenlaternen, um die viele Jahre später die Reichen aus Santa María streiten würden, für Portale mit einer elektrischen Birne an Stelle von Kerzen. Er wurde von einem Apfelschimmel aus Silber oder Zinn gezogen. Und den Wagen hatte nicht Daglio gebaut; er kam aus England.

Manchmal maß er mit Neid und fast mit Haß das Ungestüm, die blinde Jugend des Tieres; dann wieder stellte er sich vor, diese Gesundheit, diese Unwissenheit angesichts der Zukunft könne ansteckend sein.

Aber auch nicht diesen Freitag – und weniger denn je diesen Freitag – fuhr er nach Buenos Aires. Er war tatsächlich nicht einmal in Santa María; denn als er an den Anfang von Enduro kam, ließ er den jungen Apfelschimmel, der den offenen Halbwagen zog, nach links abbiegen, Erdschollen flogen auf dem trockenen Lehmweg hoch, den er fuhr, und er durchquerte Landschaften mit verbrannter Weide und mit einigen einsam stehenden Bäumen, bis zu dem schmutzigen Strand, der viele Jahre später, in ein Seebad verwandelt, bestückt mit Chalets und Geschäften, seinen Namen tragen und zu einem winzigen Teil dazu beitragen würde, seinen Ehrgeiz zu befriedigen.

Weiter, auf einer übermäßigen Fläche, trabte das Pferd, von sanften Getreidefeldern flankiert, von Landgütern, die verödet zu sein schienen, schüchtern weißlich hervorschimmernd, versunken in der wachsenden Hitze des Nachmittags.

Er ließ den Wagen vor dem größten Gebäude der Ranch stehen, und ohne auf die Begrüßung zu antworten, streckte er dem dunklen Mann, der herausgekommen war, ihn zu empfangen, zehn Geldscheine hin. Er zahlte das Futter für das Tier, für die

Unterbringung im Stall, für das Geheimnis, das Schweigen, das, wie beide wußten, Lüge war.

Dann ging er bis zum neuen, getünchten Häuschen, das von Yuyus umgeben war und das sich fast auf eine gerade, riesige Pinie stützte, die vor einem halben Jahrhundert von niemandem gepflanzt worden war.

Aus Gewohnheit, gebieterisch, mürrisch, klopfte er dreimal mit dem Griff des Ochsenziemers gegen die schwache Tür. Vielleicht bildete auch dies einen unausgesprochenen Teil des Ritus: die schweigende Frau, vielleicht abwesend, zögernd. Der Mann klopfte nicht wieder. Er wartete unbeweglich, schlürfte keuchend diese erste Portion des wöchentlichen Leidens, das sie, Josephine, ihm gehorsam und großmütig servierte.

Unterwürfig öffnete das Mädchen die Tür, verhehlte Überdruß und Ekel, der Mitleid gewesen war, zog den Schlafrock aus, ließ ihn zu Boden fallen und ging nackt ins Bett zurück.

An einem fernen Freitag, unruhig, weil sie einen anderen Mann fürchtete, hatte sie auf die kleine Uhr gesehen; sie wußte so, daß der ganze Vorgang zwei Stunden dauerte. Er zog das Sakko aus, nahm es mit Ochsenziemer und Hut zusammen und legte alles, nun schon zitternd, auf einen Stuhl. Dann näherte er sich und begann, wie immer, bei den Füßen des Mädchens; mit rauher Stimme schluchzend, bat er, unverständlich stöhnend, um Verzeihung für eine uralte, nicht zu vergebende Schuld, während sein fallender Speichel die rotlackierten Zehennägel benetzte.

Fast drei volle Tage lang zeigte das Mädchen ihm die Schulter; er rollte schweigend Zigaretten, leerte ohne Eile, ohne Rausch die Krüge mit Gin, stand auf, um ins Bad zu gehen oder um sich wütend und gefügig der Folter des Bettes zu nähern.

Hergetragen von Samenkörnern, die in weiße Seidenhaare gehüllt waren, fliegend durch die launische Luft, so kam die Nachricht nach Santa María, nach Enduro, ins weiße Häuschen nahe der Küste. Als er sie empfing, faßte der Mann, der das Pferd versorgte, Mut, kratzte an der Tür, und als er die Neuigkeit verkündete, wobei er seine Augen abwendete und seine großen dunklen Hände die Baskenmütze würgten, begriff er, daß die nackte und im Bett gefangene Frau sie unglaublicherweise schon kannte.

Aufrecht, draußen, über das servile und nachlassende Murmeln gebeugt, sprach der Herr mit dem stählernen Schnurrbart, der Herr des Mylord, des Silberpferdchens, Herr über mehr als die Hälfte des Bodens am Ort, langsam, und sprach zuviel: »Obstdiebe. Dagegen habe ich die besten Hunde, die mörderischsten Hunde. Sie greifen nicht an. Sie verteidigen.« Er blickte einen Augenblick zum unbeweglichen Himmel auf, ohne Lächeln, ohne Trauer, er zog weitere Geldscheine aus dem Gürtel. »Aber ich weiß von nichts, vergessen Sie es nicht. Ich bin in Buenos Aires.«

Es war Sonntagmittag; aber der Mann verließ das Häuschen erst am Montagmorgen. Jetzt fiel das Pferdchen in Trab, rhythmisch, es brauchte nicht gelenkt zu werden, und kehrte zu seinem Stall zurück, es hatte etwas von einem mechanischen Pferd, einem Karussellpferd an sich.

›Ein Milizsoldat‹, dachte der Mann unbekümmert, als er einen jungen und sich langweilenden Polizisten sah, an die Wand gelehnt, in der Nähe des großen schwarzen Eisentores mit dem prächtig ineinander verschlungenen schwarzen J und P, in einer Uniform, die blau gewesen war und einem dickeren und größeren Verschwundenen gehört hatte.

›Der erste Milizsoldat‹, dachte der Mann fast lächelnd und füllte sich langsam mit Begeisterung, mit dem beginnenden Vergnügen.

»Sie entschuldigen«, sagte die Uniform, zunehmend jünger und schüchterner, je näher er kam; am Ende fast ein Kind. »Kommissar Medina sagte mir, ich solle Sie ersuchen, im Kommissariat vorbeizusehen. Ganz nach Belieben.«

»Noch einer von der Miliz«, murmelte der Mann, verstrickt in Dunst und Geruch des Pferdes. »Aber Sie können nichts dafür. Sagen Sie Medina, daß ich zu Hause bin. Den ganzen Tag. Wenn er mich aufsuchen will.«

Er schüttelte leicht die Zügel, und das Tier zog ihn frohlok-
kend fort, über den Garten und die Baumallee hinaus, bis zu dem
Halbmond trockener Erde, wo die Wagenschuppen standen.

Keiner der Männer, die sich mit gesenkten Köpfen und eifrig
näherten, um ihn zu empfangen und abzusatteln, sprach von
der Samstagnacht oder dem Sonntagmorgen.

Petrus lächelte nicht, denn er hatte den Spott vor Jahren,
und vielleicht für immer, auf den Schnurrbart aus Stahlwolle
entladen. Er erinnerte sich vage, daß er sich den Fünfzigern
näherte; er wußte alles, was ihm noch zu tun oder zu versuchen
blieb an jenem merkwürdigen Ort der Welt, der noch nicht auf
den Landkarten existierte; er meinte, daß er nie einem zäheren
und schleimigeren Hindernis gegenüberstehen würde als der
Dummheit und dem Unverständnis, unter allen anderen Dingen, mit denen er notwendigerweise zusammenstoßen würde.

Und so kam also, als die Nachmittagshitze unter den Bäumen
zu weichen begann, Medina, der Kommissar, zeitlos, gewichtig
und lässig; er fuhr das erste Auto des Modells T, das Henry
Ford 1907 verkaufen konnte.

Der Vorarbeiter grüßte ihn und machte eine allzu langsame
und übertriebene Verbeugung. Medina maß ihn mit einem spöttischen Lächeln und sagte sanft zu ihm:

»Ich erwarte dich um sieben auf dem Kommissariat, Petrus
oder nicht Petrus. Es wäre gut für dich, zu erscheinen. Ich
schwöre dir, es wird dir nicht gut bekommen, wenn du mich
zwingst, dich holen zu lassen.«

Der Mann ließ den Arm fallen und willigte mit einer Kopfbewegung ein. Er war nicht eingeschüchtert.

»Der Patron sagt: Sollten Sie kommen, er ist im Haus.«

Medina stampfte über die trockene Erde und stieg die allzu
lange und breite Granittreppe empor. ›Ein Palast; der Gringo
glaubt, in einem Palast zu leben, hier, in Santa María.‹

Alle Türen waren vor der Hitze verschlossen. Medina
klatschte in die Hände, zur Ankündigung, und ging in den großen Saal mit den Vitrinen, den Fächern und Blumen. In einem

Anzug, verschieden von dem am Morgen, aber so sorgfältig, als habe er sich für einen unmittelbar bevorstehenden Spaziergang gekleidet, den Hut auf dem Kopf, rauchend auf dem einzigen Stuhl, der das Gewicht eines Mannes auszuhalten schien, legte Jeremías Petrus das Buch, das er gelesen hatte, auf den Teppich und hob zwei Finger zum Gruß und Willkommen.

»Setzen Sie sich, Kommissar.«

»Danke. Das letzte Mal, als wir uns sahen, hieß ich Medina.«

»Aber heute habe ich beschlossen, Sie zu befördern. Ich weiß schon, was Sie herführt.«

Medina blickte zweifelnd auf die Überfülle der kleinen, gold-verzierten Sesselchen.

»Setzen Sie sich in irgendeinen«, sagte Petrus beharrlich. »Wenn er zusammenbricht, tun Sie mir einen Gefallen. Und vor allem – was trinken wir? Ich habe vom Gin genug.«

»Ich bin nicht gekommen, um zu trinken.«

»Aber auch nicht, um mir zu erzählen, daß in der Dienstzeit nicht getrunken wird. Seit Monaten schon bekomme ich keine Flaschen mehr aus Frankreich. Irgendein Milizsoldat wird meinen Moët Chandon wohl in einer Runde von Mestizinnen ver-saufen. Aber ich habe einen Campari, der mir für diese Zeit angemessen erscheint.«

Er schüttelte ein Glöckchen, und es kam der Diener, der hin-ter einem Vorhang zugehört hatte. Jung, dunkel, das Haar glatt-gestrichen und eingeölt. Medina kannte ihn als Futter für eine Besserungsanstalt, als Boten für Geheimprostituierte – und welche Frau ist das nicht? –, als lässigen Dieb. Er erinnerte sich, indem er ihm ohne Triumph in die Augen zu blicken ver-suchte, an den bereits klassischen, entstellten Satz: ›Ich kenne dich, Mirabelles.‹ Es war komisch, ihn in weißer Jacke und mit Smokingkrawatte zu sehen. ›Aus Europa hat er Möbelgarnitu-ren mitgebracht, eine Frau, eine Hure, einen kleinen Wagen und ein Pferdchen. Aber einen exportierbaren Bedienten hat er nicht gefunden; er mußte ihn auf dem Müllplatz von Santa María suchen.‹

Erinnerungen an mißglückte Ernten waren vorübergezogen,

an erstaunliche Ernten, an Preissteigerung und Preisverfall für
Vieh; es waren ferne Sommer und Winter ausgespielt worden,
die von der Zeit so verwüstet waren, bis sie irreal wurden, als
die Flasche anzeigte, daß nur noch zwei Gläser der roten Flüssigkeit blieben, sanft wie süßes Wasser. Keiner der beiden Männer hatte sich verändert, keiner zeigte Spott oder Herrschaft.

»Meine Frau und der Kleine sind nach Santa María gefahren.
Vielleicht noch weiter. Das weiß man nie. Ich will sagen, das
weiß man nie bei Frauen«, sagte Petrus.

»Ich bitte um Vergebung, ich habe nicht nach der Gesundheit
Ihrer Frau gefragt«, sagte Medina.

»Das ist nicht wichtig. Sie sind kein Arzt. Sie sind gekommen, weil meine Hunde einen Hühnerdieb zerrissen haben.«

»Sie entschuldigen, Don Jeremías. Ich bin gekommen, Sie
wegen zweierlei zu belästigen. Der Tote war unkenntlich gemacht, als wir ihn abholten. Ihre Viehknechte haben ihm Gesicht und Hände mit Schlamm beschmiert, zogen ihm die Sachen des Vorarbeiters an, raubten ihm das, was er hatte. Ringe:
es genügte, sich die Druckstellen an den Fingern anzusehen. Es
genügte, ihn zu waschen, um zu wissen, daß er sauber und
gebadet hierherkam. Sie haben das Parfüm vergessen, so fein
und weibisch wie das, welches Ihre Frau, Madame, benützt.
Eine plumpe Täuschung der Viehknechte. Das genügt mir, denn
ich kenne bereits seinen Namen. Es ist gut möglich, daß Sie
nicht wußten, wer er war; und es ist möglich, daß Sie ihn kennen, wenn ich Ihnen den Namen sagen werde oder wenn Sie,
falls Sie die Mühe auf sich nehmen, auf dem Kommissariat das
Protokoll einsehen. Die Hunde haben ihm Kehle, Hände und
die Hälfte des Gesichtes zerfressen. Aber der Verstorbene kam
nicht her, um Hühner zu stehlen. Er kam aus Buenos Aires,
und Sie sind am Freitag nicht nach Buenos Aires gefahren.«

Eine Pause, von beiden zerbissen, eine geteilte Furcht.

Petrus roch eine Gefahr, aber keine Angst. Seine Viehknechte
waren plump gewesen, und auch er, denn er hatte ihnen und
der grotesken Farce vertraut.

»Medina oder Kommissar: ich bin nach Buenos Aires gefahren am Freitag. Fast jeden Freitag fahre ich. Ich habe viel Geld gezahlt, damit alle es beschwören können.«

»Und alle haben es beschworen, Don Jeremías. Niemand hat Sie betrogen, nicht einmal um einen Peso. Sie schworen aus Angst, auf die Bibel und die Asche ihrer Hurenmutter. Obwohl nicht alle Waisen waren. Aber – ich möchte nicht schmeicheln – ich habe gespürt, daß sie durch etwas anderes verpflichtet waren, durch etwas mehr als Geld.«

»Danke«, sagte Petrus, ohne den Kopf zu bewegen, mit einem spöttischen Zug, der den harten Schnurrbart bewegte. »Geschichte beendet, Verfahren abgeschlossen. Ich war in Buenos Aires.«

»Verfahren abgeschlossen, denn der Tote war in Ihrem Haus, auf Ihrem Grund, dem geheiligten Privatbesitz. Und Sie haben den Mord nicht begangen. Das erledigten die Hunde. Ich habe es untersucht, Don Jeremías. Aber Ihre Hunde verweigern die Aussage.«

»Dobermänner«, bestätigte Petrus. »Intelligente Rasse. Sehr schlau. Sie reden nicht mit Polizeihunden.«

»Danke! Vielleicht geschieht es nicht aus Geringschätzung. Einfach Verschwiegenheit. Noch einmal, die Sache ist beigelegt. Aber ein paar Dinge sollten klar sein. Sie waren Samstagnacht nicht hier. Sie waren auch nicht in Buenos Aires. Es gab Sie nicht, Sie lebten nicht, waren nicht, von Freitag auf Montag. Merkwürdig! Eine Geschichte von einem verschwundenen Gespenst. Das hat noch nie jemand geschrieben, und niemand hat es mir erzählt.«

Da stand Jeremías Petrus vom Sessel auf und blieb unbeweglich stehen; er blickte Medina starr ins Gesicht, die unnütze Peitsche hing an seinem Unterarm.

»Ich hatte Geduld«, sagte er langsam, als ob er zu sich spräche, als ob er vor dem Vergrößerungsspiegel, den er morgens zum Rasieren benützte, murmelte: »Das alles langweilt mich, lähmt mich, stiehlt mir die Zeit. Ich will, ich muß so viele Dinge tun, daß sie vielleicht im Leben eines Menschen nicht Platz haben können. Denn bei dieser Aufgabe bin ich allein.« Er unterbrach sich für Minuten, im großen Salon, der mit Dingen, Gegenständen überladen war, entstanden und aufgezwungen durch die niemals zerstörte Geschichte der Frau; seine Stimme hatte leicht wie ein Flehen und eine Beichte geklungen. Jetzt wurde sie erneut kalt, er wandte sich wieder der alltäglichen Dummheit zu und fragte ohne Neugier, ohne beleidigen zu wollen: »Wieviel?«

Medina lachte sanft, paßte seine armselige Freude der Umgebung unerträglicher Vitrinen, Chinoiserien, Fächer, vergoldeten Plunders, toter, aufgespießter Schmetterlinge an.

»Geld? Nichts für mich. Wenn Sie die Hypothek tilgen wollen, ist das eine Angelegenheit anderer, Don Jeremías. Sache der Bank, sonst niemandes. Mir bleibt die Pritsche im Kommissariat.«

»Einverstanden«, sagte Petrus.

»Wie Sie wünschen. Zum Ausgleich will ich Ihnen etwas sagen, das Sie vielleicht anfänglich stören wird, von dieser Nacht an oder morgen, sagen wir …«

»Sie haben noch nie gern Ihre Zeit verloren. Ich auch nicht. Vielleicht habe ich Sie deswegen so viele Jahre lang ertragen. Vielleicht höre ich Ihnen deshalb jetzt zu. Reden Sie.«

»Wie Sie befehlen. Ich dachte, etwas zur Einleitung, unter zwei Ehrenmännern, die reine Hände haben … Die Sache ist die, daß Mamuasell Josephine nichts sagen, nichts hören wollte. Entschuldigung, sie sagte, nur einmal, etwas wie: ›Se petígarsón.‹ Sie weinte ein wenig. Dann streute sie Silbermünzen über dem Bett aus. Sie sind noch im Kommissariat, beim Protokoll, und warten auf den Richter, der wegfuhr, um sich eine gute Stute auszusuchen, und vielleicht hier hereinschaut, im Vorübergehen.«

»In Ordnung«, sagte Petrus. »Daß Sie sie angehört haben, ist nicht wichtig. Die Münzen – nicht ganz hundertsiebenunddreißig – sind auch nicht wichtig und stehen in keiner Beziehung zur Angelegenheit.«

»Nochmals Verzeihung«, sagte Medina und versuchte, sehr sanft zu sprechen, »nicht ganz die Hälfte von hundert.«

»Ich verstehe, immer gibt es Unkosten.«

»Natürlich. Und besonders bei Reisen. Denn Mamuasell fragte um Rat, telefonisch, von der Eisenbahnstation aus. Sie kennen den armen Masiota und wissen, wie der arme Masiota alle Frauen behandelt, vorausgesetzt, es ist nicht seine eigene, natürlich, wie wir alle wissen – es genügt, am Montag sein linkes Auge anzusehen, nach dem ehelichen Besäufnis am Samstag. Alle Frauen außer der, die er erträgt, und der, die das Glück hatte, ihn halbwach an diesem Montagmorgen am Bahnhof anzutreffen. Ihr genügte ein Geldstück, ein Lächeln, ein ›Mesié le chef‹, und der Kerl hätte ihr alle Telefonleitungen geschenkt, alle mit Säcken und Kühen beladenen Waggons, die auf dem Nebengleis warteten, all die unendlichen Schienen, die irgendwohin gehen, die zur Rechten und die zur Linken.«

»Und?« unterbrach Petrus und trieb, mit einem Peitschenhieb auf seine Stiefel, zur Eile an.

»Ich zögerte, weil ich von Ehrenmännern sprach. Sie entschuldigen. Ich weiß schon, daß wir nicht gern unsere Zeit vergeuden. Es war so: Mamuasell muß unserem Stationschef ziemlich zugesetzt haben. Aber in ein oder zwei Stunden erreichte sie, was sie wollte. Zug, Hotel, Schiff nach Europa. Ich erfuhr es vor einigen Minuten, nie fehlt es an einem Betrunkenen oder einem Landstreicher auf den Bahnhofsbänken.«

Petrus hatte in das Silber des Peitschenstiels gebissen, nachdenklich, ohne Lust, damit zuzuschlagen, während Medina, weder sicher noch achtlos, den Daumen über den Dorn in der Gürtelschnalle gleiten ließ. Ohne vorhergehende Absprache verlängerten Zähne und Daumen langsam die Pause; so sehr, daß es für diese Geschichte nicht mehr brauchbar war. Schließlich redete Petrus; er hatte eine gemächliche, rauhe Stimme, die Stimme einer Frau, die vom Klimakterium gequält wird. Er war zu stolz, zu fragen.

»Josephine wußte den Namen. Sie kannte den Namen des Hühnerdiebes und, da bin ich sicher, viel mehr. Ich sehe keinen anderen Grund, warum sie verschwunden ist.«

»Das mag sein, Don Jeremías«, sagte Medina Silbe um Silbe

und achtete dabei auf die senkrechte Peitsche. »Warum hätte sie verschwinden sollen?«

Petrus hatte lange nicht gelacht, so daß sein offener und schwarzer Mund mit einem langen Brüllen begann und dann schwächer wurde, wie ein verlaufenes Kalb.

»Wozu das erklären, Kommissar? Alle Frauen sind Huren. Schlimmer als wir. Besser gesagt: Stuten. Und nicht einmal wirkliche Huren. Ich habe ein paar gekannt, vor denen es mir richtig erschien, den Hut zu ziehen. Es waren Damen, es waren richtige Frauen. Aber die heutigen kommen über Hürchen nicht hinaus, kleine Hürchen.«

»Gewiß, Don Jeremías«, wich der andere angesichts der fernen Erinnerung zurück, daß Petrus' Frau ihm Tee und Kuchen in diesem Zimmer gereicht hatte. »Fast alle. Die armen, die nur dafür geboren sind. Sie, Don Jeremías, kämpfen darum, eine Werft zu bauen. Gegen die ganze Welt. Ich kämpfe darum, an den Samstagen betrunken einzuschlafen, manchmal auch darum, dahinterzukommen, wer der Besitzer der gestohlenen Schafe war. Ich brauche auch Zeit, um zu malen. Den Fluß zu malen, Sie beide zu malen.«

»Ich habe Ihnen zwei Bilder abgekauft«, sagte Petrus, »zwei oder drei.«

»Gewiß, Don Jeremías, und Sie haben sie gut bezahlt. Aber sie hängen nicht in diesem Salon. Sie hängen in der Hütte der Viehknechte. Es ist nicht wichtig. Sie hatten recht mit dem, was Sie eben sagten. Die Frauen haben nicht die Spur von Hirn, um etwas anderes zu sein, als was Sie eben sagten.«

Der Ochsenziemer fiel zwischen die Beine, dann auf den Boden; Petrus setzte sich hin und schlug vor:

»Und wenn wir noch einen trinken würden, Kommissar?«

Als Medina wegging, sah er, daß eines der Tiere einen langen Schlaf hielt, vor der Sonne geschützt.

Dasein

Für Luis Rosales

Ich hatte Tage mit dem schmutzigen Geld verbracht, das man mir für den erzwungenen Verkauf der Zeitung hatte zukommen lassen. Für mich gab es längst nicht mehr, würde es niemals wieder ein neu aufgebautes Santa María noch den »Liberal« geben. Alles war tot, eingeäschert und im Fluß, im Nichts verloren. Ich aß mit Freunden, betrank mich mit ihnen, schloß mich tagelang in meiner Wohnung ein. Und immer mit dem schmutzigen Geld in der Tasche, ohne daß es weniger geworden wäre, ohne daß ich jemals eine schmutzige Peseta davon ausgegeben hätte. Manchmal befielen mich Hunger und zu große Trägheit, um zum Essen zu gehen; manchmal ließ ich die Stunden verstreichen, von dem sinnlosen Hin und Her der ersten Morgenstunden bis hin zum Abend, lag auf dem Bett, wiederholte Silbe für Silbe meinen Namen und betrachtete das Bild von María José, das regelmäßig aus einer Tasche auf den Nachttisch wanderte und morgens wieder zurück. Nur in Momenten der Schlaflosigkeit gestattete ich mir das Bewußtsein, daß ich nicht glücklich war, daß ich Sehnsucht empfand. Auf meiner Weltkarte trennten zwanzig Zentimeter Santa María von Madrid.

Manchmal bekam ich *Dasein*, ein hektographiertes, immer mit zu schwacher Farbe abgezogenes Heftchen. Es erreichte mich aus den absurdesten Ecken der Welt, und ich stellte mir die unbekannte Gruppe von Leuten aus Santa María vor, wie sie einander beim Schreiben und Verteilen ablösten. Stets nur schlechte Nachrichten. Die Diktatur des Generals Cot war barbarisch, und man mußte schon zum Märtyrer berufen sein, um solch eine Aufgabe zu erfüllen. Und ich hatte die Pflicht, Geld, das aus der Enteignung stammte, für María José zu verwenden, und nur für sie.

Der Mann ist nicht klein, er wurde vielmehr vom Leben klein gemacht, das bislang noch seinen übergroßen Schädel verschont, den fettigen Glanz auf seiner Stirn, den starren Schimmer von Angst in den unsteten Augen. Etwas Spinnenartiges an seinen behaarten Händen, die er wie Gegenstände auf dem Schreibtisch ablegt, die er zusammenballt, um Entschlossenheit vorzutäuschen, um mich wissen zu lassen, daß er noch lebt, und das all den Nackenschlägen zum Trotz, die ich in seiner Vergangenheit vermute, trotz der Hoffnung, die beständig weniger wird. Er fragt und denkt nach; dabei reißt er ohne sonderliche Überzeugung Löcher in die Hinterlist, den Betrug, in die alte Gewohnheit, zu lügen und zu beschönigen. Er lächelt nicht, beugt sich nach vorne, sieht mich an, weicht wieder mit den Augen aus. Dann sagt er, sich behutsam vortastend:

»Mit fünftausend kann ich mich so langsam ans Organisieren machen. Solche Sachen sind immer schwierig. Im Moment habe ich gerade den Mann frei, den ich darauf ansetzen kann. Aber ich kann ihn nicht umsonst in Bereitschaft halten, auf Abruf. Ich brauche fünftausend bar auf den Tisch. Danach werden wir weitersehen.«

Ich dachte mir, daß dies genau der Kumpan für die Torheit, für das Spiel war, den ich mir gewünscht hatte. Ich blickte noch einmal auf die Anzeige, die ich aus einer Zeitung ausgeschnitten und ihm mitgebracht hatte: *Privatdetektiv – A. Tubor – Castilla Vieja 30 – Madrid und ganz Spanien – Diskretion.*

Ich zählte die Scheine, während ich ihn ein Lächeln sehen ließ, das Vertrauen und gedämpften Enthusiasmus verriet. Er ließ das Geld auf die hölzerne Platte fallen und veranlaßte seine Hände zum Rückzug, während er die Stirn in Falten legte. Beide waren wir argwöhnisch. Unvermittelt sagte er mit einer Stimme, die drohend klang:

»Ich muß eine Kundenkarte ausfüllen.«

Als er zum Aktenschrank ging – und es gab in dem kalten Vorfrühlingszimmer nicht mehr als dieses senkrecht aufragende Möbel, den Schreibtisch und zwei Stühle –, entdeckte ich, daß ich recht gehabt hatte, daß der Mann sehr kurze, schwächliche

Beine hatte. Er kam mit einem orangefarbenen Ordner zurück und setzte sich wieder, wobei er auf der Suche nach dem letzten Kugelschreiber in seiner Tasche herumkramte. Auf eine Karte schrieb er das Datum, und über den Tisch gebeugt fragte er:

»Name?«

»Von mir oder von ihr?«

»Die Karteikarten und die Ordner tragen immer den Namen des Klienten. Der Klient sind Sie.«

»Malabia, Jorge Malabia«, sagte ich ihm.

Ich fügte meine Anschrift hinzu, meine Telefonnummer; für María José erfand ich eine Wohnung: Sancho Dávila 37.

»Was wollen Sie haben?«

»Alles. Ich will, daß man ihr nachgeht, daß man mir sagt, was sie tut, mit wem sie geht. Sie hat auch eine Arbeit. In einer öffentlichen Bibliothek. In der Calle Fernández de Oviedo. Die Nummer fällt mir nicht ein. Aber es ist die einzige, die es in dieser Straße gibt. Sie muß im Telefonbuch stehen.«

»Wenn Sie sie bitte beschreiben könnten. Und ein Foto.«

Ohne Bedauern händigte ich ihm das Foto aus, ja mit einem absurden Gefühl teilweiser Befreiung.

»Sie geht mir ungefähr bis zum Mund«, und ich stand dabei auf. »Sie ist nicht richtig blond, schreiben Sie braunes Haar. Die Augen, ich weiß nicht, vielleicht sind sie grün. Aber nicht immer. Rufen Sie mich an, wenn Sie etwas haben.«

Ich ging, und die Scheine lagen weiter auf dem Tisch. Ich hatte ihm gesagt, María José Lemos, und der Name schien noch immer so gut zu passen, so sehr sie zu sein wie ein Teil ihres Körpers, wie ihre Haut. Der Name hüllte sie ein und verriet sie.

Der Mann, der sich Tubor nennen ließ, Privatdetektiv, ging hinunter in die Kneipe an der Ecke und bestellte eine Flasche Riojawein. Der hinter der Theke blickte ihn nicht an und schien ihn überhaupt nicht zu sehen: Tubor zögerte und legte dann tausend Pesetas in die schmutzige Nässe zwischen ihnen.

»Und kassieren Sie alles, was noch offensteht«, sagte er.

Er setzte sich an einen Tisch und begann zu trinken, einen

ersten Schluck für die Angst, den Rest für das Vergnügen, womit er ein dreitägiges Trinkgelage einleitete. Als er in seinem Zimmerloch schlafen und wieder wach werden konnte, befeuchtete er Gesicht und Nacken in der großen, geblümten Waschschüssel. Danach durchforstete er seine Taschen und machte sich auf den Weg, um in der frischen Morgenluft zur San-Blas-Kirche zu gehen. In der Devotionalienhandlung auf der anderen Seite, die dem Priester gehörte, kaufte er eine dicke Kerze, dann durchquerte er den Vorhof, tauchte in das Dunkel ein und hielt sich gleich nach links, geradewegs auf die Jungfrau zu, die ihn noch nie im Stich gelassen hatte.

Es war ein kleines Jüngferlein, grob in Holz geschnitzt, mit großen Augen; so armselig, so vernachlässigt, daß sie verpflichtet war, Wunder zu bewirken, damit man ihr verzieh, und Tubor machte sich das zunutze. Auf den Knien betete er etliche Ave-Marias und versuchte dabei, sich zu konzentrieren, seinen Glauben zu vervielfachen. Wie oft hatte er gesagt: An Gott glaube ich nicht, aber wohl an die Allerheiligste Jungfrau.

Ernüchtert und gelangweilt wartete er in der schmutzigen Fensterhöhle vor einer Flasche Wein auf die Dunkelheit. Er hatte jetzt ein halbes Dutzend davon in dem Archivschrank. Auf die Nacht wartete er und auf die Stille des Gebäudes. Dann stieg er zwei Stockwerke tiefer und lief den Gang ab, auf der Suche nach dem Nachtwächter von Westinghouse Inc.

»Die Maschine«, sagte er.

Der andere strich sich über das harte Gesicht und verlangte: »Fünf Duros. Inzwischen macht es fünf Duros. Ich habe nachgedacht, und es ist eine Abmachung, die mich teuer zu stehen kommt.«

»Fünf«, sagte der Mann und händigte ihm die Münzen aus.

Jetzt hatte er eine elektrische Schreibmaschine, letztes Modell in den Zeitungsannoncen.

BERICHT 3/2/78–859:

Nach etlichen Versuchen ist es mir gelungen, M. J. L. ausfindig zu machen (und zu identifizieren). Sie scheint eine normale Existenz zu führen, die zwischen ihrer Wohnung, ihrer Arbeit und ein paar Freundinnen verläuft, deren Namen mir bislang noch unbekannt geblieben sind, und meiner Meinung nach hat dieses Detail, das ich zum besseren Verständnis anfüge, keinerlei Bedeutung. In einem Bus der Linie 12 auf dem Weg nach Cristo Rey ...

So hatte ich dadurch, daß ich tausend Pesetas täglich zahlte, María José außerhalb der Gefängnismauern von Santa María; ich konnte sie sehen, wie sie mit Freundinnen durch die Straßen schlenderte, hinunterging bis zur Uferstraße – bei Nebel und kraftloser Sonne, zu den Booten der Fischer und den fragileren des Rudervereins –, nicht völlig glücklich, weil sie nicht mit mir zusammen war und sich fragte, welche Anmaßung des Lebens verhindern mochte, daß ich ihr schrieb, oder sich meinen letzten Brief voll gemäßigtem Optimismus vorstellte, der zwischen den Zeilen das Versprechen eines Wiedersehens andeutete.

Ich sah sie lebendig und lustig, verjüngt, fast wie ein Mädchen aufgrund der beharrlichen Lügen, die ich ihr geschrieben hatte. Ich sah sie frei, mit klaren Zügen und voller Schwung die Landschaften durchqueren, durch die wir gegangen waren, die schattigen Ruheplätze, die wir immer wortlos suchten, um uns zu küssen und zu berühren. Und ich sah sie auch mit ihren langen Beinen, mit den Tröpfchen des feinen Sprühregens im Gesicht dahingehen; ohne es zu wissen, ging sie zu der Ecke, an der wir uns das erste Mal trafen.

Dieses neuerschaffene Glück dauerte zwanzig Tage. Tubor rief mich an und bestellte mich in ein Café, das zwei Blocks von seinem Büro entfernt lag. Er saß vor einem Glas Wein, und ich wollte nichts trinken. Mir fiel auf, daß er nervös war, aufgeregt wegen der bevorstehenden Enthüllung, und seine schäbigen Augen blickten mich mit einer Mischung aus abstoßendem Wohlwollen und Furcht an.

»Das war nichts, was man Ihnen mit der Post hätte schicken können. Sie haben mir einen Auftrag erteilt, und ich erfülle immer meine Verpflichtungen. Ohne dabei zu verdienen, darf ich Ihnen versichern. Der Agent und die Auslagen kosten mich bald mehr als das, was ich bezahlt bekomme. Aber ein Wort ist ein Wort.«

Er leerte das Glas und bestellte mit einer Handbewegung ein weiteres. Ich erwartete seine Geschichte wie ein neues Geschenk, bereitete schon ein Plätzchen vor, um sie zu empfangen und aufzusaugen. Er nahm einen Schluck und zündete sich eine Zigarette an.

»Montera, Ecke Bécquer«, sagte er. »Sagt Ihnen das etwas?«

»Nein. Ich bin selten in dieser Gegend von Madrid.«

»Gut. Da werden Sie der einzige sein. Dort, nach der Calle Bécquer hin, gibt es ein Stundenhotel. Das beste oder das teuerste des Viertels. Dort, regen Sie sich nicht auf, hat man sie am Montag, dem siebten, um siebzehn Uhr fünfzehn hineingehen sehen. Und, das versteht sich, sie war nicht allein.«

Außer Fassung stammelte ich blöde:

»Aber wenn sie doch bis sechs in der Bibliothek arbeitet ...«

»Ich bitte Sie. Frauen. Als wenn die keinen Vorwand finden würden. Verzeihen Sie, aber sie sind dafür geboren. Irgendwelche Vorwände zu erfinden, wollte ich sagen.«

»Hat man den Mann sehen können?« fragte ich.

»Nicht beim ersten Mal. Das ging wie der Blitz. Später aber ja. Er wartet jeden Abend am Ausgang der Bibliothek auf sie. In einem grünen Seat, Kennzeichen viertausendzweiundzwanzig M. Es ist ein großer Kerl, älter als Sie, mit ein paar grauen Strähnen. Sehr gut gekleidet, das muß man sagen.«

Ich bat ihn herauszufinden, wo sie dann hingingen, ob der Mann eine Wohnung hatte, in die er sie mitnahm, und ich gab ihm im voraus Geld für eine weitere Woche.

Es war dies der erste glaubhafte Frühlingstag. Und da begann die Marter. Ich kaufte eine Flasche Whisky und ging hinauf in meine Wohnung, erwiderte unterwegs das Lächeln des Hausmeisters und drückte im Aufzug auf den falschen Knopf. Ich schloß alle Fenster, entkleidete mich, ohne einen Blick auf mein Geschlecht zu werfen, und streckte mich auf dem Bett aus: Klingel und Telefon hatte ich abgestellt. Auf diese Art, trinkend und rauchend, sah ich allmählich und ohne Mühe María José, wie sie aus der Bibliothek von Santa María kam und in einen Wagen stieg. Sie küßten sich nicht, tauschten kaum ein schwaches Lächeln, um die Szenen hinauszuschieben, die alsbald in dem kleinen Landhaus in Villa Petrus folgen würden, welches der Mann, gesichtslos, stark und unermüdlich, gemietet hatte oder das vielleicht ihm gehörte. Es war ein Landhaus ,im Schweizer Stil, mit rotem Ziegeldach, so gegen die Welt abgeschirmt, wie es jetzt mein Schlafzimmer war. Vielleicht zögerten sie die Verheißung des großen Bettes noch mit Liebkosungen hinaus. Vielleicht wälzten sie sich auch gleich engumschlungen herum. Auf jeden Fall ließ sich María José nicht ausziehen. Wie in der Zeit mit mir war sie selbst es, die im Stehen nach und nach ihre Kleidungsstücke ablegte und dabei mit einem leicht schiefen Lächeln zu dem Mann hin dessen Erregung und Ungeduld abschätzte und auskostete. Das Häuschen lag dicht bei dem tosend dahinschießenden Fluß, und die Fenster ließen jetzt schmale Streifen einer herabsinkenden Sonne eindringen. Ich wußte, daß das Fenster nach Westen blickte, denn das Landhaus, in dem sie sich befanden, war nun identisch mit dem meiner Treffen mit ihr. Und plötzlich begann die Reihe der Bilder, all das, was man tun kann, wenn um einen Wände sind, all das, was wir getan hatten, tastend, forschend, aufspürend, womit wir das Glück des anderen zu erfinden glaubten. Aber was sauber gewesen war, geheiligt, war nun grotesk und bestialisch. Und sie entdeckten unmögliche Vereinigungen, Verbindungen ohne Sinn: der grauhaarige Mann immer unersättlicher; sie, María José, immer animalischer, immer weiter geöffnet, wobei ihre mächtigen Schenkel – die in keinem Verhältnis zu ihrem Mädchenkörper standen – beinahe die Eingeweide sehen ließen, fordernd, flehend, dabei die Worte der Liebe in etwas Obszönes verwandelnd, Worte, die sie so oft für mich geschrien hatte. In der Vergangenheit; niemals wieder.

Als ich mich nicht mehr übergeben mußte, konnte ich die Nacht zu Ende durchstehen, indem ich durch die kaum bevölkerten Straßen stolperte, wo jeder Wagen, jede Ampel, jeder

Passant half, mich abzulenken und mir etwas flüchtige Zerstreuung und Vergessen zu schenken.

So verging der April, und ich empfand gelinde Scham bei dem Gefühl, daß meine Traurigkeit durch das Reiben und Zerren mit den Tagen an Schärfe verlor und allmählich weniger wurde. Nach der Feria von Sevilla, wo ich mich so sehr langweilte, nur Überdruß empfand und wo ich das Gefühl hatte, von Freunden und den Ankündigungen der Stierkämpfe getäuscht worden zu sein, kehrte ich nach Madrid zurück und rief so oft bei Tubor an, daß ich seine Nummer bald auswendig wußte. Als sein Telefon nach einer Woche nicht einmal mehr läutete, fuhr ich zu dem Büro auf der Castilla Vieja und fand es leer vor. Niemand konnte mir den neuen Aufenthaltsort des Detektivs nennen. Ich rechnete nicht nach, wie viele Pesetas mich die ganze Farce gekostet hatte, und kehrte zu meinem Leben voller Trägheit und Somnambulismus zurück.

Aber Anfang Mai rief mich Tubor an und sagte:

»Ich habe Ihnen wie verrückt hinterhertelefoniert und konnte Sie nie erreichen. Jetzt habe ich etwas Großes, etwas wirklich Großes. Ich bin in ein neues Büro gezogen, weil das andere eine elende Hütte war. Ich habe mich direkt geschämt, Klienten und Freunde zu empfangen. Ich bin in großer Eile. Ich erwarte Sie auf dem Flughafen von Barajas, morgen um fünf. Ja, nachmittags, in der Cafeteria. Aber Sie müssen nochmals fünftausend mitbringen, die habe ich schon fast ganz ausgegeben. Seit langem bin ich nicht mehr an so eine schwierige Sache geraten. Vergessen Sie es nicht; wenn das mit Ihnen nicht klappt, ist alles aus.«

Es kostete mich ziemliche Mühe, ihn zu finden, ihn in der Menge ausfindig zu machen, bei dem unsympathischen Strom all derer, die nach dem Gang durch den Zoll ankamen, und bei der leisen Regung von Zuneigung, die ich für diejenigen empfand, die ihrer Bestimmung harrten; bei den Stimmen der stammelnden Lautsprecher. Es war derselbe abstoßende, vom Schicksal gezeichnete Kopf, rasiert, sauber. Die Kleidungsstücke standen in keinerlei Beziehung zu Tubor: Sie waren neu, zu neu; auf dem strahlend weißen Hemd hob sich scharf eine schwarz-silberne Krawatte ab. Die Schuhe hatte er vernachlässigt; sie glänzten kaum, waren etwas ausgetreten. Auf dem Tisch lag ein kleines Köfferchen, braun, quadratisch, mit goldenen Initialen. Es sah aus wie ein Tresor.

Schweigend gaben wir uns die Hand, und ich reichte ihm das Bündel Geldscheine. Wir sprachen kaum, denn sein Flugzeug sollte gleich abgehen. Er sagte mir nicht, wohin er flog, und es interessierte mich nicht. Ich erinnere mich nur an ein paar Sätze und das Hin und Her der behaarten Hände des Mannes.

»Es wird Ihnen unmöglich vorkommen, aber es ist wahr. Alles überprüft. Die schwierigste Aufgabe, die man mir im Leben je übertragen hat. Sie hat sich in Luft aufgelöst, ist ausgeflogen. Sie ist nicht in die Bibliothek zurückgekehrt; im Haus wissen sie nichts von dem Mädchen. Wie man so sagt: Wie vom Erdboden verschluckt.«

»Das Foto«, sagte ich sanft zu ihm.

»Selbstverständlich.« Er holte eine brandneue Brieftasche hervor, suchte und legte das Foto behutsam auf den Tisch; es war mittlerweile in Cellophan eingehüllt.

Der Mann blickte nach allen Seiten, so als könnte sein Flugzeug dort irgendwo herumfahren und ihm davonfliegen. Ohne ihn zu grüßen, stand ich auf und ging hinaus, um mir ein Taxi zu suchen.

Wenig später war der Sommer wütend über Madrid hergefallen. Drei Monate Hölle, sagten die Leute immer wieder. Eines Tages kam mit der Spätzustellung ein Exemplar von *Dasein* mit Schweizer Briefmarken. Ich betrachtete es ohne Begeisterung, faltete es auseinander und las in einem umrandeten Kästchen:

María José Lemos, Studentin, seit dem Militärputsch auf der Insel Latorre festgehalten, wurde von Angehörigen der Nationalgarde am 5. April in Haft genommen, dem gleichen Tag, an dem sie das Straflager verlassen und ihre Freiheit wiedererlangt hatte. Seither ist sie verschwunden, ohne daß sich irgendeine militärische oder polizeiliche Dienststelle für ihren Verbleib verantwortlich erklärte.

Der Kater

Über John lassen sich viele unangenehme Dinge sagen oder phantasieren. Aber niemals habe ich ihn einer Lüge verdächtigt; er hatte zuviel Verachtung für die Leute, um sich irgendeine Fabel auszudenken, die ihn in günstiges Licht stellte.

Als er mir fröhlich und einen trockenen Martini trinkend die Geschichte – für mich vor allem – von einer seiner gescheiterten Verheiratungen erzählte, hegte ich also keine Zweifel. Es war – war bei diesem Mal –, wie wenn man einen Film sieht und hört ohne die Möglichkeit, wieder von vorn zu beginnen, und ohne Bange, ihn womöglich nicht glaubhaft zu finden. Ebensowenig blieb ein Spalt für ein Lächeln.

Ich war eine Woche zuvor aus Paris angekommen und wollte die Gerüchte auf den neuesten Stand bringen, bestätigen und beiseite räumen, die über mehr oder weniger gemeinsame Freunde während meiner Abwesenheit zu mir gelangt waren.

John war Engländer, ein Causeur, der es verstand, sich über alles zu mokieren, mit Gleichgültigkeit, manchmal Bedauern, niemals mit Bosheit.

Wir tranken, und es gab eine lange Pause: John schien mit gerunzelter Stirn unschlüssig nachzusinnen.

Er setzte sein Glas auf dem Tisch ab und sagte zu mir, indem er seine Haltung – übereinander geschlagene Beine und entschlossenes Profil – beibehielt:

»Sie war Französin, und du kennst sie. Vielleicht weißt du Bescheid, denn wir waren praktisch verheiratet. Es fehlte nur noch der Priester, der Standesbeamte und die Ankunft einiger alter und teurer Möbel, von denen sie sich nicht losreißen konnte. Urgroßeltern und Großeltern und Eltern, fast die ganze Geschichte Frankreichs. Und mir bedeutete nur sie etwas, Marie. Jetzt kannst du zwischen all den Maries suchen, an die du dich erinnerst. Ich war verrückt, und manchmal habe ich gedacht, es war sexuelle Verrücktheit. Sie zu sehen genügte; ein vergessenes Taschentuch zu riechen genügte; das Bad zu betreten, nachdem sie herausgekommen war, genügte. Wir sahen uns jede Woche, hier oder in Paris. Zwei oder drei Tage hintereinander. Ein Kommen, ein Gehen. Und mein Begehren vergrößerte sich immer mehr, und ich gab mich ihm hin, ich suhlte mich darin; ich liebte mehr und mehr. Und jedes Mehr war wie eine Stufe, die mich dazu trieb, eine weitere zu betreten. Immer hinab, denn ich wußte, daß ich dabei war, Gesundheit und Verstand zu verlieren.«

Ohne aufzuhören, mir eine Schulter darzubieten, machte er Jeeves ein Zeichen, und es kamen zwei Gläser: Martini dry für ihn und ein Gin Tonic für mich. Er zündete die Pfeife an (er wußte, daß Rauchen meinen Tod beschleunigen würde) und war eine Weile in Gedanken, auf den Lippen so etwas wie ein nicht von Freude versüßtes Lächeln. Wie es so ist bei dieser Art von Geschichten, verhielt ich mich still, wartete ab; ich wurde belohnt. Johny sagte, ohne mich anzusehen:

»Den Kater habe ich Edgar getauft. Und nicht, weil er ein schwarzer Kater gewesen wäre, mit weißen Insignien des Grauens auf der Brust.

Ein Abend, als Marie wie geplant am Flughafen ankam. Ich holte sie ab, wir tranken ein paar Cocktails mit der Fröhlichkeit wie eh und je. Wir stießen auf das eheliche Glück an. Das bringt einen nicht zum Lachen, aber komisch ist es. Wir gingen essen und danach in meine Wohnung. Ich hab dir nicht erzählt, weil ich es eben nicht weiß und es mir vielleicht egal ist, daß die Concierge und Quasi-Hausherrin einen Narren an mir gefressen hatte oder mich einfach grundlos haßte. Irgend so etwas.

Wir traten ein, und ich machte das Licht an. Sie war noch nie dort gewesen. Sie blickte sich um mit einem Lächeln, das billigend war, schon bevor es entstand. Und sie sah, wir sahen, mitten auf dem großen Bett mit seiner mädchenweißen Überdecke einen schwarzen großen, fetten Kater. Einen Kater, den ich zum erstenmal sah und der es gewohnt schien, dort vor sich hinzuschnurren. Die Pfoten unter der Brust geknickt, blickte er uns mit neugierigen Augen an und schloß sie wieder. Bis heute weiß ich nicht, wie er hineingekommen ist. Ich kann nur eben vermuten. Ich trat vor, um ihm den Rücken und den Brustansatz zu streicheln, und da explodierte sie. Daß ich dieses ekelhafte Tier rausschmeißen solle, das ihr das ganze Bett mit Flöhen vollmachen würde. Schreiend und auf den Boden stampfend. Ich zündete mir eine Zigarette an und öffnete die Tür. Ich sagte ihr, daß es mich glücklich gemacht habe, überraschend jemanden anzutreffen, der uns willkommen hieß. Sie nannte mich Idiot und schlug in die Hände, bis der Kater zur Tür und ins Dunkel des Flurs lief. Gut, nehmen wir noch ein Glas, das genügt nämlich als Prolog. Was passierte, ist simpel und für mich mühsam zu erklären. In dem Augenblick entschied ich, daß ich mich niemals mit dieser Frau verheiraten könnte; daß es unmöglich war, mit ihr zu leben, glücklich mit ihr zu sein. Ich habe es ihr damals nicht gleich gesagt, und der Rest der Nacht bis zur Erschöpfung des Morgengrauens verging, wie wir es vorausgefühlt und gewünscht hatten.«

Er nahm einen langen Schluck, zündete erneut seine Pfeife an und lächelte fröhlich und herausfordernd. Jetzt drehte er sich um, mir in die Augen zu sehen, und sagte:

»Was für jeden intelligenten Typ erklärt, warum ich seitdem bloß Abenteuer gehabt habe und mir vorgenommen habe, daß sie nicht lange dauern sollen.«

Der Markt

Wegen all der Feierei draußen wachte Martha mitten in der Nacht auf, zerwühlte das Bett und wollte nicht weinen, wie sie es sonst tat, um von Helena liebkost zu werden. Sie versuchte ihren Glückstraum wiederzuerlangen und scheiterte. Da weinte sie doch, aber das Jammergesicht gegen das Kissen gedrückt, so allein und vom Glück verlassen in der schwarzen Nacht.

Aber Helena merkte es, ahnte es, ohne zu hören, und kam aus dem anderen Schlafzimmer herüber. Geduldig hörte sie sich die Tragödie an.

»Die haben mir einen glücklichen Traum, mit einem Strand und einem Meer mit seinen Kreidepferden, mittendrin geklaut.«

Das andere Mädchen, Judith, gesellte sich zu der Untröstlichkeit.

»Ich hab einen schönen Traum gehabt, ganz komisch, aber als ihr mich geweckt habt, war er weg, ich hab ihn verloren, ich erinnere mich an nichts.«

Also zog Helena am Morgen die Mädchen an, und sie gingen zum Markt.

Der Eingang war breit, aber nach wenigen Schritten stieß man gegen mächtige, in intensiven Farben gemaserte Marmorsäulen wie in der Mezquita von Cordoba, die sie zwangen, beim Vordringen hintereinander zu gehen und die Schultern zu verdrehen und verschlungene Wege zu suchen, bis sie zum großen gekachelten Hof mit einer unaufhörlichen Wasserfontäne gelangten. Unter dem Dach flatterten geflügelte Murmeltiere langsam und halb noch im Schlaf. Eines von ihnen kam herab, und ohne Helena zu beachten, knabberte es sachte an den Köpfen der Mädchen und führte sie quer durch einen neuerlichen Säulenwald bis zu einem kleinen Altar, wo ein Seraph die beiden lächelnd empfing und nicht zu fragen brauchte, um zu wissen, was sie wollten.

Helena noch an der Tür, vergessen, wer weiß, und von Säulen

gehindert, die sich – riesige, dicke marmorierte Zylinder – erhoben, bei jedem Schritt auftauchend, und sich so anordneten, daß sie sie zwangen, einem schlängelnden Pfad zu folgen, der sich in ein gebieterisches Labyrinth verwandelte und, indem er sie ohne Gewalt zur Pforte ohne Türflügel geleitete, auf dem Bürgersteig mündete, wo die Mädchen sie schon erwarteten mit den bekannten Mohnblumenblättern, die den Schlaf garantieren und seine unberührbare Absurdität.

Das Schweinchen

Die alte Dame war immer in Schwarz gekleidet und zog lächelnd den Rheumatismus vom Schlafzimmer ins Wohnzimmer hinter sich her. Andere Zimmer gab es nicht; dafür aber ein Fenster, das auf einen bescheidenen, bräunlichen Park ging. Sie blickte auf die Uhr, die ihr von der Brust hing, und dachte, noch mehr als eine Stunde, bis die Kinder kämen. Es waren nicht ihre. Manchmal zwei, manchmal drei, kamen sie aus den verfallenen Häusern, von jenseits des kleinen Platzes, über die Holzbrücke des Grabens, der jetzt trocken war, wassertobend in den Winterstürmen.

Obwohl die Kinder schon zur Schule gingen, gelang es ihnen immer, zur Stunde der nachmittäglichen Faulheit und Ruhe von zu Hause oder aus den Schulräumen zu entwischen. Alle, zwei oder drei; sie waren schmutzig, hungrig und körperlich sehr verschieden. Aber der Alten gelang es immer, irgendeinen Zug des verlorenen Enkels in ihnen zu erkennen; manchmal war es Juan, bei dem die Augen oder die Offenheit von Augen und Lächeln übereinstimmten; andere Male entdeckte sie es bei Emilio oder Guido. Aber es verging kein Nachmittag, ohne daß irgendeine Geste, irgendeine Mimik des Enkels sich wiederholt hätte.

Ohne Eile ging sie hinüber zur Küche, um die drei Becher Milchkaffee und die Pfannkuchen zuzubereiten, die mit Quittengelee gefüllt wurden.

An diesem Nachmittag ließen die Jungen nicht die Klingel am Gatter läuten, sondern klopften mit den Knöcheln an das Glas der Eingangstür. Die Alte hörte sie nicht gleich, aber das Klopfen blieb fordernd, ohne stärker zu werden. Schließlich bemerkte die Alte, da sie ins Wohnzimmer übergewechselt war, um den Tisch zu decken, das Geräusch und erkannte undeutlich die drei Umrisse, die die Stufen heraufgekommen waren.

Um den Tisch sitzend, mit Backen, die aufgebläht waren von

der Süße der Leckerei, wiederholten die Kinder die gewohnten Albereien, bezichtigten sich gegenseitig einer Schlappe oder Verräterei. Die Alte verstand sie nicht, aber sie sah ihnen mit gleichbleibendem Lächeln beim Essen zu; für diesen Nachmittag entschied sie, nach langem Beobachten, um sich nicht zu täuschen, daß Emilio viel mehr an den Enkel erinnerte als die beiden anderen. Vor allem in der Bewegung der Hände.

Während sie in der Küche das Geschirr abwusch, hörte sie den Chor von Gelächter, die gedämpften Stimmen von Heimlichtuerei und danach Schweigen. Jemand schlich verstohlen herbei, und sie konnte das dumpfe Geräusch des Eisens auf ihrem Kopf nicht hören. Schon hörte sie nichts mehr, ihr Körper schwankte, dann blieb sie still auf dem Küchenboden liegen.

Sie wühlten in allen Möbeln des Schlafzimmers, suchten unter der Matratze. Sie verteilten Scheine und Hartgeld unter sich, und Juan schlug Emilio vor:

»Gib ihr noch eins drauf. Für alle Fälle.«

Sie schlenderten langsam unter der Sonne, und an der Bohle über dem Graben angekommen, kehrten sie, jeder für sich, ins elende Viertel zurück. Jeder in seine Behausung, und als Guido in seiner Hütte war, leer wie immer am Nachmittag, hob er Kleidungsstücke, Schrott, alten Plunder aus der Kiste hoch, die er neben seiner Pritsche hatte, und holte die weiße, fleckige Sparbüchse heraus, worin er sein Geld verwahrte; eine Sparbüchse aus Gips in Form eines Schweinchens mit einem Schlitz im Rücken.

Vollmond

Sie hieß Carmencita und war höchstens fünfzig Jahre alt. Sie hatte sich gerade zum dritten Mal herumgedreht im Bett, streifte sich das Bettuch vom Gesicht und wußte, daß sie nicht schlafen würde. Noch kamen die Geräusche der Sabbatnacht von Buenos Aires herein.

Sie streichelte sich die müden Brüste und dachte einen Augenblick lang an ihre letzte Menstruation, die endgültig letzte. Der Junge, der sie fast alle Samstage aufsuchte, weil es ihn nichts kostete und weil ihm keine Komplikationen drohten, wußte nichts von diesem Ende. Es war ein Ende ausschließlich für sie, und niemand konnte es ahnen, weil sie immer noch schlank war und sich zu schminken verstand.

Zermürbt zündete sie das Licht und eine Zigarette an. Dann hantierte sie am Fenstervorhang und glaubte fast mit der Stirn gegen den runden gelben Mond zu stoßen, der in der Schwärze des Himmels aufgehängt war wie ein Trommelfell. Sie erinnerte sich:

> *Herbst gilbt schon sein Fell*
> *wie eine alte Wallfahrtstrommel.*

Sie dachte mehrere, viele Male die Worte des Gedichts, verloren wie so viele einst gewesene Dinge.

Auch:

> *Ich hatte, hatte, hab's gehabt,*
> *und schon hab ich's nicht mehr.*

Die Zunge bewegte sich im Mund und wiederholte die Verse. Immer noch schweigend. Sie erinnerte sich an den Schrecken mit dreizehn Jahren, das erste Mal. Dann, in kurzen Momentaufnahmen, die Gesichter und Körper, die Bewegungen, Gesten und, fast, die Stimmen der Männer, nicht aller, die ihre jeweilige Haut mit der ihren vermischt hatten. Aber nur einer blieb, der blödeste, ein guter Versorger, wie sie merkte, als sie heirateten. Zweieinhalb Jahre, die der Mann mit einem beifälligen Lächeln die Gedichte, die Geschichten las, die sie schrieb. Aber das war überhaupt nicht ernst, und jede Lektüre endete mit einem Streicheln über den Kopf, über das zerwühlte Haar. Zweieinhalb Jahre, sechzig Monate, und sie zog in eine kleine, lichte Wohnung in der Calle Ayacucho, dieselbe, in der sie jetzt traurig und wütend rauchte und andere vergangene Dinge sah, das erste, von ihr selbst finanzierte Buch, ihre weiteren Bücher, von ihren Freunden gelobt, die Literaturpreise, mit denen diese ihr die Freundlichkeiten bezahlt hatten. Und sie dabei immer mit dem Wissen, daß alles, was sie geschrieben hatte, verschwinden konnte, ohne daß irgend jemand es bemerkt hätte, dem Wissen, daß alles mittelmäßig und prätentiös war. Die Männer kennend und hassend, die sie benutzte und die sie benutzten. So viele Jahre.

Sie machte sich daran – als wäre ein Auffinden möglich –, dem Moment nachzuspüren, der Linie, die die Jugend vom Alter schied. In jedem Fall war schon zuviel Zeit verstrichen, seit das Unglück des Körpers begonnen hatte. Denn auch wenn sie ständig den Ring von Falten im Sinn hatte, die ihren Hals markierten – immer von glänzenden Seidentüchern in jugendlich knalligen Farben bedeckt –, fühlte sie sich noch jung, gesund, und ihr Gehirn, da war sie sicher, hatte das Unglück des Körpers nicht begleitet, seine entsetzliche, zielstrebige, unaufhaltsame, unleugbare Neigung zur Hinfälligkeit, zum Schrumpfen und zum Tod.

Auch war es ihr gelungen – und aus diesem Rachequell lebte sie –, daß eine fast nicht gelesene Zeitung ihr eine Viertelseite für Literaturkritik zur Verfügung stellte. Und da alle, fast alle Männer, die gekommen und wieder gegangen waren, zur intellektuellen Fauna gehörten und ab und an Bücher veröffentlichten, war es ihr möglich, dort ihre Galle abzulassen und ihr spöttisches Lachen, so gebrochen heute, fern von Glöckchen und Schellen.

Sie hörte die Sirene eines Polizeiwagens, der sich vom Nordviertel entfernte, und das Zuschlagen einer Autotür. Eine, die aus einem Bett zurückkehrt, dachte sie ohne Schmerz. Sie erinnerte sich an ihre Unterhaltung mit Mario im vergangenen Sommer, auf dem Sand eines verborgenen, fast privaten Strandes, in Mar del Plata. Sie war es, die sprach, während Marios Hand mit dem Sand spielte. Sie sagte, wie ungerecht Gott oder die Natur ist, die eine Frau von fünfzig Jahren lächerlich macht, die mit einem Jungen von zwanzig liiert ist, und im umgekehrten Fall findet es alle Welt normal.

Beim Morgendämmern drückte sie die letzte Zigarette aus und suchte in den Schubladen des Nachttischs, bis sie die Antibabypillen und das Röhrchen mit Schlaftabletten fand. Sie zog die Jalousie hoch und warf die seit etlicher Zeit so unnötigen Pillen ins sanfte Licht des Morgens. Sie schluckte die Schlaftabletten mit Hilfe von etwas Sherry aus der Flasche.

Was übrigblieb von der Nacht, die Schwärze, die sie umfing und von der Notwendigkeit des Abstiegs zu überzeugen versuchte – ein langsames und anstandsloses Versinken. Sie rebellierte ohne Kraft, und es gelang ihr, sich im Zentrum einer dörflichen Kirmes zu sehen, wo goldener Wein nur Freude schenkte und niemand betrunken war und wo der Kreis der Tanzenden sich drehte und mit den Liedern einsetzte, sich damit einhüllte, der Kreis, der ihrer gewesen war, wo sie sich in einem geblümten Kleid ohne Ermüdung bewegte, glücklich ohne Vorgefühl von Falten oder gelinden Schmerzen in den Gelenken, so rein, so gestrafft ihre Gesichtshaut, leicht gerötet jetzt von der glücklichen Ermüdung, und eine Nelke in der Frisur, eine Nelke an der Brust, eine Nelke im Mund. So glücklich, so ängstlich, es nicht mehr zu sein, daß sie im Dunkeln nach weiteren Schlaftabletten, weiterem Sherry fingerte; und dann wollte es sich nicht einstellen, das Glück ihres Tanzens ohne Pause im Licht der Lampions, der von gefälteten Zylindern aus buntem Papier umhüllten Kerzen, einer blau, einer grün, einer rot; und die Sogwirkung des Bettes nahm geschickt und ohne Heftigkeit zu, und Herrin und Sklavin der Schwärze, akzeptierte sie unterzugehen, ein letztes Mal den verblaßten Lavendelgeruch der Bettdecke einatmend, die ihr das Kinn bedeckte.

Die Freunde

Seit er sie mit der Mutter aus der Kathedrale hatte kommen sehen, verschwand er aus den Freitagsrunden im Tupinambá. Wenn wir seine Nachbarin befragten, antwortete sie uns, krank sei er nicht, sie höre ihn im Kellergeschoß, das er bewohnte, rumoren, und jetzt, wo die schöne Jahreszeit komme, werde er nach der Siesta wieder mit der Staffelei und dem beklecksten Farbkasten hinausgehen, um unentdeckte Sträßchen im Südviertel zu suchen.

Zweimal vor dem letzten Besuch war ich in die Kellerwohnung gekommen. Ein Kellerloch, mit einer Latrine in der Ecke, Eisenstäbe, die in Höhe des Bürgersteigs aufruhten, Fenster mit einem Loch darin von einem Steinwurf, Vorhang aus einem groben Sack gefertigt, so ungleichmäßig dunkelrot gefärbt, daß ich an ein kräftiges, so gut wie unmögliches horizontales Erbrechen von Rotwein denken mußte; durchgelegenes Bett, eine große Kiste als Tisch, eine schmutzige, nackte Glühbirne, die von der Decke hing. Der Rest war alles sein: der Staub, schon in harten Schmutz verwandelt durch die Regengüsse, die durch das Loch in der Scheibe hereinkamen, die bemalten oder jungfräulichen Malkartons, allesamt von den Sommern gewellt, die schmutzigen alten Wäschestücke, über den Boden aus Fliesen verstreut, die einmal rot gewesen waren. Und vor allem das wahrhaft Seinige, das, was sie ihm weder in der Staats- noch in der Stadtgalerie abgaunern konnten, der sauerscharfe Geruch, der Geruch seines kranken und altgewordenen Körpers, der widerliche Geruch, den nie gewaschener Schweiß, die Mischung aus Achselhöhlen und ermüdeten Füßen, nach und nach wie übereinandergelagerte Schichten formt.

Dort und dergestalt lebte Simón. Bis ich eines Tages von den Pseudokünstlern, mit denen ich mich im Café traf, beauftragt wurde, die Weisung der Nachbarin, »er will niemanden sehen, nicht einmal mich«, zu brechen und ihn in seinem Gelaß zu stellen, um ihm eine Erklärung für sein Nichterscheinen abzuverlangen.

Um die Misogynie des Malers zu besänftigen, kamen wir langhaarigen Dichter ohne Publikationsort für Sonette, Elegien und Freiverslertum, wir Picassos ohne Ausstellungsräume in nächtlicher Sitzung zu dem Beschluß, daß es unerläßlich sei, Geld zu sammeln und es wie Zeus mit Danae zu machen. Am großzügigsten waren die Autoren von Privatdrucken mit Gedichten, die von ihren Familien, Bräuten und den Tischumschwänzlern unserer Kaffeehausrunde mit Entzückensrufen und Küssen quittiert wurden. Darunter ich.

Wir sprachen mit dem Mitternachtskassenwart und erreichten, daß alle unsere Scheine in Silbergeld umgewandelt wurden, zu fünfzig Centesimos. Vor der Ankunft des schamlosen Henkergesindels waren die Münzen so, darauf insistiere ich, Fünfzig-Centesimo-Silberstücke. Heute gebraucht man Fünf-Millionen-Münzen, die denselben Durchmesser haben, Kleingeld, so bleigrau wie die regnerische Abenddämmerung an einem Wintermontag.

Fünf paßten in mein Auto, der Rest ging vorher los, zu Fuß. Calle Gonzalo Ramírez, zwischen Médanos und Ejido. Cafiani, erinnere ich mich, trug und verteidigte die Papiertüte mit den Kilos *argent*. Wir warteten, bis alle dort waren; da unten war Kerzenlicht. Simón würde wohl lesen oder hatte vergessen, es zu löschen. Das zerbrochene Fenster stand offen, und die Hände, die Fäuste voller Silbergeld konnten durch die schwarzen, kratzigen Eisenstäbe hindurch.

Als Hernández »jetzt« flüsterte, streckten wir alle die Fäuste durchs Gitter und öffneten sie. Wir erschraken von dem langen Geschepper so sehr oder fast so sehr, wie sich Simón, im Lesen oder im Schlafen, erschreckt haben muß. Wir rannten sofort bis Ejido, als hätten wir gerade etwas geklaut. Und wer weiß.

Wer weiß, denn als zwei Nächte später das Tribunal des Tupí beschloß, der Moment sei gekommen, Simón eine Erklärung für sein Fernbleiben abzufordern, mußte ich hingehen, der Frau mit ihrem »er will niemanden sehen« eine Grobheit erwidern und, den Gestank mit den Schultern teilend, bis zu dem Gelaß hinabsteigen, wo Simón beim Licht einer verbeulten Petroleumlampe aus dickem Blech ein Buch las. Ich brachte ihm eine Flasche Grappa mit, aber er hatte selbst eine fast volle auf dem Boden stehen, neben dem steifgewordenen Arm.

Und jetzt, ein weiteres Mal, war sein auch die Schönheit des Traums mit offenen Augen, Gegenwart und Zukunft der unglaublichen Erzählung, hervorgegangen aus der Sklerose und den Flaschenkadavern, die das Kellergeschoß umzingelten.

Die Erzählung, die er vom konservierten Schmutz seines Bettes aus vortrug, seine graue und durch Abneigung gegen Seife steifgewordene Mähne auf dem löchrigen Kissen ausgebreitet, ab und an unbeholfen die Begleitflasche hebend, kam mir vor wie eine Achterbahnfahrt, die mit dem Bild von ihm selbst begann, wie er zwischen den verlassenen Ruinen der Gasanstalt und der plumpen Gestalt der Englischen Kirche über die Uferstraße hinkt. Er selbst, wie er das für immer kranke Bein nachschleppt, die Staffelei, das Holzkästchen, die kribblige und manchmal spöttische Neugier der verschiedenfarbigen Kinder, die mehr schlecht als recht im Südviertel lebten. So sah ich ihn viele Male, und in dieser Gestalt denke ich am liebsten an ihn zurück.

»Ich«, sagte er mit schleppender Zunge, »ich habe aufgehört, mich mit euch im Tupí besaufen zu gehen, weil ein Besäufnis im Café mich allzu teuer kam, und ich mußte etwas zurückbehalten von den erbärmlichen achtzig Pesos, die ich von Bellas Artes wie aus Mitleid als Pension kriege, und das nach all den Jahren, die sie mir schulden, Jahre, in denen ich Zeichnen und Malen unterrichtete vor verbissenen Jungen, die es nie wissen werden, denn die, auf die es ankommt, brauchen keine Lehrer, um zu entdecken, was sie sind und was sie tun wollen. Gut, ich bin eben in Italien geboren und konnte viele Sachen sehen, noch bevor ich nach Amerika kam. Ich mußte Geld zurückbehalten, und es kam mich viel billiger, wenn ich mir Flaschen kaufte und mich ganz allein im Kellerloch besoff, damit ich den Blumenstrauß bezahlen kann, den ich ihr jedesmal am Monatsende schicke, wenn ich die Pension bekomme. Liebe. Niemand, auch du nicht, der du von einer zur anderen gehst, niemand kann das verstehen. Es packt dich hinterrücks, wie manche Todesarten. Und schon kann man nichts mehr machen, da hilft kein Strampeln und kein Kaputtmachenwollen. Weil man nicht weiß, ob es eine Sache ist, die dich von außen getroffen hat, oder ob du sie schon unterschwellig in dir getragen hast, und manchmal hast du geglaubt, sie sei für immer tot. Und was ist dann. Daß du sie in dir getragen hast, und ohne jede Vorwarnung springt sie in einem Augenblick hervor und breitet sich im ganzen Körper aus, und man muß akzeptieren, und schlimmer noch, man muß sie füttern und bewirken, daß sie Tag für Tag an Kräften gewinnt, sie dazu bringen, daß sie dich mehr leiden läßt. Und es ist ihr völlig gleich, wenn du sagst, das geht nicht, sie antwortet dir, mag schon sein, aber du darfst diesen Schmerz nicht verlieren und mußt weiter hoffen, und um so mehr, wenn du weißt, daß die Hoffnung sinnlos ist. Und so geht das, und oftmals, wenn du beduselt bist, weint man, und es ist, wie wenn man sich übers Bett beugte, um Mitleid mit sich selbst zu haben, so alt und krank und arm. Und danach überkommt dich die Scham. Ich habe sie in der Kathedrale gesehen. Aber vorher war sie in einer Ausstellung meiner Bilder gewesen und hatte sich eines ausgesucht, das ihre Eltern sie nicht kaufen ließen, obwohl sie Millionen haben, die sie zum Fenster rausschmeißen könnten, damit Gott ihnen verzeihe, dieses Profil, dieses Haar, diesen Leib hervorgebracht zu haben. Aber sie mußte Namen und Adresse dalassen, und so konnte ich sie mit etwas Hinterherschnüffeln finden. Ich danke euch für das Geld, das ihr wie Hagel habt reinprasseln lassen, jetzt werde ich es nämlich aufbewahren für die Hochzeit.«

Ich dachte an seine Bilder, an die Geometrie von Tönen, stumpf wie eine Erinnerung, und an jene verfallenen Häuschen in einander so grimmen Farben, Häuser, die sich einzig durch den Willen von Ölfarbe und Spachtel aufrecht hielten.

»Bis sie eines Tages ohne ihre Mutter aus der Kirche kam

und ich durch den Nieselregen hindurch zu ihr sagte: ›Die Blumen‹; und sie ging weiter, ohne mich anzuhören, und drehte sich um und fragte, ohne mich anzusehen, oder sah mich mit Ekel an: ›Und woher wissen Sie das?‹ Ich konnte ihr nur sagen: ›Ich‹, und vielleicht hat sie verstanden, und seitdem ist es, als seien wir Freunde.«

Cafiani hatte ihn in vielen klaren Nächten oder Regennächten gesehen, wie er steif, halb im Dunkel, gegenüber dem hellerleuchteten Haus des Mädchens stand. Das Gesicht, verzogen und unbeweglich, immer wie versilbert vom Wasser oder vom Mond, und er sagte uns im Café: »Genau wie die Zinkstatue seines Unglücks.« Cafiani schrieb Gedichte.

Seife

Die Gestalt machte kein Zeichen, damit Saad den Wagen an-
hielte. Sie stand still und geduldig, vielleicht gelangweilt, am
Wegrand, neben einem Baum, von dem der Frühling wie kleine
Lanzen noch unentschiedenen Grüns ausging.

Saad hielt den Wagen gegenüber dem Baum an und sah den
großen schwarzen Koffer, sah, daß die Person, die ihm zulächelte, den Kopf einer jungen, außerordentlich schönen Frau
hatte, einen roten Pullover, der die Brust ohne die geringste Spur
von Busen bedeckte; eine glatte Männerbrust; eine schwarze
Hose, die nicht die Ausbeulung des Geschlechts andeutete.
Mann, Frau, Ephebe, Hermaphrodit, Saad brauchte es plötzlich,
keuchend und mit Macht. Brauchte es, daß dieses Es ins Auto
stiege, brauchte es ängstlich, begann zu glauben, daß er darauf gewartet hatte seit seiner ersten Jugend, und kam fast zu der Überzeugung, daß er die Anwesenheit oder Nähe des Geschöpfs –
der Haarschnitt war männlich, und es war keine Schminke im
Gesicht – bis an den Rest seiner Tage brauchen würde.

Beim Einsteigen sagte Es ›danke‹, und Saad dachte, die
Stimme hat nichts verraten. Sie war die von einem, der viel
getrunken und geraucht hat in der vergangenen Nacht, Mann
oder Frau.

»Wohin möchten Sie?« fragte Saad, um den Kopf zu wenden
und die Wangenhaut des Passagiers zu prüfen: keine Spur von
Bart, aber die Brust war weiterhin abweisend und platt.

»Ziemlich weit. Ich sag's Ihnen noch. Immer gradeaus. Was
waren Ihre Pläne?«

Auch einen Adamsapfel hatte Es nicht auf dem weißen Hals.
›Waren‹, dachte Saad, als habe Es beschlossen, die vorgesehene
Reise abzuändern. Und als könne Es das tun, als wolle Es das
tun, als sei Es – sie – sicher, ohne Gewalt die eigenen Pläne
aufzwingen zu können. Der große, auf dem Hintersitz abge-
stellte Koffer deutete auf einen Ortswechsel, eine gewollte Ent-

wurzelung. Und im Koffer steckte der Schlüssel zu Seinem Geschlecht, wenn Es denn eines hatte. Denn es gab keinerlei Zeichen aufgesetzter Weiblichkeit wie bei einem Invertierten; nichts von der vergrabenen Männlichkeit einer Lesbierin. Wenn es möglich wäre, in dem Koffer zu wühlen.

»Es gibt keine strikten Pläne meinerseits. Ich habe einen Monat Ferien, um, so Gott will, nichts zu tun, was mir mißfiele. Ich hatte vor, in San Sebastián haltzumachen, um zu frühstükken. Danach bis Pau weiterfahren, wo ich ein Häuschen gemietet habe, von dem ich nicht weiß, ob ich es finden werde. Wenn Sie mögen, begleiten Sie mich zum Frühstück, und wir verlieren uns zwischen den riesigen Pinien auf der Suche nach dem Häuschen. Ich weiß nur, daß es ›Pourquoi pas‹ heißt und in der Nähe der Auberge du Sanglier liegt.«

Es antwortete nicht; lehnte sich zurück in den Sitz, wobei das Gesicht erneut von einem Lächeln erleuchtet wurde, und stützte den Nacken an die Lehne wie jemand, der sich auf eine lange Fahrt einrichtet.

Nach wenigen Tagen war Saads Verlangen noch weiter gewachsen, und er erlebte Momente des Schweigens und verborgenen Schmerzes in der geliebten, der anmutigen Gegenwart von Ihm. Denn diese angebetete Kreatur bot ihm – oder suggerierte ihm gerade nur – ihr doppeltes Gesicht, ihre zwei Körper, und sehr bald verspürte der Mann den beängstigenden Drang, vorzupreschen und zu unterwerfen, gleichgültig, ob seine imaginierten Umarmungen einen Frauen- oder Männerleib umfingen.

Aber er wollte wissen. Und als Es mit dem Einkaufskorb den gewundenen Pfad hinunterging, der den großen grünen Rasenflächen durch den Nachdruck so vieler verlorener Schritte aufgezwungen worden war, betrat er wie ein Dieb das Schlafzimmer des ersehnten Ungeheuers und durchwühlte das Bett, untersuchte die beiden Tische, die Medizinfläschchen. Was ihm gar nichts nutzte, das Geheimnis nicht offenbarte. Der große schwarze Koffer dabei unter dem Bett, mit Schlüssel verschlossen.

Und als er sich in Shorts und mit nackter Brust sonnte, hockte Es sich in schwarzer Hose und rotem Pullover unter das schattige Vordach des Bungalows oder unter die großen Bäume, um friedlich die Schönheit der weißen Bauten anzulächeln, die regellos auf den kleinen, sanften Hügeln verteilt waren.

Er hatte die absurde Hoffnung – an die er eine Zeitlang glaubte –, daß er den Zweifel abtöten könnte, indem er ins Bad käme, während Es gerade unter der Dusche hervorträte. Aber witternd fand er nur den Geruch der Fichtennadelseife vor, die Es auf seinem Leib zum Schäumen gebracht hatte, auf der Brust, an der Stelle zwischen den Beinen, die das Mysterium bewachte, immer allein, für ihn versiegelt.

Bis Saad, fast von einem Tag auf den anderen, zu akzeptieren begann. Mehr nun als das physische Besitzen von Ihm das Fortwähren des Geheimnisses, des Zweifels begehrte. Und nun wachte er eifersüchtig über Es, ängstlich, daß eine Unvorsichtigkeit, ein Satz, ihm die Wahrheit offenbaren könnte, die nicht zu kennen er unter weiterem Leiden genoß.

Er sah Es den Pfad heraufkommen, behende und rasch, den Körper durch das Gewicht des Korbs ein wenig gebeugt. Er fühlte Kälte und Alter, trat in den Bungalow und dachte vage daran, was Es wohl zum Abendessen gekauft hatte.

Der Baum

Als an jenem Morgen unter heiterem Himmel das Mädchen, die Geige in der Hand, bei den Fides an der Gartenhaustür klopfte, öffnete mit einem Ruck ein etwas mulattisch aussehender Mann in Zivil und zwang sie einzutreten.

»Umdrehen und Hände an die Wand.«

Sie gehorchte und konnte dabei einen Blick auf das Dienstmädchen der Fides werfen, das ganz weiß im Gesicht war, während es mit den Händen über den Bauch strich, eingeklemmt von zwei weiteren Typen, die sich ablösten, um das Fragen zu beschleunigen, oder die Fragen des Verhörs mit der alten, so eingefleischten, so erprobten Technik mischten. Die drei Männer in Hemdsärmeln und schwitzend, Eile und Wichtigkeit vortäuschend.

Der Türöffner tastete das Mädchen ab und verweilte mit der angeborenen Dreistigkeit der Hände auf Brüsten und Hinterbacken.

»Sauber«, sagte er. »Jetzt öffnen Sie die Geige.«

»Den Kasten.«

»Ja, Frau Doktor, den Kasten für die Geige.«

Sie hatte die himmelblauen Zettel, die ihr Fides' Frau am Vorabend anvertraut hatte, irgendwo zwischen einem B und einem Pizzikato versteckt. Aber schließlich tauchten sie auf.

Es war eine Liste mit Namen, von zum Tode Verurteilten, die vielleicht noch leben.

»Und das hier?« fragte der erste mit pfiffiger Miene und versuchte in das dünne Morgenlicht einen Ausdruck intelligenter Drohung hineinzubringen.

Das Dienstmädchen der Fides wiederholte:

»Nein, hab ich Ihnen schon gesagt. Er kam gestern damit nach Hause. Ich weiß nicht, wo er ist. Er hat nicht angerufen, und ich hab ihn auch nicht gesehen. Hab ich Ihnen schon gesagt. Ich weiß nicht, wo er ist. Hab ich Ihnen schon gesagt.«

»Sie gehen jetzt in den Garten zu der Rotznase«, sagte der Mann zu dem Mädchen. »Und keine dummen Tricks, wir haben nämlich noch gar nicht angefangen.«

Also öffnete sie die Glastür und atmete in dem kleinen Garten den Geruch feuchter Erde und den Sommerduft, die in dem großen, allein stehenden Baum versammelt waren. Bob saß rittlings dort oben auf einem der höchsten Äste.

»Bring den Ball, dahinten auf dem Boden«, sagte Bob.

Der Ball lag zwei Meter entfernt, am grauen Mauerwerk der Trennwand. Er war aus Gummi, groß, und für seine farbigen Rautenstücke schien man die ganze Palette benutzt zu haben.

Das Mädchen warf dem Jungen den Ball hoch, und der Junge warf ihn ihr zu, und so ging es unter Lachen hin und her. Jetzt hörte man das Dienstmädchen der Fides; mal schrie es, mal weinte es. Die groben Stimmen der Männer vermengten sich, erhoben sich und entfernten sich.

»Ich weiß es nicht. Hab ich Ihnen schon gesagt. Ich weiß nichts.«

Der Knall einer Ohrfeige und eine Beschimpfung. Das Kind machte nichtsahnend und lachend weiter; sie lächelte und schaute es dabei an. Sie zeigte ihm das Gesicht, während der Ball hin und her flog, glänzend und fröhlich über die von einigen Grasbüscheln unterbrochene Erde rollte.

Sie spielten, und das Mädchen war sicher, nicht dort zu sein, das Auf und Ab des Balls zu träumen. Es waren keine Männer im Haus, die dem Dienstmädchen der Fides zusetzten, es gab keine Drohung, bald eingesperrt zu werden, verhört, gefoltert. Sie betrachtete die feuchte Wand, die den Garten umgab, dachte an die Möglichkeit darüberzuspringen, dem Traum zu entfliehen, den Alptraum aufzubrechen.

Es gab auf der Welt nichts als den kümmerlichen Garten, das Hin und Her des Balls, die Freude des Kinds, dessen Eltern man gerade umbrachte an einem anderen fernen unvorstellbaren Ort, Land, Kontinent, Planeten.

Es war notwendig, weiter mit dem Kind zu spielen, zu spüren, wie der Ball ihr gegen den Bauch prallte, ihn zurückzuwerfen.

Das Kind, so sehr Kind, so nah dem Haus und dem Schrek-ken; das Kind, das einzige, was von den Eltern in diesem Augenblick bestehenblieb, und sie mußte Vater und Mutter sein, solange der endlose Alptraum dauerte, die rohen Stimmen im Haus, das nervöse Lachen des Kleinen im Baum.

Denn wenn sie das eintönige Spiel ohne anzuhalten in die Länge zog, blieben sie abseits der Zeit, nie berührt von der Schmutzigkeit der Welt.

Montaigne

Alle hatten wir dieselbe Nachricht erhalten, dasselbe unglaubliche Angebot. Und da waren wir; zu sechst, dazu natürlich er, denn die Zusammenkunft fand in seiner Wohnung statt. Charlies briefliche oder telefonische Einladung sagte uns, am Freitag sieben Uhr abends – ich möchte euch nicht den Sonntag verderben – beginne ich mich umzubringen. Zum Teufel mit dem, der mich hängenläßt, denn er wird keine Gelegenheit mehr haben, es wiedergutzumachen. Zu essen, zu trinken gibt es reichlich.

Zu sechst waren wir anwesend bei dem, was wir für einen exhibitionistischen Jux hielten. Ich erfuhr, daß andere Eingeladene über den Scherz nur gelacht hatten. Das Wetter war schön und dunstig, und sie hatten es wohl vorgezogen, der Stadt zu entfliehen.

Ich kam etwas später, ein paar Minuten, und grüßte mit dem Kopf und einem Lächeln hier und da. Vielleicht habe ich Marta auf die Wange geküßt, denn sie war die Hübscheste, und ich habe sie immer in aller Gemächlichkeit begehrt. Außerdem war der Geruch, der Duft, den ihr Ausschnitt verriet, eine Provokation, deren sie sich bewußt ist und die sie amüsiert.

Charlie saß auf dem Sofa, mit einer Frau an jeder Seite. Er grüßte mich lächelnd, hob eine Hand. In seinem Rücken an der Wand hing ein großer Spiegel.

Wir Gäste, vier Mädchen und zwei Männer – Brausen und ich –, machten es uns irgendwie bequem, die beiden auf dem Sofa, die zwei anderen auf komischen weißen Gartenstühlen. Er hatte die Wohnung nach seinem befremdlichen Geschmack eingerichtet. Die Mädchen hielt ich durch Namen auseinander, aber auch durch Farben. Meine Aufgabe, mein Part hier, war schwierig und mühsam.

Keine war über dreißig. Die im kurzen grünen Kleid fabrizierte ein fast überzeugendes Lächeln und sagte:

»Charlie, was soll denn dieser Blödsinn? Immer wieder der alte Komödiant.«

»Vor einer Woche noch«, antwortete er, »hast du mich weder Charlie noch Komödiant genannt. Doch, manchmal Clown. Das war Samstag, nicht? Damals hast du mir andere Namen zugeflüstert. Vielleicht die gleichen, die die anderen drei hier in glücklicheren Zeiten gebraucht haben. Namen, die ich nicht wiederhole, damit du nicht rot wirst.«

Das Mädchen wurde rot. María del Carmen, die im himmelblauen Kleid, erhob sich, griff ihre Handtasche, die sie auf dem Boden abgestellt hatte, ging langsam aus dem Zimmer, schloß geräuschlos die Tür.

Blieben noch drei Frauen. Enriqueta, die Errötete. Isabel, tabakfarbenes Schneiderkostüm und Krawatte. Ich hatte immer so meine Vermutungen. Aurora, mit Arbeiterhose, Lederjacke und kunstvoll verzotteltem Haar. Aurora, beziehungsweise ihr Vater, hatte viele Millionen, aber nie wurden sie vorgeführt oder auch nur gezeigt. Die feinen Leute.

Wir alle waren Freunde seit einem Ausflug, einem längerem Besuch in einem Haus, das Aurora am Strand besaß. Untereinander austauschbare Freunde, aber – ich schreibe es mit Traurigkeit – niemand verliebte sich in niemanden, wenn auch Charlie sich mit Natalia verheiratete, die sich geweigert hatte, dem in Aussicht gestellten langsamen Selbstmord zuzusehen.

Charlie behielt das Lächeln eine Minute lang bei. Er zählte, wie viele wir waren. Zuweilen trug er einen Schnurrbart, den er abrasierte und der wiederkam, und dieser Wechsel färbte jeweils, aber nicht allzusehr, auf den Ausdruck seines Gesichts ab.

»Dann ist also«, sagte er mit resignierter Stimme, »Natalí nicht gekommen. Immer bereit, eheliche Pflichten zu erfüllen. Aber diese endgültige und so andere, die nicht.«

Er sprach ihren Namen mit einem starken Akzent auf dem letzten Buchstaben aus. Neben mir öffnete Brausen, im Stehen, eine kleine Schachtel Pfefferminzpastillen und steckte sich eine in den Mund. Mit leichtem Stottern fragte er:

»Hast du mit einemmal akzeptiert, daß du überflüssig bist auf der Welt? Oder bist du einfach dabei, zu entwischen? Sich umzubringen ist ja empfehlenswert in bestimmten Situationen, aber ich wüßte gern, welchem Quälgeist du deinen Leib entziehen willst. Ob es eine Krankheit ist oder wegen der Augen irgendeiner grausamen und perversen Frau. In jedem Fall ist es übereilt. In ein paar Jahren wird er schon ganz von allein zu dir kommen. Und vielleicht wirst du dich dann strampelnd weigern wollen.«

»Ja, Brau«, sagte Charlie. »Immer so vernünftig bei deinen blöden Witzen. Aber wenn ich dir das erkläre, vergeht dieses Stück Zeit. Das meine Zeit ist und, wenn ich recht bedenke, das einzige, was ich habe und handhaben kann. Stimmt schon, in hundert Jahren sind wir alle dahin. Ich bitte euch um Entschuldigung für mein Geplauder. Euch alle mag ich oder habe ich gemocht, in verschiedenen Abstufungen natürlich.«

Isabel simulierte ein Gähnen und tastete ihre Taschen ab. Sie suchte – zeigte, daß sie suchte – eine Zigarettenschachtel. Ich zündete eine von meinen an und steckte sie ihr zwischen die Lippen.

»Danke«, sagte sie und gab sich noch anzüglicher als ich.

»Bitte. Tut mir leid, daß es keine von deiner Sorte ist.«

»Aber Charlie, Liebster«, insistierte Isabel. »Was soll dieses Spektakel? Warum verpaßt du dir nicht ohne Beihilfe eine Kugel? Vielleicht, fällt mir ein, suchst du eben ein Publikum aus Geliebten und anderthalb Mann, das verhindern soll, daß du dich umbringst. Ich kenne dich.«

Charlie holte ein Taschentuch aus der Brusttasche und preßte es gegen das Niesen. Ich bemerkte ohne größeren Neid, daß er sich für die Zeremonie extra fein gekleidet hatte. Weißes Hemd, darüber eine verblüffende tausendfarbige Weste mit vier großen Taschen. Handbemalte Krawatte. Die Schuhe allzu glänzend. Der Anzug aus englischem Kaschmirtuch, wie mir schien.

Immer hatten wir ihn als Künstler verkleidet gesehen. Alte, graue Hose, ein grobes Holzfällerhemd, eine – selten qualmende – Pfeife aus den Zähnen hängend. Im Winter trug er einen Samtkasack, nie einen Mantel, ein knallfarbiges Tüchlein anstelle der Krawatte. Er ging barhäuptig aus, eine Baskenmütze trug er nicht, weil er wußte, daß dies allzusehr *bohème* gewesen wäre. Er zeigte die Bilder nicht. »Noch nicht«, schnitt er einem das Wort ab. Auf der Staffelei eine jungfräuliche Leinwand; die Malkartons zur Wand gedreht.

Charlie sagte:

»Ich habe Grippe. Aber das zählt nicht. Ich werde ihr nicht erlauben, sich in meine Zeit einzumischen, das absolut mir gehörende Stückchen Zeit, das ich gewählt habe. Aber ich will nicht egoistisch sein. Auch ihr werdet eure Zeit für den heutigen Abend schon verplant haben.« Er schaute auf seine Armbanduhr. »Wie ihr alle wißt, bin ich so reich, daß ich zwei Zimmer, Küche und Bad besitze. Im Zimmer nebenan gibt es Delikatessen und anständige Getränke. Ich bitte euch, als letzten oder vorletzten Gefallen, daß ihr rübergeht und eßt, trinkt, euch amüsiert. Ich verspreche euch, ich warte. Essen kann ich aus offensichtlichen Gründen nicht. Schon seit langem tue ich das nicht mehr.«

Er streckte seufzend die langen Beine auf dem Sofa aus und schloß die Augen. Er war blaß, unverschämt gutaussehend wie immer.

Wir entfernten uns ins andere Zimmer quasi im Gänsemarsch. Aber eine der Frauen blieb etwas zurück, und ich konnte die bereits klassische Litanei hören, die zum erstenmal und unnütz für die schon toten Ohren von Scott Fitzgerald erklungen war:

»Armer Hurensohn.«

Ich hörte auch den Schlußpunkt, das Geräusch des Ausspukkens.

Jedoch anders als in der Anekdote war Charlie noch am Leben.

Wir fanden einen sehr großen Tisch vor – einen von diesen für vielköpfige Familien –, der mit einem hochweißen Laken bedeckt war, das als Tischdecke diente, mit Weißwein- und Roséflaschen, fünfzehn Jahre altem schottischem Whisky und diversen Fressalien, die uns eine Woche lang hätten ernähren können.

Wir aßen, tranken und amüsierten uns mit schlechten Witzen, deren Pointe kaum eine Sekunde lang standhielt, denn stillschweigend kamen wir überein, daß wir einem Scherz beiwohnten, daß Charlie unsterblich war und daß es gut war, wenn fast die ganze Clique hier zusammen war. Alle, die wir gekommen waren, standen, Arm gegen Arm gedrängt, nett beisammen und tranken uns zu.

Wir hatten es – mit merkwürdigen Variationen – untereinander so kreuz und quer getrieben, daß die Frauen bereits alte Kameradinnen waren und ohne Gift und Nadelstiche plauderten. Brausen kam mir unbehaglich vor, wie er Kopf und Augen bewegte, um heimlich Gesichter und ihren jeweiligen Ausdruck zu erforschen.

Von Zeit zu Zeit steckte jemand seinen Kopf ins andere Zimmer, um Charlie zu bespitzeln, und alles, was er sehen konnte, war eine merkwürdige Bewegung seiner Hand zwischen Weste und Flasche. Danach schien er ruhig und blätterte in seinem Buch. Niemand fragte.

Aber auch unser Stückchen Zeit verstrich, und in einem Augenblick des Schweigens erreichten uns die Glockenschläge von San Cristóbal Desnudo, der riesigen und fast zerfallenen Kirche, die mit ihrer Höhe jenen Teil der Stadt beherrschte.

Als wir zurückkehrten, jedermanns Magen zufriedengestellt von Speisen und Getränken, aber nervös, versuchten wir, dem Sofa und dem Spiegel nicht gegenüberzutreten. Eine Pause ohne Worte, bis wir Charlie offen ansahen. Er saß jetzt da, hatte die Lampe angemacht auf dem Beistelltisch, auf dem sich eine weitere Flasche Edinburgh »15« abhob. Er tat, als läse er ein Buch, und trank langsam aus einem Glas untadeligen Kristalls. Auch tat er eine Weile so, als hätte er den kleinen Aufruhr unserer Rückkehr nicht bemerkt.

Charlie legte das Buch aufs Sofa und zeigte uns sein weißes Lächeln, die Augen allzuweit geöffnet, so blau wie María del Carmens Kleid. Ich kannte diesen Blick seit Jahren.

»Ich bitte euch um Entschuldigung«, sagte er. »Ich vergaß, einen Kellner zu mieten. Ich weiß nicht, wie teuer die sind. Wie deren Tarife sind, meine ich. So war es bloß ein ordinäres ›Bedient euch‹. Aber ich sehe, ihr seid zufrieden, nicht?, wenn auch etwas unschlüssig angesichts des Schicksals.«

Ich kannte Charlies Gesicht, und ich erinnerte mich, wie es Übellaunigkeit, Ruhe und jene Gabe der ironischen Bemerkung zeigte, die, immer nachlässig vorgebracht, Feinde schafft. Aber jetzt sah ich ein auf ganz subtile Art anderes Gesicht. Die Augen betrachteten, leuchtend, etwas von ihm noch nie Gesehenes und für uns Unsichtbares. Mit einemmal verstand ich; ich sah, wie er die Hand an eine der vier Taschen der geblümten Weste führte und wieder zurück zum Mund und wie er mit einem Schluck Whisky nachhalf. Drogen zweifellos.

Vielleicht verstand, rascher oder langsamer als ich, noch jemand. Dieser Jemand rief – einen wirren Chor im Rücken – flehend und in Wut:

»Aber Charlie, du bist verrückt!«

Die bereits unzweifelhafte Lesbierin beherrschte mit Streicheleien die Schultern der notorischen Nymphomanin. Vielleicht war dies der Beginn einer ebenso intimen wie sonderbaren Freundschaft.

»Ihr seid alle verrückt«, sagte Charlie, leicht über die Konsonanten stolpernd. »Ihr vergeßt meinen Freund, vergeßt das Grab, das mit seinen Trauersträußen wartet. Nicht auf mich, mich werden sie verbrennen. Aber von den so sehr befreundeten Mädchen nehme ich an, daß sie einmal, ich meine, daß eine von ihnen einmal das Sonett im Kulturklub von Villa Mongo rezitiert hat. Gebt nichts drauf. Ich lüge« – noch eine Tablette, noch ein Schluck. »Keine von euch. Aber wenn ihr glaubt, daß ich keinen Kellner mieten konnte. Alle verrückt, und ihr vergeßt, daß die Trauersträuße euch erwarten. Immer müder, aber noch sind Kräfte da. Ich könnte viele Kellner bezahlen, einen für jeden. Jetzt, wo ich gehe, bin ich reich geworden.«

In der Gruppe trieben, aufeinanderprallend, Mitleid und Abscheu umher. Manchmal zusammen, manchmal gegeneinander.

Wieder eine Tablette, ein Schluck, und Charlie sagte, schon sehr schleppend:

»Reich, und ich sterbe. Denn ich habe euch eingeladen, daß ihr mich sterben seht. Aber Reiche so wie ich müßten sich nicht umbringen. Aber ihr, die ihr mich manchmal im Glück begleitet habt. Ich korrigiere mich: in Momenten des Glücks, denn das andere, das wahre, gibt es nie.« Schluck und Tablette, und ich abwartend. »Denn ich habe zu guter Letzt die Ländereien meines Vaters da unten im Süden zu Geld gemacht. Ich bin reich, und alles für Natalí, ohne Testament.« Pille, Schluck, und er fiel zurück auf das Sofa, für immer mit großen, blauen, überraschten Augen, die betrachteten und sahen.

»Nicht aus Liebe oder deren Asche.« Jetzt stammelte er, tastete jedem Wort hinterher, einem nach dem anderen. »Weil sie mich zu respektieren wußte und mir zur Seite stand in schlechten Zeiten, die sich nun nicht mehr wiederholen können. Habt ihr verstanden?« fragte er gleichgültig und schwach.

Mit schwerfälligen Bewegungen – als wären es fremde Arme – kramte er eine Handvoll Tabletten aus der prächtigen Weste hervor und trank aus der Flasche. Er streckte sich seiner ganzen Länge nach auf dem Sofa aus, schloß die Lider und begann hörbar zu atmen, bis hin zu einem Schnarchen, das ihm den Mund öffnete. Ein kleines Speichelrinnsal glitt ihm langsam über die rechte Seite seines Gesichts, das sich nach und nach entfernte – es, das so viele Male geküßt hatte und geküßt worden war auf ebendiesem Sofa, während seine animalische Raserei, seine langsamen Liebkosungen von den Bildern gekräftigt wurden, die der Spiegel beitrug.

Ich näherte mich ihm, um den Ablauf zu beobachten. Meine Schultern trennten mich von der Gruppe, und ich hörte die Schreie, die vorausgeahnten und unvermeidlichen Worte:

»Krankenwagen Arzt Polizei Magenspülung vielleicht.«

Ich fühlte unserem Charlie den Puls. Sehr schwach, in großen Abständen.

»Liebe Freunde«, sagte ich, »dieses Herz hört in zwei Minuten zu schlagen auf. Das muß an der letzten Dosis Tabletten liegen. Die war ein bißchen brutal. Ich persönlich gehe jetzt. Das Dienstmädchen kommt nicht vor Montag. Wenn wir hierbleiben, werden wir uns alle auf dem Kommissariat wiedertreffen, wo wir dumme Fragen beantworten müssen – wer weiß wie lange.«

»Aber sollen wir ihn etwa so lassen?«

»Er ist bereits verlassen«, sagte ich. »Adieu. Macht, was ihr wollt. Ich bitte euch nur, vergeßt, daß ich auch hier war.«

Ich fuhr mit demselben Aufzug hinab, den María del Carmen benutzt hatte. Das Gebäude, in dem Charlie gewohnt hatte, lag im Südviertel, das mit seinen glücklicherweise bewahrten Bürgerhäusern und andalusischen Patios wieder aufzuleben begann. Das Café war gemütlich, ohne Neonbeleuchtung, und von meinem Tisch aus konnte ich in Ruhe spionieren und sie zählen, wie sie im Schrittempo oder fluchtartig das Haus verließen. Brausen kam als letzter heraus, und mir schien, er bewegte die Hände, um ein Taxi heranzuwinken.

Ich wartete einen widerlichen Whisky lang, Inlandserzeugnis, bei zwei ohne Hast, mit lange haftender Asche gerauchten Zigaretten. Ich zahlte beim Kellner und ging. Ich hatte beide Schlüssel, also fuhr ich im zitternden Gefährt hinauf und betrat die Wohnung. Charlie wurde langsam kalt, und der Mund – keine gute Frau war da, ihm ein Kinnband anzulegen – stand grotesk offen.

Auch kein guter Mann war da. Natalia hatte mir während der Siesta am gleichen Nachmittag im Bett gesagt, daß Charlie ihr das Geld der väterlichen Felder zwischen den Seiten des zweiten Bandes der *Essais* von Montaigne hinterlasse, irgendwo im Durcheinander der Bibliothek. Es war ein großer, schwerer Umschlag voller ebenfalls großer Scheine, den ich kaum in der Westentasche unterbringen konnte.

Schon bevor ich ging, empfand ich keine Neugier mehr für den Verstorbenen. Dagegen bückte ich mich, um einen der gegen die Wand gelehnten Malkartons umzudrehen. Es war ein für meinen Geschmack miserables Bild, worin die grellen Farben untereinander zu zanken schienen. Es ist wahrscheinlich, daß Charlie dasselbe gedacht hätte wie ich.

Ki no Tsurayuki

Ich kannte und besuchte die Andrades vor und während einiger Zeit. Heute erzähle ich den Teil von ihrer beider Leben, der am meisten interessiert, und was mir nicht bekannt ist, stelle ich mir mit Gewißheit vor.

Wie jeden Mittag war Marisol, als Andrade aufwachte, nicht mehr im Bett. Der Raum roch sacht nach Schweißdünsten, gemildert durch Kosmetika, und der Duft frischen Kaffees kam von der Küche her ins Schlafzimmer.

Mit einem Schluck trank er den Rest des jetzt lauen Whiskys aus, den ihnen die Nacht gelassen hatte, und steckte sich eine Zigarette an. Der Rauch stieg spiralförmig auf, vom gleichen Grau wie das Licht in den Ritzen der Jalousie. Betrübt dachte er, daß der Frühling noch nicht gekommen war und niemand wußte warum.

Marisol war verantwortliche Redakteurin der Gesellschaftsseite, die ihre Zeitung regelmäßig brachte; diese war unter allen Regierungen – ob sie gingen oder kamen, ob zivil oder militärisch – stets die wichtigste, die kleine grimmige Bibel der Oligarchie und der Kirche.

Nach dem Bad saß er – nun sauber, rasiert und eingehüllt in einen prächtigen Morgenmantel – in der Eßnische Marisol gegenüber und frühstückte üppig. Er schlug die Zeitung auf, sie sollte vergessen, daß er ihr einen vorwurfsvollen Blick zugeworfen hatte. Ihre leuchtenden Augen, die weißen Partikelchen an den Nasenflügeln. Ihre sympathische nervöse Heiterkeit. O ja, über aller Welt schwebend.

Wie viele Male hatte er ihren Schwur gehört: »Nie wieder, das schwöre ich dir.« Oder in der Variante: »Wenn ich nicht hingehe zu den Partys, dann nimmt man mir das übel, und ich stehe da ohne Arbeit. Und wenn ich hingehe, kann ich mich doch den *lines* nicht entziehen wie eine Provinzlerin. Und ohne Zeitung und Gesellschaftsabende kann ich dir nicht helfen.«

»Ist etwas drin?« fragte Andrade.

»Keine Lust und keine Zeit, nachzusehen.«

Andrade blätterte in der Zeitung, bis er die übervolle Seite mit den Todesanzeigen fand. Er hatte die Frau vor Augen, hörte, wie das Löffelchen in die halbierte Pampelmuse fuhr. Es gab eine weitere Stille, und dann bot sie ihm noch Kaffee an, in einer dickbauchigen Tasse. Schweigend nahm er sie an, legte die Zeitung beiseite und sah, wie sie stumm lachte.

»Sei doch nicht gleich beleidigt, oder tu nicht so. Was studierst du die Zeitung, wenn du sie gar nicht deuten kannst? Ich hab den Schlüssel dazu, und nachher sag ich's dir, wie immer. Aber zuerst mal Entschuldigung bitte und ein kleines Lächeln für Mama.«

Jetzt zeigte sich für Minuten der Frühling durchs große Fenster des Eß-Wohnzimmers, um dann wie reumütig zurückzuweichen, von Wolken und Wind verleugnet.

Sie sagte:

»So, ich muß jetzt los, Mittagessen im Country Club. Du brauchst gar nicht endlos in der Zeitung herumzusuchen, von Witwen verstehst du nichts. Ich habe zwei vielversprechende Todeskandidaten im Auge. Na, hoffentlich hast du Glück. Meinen Segen hast du. Und vergiß den Terminkalender von heute nicht. Das mit Camarosa hast du ja vermasselt.«

Sie schnitt eine spöttisch-liebevolle Grimasse und ging ins Schlafzimmer, um sich anzuziehen, sich zurechtzumachen.

An einer Yankee-Universität ausgebildet, hatte Marisol dem Haushalt einen Speiseplan aufgezwungen, an den sich Andrade nur zögernd gewöhnte: kräftiges Frühstück, irgend etwas Läppisches zu Mittag, und abends gingen sie häufig außer Haus essen.

Am Nachmittag arbeitete er ein wenig mit den Notizkalendern, einem von diesem Jahr und einem vom nächsten, denn nicht alle sterben vor dem ersten Juli. Zehnter September, leere Seite. Er blätterte weiter und stellte fest, daß bis Mitte Oktober keinerlei Besuch vorgemerkt war.

Andrade lebte sorgenfrei dank einem Großvater oder Urgroßvater, der im vergangenen Jahrhundert herrenlose Weideflächen mit Draht eingezäunt hatte. Durch sukzessive, komplizierte Erbvorgänge war dieses Land in seiner Unermeßlichkeit – inzwischen etwas reduziert, mit Rinder- und Stutenherden geschmückt – vor dem Gesetz seins geworden. Pünktlich betrog ihn der Verwalter mit Überweisungen und Abrechnungen. Was aber davon ankam, deckte die Bedürfnisse Andrades überreichlich. Marisol – Familie in neuerdings etwas weniger üppigen Verhältnissen, aber mit Patriziernamen (und dieses ›weniger‹ war weiterhin beneidenswert), dazu ihr Gehalt von der Zeitung und die Extras, wenn sie einfließen ließ, welcher kleine Couturier das Brautkleid oder das Ballkleid des in die Gesellschaft eingeführten jungen Mädchens angefertigt hatte – brachte genügend Geld in den Haushalt ein, fast ebensoviel wie Andrades Einkünfte. Und zu alldem kam noch hinzu – außer Geselligkeit und Bett –, daß beide großzügig waren, unbekümmert und nicht berechenbar.

Außerdem schrieb Andrade schon seit etlichen Jahren an einem Roman. Niemand sah je eine Seite, vielleicht auch er nicht. Die einzige vage Spur literarischer Schöpfung ließ sich auf einem vergilbten Stück Karton aufspüren, das über seinem Schreibtisch an die Wand geheftet war. Darauf stand: »Eine Literatur von der Gestalt, daß im Vergleich dazu alles bisher Geschriebene sich als simple Pennälerprosa herausstellt.« Die Assonanz war nicht beabsichtigt.

Andrade log, als er sagte, Marisols Anruf habe ihn überrascht, während er gerade dabei gewesen sei, das sehr schwierige vierte Kapitel des endlosen Romans zu beginnen. Fast sicher ist, daß er mit Hilfe des immer letzten Glases Kognak und etwas Bikarbonat Siesta hielt. Ich nehme an, Marisol sagte:

»Los jetzt, Schatz, es gibt was zu tun. Heute morgen ist Estévez, Ramón, gestorben, als er wegen zwei Operationen im Krankenhaus war. Ein plötzlicher Anfall, das Herz. Er war dein Freund, Kinder sind keine da, und er war fanatischer Fallschirmspringer, drüben auf dem Truppenübungsplatz von Morón. Bloß keine Trauerkleidung, Idiot, korrekter Anzug, Vorsicht bei der Krawatte, und das Gesicht untröstlich, das schon.«

Innerhalb weniger Stunden ließ Andrade eine Freundschaft mit Estévez anwachsen, blähte kleine Erinnerungen auf, überzeugte sich, daß zwischen ihnen beiden eine kontinuierliche Beziehung bestanden hatte, die an Vertrautheit grenzte. Oberschule, Militärdienst, gewagte Absprünge, bei denen sie sich gleichzeitig aus dem Flugzeug stürzten, an Fallschirmen durch die Luft glitten und glorios und unter Bauchschmerzen auf oftmals widrigem Gelände landeten. Aus Besäufnissen und Bekenntnissen entstandene tiefe Freundschaft.

Schon war es unerheblich, zu wissen oder zu erspüren, wie der alte Freund Dr. Estévez tatsächlich ausgesehen hatte, sein nie erblicktes Gesicht. Der Tod gleicht die Gesichter einander an, verfertigt ihnen, prägt ihnen einen gemeinsamen Ausdruck auf (uns wird er ihn aufprägen), der gleichgültig und sarkastisch fragt: Was geht's mich an?, ich erfülle treu meinen Auftrag.

Gegen Abend zog er einen dunkelblauen Anzug an mit unauffälligen, sehr feinen weißen Streifen. Er ging einige Häuserblocks bis zum nördlichen Stadtteil, nicht weit von dort, wo sie selbst wohnten. Nachdem er sich in das Kondolenzbuch eingetragen hatte, mit betont klarer und offener Schrift, damit man sie mühelos würde entziffern können, drängelte er sich in das Zimmer mit dem Geflüster und mied, ohne daß es ungehörig wirkte, den gold-schwarzen Sarg. Zahlreich waren die Leute, die, zu Schutz und zu Trost, die junge Witwe umringten und sie sich dabei vormerkten. Sie stand bewegungslos und ohne Tränen da und war sehr schön mit ihrer schwarzen Haartracht *en bandeaux*. Was für eine begehrenswerte Verheißung, nach Ablauf der Halbjahresfrist.

Diese Witwe: das Gesicht so blaß wie eine frischgekalkte Wand, gleichmütig verschlossen, einen brutalen, unerwarteten Schlag nicht mit vollem Bewußtsein erleidend; der gekommen ist, ihr Leben entzweizubrechen, das Glück zu vernichten, das schon kaum mehr als ein Bündel Erinnerungen sein würde, jeden Tag trügerischer, weniger schmerzlich.

Er hatte sich schon törichte Worte zurechtgelegt, tauschte sie aber murmelnd gegen andere, ähnliche aus:

»Unglaublich. Der liebe alte Freund Ramón. Gott wird ihm seinen Frieden schenken.«

Darauf zog er sich zurück, als ob er sich vergessen machen, sich verstecken wollte, und in einer Ecke sitzend, wies er Kaffee und Portwein zurück, die ein Diener ihm anbot. Als mit Klagen, Anverwandten, Freunden und erneuten Wehklagen eine Stunde verstrichen war, konnte er diskret entschlüpfen und kehrte in seine Wohnung zurück, um – eine Lüge – an dem endlosen Roman zu schreiben, für den er, obwohl es ihn niemals gegeben hatte, doch soviel Achtung aufbrachte, ihn nicht genial zu nennen. Die Wahrheit wird gewesen sein, daß er zu seinem Kognak zurückkehrte, Pfeife rauchte, Krimis von jener namen-, titel- und erinnerungslosen Sorte las und darauf wartete, daß Marisol käme.

Fest steht jedenfalls, daß Andrade sich nach seiner kurzen Trauervisite bei Estévez an die Aufgabe machte. Er holte die Notizbücher hervor, und da es der 21. September war, rechnete er sechs Monate hinzu und notierte: »Am 20. März kommenden Jahres: Señora Estévez. Etwa um diesen Tag.«

Er entdeckte Arbeitswillen in sich, den er mit Kognak stärkte, und zog eine rasche Bilanz, mit dem sehr befriedigenden Ergebnis, daß sich von zwölf Besuchen, Anrufen nach dem halben Jahr – die zum Teil anonym waren – nur zwei als Fehlschläge erwiesen hatten. Entweder war er zu spät gekommen, oder der von ihm angestrebte Platz war seit mehr als einem Jahr, bereits vor seinem ersten Kondolenzbesuch, besetzt gewesen.

Und all dies, das etwas Unpoetisches an sich hatte, etwas von einem seinen Dienst mittels Stechuhr antretenden Büromenschen, innerhalb der enormen, von den glücklichen Resultaten geschaffenen Poesie.

Und diese nicht sehr aufreibende Arbeit hatte ein paar Jahre zuvor ihren Anstoß bekommen durch ein Erzählgedicht des japanischen Dichters Ki no Tsurayuki, das im Jahre 905 erschien und im 20. Jahrhundert in die Sprachen der Barbaren übersetzt wurde.

Darin log der Dichter, er habe einen Friedhof besucht und dort eine zierliche kleine Japanerin gesehen, die vor einem Grab hokkend mit einem großen Fächer unermüdlich die Graberde fächelte. Von Neugier – der Mutter des Wissens und der Poesie – getrieben, näherte sich Ki no Tsurayuki dem jungen Mädchen und getraute sich, nach den drei gebotenen Verbeugungen, sie zu befragen. Vielleicht ohne Worte zu benötigen, allein mit dem fragenden Ausdruck seines Gesichts. Das Mädchen – alle schönen Frauen durchqueren die Jahre mädchenhaft – hielt inne im Hin und Her des Handgelenks, hob die Augen, während es ein ungewisses starres japanisches Lächeln darbot. Dann sagte es mit Traurigkeit: »Auf seinem Totenbett ließ mich mein Mann schwören, daß ich ihm so lange die Treue hielte, wie die Erde auf seinem Grab feucht bliebe. Und dieser Herbst war so regnerisch.«

Nach dieser Trouvaille, die ihn stark beeindruckte, rief sich Andrade, neugierig geworden, allerlei Gerede und die eine oder andere Erfahrung in Erinnerung. Er stellte Berechnungen an und kam zu dem Schluß, daß sechs Monate Witweneinsamkeit einen verwundbaren Seelenzustand unter dem Panzer der alleingelassenen Frau zur Folge hatten und daß es durchaus möglich war, sich auf Sehnsüchte zu verlassen und die Erinnerungen anzufachen. Ich weiß nicht – ich war damals geschäftlich unterwegs –, wieviel Zeit verging und als wie genau sich Andrades Buchführung, stets unterstützt von Marisols komplizenhafter Kennerschaft, erweisen sollte oder was sie zum Schluß aufwies. Ich vermutete immer, daß seine Geliebte ihn mit sicherer Hand hinsichtlich der Erfüllung *einer* Forderung leitete: Die Zielscheiben, die der Tod kontinuierlich offerierte, sollten jung sein, schön und von einer schwer bestimmbaren Eigenschaft, welche die beiden und ich Klasse nannten.

Als ich mich endlich wieder in der geliebtesten Stadt der Welt niederließ – kein Rom, kein Wien, kein Paris, wie ein mexikanischer Dichter sagte – und nachdem ich vor dem gerade amtierenden Minister großspurig Rechenschaft abgelegt hatte, erhielt ich nach und nach, ohne es zu wollen, Kenntnis von einigen Unglücksfällen. Ich lasse die familiären beiseite und rufe Marisols Tod und den vorausgehenden Autounfall Andrades in

Erinnerung. Ich erfuhr, daß er schließlich, verrückt vor Liebe, eine seiner Halbjahreswitwen geheiratet hatte. Sie hieß, und heißt noch, Hortensia. Stärker als er in Liebesabenteuern und überzeugender in Bettspielen, schön und eine geborene *allumeuse*, führte sie ihn ohne Heftigkeiten und Diskussionen zu Standesamt und kirchlicher Trauung.

Das Vorspiel schrieb sie mit sprachlicher Meisterschaft, mit geschlitzten Röcken, die sommers die so weißen und mächtigen Schenkel andeuteten; und winters trug sie Hosen, die so eng saßen, daß sie die blauen angebotenen Backen sehen, ahnen und begehren ließen.

All dies zugeraunt, manchmal mit anderen Worten gesagt, von Busenfreundinnen, die die Geschichten, vielleicht verleumderisch, in Vergangenheit und Gegenwart verlängerten.

Nichts davon machte ihm etwas aus, denn mochte es auch wahr sein, so ist doch sexuelles Herumgetolle am folgenden Tag vergessen und nie gewesen.

Nach einer Hochzeitsreise war er zur Stadt zurückgekehrt. Die Landstraße ist heimtückisch, und dort prallte Andrade, der auf der Suche nach Stränden und Sonne allein unterwegs war, auf einen Lastwagen, wurde, beinahe schon tot, in einem Sanatorium gerettet und impotent und ohne brauchbare Beine entlassen.

Als Andrade jetzt aus einer der täglichen Stunden schwerer Benommenheit erwachte, versuchte er, die Welt, das Zimmer wiederzuerobern, unbequem in seinem Rollstuhl sitzend, den er fast mit Behendigkeit zu manövrieren gelernt hatte.

Jetzt hörte er Hortensias Stimme, die das Flüstern einer männlichen Stimme beschwichtigte: »Keine Sorge, der wacht nicht auf bis zum Abend.« Und Schweigeperioden, grausamer als jedes Wort, kamen, sich hinziehend, zu Besuch in sein Zimmer, das eines gelähmten, unheilbaren Kranken.

Ohne einen Notizkalender zu benötigen, rechnete Andrade sich aus, daß sechs Monate seit dem fast tödlichen Unfall vergangen waren, der ihn von den Lebenden trennte, den Gesunden und Sehnenden.

Sie

Als SIE nach langen Wochen der Agonie und des Morphiums, der Hoffnungen und trauriger, heftig dementierter Meldungen starb, schloß das Nordviertel Türen und Fenster, legte seiner mit Champagner gefeierten Freude Schweigen auf. Der Intelligenteste unter ihnen brüstete sich: »Was soll ich Ihnen sagen. Für mich, und ich pflege mich nicht zu täuschen, ist das so was wie der Anfang vom Ende.«

Arme Millionäre, so viele Dinge hatten sie von IHR hinnehmen müssen. Und das Traurige war, daß SIE unendlich viel schöner gewesen war als die dicken Damen, ihre immer noch nach Mist riechenden Gattinnen, wie ein Argentinier gesagt hat. Jetzt konnten sie auch das herzliche Lächeln runterschlucken, mit dem sie die Befehle und die Demütigungen aufgenommen hatten. Denn alle hatten sie gespürt, ohne andere Beweise als die weithin tönenden Reden auf der Plaza Mayor, daß SIE, in unglaublicher Wirklichkeit, gefährlicher war als die politischen, wirtschaftlichen und sonstigen Turbulenzen von IHM, dem befehlshabenden Befehlshaber, ihm, der uns alle befehligte.

Als SIE schließlich starb und Hoffnungen und Begehrlichkeiten damit ein für allemal begrub, hatten wir Ende Juli; ein an Scheußlichkeiten, Kälte, Wind, Regengüssen überreiches Datum. Aus den von Wolken und Nacht schwarzen Himmeln fiel unerbittlich ein langsamer Regen, in Nadeln, die ewig zu währen drohten. Sie interessierten sich nicht für Mäntel und Menschenhäute und durchnäßten unverzüglich bis aufs Mark.

Die Feuchtigkeit verstärkte den üblen Geruch ihrer abgetragenen improvisierten Trauerkleidung: fast bewegungslos, ohne Worte, denn ihr Elend hatte einen einzigen Schuldigen, und der konnte nicht benannt werden, obwohl Herr der Kälte, des Regens, des Winds und des Unglücks.

Laut kleiner Geschichte – so oft näher an der Wahrheit als die geschriebene und veröffentlichte, die mit Großbuchstaben – umgaben fünf Ärzte das Bett der Sterbenden. Und die fünf waren sich einig, daß die Wissenschaft ihre Grenzen hat.

Und im Erdgeschoß gab es, ungeduldig auf und ab gehend, zwischendurch die telefonischen Fragen beantwortend, die ihm befreundete oder spendable Journalisten stellten, einen weiteren Mann, vielleicht ebenfalls Mediziner, auch wenn das nicht die geringste Bedeutung hat.

Er war Katalane, als Einbalsamierer weithin bekannt, von IHM einen Monat zuvor gerufen, damit er verhindere, daß der Körper der Kranken den Weg allen Fleisches ging.

Und es gab einen stillen, aber zähen Kampf zwischen den fünfen oben und dem einzelnen unten. Denn wo dieser nur zerstreut an die Jungfrau von Montserrat glaubte, waren sie geteilt zwischen der von Luján, der von La Rioja, der von den Sieben Wunden, zwischen der von San Telmo und der von Mariahilf. Aber sie stimmten im Grundlegenden überein, in der Heiligen Römisch-Apostolischen Kirche. Und glaubten an die sonntäglichen Rülpser der Priester.

Um den Vertrag mit IHM zu erfüllen, mußte der katalanische Einbalsamierer dem Leichnam eine halbe Stunde, bevor dieser dazu erklärt wurde, eine erste Injektion verpassen. Die hartnäckigen Gläubigen vom oberen Stockwerk widersetzten sich jeder Einbalsamierungsabsicht, obwohl der dazu engagierte Katalane großzügig unbestreitbare Beweise seines Talents verteilt hatte. Ich erinnere mich an das Foto eines Jungen in einem Prospekt, mit zwölf Jahren gestorben, anmutig auf einem Lehnstuhl plaziert, in tadellosem Matrosenanzug. Sie stellten ihn jedesmal aus, wenn die Mumie Geburtstag hätte feiern müssen – er mokierte sich, die Zeit existierte nicht, seine Wangen waren weiterhin rosig und seine Glasaugen funkelten maliziös – und wenn er, unerbittlich, wieder Todestag hatte. Zweimal im Jahr nahm er den Ehrenplatz ein, und die Verwandten, die ihm verblieben – die Zeit existierte –, umgaben ihn, während sie zum Gebäck Tee tranken und das eine oder andere Gläschen Anislikör.

Sie widersetzten sich der ersten und unerläßlichen Injektion. Denn der Heilige Glaube, der sie vereinte, sortierte Seelen, damit sie ewiglich Musik von Engeln hörten, die niemals das Notensystem wechseln würden – womöglich hatten ihre zweideutigen Köpfchen die Noten selbst graviert –, oder aber Qualen genossen, die ein irdischer Polizist niemals hätte ersinnen können.

Dergestalt, daß sie, als jene Liter Morphium zu atmen aufhörten, sich zustimmend ansahen und die Uhren befragten. Es war Punkt acht Uhr. Einer zündete sich eine Zigarette an, andere überließen ihre Erschöpfung den Sesseln.

Jetzt hofften sie, daß rasch die Verwesung einsetze, daß irgendeine grünschillernde Fliege sich trotz der Jahreszeit auf den geöffneten Lippen niederließe. Denn die Heilige Kirche befahl ihnen, Kadaverin einzuatmen, fast sofortigen Gestank, und die mühselige Kleinarbeit von sieben Generationen Würmern vorherzusagen. Dies alles gemäß dem Geschmack Gottes, den sie respektierten und fürchteten. Die Minuten vergehen rasch, wenn ein Studierter für seinen Glauben wacht.

Emilio, den unzweifelhaften Manifestationen der Gottheit am gehorsamsten, sagte:

»Mensch, dreh die Heizung auf.«

Später entschlossen sie sich herunterzugehen, um die traurige und erwartete Nachricht bekanntzugeben.

ER war beim Abendessen und nickte mit dem Kopf. Dann dankte er für geleistete Dienste und bat darum, daß man ihm die Honorarforderungen schicke. Anschließend wies er mit dem Finger auf irgendeinen der Uniformierten und befahl ihm, den Radiosendern zu befehlen, daß sie – sein eigener Sender mit dem Vorrang des Ersten – die Nachricht verbreiteten.

Und so lautete sie schließlich, umgearbeitet, korrigiert, umstritten: »Das Ministerium für Information und Propaganda erfüllt die schmerzliche Pflicht bekanntzugeben, daß um acht Uhr fünfundzwanzig SIE in die Unsterblichkeit eingegangen ist.«

Der katalanische Arzt nahm beim Hinaufhasten zwei Treppenstufen auf einmal, behindert durch sein Köfferchen. Er bereitete die Injektion vor und war fassungslos, als er die Kälte des Körpers berührte.

Die Türen öffneten sich nicht, und die Menge begann zu murren und unruhig zu werden. Die Polizisten boten keine Gläschen mit kaltgewordenem Kaffee mehr an, und sogleich erschienen Verkäufer von Würsten, Törtchen, lauwarmen Erfrischungsgetränken, Erdnüssen, Dörrobst, Schokoriegeln. Wenig verdienten sie, denn das erste Kontingent kam um neun Uhr abends an und stammte aus Stadtrandgebieten, die die Bewohner des Großen Dorfs nicht kannten, aus Elendsvierteln, Blechhütten, Autowracks, Höhlen, aus der Erde selbst, schon Lehm. Schweigend und ungehemmt beschmutzten sie die Stadt, entzündeten Kerzen, wo immer die Wände der Boulevards eine Höhlung boten, in den Marmoreingängen zu verschlossenen Portalen. Einige Flammen wurden von Regen und Wind respektiert; andere nicht. Dorthin klebten sie Drucke oder Zeitungs- und Zeitschriftenausschnitte, die, ungetreu, die außerordentliche Schönheit der Verblichenen wiedergaben, der jetzt auf immer Verlorenen.

Um zehn Uhr morgens erlaubte man ihnen das Hereinkommen, zwei Meter alle halbe Stunde, und sie durften die Tür des Ministeriums durchqueren, in Gruppen zu fünft, geschubst und gestoßen; die Soldaten bevorzugten Stöße mit dem Knie in die Gegend der Eierstöcke, bewährtes Mittel gegen Hysterie.

Am Mittag lief die Kunde von Häuserblock zu Häuserblock, Meter um Meter die langsam vorwärtsrückende Schlange entlang: »Ihre Stirn ist grün. Sie machen dicht, um sie zu schminken.«

Und das war das am meisten akzeptierte Gerücht, denn obwohl unwahr, fügte es sich für Abertausende flüsternder und trauernder Nekrophiler aufs vollkommenste.

Die Araukarie

Pater Larsen stieg vom Maultier, als es sich weigerte, die steile Straße des Fleckens zu erklimmen. Er trug eine Soutane, die schwarz gewesen war und jetzt entschlossen einem Flaschengrün zuneigte, Frucht der Jahre und der Gleichgültigkeit. Er ging zu Fuß weiter, wobei er alle fünfzig Schritt stehenblieb, um mit halboffenem Mund Atem zu holen, und sich sagte, daß er aufhören mußte zu rauchen. Mit dem kleinen schwarzen Koffer, der das Nötige enthielt, um die Seelen zu retten, die im Begriff waren, sich vom Körper zu lösen und dem Leiden und der unmittelbar bevorstehenden Verwesung zu entfliehen. Kein Ministrant mit Glöckchen ging ihm voran, niemand schwenkte ein Essigkännchen, niemand betete, nur er bei jedem Halt.

Das kleine, schmutzigweiß gestrichene Haus war von zwei weiteren, fast gleichen eingeschlossen, und alle drei öffneten sich nach dem Weg aus harter Erde hin mit abweisenden, engen Türen.

Ihm machte ein Mann von unbestimmbarem Alter in Hanfschuhen und weißer Pumphose auf. Er bekreuzigte sich und sagte:

»Hier entlang, Pater.«

Larsen spürte die Kühle des getünchten Raums und vergaß fast die aggressive Sonne der miserablen Straßen.

Jetzt war er in einem karg möblierten Zimmer; in einem Ehebett wand sich eine Frau, ging abwechselnd vom Klagen zu einem herausfordernden Lachen über. Danach kamen Wörter, unverständliche Sätze, die das Schweigen durchquerten, die augenblickliche Stille der Sonne, und bis zu den Schatten gelangen wollten, die sich genähert hatten.

Ein Schweigen, ein anhaltender schlechter Geruch, und plötzlich versuchte die im Sterben liegende Frau den Kopf zu heben; sie weinte und lachte. Sie beruhigte sich und sagte:

»Ich will wissen, ob Sie Priester sind.«

Larsen ließ die Hände über die Soutane wandern, um sie zu zeigen, um sich selbst zu vergewissern, daß er noch darin steckte. Er zeigte der Luft – denn sie hatte die Augen weit offen und sah nur die ihrem Tod gegenüberliegende Wand an – Heiligenbildchen in grellen, verwischten Farben, kleine Bleimedaillons, abgeflacht von den Jahren, einige heiter, andere tragisch, mit nackten Herzen, die übertrieben aus offenen Brustkörben hervorquollen.

Und plötzlich schrie die Frau den Beginn der erlösenden Beichte. Pater Larsen hat sie so im Sinn:

»Mit meinem Bruder habe ich, seit ich dreizehn war, er war älter als ich, haben wir im Frühling und Sommer den ganzen Abend neben dem Graben unter der Araukarie gefickt, und Gott allein weiß, wer angefangen hat oder ob uns die Eingebung gemeinsam kam. Und fickten und fickten, denn auch wenn er aussieht wie ein Heiliger, kaum ist er fertig, fängt er wieder an und wird nicht müde, sagen Sie, was wollte ich mehr.«

Der Bruder löste sich von der Wand, verneinte mit dem Kopf und streckte eine Hand zum Mund seiner Schwester hin, aber der Pfarrer fiel ihm in den Arm und flüsterte:

»Laß sie lügen, laß sie sich erleichtern. Gott hört und richtet.«

Ihre Worte hatten seiner Sammlung sehr wenig hinzugefügt. Er hatte schon mehrere Inzeste, unvermeidlich in dem Kaff, dem der Krieg und das Elend die Männer geraubt hatten; aber vielleicht keinen so hartnäckigen, wiederholten, fast ehelichen. Er wollte mehr erfahren und murmelte überzeugend: »So ist das Leben, die Welt, das Fleisch, meine Tochter.«

Jetzt riß sie wieder die Augen auf und verlor sich in der schützenden Leere der getünchten Wand. Sie lachte und weinte wieder ohne Tränen, als wären Lachen und Weinen Laute von Worten und ernsten Bekenntnissen. Larsen wurde sich darüber klar, daß sie nicht im Sterben lag und sich auch nicht lustig machte. Sie war verrückt, und der Bruder, wenn es der Bruder war, wachte über ihre Verrücktheit mit hölzern starrem Gesicht.

Er ordnete zerstreut Vaterunser und Ave-Marias an, und wie schon früher zauderte er aus dem alten Widerwillen, während er sich beugte, um den Kopf mit dem feuchten, wirren Haar zu segnen; er konnte und wollte ihr die Stirn nicht küssen.

Er hörte, während er vom gleichmütigen Bruder herausgeleitet wurde:

»Wenn ich noch mal ans Sterben geh, laß ich Sie rufen und erzähle Ihnen das mit dem Pferd und dem Melkschemel. Er hat mir geholfen, aber egal.«

Auf der Straße, unter der zähen Weiße der Sonne, scheuerte das Maultier mit der Schnauze über die Steine, auf vergeblicher Suche nach etwas zum Knabbern.

Bei der Rückkehr, zurück zum Stall, trottete das Tier gehorsam und zügig, während Pater Larsen, ohne den roten Sonnenschirm zu öffnen, Bilanz aus dem Erlangten zog und zuversichtlich darauf wartete, daß die zweite Agonie der Frau käme.

Pater Larsen suchte und fand keine einzige Araukarie.

Morgen ist auch ein Tag

Der Regen hatte die Ramblas fast leergefegt, und nur in dem verglasten Café, wo man sie seit Monaten schon nicht hineinließ, hockten noch Leute zusammen.

Im Portal des leeren Hauses stehend, sah die Sonia, daß der Regen erschöpft in ein sanftes Sprühen überging, sah, wie es aufhörte, während die Kälte durch den Wind zunahm, und sie dachte, das ist ein Zeichen für Glück. Ein bißchen weiter weg, auf der anderen Seite der breiten Promenade, gingen nach und nach die Lichter der Stadt an. Die Nacht hatte begonnen, und während sie den trostlosen Geruch ihres feuchten Mantels einatmete, dachte die Sonia, daß auch die Hoffnung begonnen hatte. Sie lächelte, ohne wirklich daran zu glauben, wie ein Kind, dem man eine schon gehörte und unwahrscheinliche Geschichte erzählt.

Wieder fuhr sie sich prüfend über die blonde Lockenperücke, und mit großer Sorgfalt – sie hatte sehr lange Fingernägel – zog sie die gemusterten Strümpfe glatt, die vom Strumpfband gehalten wurden.

Wieder verspürte sie Hunger, und sie erinnerte sich daran, daß sie ein Schinkensandwich in der Handtasche hatte. Aber sie konnte sich nicht die Lippen verhunzen, die sie sich mit dem Rougestift und soviel Sorgfalt gezogen hatte. Sie erinnerte sich auch daran, daß sie bis zum Monatsende mit der Polizei im reinen war, und zwang sich loszugehen, näherte sich dem Bordstein, um den Autos zuzulächeln, die Hüften zu bewegen und stehenzubleiben, indem sie so tat, als suchte sie etwas in ihrer übergroßen Handtasche. Aber nichts, niemand, und kein Geld, um ihr Glück in den Bars zu versuchen, in die man sie noch hineinließ.

Es war Nacht, danach das Morgengrauen im schmutzigen Viertel der großen Stadt. Und Sonia, nun schon ohne Hunger, fast ohne Hoffnungen, stöckelte weiter auf dem Schmerz ihrer hohen Absätze.

Es wiederholten sich die kurzen Dialoge mit den Männern, die vorbeigingen.

»Gehen wir. Kommst du mit?«

»Du kannst mich mal.«

»So mag ich's. Auch du kannst mich mal, kommt auf einen. Versuch an.«

Männer und Männer und ihr Ekel vor ihnen. Vom Hafen her drohte das reine Licht, und die anderen gingen nach und nach aus. Sie stieg die Treppen hoch, in den teuren Seidenstrümpfen. Sie öffnete die fleckige Tür und machte das Deckenlicht an. Der Junge, der sich im Bett aufsetzte, fragte ängstlich:

»Wie war es?«

»Beschissen war's, Kleines. Ich bin hungrig. Ich glaube, wir hatten noch eine Sardinenbüchse, und es ist noch Brot da vom Frühstück.«

Der Junge, dunkel und mager, stand vom Bett auf und machte sich daran, im Schrank herumzuwühlen; er sagte mit verwöhnter, quengeliger Stimme:

»Du hast mich noch gar nicht geküßt.«

»Gleich.«

Vor dem Spiegel nahm sich die Sonia die Perücke ab und streichelte sich die Wangen.

»Schon wieder bärtig.«

Danach zog sie sich aus und betrachtete die mit Paraffin geblähten Brüste und das Geschlecht, das ihr zittrig und nutzlos herabhängen würde bis nach den Sardinen.

Die Flinte

Es war nicht tiefe Nacht, als ich den Arm streckte, um die Nachttischlampe anzuschalten. Ich mußte meinen Artikel unbedingt vor Morgengrauen zu Ende schreiben und loslaufen, um ihn in den Kasten zu stecken, und dann dahocken und darauf warten, daß der Briefträger wiederkäme, im Dunst, den die Morgenstunde mit der Farbe frischen, glänzenden Bluts geißelte. Da war er wieder, sehr dick und ruhig, und brachte mir den monatlichen Scheck, und ich mußte mich unbedingt beeilen und bloß das Licht anmachen und hörte das Geräusch von jemandem, der sich am Schloß zu schaffen machte, und um mich herum die Einsamkeit der verlassenen Ortschaft, erstarrt unter dem vertikalen Mond genau im geometrischen Zentrum der Welt, der immens großen mit ihren Abermillionen von Betten, in denen ganz unterschiedliche schlafende Personen ihre Träume stotterten, jede von ihnen mit einem Speichelfaden, der die Wange entlangstrich, und sie streckten sich in seltsamen Figuren auf der Weiße der Kissen. Bis ich aufsprang und mich auf eine Seite der Tür stellte und viele Male in immergleichem Rhythmus fragte, wer da, was wollen Sie, was suchen Sie. Und Stille und das heftige Herummachen umkreiste das Häuschen, und weiter arbeitete es an einem der Fenster, ich weiß nicht mehr, an welchem, und trieb mich dazu, in zwei fast ohne Pause aufeinanderfolgenden Bewegungen mit der ganzen Hand das Nachttischlicht zu löschen, den Schrank zu öffnen und die Flinte herauszuholen, um dann von einem Fenster zum anderen zu schleichen und vom Fenster zur Tür, je nach den Geräuschen des Diebs, und dabei in einem fort bis zur Heiserkeit zu fragen, was suchen Sie, die Flinte kreisen zu lassen und zu riechen, wie von Brust und Achselhöhlen der finstere Geruch von Angst und Verhängnis wuchs.

Nach einer Pause und einem Papierrascheln sprach der Mann

im weißen Kittel hinter meinem Nacken. Seine Stimme war tonlos:

»Der ist aber einfach. Ein elementarer Traum. Sogar ein Kind könnte ihn deuten. Ich bin der Dieb, der wissen will, in Ihr Ich einzudringen versucht. Warum soviel Angst?«

Drei Uhr morgens

Der letzte Fußtritt warf ihn gegen die graue Wand der Zelle. Er schlug mit dem Kopf auf, und vielleicht hatte er noch Zeit, eine Sekunde, um dankbar zu sein für die Ohnmacht, die Bewußtlosigkeit, das Vergessen der Foltern.

Der Soldat schloß die Tür, hängte sich die Maschinenpistole senkrecht in die linke Hand, während er mit der anderen überall nach einem Taschentuch suchte, um sich das Gesicht abzutrocknen. Er war jung und hatte – bis man es ihm untersagte – ein Schnurrbärtchen aufgewiesen, das nicht wachsen wollte.

Die Zelle hatte nur eine Pritsche mit einem Brett als Matratze, einen Eimer, der schon scharf nach Urin und Exkrementen stank, und ganz oben ein mit Drahtgitter geschütztes Rechteck.

Als er aufzuwachen glaubte, Nacht oder Morgen, kalt und schwitzend, wußte er nicht, wer er war. Er fügte sich nach und nach dieser Persönlichkeit, die sie glücklich machte, die glücklich war und nicht nur von aller Vergangenheit abgelöst, sondern auch von der Zeit.

Er war der andere, mit Vergangenheit und Schicksal, die gleichgültig waren, mit Schorf, mit Schmerzen, Erinnerungen und Warten. Er war befreit vom Leben, befreit von soviel Tausenden Scheißkerlen, die nur darauf aus waren, das Leben zu Schmutz und Dornen zu machen. Er war befreit und bei klarem Bewußtsein, entblößt von allem, wie ein Neugeborenes.

Es war drei Uhr morgens, auch wenn er nichts von Stundenplänen wußte. Drei Uhr morgens, die Stunde, wo sie den schwarzen Wagen zur Kommandantur bringen, der vollgestopft ist mit Prostituierten, mit Heulen, Lachen und dreckigen Wörtern, die an die niedrige Decke prallen und ohne Sinn und Ziel herunterfallen, ohne jemandem wehzutun, ohne überhaupt jemanden zu streifen. Worte, bereits tot, so alt sind sie, tot von ihrem langsamen, kurzen Flug. Schon nichts mehr als Worte, das Nichts.

Es war drei Uhr morgens, und es war möglich, die unsichtbare Gegenwart des anderen an seiner Seite zu spüren und zu schaffen; regungslos und vielleicht mit der Erinnerung an das Ersticken in einem Bottich, in dem Scheiße schwamm; an unaussprechliche Stromstöße vom Penis bis zur Nase oder umgekehrt, abwechselnd oder fortwährend. Ohne Erinnerung an die Faustschläge des ersten Scheißkerls, vergessene Liebkosungen.

Er verstand, teilnahmslos, daß es in der Casa Grande ein Übermaß an Biestern in Menschengestalt gab. Er aber wollte mit den Fingernägeln, die ihm verblieben waren, das flackernde Glück zurückhalten und das Nichts, das nie einen Anfang noch ein Ende gehabt hatte. Er war einfach da. Es hatte keine Bedeutung, daß der andere, wegen der Traurigkeit an seiner Seite, seine verlorene Hälfte, das unsterbliche Gedicht zusammenfügte, das irrtümlich Pavese zugeschrieben wird, so fern seinem Stil und seinem Kummer.

Der Betrüger

Ich war müde vom Warten, aber der Mann kam pünktlich an, und ich sah, wie er mir schüchtern den Vornamen zulächelte. Er sagte, er sei *Er*, und wiederholte mit leiser Stimme, als zeichnete oder modellierte er ihn, den Berg an Umständen, die uns getrennt hatten. Ich wünschte ihm zu glauben, aber er war nicht *Er*. Zwillingsbrüder, zwang ich mich zu denken, identische. Aber Jesús hatte nie Brüder gehabt, *mein* Jesús.

Er küßte mich zärtlich, ohne Drängen, und der Arm auf dem Rücken ließ mich einen Augenblick lang glauben. Ich begann mit einer Prüfung.

»Wie ist es dir in London ergangen?«

»Gut; glaube ich jedenfalls. Bei solchen Sachen kann man nie sicher sein.« Er sah mich lächelnd an.

»Interessanter noch«, sagte ich, »ob du dich an das Abschiedsfest erinnerst. Das Nachspiel, meine ich.«

Er sah mich spöttisch an und sagte:

»Ist das eine Frage? Du weißt sehr wohl und wirst es heute nacht erneut wissen, daß ich das nicht vergessen konnte. Ich erinnere mich an deine schmutzigen, deine wunderbaren Worte. Ich kann sie aufsagen, aber ...«

»Um Gottes willen, nein.« Fast schrie ich es, und mein Gesicht wurde flammend rot.

»So ein Klotz bin ich nicht. War ein Spiel, eine zärtliche Drohung.«

Angesichts der zwei Flaschen lächelte er amüsiert. Eine enthielt Rotwein, die andere weißen.

»Zu dieser Stunde und wie immer: ein Glas Weißwein.«

Er mochte es so, *er* hätte die gleichen Worte gesagt.

Wir tranken, und danach machten wir einen Rundgang durchs Haus. Dieser er ging langsam, fast ohne nach rechts oder links zu schauen, und hielt vor der Schlafzimmertür an.

Er sah aufs Bett, lächelte, legte mir einen Arm um die Schultern, zwickte mich in den Nacken, und wie immer wurde ich heiß und feucht.

In den Laken, als ich ihn nackt sah und fühlte, was ich fühlte, wußte ich, daß er nicht *Er* war, er war nicht Jesús. Im Bett kann kein Mann eine Frau täuschen. Aber nach dem Gekeuche und der Zigarette sagte er:

»Gut. Schauen wir uns den van Gogh an. Ich glaube weiterhin, daß er falsch ist, daß du da einen schlechten Kauf getan hast für die Galerie.«

Das gleiche, dieselben Worte, hatte Jesús zu mir gesagt, bevor er nach London abreiste. Und nur *Er* und ich wußten von dem heimlichen Kauf des van Gogh.

Die Küsse

Gekannt und vermißt hatte er sie von seiner Mutter. Er küßte jede Frau, die man ihm vorstellte, auf beide Wangen oder auf die Hand, hatte den Bordellritus respektiert, der verbot, die Münder zu vereinigen; Freundinnen, Frauen hatten ihn mit Zungen bis in den Hals geküßt, hatten kundig und gewissenhaft dabei verweilt, sein Glied zu küssen. Speichel, Wärme und Glitschen, wie es sein soll.

Dann das überraschende Hereinkommen der Frau, einer Unbekannten, die das Hufeisen der Leidtragenden, Gattin und Kinder, seufzende und schniefende Freunde, durchquerte.

Sie näherte sich ungeniert, diese unverschämte schamlose Hure, um ihm die Kälte der Stirn zu küssen, über den Sargrand hinweg, und hinterließ zwischen den drei horizontalen Falten einen kleinen karminroten Fleck.

Die Hand

Wenige Tage nach ihrem Eintritt in die Fabrik hörte sie auf dem Weg zur Toilette, wie einige Arbeitskolleginnen tuschelten, und von dem Getuschel blieb ihr die Verachtung im Ohr:

»Die Aussätzige.«

Wegen ihrer Hand, die in einem Handschuh steckte und die sie in den Jahren davor hinter dem Rücken oder im Rock oder im Nacken eines gelegentlichen Tanzpartners zu verstecken gewußt hatte.

Es war nicht Aussatz, ihr war kein Finger abgefallen, und das zeitweilige Jucken verschwand mit der verordneten Salbe rasch. Aber es war ihre kranke Hand, manchmal rot, manchmal mit weißen Schuppen, es war ihre Hand, und es war schon Gewohnheit, sie zu lieben und zu hätscheln wie ein schwächliches, behindertes Kind, das ein Übermaß an Zuwendung forderte.

Dermatitis, hatte der Amtsarzt gesagt. Er war ein ruhiger Mann, mit sehr dicken Brillengläsern. »Man wird Ihnen viele Wörter nennen und Ihnen merkwürdig klingende Sachen verordnen. Aber wie man es heilen kann, davon weiß niemand was. Für mich ist es nicht ansteckend. Ich würde sogar sagen, es ist psychisch.«

Und sie sagte sich, der Alte hat recht, denn wenn sie auch nicht Zwergin war, entsprach ihre Größe doch nicht ihrem Alter; und ihr Gesicht war nicht geradezu häßlich, es machte im Gewöhnlichen halt, war flach und rund, die Augen so klein, daß ihre bläßliche Farbe nicht zum Vorschein kam.

Für den Ball am Jahresende, den der Fabrikant spendierte, damit die Lohnabhängigen für eine Weile ihre Löhne vergaßen, erstand sie daher ein Paar Handschuhe, die die Hände bedeckten und bis zu den Ellbogen reichten.

Aber aus Furcht oder Desinteresse näherte sich ihr niemand,

um sie zum Tanz aufzufordern, und sie verbrachte die Nacht, indem sie dasaß und zuschaute.

Gegen Morgen, wieder zu Hause, warf sie die langen Handschuhe in eine Ecke und zog sich aus, wusch die kranke Hand ein ums andre Mal, und im Bett, vor dem Lichtlöschen, lächelte sie sie an und küßte sie. Möglich, daß sie leise die Zärtlichkeiten und Kosenamen sagte, die sie dachte.

Sie kuschelte sich zum Schlaf, und die Hand glitt gehorsam und dankbar über den Bauch, streichelte das Schamhaar und streckte dann zwei Finger vor, um das Unglück zu verscheuchen und das Glück zu begleiten und hervorzulocken, das sie ihr gaben.

Hin und zurück

Er fand sich allein im Wartezimmer und schlug die Zeitung auf, die er unter dem Arm trug. Die Hände zitterten ihm leicht. Er holte eine Zigarette hervor, und bevor er sie anzündete, strich er sich über den spärlichen Schnurrbart, dessen Wachstum er über Wochen hin beobachtet hatte. Nie hatte er Tabakrauch vertragen können, und er hustete unter Tränen; aber er mußte weiterrauchen wie ein Mann, bis der Moment gekommen war aufzustehen. Er konnte sich nicht erinnern – gerne hätte er ihn nachgemacht –, wie der Ausdruck eines zynischen, eines reifen Mannes war, der schon zurück ist.

Er hatte drei Türen vor sich und ließ den Blick von einer zur anderen wandern, während er sein Herz schlagen fühlte. Die mittlere Tür öffnete sich, genau als er sie beobachtete, und eine blonde Frau erschien, groß, zwanglos, gelassen, dick; von den Schultern hing ihr nachlässig ein Morgenmantel, und sie lächelte ihm schon von dort freundschaftlich und fröhlich zu, als könnte sie ihn wiedererkannt haben.

»Rein mit dir, Negrito«, sagte sie, und dabei hatte er kastanienbraunes Haar.

Er stand von der Bank auf und ging einige Schritte, ohne sein Sträuben zu zeigen, ohne auf das hohe, gleichförmige Lächeln antworten zu können. Das Zimmer hatte ein großes Bett, bedeckt mit einem knittrig gespannten Laken, eine Kommode mit einem großen grünen Krug, Blätter als Relief, der in einer zersprungenen Waschschüssel stand. Im unvergeßbaren Geruch des Kerosinkochers gab es ein verlorenes Aroma.

Die Frau, die vom Bett aus bereits ohne Morgenmantel lächelte, erschien ihm, wie er nach und nach seine Kleidung ablegte, immer riesiger. Er stellte sich dicht an die Wärme der unruhigen Flamme, um sich ganz auszuziehen. Danach nahm sich die Dicke seiner mit kundiger Geduld an, gutmütig, mütterlich.

Bis er seine Reise hin und zurück im unsichtbaren, feuchten und dunklen Tunnel triumphal beginnen konnte, hin und zurück, bis er zum erstenmal in seinem Leben Gott von Angesicht zu Angesicht sehen konnte.

Wieder auf der Straße, dachte er, daß, was er gekauft hatte, weder das Wort Liebe noch seine Träume, noch seine Ahnungen ersetzen konnte. Aber er konnte sich da nicht irren, es stand geschrieben, daß eines nicht fernen Tages sein Leib und seine Seele in der glücklichen und vorausgefühlten Wahrheit verschmelzen würden.

Tu me dai la cosa me,
io te do la cosa te

Die Ziegelwände unendlich sich hinziehender Hallen und eines kleinen, gepflegten jüdischen Friedhofs waren alles von Paris, was ihnen die Schäbigkeit des Fensters durchließ.

Eine apathische Sonne gegen Mittag und dann die Kälte, der schwache, schleierartige Sprühregen und der Wind, der die Augen zum Tränen brachte.

Norberto Coriani, der *Kanari der Dörfer*, fuhr über die Saiten seiner Gitarre auf dem engen Bett. *Pimpf das Maschinengewehr*, durch nichts begründeter Beiname, schnürte zwischen Tür und Fenster hin und her, durch den mit dem anderen Bett gebildeten Gang.

»Wir hauen also wieder ab? Halb verhungert im Laderaum einer Nußschale in die Heimat geschifft.«

»Wer hat angefangen?« fragte oder sagte zur Gitarre Norberto und bearbeitete die Baßsaite, nie zufrieden mit deren dumpfem Vibrieren, das er wiederholte, korrigierte, nie ganz zufrieden wie jeder Künstler.

Der Pimpf, zu verletzt für einen fruchtlosen Aug-in-Auge-Kampf, ging weiter auf und ab und wiederholte die schartigen Argumente der vergangenen Tage.

»Als ich dich damals überzeugt habe, hatte ich recht und war mir sicher. Gardel im Olympia, Arolas, der das Geld nur so scheffelt. Ich hab dir zwei Konzerte im ›Garrón‹ verschafft, und du hast mich im Stich gelassen.«

»War keine Stimme da, Kumpel. Die Kälte, die Nerven. Du weißt, wenn ich mich in Form fühle, kann Gardel einpacken.«

»Ich an deiner Stelle hätte ihm einen Brief geschickt und um Verzeihung gebeten. Danach ein Sühnegebet in Notre-Dame.«

»Ach Quatsch, ich hab dir doch gesagt. Ich hab dich nicht im Stich gelassen, meine Stimme hat mich im Stich gelassen.«

»Ja, aber ich hab das alles aushalten müssen, ich bin schließlich der Impresario. War der Impresario, will ich sagen.«

»Hör schon auf. Vergessen wir's, und die Sache ist erledigt. Die Francs-Bündel, die Weiber, von denen du geträumt hast, oder war das nur, um mich zu verscheißern?«

»Gardel hat gekriegt, wen er nur haben wollte. Hier sind alle Huren und wissen, wie man's macht. Na ja, klar, mit Gardel. Nicht mit irgendwem. Nicht mit einem Stotterer ohne Stimme.«

»Ich sag dir, hör auf. Ich werd's nicht noch mal sagen.«

Norberto auf dem Bett ließ die Gitarre in Frieden und wikkelte sich in die Decke, als wäre es ein Poncho.

»Hast du was zu rauchen?«

Der Pimpf blieb stehen und bot ihm die Gauloise an, die aus dem Päckchen hervorstand. Sie rauchten eine Weile schweigend, und der Rauch packte das Scheitern, das Elend und die Unbarmherzigkeit von Paris in Watte ein.

Danach, noch aus dem Rauch, fing der Pimpf wieder mit seiner Litanei an.

»Das kann doch nicht wahr sein. Zwei Monate und keine Frau. Jetzt kriegen wir sie nicht mal mit Bezahlen. Wo ich die bloß mit Fingerschnipsen hatte.«

»Entschuldige«, sagte Norberto und ließ ein Lächeln sehen. »Stimmt zwar, ist aber ein bißchen anders. Ich hab dich immer mit leichten Mädchen erlebt. Du warst ja dick Freund mit Larsen. Ich dagegen konnte gar nicht nachkommen mit all den Bewunderinnen.«

Die Farbe des Fensters ging rasch von grau zu schwarz über, und der Pimpf konnte ferne Lichter sehen, nicht zu orten, ob von Straßen oder Fenstern.

Jetzt wiederholte die Gitarre, unsichtbar, wie ins Bett oder in die Wand eingelassen, ein nachdrückliches hohes A, leicht metallisch, das beim Auftreffen aufs Holz ein Echo hervorrief.

Der Pimpf hielt es schweigend aus. Schließlich, ohne die Stimme zu heben:

»Zwei Monate in Paris und keine Weiber. Verstehst du, zurückkehren, ohne gevögelt zu haben. Und wenn es nur ein einziges Mal wäre.«

Die Gitarre beharrte nachdrücklich, ohne zu rufen, zäh und sicher. Es gab kein einziges schamloses Wort, und keiner simulierte eine Spur Zärtlichkeit. Der Pimpf ließ ein silbernes Fünffrancsstück hoch in der Luft wirbeln, das genügend Kraft hatte, im Halbdunkel zu glänzen und die Reihenfolge festzulegen, in der sich die demütigende, aber siegreiche einzige Orgie in Paris abspielen sollte.

Verfluchter Frühling

An diesem Morgen öffnete Aránzuru früh das große Fenster auf die Gerüche des Gartens, und ein leichter, mutwilliger Windzug berührte ihm das Gesicht und durchwühlte sein Haar.

Während er sich rasierte, zerschlagen vom wenigen Schlaf, hielt er inne, um den Spiegel zu fixieren. Das Gesicht ohne Falten, aber schlaffes Fleisch unter dem Kinn; an den Schläfen graues, schlecht geschnittenes Haar, die Augen ohne Glanz, wo die Neugier schon abstarb; die noch roten Lippen schroff in bitteren Winkeln abwärts endend. Er fand keine Spuren vom Alkohol der vergangenen Nacht.

Er stellte sich unter die laue und dann eiskalte Dusche, seifte sich ein wie wild.

Helga hatte am Telefon versprochen, im Verlauf des Morgens zu kommen, vor dem Mittag zu kommen und das Essen zu machen. Er hatte sie das erste Mal gesehen, als sie sechzehn war und er auf die Vierzig zumußte. Sie waren zwei Jahre lang sporadisch ein Liebespaar gewesen. Danach wurde sie aus dem Land gejagt, und jetzt war sie zurückgekehrt, fünf Jahre nach dem Abschied.

Er wußte nicht, ob Helga, die jetzt eine Frau war, ihn angerufen hatte, um ihm zu sagen, daß die Zwischenzeit beendet war. Er wollte nicht wissen, warum die wiedererkennbare, aber von der erinnerten verschiedene Stimme heiter, aufdringlich, selbstgewiß geklungen hatte.

Während ein Platzregen herunterkam, nach dem Heulen und Halbohnmächtigwerden im Bett, wollte sie unbedingt das Essen machen und begab sich, angetan mit einem alten Morgenmantel Aránzurus, in die kleine Küche. Er kochte immer mittags und aß abends nichts.

Im Bett rauchend, hörte er Spiegeleier brutzeln und roch neben Zigarettenrauch einen schwachen Geruch von etwas, das anbrennt. Da plötzlich, ohne erkennbaren Grund, wurde er mißtrauisch. Und dieses Mißtrauen dehnte sich auf die Vergangenheit aus, während er die leichten Verbrennungen der Asche im Brusthaar spürte. Der Verdacht ging zurück bis zu den Vorspielen mit Helga, bis zum Glück und Vertrauen der ersten heimlichen Nächte, als Helga ihrer Familie verkündet hatte, sie werde die Nacht bei ihrer besten Freundin verbringen. Er erstreckte sich auch auf ein Danach, als sie niemanden mehr um Erlaubnis bitten mußte und er, vielleicht ausschließlich er, das Ziel der Lügen war. Bis der Verdacht, nachdem er ohne Respons über das jetzt welk und in seinem Ruhebedürfnis runzlige Mannestrio geglitscht war, ihm bis an die Beine reichte und ihn zwang, nackt aus dem Bett zu springen und den Kopf in die Fensteröffnung zu stecken, den Frühling zu sehen und einzuatmen und an einen anonymen Vers, eine Verwünschung zu denken: »warum mußtest du wiederkehren, verfluchter Frühling«.

Während des öden Essens sah Aránzuru auf Sonne und Nieselregen im Fenster und hörte sie kauen. Danach wußte er, daß er sich nicht irrte. Ein rascher Liebesvollzug auf der Bettkante, lauter wiederholte und bewußte Streicheleien über Stirn und Kinn. Danach der Blick, die Augen ohne Schutz und Schirm vor der feuchten Bitte:

»Ich möchte nach Ibiza, ich muß. Und ich habe kein Geld. Ach Liebster, ob du mir helfen könntest.«

»Ibiza?« fragte er und wußte, daß sie schwindelte. »Ibiza. Fahren wir gemeinsam.«

»Aber ich kann ... Also, ich habe eine Verabredung.«

Aránzuru verließ das Bett, soviel Samen vergeudet, und ging zum Schreibtisch.

Beide nackt, fast lächerlich. Sie begann sich anzukleiden.

»Immer warst du eine Hure, und ich war verrückt nach dir, denn nie bin ich einer so verhurten Hure begegnet wie dir. Sag, wieviel du willst oder wieviel dein neuer Macker will. Ich schreib dir den Scheck aus.«

Jetzt war der Himmel klar, die Sonne schien stark, und die Pflanzen draußen streckten erneut ihre blühenden Triebe in die Höhe.

Bichicome

Sie wird fünf oder sechs Jahre alt gewesen sein, als ich mir ihrer Existenz wirklich bewußt wurde. Bis dahin war sie die erste Tochter der Torres, ein so schönes Geschöpf, daß sie wie aus Künstlerhand wirkte, freilich nicht auf gewohnte Weise. Ein aufdringliches Zwerglein, das Sprechen lernte und Gesprächen lauschte, die es nicht verstand, den Blick bereits fest auf die redenden Gesichter der Großen gerichtet.

Klar, meine nächtlichen Besuche bei den Torres – Alkohol in Strömen, bis Leber und Magen sich empörten, so gut wie immer auf literarische Themen beschränkt, die bei Rodrigos bewundernswerter Intelligenz und untrüglicher Intuition in poetischen Dingen fast ohne Gezeter und Gezerre beredet wurden, ab und zu ein Schriftsteller, der mit seiner Jeweiligen hereinschneite – wiederholten sich einige Jahre lang. Alicia strickte unermüdlich die Stunden in den verschiedenen Farben der Wolle.

Sehr bald kam für das Mädchen das Halbdutzend Jahre, und in den ersten Morgenstunden vollzog sich, vollzog sich aufs neue, ein subtiler und bemerkenswerter atmosphärischer Wandel. Sie hieß Beatriz und wurde Bichi gerufen, ich nannte sie – vielleicht heute noch – Bichicome. Zerlumpter Strandabkämmer, dem die jämmerliche Tagesernte genügen muß.

Es vollzog sich ein Wandel. Alicia unterbrach ihre Strickarbeit gelegentlich, um mit gesenktem Kopf irgendeinen kurzen, giftigen Satz fallenzulassen, der sich sanft und geschickt der Plauderei einschmiegte und der oftmals auf mich gemünzt war. Das Lächeln zeigte reines Vergnügen; nie begleitete es die kleine Bosheit der Worte.

Wie ich dir sagte, ein Ritus wurde zum erstenmal vollzogen. Es war, als habe sie eines Nachts plötzlich aufgehört, das Bett zu nässen, und da betrachteten wir sie nun verblüfft, überzeugt, daß nur für sie die Jahre, zwei oder drei, vergangen waren, und gleich müsse sie in unser unendliches Gespräch einfallen, vielleicht dasselbe, mit dem wir sie gelangweilt hatten, als sie ein lallendes Dingelchen gewesen war.

Eines Nachts also, als ich der einzige in der Runde war, der weiterhin von Büchern und Literatenklatsch sprach, als ich mit ihren Eltern allein übriggeblieben war, erschien sie, Bichicome, eingehüllt in einen Morgenrock der Mutter, der an den Säumen mit violett gefärbten Marabus geschmückt war und über den Teppich schleifte, tat, als müsse sie gähnen und sich rekeln, spazierte um den Eßtisch herum und trank all die Reste aus, die in den Gläsern verblieben waren. Danach kam sie an, mit einer Schnute bei vor Lachen strahlenden Augen, und setzte sich uns gegenüber auf das große, jetzt leere Sofa und spielte mit dem Marabumuster des Morgenrocks. Das Haar sehr lang und blond. Sie lächelte uns, den Engeln, den kleinen Teufeln, ihren Freunden zu. Ab und an eine überflüssige Frage, eine gespielte Neugier, vorgebracht mit quengeliger Stimme, worauf man nicht eingehen mußte.

So diese Nacht und eine weitere und alle Nächte meiner Besuche. Sie war zu sehr Kind, als daß ich sie mit anderen Augen angesehen hätte als den Augen dessen, der eine Tochter fast im gleichen Alter hat, die in einer anderen Stadt lebt und der man beigebracht hat, mich zu hassen. Aber kein Wehmutsgefühl hinderte mich daran, meine Bichicome zu betrachten und dabei melancholisch zu überlegen, daß, wenn sie fünfzehn wäre, ich irreparabel alt sein würde.

Danach, ohne sichtbare Vorzeichen, wie es mit diesen Dingen zu sein pflegt, stieg die Gnade auf Alicia herab, und sie ließ sich taufen, beichtete, und voller Angst, als wäre das Kind krank, entschied sie, es unverzüglich ebenfalls zu taufen.

Bichicome hatte einen Millionärsonkel, der auf einer Jacht lebte und damals in den Gewässern vor Kanada kreuzte. Katholisch, wie es sich für einen vermögenden Latino schickte, nahm er die Einladung zur Taufe begeistert an und telegrafierte das Datum, wann er, je nach Wind und Motorenlaune, in Monte sein könnte.

Aber da gehörte Bichis Herz schon mir, war mir gewogen, ohne daß ich darum hatte bitten müssen. Es war alles, was sie mir geben konnte; aber sie hatte es in aller Stille getan, und nachzubessern gab es da nichts.

Und niemand konnte an ihrem Veto gegen den goldenen Taufpaten rütteln. Weder mit Predigen noch Argumentieren, noch hartnäckigem Insistieren. Ich würde ihr Taufpate, oder es gäbe keine Taufe. Schlechter hätte sie nicht wählen können.

Und so kam der Morgen, an dem ich, gegen den Kater ankämpfend, die Kirche oder Kapelle betrat, das Latein des Geistlichen ertrug, sah, wie er Bichi die Stirn mit geheiligten Ölen netzte, ihr Salz auf die Zunge tat und mit Rodrigo in die Sakristei überwechselte, um für die Fabrikation eines Engels zu kassieren. Bichi als unmögliche Braut verkleidet; nur der HErr konnte ihr in seinem Bett Unterschlupf gewähren.

Wieder auf der Straße, sah ich, wie sich meine Brillengläser beschlugen; mir gerieten meine abwesende Tochter und meine einzige Patentochter durcheinander. Und mir fiel ein, daß beide wachsen und auf immer das Paradies der Kindheit verlieren würden.

Nachwort

Seine erste Erzählung hat Onetti 1933 im Alter von 23 Jahren in Buenos Aires veröffentlicht; letzte Geschichten, Skizzen, Blätter von seiner Hand erschienen erst nach seinem Tod 1994 in Madrid. Dazwischen entstand eine Fülle an Erzählungen, die erstaunen mag bei einem Autor, der im literarischen Bewußtsein nicht als Inbegriff eines ›geborenen Geschichtenerzählers‹ gilt, vielmehr als ›unnachgiebiger Prosaist‹. Und doch ist das Erzählen einer Geschichte prägend für so viele seiner Erzählungen. Nicht nur gibt es darin meist einen Erzähler oder mehrere, die sich oftmals erst ganz beiläufig oder gegen Ende zu erkennen geben und die immer in einem angespannten Verhältnis zu dem Erzählten stehen (so der männliche Ich-Erzähler gleich in der ersten hier aufgenommenen Erzählung »Ein verwirklichter Traum«). Auch *daß* jemand etwas erzählt, ist in vielen von ihnen ein ganz wesentliches Merkmal und oft ein geheimer Drehpunkt der Geschichte. All diese Onettischen Erzähler verfügen niemals über das Ganze einer Geschichte, über keine Gewißheiten, die mitzuteilen wären. Das immer von neuem Erstaunliche bei der Lektüre ist aber, daß die Wirkung seiner Erzählungen nicht ins Diffuse geht, sondern eine ganz eigene Form von Klarheit aufscheinen läßt.

Es hat in der spanischsprachigen Welt, wo die stetig wachsende Verehrung des Autors Onetti sich längst in Hunderten von Aufsätzen und Monographien niedergeschlagen hat, dennoch fast bis zu seinem Tod gedauert, daß eine einigermaßen stimmige (wenn auch nicht ganz vollständige) Ausgabe seiner *Cuentos completos*, seiner sämtlichen Erzählungen, zustande kam. Onetti hat sich zeit seines Lebens nicht sonderlich um die Sicherung seines literarischen Werks gekümmert, und seine Lebensumstände waren nicht danach, schöne oder verläßliche Sammlungen seiner Erzählungen entstehen zu lassen. Auch konnte bei Onetti nie recht unterschieden werden, was

längere Erzählung, was Kurzroman ist. Manche längere Erzählung ist separat erschienen und bekam den Untertitel ›Roman‹,
und die Literaturwissenschaft lieferte unterschiedliche Etikette
hinterdrein. Anderes, was als enigmatisch knappe Erzählung
veröffentlicht wurde, erwies sich später als Teil eines Romans.
So schwanken die Zuordnungen, und es war nichts als der Entschluß, der letzten zu Lebzeiten Onettis erschienenen Ausgabe
seiner Erzählungen zu folgen, wenn hier der auch als Kurzroman zu verstehende Text »Der Tod und das Mädchen« aufgenommen wurde.

Es sind aber nicht nur solche äußerlichen Gründe, weshalb
die vorliegende deutsche Ausgabe nicht den Anspruch erhebt,
›Sämtliche Erzählungen‹ zu umfassen. Vielmehr verzichtet der
Band bewußt auf die Geschichten bis Anfang der vierziger
Jahre, in denen Onetti sich erprobt und seine Ausdrucksformen
zu finden versucht. Deshalb sind die frühen Erzählungen, die
in den *Cuentos completos* etwa siebzig Seiten umfassen, insgesamt in die deutsche Ausgabe nicht aufgenommen worden, die
statt dessen mit der fulminanten Geschichte »Ein verwirklichter
Traum« beginnt, in der man in konzentrierter Form die Eigen-
art Onettis finden kann.

Merkwürdig schwer fiel es dagegen, die ganz späten und vor
allem die aus dem Nachlaß publizierten kleinen Erzählungen
und Erzählsplitter zu sortieren und ›unfertige‹ auszuscheiden.
Obwohl deutlich Skizzen, Versuche, Fragmente, machen sie
doch alle den Eindruck, charakteristische Facetten des späten
Onetti vor Augen zu führen, der – im Unterschied zu dem
noch tastenden Erzähler der Anfänge (spürbar vielleicht noch
in der hier aufgenommenen Erzählung »Mummenschanz«) –
durch alle seine erzählerischen Formen bereits hindurchgegan-
gen ist. Wir haben sie deshalb allesamt aufgenommen, weil gerade bei diesen späten Texten nicht leicht auszumachen ist, ob
ihr teilweise dunkles Leuchten mangelnder Ausarbeitung ge-
schuldet oder doch einer größeren und rücksichtslosen Bereitschaft Onettis zu verdanken ist, bei der Erkundung des Geheimnisses der Phantasie und der Fiktion ins ganz schroff

Rätselhafte zu gelangen. »Der Markt« ist dafür wohl eines der treffendsten Beispiele: eine Geschichte, die das Phantastische des Traums und das Wilde der Einbildung aufeinander bezieht; in der das Glück aufeinanderfolgend die Gestalt des Kreidepferdchens, des geflügelten Murmeltiers und des Engels annimmt und schließlich zu den »bekannten Mohnblumenblättern« wird, »die den Schlaf garantieren und seine unberührbare Absurdität«. Sie zeigt, daß der Sinn, wenn man es so nennen will, all der Träume und Fiktionen das Glück ist: das Glück der Einbildung. Was bedeutet es aber – für Onetti, für Argentinien und Uruguay, für Lateinamerika, für die Welt des 20. Jahrhunderts –, wenn der Traum der Einbildungskraft die Gestalt von Santa María annimmt?

Onettis Romane und Erzählungen bilden eine Herausforderung an jeden umfassenden und stringenten Versuch zu verstehen. Die Frage nach Sinn und Bedeutung wird in den meisten seiner Geschichten selbst fraglich. Das ließe sich etwas oberflächlich als Ausdruck einer absurden und eben sinnlosen Existenz lesen – schließlich war Onetti fast ein Generationsgenosse der Sartre und Camus und hat jedenfalls einen großen Teil seiner Texte zur Hochzeit des Pariser Existentialismus geschrieben. Man müßte sich dann aber auch fragen, warum ein so hoher artistischer Aufwand nötig sein sollte – wie etwa die kontinuierliche Brechung der Erzählperspektive in »Jacob und der andere« oder »Der Tod und das Mädchen« – , um eine derart schlichte Einsicht zu vermitteln. Die Schichtung in verschiedene Ebenen des Fiktiven, die eine Grundstruktur des Onettischen Werks seit seinem Roman *Das kurze Leben* von 1950 ausmacht, stellt andere Anforderungen an die Lesekunst. Diese einander aufgepfropften Fiktionen kann man wohl Sinnbilder nennen; sie setzen aber nicht Verstehensprozesse in Gang, sondern sind eine, seine Form der Kommunikation.

Ein schönes Beispiel für seine Kunst, solche Beziehungen sich im Hin und Her der Bewegung entwickeln zu lassen, ist die erste Begegnung zwischen Langman und der Frau in »Ein verwirklichter Traum«. Langman »errät« keineswegs, was es mit der Frau auf sich hat, gleichwohl entsteht eine Verbindung: »wie ein weiches, labbriges Band aus Verrücktheit, das sie nach und nach abgerollt hatte, indem sie wiederholt mit sanftem Ruck, als wäre es ein an einer Wunde festgeklebter Verband, an ihren einsam verbrachten Jahren zerrte und mich schließlich damit einwickelte, wie eine Mumie«. Das Verbindende ist der Verband einer Wunde, die selber unbenennbar – da nicht körperlich, sondern seelisch – ist: die einsam verbrachten Jahre. Dieser Wundverband macht den anderen zur Mumie und zeigt, wie das Medium der Verbindung zuletzt in den Bereich des Nichtverstehens schlechthin, den des Tods, einbindet.

Ausdruck dieser Wunde wird für die Frau – und mit ihr für Langman – der verwirklichte Traum gewesen sein, der paradoxerweise ein Moment des Glücks darstellt, das aber – Gipfel des Unverstehbaren – mit dem Tod der Frau zusammenfällt. Diese Grenze des Verstehens ist für Langman der Beginn der Kommunikation, einer Form des Umgangs, die sich im anderen auslegt. Deshalb verhilft erst die Inszenierung des Traums dazu, daß Langman »etwas klar zu werden« beginnt, »auch wenn ich es niemals sagen konnte, so wie man die Seele eines Menschen kennt, und die Worte helfen nicht, das zu erklären«.

Für Langman dehnt sich der Bereich des Nichtverstehens in zwei Richtungen aus: die des Scherzes von Blanes, den er nicht begreift, und die des Traums der Frau, den er nicht versteht, am Ende aber begreift. Der Bereich des Nichtwissens ist für ihn die Kunst, die reine Kunst, die er sowohl im nie gelesenen *Hamlet* ahnt als auch im noch nicht verwirklichten Traum ironisierend ausmacht. Dieses Nichtwissen nimmt schließlich – wie Langmans Blick »genau die Form ihres schlanken, schwarzgekleideten Körpers« annimmt – die Gestalt des einfachen Traums an, in dem sich für die Frau das Unglück mit dem Glück verbindet, weil es sich in eine Fiktion auslegt.

Das ist das große Paradox und zugleich die einfache Einsicht der Erzählungen Onettis. Das Glück wie auch das Unglück ist von Angesicht zu Angesicht nicht verstehbar, nur als oblique, nicht direkte Erfahrung allenfalls begreifbar, wenn es in eine imaginäre andere Wirklichkeit ausgelegt wird und die Lebenswelt mit der Traumwelt das Sinnbild des verwirklichten Traums ergibt. Verbunden und zugleich getrennt werden diese durch die Kunst – wie der Mann und die Frau des Traums durch den Bierkrug, wie die Bluse und der Rock der Frau vereint sind und getrennt werden »durch eine Rose am Gürtel, vielleicht eine künstliche«.

Die Urgestalt des Geheimnisses dieser Kunstrose in seiner ganz unauflösbaren Unverstehbarkeit ist für Onetti das Mädchen, die Mädchenfrau, das Mädchenhafte der Frau, das noch bei der Fünfzigjährigen des »verwirklichten Traums« als »das Aussehen einer jugendlichen Frau aus einem anderen Jahrhundert«, aber auch als ihre »unreine Jugend, die jeden Augenblick faulig vergehen konnte«, das charakteristische Merkmal bildet. In Moncha Insaurralde (»Die geraubte Braut«) hat es seine typische Ausprägung gefunden; sie ist das Urbild des »unverstehbaren fremden Unverständnisses«.

Der verwirklichte Traum hat weder für die Frau noch überhaupt eine Bedeutung, aber er ist ein Moment des Glücks, das – wie auch das Unglück – vielleicht gerade darin liegt, (be)deutungslos zu sein, es ist in keinem phänomenologischen Sinn intentional. Onettis Geschichten und ihre Phantasien sind Epiphanien des Glücks und des Unglücks; diese kommen aus einem Jenseits, wie der Ritter von der Rose und seine Zwergin aus dem Gewitter von jenseits des Flusses, und vergehen im Jenseits, wie die Frau mit ihrem Traum. Wenn Langman während der Verwirklichung des Traums sieht, wie die Frau sieht, aber nicht ihn, sondern einen Ort jenseits, dann ist diese Begegnung der zwei Blicke genau der Moment, an dem die Kommunikation zwischen den beiden beginnt; als Öffnung auf diesen anderen Ort jenseits, der sich dann als der wirklich andere Ort des wirklichen Jenseits herausstellt. »Ich begriff, um was es ging, was die Frau suchte, was Blanes am Abend zuvor betrunken auf der Bühne gesucht hatte und noch immer zu suchen schien, hin und her gehend mit seiner Verrückteneile. Ich begriff alles ganz deutlich, als wäre es eines dieser Dinge, die man für immer von Kindheit an lernt, und die Worte helfen später nicht, um zu erklären«.

Wo die Worte nicht reichen, wird das Schweigen zu einer Gestalt der Kommunikation. Jorge Ruffinelli hat von einer Begegnung zwischen Juan Rulfo und Onetti berichtet, die in einem chilenischen Hotel stattgefunden und sich in Form eines mehr als halbstündigen Schweigens abgespielt hat, eines Schweigens, das »nichts Unangenehmes hatte, sondern absoluter Friede war, die Gemeinschaft zwischen Gleichen; es wurde so gut wie kein Wort gesprochen, und doch erfüllte eine fast mystische Kommunikation den Raum.«

Eine derartige Kommunikation hat, wenn sie sprachlich wird, häufig die Gestalt des Anakoluths. In »Das so gefürchtete Inferno« legt die Liebe sich in den Ehebruch aus und bildet der Verrat das zugleich Trennende und Verbindende. Der Ehebruch als »Rose« – darauf muß man erst einmal kommen; infernalisch ist es jedenfalls. Die Schwierigkeit dieser Liebe liegt für den Mann darin, einzusehen und anzunehmen, daß Ehebruch und Verrat die Zeichen einer obliquen Liebe und Treue sind. Eine solche Beziehung hat die abrupte Gestalt eines nicht beendeten Satzes: »›Du wirst begreifen, daß nach dem da‹, stammelte die Großmutter ... ›Du wirst begreifen‹, wiederholte sie. Aber sie wußte nicht, was zu begreifen war, und Risso begriff es auch nicht, auch wenn er sich anstrengte.« Das anakoluthische Begreifen findet hier zunächst als der Schmerz statt, den »ein der Luft ausgesetzter Nerv« bereitet; aber es ereignet sich zugleich auch »wie eine Krankheit, wie ein Wohlergehen, frei von Willen und Einsicht. Das Begreifen geschah in ihm, und es lag ihm nichts daran, zu wissen, was es war, das er da begriff.«

Nicht zuletzt weil die Erzählungen in diesem hermeneutischen Grenzbereich angesiedelt sind, fiel die Entscheidung, keinerlei Lesehilfe in Form von Anmerkungen bereitzustellen, nicht leicht. Natürlich ist den Übersetzern im Laufe der Arbeit allerlei an Hintergründen, Anspielungen, Zusammenhängen klar geworden, was sich bei erster Lektüre nicht gleich von selbst erschließt. Bei einem Schriftsteller, der einen so persönlichen Stil hat wie Onetti, könnte man dem Irrtum verfallen, daß er als urwüchsiges Genie allein auf seinem eigenen Boden gewachsen sei. Aber Onetti war ein großer Leser – und eben nicht nur, wie er gerne gesagt hat, von schlechten Kriminalromanen. So gibt es offene und verdeckte Anspielungen, vexatorische Hinweise wie »das unsterbliche Gedicht, das irrtümlich Pavese zugeschrieben wird«, und sie ließen sich wohl mit einiger Mühe erhellen, aber die Erhellung berührt nirgends das Geheimnis einer Geschichte. Zum Beispiel »das Sonett« in »Montaigne«: Sobald man erfahren hat, worum es sich handelt (Rubén Darío), wird es unwichtig. Und Montaigne selbst, zweiter Band? Da die Geschichte einen kleinen Dreh wie eine Kriminalgeschichte hat, vermeint man Aufschluß von dort erhalten zu können; bis man merkt, daß Charlie nicht nur das Stück »Ein Brauch auf der Insel Keos« gelesen haben mag, sondern einen großen Teil der *Essais,* auch aus deren erstem oder drittem Buch. Ähnlich erging es mit »Ki no Tsurayuki«: Japanologen wurden befragt, aber ein entsprechendes Erzählgedicht konnte in der angegebenen Sammlung nicht entdeckt werden. In welcher »Sprache der Barbaren« hat Onetti also diese kleine Geschichte gefunden? Es bleibt für das Verstehen unerheblich; hinter solchem manchmal verzweifelten Suchen steckt wohl mehr die Angst des Übersetzers, irgend etwas übersehen oder nicht verstanden zu haben. In diesem Zusammenhang danken wir Borris Mayer, Montevideo, für viele wertvolle Hinweise.

Und die oftmals wie bekannt hingesetzten Figuren wie Díaz Grey, Jeremías Petrus, Jorge Malabia, Lanza, Barthé, Bergner, Larsen? Jeder größere Artikel über Onetti verweist auf das Erzähluniversum Santa María. Dessen Entstehung ist nachzulesen (vielmehr mit Befremden zu verfolgen) in *Das kurze Leben.* Die Figuren dieses Romans und der folgenden Romane tauchen auch in den Erzählungen auf – tauchen unvermittelt auf und treten ab, und die jeweilige Geschichte wäre nicht vollständiger, wenn den Figuren ihre Vorgeschichte beigegeben wäre. Das gilt vermutlich sogar auch für »Die geraubte Braut«. Die Vorgeschichte der Moncha Insaurralde, ihr Leben im Phalanstère, das

449

in *Leichensammler* (Kap. XVI) erzählt wird, ist für die Geschichte gewiß nicht belanglos; diese wird aber ohne solche Vorkenntnis keineswegs unlesbar. Man kann es halten wie der Ich-Erzähler in »Die Zwillingsschwestern«: » ... ich erfand unter Irrtümern eine Vergangenheit und eine Zukunft für sie«.

Wenn nicht das von Interpreten reichlich erklärte Santa María (das man sich an einem Strom wie dem Paraná oder auch am Río de la Plata vorstellen kann) den Hintergrund bildet, sondern Buenos Aires oder Montevideo, was braucht man dann an Hinweisen? Für Onetti, der – fast könnte man sagen: abwechselnd – in beiden Städten gelebt hat, wird es in manchen Fällen einen Unterschied ums Ganze ausgemacht haben – für die Geschichten aber spielt es, wo es nicht ausdrücklich gesagt wird, keine wesentliche Rolle. (Allein in »Sie«, wo Namen, Ort und Zeit so auffällig nicht genannt werden, ist der ›wirkliche‹ Hintergrund von Bedeutung und mit einem Wort ausgeleuchtet, eben Perón.)

Tangofetzen, Gedichtzeilen ziehen ebenso wie biblische Anklänge durch Onettis Texte; ein einzelner Hinweis würde aber festmachen, was im Kopf des Erzählers in einem Schwebezustand ist, zwischen beispielsweise »dem Andante von Bach« und »unserem Bartók«. Eine Pedanterie des stolz vorgewiesenen Nachweises wird vom Erzähler Onetti selbst mehrfach ad absurdum geführt.

Die vorliegende Ausgabe hält sich in ihrer Abfolge an die weitgehend chronologische Anordnung der als Textgrundlage dienenden *Cuentos completos* von 1994/95. Was die Textgestalt selbst angeht, mußten wegen offenkundiger Fehlerhaftigkeit immer wieder frühere Ausgaben zu Rate gezogen werden, die ihrerseits freilich keineswegs verläßlich sind.

Nicht zuletzt aus diesem Grund war es unabweisbar, daß die fast zwanzig Jahre alten Übersetzungen des Bandes *So traurig wie sie* für diese Ausgabe gründlich revidiert werden mußten. Da Wilhelm Muster inzwischen verstorben ist, konnte er das nicht mehr selbst tun. Deshalb haben wir, zusammen mit Stephanie von Harrach und Tobias Cassau, die Übersetzungen

Musters überarbeitet und dabei außer einigen Austriazismen und heute etwas altfränkisch anmutenden Formulierungen vor allem auch eine Reihe von Mißverständnissen zu beseitigen versucht. Das bedeutet angesichts der objektiven hermeneutischen Schwierigkeiten dieser Texte keine Schmälerung der Leistung Wilhelm Musters. Viele Stellen erschlossen sich erst, und zwar auch gerade auf der Grundlage seiner Lösungsvorschläge, nach langen Diskussionen der gemeinsamen Anstrengung. Wir hoffen, daß Muster diese Veränderungen auch als Verbesserungen angenommen hätte.

Onetti selbst hat seine Texte, wie er wiederholt geäußert hat, nach der Niederschrift nicht mehr revidiert. Um so erstaunlicher, daß er eine ganze Geschichte ein zweites Mal erzählen konnte, nämlich »Die lange Geschichte«, die in »Das Gesicht des Unglücks« in einer unerhörten Drehung der Perspektive ein zweites Gesicht erhält – mit teils wörtlich wiederholten Passagen, teils neuen Wendungen. Dem Autor Onetti dergestalt über die Schulter schauen zu können war eines der Vergnügen dieser Arbeit.

G. P./ J. D.

Die Erzählungen »Ein verwirklichter Traum«, »Mummenschanz«, »Die lange Geschichte«, »Zurück in den Süden«, »Esbjerg an der Küste«, »Das Album«, »Die Geschichte des Ritters von der Rose und der schwangeren Jungfrau, die aus Liliput kam« wurden von Gerhard Poppenberg übersetzt.

»Willkommen, Bob«, »Das Haus in den Dünen«, »Das so gefürchtete Inferno«, »Das Gesicht des Unglücks«, »Jacob und der andere«, »So traurig wie sie«, »Die geraubte Braut«, »Auch für den Hund kommt der Tag« wurden von Wilhelm Muster übersetzt.

»Dasein« wurde von René Strien übersetzt.

»Matías der Funker«, »Die Zwillingsschwestern«, »Der Tod und das Mädchen«, »Der Kater«, »Der Markt«, »Das Schweinchen«, »Vollmond«, »Die Freunde«, »Seife«, »Der Baum«, »Montaigne«, »Ki no Tsurayuki«, »Sie«, »Die Araukarie«, »Morgen ist auch ein Tag«, »Die Flinte«, »Drei Uhr morgens«, »Der Betrüger«, »Die Küsse«, »Die Hand«, »Hin und zurück«, »Tu me dai la cosa me, io te do la cosa te«, »Verfluchter Frühling«, »Bichicome« wurden von Jürgen Dormagen übersetzt.

Daten der Erstveröffentlichung:
Ein verwirklichter Traum, 1941
Mummenschanz, 1943
Willkommen, Bob, 1944
Die lange Geschichte, 1944
Zurück in den Süden, 1946
Esbjerg an der Küste, 1946
Das Haus in den Dünen, 1949
Das Album, 1953
Die Geschichte des Ritters von der Rose und der schwangeren Jungfrau, die aus Liliput kam, 1956
Das so gefürchtete Inferno, 1957
Das Gesicht des Unglücks, 1960
Jacob und der andere, 1961
So traurig wie sie, 1963
Die geraubte Braut, 1968

Matías der Funker, 1971
Die Zwillingsschwestern, 1973
Der Tod und das Mädchen, 1973
Auch für den Hund kommt der Tag, 1976
Dasein, 1978
Der Kater, 1980
Der Markt, 1982
Das Schweinchen, 1982
Vollmond, 1983
Die Freunde, 1979
Seife, 1986
Der Baum, 1986
Montaigne, 1986
Ki no Tsurayuki, 1987
Sie, 1993
Die Araukarie, 1993
Morgen ist auch ein Tag, 1985
Die Flinte, postum
Drei Uhr morgens, postum
Der Betrüger, postum
Die Küsse, postum
Die Hand, postum
Hin und zurück, postum
Tu me dai la cosa me, io te do la cosa te, postum
Verfluchter Frühling, postum
Bichicome, postum

Inhalt